中华民族音乐传承出版工程
中华民族音乐传承出版工程
精品出版入选项目

苏州艺术基金项目

"十四五"国家重点出版物
出版规划项目

主　编　韩启超
副主编　韩莉薇
编　委　郑　捷
　　　　钟文君
　　　　王梓均
　　　　王　珂

全宋诗乐舞史料辑录与研究

全宋诗乐舞史料辑录

吹管乐器卷

苏州大学出版社
Soochow University Press

图书在版编目(CIP)数据

全宋诗乐舞史料辑录. 吹管乐器卷 / 韩启超主编. —— 苏州：苏州大学出版社，2025.1. —— ISBN 978-7-5672-4716-1

Ⅰ．I207.227

中国国家版本馆 CIP 数据核字第 2024U84G51 号

书　　名：	全宋诗乐舞史料辑录・吹管乐器卷	
	QUANSONGSHI YUEWUSHILIAO JILU・CHUIGUAN YUEQI JUAN	
主　　编：	韩启超	
主　　审：	秦　序	
责任编辑：	闫毓燕　孙佳颖	
出版发行：	苏州大学出版社（Soochow University Press）	
社　　址：	苏州市十梓街1号　邮编：215006	
印　　装：	苏州工业园区美柯乐制版印务有限责任公司	
网　　址：	www.sudapress.com	
邮购热线：	0512-67480030	
销售热线：	0512-67481020	
开　　本：	890 mm × 1 270 mm　1/32　印张：25.625　字数：789千	
版　　次：	2025年1月第1版	
印　　次：	2025年1月第1次印刷	
书　　号：	ISBN 978-7-5672-4716-1	
定　　价：	98.00元	

凡购本社图书发现印装错误，请与本社联系调换。服务热线:0512-67481020

序

河北师范大学音乐学院院长韩启超带领多届研究生组成的研究团队，历时八年多，对留传至今的两宋诗歌，仔细阅读、爬梳、比较，再将其中涉及乐舞艺术的内容及相关研究成果一一捡录并加以研究，终于编辑成厚厚的六卷本《全宋诗乐舞史料辑录与研究》并正式出版。对于中国古代尤其是两宋时期乐舞史料库的建设来说，这是一项全面而坚实的重要基础工作。该项成果的出版面世将大大有利于中国古代音乐史研究的深入和拓展，有利于我们更好地、创造性地认识和发展传统文化。

在这之前，已经有学者搜集、编辑了全唐诗中的乐舞资料，以及全宋词中的乐舞资料，但相比较而言，对整个宋代诗歌中的乐舞史料进行考察、辑录，难度更大。

谈到中国文学史，谈到中国历史上"一代有一代之文学"，唐诗、宋词、元曲是大家耳熟能详的对不同时代代表性文学样式的总结。其实，正如唐代不只有诗，也有词（曲子词），宋代最有代表性的、艺术成就最高的韵文样式固然是词，但宋诗的数量和艺术质量，以及相关的史料价值，也是不可忽视的。有关宋诗艺术成就的评价，我们不妨参看钱锺书先生的代表作之一——《宋诗选注》。

据统计，《全唐诗》共900余卷，收录多达2200余人的诗歌作品，共

48900余首,300余万字,这已经让人兴奋咋舌!然而,20世纪80年代由北京大学古文献研究所牵头,傅璇琮、倪其心、孙钦善、陈新、许逸民几位先生担任主编,集众多学者之力,历经八年之功才系统整理出版的《全宋诗》,可以说篇幅更为宏大,更令人惊叹!

已经出版的《全宋诗》共有72册之多,录入了目前传世的诗集(包括现存宋人别集600多种和历代选集)中的诗,现存宋元诗话、笔记及其他史籍中辑佚的分散宋诗,宋元类书、总集以及《永乐大典》和《诗渊》残存本中可见的宋诗,宋元方志以及近年来集中印行的若干重要方志中所刊载的宋诗。另外,还有《宋诗纪事》《宋诗纪事补遗》已引用到的群书、敦煌遗书中的零散宋代史料中的宋诗等。

因此,整套《全宋诗》,共辑录两宋9000多名诗人的多达24万余首诗作,近4000万字,涵盖了两宋300余年间有迹可循的几乎所有诗作。这是宋诗研究里程碑式的成果,是宋代诗文研究、历史研究的重要资料库。由此可见《全宋诗》不仅在作者人数、诗篇数量上远超《全唐诗》,其体量也是《全宋词》无法比拟的。

现在呈现在读者面前的是获得2023年度国家出版基金支持,并先后入选"十四五"国家重点出版物出版规划项目、中华民族音乐传承出版工程,由苏州大学出版社出版的《全宋诗乐舞史料辑录与研究》(以下简称《辑录与研究》),其字数多达400余万字!《辑录与研究》中所收录的诗歌就是从海量的全宋诗中,经过仔细比较,精心筛选出来的宝贵的相关乐舞史料。

《辑录与研究》将全宋诗中的乐舞史料分门别类地编录为五卷,再加上相关研究成果的汇总介绍一卷,共六卷,分别为《全宋诗乐舞史料辑录·弹拨乐器卷》《全宋诗乐舞史料辑录·吹管乐器卷》《全宋诗乐

序

舞史料辑录·打击乐器卷》《全宋诗乐舞史料辑录·乐曲、乐器组合卷》《全宋诗乐舞史料辑录·乐舞、乐人、乐事、乐律卷》《全宋诗乐舞史料研究》。这样编排,将给读者阅读和查找感兴趣的相关乐舞史料提供极大的方便。

有了这部《辑录与研究》,有心了解或研究宋代乐舞艺术的后来者,不必再一页一页、一首一首地去翻检汗牛充栋的近4000万字的《全宋诗》,或再苦心孤诣地一点一滴搜集、摘录相关史料。我们可以凭借《辑录与研究》,以之为向导、为概要,方便、高效地加以参考和利用,再结合前人的相关研究,结合其他相关文献及考古发现的实物、图像材料等,探寻、把握宋代乐舞艺术的真相和奥秘。当然,也可以在《辑录与研究》的基础上,进一步查阅了解诗歌作者及其所处时代的其他相关信息,以加深对《辑录与研究》材料的深层认知。

据韩启超教授介绍,他是在2016年指导硕士研究生王珂选择毕业论文的题目时,不经意间关注到了《全宋诗》,认为其中的乐舞史料值得搜集研究。但考虑到《全宋诗》的体量,决定退而求其次,先让其选择《宋诗钞》(清代选编刊刻,内收宋诗12000余首)作为自己论文的研究对象,聚焦于《宋诗钞》中的乐舞史料研究。

这一抉择是合理的。由此,也就拉开了韩启超教授和他的研究生团队持续八年之久收集研究全宋诗乐舞史料工作的序幕。他们以《全宋诗》为基础,又得到国家出版基金、"十四五"国家重点出版物出版规划项目、中华民族音乐传承出版工程的支持,以及苏州大学出版社的大力帮助。今天,韩启超教授和他的团队终于完成这一重要工程,并将成果提供于社会。

当初看好像是无意间的抉择和取向,其实,回头看,是天时、地利、人和诸因素的亲密契合。同学们不仅在导师亲力亲为的带领指导下，在实战、实践过程中，学习如何进行学术研究，顺利完成论文取得学位，更重要的是，通过共同的努力，完成了一项很有社会意义和学术价值的、嘉惠学界并可以传世的集体大项目，一项文化艺术工程！

所以，我看到他们的辑录和研究成果能够顺利出版，并提供给学界和广大社会人士运用，可以说是喜出望外，同时又非常振奋、非常感动！

谨向他们团队和出版社表示崇高的敬意和衷心的祝贺！

这里，还想谈谈"以诗证史"，谈谈《辑录与研究》中来自宋代诗歌的乐舞史料的重要性。

历史研究一刻也离不开史料。所以，曾有历史学家强调"史学就是史料学"。从某种意义上讲，这一看法是有道理的。因为，没有史料就无从认识历史、建构历史；而没有可靠的、扎实的史料，便大谈历史，或高谈各种史学理论，也只能是向壁虚构、主观臆造，结论也只能是无源之水，必然掉进历史虚无主义的陷阱。

古人很早就认识到要了解、研究历史，就不能局限于经、史、子、集的简单分类。很早就有学者明确提出"六经皆史"，近代大学问家梁启超更强调"举凡人类智识之记录，无不丛纳之于史"。马克思也说我们所知道的唯一一门科学，就是历史科学。近代科学史学还进一步强调，研究历史，不仅要依靠文献史料，还要结合大量的实物史料、图像史料（包括考古学发掘的相关地下文物史料）。此外，还有"活"的史料，即遗存至今的种种传统文化，来自民族学、人类学、民俗学等各个方面的物质与非物质史料，来以今证古，由此产生了必须结合"二重"乃至"多重"史料来进行研究的多重证据历史研究法。

诗歌是重要的人类文化创造，也是历史、文化和传统的产物，所以

序

"以诗证史",是运用文献史料来研究历史的重要角度。诗歌等文学作品来源于生活,也反映生活,所以,研究古代历史,特别是研究古代乐舞,诗歌当然也是一种不可或缺的史料来源,"以诗证史"也成为一种自觉的历史研究方法。近代著名史学家陈寅恪先生,就有不少通过"以诗证史"取得重要研究突破的成果,他的相关研究被视为"以诗证史"的成功范例,值得关注和学习。

很多学者指出,"以诗证史"是历史研究的基本方法之一,认为这种方法通过分析古代诗歌的内容,来探讨和解读历史现象和社会状况,从而为历史研究提供新的视角和证据。还有学者指出,"以诗证史"这种方法的应用,不应局限于对古代社会的理解上,还应扩展到对历史气候等的研究上。例如,通过分析唐宋时期的诗歌,研究者可以了解当时的农业生产、气候变化、社会生活等多方面的信息。相关诗歌不仅反映了当时的社会生活,还蕴含了丰富的气候和自然环境知识,为历史研究提供了宝贵的资料。比如,具体到唐代的研究,通过分析白居易、丁仙芝、杜荀鹤等诗人的作品,可以发现唐代农村经济商品化发展的情况。这些诗歌中提到的农业生产和商业活动,如蚕桑养殖、农产品交易等,揭示了唐代农村经济活动的多样性和活跃性。这些发现不仅丰富了我们对唐代社会经济的认识,也为我们理解唐代社会经济结构提供了新的视角。又如,通过对唐宋诗歌中关于梅雨、节气、物候等现象的描述进行分析,可以更深入地理解古代人们对自然环境的感知和适应方式,以及这些自然环境因素如何影响当时的社会生活和农业生产。其中,对物候知识和气候变迁的描述,为我们研究古代气候变化提供了直观而生动的资料。

这里我想强调的是,古代的诗歌等韵文,与音乐、舞蹈艺术的关系本来就极其密切。中国以礼乐文明著称,号称"礼乐之邦"。"礼乐"之"乐"不仅非常重要("礼非乐不行,乐非礼不举"),而且在古代,"乐"的内涵与外延是非常广义的,包含文学(尤其诗歌)、音乐、舞蹈、戏剧、戏曲等,这些充分说明文学与乐舞的关系非同寻常,不少学者用"孪生姐妹"来形容它们之间的关系。一部中国文学史和一部中国音乐史,借用王小盾先生的话来说,它们的十分之八九原是重叠在一起的,也就是"一部中国音乐文学史"。换言之,打开中国文学史,从源头《诗经》开始,《楚辞》也好,汉魏南北朝的"乐府"(乐府诗歌)也好,唐诗宋词元曲也好,等等,一言以蔽之,都是配合唱歌、奏乐、舞蹈的歌词。

如唐代刘禹锡的《纥那曲》中"踏曲兴无穷,调同词不同"所描述的那样,文学歌词和歌唱舞蹈本来就是密不可分的,文学最开始也是口头文学,后来人们逐渐发明了文字,使用文字来记载歌词,才逐渐有了歌唱和文学的分离。所以,这种亲密的关系,也是我们通过诗歌来研究乐舞所具有的天然优势。

比如,被誉为中国文学源头的《诗经》,里面就有大量对音乐、乐舞、乐器演奏的刻画与描写。《诗经》"风""雅""颂"的分类(据上海博物馆藏战国楚竹书,分类原是"颂""夏""风",其中"夏"就是"雅"),就是当时音乐的分类,"十五国风"指的就是十五国的民歌。今本《诗经》第一篇《关雎》,里面就有当时乐舞活动和乐舞社会功能的生动展现,例如"窈窕淑女,琴瑟友之""窈窕淑女,钟鼓乐之"等。前辈学者很早就知道运用"诗"(《诗经》)来证史、写史,比如杨荫浏先生在《中国古代音乐史稿》中,就认为《诗经》中提到的乐器有近30种之多。笔者也曾对《诗经》中多次提到的"簧"进行考证,比如《王风·君子阳阳》中的"君子阳阳,左执簧,右招我由房",《小雅·鹿鸣》中的"我有嘉宾,鼓瑟吹笙,吹笙鼓簧,承筐是将",还有《秦风·车邻》中的"既见君子,并坐鼓簧"等,再结合其他历史文献,判断"簧"就是今天仍在部分地区流行的"口弦"(或"口簧")。现在还有考古报告说距今4000多年的石峁遗址出土了骨质的"口簧"。所以,用"以诗证史"的方法来研究考证古代乐舞历史,是不能忽视的方法和途径。

  古代的类书,包括今天还能见到的年代最早的唐代的《艺文类聚》《初学记》,以及宋代的《太平御览》《玉海》等,都运用了包括前代和当代的诗歌史料来记述和研究乐舞史问题。清代体量极其巨大的《古今图书集成》,其《经济汇编·乐律典》,除征引经部、史部古籍记载外,还大量引用有关乐舞、乐律活动的历代诗文史料。这些都可以看作是"以诗证史"的史例。

  用宋诗来证宋代乐舞史,在已有的中国古代音乐史研究中,也非常有效。比如研究宋代的古琴艺术,就有许多学者采纳、运用了宋代诗歌中的材料。例如,北宋大诗人苏东坡出身于热爱古琴的世家,自己还收藏、研究过唐代名琴——雷琴(雷氏琴)。其一生咏琴的诗很多,如《听杭僧惟贤琴》《九月十五日观月听琴西湖一首示坐客》《听武道士弹贺若》《次韵子由弹琴》《破琴诗》《听贤师琴》等。他写的《琴诗》——"若言琴上有琴声,放在匣中何不鸣?若言声在指头上,何不于君指上听",一直很受关注。为纪念欧阳修,苏东坡还为琴曲《醉翁操》(系沈遵根据欧阳修《醉翁亭记》的意境创作)专门创作了琴歌……这里就不多罗列了。这些都是研究宋代音乐舞蹈非常重要的史料。

  当然,诗歌作为文学体裁的一种,也具有反映刻画现实的某些特殊性,比如也运用夸张、虚构等手法,还有习惯性的用典,所以诗歌的描写不完全等同于现实摹写和精确再现。这些都是在"以诗证史"时应该注意的。

  应该说，宋诗（以及其他各种宋代文献）中还有大量的乐舞史料，有待我们进一步去了解、研究。河北师范大学音乐学院韩启超教授和他的团队所进行的相关辑录工作，非常有价值，为我们开启了深入掌握运用这些宝贵史料的大门。我们也期待他们在此基础上继续前行，更好地运用这些宝贵史料，为我们揭开宋代乐舞史上的更多奥秘，传达出更多的珍贵信息，力争取得更多更新的研究成果！

秦　序

2024 年 9 月初草于昆明

凡 例

一、底本选择。本书以北京大学古文献研究所编写的《全宋诗》（共72册）为底本，结合北京大学推出的全宋诗分析系统，收录其中涉及乐舞的诗歌。

二、收录原则。本书尽可能全面地收录涉及乐舞的诗歌，但以下情况不予收录：（一）标题或诗句中出现乐器名但与乐器无关的诗歌。（二）对标题中只作与乐舞相关的交代，而诗句中与乐舞无关的诗歌。（三）内容完全相同（或只有少数字眼不同），但作者不同或诗名不同的诗歌。（四）个别无法确定与乐舞直接相关的诗歌。另联句诗，只做标注说明，不重复收录。

三、体例次序。本书除研究卷外，每卷内容以乐舞元素分列，各名目下呈现作者及诗歌内容，并按照作者姓氏拼音进行排序，姓氏拼音相同者及同姓名者则以生年先后为序，其他涉及无名氏者、僧道以及帝王等，具体情况具体处理。

四、用字原则。本书采用简体横排，文字原则上遵循《古籍字体转换释例》，保留通假字、同义字等。异体字在适当范围内审慎稳妥地改为正体字；特殊情况下则保留原字，如人名等专名的用字不作转换。旧字形不作保留。

五、校勘原则。本书原则上遵照底本以及全宋诗分析系统中的内容,但针对编校过程中发现的个别错误,参校权威版本直接改正,不出校记。如:(一)"朱碧烂干夜明灭"句,据四部丛刊景清爱汝堂本《石湖诗集》,将"烂"改作"栏";(二)"奇花异奔相迎开"句,据影印文渊阁四库全书本《乐轩集》,将"奔"改作"卉";(三)"晓钟梦裹苦相呼"句,据四部丛刊景宋写本《诚斋集》,将"裹"改作"里";等等。

目 录

笙

艾性夫(？—？)
　　枕上 / 1
白玉蟾(1194—？)
　　南岳九真歌题寿宁冲和阁 / 1
边维岳(？—？)
　　题妙庭观(其一) / 1
曹　勋(1098—1174)
　　杂诗二十七首(其二六) / 2
　　送凝神张先生还茅山 / 2
晁说之(1059—1129)
　　朱郎元章以予不得宫观与诸侄有唱
　　　和见寄揽之欣喜五更枕上赋四首
　　　(其四) / 2
　　静 / 2
陈大方(？—？)
　　万寿观(其二) / 2
陈梦良(？—？)
　　登泰山(其二) / 3
陈耆卿(1180—1236)
　　以新凉入郊墟为韵简叶孟我丈(其
　　　四) / 3

陈　深(1260—1344)
　　贺胡西轩入道 / 3
陈　襄(1017—1080)
　　和子瞻沿牒京口忆西湖寒食出游见
　　　寄二首(其二) / 3
陈延龄(？—？)
　　恩波桥 / 3
陈元晋(1186—？)
　　朱明洞天 / 3
陈允平(？—？)
　　云间洞天 / 4
　　香奁体 / 4
陈　藻(1151—1225)
　　黄石还渔溪寄刘九四首(其二) / 4
陈　造(1133—1203)
　　次韵赵帅二首(其一) / 4
　　赠高黄二子 / 4
　　次韵王签判二首(其二) / 5
　　次韵刘常甫见赠二首(其一) / 5
　　吴节推赵杨子曹器远赵子野携具用
　　　韵谢之 / 5
陈宗远(？—？)
　　梦游月宫 / 5

程　颢（1032—1085）
  代少卿和王宣徽游崇福宫　/ 5
程　迥（？—？）
  题玉真书院　/ 6
程　俱（1078—1144）
  同江仲嘉纳凉飞英寺　/ 6
崔敦礼（？—1181）
  次韵孙抚干二首（其一）　/ 6
戴　栩（？—？）
  白鹤寺作　/ 7
  题顾恺之画洛神赋欧阳率更书高宗
    御跋寿右司　/ 7
戴震伯（？—？）
  送赵侯之任　/ 7
邓　林（？—？）
  陶通明　/ 7
丁　谓（966—1037）
  嵩岳闻笙　/ 7
范成大（1126—1193）
  赵故城　/ 8
  雪中苦寒戏嘲二绝（其二）　/ 8
  宿妙庭观次东坡旧韵（其一）　/ 8
  次韵项丈雪诗　/ 8
范良龚（？—？）
  妙庭观　/ 8
范祖禹（1041—1098）
  游李少师园十题·鹤　/ 8
  大雪入洛阳　/ 8
方　回（1227—1307）
  上元晚晴　/ 9
  次韵袁提学题皇甫真人清虚庵二首
    （其一）　/ 9

苦雨行　/ 9
缲丝吟　/ 9
方　岳（1199—1262）
  演雅（其一）　/ 9
  湖上八首（其八）　/ 10
  元夕病中　/ 10
丰　稷（1033—1108）
  和运司园亭·茅庵　/ 10
高似孙（1158—1231）
  九怀·思禹　/ 10
葛胜仲（1072—1144）
  次韵张宏道劝释奠致斋　/ 10
  道成墩　/ 11
巩　丰（1148—1217）
  炊熟日有怆松楸　/ 11
  芋洋岭背闻雨声满山细听林上槁叶
    风过之相戛击而成音先后疏数中
    节清绝难状篷笼夜雨未足为奇
      / 11
郭世模（？—1160）
  乌夜啼　/ 11
郭祥正（1035—1113）
  白玉笙　/ 12
  追和李太白姑熟十咏·慈姥竹　/ 12
  送姚太傅　/ 12
韩　淲（1159—1224）
  仲可出刘武子行卷因题　/ 12
韩　琦（1008—1075）
  送张吉甫寺丞归洛　/ 12
韩元吉（1118—？）
  自天封登华顶将自桐柏以归土人谓

之望海尖 /13
次韵赵仲绩久雨夜坐有感二首(其二) /13

何梦桂(1229—?)
灯夕乐舞 /13

洪 适(1117—1184)
仙坛院 /13
次韵景卢野处解嘲之什 /13

洪咨夔(1176—1236)
古乐府用礼禅灭翁韵四·公子游猎 /13

洪 遵(1120—1174)
汉诏郡县行乡饮酒礼颂诗(其七) /13

华 岳(?—1221)
借景楼 /14

华 镇(1051—?)
猴氏道中口占 /14
金庭洞天 /14
次韵和湖南运判司勋曹公衡山行 /14

黄 庚(?—?)
闻鹤 /15
赠通玄观道士竹乡 /15

黄庭坚(1045—1105)
和答君庸见寄别时绝句 /15
送君庸 /15
题王晋卿平远溪山幅 /15
予既不得叶遂过洛滨醉游累日 /15
何主簿萧斋郎赠诗思家戏和答之 /15

戏赠王晦之 /15

姜特立(1125—1203)
平原郡王南园诗二十一首·西湖洞天 /16
闽中得家书 /16

孔平仲(1044—1102)
再赋 /16

孔武仲(1041—1097)
杂题二首(其二) /16

黎廷瑞(1250—1308)
梦真三首(其一) /16
梦真三首(其三) /16
忆巢云居 /17

李处权(?—1155)
桃花 /17
和刘逸老题罗汉壁间韵 /17

李 龏(1194—?)
梅花集句(其三一) /17

李含章(?—?)
题武陵护戎林亭 /17

李 洪(1129—1183)
送子都兄赴建康粮料三首(其二) /17

李流谦(1123—1176)
巫山一何高七绝(其一) /18

李若水(1093—1127)
夜坐瓶忽成韵作诗记之 /18

李 新(1062—?)
蓬莱别岛 /18
寿王提举二首(其二) /18
王中玉生辰 /18

李　薰(?—?)
　　十五日同登大慈寺楼得远字　/18

利　登(?—?)
　　用赵南塘赠黄希声韵呈南塘(其二)
　　　/19

廖行之(1137—1189)
　　赠舅氏授室　/19

林光朝(1114—1178)
　　东宫生日六首·癸巳　/19
　　东宫生日六首·壬辰　/19
　　东宫生日六首·乙未　/19

林　颜(?—?)
　　夜乐池　/20

刘安世(1048—1125)
　　出游　/20

刘　攽(1023—1089)
　　游玉仙观寄王四十　/20

刘才邵(1086—1157)
　　子夜四时歌(其一)　/20

刘　敞(1019—1068)
　　凤凰山笙竹　/20
　　奉和宋次道游嵩十五韵　/21
　　奉酬春卿资政给事见寄并贶法酒
　　　/21

刘　黻(1217—1276)
　　游长渠石洞　/21
　　东皋　/21

刘　过(1154—1206)
　　游郭希吕石洞二十咏·笙鹤　/22

刘克庄(1187—1269)
　　广游女(其二)　/22
　　宫词四首(其二)　/22
　　旱莲　/22
　　赠女学士　/22

刘学箕(?—?)
　　与政仲端夫敬叟季仙至旧圃采采芙
　　蓉金菊之妙时之所当艳者江梅海
　　棠烂然照目可无数语纪之为书长
　　句　/22

刘　筠(971—1031)
　　戊申年七夕五绝(其三)　/23
　　夜宴　/23

刘　宰(1166—1239)
　　秋怀二首(其一)　/23
　　喜西岗桥成并书邦美东西桥记后
　　　/23
　　代赋三十韵呈李果州　/23
　　东禅百韵　/24

楼　异(?—1123)
　　嵩山二十四咏·子晋峰　/26

陆九渊(1139—1193)
　　应天山　/26

陆　游(1125—1210)
　　游仙五首(其五)　/26
　　三月二十一日作　/26
　　狂吟　/26
　　自咏　/26
　　东吴女儿曲　/26
　　得季长书追怀南郑幕府慨然有作
　　　/27
　　河桥晚归　/27
　　戏遣老怀五首(其三)　/27

小市 / 27
书感三首(其三) / 27
晚步 / 27
长歌行 / 27
楚宫行 / 28
晚登子城 / 28

吕声之(？—？)
紫霄亭(其一) / 28

吕希纯(？—？)
紫翠楼 / 28

马廷鸾(1222—1289)
皇太子生辰诗三首(其二) / 28

梅尧臣(1002—1060)
同永叔子聪游嵩山赋十二题·拜马涧 / 29
缑山子晋祠 / 29
莺 / 29
汴堤莺 / 29
泊牛渚矶 / 29
和谢希深会圣宫 / 29
送杨明叔通判越州 / 29

糜师旦(1131—1197)
妙庭观 / 30

牟巘(1227—1311)
题水竹居 / 30

欧阳修(1007—1072)
又寄许道人 / 30
嵩山十二首·拜马涧 / 30
太白戏圣俞 / 30
赠杜默 / 30
鬼车 / 31

彭汝砺(1042—1095)
武阳寨闻峒中作乐 / 31

彭 止(？—？)
四贤古风寿帅阃·和安老人 / 32

蒲宗孟(？—？)
新开湖诗·调甄何二君于南湖创小舟 / 32

钱闻诗(？—？)
漱玉亭 / 32

强 至(1022—1076)
送刘伯寿团练致政归洛阳旧隐 / 32

秦 观(1049—1100)
燕舴亭 / 32
致政通议口号 / 32
齐逸亭 / 33

仇 远(1247—？)
秋日西湖园亭 / 33

邵 雍(1011—1077)
又借出诗 / 33

沈 辽(1032—1085)
踏盘曲二首(其二) / 33

施 枢(？—？)
题鹤林丈室用俞紫薇韵 / 33

石建见(？—？)
武夷 / 33

石 介(1005—1045)
燕支板浣花笺寄合州徐文职方 / 33

史 浩(1106—1194)
野庵分题·笋指 / 34

史弥宁(?—?)
　　送苏道士 / 34
释宝昙(1129—1197)
　　古城兰若有竹数百道人筑墙而疏遽之｜有九居丁外或以净香名之取少陵雨洗娟娟净之语殆乎吾此君也故以此意为出一语赠之 / 34
释道璨(?—?)
　　偈颂十二首(其四) / 34
释道潜(1044—?)
　　庐山杂兴(其二) / 34
　　春晴(其二) / 34
　　揖仙亭 / 35
　　次韵景文会朱充仁大夫魏敏中朝奉于望湖楼长句 / 35
释德洪(1071—1128)
　　元祐五年秋尝宿独木为诗以自遣今复过此追旧感叹用韵示超然二首(其二) / 35
　　送文中北还 / 35
释如净(?—?)
　　偈颂三十四首(其二四) / 36
释文珦(1210—?)
　　春夜梦游溪上如世传桃源与梵僧仙子遇具蟠桃丹液灵芝胡麻于云窗雾阁间请赋古诗颇有思致觉而恍然犹能记忆五句云滩峻舟行迟乱峰青虬蟠一瀑素霓吼灵桃粲丹朱仙饭杂芝糗遂追述梦事足成一十

七韵 / 36
释咸杰(1118—1186)
　　偈颂六十五首(其九) / 36
释显万(?—?)
　　苏仙宅 / 37
释印肃(1115—1169)
　　普庵家宝 / 37
　　化无尽历 / 41
释正觉(1091—1157)
　　四料简·人境两俱夺 / 41
舒　亶(1041—1103)
　　和刘珵西湖十洲·月岛 / 41
舒岳祥(1219—1298)
　　借居喜杉棚成 / 41
司马光(1019—1086)
　　猴山引 / 41
　　王君贶宣徽垂示嵩山祈雪诗十章合为一篇以酬之 / 41
宋　白(936—1012)
　　宫词(其九九) / 42
宋　祁(998—1061)
　　元会诗五首(其四) / 42
　　纪圣诗 / 42
宋　无(1260—?)
　　宫词(其二) / 43
　　赠竺炼师 / 43
宋　庠(996—1066)
　　次韵和石学士见寄十首(其八) / 43
　　郡楼望嵩少作 / 43
苏　洞(1170—?)
　　次韵曾文清公复热句 / 44

苏　轼(1037—1101)
　　瓶笙　/ 44
　　望海楼晚景五绝(其四)　/ 44
　　作书寄王晋卿忽忆前年寒食北城之
　　　游走笔为此诗　/ 44
　　送刘寺丞赴余姚　/ 44
　　和陶拟古九首(其五)　/ 44
　　行琼儋间肩舆坐睡梦中得句云千山
　　　动鳞甲万谷酣笙钟觉而遇清风急
　　　雨戏作此数句　/ 45

苏　辙(1039—1112)
　　熙宁壬子八月于洛阳妙觉寺考试举
　　　人及还道出嵩少之间至许昌共得
　　　大小诗二十六首·登封道中三绝
　　　(其一)　/ 45
　　和子瞻三游南山九首·仙游潭五首
　　　(其五)　/ 45
　　寄题登封揖仙亭　/ 45

苏　籀(1091—?)
　　旅舍中秋一首　/ 46
　　寒食后出郊一首　/ 46
　　炎夏即事一首　/ 46

孙　觌(1081—1169)
　　与李彦能范安同赴泽民之集饭后野
　　　步　/ 46
　　长乐寺二首(其二)　/ 46
　　王相生辰(其一)　/ 46

孙绍远(?—?)
　　题妙庭观　/ 46

唐元龄(?—?)
　　华盖山　/ 47

唐仲友(1136—1188)
　　元应善利真人祠(其二)　/ 47
　　游盖竹山　/ 47

陶　弼(1015—1078)
　　会仙岩　/ 47

滕　璘(?—?)
　　绍熙辛亥六月中伏日出郭观稼小休
　　　野石读仲权正字壁间所题诗因次
　　　韵(其一)　/ 48
　　绍熙辛亥六月中伏日出郭观稼小休
　　　野石读仲权正字壁间所题诗因次
　　　韵(其二)　/ 48

童　童(?—?)
　　题王子晋　/ 48

汪炎昶(1261—1338)
　　奉和江冲陶隐居二十韵(其四)
　　　/ 48

汪元量(1241—1317)
　　醉歌(其八)　/ 48
　　湖州歌九十八首(其四〇)　/ 48
　　湖州歌九十八首(其四五)　/ 48
　　幽州城南江乡园　/ 48
　　北征　/ 49
　　兵后登大内芙蓉阁宫人梳洗处　/ 49

王安石(1021—1086)
　　送惠思上人　/ 49
　　明州钱君倚众乐亭　/ 49

王安中(1076—1134)
　　读真诰(其一)　/ 49
　　大风　/ 50

王　珪(1019—1085)
　　宫词(其六三)　/ 50

工部尚书致仕王懿敏公挽词 /50

王 令(1032—1059)
　昼睡(其二) /50

王梦应(?—?)
　绵(其五) /51

王十朋(1112—1171)
　次韵知宗游二公亭 /51
　宿妙庭观 /51

王 遂(?—?)
　题卷舒堂竹 /51

王庭珪(1080—1172)
　和胡观光黄元授二首(其一) /51

王 炎(1138—1218)
　贺吴继仲母氏生日 /52

王应凤(1230—1275)
　送袁明府衡任满入都 /52

王 质(1135—1189)
　栗里华阳窝辞·笙 /52
　栗里华阳窝辞·筑层楼辞 /52

王仲修(?—?)
　宫词(其八四) /52

魏了翁(1178—1237)
　题石洞 /53

文天祥(1236—1283)
　古心江先生以旧弼出镇长沙癸酉十月乙亥是为七十六岁门人文某以一节趋走部内谨拟古体一首为寿 /53

文彦博(1006—1097)
　梅公仪见寄华亭鹤一只 /53
　送秘书刘监归嵩阳隐居(其一) /53

吴 泳(?—?)
　宣城鹿鸣宴 /53
　同程季予游李园和张仁溥 /54

吴 渊(1190—1257)
　劝耕二首(其一) /54

武 衍(?—?)
　虚皇坛月下闻笙 /54
　老宫人(其二) /54

项安世(1129—1208)
　北窗诗 /54

萧立之(1203—?)
　初见郴倅阮云心 /54

谢 翱(1249—1295)
　樊夫人上升词 /55
　拟古寄何大卿六首(其六) /55
　广惜往日 /55
　夏日游玉几山中 /55
　拟古寄何大卿六首(其五) /55

谢 薖(1074—1116)
　寄饶次守 /56

徐安国(?—?)
　妙庭观(其一) /56

徐 钧(?—?)
　张昌宗 /56

徐 瑞(1255—1325)
　客邸呈诸友 /56

许及之(1141—1209)
　次韵薛子明赋雪渊寒瀑 /57

薛季宣(1134—1173)
　闻蝉(其二) /57

严 羽(1192?—1245?)
　紫霞楼夜饮 /57
　游仙六首(其六) /57

晏几道(1030?—1106?)
　句 /57

杨万里(1127—1206)
　贺皇太子九月四日生辰(其三) /57
　留题碧落堂 /58
　寄题永新昊天观贺知宫方外轩 /58
　谢邵德称示淳熙圣孝诗 /58
　和姜邦杰春坊续丽人行 /58

杨 亿(974—1020?)
　七夕 /58
　次韵和席衢州忆洛阳春游十四韵 /58

叶秀发(1161—1230)
　广福寺 /59

余 中(?—?)
　送程给事知越州 /59

喻良能(1120—?)
　帅参宴客于蓬莱阁林参议有诗次韵呈府公 /59

喻汝砺(?—1143)
　上席帅 /59

岳 珂(1183—?)
　舞鹤四绝(其二) /60
　小墅桂花盛开与客醉树下因赋二律(其二) /60
　黄鹤谣寄吴季谦侍郎时季谦自德安入城予适以使事在鄂 /60

张伯玉(?—?)
　次韵王治臣九日使君席上二章(其二) /60
　答王越州蓬莱阁 /60

张公庠(?—?)
　宫词(其二六) /60

张 泊(934—997)
　题越台 /61

张继先(1092—1127?)
　题度仪堂四首(其二) /61

张 颉(?—1090)
　茅山续志 /61

张 耒(1054—1114)
　早登望嵩楼望少室雪畏风不敢招客 /61
　寿安怀古 /61
　襄阳曲 /61
　福昌书事言怀一百韵上运判唐通直 /61

张 嵲(1096—1148)
　五月二十四日宿永睦将口香积院僧轩东望甚远满山皆松桧声三首(其三) /63
　叹名 /63
　西谷歌 /64

张元干(1091—1161)
　张丞相生朝二十韵 /64

张 镃(1153—?)
　尤丈京丈和篇沓至四用前韵为谢 /64
　约周希稷游湖上园 /64

9

读仙书 / 65

赵　鼎(1085—1147)
　县丞吕若谷置酒巽亭(其一) / 65

赵　佶(1082—1135)
　宫词(其一六) / 65

赵汝愚(1140—1196)
　题竹赠卫清叔之潭州 / 65

郑　南(1064—1161)
　锦屏峰 / 65

郑文宝(953—1013)
　题缑氏山王子晋祠 / 65

周邦彦(1056—1121)
　漫书(其一) / 66

周必大(1126—1204)
　茶园王琰求清暑堂诗次王民瞻敷文
　　胡邦衡资政二公旧韵 / 66

周　弼(1194—?)
　客楼 / 66

周　孚(1135—1177)
　有怀陈杜二丈二首(其一) / 66

周麟之(1118—1164)
　上王吏部 / 66

周　密(1232—1298)
　南郊庆成口号二十首(其四) / 67
　月下闻笙次赵元父韵 / 67

周文璞(?—?)
　樵李道中二首(其一) / 67

朱复之(?—?)
　与静使君约游姑山记事古风二十韵
　　 / 67

朱继芳(?—?)
　再拜阊风帅干宝谟郎中 / 68

朱　熹(1130—1200)
　读道书作六首(其四) / 68
　读道书作六首(其六) / 68
　和秀野蒇篝之句 / 68
　奉同都运直阁张丈哭敬夫张兄张丈
　　有诗敢次元韵悲悼之极情见乎词
　　伏幸采览二首(其二) / 68

朱　翌(1097—1167)
　送崔若砺令河源 / 68

邹　浩(1060—1111)
　泛汉江(其三) / 68

敖陶孙(1154—1227)
　清明日湖上晚步 / 69

白玉蟾(1194—?)
　曲肱诗(其九) / 69

蔡　襄(1012—1067)
　正月十八日甘棠院(其三) / 69

曹　勋(1098—1174)
　深夜谣二首(其一) / 69
　乌夜啼二首(其二) / 69
　病中寄曾使君湖上 / 69
　姑苏台上月 / 69
　明月词 / 70

曹　邍(?—?)
　灯市 / 70

晁补之(1053—1110)
　次韵文潜馆中作 / 70

晁说之(1059—1129)
　寄温倅江十四 / 70

冬至前一日至谷熟遇赵子和大夫 / 70
陈昌时(?—?)
　太平宴 / 71
陈　棣(?—?)
　春日偶成三首(其三) / 71
陈　瓘(1057—1124)
　和刘太守十洲诗·雪汀 / 71
陈　烈(?—?)
　题鼓门大灯笼 / 71
陈　宓(1171—1230)
　乙丑春旱至四月十六夜雨(其二) / 71
陈师道(1053—1102)
　奉陪赵大夫游桓山 / 71
陈天麟(1116—1177)
　席上和统制傅公韵 / 72
陈　抟(?—989)
　归隐 / 72
陈　轩(?—?)
　汀州旧州城 / 72
陈允平(?—?)
　侍谢立斋小酌湖楼 / 72
　湖上 / 72
陈　造(1133—1203)
　早春十绝呈石湖(其八) / 72
陈　著(1214—1297)
　次韵林国器元夕 / 72
程敦厚(?—?)
　和冬曦海棠 / 73

程公许(1182—?)
　邑令招讲上元故事与簿尉同赋二首(其二) / 73
　李德夫司理即永康官居辟小轩赋诗二首求京花和韵遣送(其二) / 73
程　俱(1078—1144)
　再和寄彦文 / 73
程师孟(1009—1086)
　静游亭 / 73
　端午出游 / 73
程炎子(?—?)
　水乐洞 / 73
崔敦礼(?—1181)
　闻严子文纳妾孟守有诗辄次韵 / 74
戴表元(1244—1310)
　寄赵子昂济南 / 74
戴复古(1167—?)
　呈赵园令 / 74
戴　栩(?—?)
　上丞相寿(其八) / 74
邓　林(?—?)
　效晋乐志拂舞歌淮南王二篇(其一) / 74
邓　深(?—?)
　六言四首(其一) / 74
丁　谓(966—1037)
　游东山 / 75
董嗣杲(?—?)
　石函桥 / 75
　断桥 / 75

崔府君庙 / 75

依光堂 / 75

越上 / 75

范成大（1126—1193）

雨后东郭排岸司申梅开方及三分戏书小绝令一面开燕 / 75

题张晞颜两花图二首·繁杏 / 75

立春日郊行 / 76

次韵知郡安抚元夕赏倅厅红梅三首（其三） / 76

鞭春微雨 / 76

亲邻招集强往便归 / 76

范纯仁（1027—1101）

和王微之赴韩持国燕集 / 76

范希禹（?—?）

江湖伟观 / 76

范一飞（?—?）

寿知宗 / 77

范仲淹（989—1052）

石子涧二首（其一） / 77

方凤（1240—1321）

与皋羽子善游宝掌山 / 77

方回（1227—1307）

元夕晴 / 77

初夏六首（其一） / 77

方蒙仲（1214—1261）

前村梅 / 77

方岳（1199—1262）

寿教授（其一） / 78

冯山（?—1094）

和吕少蒙蚕市 / 78

重和四首（其三） / 78

傅伯成（1143—1226）

拟和元夕御诗 / 78

高斯得（?—?）

西湖寔溥游人有蹂践之厄 / 78

葛立方（?—1164）

卫卿叔自青旸寄诗一卷以饮酒果核殽味烹茶斋戒清修伤时等为题皆纪一时之事凡十七首为报（其六） / 79

葛绍体（?—?）

渭南考室 / 79

顾逢（?—?）

鳌山下灯市即事 / 79

郭震（?—?）

闻蛩 / 79

郭仲荀（?—1145）

奉和宫使内翰佳什 / 79

韩淲（1159—1224）

临安县观钱氏庙（其二） / 80

十五日晴窗 / 80

送施知院洪帅 / 80

韩琦（1008—1075）

代郡园见答 / 80

惜花 / 80

昼锦堂赏新牡丹 / 80

寄题滑州梅龙图西溪园 / 80

驾幸金明池 / 80

次韵再答 / 81

次韵和宋适推官压沙惠诗 / 81

壬子寒食会压沙寺二首（其二） / 81

目 录

癸丑灯夕 / 81
再题康乐园 / 81
安止堂 / 81
落叶 / 82

韩 维（1017—1098）
子华兄生日五首（其二） / 82
庵中睡起五颂寄海印长老（其三） / 82
送刘景元观察守襄阳 / 82
和伯寿秘监 / 82
对雪送花走笔况之 / 82
范公新池 / 82
自欢 / 82

洪 刍（?—?）
宴城上亭呈阅道 / 83

洪咨夔（1176—1236）
应提刑招饮北山 / 83
暮春即事 / 83

胡斗南（?—?）
题汪水云诗卷（其一〇） / 83

胡 铨（1102—1180）
辞朝 / 83

胡致隆（?—?）
登铁瓮城 / 83

胡仲弓（?—?）
辛丑上元 / 84
溪亭夜吟 / 84

华 镇（1051—?）
和光道元日书事二首（其一） / 84

黄 裳（1043—1129）
长乐宴遣贡士 / 84

黄 庚（?—?）
西湖行春 / 84

黄公绍（?—?）
竞渡棹歌（其三） / 84

黄叔达（?—1100）
次韵答清江主簿赵彦成 / 84

家氏客（?—?）
句 / 85

姜特立（1125—1203）
元宵小饮游人填塞殊可厌 / 85

孔平仲（1044—1102）
青州席上 / 85

孔武仲（1041—1097）
景灵宫奉安神考御容 / 85

寇 准（962—1023）
惜花 / 85

李 昉（925—996）
老病相攻偶成长句寄秘阁侍郎 / 85

李 纲（1083—1140）
留题双溪阁书呈南剑守谢少卿 / 86

李 龏（1194—?）
梅花集句（其八七） / 86
梅花集句（其八八） / 86
梅花集句（其一〇五） / 86

李 觏（1009—1059）
书麻姑庙 / 86
宜春台 / 86

李 光（1078—1159）
五月八日雨大作闻守倅游湖以前日白莲见戏成小诗谢之 / 86
题藏春轩 / 86

李景文（?—?）
病后感兴寄车玉峰先生二首（其一） / 87

13

李流谦(1123—1176)
　　青楼行　/87
李弥逊(1089—1153)
　　春夜信笔书　/87
李　蟠(?—?)
　　辰光门　/87
李若水(1093—1127)
　　御笔免房钱一句　/87
李　氏(?—?)
　　西湖　/88
李之仪(1048—1127)
　　濮道甫挽词二首(其二)　/88
　　苏子瞻因胶西赵明叔赋薄薄酒杜孝锡晁尧民黄鲁直从而有作孝锡复以属予意则同也聊以广之(其二)　/88
李　至(947—1001)
　　所苦之中无以遣闷更题新竹别献五章幸赐披览(其五)　/88
　　仆射相公思绪春荣词含古雅忽成绝唱以导高情仍率短才俾次前韵安敢藏拙聊奉谕言　/88
　　奉和牡丹盛开之什　/88
连文凤(1240—?)
　　湖上行春　/89
林景熙(1242—1310)
　　西湖　/89
林宗放(?—?)
　　北楼次韵　/89
刘　攽(1023—1089)
　　许州寒食　/89
刘　敞(1019—1068)
　　淮西延平以诗见寄因书陕城即事用

酬来唱　/89
刘克庄(1187—1269)
　　和居厚弟一首　/89
刘　跂(1053—?)
　　送赵侯思恭　/90
刘　弇(1048—1102)
　　次韵谭令尹茅庵十咏(其七)　/90
刘　宰(1166—1239)
　　和赵龙图鹿鸣宴韵二首(其二)　/90
　　和柴监　/90
刘子翚(1101—1147)
　　次韵卢赞元喜雪　/90
　　吕丞相挽诗二首(其二)　/90
卢　奎(?—?)
　　晓望(其二)　/90
陆　佃(1042—1102)
　　送许遵少卿知润州　/91
　　用田倅韵答孙勉教授二首(其一)　/91
　　和朱升朝奉　/91
陆　游(1125—1210)
　　乡人或病予诗多道蜀中遨乐之盛适春日游镜湖共请赋山阴风物遂即杯酒间作四绝句却当持以夸西州故人也(其二)　/91
　　绍兴癸亥余以进士来临安年十九明年上元从舅光州通守唐公仲俊招观灯后六十年嘉泰壬戌被命起造朝明年癸亥复见灯夕游人之盛感叹有作　/91
　　雪后　/91

14

目 录

过夷陵适值祈雪与叶使君清饮谈括
　　苍旧游既行舟中雪作戏成长句奉
　　寄 / 91
江渎池醉归马上作 / 92
芳华楼夜宴 / 92
忆山南二首(其一) / 92
题接待院壁 / 92
冬晴 / 92
春游 / 92

吕南公(1047—1086)
　　己未上元宿崇相山寺 / 92

吕　陶(1028—1104)
　　北园 / 92
　　和八日登高 / 93

吕希纯(？—？)
　　玉泉庵 / 93

罗志仁(？—？)
　　题汪水云诗卷(其五) / 93

米　芾(1051—1107)
　　明月歌二首(其二) / 93

牟　巘(1227—1311)
　　送娄伯高游吴 / 93

慕容彦逢(1067—1117)
　　试灯日侍亲游戒珠寺 / 94

穆　修(979—1032)
　　城南五题·独游 / 94

聂致孙(？—？)
　　登碧落堂 / 94

欧阳修(1007—1072)
　　昆丘台 / 94
　　戏答仲仪口号 / 94
　　和刘原甫平山堂见寄 / 94

潘　阆(？—1009)
　　维扬秋日牡丹因寄六合县尉郭承范
　　 / 94

裴大亮(？—？)
　　题西岩寺三绝(其二) / 95

强　至(1022—1076)
　　依韵奉和司徒侍中辛亥七夕末伏
　　 / 95
　　依韵奉和司徒侍中壬子中秋对月
　　 / 95

仇　远(1247—？)
　　和西仲秋日闻莺诗 / 95

裘万顷(？—1219)
　　次余仲庸松风阁韵十九首(其一二)
　　 / 95

饶　节(1065—1129)
　　王信玉生日 / 95

沈　括(1031—1095)
　　延州柳湖(其一) / 96

盛　烈(？—？)
　　春兴 / 96

石　懋(？—？)
　　郡守 / 96

石延年(994—1041)
　　句(其六) / 96

史　浩(1106—1194)
　　代人纳婿亲会致语口号 / 96
　　复诸亲庆会致语口号 / 96

史弥坚(？—1232)
　　宴黄状元大任 / 97

释宝印(1109—1191)
　　偈颂十五首(其六) / 97

15

释道宁(1053—1113)
　偈六十三首(其三二) / 97
释德洪(1071—1128)
　寄题彭思禹水明楼 / 97
　陈奉议生辰 / 97
释慧远(1103—1176)
　颂古四十五首(其一八) / 98
释景元(1094—1146)
　颂古四首(其三) / 98
释克勤(1063—1135)
　偈三首(其一) / 98
释如哲(？—1160)
　偈 / 98
释绍昙(？—1297)
　偈颂一百零二首(其四三) / 98
　偈颂一百一十七首(其五四) / 98
　颂古五十五首(其三八) / 98
　偈颂一百零四首(其八二) / 98
释守仁(？—？)
　颂古五首(其五) / 99
释斯植(？—？)
　湖上晚望 / 99
　登吴山 / 99
释惟一(1202—1281)
　偈颂一百三十六首(其四) / 99
　偈颂一百三十六首(其一六) / 99
　偈颂一百三十六首(其九一) / 99
释行海(1224—？)
　行京 / 99
　无题 / 99
　赵氏废园 / 99
　湖上感春 / 100

释印肃(1115—1169)
　偈颂三十首(其一七) / 100
释永颐(？—？)
　废宫 / 100
　西湖日暮 / 100
释元肇(1189—？)
　秀野园 / 100
释智朋(？—？)
　偈颂一百六十九首(其二六) / 101
释智愚(1185—1269)
　偈颂二十一首(其一八) / 101
舒邦佐(1137—1214)
　晚步 / 101
舒　亶(1041—1103)
　秋宴十洲阁 / 101
司马光(1019—1086)
　闻正叔与客过赵园欢饮戏成小诗 / 101
　寄题钱君倚明州重修众乐亭 / 101
宋　白(936—1012)
　宫词(其五〇) / 101
宋可菊(？—？)
　春日 / 102
宋　无(1260—？)
　扬州 / 102
　姑苏台 / 102
苏　寀(？—1079)
　和赵阅道游海云山 / 102
苏　泂(1170—？)
　金陵杂兴二百首(其一五三) / 102
苏　轼(1037—1101)
　九日舟中望见有美堂上鲁少卿饮以

16

诗戏之二首(其一) / 102
九日寻臻阇黎遂泛小舟至勤师院二首(其二) / 102
至济南李公择以诗相迎次其韵二首(其二) / 103
韩康公挽词三首(其三) / 103
赠王子直秀才 / 103
与梁左藏会饮傅国博家 / 103

苏易简(958—997)
禁林宴会之什 / 103

苏 辙(1039—1112)
次韵侯宣城叠嶂楼双溪阁长篇 / 103

孙光宪(?—968)
杨柳枝词四首(其三) / 104

孙应时(1154—1206)
挽南康冷知军(其一) / 104
送明守黄子由尚书赴召 / 104
和楼尚书赋赵大资重楼柏梁体 / 104

孙 永(1020—1087)
上巳日 / 105

汤仲友(?—?)
西湖 / 105

田 况(1005—1063)
成都遨乐诗二十一首·九日太慈寺前蚕市 / 105

田 锡(940—1004)
惜春词 / 105
华清宫词 / 105

汪元量(1241—1317)
湖州歌九十八首(其七五) / 106
西湖旧梦(其三) / 106

王安国(1028—1074)
杭州呈胜之 / 106

王安石(1021—1086)
次韵吴冲卿召赴资政殿听读诗义感事 / 106

王 柏(1197—1274)
湖上(其二) / 107
和叔崇春寒韵 / 107

王 操(?—?)
赠刘将军 / 107

王 阮(?—1208)
续湖阴曲一首 / 107

王十朋(1112—1171)
和韩苦寒 / 107
元宵贡院张灯会客知宗即席赋诗次韵 / 108

王 遂(?—?)
中秋饮凤凰台上 / 108

王 炎(1138—1218)
留山间即事 / 108

王禹偁(954—1001)
寒食 / 108

王之道(1093—1169)
上元后漕幕同僚二十八人会饮于西湖登千佛阁运干赵渔樵希圣以坡诗七言绝句分韵得陌字 / 109

王仲修(?—?)
宫词(其三) / 109

17

宫词(其一九) / 109
宫词(其五二) / 109

王 铚(?—?)
　六桥春望 / 109
　涌金门 / 109
　宫词 / 109
　京中即事 / 109

韦 骧(1033—1105)
　钧爱亭 / 109
　寄明守刘公仪 / 110

文彦博(1006—1097)
　驾经略太尉相公移镇太原(其三) / 110

吴 芾(1104—1183)
　六月二十一日早行十六首(其八) / 110

吴惟信(?—?)
　苏堤清明即事 / 110
　赠别(其四) / 110

吴锡畴(1215—1276)
　夜雨 / 110

夏 竦(985—1051)
　送人入越 / 110

向传式(?—1061)
　渌波亭 / 110

辛弃疾(1140—1207)
　和赵直中提干韵 / 111

徐 积(1028—1103)
　少年行 / 111
　送秦少游 / 111

徐集孙(?—?)
　湖亭夜坐 / 111

徐 铉(917—992)
　陶使君挽歌二首(其二) / 111
　回至瓜洲献侍中 / 111

许及之(1141—1209)
　次韵谢余伯益节推 / 112

薛师传(?—?)
　六桥闲步(其一) / 112

薛 嵎(1212—?)
　渔村杂诗十首再和前韵(其八) / 112

晏 殊(991—1055)
　扈从观灯 / 112
　中秋月(其二) / 112

杨 备(?—?)
　长洲(其二) / 112
　齐云观 / 112

杨 杰(?—?)
　送陈成伯学士知湖州 / 113

杨万里(1127—1206)
　益公新作三层百尺新楼署曰围山观贺以唐律二章(其二) / 113

姚 勉(1216—1262)
　题四圣观小蓬莱 / 113

永 秀(?—?)
　题汪水云诗卷 / 113

于 石(1247—?)
　伊昔(其三) / 113
　春怀次韵 / 113
　戊子元夕大雪 / 113

目 录

西湖荷花有感　/ 114

俞 桂（?—?）
　农事　/ 114

俞 鼐（?—?）
　疏山　/ 114

虞 俦（?—?）
　旅怀上石似之郎中（其二）　/ 114
　吴守相邀壮观登高坐中出示佳篇因继韵以酬　/ 114
　和王诚之群圃胜集　/ 114
　自中秋月圆木犀开后倡酬络绎今可以止矣再书数句殿其后　/ 115
　子长来诗乃有杜口毗那之语但天女天花未尝见也诗以先之　/ 115

元 绛（1009—1084）
　句（其九）　/ 115

曾 巩（1019—1083）
　旬休日过仁王寺　/ 115
　戏书　/ 115
　北池小会　/ 115
　郓州新堂　/ 115
　刁景纯挽歌词二章（其一）　/ 115

曾 会（?—?）
　上齐山　/ 116

张 秉（952—1016）
　戊申年七夕五绝（其四）　/ 116

张伯玉（?—?）
　遥题钱公辅众乐亭　/ 116

张 纲（1083—1166）
　馆职上元宴集葆真宫以病不赴次龚滆之韵　/ 116

张公庠（?—?）
　宫词（其六三）　/ 116

张继先（1092—1127?）
　思青城翁　/ 116

张 毂（?—?）
　寄嘉兴守令狐挺　/ 116

张 侃（1189—?）
　雨后生凉络纬声清可爱　/ 117

张 耒（1054—1114）
　自上元后闲作五首（其五）　/ 117
　效白体赠晁无咎（其一）　/ 117
　美哉　/ 117
　萧朝散惠石本韩幹马图马亡后足　/ 117

张 牧（?—?）
　出舍在浙江亭得父书开示题诗于亭　/ 118

张商英（1043—1121）
　牡丹　/ 118

张舜民（?—?）
　牡丹　/ 118

张唐民（?—?）
　送程给事知越州二首（其一）　/ 118

张 炜（1094—?）
　观集芳园　/ 118

张 先（990—1078）
　吴兴元夕　/ 118

张 俞（?—?）
　游骊山（其一）　/ 119

张元干（1091—1161）
　李丞相纲生朝三首（其三）　/ 119

19

张 蕴(?—?)
　　姑苏台 / 119

章 俣(?—?)
　　如归亭 / 119

章 甫(?—?)
　　灯夕戏简胥直夫 / 119

赵 抃(1008—1084)
　　杭州上元观灯(其一) / 119

赵崇嶓(?—?)
　　中秋无月二绝同韵(其一) / 119

赵处澹(?—?)
　　长门怨 / 120

赵 佶(1082—1135)
　　句(其八) / 120
　　宫词(其三四) / 120
　　宫词(其四九) / 120

赵 炅(939—997)
　　缘识(其四八) / 120

赵汝淲(?—?)
　　敬和九锁步虚词·云璈锁 / 120

赵时韶(?—?)
　　燕 / 120

赵希逢(?—?)
　　子规 / 121

真德秀(1178—1235)
　　皇后阁春贴子词五首(其四) / 121

郑思肖(1241—1318)
　　春日偶成五绝(其一) / 121

郑 侠(1041—1119)
　　和叔粲沧浪亭 / 121

郑 獬(1022—1072)
　　落梅 / 121

游金明池 / 121

仲 并(?—?)
　　送郑公老少卿赴吉州三首(其一) / 121

周必大(1126—1204)
　　同年刘辰告妻易氏挽词 / 122
　　资正殿学士萧照邻挽词二首(其一) / 122
　　请卢帅乐语口号 / 122
　　李秀实生日 / 122

周端臣(?—?)
　　寒食湖堤 / 122
　　观潮行 / 122

周 密(1232—1298)
　　宫词八首(其四) / 122

周元明(?—?)
　　南园 / 123

周紫芝(1082—?)
　　戏蛙 / 123

朱继芳(?—?)
　　和颜长官百咏·贫女(其三) / 123

朱淑真(?—?)
　　元夜遇雨 / 123
　　游旷写亭有作 / 123

筝

艾性夫(?—?)
　　题贱容 / 124

蔡 肇(?—1119)
　　和慎思诗呈同院后至诸公 / 124

晁补之(1053—1110)
　　感寓十首次韵和黄著作鲁直以将穷
　　　　山海迹胜绝赏心晤为韵(其一)
　　　　/ 124

晁公遡(1116—？)
　　次韵刘安收惠诗二首(其二) / 124

陈　棣(？—？)
　　题竹友轩 / 125

陈　宓(1171—1230)
　　庚午宴新举人 / 125

陈枢才(？—？)
　　挽薛艮斋(其二) / 125

陈　造(1133—1203)
　　次韵魏知元(其一) / 125
　　再次韵(其三) / 125
　　次韵高宾王见投四首(其三) / 125
　　次韵赵子野赠别 / 126

程公许(1182—？)
　　吊齐斋先生尚书文节倪公(其二)
　　　　/ 126

程　俱(1078—1144)
　　谒蔡开府延客周历堂宇览观山林岩
　　　　洞之胜顿失袢暑退作律诗一首
　　　　/ 126

戴表元(1244—1310)
　　春日城南闻禽鸟声喧甚为赋二十二
　　　　韵 / 126

戴复古(1167—？)
　　和郑润甫提举见寄(其二) / 127

范成大(1126—1193)
　　送子文杂言 / 127

方　岳(1199—1262)
　　胡得唯索写近诗 / 127
　　用简斋建除体韵 / 127

耿南仲(？—1129)
　　和余樗年试院即事呈诸公 / 128

韩　淲(1159—1224)
　　次昌甫韵 / 128

韩元吉(1118—？)
　　依韵恭和御制秋怀 / 128

胡　宿(995—1067)
　　太尉侍中郑国宋公挽词三首(其二)
　　　　/ 128

黄公度(1109—1156)
　　和超然翁韵二首(其一) / 128
　　庚午秋观进士入试 / 129

黄庭坚(1045—1105)
　　高至言筑亭于家圃以奉亲总其观览
　　　　之富命曰溪亭乞余赋诗余先君之
　　　　敝庐望高子所筑不过十牛鸣地耳
　　　　故余未尝登临而得其胜处 / 129
　　拘士笑大方 / 129

孔平仲(1044—1102)
　　九日独登曹亭 / 129

李　纲(1083—1140)
　　自武陵舟行至德山 / 130

李格非(？—？)
　　过临淄 / 130

李　吕(1122—1198)
　　丙辰夏和周宰 / 130

李正民(1073—1151)
　　寄闻人茂德(其二) / 130

21

李之仪(1048—1127)
　　阮公啸台次韵辛正叔 / 131
林希逸(1193—1271)
　　李提举挽诗(其二) / 131
刘攽(1023—1089)
　　寄题汉中三亭 / 131
刘克庄(1187—1269)
　　次黄殿讲鸣佩亭 / 131
刘弇(1048—1102)
　　同朱彦周游元阳洞兼示文吴二羽人 / 131
刘筠(971—1031)
　　上元日 / 132
吕本中(1084—1145)
　　王传岩起乐斋 / 132
吕陶(1028—1104)
　　闻蛩和长句 / 133
罗绮(？—？)
　　题汪水云诗卷 / 133
马之纯(1144—？)
　　桂岭 / 133
潘大临(？—？)
　　春日书怀 / 133
蒲寿宬(？—？)
　　和胡竹庄韵 / 134
秦观(1049—1100)
　　送周裕之赴新息令 / 134
商倚(？—？)
　　次韵余干试院即事呈诸公 / 134
宋祁(998—1061)
　　书怀寄郭正 / 134

宋庠(996—1066)
　　故相国沂公建设学官实宠兹土近闻生徒浸盛姑复慰怀因成拙诗一章奉呈州学官因以勉导来者 / 134
苏轼(1037—1101)
　　将往终南和子由见寄 / 135
　　追和子由去岁试举人洛下所寄九首·韩子华石淙庄 / 135
苏洵(1009—1066)
　　答张子立见寄 / 135
苏辙(1039—1112)
　　四月二十八日新热寄仇池 / 136
苏籀(1091—？)
　　黄筌画金盆鸰孟蜀屏风者也一首 / 136
孙觌(1081—1169)
　　送王循道赴省试四首(其三) / 136
孙应时(1154—1206)
　　用前韵感事(其二) / 136
汪元量(1241—1317)
　　幽州会同馆 / 137
王安石(1021—1086)
　　白纻山 / 137
王令(1032—1059)
　　谢束丈 / 137
　　梦蝗 / 137
王炎(1138—1218)
　　汪贵之挽诗 / 138
王禹偁(954—1001)
　　酬种放徵君一百韵 / 138

22

韦　骧（1033—1105）
　　和刘守以诗约赏南园牡丹　/ 140
文彦博（1006—1097）
　　玩月吟寄友人（其一）　/ 140
吴　芾（1104—1183）
　　和董伯玉韵　/ 141
　　喜晴　/ 141
吴锡畴（1215—1276）
　　元日　/ 141
项安世（1129—1208）
　　二十一日柘龙桥道中　/ 141
谢　薖（1074—1116）
　　次韵之南读彦光诗有作　/ 141
谢　逸（？—？）
　　淳祐甲辰三月中浣奉诏经略同客张
　　　景东冯云从男公闸公闻游乳洞纪
　　　事　/ 142
徐鹿卿（1189—1251）
　　感兴（其一）　/ 142
薛季宣（1134—1173）
　　我客　/ 142
杨冠卿（1138—？）
　　继诗社诸友韵　/ 142
　　壬寅仲冬晦日同吴监丞游延祥宫延
　　　祥盖和靖所居也　/ 142
叶　适（1150—1223）
　　王氏读书吟堂　/ 143
　　还华贤良九经说贤良进卷语林等
　　　/ 143
袁　燮（1144—1224）
　　天童道上二首（其二）　/ 143

袁说友（1140—1204）
　　有感　/ 143
曾　巩（1019—1083）
　　答石秀才月下　/ 143
曾　几（1085—1166）
　　松风亭四首（其四）　/ 144
张景脩（？—？）
　　送朱天锡童子　/ 144
张　耒（1054—1114）
　　天庆观三色桧　/ 144
　　友山　/ 144
张　嵲（1096—1148）
　　过大包阁寄夏漕致宏　/ 146
章　甫（？—？）
　　喜凉（其一）　/ 146
赵德载（？—？）
　　绍兴丙辰冬十有二月戊申赵德载赴
　　　官宕渠入境小雨肩舆中戏作一绝
　　　书白鹤寺壁　/ 146
赵　蕃（1143—1229）
　　古意二首（其一）　/ 146
周　孚（1135—1177）
　　寄庭藻　/ 146
朱　槔（？—？）
　　寓居南轩　/ 147
朱淑真（？—？）
　　次韵见赠兼简吴夫人　/ 147
朱　熹（1130—1200）
　　寄江文卿刘叔通（其三）　/ 147

邹　浩(1060—1111)
　　马叔宝寄种竹诗次其韵 / 147

簧

曹　勋(1098—1174)
　　过邯郸 / 148

陈　造(1133—1203)
　　程帅以古人名作诗见寄拟作谢之 / 148

程公许(1182—?)
　　寿东师杨尚书 / 148

程元岳(1218—1268)
　　和竹坞过曹柘岭 / 149

董士廉(?—?)
　　兴庆池禊宴 / 149

范成大(1126—1193)
　　大暑舟行含山道中雨骤至霆奔龙挂可骇 / 149

方　回(1227—1307)
　　忆我二首各三十韵(其二) / 150

韩　维(1017—1098)
　　览景仁君实议乐以诗戏呈景仁 / 150

华　镇(1051—?)
　　春日杂兴十五首(其四) / 150
　　送越帅程给事赴诏 / 151

黄庭坚(1045—1105)
　　戏赠曹子方家凤儿 / 151

孔平仲(1044—1102)
　　和天觉钱朝散度上余兴之作 / 151

李　纲(1083—1140)
　　春晓闻众禽声有感 / 152

李　彭(?—?)
　　庆上人以再闻诵新作突过黄初诗为韵作十诗见寄次韵酬之(其一) / 152

李　新(1062—?)
　　有怀高执中 / 152

李之仪(1048—1127)
　　比部文承制移竹赠初秀才尧民有诗因次其韵(其二) / 152

刘克庄(1187—1269)
　　以王家酒寄陈北山得二绝句诮酒味不如旦日之劲峭用韵二首(其一) / 153

陆　游(1125—1210)
　　稽山行 / 153

穆　修(979—1032)
　　和毛秀才江墅幽居好十首(其三) / 153

石　介(1005—1045)
　　乙亥冬富春先生以老儒醇师居我东齐济北张泂明远楚丘李缊仲渊皆服道就义与介同执弟子之礼北面受其业因作百八十二言相勉 / 153

释德洪(1071—1128)
　　次韵思忠奉议民瞻知丞唱酬佳句 / 154

宋　无(1260—?)
　　乌夜啼 / 154

孙应时(1154—1206)
　　傅惟肖赞府假西游集作长篇送还奇

甚次其韵 / 154

韦骧(1033—1105)
和朱尉示亲老生日 / 155

晏殊(991—1055)
春阴 / 155

姚镛(1191—?)
春夜曲 / 155

张镃(1153—?)
春日泛舟南湖因遍游近港坐间书客所携四扇(其二) / 155
泛锦池霞川呈张以道二首(其二) / 155
叔祖阁学生朝以丹砂铸酒杯为寿 / 155

赵汝鐩(1172—1246)
征妇叹 / 156
瑶娥曲 / 156

郑清之(1176—1251)
和郑制干谢借居且惠朋樽醉鳌诗 / 156

郑侠(1041—1119)
和李天与秀才 / 156

周必大(1126—1204)
进读三朝宝训终篇赐宴赐赍谢恩诗 / 157

周弼(1194—?)
显应观桃花 / 157

周文璞(?—?)
赠赵子野歌 / 157

朱继芳(?—?)
和颜长官百咏·朱门(其七) / 158

邹浩(1060—1111)
用前韵寄邓帅杜君章学士 / 158

篇

白玉蟾(1194—?)
谒仙行赠万书记 / 159

陈棣(?—?)
再次韵(其二) / 159

陈宗远(?—?)
郊祀庆成诗 / 159

华岳(?—1221)
送赵右秋(其一) / 160

黄公度(1109—1156)
夜坐梅树下率尔 / 160

李渤(?—?)
昌山 / 160

刘攽(1023—1089)
和王绚道赠高七植竹 / 161

刘敞(1019—1068)
西域请平三首(其一) / 161

刘辰翁(1232—1297)
寿王太守(其二) / 161

陆佃(1042—1102)
再用前韵呈毅夫 / 161

梅尧臣(1002—1060)
依韵和张应之见赠 / 162

欧阳修(1007—1072)
早赴府学释奠 / 162
秋狝诗 / 162

释正觉(1091—1157)
偈颂二百零五首(其一〇三) / 162

25

司马光（1019—1086）
　　瘿盆　/163
宋　祁（998—1061）
　　当直偶题所见　/163
宋　庠（996—1066）
　　寓直晚归见天街早春景物　/163
苏　轼（1037—1101）
　　崔文学甲携文见过萧然有出尘之姿
　　问之则孙介夫之甥也故复用前韵
　　赋一篇示志举　/163
苏　辙（1039—1112）
　　简学中诸生　/164
　　次韵王定国见赠　/164
　　和子瞻监试举人　/164
文　同（1018—1079）
　　子瞻戏子由依韵奉和　/164
吴　泳（？—？）
　　和赵西里赋雪　/165
夏　竦（985—1051）
　　奉和御制奉祀礼成宴　/165
杨　亿（974—1020？）
　　太常乐章三十首·皇帝正冬御殿文
　　舞第一　/165
　　太常乐章三十首·退文舞出奏正安
　　之曲　/165
元　绛（1009—1084）
　　因览状元节推和诗再和一首　/165
赵　蕃（1143—1229）
　　次韵在伯送行　/166
郑清之（1176—1251）
　　静乐用元韵为劝学之什再和　/166

周文璞（？—？）
　　正字南仲祭诗　/166

笛

艾性夫（？—？）
　　秋村　/168
　　渔家　/168
　　牧童　/168
　　题危见心所藏陈常庵水月障及松鹤
　　芦雁各一首（其一）　/168
　　题古洪周君会梅阁　/168
　　落梅　/168
　　史氏铁笛　/168
敖陶孙（1154—1227）
　　醉歌　/169
白玉蟾（1194—？）
　　棹歌九章寄彭鹤林（其五）　/169
　　武昌怀古十咏·黄鹤楼　/169
　　题仙槎寄呈王待制　/169
　　题三清殿后壁　/169
　　题刘心月　/170
　　纯阳会　/170
　　武夷歌　/171
　　疏山舟中联句　/172
　　送珊上座归育王　/172
　　九曲杂咏·五曲铁笛亭　/172
　　九曲棹歌（其六）　/172
　　九曲棹歌（其九）　/172
　　和刘司门韵题临溪亭　/172
　　题武夷（其三）　/172
　　中秋月（其一）　/172
　　题潘察院竹园壁　/173

题莫干山 /173

赞历代天师·第十六代讳应诏字治
凤 /173

番阳旅寓留题 /173

琼姬曲 /173

天籁堂 /173

华阳堂二咏(其二) /173

悲秋 /173

梅花二首寄呈彭吏部(其二) /173

题杨家酒楼 /173

戏联仄字体 /174

梅窗 /174

寄苏侍郎 /174

一览亭 /174

道过成蹊庵偶成旧风一篇 /174

毕仲愈(?—?)
　句(其三) /175

蔡　沈(1167—1230)
　山中 /175

蔡　戡(1141—?)
　晚泊江皋 /175
　子真新篇愈出愈工压倒元白三叹不
　已勉强再次前韵 /175

蔡蒙吉(1245—1276)
　梅江晚泛二首(其二) /176

蔡　槃(?—?)
　寄何尉 /176

蔡　确(1037—1093)
　夏日登车盖亭十绝(其四) /176

蔡　襄(1012—1067)
　江村 /176

漳南十咏·龙台 /176

曹　勋(1098—1174)
　龙笛曲 /176
　山居杂诗九十首(其五五) /176
　山居杂诗九十首(其七一) /177
　厌厌 /177
　卜居 /177
　游仙四首(其一) /177

晁补之(1053—1110)
　别关景晖二首(其一) /177

晁公遡(1116—?)
　送汤子才 /177
　闻笛 /177

晁说之(1059—1129)
　留题景升北窗 /178
　总管刘观察相饯于高岩经句杨朝奉
　出所和诗即席再赋 /178
　趣景升太尉画孙登像 /178
　德麟留诗相别辄次韵贺送 /178

陈　白(?—?)
　题元象大师房 /178

陈　棣(?—?)
　次韵章尧文梅花 /178

陈　辅(?—?)
　山居(其一) /179

陈傅良(1137—1203)
　和沈守持要题谢公楼额 /179
　寄题薛象先新楼 /179

陈贵谦(?—?)
　敬赞月林观禅师(其二) /179

27

陈　纪(1255—?)
　　题李竹隐山斋　/179
陈嘉言(?—?)
　　游霍童(其四)　/179
陈　杰(?—?)
　　扬子桥送客浮湘　/179
　　归舟发南浦　/180
　　滕王阁　/180
　　程簿能静袖诗来访次韵　/180
　　和州秋阳　/180
陈　克(1081—?)
　　画梅花(其三)　/180
　　唐人画牡丹图二首(其二)　/180
陈　宓(1171—1230)
　　次刘学录梅韵(其二)　/180
　　同林潘二先生登舟(其二)　/180
　　和李艮翁延平山泉韵　/180
陈　普(1244—1315)
　　咏史·蔡邕(其二)　/181
　　秋日即事(其五)　/181
　　望云　/181
陈　起(?—?)
　　湖上即事　/181
陈师道(1053—1102)
　　山口　/182
　　智宝院后楼怀胡元茂　/182
　　夏夜有怀　/182
　　晚泊　/182
陈　埙(1197—1241)
　　茅山　/182

陈延龄(?—?)
　　丹霞观　/182
陈尧佐(963—1044)
　　湖州碧澜堂　/182
陈与义(1090—1138)
　　和颜持约　/183
　　寒食　/183
　　路归马上再赋　/183
　　次韵富季申主簿梅花　/183
陈　渊(?—1145)
　　和子静三绝·渔父一首　/183
　　次韵邓志宏送张思道游福唐　/183
陈允平(?—?)
　　吴山雪霁　/184
　　小楼　/184
　　仲冬南楼野望　/184
　　赠讷行人　/184
　　姑苏台　/184
陈　造(1133—1203)
　　程言聚散有感次前韵(其一)　/184
　　行都　/184
　　繁昌早发　/184
　　次韵张秀才题汪叔量挹秀亭(其二)　/185
陈　著(1214—1297)
　　次儿瀹以诗四首道各意因两用其韵(其三)　/185
　　甬东晚望　/185
　　俞荪墅示以杂兴四首乃用危骊塘所次唐子西韵因次韵(其三)　/185

赋胡贵常所寓西楼 /185

陈子高(?—?)
　　宿龟山次韵 /185

陈宗远(?—?)
　　送友人 /185

谌 祐(1213—1298)
　　句(其一五) /186
　　句(其三〇) /186

程大昌(1123—1195)
　　次韵陆务观海棠 /186

程公许(1182—?)
　　中秋节侍杨尚书待月南楼 /186
　　游东坡和柯山潘邠老旧赋 /186

程 俱(1078—1144)
　　数日江上颇有春色偶成绝句遣兴五
　　首(其二) /186

储 泳(?—?)
　　登涟漪阁 /187

崔 鶠(1057—1126)
　　诗二首(其二) /187
　　诗四首(其二) /187
　　江月图 /187
　　和老人观牧图 /187

戴 昺(?—?)
　　江滨晚霁 /187
　　次刘叔子总干夜坐感秋韵 /188

戴复古(1167—?)
　　江村晚眺二首(其一) /188
　　题郑子寿野趣 /188
　　舟行往吊故人 /188

别邵武诸故人 /188
到鄂渚 /188
杜仲高相遇约李尉 /188
儒衣陈其姓工于画牛马鱼一日持六
　簇为赠以换诗 /188

戴 敏(?—?)
　　楼上 /189

戴 栩(?—?)
　　宋叔简挽词 /189

邓 林(?—?)
　　绿珠词 /189

邓 深(?—?)
　　冬郊 /189
　　渔父词二首(其一) /189
　　宿长湖尾 /189
　　同友人新陂庄少憩 /189

邓 肃(1091—1132)
　　次韵王信州游栖云 /190
　　陪李梁溪游泛碧 /190

邓忠臣(?—?)
　　诗呈同院诸公六首(其三) /190

董嗣杲(?—?)
　　闻笛(其一) /190
　　闻笛 /190
　　拙寄 /190
　　江州税亭清坐 /190
　　富池寓怀 /191
　　黄池客楼 /191
　　顾城 /191
　　泊蕲州城下晚思 /191

梅根港欲泊不泊其况可想 / 191

董　颖（?—?）
　　题赵质夫艇斋（其二） / 191

杜　东（?—?）
　　平山堂 / 192

杜　范（1182—1245）
　　归自漕司试院到桐庐晚偶成 / 192

范成大（1126—1193）
　　李次山自画两图其一泛舟湖山之下小女奴坐船头吹笛其一跨驴渡小桥入深谷各题一绝（其一） / 192
　　李次山自画两图其一泛舟湖山之下小女奴坐船头吹笛其一跨驴渡小桥入深谷各题一绝（其二） / 192
　　晚步 / 192
　　长沙王墓在阊门外 / 192
　　旧滑州 / 192
　　陈侍御园坐上 / 192
　　甲午岁朝寓桂林记去年是日泊桐江谒严子陵祠迤逦度岭感怀赋诗 / 193
　　浯溪道中 / 193
　　鄂州南楼 / 193
　　忆昔 / 193
　　过松江 / 193
　　顷乾道辛卯岁三月望夜与周子充内翰泛舟石湖松江之间夜艾归宿农圃距今淳熙己亥九年矣余先得归田复以是夕泛湖有怀昔游赋诗纪事 / 193
　　石湖中秋二十韵十二年前尝与工部兄及宾客为此游今有隔世者感今怀旧而作 / 194
　　阊门初泛二十四韵 / 194

范纯仁（1027—1101）
　　和曹演甫中秋见怀 / 194
　　八月十六日张伯常见访赏月四首（其一） / 195
　　秋晴思西湖寄韩少师 / 195

范仲淹（989—1052）
　　中元夜百花洲作 / 195
　　和延安庞龙图寄岳阳滕同年 / 195
　　和僧长吉湖居五题·风笛 / 195
　　又和赏梅 / 195

范祖禹（1041—1098）
　　游李少师园十题·笛竹 / 195

方　凤（1240—1321）
　　冒雨渡浦阳江 / 196
　　吴仲恭翠微楼九日落成和谢皋羽（其二） / 196

方　回（1227—1307）
　　跋吴初邻山谷临风笛真迹 / 196
　　再题通政院王荣之八月杏花（其四） / 196
　　次韵僧自文见赠四首（其二） / 196
　　闲居 / 196
　　涌金门城望五首（其四） / 196
　　别秀亭五首（其一） / 196
　　悲歌五首（其一） / 196
　　病后夏初杂书近况十首（其九） / 197

寄董总管文卿精春秋连为太平姑苏
　　二大郡 / 197
诗思十首(其八) / 197
闻笛叹 / 197
题朱仲华百牛图 / 197
与起来芳三上人游北山寺 / 198
寄题松江下砂唐氏竹友 / 198

方蒙仲(1214—1261)
旋开梅 / 198
以诗句咏梅·玉笛冰滩索同赋
　　/ 198
和刘后村梅花百咏(其四三) / 198

方一夔(?—?)
牧牛 / 198
宿赤山岭 / 198
梅 / 199
杂兴三首(其三) / 199
秋兴二首(其一) / 199

方　岳(1199—1262)
以嗜酒爱风竹卜居此林泉为韵作十
　　小诗(其四) / 199
次韵程弟(其一) / 199
渔父词(其三) / 199
田头(其二) / 199
观刈(其三) / 199
汪运干饷酒(其二) / 199
游九曲(其二) / 199
次韵陈汤卿(其二) / 199
劝耕(其一) / 200
次韵王尉贺雨 / 200
祷晴 / 200

次韵贻侄 / 200
白鹭亭 / 200
山中(其三) / 200
除夕(其七) / 200
牛屋 / 200
郑总干致芦管笔 / 201
有以晦庵真迹见寄者乃寒栖精舍诗
　　也因次其韵 / 201
答费宰 / 201
次韵程少章投赠 / 201

冯　山(?—1094)
渔翁 / 202

冯时行(?—1163)
落梅 / 202
雪中用黄太史韵 / 202
游君山值冰合不得进 / 202
江月亭 / 202

傅　察(1090—1126)
尉治吏隐亭二首(其二) / 203

盖　经(1129—1192)
游大涤洞天 / 203

甘　泳(1232—1290)
归舟二首(其二) / 203

高　吉(?—?)
快阁 / 203

高鹏飞(?—?)
复游鄞江 / 203

高善濂(?—?)
洞庭晚望七首(其一) / 203

高似孙(1158—1231)
句(其六一) / 204

答武昌吴广文　/204

高　翥(1170—1241)

春日北山二首(其二)　/204

感怀二首(其一)　/204

隆兴借东湖驿庋夏杂颢　/204

高子凤(?—?)

题杨补之墨梅卷　/204

葛立方(?—1164)

有感(其二)　/204

葛胜仲(1072—1144)

朱偃吹笛　/204

哭卫卿弟三首(其二)　/205

葛天民(?—?)

小峰行乐却望北山　/205

顾　逢(?—?)

病中怀邓觉非　/205

顾　禧(?—?)

过徐稚山居　/205

郭祥正(1035—1113)

闻笛　/205

又和(其四)　/205

游仙一十九首(其一)　/205

黄山二首(其一)　/206

韶州武溪亭　/206

寄题历阳王纯甫新作连云观二首(其一)　/206

清明望藏云山怀旧游　/206

秋笛　/206

洛中王秀才谈刘伯寿动静慕其潇洒作诗识之　/206

池上晚景分得上字　/207

留题吕学士无为军谪居廊轩　/207

奉和蔡希蘧鹁奔亭留别　/207

东望　/207

武溪深呈广帅蒋修撰　/208

郭　俨(?—?)

兰溪　/208

郭　印(?—?)

次韵邵公济寻梅三首(其一)　/208

刘谊夫见寄云溪之什用前韵(其二)　/208

落梅　/208

次韵宋南伯见贻之什　/209

郭　震(?—?)

渔者　/209

韩　淲(1159—1224)

次韵(其四)　/209

九日　/209

昌甫携渭南诗见过　/209

韩　驹(1080—1135)

次韵何文缜种竹　/209

韩　琦(1008—1075)

至节筵间喜雪　/210

观胡九龄员外画牛　/210

韩世忠(1089—1151)

奉诏讨范汝为过宁德西陂访阮大成　/210

韩　维(1017—1098)

句(其五)　/210

尧夫垂示佳驾辄次二韵为谢　/210

32

予会宾答微之惠诗　/210
送晁怀州学士(其二)　/211
和圣俞闻景纯吹笛妓病愈　/211

韩元吉(1118—?)
春日书事五首(其五)　/211
次韵吴明可与史致道会饮牛渚
　/211

何　偶(1121—1178)
臞庵(其五)　/211

何梦桂(1229—?)
梅魂　/211
偶成寄王德甫　/211
山居即事　/212

何子举(?—1266)
清渭八景·指崖一览　/212

洪　皓(1088—1155)
彦清打球　/212

洪　迈(1123—1202)
答林康民见和梅花诗　/212

洪　适(1117—1184)
盘洲杂韵上·笛竹　/213
次韵蔡瞻明惜花五绝句(其五)
　/213
喻江宁欲遗蕲笛辞之　/213
雨中泊舟萧山县驿　/213

洪　炎(1067?—1133)
十月十五日山中下视云气自山椒出
已而弥漫咫尺不辨岩谷戏成五言
一首　/213

洪咨夔(1176—1236)
四月壬午发利州(其二)　/213

秋夜　/213
夕阳　/213

胡　槼(?—?)
句　/214

胡　宿(995—1067)
残花　/214
霜野　/214

胡　寅(1098—1156)
句(其一)　/214
和汝霖三首(其三)　/214
冬至前半月赴季父梅花之集与韩蒲
　向宪唐干诸人唱和十首(其三)
　/214
游武夷赠刘生　/214
送朱推于水东口　/214
和刘仲固痛饮四叠　/215
再次前韵　/215
题岳麓西轩三绝(其三)　/215
思归八绝(其四)　/215
岳阳楼杂咏十二绝(其三)　/215

胡仲参(?—?)
还赵靖轩吟卷　/215

胡仲弓(?—?)
月临关　/215
颐斋诗筒急递次韵奉酬　/215
和抱拙韵(其二)　/216
念昔游四首(其四)　/216

华　岳(?—1221)
田家十绝(其一)　/216
青楼赠别　/216

群鸥 / 216
题易村 / 216
山居 / 216
梅 / 216

华　镇(1051—?)
病中闻梅已放就邻人求之 / 217
次韵酬道州同官雪中召饮 / 217

黄　裳(1043—1129)
梅花 / 217
南楼有作呈仲矩舍人 / 217
次泠风阁之韵(其二) / 217
五祖长老惠竹簟 / 217

黄　庚(?—?)
雨过 / 217
照瑞宫月夜 / 218
西屿即事 / 218
鸳鸯梅 / 218
舟次樗蒲庙 / 218
对月 / 218

黄公度(1109—1156)
中秋西江上 / 218
和宋永兄爱日楼见寄八首(其一) / 218
方次云伏枕久不入城独宿知稼堂有怀 / 218
秋夜独酌 / 218
千里共明月 / 219
凤凰夜坐联句 / 219

黄　履(?—1101)
次韵和正仲游华严此君亭 / 219

黄氏女(1222—?)
赠潘用中 / 219
又赠 / 219

黄　庶(1019—1058)
市得笛竹簟因成诗 / 220
次韵和真长四季牧童(其四) / 220

黄庭坚(1045—1105)
杨朴墓 / 220
奉答李和甫代简二绝句(其一) / 220
赠朱方李道人 / 220
牧童 / 220
观化十五首(其六) / 220
次韵刘景文登邺王台见思五首(其一) / 220
宗室公寿挽词二首(其一) / 220
次韵高子勉十首(其三) / 220
题李亮功戴嵩牛图 / 221
次韵答柳通叟问舍求田之诗 / 221
汴岸置酒赠黄十七 / 221
卫南 / 221
登快阁 / 221
伯父祖善耆老好学于所居紫阳溪后小马鞍山为放隐斋远寄诗句意欲庭坚和之幸师友同赋率尔上呈 / 221
雨晴过石塘留宿赠大中供奉 / 221
和李文伯暑时五首·蕲簟 / 221
戏赠水牯庵 / 222
觉范师种竹颂 / 222
子瞻诗句妙一世乃云效庭坚体盖退

之戏效孟郊樊宗师之比以文滑稽
　　耳恐后生不解故次韵道之 / 222
大雷口阻风 / 222
送张材翁赴秦金 / 222
次韵答薛乐道 / 223
赠张仲谋 / 223
东坡先生真赞三首(其一) / 223
大暑水阁听晋卿家昭华吹笛 / 223

黄文雷(？—？)
读史感兴(其六) / 224

黄铢(1131—1199)
铁笛亭 / 224

姜夔(1155？—1208)
次韵鸳鸯梅(其一) / 224
过湘阴寄千岩 / 224
除夜自石湖归苕溪(其一○) / 224
牛渚 / 224
雪中六解(其二) / 224
华藏寺云海亭望具区 / 224

蒋静(1050—1120)
洗心亭睡起偶题 / 225

蒋堂(980—1054)
和梅挚北池十咏(其五) / 225

金君卿(1020—？)
赋得忆梅寄朱公美 / 225

金朋说(？—？)
乐牧吟 / 225

柯氏(？—？)
西湖乐 / 225

孔平仲(1044—1102)
和酬介之 / 225

再吟六诗四首拜呈(其四) / 226

孔武仲(1041—1097)
偶书 / 226
过紫极宫感道士卓玘遗迹因赋诗以
　　续诸公哀辞之后 / 226
赋玛磲笛 / 226

孔夷(？—？)
寄高邮王定国 / 226

寇准(962—1023)
闻笛 / 226
青州西楼雨中闲望 / 227
岐下秋书 / 227
夜坐怀故友 / 227
送人 / 227
秋夜怀归 / 227
巴东驿秋日晚望 / 227

雷震(？—？)
村晚 / 227

黎廷瑞(1250—1308)
花时留郡归已初夏即事六首(其四)
　　 / 227
铁笛行赠丁云屋 / 227

李邴(1085—1146)
梅 / 228

李长庚(？—？)
陈士淳主簿举似与严庆曾主簿邓伯
　　允仙尉同到阳华佳句且有岩下弄
　　琴舟中吹笛之乐长庚虽不奉胜游
　　辄继高韵(其一) / 228
陈士淳主簿举似与严庆曾主簿邓伯

35

允仙尉同到阳华佳句且有岩下弄
　　琴舟中吹笛之乐长庚虽不奉胜游
　　辄继高韵(其二) / 228

李处权(？—1155)
　　送密老 / 228

李春叟(？—？)
　　挽赵秋晓(其四) / 228

李大方(？—？)
　　句(其二) / 228

李　复(1052—？)
　　雪中观梅花 / 229

李　纲(1083—1140)
　　中秋望月次玉局翁韵二首(其二)
　　　／ 229
　　志宏得碧字以诗来次其韵 / 229
　　夜坐闻笛 / 229
　　吴江五首(其一) / 229
　　吴江五首(其四) / 229
　　杂兴四首(其三) / 230
　　上饶道中杂咏三首(其三) / 230
　　次韵东坡四时词四首(其三) / 230
　　自铜陵行四十里风复作泊江北岸地
　　　名散潭属淮南(其二) / 230
　　金陵怀古四首(其三) / 230
　　岳阳楼三首(其一) / 230

李格非(？—？)
　　初至象郡(其四) / 230

李　龏(1194—？)
　　春日杂题三首(其二) / 230
　　梅花集句(其七) / 231

　　梅花集句(其三五) / 231
　　梅花集句(其五六) / 231
　　梅花集句(其八〇) / 231
　　梅花集句(其一四六) / 231
　　姑苏晚泊闻吹鹧鸪 / 231
　　贻陈体忠 / 231
　　张约啸岩书院 / 231

李　光(1078—1159)
　　次韵补之药名十绝(其一) / 231
　　总持师示近诗一轴辄次最后神字韵
　　　梅花一篇 / 231
　　分水铺步月 / 232

李　洪(1129—1183)
　　过东里 / 232
　　八月十八夜月有怀伯封 / 232

李流谦(1123—1176)
　　舟中 / 232
　　钱氏隐居三首(其二) / 232
　　游野航次元应韵三首(其三) / 232
　　和钱大虚清映亭韵 / 232
　　送樊眉州 / 233

李龙高(？—？)
　　催梅 / 233

李　吕(1122—1198)
　　铁笛亭 / 233
　　题长滩铺 / 233
　　游希夷观(其二) / 233
　　晚步 / 233

李昴英(1201—1257)
　　建仓解归诗复徐意一二首(其二) / 233

36

李弥逊(1089—1153)
 题明叔郎中海月吹笛图 /234
 和董端明大野渔父图(其三) /234
 自大宁泛舟还泾川 /234
 晚投大云峰(其一) /234
 和李相园亭(其一) /234
 访雪峰真歇禅师 /234

李南金(?—?)
 江头吟 /234

李　彭(?—?)
 吊贾氏园池 /235
 游仙二首(其二) /235
 客有以戏鱼竹枕见饷作此谢之 /235

李潜真(?—?)
 游麻姑山 /235

李若水(1093—1127)
 村落 /235
 用张济川所举诗韵漫作 /235
 登敛翠亭 /235
 次韵高子文村居 /236
 偶成 /236

李　时(?—?)
 黄岗寓馆作 /236

李　石(1108—1181)
 扇子诗(其一六) /236
 红梅阁二首(其一) /236

李　氏(?—?)
 书怀 /236

李　新(1062—?)
 过贾浪仙崔秀才故祠(其二) /236
 舟中漫兴(其一) /236
 题东高院壁 /237
 江边行贻赵彦成 /237
 尹公湖晚归 /237
 磁钓翁(其一) /237
 问张兴州觅酒 /237
 观前古美人图 /237
 赠术士罗公弼 /237
 西轩杂言 /238

李之仪(1048—1127)
 次韵闻笛 /238
 次韵东坡梅花十绝(其一) /238
 饷茶不容少待二绝(其二) /238
 读吴思道藏海诗集效其体 /238
 次韵方叔晚过湖上时积雨新霁夜色如昼传闻余有兴元之命 /238

李　至(947—1001)
 那日获诣芳园窃见新栽丛竹萧然可爱不能无诗辄献五章望垂台顾(其三) /238

李　质(?—?)
 艮岳百咏·梅渚 /239

连文凤(1240—?)
 暮秋杂兴(其三) /239

廖　刚(1071—1143)
 朱熙载会于洪井先解舟宿石头渚以二诗见寄一约同行一贺得子次韵答之(其一) /239

37

廖行之(1137—1189)
　　和罗舜举(其一) / 239

林　逋(968—1028)
　　句(其六) / 239
　　北山晚望 / 239
　　西湖 / 239
　　池阳山店 / 240
　　无为军 / 240
　　淮甸南游 / 240
　　酬昼师西湖春望 / 240

林　昉(?—?)
　　夜笛 / 240

林　槩(?—?)
　　越中五咏·野望宴集 / 240

林季仲(1090—?)
　　送梁尚书移守宛陵 / 240
　　迎华观落成苏侍郎赋诗次韵 / 240
　　寄题蒋封州三径堂堂本在丹阳后避
　　　地四明再创 / 241

林景熙(1242—1310)
　　渔笛 / 241
　　道中 / 241
　　纪梦 / 241
　　挽徐若翁 / 241
　　垂虹桥 / 241
　　舟次吴兴二首(其二) / 241

林　某(?—?)
　　旅中 / 241

林希逸(1193—1271)
　　丙寅再至水南吴景朔家 / 242

　　拾穗许村童 / 242
　　落日见渔樵 / 242
　　乘月登楼 / 242
　　笛里关山月 / 242

林亦之(1136—1185)
　　林少朋挽词三首(其一) / 242
　　方士登母挽词 / 242

凌　岊(?—?)
　　薛山 / 243

刘安上(1069—1128)
　　天柱峰 / 243

刘　攽(1023—1089)
　　十月四日离都归陈州 / 243
　　次韵酬姚都官时会堂见寄 / 243
　　酬黄安期推官见寄 / 243
　　送张器著作 / 243
　　赠黄知录 / 243
　　赴官京东同舍诸公观音院见饯有赠
　　　并简不至者 / 243

刘　敞(1019—1068)
　　送客不及 / 244
　　荆州儿歌 / 244
　　丙申闰月领扬州与京师诸公别戊戌
　　　十一月受诏还阁首尾仅三年尔然
　　　原叔伯庸隐甫子奇公南清卿之翰
　　　昌言八人者皆已徂谢感之怆然作
　　　七言寄滑州正臣密学给事 / 244
　　淮西庙梅花独此处有之 / 244

刘辰翁(1232—1297)
　　春景·寒食四邻清 / 244

38

秋景·吹笛月明中 / 244
秋景·闭门感秋风 / 245
冬景·官梅动诗兴 / 245

刘 黻(1217—1276)
十六夜月 / 245
咏月追和韩昌黎韵 / 245

刘 过(1154—1206)
清溪阁交胡仲芳韵 / 245
喜雨呈吴按察(其二) / 246
忆鄂渚 / 246

刘 翰(?—?)
渔父 / 246
闻笛 / 246

刘 兼(?—?)
春夕遣怀 / 246
江楼望乡寄内子 / 246
莲塘霁望 / 246
秋夕书怀二首(其一) / 246
秋夕书怀呈戎州郎中(其一) / 247
蜀都春晚感怀 / 247
春晚闲望 / 247

刘克庄(1187—1269)
闻笛二首(其二) / 247
咏潇湘八景各一首·洞庭秋月 / 247
冬夜读几案间杂书得六言二十首(其一六) / 247
广游女(其三) / 247
闻笛二首(其一) / 247
病后访梅九绝(其六) / 247

梅花十绝答石塘二林(其五) / 247
梅花十绝答石塘二林(其六) / 247
三叠(其一) / 248
乍暑一首 / 248
孟夏泛方湖得同字 / 248
月下听孙季蕃吹笛 / 248
忆真州梅园 / 248
祁阳县 / 248
秋热忆旧游二首(其一) / 248
李园有怀孚若 / 248
过章戴二首(其二) / 248
追和南塘韵呈汤伯纪尹子潜 / 249
诸人颇有和余百梅诗者各赋一首(其五) / 249
杂兴十首(其三) / 249
书感 / 249
挽林计院二首(其二) / 249
陪宋侯赵倅过仓部弟家园宾主有诗次韵二首(其二) / 249
立春 / 249
示强甫 / 249
竹溪直院盛称起予草堂诗之善暇日览之多有可恨者因效颦作十首亦前人广骚反骚之意内二十九首用旧题惟岁寒知松柏被褐怀珠玉三首效山谷余十八首别命题或追录少作并存于卷以训童蒙之意·道不拾遗 / 250
竹溪直院盛称起予草堂诗之善暇日览之多有可恨者因效颦作十首亦前人广骚反骚之意内二十九首用

旧题惟岁寒知松柏被褐怀珠玉三首效山谷余十八首别命题或追录少作并存于卷以训童蒙之意·太平无象二首(其二) /250

竹溪直院盛称起予草堂诗之善暇日览之多有可恨者因效颦作十首亦前人广骚反骚之意内二十九首用旧题惟岁寒知松柏被褐怀珠玉三首效山谷余十八首别命题或追录少作并存于卷以训童蒙之意·笛里关山月 /250

刘兴祖(?—?)
　　句(其三) /250

刘学箕(?—?)
　　赋祝次仲八景·洞庭秋月 /251

刘雪崖(?—?)
　　客邸 /251

刘　弇(1048—1102)
　　蒋沙庄居十首(其五) /251
　　春日舟中即事 /251

刘一止(1080—1161)
　　识舟亭一首 /251
　　次韵方允迪秘监步月感怀一首 /251

刘应时(?—?)
　　梅林即事四首(其一) /252

刘元载妻(?—?)
　　早梅 /252

刘　筠(971—1031)
　　小园秋夕 /252

刘　宰(1166—1239)
　　寄同年朱景渊通判八首(其五) /252

刘　挚(1030—1097)
　　东郊次韵器资子开六绝句，见早梅(其一) /252
　　泊汉口 /252
　　舟次胡陵中秋不见月 /252
　　次韵吕书记堤上见梅花 /253
　　崔仲岳鹤舟 /253

刘子澄(?—?)
　　和贾秋壑南楼韵 /253

刘子翚(1101—1147)
　　闻笛 /253
　　胡明仲罗养蒙为悠然集追用前四叠之韵 /253

楼　钥(1137—1213)
　　题施武子所藏老融二牛图(其一) /254
　　次韵沈史君怀浮冈梅花 /254

卢　秉(?—1092)
　　宫词十首(其一) /254

卢梅坡(?—?)
　　落梅 /254

卢　襄(?—?)
　　登三贤堂(其二) /254
　　黄金堤 /254

鲁　交(?—?)
　　江楼晴望 /255

目 录

陆　佃(1042—1102)
　　依韵和查许国梅花六首(其二)
　　　／255

陆文圭(1250—1334)
　　题戴嵩牛图　／255
　　徐德文索雪冈诗云已得而复失余寻
　　　旧稿亦无见想滕六遣六丁取之去
　　　矣再赋　／255
　　挽何汉卿　／255
　　挽陆义斋二首(其二)　／255

陆　游(1125—1210)
　　吹笛　／255
　　夏日六言四首(其三)　／256
　　杂题六首(其五)　／256
　　排闷六首(其四)　／256
　　山村书所见二首(其二)　／256
　　杂感十首(其八)　／256
　　闻笛　／256
　　即席四首(其一)　／256
　　秋思绝句六首(其一)　／256
　　午暑　／256
　　村居即事三首(其三)　／256
　　海中醉题时雷雨初霁天水相接也
　　　／256
　　晚泊慈姥矶下二首(其一)　／256
　　梅花　／257
　　梅花四首(其一)　／257
　　秋思三首(其一)　／257
　　自上清延庆归过丈人观少留　／257
　　晚登横溪阁二首(其二)　／257

水亭偶题　／257
浣花赏梅　／257
诗酒　／257
泊公安县　／258
黄鹤楼　／258
桥南纳凉　／258
桐庐县泛舟东归　／258
夜登山亭　／258
舟过樊江憩民家具食　／258
醉书山亭壁　／258
十月旦日至近村　／258
丈亭遇老人长眉及肩欲就之语忽已
　张帆吹笛而去　／259
自若耶溪舟行杭镜湖而归　／259
游山归偶赋　／259
夏日小宴　／259
野饮　／259
纵笔三首(其一)　／259
寓叹二首(其二)　／259
蓬莱馆午憩　／259
步至湖上寓小舟还舍五首(其二)
　／259
明日自和　／260
残腊二首(其一)　／260
题庵壁二首(其一)　／260
舍北行饭书触目二首(其二)　／260
泛舟　／260
昔人有画醉僧醉道士醉学究者皆见
　于传记及歌诗中予暇日为各赋一
　首·醉道士　／260
牧牛儿　／260

41

孤村 / 260
舟中作 / 261
病退颇思远游信笔有作 / 261
寄赠湖中隐者 / 261
长饥 / 261
小立 / 261
明日又来天微阴再赋二首(其二) / 261
远游 / 261
出东城并江而归 / 261
舟中作 / 261
江楼次前辈韵 / 262
明日复理梦中意作 / 262
年光 / 262
湖上 / 262
梅市道中二首(其二) / 262
杂感六首(其三) / 262
初夏闲居八首(其六) / 262
闲游所至少留得长句五首(其二) / 262
秋夜二首(其二) / 262
野望 / 263
旅游二首(其一) / 263
独游 / 263
独至遁庵避暑庵在大竹林中二首(其一) / 263
夏中杂兴六首(其二) / 263
舟中晨起 / 263
道怀 / 263
睡起试茶 / 263
初秋梦故山觉而有作四首(其一) / 263
步虚四首(其四) / 264
斋中杂兴十首以丈夫贵壮健惨戚非朱颜为韵(其七) / 264
夏夜对月 / 264
长生观观月 / 264
夜登江楼 / 264
关山月 / 264
偶过浣花感旧游戏作 / 265
大风登城 / 265
玉局歌 / 265
作雪未成自湖中归寒甚饮酒作短歌 / 265
对酒作 / 265
访隐者不遇 / 265
幽居记今昔事十首以诗书从宿好林园无俗情为韵(其一〇) / 266
夜宿阳山矶将晓大雨北风甚劲俄顷行三百余里遂抵雁翅浦 / 266
瑞草桥道中作 / 266
江楼吹笛饮酒大醉中作 / 266
故蜀别苑在成都西南十五六里梅至多有两大树夭矫若龙相传谓之梅龙予初至蜀尝为作诗自此岁常访之今复赋一首丁酉十一月也 / 266
客谈荆渚武昌慨然有作 / 267
思归 / 267
雨晴游香山 / 267
题严州王秀才山水枕屏 / 267
游昭牛图 / 268

42

书怀示子遹 / 268
吕本中(1084—1145)
　　边愁(其一) / 268
　　月夜闲步闻笛 / 268
　　赴济阴留别一公 / 268
吕蒙正(946—1011)
　　行经鸿沟 / 269
吕声之(?—?)
　　游石佛寺 / 269
吕　陶(1028—1104)
　　送淳于温其 / 269
吕颐浩(1071—1139)
　　次韵姜光彦移居 / 269
吕祖谦(1137—1181)
　　魏元履国录挽章二首(其二) / 269
　　尚书汪公得请奉祠饯者十有四人分
　　　韵赋诗某得敢字 / 269
罗公升(?—?)
　　李古城索狂醒道人诗 / 270
罗与之(?—?)
　　黄鹤楼 / 270
毛　滂(1060—?)
　　定光梅开仆以病未能往观亦缘此辞
　　　间丘之约今辱示诗走答一首
　　　 / 270
毛　珝(?—?)
　　凤凰台 / 270
梅尧臣(1002—1060)
　　梅花 / 271
　　红梅 / 271

海棠 / 271
依韵和叔治晚春梅花 / 271
梅花 / 271
和颖上人南徐十咏·铁瓮城 / 271
刘秀才归河内 / 271
山光寺 / 271
金陵三首(其二) / 272
和孙端叟寺丞农具十五首·牧笛
　 / 272
张仲通追赋洛中杂题和尝历览者六
　章·蕲竹 / 272
次韵景彝赴省宿马上 / 272
河南王尉西斋 / 272
江口遇刘纠曹赴鄂州寄张大卿
　 / 272
依韵和春日见示 / 272
依韵和偶书相留 / 272
寄题沈比部江州齐云楼 / 273
送刁景纯学士赴越州 / 273
赴刁景纯招作将进酒呈同会 / 273
依韵朱学士廉叔忆颖川西湖春色寄
　献尚书晏公且将有宛丘之命
　 / 273
见牧牛人隔江吹笛 / 274
闻刁景纯侍女疟已 / 274
雪中发江宁浦至采石 / 274
观黄介夫寺丞所收丘潜画牛 / 274
依韵和胡武平怀京下游好 / 275
景纯以侍儿病期与原甫月圆为饮
　 / 275
风笛 / 275

米　芾(1051—1107)
　　都梁十景诗·清风山闻笛　/275
妙普庵主(1071—1142)
　　偈三首(其三)　/275
牟　巘(1227—1311)
　　和李侯九日(其一)　/276
牧　童(?—?)
　　绝句　/276
牛士良(?—?)
　　红梅　/276
欧阳澈(1097—1127)
　　原上晚步闻笛有感　/276
　　世弼原上晚望和韵见寄因复之(其一)　/276
欧阳修(1007—1072)
　　梦中作　/276
　　柳　/276
潘　阆(?—1009)
　　钱塘秋夕旅舍感怀　/276
潘良贵(1094—1150)
　　夜与仲严叔倚季成三弟同坐闻笛各赋一绝　/277
潘若冲(?—?)
　　赠王正己　/277
潘献可(?—?)
　　春晚三客同出郊归途甚醉　/277
庞谦孺(1117—1167)
　　使虏过汴京作　/277
彭汝砺(1042—1095)
　　拟田园乐(其四)　/277

拟田园乐(其六)　/277
汴上呈祖道(其二)　/277
月夜　/277
谅暗闻笛　/278
和范学士韵(其七)　/278
晓行　/278
急雨　/278
晚晴　/278
予十一月甲申以使来武冈坐茅茨之室逼间阎之陋无故人来往之乐怀羁旅不足之情于是有游古山之寺在县西十五里而山水俊拔深秀亦有可爱者因留置酒抵暮还驿而作是诗　/278
蒲寿宬(?—?)
　　牧童歌十首(其一〇)　/279
　　题萧照画山水渔父四轴(其三)　/279
　　江上闻笛　/279
　　渔父词十三首(其一二)　/279
　　己卯六月十一日书石室壁　/279
　　八月十三夜道士湖泛月　/279
　　用翁雪舟送春韵三首(其一)　/279
　　用翁雪舟送春韵三首(其三)　/279
　　与小儿助子游江横作　/280
钱　易(968—1026)
　　和人首夏池上雨中闻笛　/280
强　至(1022—1076)
　　梅　/280
　　依韵和酬顺安使君王大观见寄之什　/280

秦 观(1049—1100)
　纳凉 / 280
　雷阳书事(其二) / 280

丘 崈(1135—1208)
　和朱子武夷杂咏十首·铁笛亭
　　/ 280

丘 葵(1244—1333)
　寄陈儒正 / 281
　秋兴(其一) / 281
　与所盘诸君会石幡还和杜老曲江韵
　　(其一) / 281

仇 远(1247—?)
　七月梨花 / 281
　三更泛舟谢达骖(其一) / 281
　中秋待月不见(其二) / 281
　中秋月出复雨有怀叶子文汤明叔
　　/ 281
　方竹杖 / 281
　梅花(其一) / 282

裘万顷(?—1219)
　次余仲庸松风阁韵十九首(其一四)
　　/ 282
　次胡伯仁韵 / 282

饶 节(1065—1129)
　答惠海首座五首海乃圆照禅师小师
　　(其一) / 282

桑柘区(?—?)
　春日田园杂兴 / 282

邵清甫(?—?)
　牛水滴 / 282

邵 棠(?—?)
　苕溪道中 / 282
　闻笛 / 283
　春山雨中闻笛 / 283
　闲居 / 283

邵 雍(1011—1077)
　乞笛竹 / 283
　乞笛竹栽于李少保宅 / 283
　同诸友城南张园赏梅十首(其六)
　　/ 283
　牧童 / 283
　秋日 / 283
　清风长吟 / 283

沈端节(?—?)
　挽于湖 / 284

沈 括(1031—1095)
　开元乐词(其三) / 284

沈与求(1086—1137)
　过竹西 / 284

施 枢(?—?)
　再赋酬吴鞠潭 / 284

石延年(994—1041)
　红梅 / 284

史 浩(1106—1194)
　野庵分题·和镇国闻笛 / 285
　雪中三英·蜡梅 / 285
　次韵范经干昆季昌国杂咏·酴醾花
　　/ 285
　次韵王龟龄校书梅花(其一) / 285

史弥宁(?—?)
　闻笛 / 285

张氏溪馆 / 285

释安永(？—1173)
 颂古三十一首(其二六) / 285

释 持(？—？)
 酬曹首座偈 / 285

释崇岳(1132—1202)
 偈颂一百二十三首(其二一) / 286
 送泉州化主 / 286
 颂古六首(其六) / 286

释从悦(1044—1091)
 偈(其二) / 286

释大观(？—？)
 颂古十七首(其三) / 286
 颂古十七首(其六) / 286

释道宁(1053—1113)
 偈六十九首(其四) / 286
 偈六十九首(其一九) / 286
 偈六十九首(其三九) / 287

释道谦(？—？)
 颂古七首(其五) / 287

释道潜(1044—？)
 广陵城外野步呈莘老 / 287
 次韵顺上人寄叔康讲师 / 287
 寄东坡昆仲 / 287

释道枢(？—1176)
 颂古三十九首(其七) / 287
 颂古三十九首(其三六) / 288
 颂古三十九首(其三九) / 288

释道行(1089—1151)
 颂三首(其一) / 288

释道颜(1094—1164)
 颂古(其一) / 288

释德洪(1071—1128)
 李端叔自金陵如姑溪寄之五首(其四) / 288
 初到善溪慧照庵寄张无尽五首(其一) / 288
 莹中南归至衡阳作六首寄之(其一) / 288
 潇湘八景·潇湘夜雨 / 288
 残梅 / 288
 溢江宿舟中 / 288
 宋迪作八境绝妙人谓之无声句演上人戏余曰道人能作有声画乎因为之各赋一首·平沙落雁 / 289
 题使台后圃八首·清音楼 / 289
 送净心大师住温州江心寺 / 289
 抵琼夜为飓风吹去所居屋 / 289
 妙高仁禅师赞 / 289
 浙竹 / 289
 夏日陪杨邦基彭思禹访德庄烹茶分韵得嘉字 / 289
 中秋夕以月色静中见泉声幽处闻为韵分韵得见字 / 289
 李道夫真赞 / 290

释鼎需(1092—1153)
 颂古四首(其一) / 290

释端裕(1085—1150)
 颂古十首(其八) / 290

释梵言(？—？)
 示昙清侍者牧牛歌 / 290

目 录

释广闻(1189—1263)
 李源访圆泽赞 / 291
 放牛 / 291

释怀古(？—？)
 草 / 291

释 辉(？—？)
 润州 / 291

释惠琏(？—？)
 梅花 / 291

释惠嵩(？—？)
 天台道中 / 291

释慧初(？—？)
 偈二首(其一) / 291

释慧光(？—？)
 颂古五首(其四) / 292

释慧晖(1097—1183)
 偈颂三十首(其二二) / 292

释慧空(1096—1158)
 送人往临漳(其一) / 292
 书知微偈后 / 292

释慧远(1103—1176)
 国清振锡桥 / 292
 偈颂一百零二首(其一九) / 292
 李抚干牧牛图 / 292

释简长(？—？)
 句 / 293

释居简(1164—1246)
 闻笛(其一) / 293
 闻笛(其二) / 293
 雪航 / 293

释觉阿上人(？—？)
 偈五首(其五) / 293

释克勤(1063—1135)
 偈五十三首(其二) / 293

释妙伦(1201—1261)
 偈颂八十五首(其一六) / 293
 偈颂八十五首(其五二) / 293
 牧溪 / 294

释明辩(1085—1157)
 颂古十六首(其四) / 294

释普度(1199—1280)
 偈颂一百二十三首(其一八) / 294

释普鉴(？—1144)
 五派·法眼 / 294

释普宁(？—1267)
 偈颂四十一首(其九) / 294
 偈颂二十一首(其五) / 294

释普岩(1156—1226)
 送洪维那 / 294

释清远(1067—1120)
 颂古六十二首(其四五) / 295
 偈颂一一二首(其九二) / 295

释如净(？—？)
 牧翁 / 295
 偈颂十六首(其四) / 295
 偈颂三十八首(其三四) / 295

释善建(？—？)
 题宝山广严院 / 295

释善珍(1194—1277)
 春日湖上(其一) / 295

47

梦元双杉 / 295

释绍隆(1077—1136)

偈二十七首(其二七) / 296

释绍嵩(?—?)

次韵吴伯庸竹间梅花十绝(其七) / 296

咏梅五十首呈史尚书(其二一) / 296

桐庐理舟 / 296

登杖锡 / 296

写怀寄湛上人(其二) / 296

客中戏书(其二) / 296

释绍昙(?—1297)

偈颂十九首(其二) / 296

颂古五十五首(其四四) / 296

偈颂一百一十七首(其七三) / 297

偈颂一百零二首(其四一) / 297

偈颂一百零四首(其一四) / 297

偈颂一百零四首(其七六) / 297

释师观(1143—1217)

偈颂七十六首(其五七) / 297

释师体(1108—1179)

偈颂十八首(其二) / 297

偈颂十八首(其七) / 297

释守珣(1079—1134)

颂古四十首(其三四) / 298

释斯植(?—?)

古乐府(其九) / 298

春晚 / 298

故宫怀古 / 298

铁笛倦长吹 / 298

释昙贲(?—?)

颂古二十七首(其二○) / 298

释昙华(1103—1163)

题刘民用居士藏六庵(其二) / 298

释天游(?—?)

偈四首(其二) / 298

释惟一(1202—1281)

偈颂一百三十六首(其二二) / 299

偈颂一百三十六首(其九三) / 299

颂古三十六首(其八) / 299

释文礼(1167—1250)

颂古五十三首(其一五) / 299

释文珦(1210—?)

夜泊 / 299

和人晚秋客思 / 299

除狭 / 299

旅中秋晚 / 299

春江夜泛 / 300

赠牛羊司范月溪 / 300

咏梅(其三) / 300

塞笛 / 300

栖云楼 / 300

晚秋游兴 / 300

舟中(其二) / 300

释 贤(?—?)

举赵州勘婆话颂 / 301

释咸杰(1118—1186)

送拙庵住洪福 / 301

释行海(1224—?)

社日闻笛 / 301

48

渔翁　/ 301
 杨柳枝词(其三)　/ 301
 西湖早春　/ 301
 无题　/ 301

释　岩(？—？)
 偈五首(其一)　/ 301

释义青(1032—1083)
 第五十三岩头片帆颂　/ 301

释印肃(1115—1169)
 颂十玄谈(其一〇)　/ 302
 金刚随机无尽颂·妙行无住分第四
  (其八)　/ 302
 金刚随机无尽颂·究竟无我分第十
  七(其四)　/ 302
 证道歌(其一四四)　/ 302
 十二时歌(其九)　/ 302
 示徒(其二)　/ 302

释应圆(？—？)
 偈　/ 302

释永颐(？—？)
 松陵答友人　/ 303
 龙岫南窗书怀　/ 303

释元肇(1189—？)
 与郑明府四首(其一)　/ 303
 周伯弜明府　/ 303

释原妙(1238—1295)
 偈颂六十七首(其二二)　/ 303

释正觉(1091—1157)
 禅人并化主写真求赞(其三二九)
  / 303

 颂古一百则(其五九)　/ 303

释智愚(1185—1269)
 曾禅人唯之　/ 303
 独舫轩　/ 304
 礼石霜慈明大师塔　/ 304

释宗杲(1089—1163)
 僧鹗禅人求赞　/ 304

释宗美(？—？)
 句　/ 304

释宗演(？—？)
 偈颂三十二首(其一八)　/ 304

释祖钦(1216—1287)
 偈颂一百二十三首(其七七)　/ 304

释祖珍(？—？)
 偈三十五首(其一八)　/ 304
 偈三十五首(其一九)　/ 305

舒邦佐(1137—1214)
 晚步　/ 305

舒岳祥(1219—1298)
 成石屏诗后再赋六言　/ 305
 和用之题剡雪(其一)　/ 305
 即事　/ 305
 咏龙　/ 305
 行海村　/ 305
 十村绝句(其一)　/ 305
 题萧照画卷　/ 305
 余名宴居之室曰一枝巢赋诗以自遣
  / 305
 夏日山居好十首(其六)　/ 306
 秋日山居好十首(其九)　/ 306

赋山庵梅花 / 306
古渔父词二首(其二) / 306
寄帅初 / 306

司马光(1019—1086)
梅花(其三) / 306
边将(其三) / 306
和任屯田感旧叙怀 / 306

宋 白(936—1012)
宫词(其九二) / 307
牡丹诗十首(其四) / 307

宋伯仁(1199—?)
农家 / 307
秋田小立 / 307
村学究 / 307

宋 祁(998—1061)
读桓伊传 / 307
喜杨德华见过感旧成咏 / 307
柳花 / 307
城西晚眺 / 307
赠张斋郎 / 308
思归 / 308
早发途中 / 308
哭郭仲微三首(其二) / 308
暮春 / 308
曲幌 / 308

宋 无(1260—?)
郊外晚望 / 308

宋 庠(996—1066)
永阳登楼怀阙下知己 / 308
马上见梅花初发 / 309

苏 坚(?—?)
后清江曲 / 309

苏 泂(1170—?)
金陵杂兴二百首(其六二) / 309
金陵杂兴二百首(其九五) / 309
梦游海山二首(其二) / 309
陈杰荆州之役伯文实约予闻其没官
　怆甚不寐遂成诗 / 309
咏月(其二) / 309
怀古 / 309
次韵古梅 / 310
书怀 / 310

苏 轼(1037—1101)
赠孙莘老七绝(其四) / 310
登常山绝顶广丽亭 / 310
李委吹笛 / 311
李钤辖坐上分题戴花 / 311
同柳子玉游鹤林招隐醉归呈景纯
　 / 311
子玉家宴用前韵见寄复答之 / 311
董储郎中尝知眉州与先人游过安丘
　访其故居见其子希甫留诗屋壁
　 / 311
送钱承制赴广西路分都监 / 311
寄蕲簟与蒲传正 / 311
百步洪二首(其二) / 311

苏 庠(1065—1147)
草堂 / 312

苏 辙(1039—1112)
和子瞻三游南山九首·仙游潭五首

目 录

　　(其四) / 312
　　次韵秦观梅花 / 312
　　中秋见月寄子瞻 / 312
苏　籀(1091—?)
　　晴日纵步二首(其一) / 313
孙　觌(1081—1169)
　　鼋画连雨溪涨丈余雨霁水落喜而赋
　　　诗二首(其二) / 313
　　全州道中 / 313
孙光宪(?—968)
　　杨柳枝词四首(其四) / 313
孙　锐(1199—1277)
　　桑磐赠赵隐居 / 313
孙　嵩(1238—1292)
　　还邓觉民诗卷 / 313
　　夜泊垂虹 / 313
孙雄飞(?—?)
　　灵隐莲峰堂 / 314
孙应时(1154—1206)
　　和真长木犀(其三) / 314
　　雪窦妙高峰诗 / 314
　　沌中即事 / 314
孙子光(?—?)
　　榴皮题壁(其一) / 314
谭用之(?—?)
　　河桥楼赋得群公夜宴 / 314
　　秋宿湘江遇雨 / 314
　　江边秋夕 / 315
唐　庚(1071—1121)
　　鸭步 / 315

　　东邻二首(其二) / 315
　　云南老人行 / 315
唐仲友(1136—1188)
　　续八咏·薰风夏更宜 / 315
　　续八咏·秋空月皎皎 / 316
陶　弼(1015—1078)
　　春野亭 / 316
陶梦桂(1180—1253)
　　极高明楼饮散次韵二首(其一)
　　　/ 316
田　锡(940—1004)
　　李暮吹笛歌 / 316
汪梦斗(?—?)
　　无题(其二) / 317
汪　莘(1155—1212)
　　九月十六日出郡登舟如钱塘十七日
　　　舟中杂兴(其六) / 317
　　送赵君十绝(其二) / 317
　　寿高秘书 / 317
汪　涯(?—?)
　　江行(其二) / 317
汪炎昶(1261—1338)
　　二月食笋 / 317
　　闻笛 / 318
　　壁间古木新篁影有可爱走笔戏题
　　　/ 318
汪元量(1241—1317)
　　望海楼独立 / 318
　　客感和林石田 / 318
　　临川水驿 / 318

51

巴陵　/ 318

送皇甫秀才下荆州　/ 318

汪　藻(1079—1154)

己酉乱后寄常州使君侄四首(其四)
　　/ 319

舟行遣兴五首(其五)　/ 319

次韵向君受感秋二首(其一)　/ 319

王安石(1021—1086)

江上　/ 319

秋兴和冲卿　/ 319

游杭州圣果寺　/ 319

次韵徐仲元咏梅二首(其一)　/ 319

次韵平甫金山会宿寄亲友　/ 319

松江　/ 320

见远亭上王郎中　/ 320

次韵信都公石枕蕲簟　/ 320

王　柏(1197—1274)

题玉涧八景八首(其六)　/ 320

题时遁泽画卷十首(其六)　/ 320

牧歌寄谦牧翁　/ 320

王　寀(1078—1118)

浪花　/ 321

王　谌(?—?)

嘉熙戊戌季春一日画溪吟客王子信
　　为亚愚诗禅上人作渔父词七首(其
　　四)　/ 321

王　从(1119—1178)

句(其二)　/ 321

王大受(?—?)

句(其六)　/ 321

王得臣(1036—1116)

句(其二)　/ 321

王　珪(1019—1085)

宫词(其一三)　/ 321

有感　/ 322

挽董澜溪二首(其二)　/ 322

王和中(?—?)

刘公亭　/ 322

王　令(1032—1059)

梅花　/ 322

王卿月(1138—1192)

长淮晚望　/ 322

王十朋(1112—1171)

宣和乙巳冬大雪次表叔贾元实韵
　　/ 322

次韵濮十太尉赏梅　/ 322

王　随(973—1039)

句(其二二)　/ 323

句(其二六)　/ 323

王庭珪(1080—1172)

和读书台入夜即事二首(其一)
　　/ 323

夜坐听沅江水声二首(其一)　/ 323

观竞渡次壁间绝句四首(其一)
　　/ 323

庐山道中寄送聂名世　/ 323

次韵杨廷秀临安小楼不寐之什
　　/ 323

草堂东桥玩月　/ 323

二月二日出郊 / 323
从叔君冕见访山间自云平生躬耕钓
　　无求于人中有至乐令某作诗写其
　　萧散之状为赋此篇 / 324
西园探梅三首(其二) / 324
酬梁宰惠游永新百韵诗 / 324

王　学(？—？)
谢刘本玉先生惠簟 / 324

王　炎(1138—1218)
和许尉小洞庭韵(其二) / 324

王　洋(1089—1154)
题徐明叔海舟横笛图 / 324
和张中大(其二) / 325
和朱秘校惠诗二首(其二) / 325

王义山(1214—1287)
古意二首(其二) / 325

王渔壑(？—？)
月夜登楼 / 325

王之道(1093—1169)
和魏定父早春十首(其八) / 325
和秦寿之中秋玩月三首(其三)
　　 / 325
和胡德辉增明轩 / 325
次韵张进彦见寄二首(其二) / 326
秋兴八首追和杜老(其二) / 326
华亭风月堂避暑 / 326
过富池题澄江阁二首(其一) / 326

王志道(？—？)
侨寄山居霍然几月凡见之于目闻之

于耳者辄缀成绝句名之曰田园杂
　　兴非敢比石湖聊以写一时闲适之
　　趣云尔(其二) / 326

王　铚(？—？)
同赋梅花十二题·风前 / 327
舟行扶病访王文孺曜庵且蒙和赐佳
　　章次韵为别 / 327

王　质(1135—1189)
题东林姚贵高书屋 / 327

王　周(？—？)
泊姑熟口 / 327
早春西园 / 327

王　灼(？—？)
宿毗沙院诸友相送 / 327

王　镃(？—？)
喜凉 / 328
湖上晚望 / 328
梅花三首(其一) / 328
初夏三首(其二) / 328
宿胡雪江吟舍 / 328
赤城李丹士 / 328
湖山即景次尹绿波 / 328

韦　骧(1033—1105)
咏八仙·横笛 / 328
和孙叔康探梅二十八韵 / 328
和久中闻笛 / 329
又和忆小园梅花 / 329
和潘通甫六月十二夜月 / 329

卫宗武(？—1289)
过安吉县梅溪二首(其二) / 329

晚眺(其二) / 330

魏了翁(1178—1237)
和虞永康梅花十绝句(其五) / 330
登万象楼和计次阳韵 / 330

魏新之(1242—1293)
春日田园杂兴二首(其二) / 330

魏　野(960—1020)
秋霁草堂闲望 / 330

文天祥(1236—1283)
龙雾洲觉海寺次李文溪壁间韵 / 330
山中即事 / 330
山中呈聂心远诸客(其一) / 330
江行 / 331
别谢爱山(其一) / 331
病愈简刘小村(其二) / 331
用前人韵赋招隐 / 331
罗山长存叟兄弟来谢宴山中 / 331
题楚观楼 / 331
和衡守宋安序送行诗(其二) / 331
改题万安县凝祥观 / 331
山中泛舟舣客 / 332
和谢爱山晚吟韵日晚与客散步因诵夕阳虽好不多时之句谢爱山欣然赋之余亦率然口占以和亦一时之乐也 / 332

文　同(1018—1079)
上亭北轩对月吹笛得才元舍人昭华引醉霜月草堂吟皆诗谱也(其一) / 332

上亭北轩对月吹笛得才元舍人昭华引醉霜月草堂吟皆诗谱也(其二) / 332

上亭北轩对月吹笛得才元舍人昭华引醉霜月草堂吟皆诗谱也(其三) / 332

蒲氏别墅十咏·方湖 / 332
夜静独登小阁有所见因书 / 332
吴公惠酒因谢 / 332
山城秋日野望感事书怀诗五章呈吴龙图(其二) / 332
十月梅花 / 333

文彦博(1006—1097)
嘉祐中余尹河南与少师李公明龙图董巨源集贤王伯初同游龙门渔者得鳜鱼数十尾以助杯杓饮兴皆欢日月云迈几二十年感旧念游作忆鲈诗乃思鲈之比也(其二) / 333
登江楼 / 333

翁　卷(?—?)
京口即事 / 333
旅泊 / 333

翁　森(?—?)
宿山中田家 / 333

吴　芾(1104—1183)
醉中偶有所感再成一绝 / 334
何彦清梅诗二绝用韵颇严诸公相率同和(其一) / 334
会使帅郭侯燕于采石 / 334

吴　光(?—?)
句(其一一) / 334

吴 珩(?—?)
　　梵安院 / 334

吴 可(?—?)
　　和人闻笛 / 334

吴龙翰(1233—1293)
　　冬夜(其一) / 334
　　春晚野步 / 334
　　夜泊富阳 / 335
　　行春次俞兄韵(其一) / 335
　　古岩寺 / 335
　　层翠楼 / 335

吴 潜(1195—1262)
　　五用喜雨韵三首(其三) / 335
　　十一二用喜雪韵四首(其三) / 335

吴惟信(?—?)
　　寄何宜斋(其一) / 335
　　雨中闻笛 / 336

吴伟明(?—?)
　　偈一首 / 336

吴锡畴(1215—1276)
　　夕阳 / 336
　　渔父 / 336
　　闻笛 / 336
　　秋夜 / 336
　　山行 / 336

吴则礼(?—1121)
　　神堂道中听后骑短笛妙甚而花柳已
　　　有思涧流溅溅可喜 / 336
　　泛汴寄清俟 / 336
　　和魏道辅铜雀砚 / 337

　　黄伯钧示诗因次韵 / 337

夏 竦(985—1051)
　　和集贤相公摄事出郊 / 337

项安世(1129—1208)
　　题上遇雨 / 337
　　次韵王少清告归七首(其三) / 337
　　次韵当阳沈知县送行 / 337

萧德藻(?—?)
　　古梅二绝(其二) / 338

萧立之(1203—?)
　　开元天宝杂咏·妖烛 / 338

谢 翱(1249—1295)
　　五言近体二首(其二) / 338
　　哭所知 / 338

谢 逸(1068—1112)
　　梅六首(其五) / 338
　　送王禹锡(其二) / 338
　　梅(其二) / 338
　　陪通守承议游铁山书堂 / 338

熊道裕(?—?)
　　中宫院 / 339

熊 禾(1247—1312)
　　赫曦台四景·中宵皓月 / 339

熊 瑞(?—?)
　　和胡文友冷斋口号(其一) / 339

徐安国(?—?)
　　清音亭 / 339

徐德辉(?—?)
　　夜寓舟中 / 339

徐逢原(？—？)
　　赠张淡道人　/340
徐　积(1028—1103)
　　谢张先生出示铁笛　/340
　　和蹇受之·笛　/340
　　赠陈留逸人(其一)　/340
　　雪(其二)　/340
　　雪(其六)　/340
　　呈路倅　/341
　　和杨掾月蚀篇　/341
徐集孙(？—？)
　　湖西纳凉　/342
　　静中　/342
徐　觊(？—？)
　　送友人　/342
徐鹿卿(1189—1251)
　　爱山堂七绝句(其二)　/342
徐　瑞(1255—1325)
　　余自入山距出山五十五日竹屋青灯山阴杖屦忘其痴不了事矣随所赋录之得二十首·听笛　/342
　　寻梅十首(其七)　/342
　　寻梅十首(其九)　/343
　　晚步用简斋韵　/343
　　田园(其四)　/343
　　题金翁牧牛歌后　/343
徐　氏(？—？)
　　诗一首　/343
徐　铉(917—992)
　　柳枝词十首(其三)　/343

送魏舍人仲甫为蕲州判官　/343
寄蕲州高郎中　/343
和太常萧少卿近郊马上偶吟(其二)　/344
徐　照(？—1211)
　　送翁诚之　/344
　　猿皮　/344
　　渔家　/344
许　棐(？—？)
　　夜泊长河　/344
许及之(1141—1209)
　　次韵才叔闻笛试灯二绝(其一)　/344
　　次韵才叔闻笛试灯二绝(其二)　/344
　　再赋纪实　/344
　　题索笑亭(其二)　/344
　　跋谏长画轴后五王按乐图　/345
　　过相台　/345
　　次韵常之用前人韵赋梅花十绝(其七)　/345
　　田家秋日词　/345
　　欲雪怀度云新种梅三次伯晖韵　/345
　　次转庵寄用坡公赋梅韵　/345
许景衡(1072—1128)
　　秋冬思家　/345
许　源(？—？)
　　和题落笔峒　/345
许月卿(1216—1285)
　　云边　/346

代仍六弟吊程贡元(其二) / 346
许志仁(?—?)
　　湖上吟 / 346
薛季宣(1134—1173)
　　江村闻笛 / 346
　　江行即事 / 346
严 粲(?—?)
　　月 / 346
　　夜行舟 / 346
严 羽(1192?—1245?)
　　闻笛 / 347
颜 发(?—?)
　　和山间壁上陈子忠(其一) / 347
彦 修(?—?)
　　宿武夷宫(其二) / 347
杨 备(?—?)
　　太湖 / 347
杨公远(1227—?)
　　再韵 / 347
　　寄东麓赵赞府(其一) / 347
　　平沙起雁 / 347
　　次金东园农家杂咏(其二) / 347
杨冠卿(1138—?)
　　绝句(其二) / 348
　　暮景(其一) / 348
杨 杰(?—?)
　　题具区阁 / 348
杨 蟠(?—?)
　　练江亭 / 348
　　华胥台 / 348

杨 适(?—?)
　　梅 / 348
杨万里(1127—1206)
　　出永丰县西石桥上闻子规二首(其二) / 348
　　寄题朱元晦武夷精舍十二咏·铁笛亭 / 348
　　宿张家店壁间有赵民则一绝句云舍策投床睡便浓觉来凉叶动西风惊秋念远无穷意客里谁知此夜同因次其韵 / 349
　　月夜散策县圃有飞蝶仍闻笛声 / 349
　　感秋 / 349
　　过磨盘得风挂帆 / 349
　　中秋与诸子果饮 / 349
　　月下闻笛 / 349
　　寄题南昌尉厅思贤亭 / 349
　　安乐坊牧童 / 349
　　舟人吹笛 / 349
　　题李季章中书舍人石林堂 / 350
　　纪罗杨二子游南岭石人峰 / 350
　　题兴宁县东文岭瀑泉在夜明场驿之东 / 350
　　延陵怀古·东坡先生 / 350
杨 雯(?—?)
　　宿峡市 / 351
杨 亿(974—1020?)
　　次韵和衢州席刑部早秋 / 351
　　属疾 / 351

57

杨则之(?—?)
  早梅 / 351
  雪霁观梅 / 351
姚 勉(1216—1262)
  章钧仙吹铁笛善医眼与齿相说法尤高(其一) / 351
  章钧仙吹铁笛善医眼与齿相说法尤高(其二) / 351
  章钧仙吹铁笛善医眼与齿相说法尤高(其三) / 352
叶 适(1150—1223)
  送方书记兼简府主 / 352
叶 茵(1199?—?)
  晚秋即事 / 352
  出郊 / 352
  水天一色亭上即事(其二) / 352
易士达(?—?)
  梅 / 352
游九言(1142—1206)
  华阳洞辞(其一) / 352
于 石(1247—?)
  小三洞(其二) / 352
  次韵赵羽翁秋江杂兴(其二) / 353
余 干(?—?)
  和邓慎思未试即事杂书率用秋日同文馆为首句三首(其一) / 353
俞德邻(1232—1293)
  次陈登父中秋游古竹院韵 / 353
俞 可(?—?)
  句 / 353

虞 俦(?—?)
  和太守 / 353
  挽仙尉黄公诗 / 353
  和郡人汤倅中秋月 / 353
  和汤倅梅花韵 / 353
喻良能(1120—?)
  谢张使君惠簟 / 354
喻 陟(?—?)
  题吕元圭诗后 / 354
袁 枢(1131—1205)
  武夷精舍十咏·铁笛亭 / 354
袁似道(1191—1257)
  月波楼 / 354
袁说友(1140—1204)
  过道人矶 / 354
  过霞山小饮 / 354
  入山呈孙使君 / 354
岳 珂(1183—?)
  舞鹤四绝(其三) / 355
  赵季茂通判惠诗走笔奉和十篇(其二) / 355
  赵季茂通判惠诗走笔奉和十篇(其九) / 355
  病中未能访邓德载督参大监戏赠二首(其二) / 355
曾 巩(1019—1083)
  酬材叔江西道中作 / 355
  游麻姑山 / 355
曾 极(?—?)
  冶城楼 / 356

58

曾 几(1085—1166)
　春晴 / 356
　八月十五夜月二首(其二) / 356

翟 佐(？—？)
　挽赵秋晓(其一) / 356

詹 羲(？—？)
　系舟 / 356

张伯玉(？—？)
　题月波楼 / 356

张道洽(1205—1268)
　池州和同官咏梅花(其七) / 357

张 耟(？—？)
　游鲤湖 / 357

张方平(1007—1091)
　夜意 / 357

张 釜(？—？)
　句(其四七) / 357

张 纲(1083—1166)
　晚兴二首次人韵(其二) / 357
　次韵李彦达客舍秋怀 / 357

张公庠(？—？)
　宫词(其一三) / 357

张浍川(？—？)
　寒食 / 358

张九成(1092—1159)
　惠声伯窗前孤桐 / 358

张 侃(1189—？)
　次韵竹林玉老三首(其二) / 358
　秀州城外 / 358

张 耒(1054—1114)
　怨曲二首(其一) / 358
　夏日十二首(其一二) / 358
　偶书三首(其三) / 358

张明中(？—？)
　邻笛 / 358

张 嵲(1096—1148)
　和李少卿 / 359
　崇山图七贤诗 / 359

张 祁(？—？)
　平沙 / 359
　广福寺 / 359

张商英(1043—1121)
　游绵山 / 359

张 栻(1133—1180)
　重九日与宾佐登龙山 / 360

张舜民(？—？)
　梅花 / 360

张 维(956—1046)
　十咏图·玉蝴蝶花 / 360

张 炜(1094—？)
　题夏训武珪画牛 / 360

张孝祥(1132—1170)
　寒光亭 / 360
　舟中(其三) / 360

张尧同(？—？)
　嘉禾百咏·烟雨楼 / 360

张玉娘(1250—1276)
　题画·蔡确 / 361
　牧童辞 / 361

张 填(？—？)
　　答吴子登 / 361
　　赤壁矶 / 361
　　江汉 / 361
　　书后村诗卷 / 361

张至龙(？—？)
　　峡口 / 362

张 镃(1153—？)
　　三月十四夜观月思南湖 / 362
　　晓探晴观梅 / 362
　　千叶黄梅歌呈王梦得张以道 / 362

张子文(？—？)
　　墨梅三绝(其三) / 362

章 甫(？—？)
　　鄂渚春光 / 363
　　蒜山夜归 / 363

赵必瑑(1245—1294)
　　和同社饯梅 / 363

赵 抃(1008—1084)
　　和蔡黄裳节推外邑见贻二首(其一) / 363
　　和六弟抗江上书怀 / 363
　　次何若谷上巳游江 / 363
　　次韵腊月不见梅花 / 363
　　题濯缨亭 / 364

赵伯泌(？—？)
　　梅花 / 364

赵崇嶓(1198—1255)
　　寅卯二年八月十五夜皆不见月 / 364

赵崇鈵(？—？)
　　狭斜 / 364

赵处澹(？—？)
　　偶成 / 364
　　月夜 / 364

赵 鼎(1085—1147)
　　蒲中杂咏·披风亭 / 364
　　泊白鹭洲时辛道宗兵溃犯金陵境上金陵守不得入(其三) / 365
　　定海路中观梅 / 365
　　大雪连日不已 / 365

赵鼎臣(？—？)
　　泛舟席上次韵祖武闻笛 / 365
　　次韵张衡父冬夕书事 / 365

赵 蕃(1143—1229)
　　铁笛亭 / 365
　　田家即事八首(其四) / 365
　　洞庭秋月 / 365
　　有闻若管吹者意儿童为之问之乃鸟有名竹管者其声政如是云作三绝(其一) / 365
　　与硕父沈弟伯仲晚行河堤硕父欲作小亭于其上且云西南得山最多即其语作绝句 / 366
　　对月 / 366

赵 奉(1086—1150)
　　初秋喜雨(其一) / 366

赵 构(1107—1187)
　　渔父词(其一〇) / 366

赵 佶(1082—1135)
　　宫词(其七二) / 366

目 录

赵 炅(939—997)
　缘识(其四一) / 366

赵郡守(?—?)
　赠令狐使 / 366

赵 企(?—1118)
　宿普圆寺二首(其一) / 367

赵汝鐩(1172—1246)
　招贤渡溪阁晚望 / 367
　宿溪馆 / 367
　舟夜 / 367
　闻舟中笛 / 367
　久客写怀 / 367
　渔父四时曲·秋 / 367
　迎仙引 / 367

赵师秀(1170—1219)
　简同行翁灵舒 / 368

赵时远(?—?)
　莺脰湖 / 368

赵 文(1239—1315)
　戴嵩牛 / 368

赵文昌(?—?)
　自金山泛舟至焦山饮吸江亭 / 368

赵希彩(?—?)
　旅中闻笛 / 369

赵希逢(?—?)
　和题莲花壁间 / 369
　和题丹青阁(其二) / 369

赵希樬(?—?)
　秋夕(其二) / 369

赵希迈(?—?)
　渔人 / 369

赵 湘(959—993)
　野步 / 369
　寄湖州刁殿丞 / 369
　赠兰江鞠明府 / 369
　秋夜舟中作 / 370
　闻晓角 / 370
　秋晚舟泊桐江 / 370
　寄雪川刁殿丞十二韵 / 370

赵 旸(?—?)
　奉和姚仲美腊梅 / 370

赵友直(?—?)
　暮春即景 / 370

赵 瞻(1019—1090)
　文湖渔唱 / 370

赵宗吉(?—?)
　题武夷 / 371

真山民(?—?)
　秋晚 / 371
　渔浦晚秋旅怀 / 371
　泊舟严滩 / 371

郑 瑴(?—?)
　句 / 371

郑刚中(1088—1154)
　孙立之以酴醿奉太守赠二绝予戏用其韵(其一) / 371
　白居易有望阙云遮眼思乡雨滴心之句用其韵为秋思十首(其一) / 371

61

出江 / 372

晚村 / 372

客惠宾州竹簟甚佳取退之郑群赠簟诗读之数过成古风云 / 372

郑庸佐(?—?)

邝仙骑牛石 / 372

郑克己(?—?)

浙江十六夜对月 / 372

郑 起(1199—1262)

荆南别贾制书东归 / 372

鄂州南楼 / 372

郑 樵(1104—1162)

湘妃怨 / 373

郑清之(1176—1251)

冬节忤寒约客默坐爇品字柴作五禽戏体中差小佳园丁以矮梅至如见东郭顺子使人之意也消欣然呵皲手冻笔占数语呈刘菊坡博一笑(其三) / 373

郑思肖(1241—1318)

励志二首(其一) / 373

郑文宝(953—1013)

送曹纬刘鼎二秀才 / 374

郑 獬(1022—1072)

钱塘观灯 / 374

仲 并(?—?)

岁晚泊姑苏用吕居仁舍人韵二首寄孟信安(其一) / 374

周 弼(1194—?)

春暮登黄鹤楼 / 374

浣沙秋日五首(其五) / 374

将适毗陵道中遇居简上人 / 375

周端臣(?—?)

湖上归 / 375

周敦颐(1017—1073)

牧童 / 375

周 孚(1135—1177)

次汤士美送蔡季任韵寄士美二首(其一) / 375

周麟之(1118—1164)

望秦川歌(其一) / 375

望秦川歌(其三) / 375

周 密(1232—1298)

小游仙七首(其三) / 375

小游仙七首(其六) / 376

拟长吉十二月乐辞·十月 / 376

渔台山 / 376

次李秋崖见寄韵 / 376

潇湘八景·洞庭秋月 / 376

残暑 / 376

有以渔舟唱晚作图命题拟试者因戏成三首(其二) / 376

有以渔舟唱晚作图命题拟试者因戏成三首(其三) / 376

元夕次松窗韵 / 376

周文璞(?—?)

赏春二首(其二) / 377

送友人入浙 / 377

周行己(1067—1125)

寓居娄氏楼居 / 377

周 薰(？—？)
　　金精山 / 377
周应合(1213—1280)
　　望江楼 / 377
周紫芝(1082—？)
　　西湖词二首(其二) / 377
　　十月十九日江晴放舟 / 377
　　筠阳竹根枕 / 377
朱 弁(1085—1144)
　　摅抱 / 378
朱敦儒(1081—1159)
　　春怨 / 378
　　绝句 / 378
朱 槔(？—？)
　　九日与数客登善福院之绝顶晚饮茗
　　　饮阁予以病先归赋十二韵 / 378
朱继芳(？—？)
　　晚眺 / 378
　　挽芸居 / 378
朱南杰(？—？)
　　烟雨楼 / 379
朱淑真(？—？)
　　长宵 / 379
　　中秋闻笛 / 379
　　墨梅 / 379
　　秋日晚望 / 379
　　秋日行 / 379
朱 松(1097—1143)
　　夏夜梦中作 / 379

朱 熹(1130—1200)
　　元范尊兄示及十梅诗风格清新意寄
　　　深远吟玩累日欲和不能昨夕自白
　　　鹿玉涧归偶得数语·蹉梅 / 380
　　武夷精舍杂咏·铁笛亭 / 380
　　题野人家 / 380
　　隆冈书院四景诗(其四) / 380
　　次刘彦集木犀韵三首(其一) / 380
　　次韵雪后书事二首(其二) / 380
　　次山行佳句呈秀野丈三首(其三)
　　　 / 380
　　哭刘岳卿 / 380
　　次张彦辅赏梅韵 / 380
朱 翌(1097—1167)
　　南华具素饭烹茶诗 / 381
　　十月旦读子美北风吹瘴疠羸老思散
　　　策之句初寮尝作十诗因次其韵(其
　　　一○) / 381
　　再次前韵 / 381

箫

艾性夫(？—？)
　　临邛道士招魂歌 / 382
　　木绵布歌 / 382
白 珽(1248—1328)
　　湖居杂兴八首(其二) / 382
白玉蟾(1194—？)
　　题栖凤亭(其一) / 382
　　题栖凤亭(其二) / 383
　　题栖凤亭(其三) / 383

上元玩灯(其二) / 383
对月(其三) / 383
董双成旧隐(其一) / 383
游杨梓岩 / 383
白鹤观 / 383
凤箫阁玩月(其二) / 383
凤箫阁玩月(其四) / 383

白元鉴(? —?)
　大涤山 / 383

蔡　京(1047—1126)
　句(其二) / 384

蔡　襄(1012—1067)
　病中偶书二首(其二) / 384
　温成皇后挽词二首(其一) / 384
　仁宗皇帝挽词七首(其三) / 384
　宋宣献公夫人毕氏哀词二首(其二) / 384

曹　勋(1098—1174)
　步月谣 / 384
　萧史曲 / 384

曹彦约(1157—1229)
　奉陪黄帅机访问元夕战场归涂见人家园池花木相与叹息既帅机书前所作八诗示滕审言不及予也枕上不能记韵效唐人和诗体自赋八绝句因以寓意(其一) / 385

柴　望(1212—1280)
　西湖 / 385

晁补之(1053—1110)
　长安行赠郭法曹思聪 / 385

　次韵范翰林淳夫送秦主簿觏 / 385
　芳仪怨 / 385

晁说之(1059—1129)
　比日风雨甚异山下人云此六月龙会时也中顶有会龙洞予尝游焉赋诗记其事今感之有作寄赵德鳞 / 386
　过汉武望仙宫在鄜寺之西三绝句(其二) / 386
　依韵和邵太子文兄八月总章朝归长句 / 386
　九日宴李德充中大家次韩三十六丈韵作 / 386
　对雪怀淮安郡王郊居 / 387
　再用丰字韵对雪呈圆机 / 387

陈　范(? —?)
　卧龙潭 / 387

陈　昉(? —?)
　宫词 / 387

陈傅良(1137—1203)
　和张倅唐英咏梅十四首(其一〇) / 387

陈鉴之(? —?)
　题问政山 / 387
　同潘孔时饮总宜园孔时出宝晋数帖呼道人吹箫次日有诗予用韵答之 / 387

陈　杰(? —?)
　题思妇 / 388
　山村 / 388

64

出郊 / 388
　　泛西湖 / 388
　　重过西湖感事 / 388
陈景肃(？—？)
　　怀高东溪二首(其二) / 388
陈　亮(1143—1194)
　　廷对应制 / 389
陈　蒙(？—？)
　　题玉芝祠 / 389
陈　某(？—？)
　　泉南满归过省下呈友人 / 389
陈　普(1244—1315)
　　咏史·文帝(其二) / 389
　　拟古(其一) / 389
　　有感 / 389
陈　起(？—？)
　　寿乔枢密 / 390
陈师道(1053—1102)
　　病中六首(其五) / 390
陈文蔚(1154—1247)
　　赵湖州东园杂咏和人韵·邀月
　　　　/ 390
陈　轩(？—？)
　　题蓬莱观 / 390
陈泂直(？—？)
　　天坛 / 391
陈以庄(？—？)
　　金丹 / 391
陈虞之(？—？)
　　山水小景 / 391

陈允平(？—？)
　　后土庙 / 391
　　无题(其二) / 391
　　秋夜游东墅 / 391
　　游阳明洞天 / 391
　　虎丘即事 / 391
　　侍赵开府夜宴 / 392
　　丰乐楼初成 / 392
陈　造(1133—1203)
　　早步湖上 / 392
　　均州赠应守沈倅 / 392
陈　著(1214—1297)
　　诗送读易堂张碧窗之扬 / 393
　　赠黄长孺奉母还家 / 393
陈宗道(？—？)
　　寒窗听雪 / 393
程　珌(1164—1242)
　　挽宜人赵氏 / 393
程公许(1182—？)
　　寒食 / 393
　　浙江观潮 / 393
　　又上座主李左史八十韵 / 393
程　俱(1078—1144)
　　送江仲嘉裦东还家山方将从赤松子
　　　　游为作仙游之诗以相步虚云
　　　　/ 395
程元凤(1200—1269)
　　明堂大礼庆成诗(其一) / 395
程　卓(1153—1223)
　　云岩 / 395

戴表元(1244—1310)
　　东阳方韶卿惠古意七篇久不得和五
　　　月二十六日将假馆宗阳桥稍有闲
　　　暇乃为次韵因寄讯彼中吴子善前
　　　辈(其七) / 396
　　招子昂饮歌 / 396

戴昺(?—?)
　　七夕感兴二首(其一) / 396
　　有妄论宋唐诗体者答之 / 396

戴复古(1167—?)
　　孙季蕃死诸朝士葬之于西湖之上
　　　　/ 396
　　游云溪与郡宴用太守韵即事二首(其
　　　二) / 396

邓林(?—?)
　　客孟氏塾戏降紫姑 / 397

邓肃(1091—1132)
　　小饮 / 397

丁黼(1167—1236)
　　寄题不碍云轩二首(其二) / 397

丁谓(966—1037)
　　柳(其一) / 397
　　楼 / 397
　　箫 / 397

丁先民(?—?)
　　游大涤 / 397

董嗣杲(?—?)
　　九月十五日有感 / 398
　　离沣源口即事 / 398

杜氏(?—?)
　　北行作 / 398

范成大(1126—1193)
　　四时田园杂兴六十首·冬日田园杂
　　　兴十二绝(其三) / 398
　　八场平闻猿 / 398
　　次韵杨同年秘监见寄二首(其一)
　　　　/ 398

范纯仁(1027—1101)
　　和持国赠微之 / 398

范镗(?—?)
　　书碧落洞 / 399

范仲淹(989—1052)
　　睢阳学舍书怀 / 399

范祖禹(1041—1098)
　　望朝元阁 / 399
　　王岐公挽词三首(其三) / 399

方回(1227—1307)
　　次韵宾旸啼字犹字二首(其二)
　　　　/ 399
　　离骚九歌图 / 400

方士繇(1148—1199)
　　寒栖馆 / 400

方惟深(1040—1122)
　　和吴门章太守五日宴九老于广华诗
　　　　/ 400

方信孺(1177—1223)
　　义宁华岩洞和纯阳真人(其二)
　　　　/ 400

方一夔(?—?)
　四时宫词(其一) / 400

方　岳(1199—1262)
　龟巢夜宴 / 401
　次韵赵端明万花园(其四) / 401

冯时行(?—1163)
　刘守生日 / 401

葛　闳(1003—1072)
　桐柏观 / 401

葛起耕(?—?)
　楼上 / 401

葛绍体(?—?)
　次韵 / 401

葛胜仲(1072—1144)
　次韵宏道游三官院园时余往辟廱不果往 / 401

葛天民(?—?)
　元夕 / 402

龚颐正(?—?)
　陈山龙君祠迎享送神曲(其三) / 402

顾　逢(?—?)
　赠吾世衍 / 402

顾　临(1028—1099)
　和孔司封题蓬莱阁 / 402

郭祥正(1035—1113)
　山中乐 / 402
　松门阻风望庐山有怀李白 / 403
　凌歊台呈同游李察推 / 403
　漳南王园乐全亭席上呈同游诸君坐客刘公曰有水一池有竹千竿可以赋诗浪士勇起索笔即其言缀成长调文不加点 / 403

郭　印(?—?)
　夫人挽词二首(其一) / 403
　申夫人挽词 / 404

韩　淲(1159—1224)
　太尉武泰节度寿昌侯挽词(其三) / 404

韩　驹(1080—1135)
　李少愚母挽诗 / 404

韩元吉(1118—?)
　秋雨新霁过赵慎中留饮 / 404

何子举(?—1266)
　清渭八景·高村夜月 / 404

贺　铸(1052—1125)
　秦淮夜泊 / 404
　丛台歌 / 404

洪　刍(?—?)
　次韵和南山即事呈使君 / 405

洪　迈(1123—1202)
　送制置使王刚中帅蜀 / 405

洪　适(1117—1184)
　次日宏父携家出游而小雨新晴 / 405
　程通判挽诗二首(其一) / 405

胡　铨(1102—1180)
　送菊 / 405

胡　宿(995—1067)
　蓬莱词 / 406

燕洞宫 / 406
石曼卿学士挽词 / 406

胡　寅(1098—1156)
和朱成伯(其一) / 406
过方广不遇主僧留示 / 406

胡致能(？—？)
咏润州 / 407

胡仲弓(？—？)
泠风阁 / 407
和希膺韵 / 407
赠神籁谈天 / 407
中秋望月呈诸友 / 407

华　镇(1051—？)
杂咏三首(其三) / 407
春日杂兴十五首(其十五) / 408

黄　裳(1043—1129)
石榴庭院有感 / 408
燕子楼 / 408

黄　庚(？—？)
修竹有楼名与造物游对秦望山五云门 / 408

黄庭坚(1045—1105)
题樊侯庙二首(其二) / 408
外舅孙莘老守苏州留诗斗野亭庚申十月庭坚和 / 408
几复读庄子戏赠 / 409

黄彦平(？—1146？)
南部 / 409

黄　漳(？—？)
凤山 / 409

黄　铢(1131—1199)
梅花 / 410

家铉翁(1213—？)
前岁上元与赵任卿寓临安追逐甚乐今年同在建溪任卿先赴郡席小雪忽作且知早筵遂散独坐无聊因得二诗却寄(其二) / 410

姜　夔(1155？—1208)
过垂虹 / 410
越中士女春游 / 410

孔平仲(1044—1102)
送王通叟 / 410
自重 / 410

孔武仲(1041—1097)
板桥辞太母灵舆三首(其一) / 410
板桥辞太母灵舆三首(其二) / 410

黎廷瑞(1250—1308)
凤凰台二首(其一) / 411
饮百花洲四首(其二) / 411
重阳雨与汤叔巽诸公斋亭小集 / 411

李处权(？—1155)
江上望灵石 / 411

李　复(1052—？)
和人游千金公主园池 / 411

李　纲(1083—1140)
鸣山驿次韵蔡君谟续梦作 / 411
立春日 / 411

李　庚(？—？)
题尤使君郡圃十二诗·玉霄亭

/412

李龏(1194—?)
　梅花集句(其一三五) /412
　梅花集句(其一八二) /412

李光(1078—1159)
　新桥 /412

李琏(?—?)
　题金陵杂兴诗后十八首(其五)
　　/412

李流谦(1123—1176)
　次韵宋德器春晚即事五首(其五)
　　/412
　送樊漕移帅泸南 /412

李若水(1093—1127)
　次颜博士游紫罗洞五首(其二)
　　/413

李慎言(?—?)
　抛球曲三首(其二) /413

李石(?—1181)
　扇子诗(其八) /413
　扇子诗(其二二) /413

李新(1062—?)
　隔墙吹箫悲深有作 /413
　听王子定吹箫 /414

李彦弼(?—?)
　傲暑栖霞洞 /414

李之仪(1048—1127)
　得延之书书尾戏答 /414
　杂挽诗四首(其四) /414
　子瞻参寥太虚同游惠山用王武陵窦

郡朱宿三诗韵各有所赋参寥录以
相示余将游焉用次其韵(其二)
　　/414
　玉箫庵今名天圣庵 /414
　陶隐居书堂 /415

廖刚(1071—1143)
　题临漳台(其二) /415

廖行之(1137—1189)
　七夕 /415

林俛(?—?)
　彩云轩 /415

林光朝(1114—1178)
　哭伯兄鹊山处士蒿里曲(其三)
　　/415

林希逸(1193—1271)
　长门怨回文 /415
　山有仙则名 /416

林亦之(1136—1185)
　赵路分挽词三首(其一) /416
　余倅父子挽词二首(其二) /416
　曹廷辅挽词二首(其二) /416
　陈仲罕母挽词 /416
　章徽之妻卢氏挽词 /416

刘安上(1069—1128)
　友人新居 /416

刘攽(1023—1089)
　挽宋司空丞相二首(其二) /416
　月夜吹箫 /417
　秦国公主挽诗 /417
　过太康县此路入亳州云是先帝昔东

幸时驰道也马上口占行二十里成
　　三十韵 / 417
刘才邵(1086—1157)
　　次韵周秀实七夕 / 417
刘 敞(1019—1068)
　　寄内 / 418
刘 黻(1217—1276)
　　喜雨呈赵使君 / 418
刘 翰(?—?)
　　哀友人 / 418
刘克庄(1187—1269)
　　杂咏一百首·王子晋 / 418
　　梅妃 / 418
　　小园即事二首(其二) / 418
　　蒜岭夜行 / 418
　　挽林夫人 / 419
　　和季弟韵二十首(其二〇) / 419
　　次韵三首(其二) / 419
　　夜检故书得孙季蕃词有怀其人二首
　　　(其一) / 419
　　二月十八日过梅庵追怀主人二首(其
　　　一) / 419
　　有叹 / 419
　　齐人少翁招魂歌 / 419
　　警斋侍郎舟和放翁五言过奖衰朽且
　　　示雄文二编次韵一首 / 419
刘阆风(?—?)
　　寿胡运使 / 420
刘 跂(1053—?)
　　送徐彦荣 / 420

刘师复(?—?)
　　题汪水云诗卷(其三) / 420
　　题汪水云诗卷(其七) / 421
刘 弇(1048—1102)
　　邓且君挽辞二首(其一) / 421
刘 筠(971—1031)
　　奉和圣制寒食五七言二首(其一)
　　　 / 421
陆 佃(1042—1102)
　　依韵和再开芍药十六首(其八)
　　　 / 421
陆 游(1125—1210)
　　游仙五首(其一) / 421
　　移船 / 421
　　数日暄妍颇有春意予闲居无日不出
　　　游戏作 / 421
　　旬日公事颇简喜而有赋 / 421
　　寒食省九里大墓 / 422
　　春感 / 422
　　龙湫歌 / 422
　　眉州郡燕大醉中间道驰出城宿石佛
　　　院 / 422
　　游法云 / 422
　　简苏邵叟 / 422
吕徽之(?—?)
　　秋景 / 423
吕南公(1047—1086)
　　麻姑山诗·息羽驾亭下 / 423
吕 陶(1028—1104)
　　送蒋熙州 / 423

吕希纯(?—?)
　　元夕(其一) / 423
吕祖谦(1137—1181)
　　王龟龄詹事挽章二首(其一) / 423
罗椅(1204—?)
　　题信丰县城门六首·禾丰 / 424
马廷鸾(1222—1289)
　　后中秋 / 424
马之纯(1144—?)
　　凤凰台 / 424
毛宏(?—?)
　　夜听双瀑联句 / 424
毛滂(1060—?)
　　春词(其一六) / 424
梅尧臣(1002—1060)
　　和普公赋东园十题·紫竹 / 424
　　细雨樵行 / 425
　　齐国大长公主挽词二首(其二) / 425
　　元夕同次道中道平叔如晦赋诗得闲字 / 425
　　叶大卿挽词(其一) / 425
　　李康靖少傅夫人挽词二首(其一) / 425
　　送吴正仲嫠倅归梅溪待阙 / 425
　　出省有日书事和永叔 / 425
　　送阎中孚郎中知磁州 / 425
　　听文都知吹箫 / 426
　　宜春宴射篇李驸马请赋杂言 / 426
梅挚(995—1059)
　　和王益新繁县东湖瑞莲歌 / 426

孟晋(?—?)
　　游武夷山洞天 / 426
闵希声(?—?)
　　福安寺 / 426
聂铁峰(?—?)
　　寄题武夷 / 427
欧阳澈(1097—1127)
　　待月 / 427
欧阳修(1007—1072)
　　巩县陪祭献懿二后回孝义桥道中作 / 427
　　谢公挽词三首(其一) / 427
裴士杰(?—?)
　　和孔司封题蓬莱阁 / 427
彭汝砺(1042—1095)
　　治平谅暗元夕(其二) / 427
彭徵(?—?)
　　真人(其三) / 428
钱时(1175—1244)
　　文峰夜饮三首(其二) / 428
钱舜选(?—?)
　　纪梦 / 428
钱惟济(979—1033)
　　句(其一) / 428
秦观(1049—1100)
　　春词绝句五首(其二) / 428
　　江月楼(其二) / 429
　　蓬莱阁 / 429
　　庆张君俞都尉留后得子 / 429
　　记梦答刘全美 / 429

71

仇　远(1247—?)
　　清正庵 / 429
　　寄潘怀古 / 429
　　拜孙花翁墓下 / 429
　　饮陆静复山房分韵得时宁 / 429
　　集庆寺 / 430
　　赠张玉田 / 430
　　寓舍在青安门外由是出郊不数里群
　　　山献状如游龙如奔马如踞虎豹深
　　　秀坡陀不一而足似有招引赋诗之
　　　意遂约子野再用韵(其一) / 430

桑正国(?—?)
　　会课乾明寺 / 430

邵　棠(?—?)
　　梅 / 430

沈安义(?—?)
　　龙脊滩 / 430

沈　遘(1028—1067)
　　和少述春日四首(其一) / 431
　　过 / 431

沈　辽(1032—1085)
　　和颖叔蓬莱阁 / 431

沈与求(1086—1137)
　　次韵雪 / 431
　　旦日趋府 / 431

沈作喆(?—?)
　　新安采樵行 / 431

施清臣(?—?)
　　湖景 / 432

施　枢(?—?)
　　出西门寄呈外舅姑 / 432

施文焴(?—?)
　　金陵作 / 432

石　介(1005—1045)
　　寄赵庶明推官 / 432

史昌卿(?—?)
　　凤鸣洞 / 432

释道潜(1044—?)
　　建隆秋夜(其二) / 432

释端裕(1085—1150)
　　颂古十首(其二) / 433

释居简(1164—1246)
　　梯飙 / 433
　　酬盘隐别驾(其二) / 433
　　次韵郑大参净慈双井 / 433

释妙伦(1201—1261)
　　偈颂八十五首(其六四) / 433

释契嵩(1007—1072)
　　早秋吟 / 433

释善珍(1194—1277)
　　悼上官良史 / 434

释绍昙(?—1297)
　　颂古五十五首(其一三) / 434

释斯植(?—?)
　　效樊川体 / 434

释惟一(1202—1281)
　　月华松上人之杭 / 434

释文准(1061—1115)
　　偈二首(其二) / 434

目录

释行海(1224—?)
少年子 / 434
赤城 / 434
归剡(其四) / 435
寓怀 / 435

释永颐(?—?)
送王以通之官金陵(其二) / 435

释元肇(1189—?)
王乔 / 435
凤仙花 / 435
桐柏观 / 435
吴荆溪大监 / 435

释智愚(1185—1269)
颂古一百首(其七) / 435

舒岳祥(1219—1298)
闺怨(其三) / 436

司马光(1019—1086)
吹箫 / 436
宿石堰闻牧马者歌 / 436

宋 白(936—1012)
宫词(其二三) / 436
宫词(其五八) / 436

宋 祁(998—1061)
寒食假中作 / 436
李中令挽词二首(其二) / 436
夜宴 / 436
赴直马上观市 / 437
答翁愈赋卷 / 437
庄献太后哀挽应制二首(其二) / 437

宋 庠(996—1066)
夜坐二首(其二) / 437
无题 / 437
和吴侍郎答汝州诸官唱酬之作 / 437
赠太子太保晁文公挽词二首(其二) / 437
赠司徒兼侍中宋宣献挽词四首(其四) / 438
都下灯夕 / 438
辇下寒食 / 438

苏 洞(1170—?)
金陵杂兴二百首(其一四五) / 438
寄尧章 / 438
无题(其二) / 438

苏 轼(1037—1101)
金山梦中作 / 438
题毛女真 / 438
自清平镇游楼观五郡大秦延生仙游往返四日得十一诗寄子由同作·玉女洞 / 439
与述古自有美堂乘月夜归 / 439
王氏生日致语口号 / 439
月夜与客饮杏花下 / 439
游桓山会于十人以春水满四泽夏云多奇峰为韵得泽字 / 439
次韵孔毅父久旱已而甚雨三首(其三) / 439
祷雨张龙公既应刘景文有诗次韵 / 440
刘丑厮诗 / 440

73

苏　颂(1020—1101)
　　奚山道中　/ 440

苏　籀(1091—?)
　　惜花一首　/ 440

孙人雅(?—?)
　　泊吴江寄僧　/ 441

孙　觌(1081—1169)
　　疏山寺次白文林韵三首(其一)
　　　/ 441
　　张希元承事挽词二首(其二) / 441
　　王廷茂挽词　/ 441
　　张大资夫人挽词　/ 441
　　蜀妇新寡从何纯中读左氏戏呈纯中
　　　/ 441

孙　介(1114—1188)
　　丁未孟秋夜月明如中秋因思范公守
　　　南阳赏月及坡公赤壁之游皆七月
　　　望也作短歌记之　/ 441

孙士廉(?—?)
　　题武夷　/ 442

孙惟信(1179—1243)
　　深院　/ 442

汤　义(?—?)
　　白鹤禅寺　/ 442

汪　莘(1155—1212)
　　回至松江(其二)　/ 442
　　夏日西湖闲居十首(其一)　/ 442

汪元量(1241—1317)
　　西湖旧梦(其九)　/ 442
　　杭州杂诗和林石田(其六)　/ 442

　　幽州寒食游江乡园　/ 443
　　凤凰台　/ 443

王安国(1028—1074)
　　中夏　/ 443

王安石(1021—1086)
　　哭张唐公　/ 443
　　和圣俞农具诗十五首·牧笛　/ 443
　　王村　/ 443
　　九日登东山寄昌叔　/ 443
　　午枕　/ 443
　　宋中道挽辞　/ 444
　　同杜史君饮城南　/ 444
　　送春　/ 444

王　珪(1019—1085)
　　竹　/ 444
　　送范景仁正议致政归颍昌　/ 444
　　赠侍中李良定公挽词　/ 444
　　赠太尉吕惠穆公挽词　/ 444

王　淮(1126—1189)
　　高宗皇帝挽词(其二)　/ 445

王　霁(?—1126)
　　和吴公仲庶游海云寺　/ 445

王廉清(1125—?)
　　题玉霄亭　/ 445

王　迈(1184—1248)
　　送春有感　/ 445
　　二月朔日得诗二十六韵　/ 445

王　山(?—?)
　　吊盈盈三首(其三)　/ 446
　　答盈盈　/ 446

王 诜(?—?)
　　奉和子瞻内翰见赠长韵 / 447

王十朋(1112—1171)
　　和刘方叔溪上一绝 / 447
　　次韵潘先生寒食有感(其一) / 447
　　题双峰资深堂(其四) / 447
　　游箫峰 / 448
　　再和(其二) / 448

王庭珪(1080—1172)
　　和刘乔卿雪诗 / 448
　　挽郭氏孺人 / 448
　　长沙北禅览古 / 448
　　次前韵酬刘美中 / 448
　　过萧泷庙 / 448

王 炎(1138—1218)
　　送施宣教 / 449
　　临湘县崇惠庙词 / 449

王 洋(1089—1154)
　　元夕夜与戎琳殊三老僧对棋琳请作
　　　诗赋之 / 449
　　闻何为孙作内集以长言戏之 / 449
　　次韵酬尹少稷 / 450

王以宁(?—?)
　　道中闻九里香花 / 450

王易简(?—?)
　　九锁山十咏(其三) / 450

王 羽(?—?)
　　朝阳岩二首(其一) / 450

王禹偁(954—1001)
　　酬杨遂 / 450

王 质(1135—1189)
　　上王公明寿四首(其一) / 451

王仲甫(?—?)
　　留京师思归 / 451

王仲修(?—?)
　　宫词(其一一) / 451
　　宫词(其三九) / 451

王 鎡(?—?)
　　春夜家宴 / 451
　　凤仙 / 451
　　游仙词三十三首(其九) / 452
　　游仙词三十三首(其一〇) / 452

韦 骧(1033—1105)
　　咏八仙·吹箫 / 452
　　再和(其一) / 452

魏了翁(1178—1237)
　　任重庆挽诗 / 452

文天祥(1236—1283)
　　病愈简刘小村(其一) / 452
　　读赤壁赋前后二首(其一) / 452

文 同(1018—1079)
　　仙人(其二) / 452
　　往年寄子平 / 452

文彦博(1006—1097)
　　留守相公和提举端明作三寿公字韵
　　　诗辄继前韵·景仁内翰 / 453

闻九成(?—?)
　　初入洞霄(其一) / 453

闻人祥正(?—?)
　　集句(其一〇) / 453

75

翁彦约(1061—1122)
　　武夷仙机石 / 453
无名氏(?—?)
　　题桃源(其三) / 453
吴弘钰(?—?)
　　石门峰 / 453
吴　浚(?—1277)
　　春词 / 454
吴龙翰(1233—1293)
　　有所嗟 / 454
吴　泳(?—?)
　　拟西北有高楼 / 454
武　衍(?—?)
　　书画扇 / 454
　　秋夕清泛 / 454
夏　竦(985—1051)
　　观夜醮 / 454
　　奉和御制朝谢玉皇大帝致斋夜天书
　　　道场观鹤下临 / 454
　　奉和御制与天下臣庶恭上玉皇大帝
　　　天帝圣号 / 455
萧　照(?—?)
　　游范萝山 / 455
谢　翱(1249—1295)
　　商人妇 / 455
　　仙华山招隐 / 455
谢枋得(1226—1289)
　　崇真院绝粒偶书付儿熙之定之并呈
　　　张苍峰刘洞斋华甫 / 455

谢岳甫(?—?)
　　大涤洞天留题(其三) / 456
熊　克(?—?)
　　葛仙山 / 456
徐　积(1028—1103)
　　题扇·离妇扇 / 456
　　朝回仙 / 456
　　急仙 / 456
　　鸾 / 456
　　谢存中送四花并酒 / 456
　　双树海棠(其二) / 457
　　李太白杂言 / 457
　　和李道源清风谣 / 458
　　琼花歌 / 458
徐　瑞(1255—1325)
　　余自入山距出山五十五日竹屋青灯
　　　山阴杖屦忘其痴不了事矣随所赋
　　　录之得二十首·听箫 / 459
徐　铉(917—992)
　　柳枝辞十二首(其九) / 459
　　柳枝词十首(其八) / 459
　　早春左省寓直 / 459
严　嘉(?—?)
　　游洞霄 / 459
彦　修(?—?)
　　夜宿武夷宫 / 460
晏　殊(991—1055)
　　禁苑 / 460
杨冠卿(1138—?)
　　赤玉箫 / 460

76

杨 杰(?—?)
  景灵宫 / 460
杨 怡(?—?)
  成都运司园亭十首·玉溪堂 / 461
叶 适(1150—1223)
  橘枝词三首记永嘉风土(其三)
    / 461
  题孙季蕃诗 / 461
  王木叔秘监挽词 / 461
  送郭黄中 / 461
  虎长老修双峰 / 461
于 革(?—?)
  清都观 / 461
俞德邻(1232—1293)
  仙人岩即事 / 462
俞 丰(?—?)
  凤山 / 462
虞 俦(?—?)
  和王诚之元夕即席之作 / 462
喻良能(1120—?)
  莆阳道中 / 462
  挽李靖少傅夫人(其一) / 462
  天台歌 / 462
喻汝砺(?—1143)
  草堂诗(其四) / 463
元积中(?—?)
  题桐柏观 / 463
岳 珂(1183—?)
  宫词一百首(其六二) / 463
  约客春波督参刘郎中方赴高紫微之

集道间相值不容留戏赠二首(其二) / 464
曾 丰(1142—?)
  寿林中书(其一) / 464
曾 巩(1019—1083)
  将之浙江延祖子山师柔会别饮散独宿空亭遂书怀别 / 464
曾 几(1085—1166)
  凤凰台 / 464
张 方(?—?)
  泊舟别故 / 464
张方平(1007—1091)
  耳鸣 / 464
  得请南台偶书 / 465
张 鲂(?—?)
  次韵和于巽祗谒真祠 / 465
张 纲(1083—1166)
  友人哭内作诗次韵 / 465
  坚所生母李氏安人挽词五首(其四)
    / 465
张公庠(?—?)
  宫词(其八五) / 466
  宫词(其八九) / 466
张九成(1092—1159)
  咏梅(其一) / 466
  前日偕长文赴大庾饭坐中见黄菊盛开故有前作新诗既三复矣最后乃云黄菊尚未之见间有一二株白菊耳且有闲傍短篱寻嫩蕊忽惊孤蝶绕幽篱之句黄花岂得无语辄发一

笑　/ 466

张　榘(？—？)
　　秦淮　/ 466

张　耒(1054—1114)
　　宿文殊院呈孙子和二绝(其一)
　　　/ 466
　　登梦野亭怀旧　/ 466
　　壬午正月望夜赴临汝宿襄城古驿县
　　有古寺家人辈夜往焚香襄城古邑
　　也可以眺二室地爽垲退之所谓颍
　　水嵩山豁眼明者癸未元夕谪居齐
　　安携家游定惠妙圆承天下大云东
　　禅盖出雨夜有感示秬秸　/ 467
　　惠别　/ 467
　　登高　/ 467

张良臣(？—？)
　　玉台体(其一)　/ 469

张商英(1043—1121)
　　挽老苏先生　/ 469

张　枢(1292—1348)
　　宫词十首(其三)　/ 469

张孝祥(1132—1170)
　　咏梅次韵二首(其一)　/ 469

张　载(1020—1078)
　　古乐府・短歌行　/ 469

张　埴(？—？)
　　岁晚樊口解舟　/ 469

赵必愿(？—？)
　　秋高亭　/ 470

赵崇鉘(？—？)
　　简云卧　/ 470
　　东溪夜泊　/ 470

赵　鼎(1085—1147)
　　扬州竹西亭(其二)　/ 470

赵　佶(1082—1135)
　　宫词(其一二)　/ 470
　　宫词(其一五)　/ 470
　　诗一首　/ 470

赵汝谈(？—1237)
　　次曾景建和谢康乐华子冈诗韵
　　　/ 470

赵　顼(1048—1085)
　　赐秦国大长公主挽词三首(其二)
　　　/ 471

真德秀(1178—1235)
　　挹仙亭　/ 471

郑刚中(1088—1154)
　　安之叔盗后为素求诗以此寄之
　　　/ 471

郑思肖(1241—1318)
　　秦女吹箫图　/ 471
　　秋歌　/ 472
　　醉乡十二首(其一二)　/ 472

郑　獬(1022—1072)
　　李都尉芙蓉堂　/ 473
　　寄题明州太守钱君倚众乐亭　/ 473

周必大(1126—1204)
　　又　/ 473

78

周弼(1194—?)
　咏史二首(其一) / 473
　胥门 / 474

周邠(1036—?)
　箫台山 / 474

周端臣(?—?)
　古断肠曲三十首(其九) / 474

周麟之(1118—1164)
　参政大资毗陵张公挽诗十首(其一〇) / 474

周密(1232—1298)
　元夕被雨病中有感(其二) / 474
　为杨大芳悼亡 / 474
　挽吴承务二首(其二) / 474
　拟长吉十二月乐辞·三月 / 474
　神山行题澄江仙刻 / 475

周文璞(?—?)
　行歌四首(其三) / 475
　初营凤山 / 475
　梅谷 / 475
　梅梁歌 / 475

周行己(1067—1125)
　书王仲元都巡城上小亭 / 475

周紫芝(1082—?)
　胡夫人出尘庵诗四首(其四) / 476
　次韵郭元寿泊舟琵琶亭下夜闻吹箫 / 476
　次韵何丈即席 / 476
　赠别木南稀 / 476
　壬午秋日观桥刘获五首(其五) / 476

　时宰生日乐章七首·乐贤臣章第一 / 476
　送王天民归双泉 / 476
　谢元不伐寄灵岩七诗用梅圣俞韵 / 477

朱存(?—?)
　金陵览古·凤凰台 / 477

朱淑真(?—?)
　湖上小集 / 477
　无寐二首(其一) / 477

朱松(1097—1143)
　致政宣教魏公挽诗二首(其二) / 477

朱熹(1130—1200)
　二十七日过毛山铺壁间题诗者皆言有毛女洞在山绝顶问之驿吏云狐魅所为耳因作此诗 / 477
　读道书作六首(其五) / 478
　挽董安人二首(其二) / 478

朱翌(1097—1167)
　送吏部张尚书帅成都一百韵 / 478

邹登龙(?—?)
　巫山高 / 480

邹浩(1060—1111)
　入湖南界(其一〇) / 480

祖无择(1010—1086)
　游韶石 / 480

左纬(?—?)
　次韵朱承事题丹邱 / 480
　寻委羽洞 / 480

芦 管

刘克庄(1187—1269)
　老将一首　/ 481
沈　括(1031—1095)
　金山　/ 481
释道潜(1044—?)
　维杨秋日西郊(其四)　/ 481
释慧空(1096—1158)
　颂古(其三)　/ 481
释慧性(1162—1237)
　偈颂一百零一首(其四六)　/ 481
释普信(?—?)
　颂古九首(其九)　/ 482
释咸杰(1118—1186)
　颂古十一首(其三)　/ 482
释永颐(?—?)
　惜梅赠别　/ 482
苏　轼(1037—1101)
　次韵曾仲锡元日见寄　/ 482

笛

蔡　襄(1012—1067)
　暮春登南门　/ 483
　司徒侍中宋宣献公挽词五首(其三)
　　/ 483
曹　勋(1098—1174)
　除夜吟　/ 483
　关山月　/ 483
　入塞曲　/ 483
　梅花落　/ 483
　游仙谣　/ 484
　寄张达道先生　/ 484
　上云乐　/ 484
柴　望(1212—1280)
　中秋待月用弟察推元彪韵　/ 484
晁补之(1053—1110)
　跋遮曲　/ 484
晁冲之(1073—1126)
　挽蔡晋如　/ 485
晁公遡(1116—?)
　晴野　/ 485
　细雨　/ 485
　单于行　/ 485
晁说之(1059—1129)
　九日　/ 486
陈　棣(?—?)
　挽张世英母夫人　/ 486
陈　襄(1017—1080)
　使还咸熙馆道中作　/ 486
陈　著(1214—1297)
　闻西兵复至又为逃隐计二首(其二)
　　/ 486
　七十见梅有感　/ 486
陈子全(?—?)
　军中寄内　/ 486
谌　祐(1213—1298)
　句(其八六)　/ 486
　句(其一○五)　/ 487

戴　栩(?—?)
　　赵开府仪国公挽词(其二) / 487
邓　林(?—?)
　　关山月 / 487
董嗣杲(?—?)
　　过富池水军寨统辖姚子雄公廨略栖
　　　迟且有约同上杭京 / 487
范成大(1126—1193)
　　画工李友直为余作冰天桂海二图冰
　　　天画使北虏渡黄河时桂海画游佛
　　　子岩道中也戏题 / 487
范纯仁(1027—1101)
　　和阎灏中秋赏月四首(其一) / 487
　　和阎灏重阳见赠二首(其一) / 487
　　酬程定塞提刑 / 488
范端臣(1126?—1178?)
　　挽龙图待制徐良能墓 / 488
范　镇(1008—1089)
　　诗四首(其三) / 488
范仲淹(989—1052)
　　依韵答梁坚运判见寄 / 488
方　回(1227—1307)
　　次韵邓善之书怀七首(其四) / 488
冯时行(?—1163)
　　关山月 / 488
葛起耕(?—?)
　　秋夜 / 489
顾　禧(?—?)
　　不寐 / 489
　　偶作 / 489

郭祥正(1035—1113)
　　和杨公济钱塘西湖百题·西水亭
　　　 / 489
　　城上 / 489
　　遣怀 / 489
　　送宝觉大师怀义还湖南 / 489
韩　淲(1159—1224)
　　一曲 / 490
韩　琦(1008—1075)
　　过隋城 / 490
韩　维(1017—1098)
　　奉答原甫登契丹岭见寄 / 490
何梦桂(1229—?)
　　挽何此园 / 490
洪　刍(?—?)
　　高宗皇帝挽词(其一〇) / 490
洪　适(1117—1184)
　　次韵保州闻角(其二) / 491
　　章通判挽诗二首(其二) / 491
　　归府致语口号 / 491
洪咨夔(1176—1236)
　　入山 / 491
　　度剑有日高永康以诗送行次韵
　　　 / 491
侯　畐(?—1259)
　　长安 / 492
胡处晦(?—?)
　　上元行 / 492
胡　宿(995—1067)
　　挽温成皇后词(其二) / 492

81

挽庄惠皇太后词(其二) / 492
太尉文肃郑公挽词三首(其三)
　　/ 492

胡　寅(1098—1156)
　颢浯溪 / 492

黄大临(？—？)
　留别 / 493

黄公度(1109—1156)
　秋城晚望 / 493
　挽乐全宋丈二首(其二) / 493

黄庭坚(1045—1105)
　为慧林冲禅师烧香颂三首(其二)
　　/ 493
　王文恭公挽词二首(其二) / 493
　黄颖州挽词三首(其三) / 493
　宋夫人挽词 / 494
　代书 / 494

李处权(？—1155)
　简潮公 / 494

李　纲(1083—1140)
　与邑官会凝翠阁 / 495

李　光(1078—1159)
　二子继韵复赋二首(其二) / 495

李弥逊(1089—1153)
　大宁寺 / 495

李　新(1062—？)
　出塞 / 495
　九支池二首(其二) / 495

李曾伯(1198—1268)
　夜分和郑小山韵(其一) / 496

连文凤(1240—？)
　暮秋杂兴(其四) / 496

廖行之(1137—1189)
　岁晚寄罗舜举 / 496
　和益阳赵宰六首(其四) / 496
　挽刘监庙 / 496

林　昉(？—？)
　秋成 / 497

林季仲(1090—？)
　悼潘君秀才 / 497

林景熙(1242—1310)
　溪行 / 497
　重过虎林 / 497
　答金华王玉成 / 497

林希逸(1193—1271)
　安丰作 / 497
　赵虚斋挽诗(其一) / 497
　李斛峰尚书挽诗(其三) / 498
　朔斋中书刘礼侍挽诗(其二) / 498
　刘夫人挽诗(其二) / 498
　林甲父挽诗 / 498
　黄倅内子挽诗 / 498
　适轩黄革叟挽诗(其二) / 498

林亦之(1136—1185)
　林伯谟挽词 / 498
　邑大夫范丈宠示广陵余事泠然诵之
　　历历惨恻如在目中辄赋短篇纪所
　　闻也 / 498

刘　攽(1023—1089)
　长门曲(其一) / 499

再见士卒戍桂阳 / 499

次韵和张舍人北使归 / 499

寄韩庆州 / 499

柿红 / 499

观猎 / 499

又十二韵 / 500

和黄节推陪王守泛舟 / 500

刘才邵（1086—1157）

次韵赵伯达梅花三绝句（其二） / 500

刘 敞（1019—1068）

朝谒武信殿三首（其三） / 500

月夜二首（其二） / 500

酒后登清风亭 / 501

梅 / 501

逢范景仁李审言二谏议 / 501

麂子岭帐馆寄隐直 / 501

秋晚西楼 / 501

汾州有唐大历中崇徽公主嫁回鹘时手迹在石壁上李山甫作七言诗并刻之子华永叔内翰皆继其韵亦同赋 / 501

刘辰翁（1232—1297）

寿周耐轩府尹 / 501

刘克庄（1187—1269）

沧浪馆夜归二首（其一） / 501

三月二十五日饮方校书园十绝（其四） / 502

九叠（其八） / 502

魏太武庙 / 502

冶城 / 502

哭丰宅之吏部二首（其一） / 502

挽林推官内方孺人 / 502

挽陈潮州伯霆 / 502

哭李公晦二首（其二） / 502

寒食清明二首（其一） / 502

工部弟哀诗二首（其二） / 503

挽郑永福 / 503

挽惠安林丞 / 503

观调发四首（其四） / 503

苏李泣别图 / 503

三月十四日陪帅卿出游一首 / 503

刘 弇（1048—1102）

莆田杂诗二十首（其一四） / 504

刘子翚（1101—1147）

金陵怀古 / 504

怀远 / 504

荔子歌 / 504

楼 钥（1137—1213）

长女淯归夫家寄以小诗 / 504

余给事挽词（其二） / 504

顾养直挽词（其一） / 505

安恭皇后挽词（其四） / 505

陆 游（1125—1210）

和范待制秋日书怀二首游自七月病起蔬食止酒故诗中及之（其一） / 505

初到荆州 / 505

送客城西 / 505

马上 / 505

城西晚眺 / 505

郡斋偶书三首（其三） / 505

大阅后一日作假 / 506
晓出东城 / 506
晚过邻曲 / 506
泛舟至鲁墟 / 506
纵笔三首(其三) / 506
五月七日夜梦中作二首(其二) / 506
舟中咏落景余清晖轻桡弄溪渚之句盖孟浩然耶溪泛舟诗也因以其句为韵赋诗十首(其八) / 506
水村 / 506
夜坐求酒已尽喟然有赋 / 507
书怀 / 507
新酿熟小饮二首(其一) / 507
雨后过近村 / 507
七月二日夜赋 / 507
新秋 / 507
十一月四日夜半枕上口占 / 507
病愈偶书 / 507
开东园路北至山脚因治路傍隙地杂植花草六首(其三) / 507
喜晴 / 508
志学 / 508
湖上 / 508
舟中夜赋 / 508
夜兴 / 508
枕上 / 508
再次前韵 / 508
夏末野兴二首(其二) / 508
夜中独步庭下 / 508
早春出游 / 509

九月二十五日鸡鸣前起待旦 / 509
初冬二首(其二) / 509
冬暖 / 509
鼓楼铺醉歌 / 509
初到荣州 / 509
题徐渊子环碧亭亭有茶山曾先生诗 / 510
冬夜作短歌 / 510
蒸暑思梁州述怀 / 510

吕本中(1084—1145)
清隐及欧园赏梅(其二) / 510

吕　陶(1028—1104)
韩子定嘉雪应祈二首(其二) / 510
再和初春微雪 / 511

罗公升(？—？)
从军留别天逸 / 511
春晓道中 / 511

罗　愿(1136—1184)
送辛殿撰自江西提刑移京西漕 / 512

毛　珝(？—？)
登黄岗清淮门 / 512

梅尧臣(1002—1060)
送刁景纯学士使北 / 512
王侍讲原叔挽词三首(其三) / 512
送吕冲之司谏使北 / 513
送刘司勋奉使 / 513
九月见梅花 / 513
李尚书挽词二首(其一) / 513
赠仆射侍中刘相公挽词三首(其一)

/ 513
季父知并州 / 513
送谢舍人奉使北朝 / 513
宝元圣德诗 / 513
依韵和原甫昭君辞 / 514
依韵和李君锡学士北使见寄 / 514

倪应渊(？—？)
古扬州 / 514

欧阳修(1007—1072)
送同年史褒之武功尉 / 514
寄题梅龙图滑州溪园 / 514
唐崇徽公主手痕和韩内翰 / 515
寄渭州王仲仪龙图 / 515
晏元献公挽辞三首(其三) / 515

彭森(？—？)
题汪水云诗卷 / 515

彭秋宇(？—？)
西风 / 515

彭汝砺(1042—1095)
宿金钩 / 515

钱惟演(962—1034)
句(其二三) / 515

强至(1022—1076)
寄纯甫 / 516
次韵元恕苦寒之什 / 516

秦观(1049—1100)
对淮南诏狱二首(其二) / 516

丘葵(1244—1333)
尘世 / 516

沈括(1031—1095)
延州柳湖(其三) / 516

沈辽(1032—1085)
奉送安行弟赴博罗守 / 516

沈与求(1086—1137)
秋怀二首(其二) / 517
次韵郑维心腊月十六日有作(其一) / 517
邵子非谓予有天台之行见贻以诗次其韵 / 517

史浩(1106—1194)
显仁皇太后挽辞(其二) / 517
高宗圣神武文宪孝皇帝挽辞(其四) / 517

释道潜(1044—？)
同吴兴尉钱济明南溪泛舟 / 518

释德洪(1071—1128)
复和答之 / 518

释法薰(1171—1245)
秀长老请赞 / 518

释居简(1164—1246)
啸云 / 518
蔡山在江阴北湖西相传是蔡邕伯喈墓 / 519

释文珦(1210—？)
关山月 / 519

释希昼(？—？)
寄怀古 / 519

释宇昭(？—？)
塞上赠王太尉 / 519

释元肇(1189—?)
  大阅　/ 519

释智愚(1185—1269)
  黑白何咎　/ 519

释子淳(?—1119)
  颂古一〇一首(其一〇)　/ 520

司马光(1019—1086)
  赠太子太傅康靖李公挽歌词二首(其二)　/ 520

宋　祁(998—1061)
  庄懿皇太后哀挽应制二首(其二)　/ 520
  送杨子奇赴辟潭渊　/ 520
  九日置酒　/ 520
  元处宗安化簿　/ 520
  腊后晚望　/ 520
  秋日射堂寓目呈应之　/ 520
  哀故文节公(其二)　/ 521

宋　无(1260—?)
  甘露寺放舶至瓜洲风作　/ 521

宋　庠(996—1066)
  初春凤兴　/ 521
  送集贤盛谏议出牧维扬　/ 521
  送总阁学士守秦亭二首(其一)　/ 521
  赠太傅中书令张文节公挽词三首(其三)　/ 521
  早春北亭见城隅荒寂　/ 522
  立春　/ 522
  孟津岁晚十首(其三)　/ 522

  孟津岁晚十首(其九)　/ 522
  迟明出都　/ 522
  和中丞晏尚书观上御青城案警场　/ 522
  寄题滑台龙图梅君新作西溪　/ 522
  汉将三首(其二)　/ 522
  哭公实学士　/ 522

苏　轼(1037—1101)
  是日至下马碛憩于北山僧舍有阁曰怀贤南直斜谷西临五丈原诸葛孔明所从出师也　/ 523
  三月二十日多叶杏盛开　/ 523

苏舜钦(1008—1049)
  己卯冬大寒有感　/ 523
  游南内九龙宫　/ 524

苏　颂(1020—1101)
  中书令程文简挽辞三首(其一)　/ 524
  翰林侍读学士尚书右丞李公挽辞三首(其三)　/ 524

苏　辙(1039—1112)
  和孔教授武仲济南四咏·北渚亭　/ 524

孙　觌(1081—1169)
  族婶强氏挽词　/ 525

孙　锐(1199—1277)
  从军行　/ 525

孙应时(1154—1206)
  海陵岁暮(其二)　/ 525

唐　异(?—?)
  塞上作　/ 525

汪炎昶(1261—1338)
　　登楼 / 525
汪元量(1241—1317)
　　湖州歌九十八首(其三五) / 525
　　东平官舍 / 525
汪　藻(1079—1154)
　　隆祐皇太后挽词三首(其三) / 526
王安石(1021—1086)
　　送真州吴处厚使君 / 526
　　元献晏公挽辞三首(其一) / 526
王　偁(？—？)
　　余襄公祠 / 526
王　珪(1019—1085)
　　夜意 / 526
王庭珪(1080—1172)
　　挽曾氏安人 / 526
　　挽刘宗望 / 526
王　炎(1138—1218)
　　关山月 / 527
　　饮马长城窟 / 527
王　洋(1089—1154)
　　吕尚书挽章(其一) / 527
　　读中兴颂碑 / 527
　　寄曹嘉父 / 527
王禹偁(954—1001)
　　战城南 / 528
王之望(？—1170)
　　挽季通判 / 528
王志道(？—？)
　　和高簿送梅(其四) / 529

和高簿送梅(其五) / 529
韦　骧(1033—1105)
　　大行皇帝挽辞二首(其二) / 529
　　又借前韵为攀别之作 / 529
　　送孔彦常待制赴宣城 / 529
文天祥(1236—1283)
　　京城第二十 / 529
　　赣州第六十七 / 529
　　北行第九十五 / 529
文　同(1018—1079)
　　正肃吴公挽诗(其二) / 529
文彦博(1006—1097)
　　塞下曲(其二) / 530
吴百生(？—？)
　　乌夜啼 / 530
吴涧所(？—？)
　　过盘山 / 530
吴　敏(1089—1132)
　　句(其四) / 530
吴　潜(1195—1262)
　　和史司直韵五首(其四) / 530
吴则礼(？—1121)
　　太和道中和颐字韵 / 530
　　题钟隐简寂观图 / 530
　　游昆罗山寺二首(其一) / 531
　　劝耕神堂快活林 / 531
　　呈曾侯 / 531
　　送公桓行 / 531
　　三堂书怀 / 531
　　银城道中 / 531

87

全宋诗乐舞史料辑录
吹管乐器卷

送子仁兄赴定武倅 /531
忆昨呈元老 /531
送曾公善赴定武 /532

项安世(1129—1208)
挽汤丞相夫人二首(其二) /532
答陈江州和少游梅花韵见寄 /532

萧 峋(?—?)
芦 /532

谢枋得(1226—1289)
荆棘中杏花 /532

谢 逸(1068—1112)
陪王守游明水(其二) /533
同吴迪吉汪信民游西塔寺分韵赋诗以荷花日落酣为韵探得荷花字(其二) /533

徐 钧(?—?)
董祀妻蔡琰 /533

徐 铉(917—992)
光穆皇后挽歌三首(其一) /533

许及之(1141—1209)
挽承事黄公词 /533

许景衡(1072—1128)
即事(其一) /534

薛季宣(1134—1173)
边事方急有中使至雨中出郊候之 /534
永嘉行 /534

严 羽(1192?—1245?)
塞下曲六首(其五) /534

杨 景(?—?)
政和二年三月廿四日鄜延帅府大阅即席呈献帅座贾公凯歌(其二) /534

杨 时(1053—1135)
席太君挽辞二首(其一) /535

杨万里(1127—1206)
碧落堂晚望 /535

杨 亿(974—1020?)
明德皇太后挽歌词五首(其四) /535
赤日 /535
泪二首(其二) /535
小园秋夕 /535
夕阳 /535
诸公于石氏东斋宴郑工部分韵得愁秋浮 /535

叶梦得(1077—1148)
徽宗皇帝挽歌词五首(其二) /536

叶 适(1150—1223)
中洲处士折梅花并新语为赠率易鄙句为谢 /536

俞德邻(1232—1293)
夜坐 /536
无题二首(其一) /536
姑苏有赠 /536
吴江夜泊 /536
舟行 /536

岳 珂(1183—?)
胡羊二首(其二) /537

88

挽张贡父二章(其一) / 537

曾 丰(1142—?)
豫章舟中夜坐自遣 / 537

曾 巩(1019—1083)
慈圣光献皇太后挽词二首(其二) / 537
遣兴 / 537

张方平(1007—1091)
采真堂赠郭诚思 / 537

张 纲(1083—1166)
郑国太挽词四首(其三) / 538
张彦度挽诗二首(其一) / 538

张九成(1092—1159)
辛未闰四月即事(其四) / 538

张 扩(?—?)
挽懿节皇后词五首(其五) / 538
送韩存中侍郎赴随州 / 538
再次韵简子温 / 539

张 耒(1054—1114)
秋晚 / 539
寒蛩 / 539
初夏 / 539
十一月七日五首(其一) / 539
冬怀三首(其一) / 539
岁暮闲韵四首(其一) / 539

张 嵲(1096—1148)
范觉民挽词四首(其二) / 540

张 祁(?—?)
庐州诗 / 540

张孝祥(1132—1170)
丙戌七夕入衡阳境独游岸傍小寺 / 542

张 蕴(?—?)
维扬即事(其四) / 542

赵处澹(?—?)
厌雨 / 542

赵 葵(1186—1266)
荒城(其一) / 542

赵汝鐩(1172—1246)
昭君曲 / 542

赵希逢(?—?)
和借景楼 / 543

郑刚中(1088—1154)
送周务本机宜 / 543

郑 樵(1104—1162)
家园示弟橘(其五) / 543
建炎初秋不得北狩消息作 / 543

郑思肖(1241—1318)
春日偶成五绝(其三) / 543
梅花 / 543
我生 / 544

郑 侠(1041—1119)
次韵种道行衙赏莲花 / 544

周必大(1126—1204)
宣州蔡子平尚书淑人居氏挽词二首(其二) / 544
泰州守许寺正挽词二首(其二) / 544

周　密(1232—1298)
　　挽陈体忠二首(其一) / 544
周　南(1159—1213)
　　随太守送神归而有感 / 544
周文璞(?—?)
　　题胡女骑 / 545
周紫芝(1082—?)
　　刘德秀县丞凡五和前篇仆亦次其
　　　韵(其四) / 545
朱　熹(1130—1200)
　　挽梁文靖公二首(其二) / 545
朱　翌(1097—1167)
　　南园用端中韵 / 545

羌管(羌笛)

晁冲之(1073—1126)
　　次韵朱少章芦桥柳桥二首(其二)
　　　/ 546
晁说之(1059—1129)
　　直罗县三绝句(其三) / 546
陈　杰(?—?)
　　岁晏大风 / 546
　　风沙 / 546
　　送万平野余秋山被荐北行 / 546
陈　著(1214—1297)
　　代弟茝咏梅画十景·宜月 / 546
范成大(1126—1193)
　　石湖芍药盛开向北使归过维扬时买
　　　根栽此因记旧事二首(其一)
　　　/ 547

起岩又送立春日再得雪诗亦次韵
　　/ 547
范纯仁(1027—1101)
　　蕃舞 / 547
方一夔(?—?)
　　秋晚杂兴 / 547
　　避暑夜坐(其一) / 547
顾　逢(?—?)
　　鸳鸯梅 / 547
郭祥正(1035—1113)
　　和倪敦复观梅三首(其一) / 547
　　和倪敦复观梅三首(其二) / 548
韩　淲(1159—1224)
　　绝句 / 548
胡仲弓(?—?)
　　杨仲仁为梅返魂有诗因次其韵(其
　　　二) / 548
　　落梅(其一) / 548
黄庭坚(1045—1105)
　　次韵和魏主簿 / 548
黄文雷(?—?)
　　近报(其一) / 548
寇　准(962—1023)
　　忆岐下旧游 / 548
李含章(?—?)
　　河北行 / 549
李　新(1062—?)
　　龙笛 / 549
李正民(1073—1151)
　　和舒伯源梅花韵(其一) / 549

刘 攽(1023—1089)
  凝翠堂(其一) /549
刘 敞(1019—1068)
  和圣俞逢卖梅花五首(其三) /549
  雪后病愈至射堂作 /549
刘辰翁(1232—1297)
  冬景·梅蕊惊眼 /549
陆 游(1125—1210)
  郊行 /550
罗与之(?—?)
  中秋步月(其二) /550
梅尧臣(1002—1060)
  送王克宪奉职之彭泽 /550
  梅花 /550
欧阳修(1007—1072)
  寄秦州田元均 /550
彭汝砺(1042—1095)
  雪夜饮分题得雪字 /550
邵 雍(1011—1077)
  春游五首(其一) /551
释宝昙(1129—1197)
  墨梅 /551
释大观(?—?)
  颂古十七首(其一六) /551
释道潜(1044—?)
  沈道原养浩堂 /551
释德洪(1071—1128)
  东流阻风 /551
释德最(?—?)
  罗霄洞 /551

释慧光(?—?)
  偈 /551
释居简(1164—1246)
  偈颂一百三十三首(其八八) /552
释善珍(1194—1277)
  题画梅 /552
释绍嵩(?—?)
  列岫亭书事 /552
  咏梅五十首呈史尚书(其三二)
    /552
释绍昙(?—1297)
  偈颂一百零二首(其九五) /552
释文珦(1210—?)
  时当末伏暑气愈隆老者殊不能堪而
    旧业荒残清凉石室无由归隐因赋
    是诗 /552
释智愚(1185—1269)
  颂古一百首(其七四) /552
释子淳(?—1119)
  渔父词五首(其五) /553
宋 构(?—?)
  关山月 /553
王 铚(?—?)
  明师见和梅诗再用韵兼奉送还福唐
    /553
  梅花(其二) /553
文彦博(1006—1097)
  秋夜闻笛 /553
熊 禾(1247—1312)
  涌翠亭梅花 /553

探梅 / 554

咏盆梅 / 555

徐 俯(1074—1140)

庭中梅花正开用旧韵贻端伯 / 555

严 仁(?—?)

塞下曲 / 555

严 羽(1192?—1245?)

送友人之楚州 / 555

杨公远(1227—?)

偶得李竹屋居士摘和靖先生梅诗四联演成八韵句工而韵险似难继和愧不自揣僭敢续貂珠玉在傍觉我形秽(其五) / 555

次姚舍人(其一) / 556

次韵塞下曲 / 556

俞德邻(1232—1293)

春日山行 / 556

虞 俦(?—?)

回程泗州道中 / 556

张道洽(1205—1268)

梅花二十首(其六) / 556

梅花二十首(其一〇) / 556

张 侃(1189—?)

对梅效杨诚斋体 / 556

梅时往来郊外十绝(其五) / 557

张 耒(1054—1114)

寿阳楼下泊舟有感 / 557

张 榘(?—?)

早梅(其一) / 557

张至龙(?—?)

梅花十咏·半谢 / 557

章谦亨(?—?)

西湖观梅三首(其二) / 557

赵时韶(?—?)

山园小梅得疏影横斜水清浅暗香浮动月黄昏十四诗(其三) / 557

仲 并(?—?)

送张持国省干归山阴三首(其二) / 557

朱 熹(1130—1200)

昨夕不知有雪而晨起四望远峰皆已变色再用元韵作两绝句(其二) / 558

丁丑冬在温陵陪敦宗李丈与一二道人同和东坡惠州梅花诗皆一再往反昨日见梅追省前事忽忽五年旧诗不复可记忆再和一篇呈诸友兄一笑同赋 / 558

觱篥

刘克庄(1187—1269)

三醉图 / 559

释 深(?—?)

偈颂六首(其五) / 559

宋 庠(996—1066)

河阳寒食 / 559

吴 泳(?—?)

和季永弟赋袁尊固海棠 / 559

周必大(1126—1204)
　　许陆务观馆中海棠未与而诗来次韵 / 560

角

艾可叔(？—？)
　　金陵晚眺 / 561

白玉蟾(1194—？)
　　送郭进之 / 561
　　山居 / 561
　　夜坐忆刘玉渊(其二) / 561
　　有所思 / 561

蔡　戡(1141—？)
　　南昌大阅 / 561
　　不寐 / 562

蔡　枏(？—1170)
　　登稽古阁晚眺 / 562

蔡　襄(1012—1067)
　　秋日登郡楼二首(其二) / 562
　　楚州闻晚角有怀 / 562
　　送杨殿丞通判睦州 / 562
　　广陵 / 562

曹　勋(1098—1174)
　　秋夜长 / 562
　　日出引 / 562

柴　望(1212—1280)
　　蕲州别友 / 563

柴元彪(？—？)
　　及第留吴门访史君黄松冈 / 563

晁补之(1053—1110)
　　次韵李成季感事 / 563

晁冲之(1073—1126)
　　和十二兄五首(其三) / 563

晁端友(1029—1075)
　　马处厚席上探得早梅 / 564

晁说之(1059—1129)
　　海陵闻角 / 564
　　枕上 / 564
　　闻角 / 564

陈必复(？—？)
　　奉酬陈介庵明府桐江见寄 / 564
　　夜发江城 / 564

陈　棣(？—？)
　　次韵梅花四首(其一) / 564

陈　东(1086—1127)
　　秋夜独坐有感一章奉呈师说令尹奉议光明主簿虞章 / 564

陈　辅(？—？)
　　登北固山 / 565

陈傅良(1137—1203)
　　村居二首(其一) / 565

陈　杰(？—？)
　　出郭晚回 / 565
　　和陈郎中时举清夜不寐 / 565

陈　起(？—？)
　　鸣鸣 / 565

陈　深(1260—1344)
　　晓望吴城有感 / 565

93

陈 韡(1180—1261)
  游武夷作(其二) / 566
陈与义(1090—1138)
  村景 / 566
陈 渊(?—1145)
  信州禅月院晚眺 / 566
陈 藻(1151—1225)
  秋雨 / 566
陈 造(1133—1203)
  鄞州守风二首(其一) / 566
陈 植(?—?)
  胥门 / 566
陈 著(1214—1297)
  夜坐书怀 / 566
程公许(1182—?)
  连日得关表捷报闻敌骑无复留境上者志喜成诗 / 567
  送宪使江寺簿赴召 / 567
程师孟(1009—1086)
  句(其一〇) / 568
程炎子(?—?)
  次郡太守刘朔斋秋晚谒谢朓亭小饮三首(其三) / 568
吹角老兵(?—?)
  题谯楼 / 568
戴 昺(?—?)
  有永嘉薛君自号云屋来池阳以诗见贻用韵答之 / 568
戴复古(1167—?)
  乌盐角行 / 568

江上夜坐怀严仪卿李友山 / 568
  田园吟 / 569
邓 深(?—?)
  晚坐散花之室 / 569
邓 肃(1091—1132)
  次韵茂实之才 / 569
  和谢吏部铁字韵三十四首·游山三首(其三) / 569
丁执礼(?—1080)
  送程给事知越州 / 569
董嗣杲(?—?)
  琵琶亭 / 569
  乌栖曲 / 570
  浔阳馆边泛小舟夷犹沙浦中遇翟违大舟过 / 570
  晓出西门问程庐山因怀云翁 / 570
董 颖(?—?)
  贺曾修撰帅江陵(其二) / 570
范成大(1126—1193)
  冬至晚起枕上有怀晋陵杨使君(其二) / 570
  秋蝉 / 571
  睡觉 / 571
范纯仁(1027—1101)
  酬王定国 / 571
方 回(1227—1307)
  八月二十四日宾旸华父同登秀亭二首(其一) / 571
  十月三日秀亭二首(其二) / 571
  二十七日又大雪凡半月 / 571

怪梦十首(其九) / 571
重游凤凰台 / 572
秀亭秋怀十五首(其一〇) / 572

方蒙仲(1214—1261)
和刘后村梅花百咏(其七三) / 572

方一夔(?—?)
秋晚杂兴十二首(其八) / 572
游南山天宁寺 / 572
送客出城 / 572
夜坐月下 / 572

方　岳(1199—1262)
闻角 / 573
赠谈命苏秦 / 573
泊歙浦 / 573
寄曹云台(其一) / 573
次韵魏监丞鹿鸣诗 / 573
金陵怀古 / 573
次韵吴殿撰多景楼见寄 / 573
月墅 / 573
偶阅夷坚志见梁郑公有九月梅花诗
　　因复次韵 / 573
得家信 / 574
次韵汪少卿雪晴 / 574
约刘良叔观苔梅(其三) / 574
赵丞饷酒蟹獐巴 / 574
山中(其一) / 574
次韵楚客 / 574
扣角 / 574
次韵十二神体(其二) / 574
阅视赏射 / 575

书楼考甫梅花百咏因徐直孺寄考甫
　　/ 575
次韵酬章教授 / 575
次韵范侍郎寄赵校正 / 575
次韵汪卿 / 576
戏呈君用 / 576
牛庵睡起 / 576

方　翥(1111—1175)
冬夜忆谦之 / 577

冯伯规(?—?)
游北岩 / 577
□后圃成三绝句(其二) / 577
登云间阁 / 577

冯时行(?—1163)
登西楼二首(其一) / 577

傅　察(1090—1126)
清微亭分韵得空字 / 577

葛立方(?—1164)
九效·君臣 / 578

葛　密(?—?)
冬夜宿演教院 / 578

葛起耕(?—?)
次刘野泉韵 / 578

葛绍体(?—?)
惜春二首(其二) / 578

葛胜仲(1072—1144)
雪中有怀旧游次友人韵 / 578
次韵德升颐轩诗五首(其二) / 578
次韵工部兄除夕见寄三首(其二)
　　/ 578

葛天民(？—？)
　　梅花 / 579
　　蜀道篇送别府尹吴龙图 / 579

郭祥正(1035—1113)
　　无客 / 579
　　赠孙郎中 / 580

韩　淲(1159—1224)
　　胡教授留饮 / 580
　　过新安月夜步浮丘亭分韵赋诗得弄
　　　字 / 580
　　二十七日同郑一尹一上高泉夜醉而
　　　作 / 580
　　北窗夜卧纳凉 / 580
　　寄敖器之 / 580
　　月夜间自东楼溪游甚适寄吴推赵将
　　　 / 580
　　梅(其五) / 581
　　看梅 / 581
　　寄昌甫 / 581
　　戏赠成季 / 581
　　和江文通拟休上人诗韵 / 581
　　次韵 / 581

韩　驹(1080—1135)
　　次韵钱逊叔侍郎见简(其二) / 581

韩　琦(1008—1075)
　　观稼回 / 582
　　拜西坟 / 582
　　闻角 / 582

韩　维(1017—1098)
　　润州 / 582

　　江亭晚眺 / 582

韩元吉(1118—？)
　　归耕堂 / 582

何麟瑞(？—？)
　　画角辞 / 583

贺　铸(1052—1125)
　　中秋日怀寄潘邠老赋 / 583
　　怀寄周元翁十首(其一) / 583
　　题汉阳招真亭 / 583
　　晚出江城闻角 / 583

洪　适(1117—1184)
　　次韵保州闻角(其一) / 584

洪咨夔(1176—1236)
　　答家朝南(其二) / 584
　　梦中和人梅诗山矾韵(其一) / 584

胡　宏(1105—1161)
　　梅花呈孙奇父诸公 / 584

胡　宿(995—1067)
　　送太守晏大夫 / 584
　　和人山居 / 584
　　登润州城 / 584
　　宛陵秋晚 / 584
　　寄题雄州宴射亭 / 585
　　寄龙图李谏议 / 585
　　边思 / 585

胡　寅(1098—1156)
　　思归八绝(其八) / 585
　　和唐寿隆上元五首(其五) / 585

华　岳(？—1221)
　　枕上吟 / 585

矮斋杂咏月·夜吟 / 585

华 镇(1051—?)
历阳试院闻角 / 585
咏古十六首(其一六) / 586

黄 裳(1043—1129)
和人闻角(其一) / 586
和人闻角(其二) / 586

黄大受(?—?)
梅 / 586

黄 庚(?—?)
和李蓝溪梅花韵(其一) / 586
题李蓝溪梅花吟卷 / 586
月夜登楼 / 586
闻角 / 587
寄月山少监 / 587
闻角 / 587

黄公度(1109—1156)
陪孙使君宴归路口占呈应求宋永二兄 / 587
奉别王宰先之 / 587

黄畸翁(?—?)
句(其二) / 587

黄景昌(1261—1336)
春日田园杂兴 / 587

黄 庶(1019—1058)
次韵和真长四季牧童(其三) / 587
赋闻角 / 588

黄庭坚(1045—1105)
和外舅凤兴三首(其二) / 588

孔平仲(1044—1102)
寄王达夫高密令 / 588
冬夜 / 588
夏日甘寝 / 588
冬夕即席作 / 588
冬晓 / 588
戏为难韵同官和之 / 588
寄常父二首(其二) / 589
郡集 / 589

寇 准(962—1023)
句(其二) / 589
塞上 / 589

黎廷瑞(1250—1308)
新城宴集夜归 / 589
探梅 / 589

李 复(1052—?)
观山郊阅武(其二) / 589
依韵和秦倅陈无逸观梅 / 590

李 纲(1083—1140)
题弄水亭 / 590
泊晋康横翠亭爱其山水秀丽斐然有作二首(其二) / 590
再赋一首 / 590

李 龏(1194—?)
倚楼 / 590
梅花集句(其三三) / 590
梅花集句(其六三) / 590
梅花集句(其九三) / 590
梅花集句(其一八七) / 591
梅花集句(其二一一) / 591

松边晚思 /591

秋晓闻鹤唳 /591

李　觏(1009—1059)

晓角 /591

晚闻角 /591

李　光(1078—1159)

元发惠鸣鸡(其一) /591

记梦一首 /591

李　洪(1129—1183)

次韵德孚咏梅 /591

李　兼(？—？)

回次采石 /592

李九龄(？—？)

夜与张舒话别 /592

李流谦(1123—1176)

客中二绝(其二) /592

游水东院(其一) /592

泊采石二首(其一) /592

李弥逊(1089—1153)

次韵贡远归田(其一) /592

秋月回文 /592

暇日约诸友生饭于石泉以讲居贫之策枢密富丈欣然肯顾宾之者七人次方德顺和贫士韵人赋一章(其三) /593

李　彭(？—？)

过蕲州故居 /593

南至日离同安舟中寄阿弓 /593

余与刘壮舆先大父屯田父秘丞为契家壮舆又与予厚不数年皆下世今过其故居 /593

李　石(1108—1181)

同王夔州探梅 /594

次牟朝佐见赠韵 /594

同韩子东赏牡丹 /594

李　维(961—1031)

句(其五) /594

李　新(1062—？)

古塞 /594

登城望江边 /594

铁山祠成二首(其一) /595

龙兴客旅效子美寓居同谷七歌(其五) /595

李曾伯(1198—1268)

又和答云岩(其一) /595

月峡城楼偶作 /595

李昭玘(？—1126)

南峰闲步 /595

李正民(1073—1151)

和舒伯源梅花韵(其二) /595

李之仪(1048—1127)

壬辰春试终场王德循置酒登月阁邀丁希韩甚欢夜分方罢 /595

罢官后稍谢宾客十绝(其二) /595

路西田舍示虞孙小诗二十四首(其一九) /596

李　鹰(1059—1109)

闻角叹 /596

梁　栋(1243—1305)

登镇海楼闻角声赋 /596

目 录

林 逋(968—1028)
　梅花(其一) / 596

林景熙(1242—1310)
　寄林编修 / 596
　用韵寄陈振先同舍 / 596
　桐角 / 597
　立春郊行次唐玉潜 / 597
　秋日言怀次韵 / 597

林 宪(？—？)
　兜率寺作(其二) / 597

林 泳(？—？)
　扬州杂诗(其二) / 597

刘 攽(1023—1089)
　晨起 / 597

刘才邵(1086—1157)
　次韵送卢汝舟 / 597

刘 敞(1019—1068)
　延州沈待制挽词 / 598
　送范贯之 / 598
　四望楼二首(其二) / 598
　暮角 / 598

刘辰翁(1232—1297)
　春景·新年贺太平(其一) / 598
　秋景·远客坐长夜 / 598

刘 过(1154—1206)
　上刘和州(其一) / 598

刘 槃(？—？)
　羊角由 / 599

刘克庄(1187—1269)
　牢落 / 599
　和季弟韵二十首(其一五) / 599
　又三首(其二) / 599
　又和八首(其五) / 599

刘 淑(？—？)
　题虎丘次蒲章二公韵 / 599

刘 弇(1048—1102)
　海山楼晚望 / 599

刘 筠(971—1031)
　句(其三) / 600
　句(其二一) / 600

刘 挚(1030—1097)
　次韵圣和秋夜对月 / 600
　岸次见梅花不果折 / 600
　城北 / 600

刘 著(？—？)
　再和彦高 / 600

刘子寰(？—？)
　杜若 / 600

刘子翚(1101—1147)
　次韵张守梅诗 / 601
　送惠州史君范智闻 / 601
　试弓 / 601
　北风 / 601
　次韵蔡学士梅诗 / 601

柳拱辰(？—？)
　暮春游火星岩同尹瞻联句 / 601

楼 钥(1137—1213)
　晚自拟滁亭转烟雨楼听角 / 602
　烟雨楼夜坐 / 602

99

陆 游(1125—1210)

癸丑七月二十七夜梦游华岳庙二首
　　(其一) / 602
冬夜闻角声二首(其一) / 602
冬夜闻角声二首(其二) / 602
再赋荔枝楼 / 602
醉中作四首(其四) / 602
建安遣兴六首(其一) / 602
倦眼 / 603
寓蓬莱馆二首(其二) / 603
沈园二首(其一) / 603
龟堂杂兴十首(其八) / 603
舟中作 / 603
闻角 / 603
秋日杂咏八首(其八) / 603
秋日山居·晏起 / 603
闻猿 / 603
晚晴闻角有感 / 603
夏夜起坐南亭达晓不复寐 / 603
林亭书事二首(其二) / 604
一病四十日天气遂寒感怀有赋
　　/ 604
三泉驿舍 / 604
初离兴元 / 604
望云楼晚兴 / 604
晚登望云二首(其二) / 604
夜雨感怀 / 604
八月二十二日嘉州大阅 / 604
何元立示九日诗卧病累日乃能次韵
　　/ 604
西园 / 605

晚步湖上 / 605
戏咏西州风土 / 605
暮归马上作 / 605
自合江亭涉江至赵园 / 605
马上偶成 / 605
晚过五门 / 605
晚兴 / 605
夜饮 / 605
曳策 / 606
遥夜 / 606
绿净亭晚兴 / 606
夜闻秋风感怀 / 606
秋兴二首(其一) / 606
初冬出扁门归湖上 / 606
晚出偏门 / 606
记梦 / 606
忆梅 / 606
饮伯山家因留宿 / 607
夜坐二首(其一) / 607
倚栏 / 607
严州大阅 / 607
地僻 / 607
东斋夜兴 / 607
昼睡 / 607
幽居五首(其一) / 607
冬夕二首(其一) / 607
霜天杂兴三首(其一) / 608
步至湖上寓小舟还舍五首(其一)
　　/ 608
晚泊 / 608
夏夜风雨极凉枕上口占 / 608

野堂四首(其一) / 608

夜赋 / 608

晓赋 / 608

书感 / 608

晚步舍东 / 608

开岁半月湖村梅开无余偶得五诗以烟湿落梅村为韵(其四) / 609

连日往来湖山间颇乐即席有作 / 609

初夏北窗二首(其一) / 609

夜归 / 609

五鼓 / 609

东园观梅 / 609

冬暮 / 609

寓蓬莱馆 / 609

晚行湖上 / 609

舟中晓赋 / 610

庭中夜赋 / 610

书感 / 610

初夏闲居八首(其三) / 610

记梦 / 610

晓思 / 610

晚立 / 610

东岭 / 610

戊辰立春日二首(其一) / 610

喜晴 / 611

初晴 / 611

冬日排闷二首(其二) / 611

岁暮作 / 611

暮春龟堂即事四首(其三) / 611

客舍对梅 / 611

闻角 / 611

南园四首(其一) / 611

莆阳昭武延平送兵渐集戏书 / 611

三山杜门作歌五首(其三) / 612

秋夜歌 / 612

上巳临川道中 / 612

西郊寻梅 / 612

入荣州境 / 612

夜观秦蜀地图 / 613

秋风曲 / 613

小园竹间得梅一枝 / 613

无咎兄郡斋燕集有诗末章见及敬次元韵 / 613

吕本中(1084—1145)

试院中作二首(其一) / 614

吕　定(?—?)

登越王台 / 614

吕　纮(?—?)

题黄蘗岭 / 614

吕　陶(1028—1104)

又赋二首(其一) / 614

吕祖谦(1137—1181)

汉铜弩机歌 / 614

罗公升(?—?)

辟地(其二) / 615

蛾眉亭 / 615

马定远(?—?)

鄂州城西 / 615

梅尧臣(1002—1060)

郡阁阅书投壶和呈相国晏公 / 615

闻角 / 615
送李康伯赴武当都监 / 615
寄河阳签判富彦国 / 615
环州通判张殿丞 / 615
重送周都官 / 616
十一月十二日赛昭亭神 / 616

梅挚(995—1059)
　昭潭十爱(其六) / 616

米芾(1051—1107)
　望海楼 / 616

区仕衡(1217—1276)
　黄恺刘黻赵蕃王元野会讲祐国僧舍 / 616

欧阳修(1007—1072)
　送张如京知安肃军 / 616
　和圣俞百花洲二首(其二) / 617
　奉使道中作三首(其三) / 617
　送王尚恭隰州幕 / 617
　怀嵩楼新开南轩与郡僚小饮 / 617
　送渭州王图 / 617
　晓发齐州道中二首(其一) / 617
　奉使道中五言长韵 / 617

潘景夔(?—?)
　香岩院 / 618

潘阆(?—1009)
　金山寺留题 / 618

彭汝砺(1042—1095)
　暮雨 / 618

蒲寿宬(?—?)
　西岩 / 618

钱厚(?—?)
　梅亭 / 618

钱惟演(962—1034)
　送高学士知越 / 619

强至(1022—1076)
　暮角 / 619
　与盛毅同赋暮角行 / 619
　送寋磻翁都官赴倅梁门 / 619
　晓出 / 619

秦观(1049—1100)
　次韵公辟闻角有感 / 619
　次韵公辟州宅月夜偶成(其一) / 619
　次韵公辟即席呈太虚 / 620
　和黄法曹忆建溪梅花 / 620

丘葵(1244—1333)
　晓意 / 620

仇远(1247—?)
　五更(其三) / 620
　断桥闻角 / 620
　朝天门城角 / 620
　钱儒珍家赏桂 / 620

饶节(1065—1129)
　阉人蒲君锡提举参老师悟道唱和四首(其一) / 620

邵博(?—1158)
　春晚登郡楼 / 621

邵雍(1011—1077)
　和商守雪霁登楼 / 621
　凤州郡楼上书所见 / 621

和商守宋郎中早梅 / 621
芳草长吟 / 621

盛世忠(？—？)
塞上闻角 / 622

施　枢(？—？)
闻鹤 / 622

史　浩(1106—1194)
待权明州延提刑致语口号 / 622

史弥宁(？—？)
春宵 / 622

释道潜(1044—？)
下湖晚归 / 622
夜泊淮上复寄逢原 / 622
次韵顺上人登寿宁阁 / 622

释道枢(？—1176)
颂古三十九首(其三七) / 623

释德洪(1071—1128)
宋迪作八境绝妙人谓之无声句演上人戏余曰道人能作有声画乎因之各赋一首·洞庭秋月 / 623

释惠崇(？—1017)
句(其一八) / 623
句(其五六) / 623
句(其八〇) / 623

释简长(？—？)
送僧游五台山 / 623

释居简(1164—1246)
智迁昼牛 / 624
送顾哦松柬祁门尉(其一) / 624

释了惠(1198—1262)
偈颂七十一首(其四二) / 624

释清了(1088—1151)
偈颂二十九首(其二四) / 624

释善珍(1194—1277)
江南 / 624

释绍嵩(？—？)
庆元道中 / 624
春夜书怀 / 624

释绍昙(？—1297)
偈颂一百零二首(其七六) / 625
听乌槛角有感送衍上人归乡 / 625

释师观(1143—1217)
偈颂七十六首(其二六) / 625

释斯植(？—？)
夜坐有感 / 625
送人谒所知 / 625

释嗣宗(？—1153)
颂古二十六首(其一二) / 625

释文珦(1210—？)
即景 / 626
边思(其一) / 626
远游 / 626
咏梅(其二) / 626
寄游边友人 / 626

释咸静(？—？)
十二时(其一一) / 626

释行海(1224—？)
闲倚 / 626
回龙桥上晚望 / 626

南明道中 / 626
丁未昏(其二) / 627

释印肃(1115—1169)
金刚随机无尽颂·一相无相分第九
(其十) / 627
金刚随机无尽颂·法身非相分第二
十六(其八) / 627

释元肇(1189—?)
谢史春坊远招 / 627

释正觉(1091—1157)
四宾主·主中宾 / 627

释智愚(1185—1269)
古梅 / 627

释智圆(976—1022)
上钱唐太守薛大谏 / 627

释子文(?—?)
偈 / 627

舒岳祥(1219—1298)
十村绝句(其二) / 628

司马光(1019—1086)
塞上(其四) / 628
秋夜 / 628

宋伯仁(1199—?)
闻角 / 628

宋 祁(998—1061)
和晏相公青城 / 628
冬日城楼驻望 / 628
城西晚眺 / 628
冬眺 / 628
博州骆太保 / 629

梦野亭在景陵集仙王君为郡日所创 / 629
巡视河防置酒晚归作二首(其一) / 629

宋 庠(996—1066)
送窦员外失职掌廪于沙苑牧监 / 629
三月晦日夜坐有感 / 629
晚望京邑 / 629

苏 轼(1037—1101)
次韵致远 / 629
淮上早发 / 629
次韵秦少章和钱蒙仲 / 629
新渡寺送任仲微 / 630
乔太博见和复次韵答之 / 630

苏 颂(1020—1101)
和宿鹿儿馆 / 630
和签判郡圃早梅 / 630

苏 辙(1039—1112)
次韵子瞻有美堂夜归 / 630
陪子瞻游百步洪 / 630
雨中游小云居 / 631

苏 籀(1091—?)
观阇梨庵高树梅花盛发一首 / 631

孙 觌(1081—1169)
题临川孝义寺壁二首(其二) / 631
题致思庵二首(其二) / 631
周抚干挽词二首(其二) / 631
和刘守林宗喜晴二首(其二) / 632

孙应求(?—?)
恭次家大人初抵季弟海陵官舍之韵

目　录

(其三) / 632

孙应时(1154—1206)
　阻风泊归舟游净众寺 / 632

陶　弼(1015—1078)
　潮月亭 / 632

田　锡(940—1004)
　代书呈苏易简学士希宠和见寄以便
　　题之于郡斋也 / 632

汪炎昶(1261—1338)
　沧洲白鹭图五首(其一) / 633

汪元量(1241—1317)
　湖州歌九十八首(其三一) / 633
　湖州歌九十八首(其八九) / 633
　通州道中 / 633
　眉州借景亭 / 633

汪　藻(1079—1154)
　舟行遣兴五首(其三) / 633

王　柏(1197—1274)
　伯兄新楼十首(其八) / 633

王　操(？—？)
　塞上 / 634
　并州道中 / 634

王公炜(？—？)
　梅花(其二) / 634

王　珪(1019—1085)
　夏夜宿江亭有怀 / 634
　信字卷子 / 634

王平子(？—？)
　题雪猎图 / 634

王十朋(1112—1171)
　闻角声 / 635

王　炎(1138—1218)
　和廖守岳阳楼韵三首(其二) / 635
　冬雪行 / 635

王之道(1093—1169)
　春日有感示魏定父 / 635

韦　骧(1033—1105)
　再和(其二) / 635
　秋怀 / 635
　和春阴倦游 / 636
　弄水亭 / 636
　雁屏 / 636
　和李世美见寄兼送推官宰彭泽
　　 / 636
　和世美以前韵惠诗 / 636
　腊月十八日乙卯立春丁卯会饮开元
　　呈信道中丞 / 636
　复以前韵示别 / 636
　和待梅花从一字至十字句 / 636
　秋日即事呈同僚 / 637

魏了翁(1178—1237)
　燕新利路李运使致语口号 / 637

魏　野(960—1020)
　登原州城呈张賁从事 / 638
　和三门窦程寺丞见赠 / 638

翁　宏(？—？)
　句(其一) / 638

吴　芾(1104—1183)
　又登碧云亭感怀三十首(其一八)

105

/ 638
　梅花下闻角声　/ 638
　九日感怀　/ 638
吴　陵(?—?)
　盱眙郡楼　/ 638
吴龙翰(1233—1293)
　晓发姑孰城　/ 639
吴　潜(1195—1262)
　十月喜雨韵三首(其二)　/ 639
吴惟信(?—?)
　梅花(其二)　/ 639
吴则礼(?—1121)
　晓角　/ 639
武　衍(?—?)
　闻角呈宗谕方蕙岩　/ 639
项安世(1129—1208)
　五更至城下　/ 639
　元夕刘知录招饮　/ 639
萧立之(1203—?)
　和黄立轩梅诗十首(其七)　/ 640
谢　翱(1249—1295)
　八咏楼　/ 640
谢　逸(1068—1112)
　用汪信民韵送叔野迎妇山阳　/ 640
辛弃疾(1140—1207)
　咏雪　/ 640
徐　积(1028—1103)
　送娄六秀才　/ 640
　送程守(其一)　/ 640
　送张君河朔之行　/ 640

徐　玑(1162—1214)
　中川别舍弟　/ 641
徐集孙(?—?)
　秋风悲　/ 641
徐　瑞(1255 1325)
　丙戌除夜泊舟东湖用白石归苕溪韵
　　书怀(其四)　/ 641
　城上谣　/ 641
　余敬可示汪子明诸君大雪诗卷次韵
　　/ 641
徐　照(?—1211)
　宿翁灵舒幽居期赵紫芝不至　/ 642
　永州寄翁灵舒　/ 642
　同徐文渊登永州高山寺　/ 642
许及之(1141—1209)
　次韵周畏知用南轩闻说城东梅十里
　　句为韵六言七首(其四)　/ 642
　次韵王宣甫催梅　/ 642
薛季宣(1134—1173)
　春阴三首(其二)　/ 642
　梦仙谣　/ 643
严　粲(?—?)
　二水闻角　/ 643
　岳麓寺(其一)　/ 643
严　羽(1192?—1245?)
　塞下曲六首(其三)　/ 643
　出塞行　/ 643
阳　枋(1187—1267)
　丙辰病起示儿　/ 644

杨公远（1227—?）
　借虚翁涌金门城望五诗韵以写幽居之兴（其四） / 644

杨 蟠（?—?）
　镇江 / 644

杨 齐（?—?）
　寒食野外 / 644

杨 时（1053—1135）
　蕲州早起 / 644
　次韵何吉老游金銮寺 / 644

杨万里（1127—1206）
　霜夜无睡闻画角孤雁二首（其一） / 645
　霜夜无睡闻画角孤雁二首（其二） / 645
　不寐四首（其一） / 645
　碧落堂暮景辘轳体 / 645
　醉吟二首（其一） / 645

杨 亿（974—1020?）
　陈太博知建州 / 645
　黄从事随军 / 646
　次韵和并州钱大夫夕次丰州道中见寄 / 646
　郡斋西亭夜坐 / 646

姚 勉（1216—1262）
　和通判直阁立春闻莺（其二） / 646

姚 镛（1191—?）
　寄赵东野时以帅橄抚定赣叛（其二） / 646

叶 适（1150—1223）
　余顷为中塘梅林诗他日来游复作 / 646

叶 茵（1199?—?）
　忆弟 / 647
　舟行次韵二首（其一） / 647

易士达（?—?）
　竺涧梅 / 647
　梅花吟 / 647

尹 瞻（?—?）
　火星岩联句 / 647

尤 袤（1127—1194）
　落梅 / 648

游 似（?—?）
　黄鹤楼 / 648

余观复（?—?）
　梅花引 / 648

俞德邻（1232—1293）
　闻角 / 648
　次韵朱子厚九月十一日见寄三首（其一） / 648

虞 俦（?—?）
　和姜总管感秋七首（其六） / 649
　余秋初离庭闱冬至犹未得归夜读宛丘先生秋日忆家诗辄次韵以述旅怀 / 649
　和吴守赋秋阕之什 / 649

袁说友（1140—1204）
　和程泰之阁学咏雪十二题·闻雪 / 649

岳　珂(1183—?)
　　闲居六咏·夜坐　/ 649

曾　黯(?—?)
　　枕上闻角声有感　/ 649

曾　丰(1142—?)
　　十一月六日雨至次月一日始霁
　　　　/ 649

曾　巩(1019—1083)
　　雪后同徐秘丞皇甫节推孔教授北园
　　　晚步　/ 650

曾由基(?—?)
　　赵岁寒昆季三人拉李学谕余同游南
　　　湖次岁寒韵　/ 650

曾　肇(1047—1107)
　　句(其七)　/ 650
　　出门寄家　/ 650
　　海陵春雨日　/ 650

张　佖(?—?)
　　边上　/ 650

张道洽(1205—1268)
　　梅花二十首(其一一)　/ 650

张　纲(1083—1166)
　　次韵彦达折梅　/ 651

张继常(?—?)
　　题镇戎军厅壁　/ 651

张　榘(?—?)
　　送宾书记自扬归吴门　/ 651
　　次韵金陵赵民曹水阁即事　/ 651
　　和澄斋刘制干过芜湖渭阳宅有感韵
　　　　/ 651

张　侃(1189—?)
　　梅　/ 651

张　扩(?—?)
　　舟行江阴道中　/ 651

张　耒(1054—1114)
　　吹角　/ 652
　　远思　/ 652
　　感秋三绝(其二)　/ 652
　　残春三绝(其二)　/ 652
　　寓寺八首(其七)　/ 652
　　泊楚州锁外六首(其二)　/ 652
　　二绝句(其一)　/ 652
　　绝句二首(其一)　/ 652
　　舟中晓思　/ 652
　　大雪苦寒五更无睡枕上成两篇(其
　　　一)　/ 652
　　夜霜　/ 652
　　立秋后便凉诗示柜等　/ 653
　　晓意　/ 653
　　听客话澶渊事　/ 653
　　送刘季孙守隰州　/ 653

张　嵲(1096—1148)
　　至梅堂次韵　/ 653
　　兴州看月上　/ 653
　　达州月夜　/ 653
　　会览亭三首(其三)　/ 653

张绍文(?—?)
　　云溪叔父赐饮大梅花下以疏影横斜
　　　暗香浮动分韵得动字　/ 654

张　栻(1133—1180)
　　次韵周畏知问讯城东梅坞七首(其

三) / 654
　　仲春有怀(其一) / 654
　　落梅 / 654
张舜民(?—?)
　　秋晚三首(其二) / 654
　　城上乌 / 654
张孝祥(1132—1170)
　　幽兴 / 654
张玉娘(1250—1276)
　　塞下曲 / 655
　　从军行 / 655
张元干(1091—1161)
　　次江子我闻角韵 / 655
张镃(1153—?)
　　园中梅有开者寄呈当涂叔祖 / 655
章惇(1035—1105)
　　和蒲宗孟游虎丘因书钱塘旧游 / 655
章甫(?—?)
　　书祖显墨梅枕屏 / 655
　　谩成 / 655
赵抃(1008—1084)
　　泊巴陵闻晓角 / 656
　　次韵楼头闻角 / 656
　　次韵霍交中春游乐俗亭 / 656
　　和前人有怀二首(其一) / 656
　　入赣闻晓角有作 / 656
赵处澹(?—?)
　　清明雨中 / 656

赵鼎(1085—1147)
　　无题 / 656
　　泊白鹭洲时辛道宗兵溃犯金陵境上金陵守不得入(其二) / 656
赵鼎臣(?—?)
　　任邱道中值雪赠权邑宰曹弋取道曹河间同僚也(其一) / 657
　　不寐 / 657
　　寄高阳宰张即功 / 657
赵庚夫(1173—1219)
　　真州听角 / 657
赵葵(1186—1266)
　　芍药 / 657
赵孟坚(1200—?)
　　寄汤帐干 / 657
赵企(?—1118)
　　题兜率寺 / 658
赵汝鐩(1172—1246)
　　秋夜 / 658
　　倚栏 / 658
赵善括(?—?)
　　和龚同叔春日即事五首(其一) / 658
赵师秀(1170—1219)
　　月夜怀徐照 / 658
　　多景楼晚望 / 658
赵希逢(?—?)
　　和枕上吟 / 658
　　和新市杂咏(其一) / 658

赵　湘(959—993)
　　闻晓角　/ 659

赵友直(？—？)
　　牧　/ 659

真山民(？—？)
　　岁朝　/ 659

郑刚中(1088—1154)
　　移司道中四绝(其一)　/ 659
　　时官多以封州俸薄井邑萧条居处湫
　　　隘为叹观如闻而赋之　/ 659
　　晚凉小酌　/ 659
　　家旁有庙其巫每岁旦必鸣角作法以
　　　觞其神邻里闻角声则知其将晓矣
　　　/ 659

郑　奎(？—？)
　　君山　/ 660

郑清之(1176—1251)
　　再和静乐　/ 660

郑　侠(1041—1119)
　　次韵赵资道秋夜闻角　/ 660

郑　獬(1022—1072)
　　题杭郡阁　/ 660

仲　并(？—？)
　　和耿时举梅雪二首(其二)　/ 660

周　弼(1194—？)
　　庾楼　/ 661
　　送人之汉上　/ 661
　　送人之京口　/ 661

周端臣(？—？)
　　次韵友人悼宠落梅　/ 661

周　南(1159—1213)
　　太平州陈大监挽章(其二)　/ 661

周　萃(？—？)
　　野泊对月有感　/ 661

周文璞(？—？)
　　寄友人　/ 662

周紫芝(1082—？)
　　须江雨中　/ 662
　　清樾晚雨效韩偓三绝(其二)　/ 662
　　二十三日雨霁再陪徐使君登秋浦楼
　　　/ 662
　　上元燕宾客致语口号　/ 662
　　观潮示元龙　/ 662
　　元忠作胡人下程图　/ 662

朱　虙(？—1130)
　　浏阳闻变作　/ 663

朱　槔(？—？)
　　平津　/ 663
　　用东坡武昌寒溪韵三篇(其三)
　　　/ 663

朱继芳(？—？)
　　和颜长官百咏·边庭(其二)　/ 663

朱淑真(？—？)
　　除夜　/ 663

朱　熹(1130—1200)
　　和刘叔通怀游子蒙之韵　/ 664
　　延平水南天庆观夜作　/ 664

朱　翌（1097—1167）
　　七月十四夜月分韵得明字　/ 664
左　纬（?—?）
　　闻角　/ 664

塤

陈　造（1133—1203）
　　送李监岳二首（其二）　/ 665
　　次韵许节推喜雨（其二）　/ 665
　　喜雪篇　/ 665
杜濬之（?—?）
　　示故人　/ 666
方　回（1227—1307）
　　复次前韵四首呈二袁君并王君申禄
　　（其二）　/ 666
洪咨夔（1176—1236）
　　答及甫和（其二）　/ 666
孔平仲（1044—1102）
　　离合转韵寄常父　/ 667
李　廌（1059—1109）
　　送霍子侔还都　/ 667
刘克庄（1187—1269）
　　惠州弟哀诗二首（其二）　/ 669
　　题宋谦父诗卷　/ 669
刘子翚（1101—1147）
　　同才仲入山有怀奇仲　/ 669
欧阳修（1007—1072）
　　获麟赠姚辟先辈　/ 669
彭汝砺（1042—1095）
　　送叶宪（其一）　/ 670

释居简（1164—1246）
　　万竹陈兄伯仲相过　/ 670
宋　祁（998—1061）
　　奉和长兄岁晏抒怀　/ 670
宋　庠（996—1066）
　　吴侍郎生朝　/ 670
　　送上元勾簿吴昌卿　/ 670
苏　辙（1039—1112）
　　次韵子瞻闻不赴商幕三首（其三）
　　　/ 671
　　次韵姚孝孙判官见还岐梁唱和诗集
　　　/ 671
王　洋（1089—1154）
　　次蘋字韵即事　/ 671
吴龙翰（1233—1293）
　　读家集　/ 671
项安世（1129—1208）
　　次韵潘都干喜杨中库归督其和诗
　　　/ 671
许月卿（1216—1285）
　　与陈宰　/ 672
阳　枋（1187—1267）
　　贺田都统再帅夔（其二）　/ 672
张　栻（1133—1180）
　　次韵陈寺丞建除体　/ 672
赵　抃（1008—1084）
　　和三兄得书喜授掌庚　/ 672
赵汝腾（?—1261）
　　饯赵文思崇鑯归上饶　/ 672

篴

韩　维（1017—1098）
　　玉汝弟创治新居作诗见诒次韵为答
　　　　／674

洪咨夔（1176—1236）
　　圣节日望拜黄牛祠前退读众碑感而
　　　　有作　／674
　　唐何循吏庙　／675

廖行之（1137—1189）
　　为老人寿苏盐　／675

刘　敞（1019—1068）
　　同贡甫贺钱子飞兄弟　／676

苏　颂（1020—1101）
　　次韵签判张太博移竹　／676
　　再和倒韵　／676
　　次韵签判梁寺丞阻水见寄　／677
　　暇日游逍遥台睹南华塑像独置一榻
　　　　旁无侍卫前无香火对之歘然起怀
　　　　古之思因抒长句一千四百字题于
　　　　台上　／677

王　炎（1138—1218）
　　用元韵答詹望之　／679

王禹偁（954—1001）
　　一品孙郑昱　／680

王之道（1093—1169）
　　送彦立兄游太学以恩袍草色为韵（其
　　　　一）　／680
　　大梁食李有感呈彦时兄　／680

许及之（1141—1209）
　　次韵转庵读中兴碑　／681

员兴宗（？—1170）
　　永嘉水　／681

岳　珂（1183—？）
　　上高赵宰同叔遗以诚斋集开卷偶见
　　　　答徐宋臣监丞书云来帖告诉门生
　　　　排根尝闻前辈谓受人之恩而不忘
　　　　者为子必孝为臣必忠盖推是心而
　　　　信其人也又闻惟以怨报德者为不
　　　　可测盖以有人之形者必有人之情
　　　　也故卢杞之于颜公敏中之于文饶
　　　　之奇之于永叔邢恕之于君实孰测
　　　　其报恩一至此极哉昔孟尝君有一
　　　　客孟尝遇之甚厚而客每毁孟尝或
　　　　问其故客曰人皆誉君而我独毁人
　　　　必以我为小人而以君为长者此吾
　　　　所以报君也前五子者其意将无出
　　　　于此欤至如逢蒙杀羿之事孟子不
　　　　责蒙而责羿然则先生之与门生其
　　　　责果谁在哉或掩卷有感因笔纪意
　　　　复紬绎身履者以补其阙凡四十韵
　　　　　／682

赵　蕃（1143—1229）
　　有怀二首（其二）　／683

周必大（1126—1204）
　　龙泉项汝弼字唐卿卢溪书院　／683

邹　浩（1060—1111）
　　怀至明弟　／683

觱

晁补之（1053—1110）
　复用前韵答唐公唐公有一日纸贵传
　　都城之句且讼其不知我也并呈鲁
　　直成季明略 / 684
范仲淹（989—1052）
　观猎 / 684
冯时行（？—1163）
　李彦泽紫云洞 / 684
葛胜仲（1072—1144）
　嘲茶山 / 685
黄公度（1109—1156）
　赠希孝 / 685
刘攽（1023—1089）
　次韵穆父送仲至使北 / 685
刘挚（1030—1097）
　次韵炳之河亭 / 686
陆游（1125—1210）
　园中把酒示邻曲二首（其二） / 686
强至（1022—1076）
　雷君自陕及门谒与书偕聊成短篇以
　　答来贶 / 686
宋祁（998—1061）
　寄献许昌晏相公 / 686
孙觌（1081—1169）
　章席祖巢云阁 / 686

韦骧（1033—1105）
　陈公武中散生日 / 687
余谦一（？—？）
　温陵吴氏瓠斋（其四） / 687
张方平（1007—1091）
　上享郊庙·享庙 / 687
张耆（？—1048）
　余自天禧元祀解宥密之职首治是邦
　　越期月而移莅他郡于今八载复领
　　藩政再践殊馆仰庙貌□如昔感威
　　灵而长在强抽鄙思以纪岁华
　　 / 687
邹浩（1060—1111）
　端午郊园 / 687
祖无择（1010—1085）
　寄千乘刘殿丞求字人编 / 688

筹

戴栩（？—？）
　送陈叔方闽县丞 / 689

尺八

释德洪（1071—1128）
　谒蔡州颜鲁公祠堂 / 690

后　记 / 691

笙

艾性夫(？—？)

枕　　上

画兰重补纸床屏,支石横眠道气清。杜宇不啼春一半,落花如梦雨三更。
老心暗觅余年健,万感偏从静夜生。最忆宝莲山下月,照人扶醉听吹笙。

白玉蟾(1194—？)

南岳九真歌题寿宁冲和阁

笑携魏王大瓠落,往观洞庭张帝乐。醉骑八风访广漠,九天之上无南岳。
我寻九贡诮冥寞,乱云深中涌楼阁。玉帝苦诏陈兴明,双童前吹紫鸾笙。
尹君道全骖后尘,先殿后卫森火铃。皓首惠度其姓陈,却立虹桥叫霜鹰。
施友縩然索天笑,露冷松寒月华皎。无人为呼张法要,万山猿啼夜虎啸。
张复有若如珍少,炼得身形成鹤瘦。我今只忆徐灵期,噍炼华池灌玉芝。
天柱峰头凤邓郁,旦旦黄芽饲白龟。玉仙灵舆昔无期,想跨九凤衣羽衣。
香火在帝去已久,玉笥亦九门亦九。坛上仙翁何仙良,为问渺茫再来否。
朝粤暮梧倪可到,泠然来此同楼居。

边维岳(？—？)

题妙庭观(其一)

飞桥翼翼傍云岑,田宅荒凉一径深。想像吹笙凉彻夜,却疑风竹助遗音。

曹 勋(1098—1174)

杂诗二十七首(其二六)

浙浙西风入小楼,楼中听彻玉笙秋。不妨青竹摇残梦,甚怯新凉搅客愁。

送凝神张先生还茅山

我家天台玉霄峰,旁临云海空复空。水光际天接山影,山间楼阁相溟蒙。
仙人骑鲸度空碧,步虚声下飘天风。缨冠葳蕤跨彩翼,子晋凤笙惊盲聋。
半夜电雷动岩壑,一坛松桧知仙公。别来放迹入朝市,但觉尘土填心胸。
猿惊鹤怨愧昏旦,竹露萝月徒葱茏。君庵三茅何冲融,暮春旅寓凡圣同。
同造胜境瞻真踪,弟兄乘云御飞龙。为时作瑞留从容,但见仙骥顶有红。
凝神坐啸隐万松,粲粲玉齿犹颜童。佩声促诏朝帝宫,清净为正裨舜聪。
坐乎少广追崆峒,物不疵疠寿域中。翩然鹤归茅岫东,一篙秋静磨青铜。
他年我亦披蒙茸,草屦瘦藤饥不充,应许下灶为陪从。

晁说之(1059—1129)

朱郎元章以予不得宫观与诸侄有唱和见寄揽之欣喜五更枕上赋四首(其四)

莫笑吹笙便得仙,绝胜祭灶事茫然。白头吏役徒多犯,黄帽闲居政寡缘。
仰愧高僧能五鬣,俯惭垂柳解三眠。诗成自赠仍堪寄,闻道衰蒲尚可编。

静

萧然一室静,乐只复何如。子晋吹笙罢,孙登长啸余。
儿童奔入学,宾客远回车。更愿干戈息,残年老敝庐。

陈大方(?—?)

万寿观(其二)

玉佩丁东下界闻,天风吹动碧霞裙。刘郎跨鹤游三岛,王子吹笙到五云。
洞府夜光传玉印,石坛月色礼茅君。若逢天上吴仙子,应问丹砂成几分。

陈梦良（？—？）

登泰山（其二）

何处鸾笙凤管清,觉来身世在蓬瀛。龟蒙凫峄争趋势,恒霍嵩华共仰兄。
封禅幸无书献纳,洞天尚有路通名。自惭游兴非司马,不扣天门空此生。

陈耆卿（1180—1236）

以新凉入郊墟为韵简叶孟我丈（其四）

平生一饱足,大宴非珍肴。秋月拓绮罗,秋风奏笙匏。
问此有何乐,无乐乐乃高。琴书足匡坐,干旌谢在郊。

陈　深（1260—1344）

贺胡西轩入道

世外尘霞净绮纨,天风吹梦绕笙鸾。清名久上丹台篆,散秩新除紫府官。
九酝霞觞分帝所,千秋银榜表仙坛。蔡经一见心相契,应许亲传蜕骨丹。

陈　襄（1017—1080）

和子瞻沿牒京口忆西湖寒食出游见寄二首（其二）

春阴漠漠燕飞飞,可惜春光与子违。半岭烟霞红旆入,满湖风月画船归。
缑笙一阕人何在,辽鹤重来事已非。犹忆去年题别处,鸟啼花落客沾衣。

陈延龄（？—？）

恩　波　桥

富春胜趣景一幅,四面好山青簇簇。浙江逶迤向东来,千里平铺鸭头绿。
老夫作官从此游,恩波阁道如虹浮。凭栏夜半玩星斗,会稽分夜天南头。
是时万籁寂不作,惟见翱翔双白鹤。赤松正与董双成,坐驾云軿穷碧落。
素娥海上来相迎,玉笙度曲鸾凤鸣。商音袅袅洗人耳,惊起葛翁仙梦醒。
走着氅衣忙草草,开门误踢神炉倒。丹光飞起掩月明,虎啸龙吟天地老。

陈元晋（1186—？）

朱　明　洞　天

南来大艑凌空浮,卸帆试略罗浮秋。胸中无机神仙喜,笔底光怪山灵愁。

山泉夜作糟床滴,风松闪冉青旗色。招我三啜玻璃觥,峰头飞上八千尺。
星微月壮海茫茫,蓬莱仙袂遥相望。铜龙夜吼风雾香,石桥跨空河汉长。
千岩笙籁奏清曲,万树醴露如天浆。金鸦海底初刷翻,云拥扶桑一枝出。
群仙拍手叹绝奇,坐中相顾属谁笔。阿翁曾是夹日飞,公孙请赋五色日。

陈允平(？—？)

云间洞天

门掩青松间绿槐,一夜图画自天开。朝霞炼药黄金井,夜月吹笙白玉台。
树老有枝皆薜荔,地闲无处不莓苔。数声野鹤惊残梦,疑是神仙出洞来。

香奁体

小院薰风满,闲庭白昼长。蜻蜓杨柳岸,𪄀𪅞芰荷塘。
云合朱檐卸,山高翠阁凉。蔓滋青薜荔,芽长紫良姜。
帘幕深深地,阑干曲曲廊。淡烟瑶草细,流水碧桃香。
幡影重门静,苔痕小篆荒。螭盘丹鼎雪,龙吸露台浆。
琴古翻新调,笙沉艳旧簧。雨声犀角枕,月色象牙床。
掌上双鹦鹉,屏间两凤凰。石函藏宝剑,金钥启瑶箱。
扇雉团清影,奁鸳试晓妆。霞绡衣窄索,云锦佩玎珰。
鬓拢金蝉蠹,钗横玉燕翔。袂飘天水碧,裙溅郁金黄。
太液箫初远,蓬壶漏未央。流星飞碧落,零雨下银潢。
去去人千里,迢迢天一方。断肠春洛浦,残梦夜潇湘。

陈 藻(1151—1225)

黄石还渔溪寄刘九四首(其二)

多少人家好弟兄,不堪闺妇似吹笙。十年再拜如丘嫂,更尽刘郎故旧情。

陈 造(1133—1203)

次韵赵帅二首(其一)

天公一笑晚云残,戏与璇穹贴白团。试问天风摇翠袖,玉肌何似玉笙寒。

赠高黄二子

平昔金兰契,过逢意自饶。乘闲无窘步,命笑有嘉招。

翠敛歌眉黛,红生醉颊潮。归骖从惜夜,小待玉笙调。

次韵王签判二首(其二)

五鬼侵陵两鬓苍,振穷扫白分无妨。酒徒丛里投名懒,诗社中间趁课忙。
尘暗凤笙空自叹,风惊雁字不能行。向君草草追强韵,政复通人笑楚狂。

次韵刘常甫见赠二首(其一)

重来触目总宜诗,颇费行吟与坐思。旧友相过有嘉惠,满篇更喜胜前时。
连朝把玩惊飞动,万象低摧受控持。尘翳玉笙嗟耳冷,何人度曲颤鸾篦。

吴节推赵杨子曹器远赵子野携具用韵谢之

平日从俊游,寂寂坐多病。犯床漫飞埃,瑶笙罢重请。
昔游喜复到,风物他日盛。坡恐名燕支,楼亦诧端正。
新交间旧友,气合宫羽应。谭尘冰霜厉,笔阵鹅鹳劲。
吏隐分乐地,与世不好径。拔贫办一欢,挟贵轻百乘。
四豪载酒过,讲德珠璧映。歌奏云近人,舞罢鸾顾镜。
酬酢忘主宾,笑语似纷竞。朱楼识阿盼,白酒醉师命。
明朝耐残醒,江声醒幽听。此乐谪仙后,同异君试订。
四豪成风手,可但只字警。我投诗社名,拜手敢貌敬。

陈宗远(?—?)

梦 游 月 宫

蜿虹绛彩垂霄路,白波渺渺散寒露。横空掷绮结飞梁,矮键青云匝风御。
扬金排玉水晶宫,鸾佩霓襦笑相遇。兔停玉杵取玄霜,吴质无端强猜妒。
窥见腰中三尺冰,便疑斫却婆娑树。桂香广陌不得留,灼灼修娥谩回顾。
天孙飞梭织冰纨,帝子吹笙湿香雾。笑指瑶台十二层,只怕结邻未相许。
潋滟金枢烟水寒,会驾飞轮撇波去。

程 颢(1032—1085)

代少卿和王宣徽游崇福宫

睿祖开真宇,祥光下紫微。威容凝粹穆,仙仗俨周围。
嗣圣严追奉,神游遂此归。冕旒临秘殿,天日照西畿。

朱凤衔星盖,清童护玉衣。鹤笙鸣远吹,珠蕊弄晴晖。
瑶草春常在,琼霜晓未晞。木文灵像出,太一醴泉飞。
醮夕思飙驭,香晨望绛闱。衰迟愧宫职,萧洒自忘机。

程　迥(?—?)

题玉真书院

吴侯所筑居,密近玉真麓。翳葳秘幽奇,千载空乔木。
一朝敞虚境,划见神仙躅。拄杖步危磴,远寄千里目。
鹤凭子晋笙,凫举王乔足。信是隐君子,名入丹青录。
冥搜得佳句,隐然可骚仆。早闻云锦溪,鸣榔到岩谷。
寄我辋川图,居然媚幽独。何当棹轻舠,飞鸟送遐瞩。

程　俱(1078—1144)

同江仲嘉纳凉飞英寺

浮图涌平地,翳彼烧空云。虚堂引修廊,白昼来清薰。
翛然据胡床,振我衣上尘。芙渠出金沙,气作芝兰芬。
冉冉度池阁,依依著裾巾。道人拂朱弦,攫醳清且纯。
回观笙篁耳,寡和非阳春。步屧中幽讨,禅房径疏筠。
幽窗不见日,无异昔所闻。苍然小山桂,偃蹇冰雪根。
纷纷壁间题,蛇蚓杂凤麟。嫭妍等一戏,日月无停轮。
我老厌羁旅,三年困歊氛。年年走长道,东越西游秦。
白汗信挥雨,孤蓬坐如焚。今年下苕雪,过此金兰人。
何山岂不好,积翠相依因。炎威不相贷,可望不可亲。
须君蜡双屐,重来约秋旻。兹游亦萧爽,聊足慰吾勤。

崔敦礼(?—1181)

次韵孙抚干二首(其一)

疏狂自许次公醒,冷淡无劳沸玉笙。满屋文章天下乐,多情灯火夜深明。
交情问我何清苦,世路愁人已饱更。好趁东风动行色,濑阳烟雨趣春耕。

戴栩(?—?)

白鹤寺作

子晋昔游处,平台片石成。寺名犹记鹤,松响却疑笙。
岩壁飞双瀑,金沙照一泓。野人岂仙伴,随鹿过溪行。

题顾恺之画洛神赋欧阳率更书高宗御跋寿右司

建安七子云锦裳,东阿冠佩俨帝傍。美人依约驻何许,卮言和饰含芳芗。
虎头妙处似痴绝,丹青貌出花边月。空词无色重徘徊,多态有斁转萧屑。
软风吹香熊耳苍,蘅皋芝田晴翠长。玉笙飘断牵情梦,羽葆翻开顾影光。
兰钗横峨双凤翥,调高不染巫峰雨。龙髓生霞谢露铅,蝉衫如水紫金缕。
瀛洲学士老率更,服暗编简谁施嫱。平生肝肠忽妩媚,神气钩画同飞扬。
阅晋经唐今几昔,光景常鲜日月白。绍兴天子曾品题,价重珊瑚何翅百。
吾闻商雒神灵居,只今王会临皇舆。愿公翊我九畴主,更睹龟呈绿字书。

戴震伯(?—?)

送赵侯之任

赵侯东南彦,远作西南征。骊驹向前路,高秋不留行。
送以奉林鹤,仍吹子晋笙。渊渊洞庭湖,古月今犹明。
流辉千万里,何但光连城。悬知有佳惠,终始心和平。

邓林(?—?)

陶通明

眉疏目朗姿圆通,诗书万卷罗心胸。华阳三茅仙洞中,凤笙隐隐和松风。
薪林图谶呈梁公,朱砂曾青霜雪容。服之身体飘轻鸿,积金涧泉东复东。
山中宰相那无功,昭阳竟作单于宫。

丁谓(966—1037)

嵩岳闻笙

烟筱裁圆直,霜匏镂密深。雅将镛间奏,清与磬同音。
隋作工何妙,娲传制可寻。师襄如审曲,知我发生心。

范成大(1126—1193)

赵故城

金石笙篁绝代无,鼪鼯藜藿正乘除。园翁但爱城泥暖,侵早锄霜种晚蔬。

雪中苦寒戏嘲二绝(其二)

茸毡帐下玉杯宽,香里吹笙醉里看。风雪过门无入处,却投穷巷觅袁安。

宿妙庭观次东坡旧韵(其一)

桂殿吹笙夜不归,苏仙诗板挂空悲。世人舐鼎何须笑,犹胜先生梦石芝。

次韵项丈雪诗

兜罗世界三千刹,重璧楼台十二城。云暗峨嵋封古色,日曛鹍鹊溜春声。
莫将蕉叶评摩诘,且撚梅花慰广平。更忆猴山可怜夜,怯寒谁与伴调笙。

范良龚(?—?)

妙庭观

我昔遨游周八极,玉京金阙俱经历。翩然骑凤下瑶池,如与双成获相识。
双成侍燕王母旁,道貌方瞳照人碧。玉笙吹彻奉琼觞,范子从旁丐余沥。
东方曼倩谓余言,汝亦名在地仙籍。凤城南望好溪山,此是元君故仙宅。
琉璃槃上存金鼎,鼎内丹砂如琥珀。汝能服食早归来,与予同是逍遥客。
我时贪醉蟠桃春,不记当年说仙迹。一朝酒醒人世非,盘碎丹飞杳难觅。
香风堂上久徘徊,苏李题诗挂空壁。孤云野鹤谩兴怨,我独摩挲问金狄。
世人劝我舐丹鼎,我亦何尝苦营役。丈夫自有大还丹,得道不分今与昔。

范祖禹(1041—1098)

游李少师园十题·鹤

王子吹笙去,仙禽下云端。夜栖松月静,朝舞桧风寒。

大雪入洛阳

昨夜关山雪,仆夫晨起惊。挥鞭骑紫马,晓入洛阳城。
川原渺茫茫,长啸视八纮。有如乘风驭,迢递奔玉京。
伊水象天河,云涛向东倾。喧然古都市,沽酒吹玉笙。

予心正浩荡,万里赴归程。遥望嵩峰顶,连天冻峥嵘。
欲攀玉女窗,举手摩太清。思之不可去,怅望空含情。

方　回(1227—1307)

上 元 晚 晴

所谓上元者,俗以侈升平。汉用方士说,祠祭夜达明。
爇炬或始此,游观实何名。年登庶事遂,春早芳意萌。
冶妆饰粉黛,豪奏喧丝笙。愚玩夺稚魄,淫窥荡狂情。
天宝覆唐都,宣和倾汴京。词人丽唱在,物极良足惊。
一隅颇完盛,四运遰代更。戍守列万里,镇防连百城。
崛起间窃发,交驰事遐征。昏黑烟火灭,哭声无歌声。
晓雨花信过,夜蟾桂轮清。时节既如此,焉问阴与晴。

次韵袁提学题皇甫真人清虚庵二首(其一)

清地虚天渺何许,芒鞋未往意先飞。山中叱石初平隐,月下吹笙子晋归。
不死真人千劫在,无垠浊世一尘微。何当日咽丹池水,长共寒猿啸月霏。

苦 雨 行

泥污后土逾月余,四月雨至五月初。七日七夜复不止,钱王旧城市无米。
城中之民不饥死,亦恐城外盗贼起。东邻高楼吹玉笙,前呵大马方横行。
委巷比门绝朝饭,酒垆日征七百万。

缫 丝 吟

行役过桑野,适值丝事成。缫者无劳色,缫车无怨声。
彼美冶容子,高楼吹玉笙。一夕缺俪偶,愤切含离情。
被绮食珍鼎,迭欲生骄盈。蚕妇虽繿缕,君子未可轻。
所以不可轻,能保秋霜贞。

方　岳(1199—1262)

演 雅(其一)

蠨蛸网罗遗逸,离留劝课农桑。鸣蜩吸风饮露,反舌吹笙鼓簧。

湖上八首(其八)

秋千人散雨千丝,谁把秦笙隔院吹。但觉小桥烟外柳,春风无力逗腰支。

元夕病中

家贫近市常喧啾,灯夕无灯冷于水。罢参法喜深炷香,示疾维摩低隐几。
梅花相亲不余负,酒盏成疏竟谁使。一生甘作痴冻蝇,百方莫趁追奔蚁。
颇闻捷奏箭飞书,想见升平花作市。醉吹笙簉舞蛾眉,春入鼓鼙腾马耳。
落钗敖荡少年事,弹铗悲歌游侠子。宁种松风眠隐居,自劚芝田餐甪里。
掉头尘土谁枉尺,过眼纷华不盈咫。吾生如月浪中翻,人情得蜜刀头舐。
内观各自普光明,顿悟中生大欢喜。纵如三鼓雨声寒,睡思正浓姑舍是。

丰　稷(1033—1108)

和运司园亭·茅庵

覆以洁白茅,环以琅玕竹。天籁旁鼓笙,月沼对铺玉。
借问清坐翁,此外更何欲。笑指博山炉,香飞柏子绿。

高似孙(1158—1231)

九怀·思禹

草长兮菲菲,越山青兮霏微。玉在佩兮欲语,望故宫兮如归。
酒阔兮犹香,傻流光兮庭帏。芳俎进兮兰藉,玉鳞寒兮牲肥。
灵翱兮醉只,笙嘘云兮沾衣。鼓轻舠兮无留,月共载兮依依。
乐莫乐兮知几,哀莫哀兮别离。鹧鸪愁兮忘飞。

葛胜仲(1072—1144)

次韵张宏道劝释奠致斋

斋居屏尘务,况复儒宫清。木落必粪本,祭菜敢不诚。
瑚簋见三代,错落罗两楹。骨冷破梦境,虚窗坐黎明。
祠官趣盥頮,珊然环佩声。巍巍素王像,视若四海营。
当时杏坛士,与享彣华缨。乐教属昭代,弟子陈歌笙。
端如从陈蔡,琴舞纷纵横。元功流万祀,德大遍诸生。

道 成 墩

翛翛一羽翁,奇骨两目方。乃以贫自乐,餐霞辟谷肠。
混世人莫识,结茅居僻荒。一墩仅十亩,培塿萃彼疆。
惠峰作南屏,秦望横北墙。隐此不记年,悟仙号青旸。
翩然仙道成,陟墩神远翔。指墩名道成,人以许仙扬。
岂无缑山人,吹笙云锦裳。令威去千年,归来赋歌章。
青旸得仙去,千古传此乡。讹而为柳跖,吴鲁路渺茫。
柳为横行盗,安肯城此旁。不知何愚人,鱼鲁昧审详。
至今传名误,使志乘其将。吾为正斯缪,百世流余芳。

巩　丰(1148—1217)

炊熟日有怆松楸

小楼吹断玉笙哀,春半余寒去复来。
五岁不浇坟土上,望江心折刺桐开。

芋洋岭背闻雨声满山细听林上槁叶风过之相戛击而成音后先疏数中节清绝难状篷笼夜雨未足为奇

日未出扶桑,云犹屯海岳。宛是欲雨时,朝阴凛岩壑。
霜林乱叶多,荏苒干未落。飒飒满空山,细听微雨作。
一叶初自吟,万叶竞相谑。就彼最高枝,相摩应宫角。
燥响欲相凭,风来能领略。须臾不闻风,但听雨索索。
是雨亦无奇,如雨乃可乐。风停叶静时,雨从何处著。
霜野物声干,终带尘土浊。篷音非出虚,瓢音太伤朴。
得似此声清,潇洒过笙鹤。天籁者非耶,夔襄不能学。

郭世模(?—1160)

乌　夜　啼①

碧烟障楼天欲暮,飞乌夜集芜城戍。云外毕逋衔尾来,月明腽脖同枝语。

---

① 许志仁《乌夜啼》内容与此诗相同,不再重复收录。

楼中有人辍机杼,玉笙怨咽凝江雾。惆怅幽栖夜未阑,桂树秋风兰叶露。

郭祥正(1035—1113)

白 玉 笙

白玉笙,咸通十三年琢成。琢成匠人十指秃,进奉明堂声妙曲。
当时应赐恩泽家,流传至煜煜好奢。高堂日日听吹笙,不知国内非和平。
仁兵万众一旦至,国破苍黄笙堕地。虽然讹缺未苦多,却落人间为宝器。
管长纤纤剥笋束,况值吴姬指如玉。不见排星换掩时,自然天韵来相续。
昔时祸乱曲,今日太平歌。兴亡不系白玉笙,但看君王政若何。

追和李太白姑熟十咏·慈姥竹

一种碧琅玕,攒根绕苍岛。浓阴不透日,密幄得春早。
笙随缑氏仙,钓入磻溪好。欲识化龙蛇,唯应雪霜保。

送 姚 太 傅

春风动地吹春去,行人不肯江边住。片帆朝挂暮千里,烟雾苍茫宿何处。
夫君少年日,射策明光宫。同时得意三百辈,上林曾醉桃花红。
十余年间事超忽,几在青云几白骨。君虽未甚荣,亦足有余乐。
存心不负圣与贤,何须画影凌烟阁。浔阳城头北楼壮,邂逅相逢观暝涨。
鱼龙奔走势莫分,却忆当年兵火愁杀人。至今战场无绿草,冤魂夜哭寒蟾老。
临风沥酒一吊之,而我浮生何足道。聊为君行歌数声,青山截断江流平。
晴云相对似能舞,野鸟好语如吹笙。却送闲愁付沧海,身虽离异心无改。
若到蓬莱王母家,为攀桃树遥相待。

韩 淲(1159—1224)

仲可出刘武子行卷因题

绮窗春思入钟山,日日江云草树间。不觉东风吹酒醒,宝香犹暖玉笙寒。

韩 琦(1008—1075)

送张吉甫寺丞归洛

洛中平日是吾家,时节芳菲正可夸。权去独思来卫幕,春归谁约醉桃花。
晴飞县舄瞻仙翼,暖擷新兰荐洁牙。更想缑笙闻夜月,翩然高意薄青霞。

韩元吉(1118—?)

自天封登华顶将自桐柏以归土人谓之望海尖

连天松影转崔嵬,夹道桃花迤逦开。便觉胸中有东海,不知脚底是三台。
闲云自作千峰雨,流水真成万壑雷。唤起吹笙王子晋,夜深乘月上琼台。

次韵赵仲绩久雨夜坐有感二首(其二)

十日风斜雨更横,一春能得几新晴。便须蜡屐穿花去,莫惜障泥傍水行。
酒兴未妨随处发,诗狂剩判隔年程。醉来乞得西山药,仿佛云间吹凤笙。

何梦桂(1229—?)

灯夕乐舞

天碧星河欲下来,东风吹月上楼台。玉梅雪柳千家闹,火树银花十里开。
紫凤笙繁声曼衍,黄龙舞缦影徘徊。香车匝地红尘软,莫遣铜壶漏箭催。

洪 适(1117—1184)

仙 坛 院

蕉闻王子晋,云卧夜吹笙。控鹤冲天去,松风千古声。

次韵景卢野处解嘲之什

地偏不接市廛声,古木参天鹤唳清。台榭迥穷千里目,诗章突过五言城。
花移琼树真无敌,酒换金貂未足荣。灯火归时笙管作,解嘲何事有歌行。

洪咨夔(1176—1236)

古乐府用礼禅灭翁韵四·公子游猎

黄金络头五花马,槲叶无风雪蜚野。仰看飞鸟命中之,好兮儇兮谁似者。
上蔡门,望夷宫。往事了不省,引白春满容。啸笙坎鼓踏雪归,马蹄不记来时踪。

洪 遵(1120—1174)

汉诏郡县行乡饮酒礼颂诗(其七)

笙流觯扬,少长位辨。已事而竣,不诫用劝。

华 岳(？—1221)

借 景 楼

朱箔钩新月,平阑架落霞。百钱呼酒炙,四壁听笙箭。
翠映谁家竹,香飘何处花。功名未归我,且此寄生涯。

华 镇(1051—？)

缑氏道中口占

人道自有上天梯,尘暗灵襟路却迷。不见吹笙王子晋,独乘玄鹤碧嵩西。

金 庭 洞 天

嵩高秀入洛川清,鹤去云归冷玉笙。霜白金庭今夜月,流风依约有遗声。

次韵和湖南运判司勋曹公衡山行

大山隐隐横如衡,北与常岳当天经。发奇吐怪无时停,旦暮生气凝紫青。
隆隆翠光照南溟,是为朱陵赤帝庭。奇峰八九罗明星,真仙宴集通层城。
飞楼叠阁到绝顶,环回照映真云屏。流泉夜逐银河倾,危石上与揩机撑。
轻舆飞盖不知峻,来往常见林梢盈。炳灵弥世动宸展,仪物严奉伴朝廷。
天章国宝萃神异,金华墨彩光峥嵘。提封奄有神仙宅,星韶部按经云扃。
传经俯可拾青紫,摘华早合登蓬瀛。肯跨苏耽岭头鹤,轻逐浮丘吹玉笙。
暂将胜具拟玄度,行与大帝调六英。汉庭已当思汲黯,紫坦归次光晶荧。
寻源况曾到鸡足,根尘洗尽丹台灵。宰官应世通有诚,飞云何意超鸿冥。
玄珠不独罔象得,白雪一点洪炉生。诗豪墨妙天许并,云崖苏壁增新铭。
紫虚羽盖飘泠塍,湘源宝瑟鸣兰汀。蛾眉旋顾若自失,霜威一肃春华零。
琴高睥睨不敢请,遗鲤失步奔长鲸。平反犴狱成虚囹,奸豪敛祍无辜宁。
随车霭霭留余馨,千里卷尽重云暝。威形不习西门豹,襟风远析湘人醒。
自怜鲍系致身误,迟日坐费三春晴。况无氛翳动精禝,照乘惟有仙花明。
日边应许留姓名,云车未间相逢迎。花源深处寻遗氓,枕泉漱石穷幽清。
拂掠朱鸾毛羽轻,朗听日彀声鏗鏗。谁知信舍远千里,胸中浩气高难平。
翰林一想天姥起,当年飞梦三更成。便欲登临云顶寺,俯看练带潇湘横。
惊闻佳句得交佩,传写宝秘胜韦籯。清新自是文章伯,飞誉高华由妙龄。

美如时雨恣飞洒,有声著物皆欣听。河流万里势不息,曲折细可为章程。
大匠斤斧何经营,良贾厚藏非力耕。锋铓铦利新发硎,文彩繁缛森华缨。
洗心吟玩曾未再,已觉两腋生羽翎。千岩万壑句中尽,此身如在衡山行。

黄　庚(？—？)

闻　鹤

寒蟾初上海云收,何处仙禽过庾楼。清夜照人千里月,碧天警露一声秋。
玉笙缥缈缑山去,羽袂蹁跹赤壁游。回首女墙旧时事,千年华表动新愁。

赠通玄观道士竹乡

通玄道士苦修行,坐见桑田几变更。云屋苔封烧药灶,风林花落煮茶铛。
休粮剩有青松啖,却老应无白发生。月满竹乡乘鹤去,欲邀子晋学吹笙。

黄庭坚(1045—1105)

和答君庸见寄别时绝句

看镜白头知我老,平生青眼为君明。舞姝别后闲珠履,已报丝虫网玉笙。

送　君　庸

北风吹雨薄寒生,人与蜡梅相照明。恨君草草渡江去,重约归时五凤笙。

题王晋卿平远溪山幅

风流子晋罢吹笙,小笔溪山刮眼明。相倚鸳鸯得偎映,一川风雨断人行。

予既不得叶遂过洛滨醉游累日

瘿民见我亦悠悠,瘿木累累满道周。飞鸟已随王令化,真龙宁为叶公留。
未能洗耳箕山去,且复吹笙洛浦游。舍故趋新归有分,令人何处欲藏舟。

何主簿萧斋郎赠诗思家戏和答之

善吟闺怨断人肠,二妙风流不可当。傅粉未归啼玉箸,吹笙无伴涩银篁。
睡添乡梦客床冷,瘦尽腰围衣带长。天性少情诗亦少,羡他萧史与何郎。

戏赠王晦之

故人迩在登封居,折腰从事意何如。
月明曾听吹笙否,我亦未见缑山凫。

栖苴世上风波恶，情知不似田园乐。
未知嵩阳禅老之一言，何似黄石仙翁之三略。

姜特立（1125—1203）

平原郡王南园诗二十一首·西湖洞天

洞天别是一蓬瀛，桂馆时时吹玉笙。中有仙翁长不老，不知几个董双成。

闽中得家书

家书隔岁至，生死半一新。新故无已时，悲喜俱伤神。
人生兹世间，谁是出世者。有如独茧蚕，终日自缠裹。
迢迢碧海路，青鸟长来去。安得挟双成，吹笙入烟雾。

孔平仲（1044—1102）

再　　赋

金房此去路几千，石濑齿齿秋风前。丝侵两鬓老不言，竹实已空饥凤眠。
匏笙吹作别离曲，土坏渐异思诸贤。革屦练服何萧然，木阴缓步寻双泉。

孔武仲（1041—1097）

杂题二首（其二）

曲涧低泉左右鸣，步虚宫殿响琤琤。清风杳不知来处，散入松间作凤笙。

黎廷瑞（1250—1308）

梦真三首（其一）

昔梦骖八骏，往赴明宫昭。朝发赤水阳，夕抵昆仑椒。
恭陪瑶池宴，亲聆白云谣。云来何英英，云去何飘飘。
山川怅悠阻，楼台空阒寥。想像云和笙，青鸾度秋霄。

梦真三首（其三）

昔梦过宛洛，游戏芙蓉城。道逢王子晋，邀我升天行。
翩翩控鹤驾，依依吹凤笙。银河未西流，翩然倏退征。
碧桃开晚花，猴山空月明。

忆巢云居

弃家锦官城,结屋庐山前。退鹢空悠悠,冥鸿自翩翩。
吟章一倾盖,见赏朱丝弦。及此再承晤,交情重缠绵。
冥赏富云壑,清听穷风泉。携壶流雪台,吹笙落星船。
重阴闷华景,平陆成修川。君应有先识,化鹤不待年。
重来访旧隐,满目空凄然。琴书竟奚属,诗画知谁传。
拊怀重感叹,回首还延缘。摇摇松梢云,疑是巢中仙。

李处权(?—1155)

桃 花

照水桃花树,春风灼灼开。虽非天上种,何异观中栽。
帝子吹笙罢,渔人信棹回。故园何处是,目尽望乡台。

和刘逸老题罗汉壁间韵

僧房元寂寂,客意遂陶陶。诗笔翻云锦,茶瓯卷露涛。
鸦归寒日下,雪尽远峰高。尚喜王乔近,吹笙坐碧桃。

李龏(1194—?)

梅花集句(其三一)

青帝来时值晚芳,有时经雨乍凄凉。玉笙声里鸾空怨,细嚼花须味亦长。

李含章(?—?)

题武陵护戎林亭

修篁簇径出林椒,可与游人避俗嚣。曲槛隔花安笔砚,小窗延月伴筦瓢。
红藤引蔓移山豆,绿叶分葩植水蕉。到此每怜清气别,可堪寒夜雨潇潇。

李洪(1129—1183)

送子都兄赴建康粮料三首(其二)

留都万雉最繁雄,人物风流古所同。玉树玉笙亡国恨,桃根桃叶劫灰空。
重新观阙青冥外,依旧山川王气中。好把清吟追太白,龙蟠虎踞美江东。

李流谦(1123—1176)

巫山一何高七绝(其一)

巫山一何高,片片朝云飞。灵雨满旗神女去,夜月吹笙神女归。

李若水(1093—1127)

夜坐瓶忽成韵作诗记之

虚堂夜坐灯微明,家无婢子谁学笙。徐而得之笑绝倒,数锹炉火围短罂。
君势炎炎方得计,缘底不平为此鸣。诗人耳冷教坊乐,虫歌蛙吹聊娱情。
天公有意慰酸冷,勺水便成鸾凤声。抽牵狂绪挽不断,呼儿漉酒飞银觥。
须臾火尽竟何有,枕书酣卧衰颜赪。尚疑魂梦带余想,齁齁鼻息旁人惊。

李 新(1062—?)

蓬 莱 别 岛

已驾神鳌远翠埃,外人休咏北山莱。自无失脚刘郎到,怕有吹笙子晋来。
云散晓风飘鹤氅,月明春浪浸瑶台。似闻方士穷真色,归笑长红越女腮。

寿王提举二首(其二)

本来卿伯籍神霄,时与群仙立舜朝。邂逅吹笙云鹤并,等闲飞舄海天遥。
在公载燕方称寿,厥日惟人只隔宵。黄阁年年春酒熟,商山皓首却烦招。

王中玉生辰

瑶碱桂楹香雾浓,贵人罢直承明宫。高楼内集庆生子,酒面油膏红复红。
嵩云入洛秋容晓,水冷青洲兰蕙小。露蠲仙掌生寒光,翡幄华帐飘晚凉。
虬电蜿蜒护飙驾,吹笙子晋从天下。沈寥缑氏空月明,世间唯识王司稼。
野人荐公千百寿,大椿骨健龙腰瘦。紫芝老艾副椒浆,请公倒尽长生酒。
天庙明堂迟飞栋,杜宇数惊铜辇梦。锦城虽好不如归,中散年来忆双凤。

李 薰(?—?)

十五日同登大慈寺楼得远字

重楼得云气深稳,户牖谁能发关键。楼下轮蹄涣散驰,行人一顾不容返。
好游独是我辈闲,寨衣直上相推挽。层轩危槛倚欲遍,更假胡床同息偃。

西南繁会惟此都,昔号富饶今已损。填城华屋故依然,孰为君王爱基本。
茫茫八表聊纵目,情知日近长安远。白云浩荡飞鸟没,玉笙凄凉红纷晚。
梁王吹台得李杜,黄公酒垆醉嵇阮。高峰千载凛莫攀,与世相浊徒混混。
荷衣蕙带芙蓉裳,野服犹堪敌华衮。去梯孰复共君谋,杀马毁车从此遁。

利　登(?—?)

用赵南塘赠黄希声韵呈南塘(其二)

凤凰一翥千里论,营营燕蝠争朝昏。黄河波清纵可待,失计已落千年浑。
蹇予生居百代后,上究笙典穷珠坟。绿图丹书竟杳寞,嗷嗷宋玉徒招魂。

廖行之(1137—1189)

赠舅氏授室

不须种玉向蓝田,不用吹笙学凤仙。试看玉郎亲迎处,梯云挈得月婵娟。

林光朝(1114—1178)

东宫生日六首·癸巳

昭代璇源远,高秋宝月前。神光浮蜀道,瑞气贯秦川。
银榜应如旧,金茎若个边。龙楼清昼出,鹤禁彩云连。
妙选衣冠薮,旁开道德渊。重爻分九六,曲礼尽三千。
岁闰缘长历,霜清欲上弦。每看禖燕日,已入梦熊篇。
沆瀣通三殿,笙鸾共一天。东明到西极,作颂自年年。

东宫生日六首·壬辰

北阙云为堞,东明玉作宫。猗兰迎晓日,仙掌倚晴空。
笙律随鸣凤,朝仪趁彩虹。黄麾初入仗,青桂自成丛。
冠屦分前后,图书考异同。商盘如目击,羲画自心通。
慈燕来三殿,欢谣在九功。长秋传夜饮,京兆报年丰。
奕奕还嘉祐,绵绵想建隆。庶僚何所祝,再拜续维熊。

东宫生日六首·乙未

应律随幽雅,旋杓建戌方。前星迎霁色,重日丽晨光。

笙管青霞外，宫庭碧玉傍。本支周道盛，羽翼汉图昌。
左右人皆正，刑名学未遑。编年听司马，说礼付高堂。
天乐来三殿，人心系八荒。黄华秋更媚，皓月闰偏长。
清赏新奎壁，承华旧典章。维熊千岁祝，英略似君王。

林　颜（?—?）

夜　乐　池

石室巉岩五十重，洞房七十二芙蓉。夜池惟有仙家乐，笙鹤时来古涧松。

刘安世（1048—1125）

出　游

数子坐愁思出游，丽日光风得情节。一百五日寒食近，二十七品鲑菜阙。
盘空釜冷奈酒何，变剂连环当佳设。诘屈宛是肠九回，缉缀浑如衣百结。
玉笙绕指影参差，疏棂度风晓明灭。浊醪引满亦何负，响齿膏唇咀冰雪。
君不见龙丘行令讥点盐，又不见韩侯出燕歌炰鳖。
生缘自信可奈何，归抱柴关昼常闭。

刘　攽（1023—1089）

游玉仙观寄王四十

紫府仙真冰雪颜，丹梯岑寂试来攀。翠鬟濯玉交团扇，浓雾喷香暗博山。
不信异人能到此，正怜春意已归还。吹笙化鸟知君事，犹恨来游先后间。

刘才邵（1086—1157）

子夜四时歌（其一）

柳烟晨气酽，花露春容湿。翠幕卷宫罗，翩翩双燕入。
无心补粟眉，闲对妆台立。谁调紫鸾笙，晴响散空碧。

刘　敞（1019—1068）

凤凰山笙竹

仙山不记凤鸣时，碧筱空含玉润姿。海外虽传有嶰谷，人间似未悟孙枚。
道家正贵知音少，野处还于静节宜。千岁重寻乐毅传，悠悠更觉使心悲。

20

奉和宋次道游嵩十五韵

嵩峰三十六,皆在青云端。宿昔望见之,恨不生羽翰。
卷脔尘土中,日月如波澜。迩来老将至,更觉行路难。
闻君谢车徒,选胜群峰峦。幽深每独往,神异多所观。
若有真仙子,羽衣白玉颜。吹笙烟雾中,举手留盘桓。
信非人间境,邈与时俗悬。顾怀平生旧,慰以逍遥篇。
三复想在目,令人愧衣冠。处世阔且疏,幼舆亦有言。
一丘与一壑,自谓无间然。安得从君游,解缨弄云泉。
昏昏岁复晏,相望空长叹。

奉酬春卿资政给事见寄并贶法酒

王甸雄三辅,侯邦重百城。公虽纵谈笑,人自服神明。
烹干元和正,陶镕庶物精。优游破余地,洒落动高情。
讼比甘棠息,居无吠犬惊。勤追泮宫学,继出汝南评。
风雅移方俗,弦歌溢颂声。忘年及晚辈,与进绝诸生。
预列登堂拜,陪参别乘行。襟怀向客尽,风彩照人清。
弧矢亲观德,沧浪并濯缨。宴余花烂漫,猎罢雪纵横。
末节形骸外,良辰乐赏并。西曹宽吏谪,东阁借宾荣。
密席明金炬,佳人出玉笙。听歌浓黛敛,看舞小腰轻。
敢谓招携讯,由来许与诚。会知私坎井,未可屈长鲸。
凤尾腾中诏,麟符寄别京。去思邈已远,陈迹浩难平。
叩叩烦书礼,悠悠想旆旌。何时命霖雨,举世望阿衡。
逸唱回春藻,深衷释吝萌。自然心醉久,那在酒如饧。

刘 黻(1217—1276)

游长渠石洞

六月访古壑,衣巾全似秋。多无百年寿,能得几番游。
泛酒月流硖,听笙云满楼。相忘有樵者,来往共夷犹。

东 皋

天然岩壑怪,官况此中闲。台阁人烟上,阑干树影间。

引泉归月沼,分菊上秋山。咫尺神仙洞,听笙忘却还。

刘　过(1154—1206)

游郭希吕石洞二十咏·笙鹤

木末俯清轩,独立久延伫。何人骑鹤来,仿佛吹笙侣。

刘克庄(1187—1269)

广游女(其二)

昔有吹笙侣,骖鸾上玉宸。奈何无欲地,著得有情人。

宫词四首(其二)

凉殿吹笙露满天,木犀花发月初圆。君王少御珊瑚枕,多就宫人玉臂眠。

旱　莲

晴久方池可跣行,萍枯惟有草纵横。朱葩未见丛丛拆,绿柄才看寸寸生。
悴若放臣临楚泽,厄于学士蹈秦坑。输他杭越花如锦,画舫名姝夜按笙。

赠女学士

女子谈天世有之,福唐吴媛独神奇。语多中的疑明思,心自通灵不问龟。
闻道滕边随季主,定传肘后与文姬。未知谁是吹笙侣,玉镜台前要画眉。

刘学箕(？—？)

与政仲端夫敬叟季仙至旧圃采采芙蓉金菊之妙时之所当艳者江梅海棠烂然照目可无数语纪之为书长句

秋阳杲杲秋月明,秋风泠泠秋露清。萧骚池上万松竹,凤笙龙管吹秋声。
山亭与客坐夕阴,眼照万象前横陈。一年好处在此好,妙质欲纪难状名。
那知天上诗酒星,翩然驰鲸来玉京。浩然相对发思奇,句法普现千古情。
诗成不用世间语,五言七字虚皇吟。霞明皎皎芙蓉城,香霏楚楚月魄精。
海棠婉娈斗繁艳,江梅冷淡同芳馨。东篱采采万叠金,西畴更刈千顷粳。
人生得此亦不恶,措辞莫漫悲愁生。先生年来真脱俗,看破世间荣与辱。
胸怀坦荡适四时,岂但芳华竞驰逐。只今忘物物忘我,物我两忘机印可。
不知门外秋水深,不识纷纷朝市心。榨头新篘蚁初熟,荚盘剥珠菱切玉。

是秋是春两难分,折花荐酒酒痕湿。万缘空处罢休休,八表神期汗漫游。
醉乡广大尘世促,明日酒醒诗载续。

刘　筠(971—1031)

戊申年七夕五绝(其三)

吹笙何处伴乘鸾,窥牖谁人见阿环。便有唐家今夕意,月和风露满骊山。

夜　　宴

玳押风帘薄,金徒漏箭长。食鱼齐上客,置醴汉元王。
蒟酱辛初和,萍齑冷乍尝。巢笙传曲沃,掺鼓发渔阳。
吟烛惟忧尽,杯筹岂易防。齿犀融晏雪,袍麝荐荀香。
笑逐呼卢胜,歌随解佩狂。遗簪兼堕珥,流眄复回肠。
彩凤寻仙史,班骓待陆郎。主欢殊未已,投辖在银床。

刘　宰(1166—1239)

秋怀二首(其一)

翠幄迎霜半染红,高林风过杂笙钟。澄光万顷天无滓,留与羲和驾六龙。

喜西岗桥成并书邦美东西桥记后

西岗水与洮湖通,修梁自昔横西东。百年兴废人不同,谁其记者竹庵翁。
喜君架木续前功,朝曦夕照明垂虹。地脉不断和气钟,纡朱曳紫还家风。
邂逅归来一亩宫,幽花野草迷青红。躬耕会有年谷丰,笑咏五柳卑扬雄。
可但日高花影重,罗帷醉起酣笙钟。

代赋三十韵呈李果州

退之抗表出潮阳,高风万世为美谈。衡开云气偶然尔,浪占显晦吾所惭。
皇华使者课第一,诏归台省陪朝参。献疏岂止一痛哭,引去自言七不堪。
留行隐几卧不应,一麾出守天西南。利名百念已灰冷,扫除不尽山水贪。
行遍金焦到茅卓,知有佳处须穷探。春花秋叶事已过,惟有山发呈鬖鬖。
山神颇亦愧岑寂,夜奏万谷笙钟酣。起看琼树绕琳宇,更驰玉马无停骖。
子猷好事古无比,雪中求往固所谙。青鞋直上最高顶,天风缥缈吹楩楠。
两峰相对如拱立,上公衮冕朝子男。群山敛退就平地,灭没不见如纪谭。

巨浸东连大洋海,浩荡直与天涯涵。却顾淮源赤山下,仅若覆水盈罃甋。
久留不奈景清绝,山腰下转临深潭。客来客去泉自涌,可能喜笑静中含。
嵌崖往往记遗迹,旧雨剥蚀苔藓篸。客怀感此重太息,学仙便欲老石龛。
痴狂正复自讥笑,旷望聊尔依精蓝。元符旧事不可问,翠微杰观犹耽耽。
有田连阡不输税,饱食岂计皇恩覃。渠侬不知游子恨,宝钥屡启雕龙函。
留连信宿苦未厌,一笑相属乐且湛。庞眉道士庸中佼,成书自许窥老聃。
扣门有问不得吐,退自包裹如春蚕。髯李于书颇涉猎,医卜并试仍多婪。
提携瓶酒味苦短,黄独屡荐山肴甘。坐谈衮衮不知晓,林杪忽送钟声韽。
人生离别易感怆,况我垂白今毿毿。明朝日出山下路,宿云散尽开晴岚。
君归千骑围昼锦,我留古木缭茅庵。期君再整冲天翼,老我甘作书中蟫。

东禅百韵

群居厌嚣烦,兀坐怅离索。动静两何心,求端傒先觉。
张氏好兄弟,同游得先诺。重以临邛客,雍容出莲幕。
二难秀金枝,高会困酬酢。客来惊醉梦,倒屣出帘箔。
符子方下帷,训子传家学。汤子方涉笔,词赋工雕斫。
闭门各有适,錾然闻剥啄。钱君丈人行,邂逅同出郭。
冲飙翼飞盖,宿润沾芒屩。山僧迎户外,萧散出林鹤。
升堂忽起敬,先正事超卓。于今国犹活,繄尔尽忠恪。
禅房灯火暗,遗象丹青落。惟余我辈人,往事记其略。
缅怀百年后,贤愚一丘貉。风炉催煮茗,胸次浇磊落。
开轩一凝睇,伟观夺岩壑。古木矫龙蛇,藤萝喧鸟雀。
亭亭阶前竹,左右森矛矟。老干欲摩空,稚绿犹含箨。
微风度疏棂,万窍呈笙籥。鼎来闻歌呼,冠带亦褒博。
汝岂陈孟公,四坐为惊愕。祸福宁所知,字画妄穿凿。
俳优时所拙,掀髯资一噱。山僧如有意,太息事殊昨。
众真拥灵君,昨梦非冥漠。人情良易感,意气随飘泊。
焉知宋玉赋,浪费屠门嚼。朝云无定姿,密意终难托。
弃置勿重陈,声色等臭恶。觞行奉壶矢,尚想古乐乐。
围棋对空枰,白日忽飞雹。势成秦始大,计误鲁日削。

将士儿戏尔，回旋守宫钥。车马或殆烦，俘虏到帏幄。
张拳合奇偶，奋臂几攫挬。嘉名袭百子，覆射师方朔。
数穷或自蹈，世事真难度。情性渐浩浩，奥义相磨琢。
寿夭征彭殇，小大稽鹏鷽。天高何所悬，地厚何所著。
孰怒而雷震，孰笑而电烁。兴王悼茕独，季世惨炮烙。
道隆此何幸，道降此何薄。生乎谁汝恩，逝矣谁汝虐。
毫厘有必争，司马振铙镯。义正誓不屈，勇士赴鼎镬。
少焉两忘言，水净潜鳞灼。行乐未有极，暮霞横日脚。
催归走童隶，欲去仍复却。顾瞻忽有念，郁悒忘谐谑。
凿井成先志，结甃石凿凿。危亭俯逵道，栋宇更旁拓。
北牖瞰清渠，西轩粲花药。借问彼何营，游手事蒲博。
荆簪田家妇，群居勇奔跃。有问不能对，彼岂弃耕获。
似言岁苦饥，货鬻逮钱镈。多谢贤令君，恻怛忧民瘼。
精诚彻高厚，一雨洗炎燺。种艺贵及时，少稽沟浍涸。
丁钱曾几何，秋苗遗合勺。牌追甚星火，胥吏逾毒蠚。
或云勾稽职，久矣废矩蒦。催科苦重叠，受害遍贫弱。
丁壮腹难枵，努力重锄获。老妇徒跣去，讵敢辞笞掠。
暮归已戴星，晨出鸡咿喔。疾行君勿嗔，寸步千里邈。
吾闻古哲王，重本抑末作。岂其倚市门，余财暨丹雘。
而此力田民，往往困椎剥。令君诚昭昭，忠告期谔谔。
念此久忘归，露濡襟袖渥。余香来佛殿，幽响动檐铎。
空庭炳双烛，木末翻鸟鹊。清兴浩无涯，洗盏复更酌。
残杯屏督邮，珍送来丝络。兹欢诚有余，兹会叹难数。
别驾人中仙，精爽排秋鹗。六年脱曹尉，缆车佐方岳。
少须尺一诏，归持紫荷橐。堂堂蒲圻掾，少学鄙卫霍。
栖迟绾黄绶，百炼敛锋锷。踞鞍尚堪行，投笔清河洛。
含山控边陲，壮志方跞跞。逝将策殊勋，恩光辉棣萼。
粹然六君子，总抱荆山璞。或登贤能书，拏云出头角。
或游王侯间，健笔驱蛟鳄。或欲振家声，尘言束高阁。

25

行矣拔连茹,大廷副亲擢。谁其恋乡邑,株守甘龌龊。
惟予与世违,自分同尺蠖。他时一樽酒,重赴山僧约。

楼 异(？—1123)

嵩山二十四咏·子晋峰

当年曾悟镜中形,道骨仙风拟紫冥。二十四峰明月夜,玉笙须向揖仙听。

陆九渊(1139—1193)

应 天 山

我家应天山,山高数万丈。上开园池美,林壑千万状。
山西有龙虎,烟霞耿相望。寒清漾微波,暖翠团层嶂。
天光入行舟,野色随支杖。吾党二三子,幽赏穷清旷。
引兴谷云边,题名岩石上。碧桃吹晓笙,白鹤惊春涨。
一笑咏而归,千载应可尚。

陆 游(1125—1210)

游仙五首(其五)

玉殿吹笙第一仙,花前奏罢色凄然。忆曾偷学春愁曲,谪在人间五百年。

三月二十一日作

蹴踘墙东一市哗,秋千楼外两旗斜。及时小雨放桐叶,无赖余寒开楝花。
明月吹笙思蜀苑,软尘骑马梦京华。欢情减尽朱颜改,节物催人只自嗟。

狂 吟

浮世何须宇宙名,一狂自足了平生。秋风湘浦纫兰佩,夜月缑山听玉笙。
学剑惯曾游紫阁,结巢终欲隐青城。年来自笑弥耽酒,百斛蒲萄未解醒。

自 咏

三十年前接俊游,即今身世寄沧洲。俚声不办谐韶濩,暮气宁能彻斗牛。
绿酒可人消永日,黄鹂多事管闲愁。吹笙跨鹤何时去,剩欲平章太华秋。

东吴女儿曲

东吴女儿语如莺,十三不肯学吹笙。镜奁初喜稚蚕出,窗眼已看双茧成。

庭空日暖花自舞,帘卷巢干燕新乳。阿弟贪书下学迟,独拣诗章教鹦鹉。

得季长书追怀南郑幕府慨然有作

从戎昔在山南日,强半春光醉里销。绿树啼莺窥帽影,画桥飞絮逐鞭梢。
花经小雨开差晚,笙怯余寒涩未调。惆怅流年又如许,羁魂欲仗楚词招。

河 桥 晚 归

曲巷连新市,层楼近小桥。青帘犹滴雨,绿浦恰通潮。
帘影晴方见,笙声冷未调。斜阳觅归路,偏爱玉骢骄。

戏遣老怀五首(其三)

儿时万死避胡兵,敢料时清毕此生。已迫九龄身愈健,熟观万卷眼犹明。
深深小坞梅初动,潋潋清溪水欲平。安得飘然从此逝,缑山风月听吹笙。

小　　市

春风小市画桥横,桥北桥南次第行。绝景惟诗号劲敌,闲愁赖酒作长城。
楼台到处灵和柳,帘幕谁家子晋笙。薄暮归来渔火闹,放翁自笑欲忘情。

书感三首(其三)

茅檐住稳胜华屋,芋糁味甘如大烹。静观万事付一默,扫空白发非黄精。
丈人祠西鹤传信,小姑山前鼍报更。兴阑却挥短棹去,晓渡清伊听玉笙。

晚　　步

院荒有古意,僧少无人声。徘徊楠阴下,赏此落日明。
著书亦何急,寂寞身后名。今年复止酒,歌舞陈空觥。
不如且消摇,出门随意行。看竹入废园,望江上高城。
纤纤素月出,霭霭苍烟横。此夕当复奇,缑山吹玉笙。

长　歌　行

燕燕尾涎涎,横穿乞巧楼。低入吹笙院,鸭鸭觜喽喽。
朝浮杜若洲,暮宿芦花夹。嗟尔自适天,地间将俦命。
侣意甚闲我,今独何为一。笑乃尔悭世,上悲欢亦偶。
然何时烂醉,锦江边人归。华表三千岁,春入箜篌十四弦。

楚 宫 行

汉水方城一何壮,大路并驰车百两。军书插羽拥修门,楚王正醉章华上。
璇题藻井穷丹青,玉笙宝瑟声冥冥。忽闻命驾游七泽,万骑动地如雷霆。
清晨射猎至中夜,苍兕玄熊纷可藉。国中壮士力已殚,秦虏东来遣谁射。

晚 登 子 城

江头作雪雪未成,北风吹云如有营。驱车出门何所诣,一放吾目登高城。
城中繁雄十万户,朱门甲第何峥嵘。锦机玉工不知数,深夜穷巷闻吹笙。
国家自从失河北,烟尘漠漠暗两京。胡行如鬼南至海,寸地尺天皆苦兵。
老吴将军独护蜀,坐使井络无欃枪。名都壮邑数千里,至今不闻戎马声。
安危自古有倚仗,相持默默非敌情。棘门霸上勿儿戏,犬羊岂惮渝齐盟。

吕声之(？—？)

紫霄亭(其一)

半空烟雨有无间,碧玉屏开四面山。我欲紫霄亭上望,吹笙人去几时还。

吕希纯(？—？)

紫 翠 楼

予临潇洒郡,终日坐楼中。楼上辟四门,门开面面风。
南荣看马目,北槛对乌龙。夕暝瞰兜率,朝霞望高峰。
峰峦一相望,紫翠千万重。中宵若笙篁,天籁起长松。
直疑列仙侣,驾鹤相过从。

马廷鸾(1222—1289)

皇太子生辰诗三首(其二)

苍龙见天东,房驷拱辰北。煌煌心星前,炳炳天王侧。
休符协乾文,正阳毓紫极。铜楼蔼祥光,玉卮奉愉色。
叹声沸笙鸾,寿龄指箕翼。何以祝元良,勉哉崇明德。
学问日就将,福禄时万亿。永侍帝宸尊,重晖照四国。

梅尧臣（1002—1060）

同永叔子聪游嵩山赋十二题·拜马涧

王子昔凌霓，国人兹拜马。依稀日夜笙，声入寒泉泻。
空传七日期，飞鹤何时下。

緱山子晋祠

王子居玉京，故山空寂寞。犹闻溯月笙，尚想宾天鹤。
翠柏深古坛，丹霞留迥壑。芝庭谁款扉，旌旗穿林薄。

莺

绿柳阴犹薄，黄鹂啭已清。年年舟上客，处处树头声。
仿佛佳人语，依稀太子笙。夕阳听不足，飞入旧荒城。

汴堤莺

古堤多长榆，落荚鹅眼小。其下迅黄流，其上鸣黄鸟。
安知舟中人，黑鬓日已少。千里归大梁，玉笙闻窅窱。
终朝不成曲，幽响在林表。莫羡沙路行，金鞭驰袅袅。

泊牛渚矶

落帆牛渚前，便为牛渚宿。波摇残照中，采翠浮岩谷。
岩谷足幽篁，石上罗寒玉。裁作娲氏笙，堪吹凰凤曲。
楚客夕无眠，独将清籁续。更看江月来，还想燃犀烛。

和谢希深会圣宫

三后威灵远，层峦栋宇兴。衣冠汉原庙，歌舞魏西陵。
日月融光盛，山河王气增。丛楹琢文石，连网络朱绳。
碧瓦寒铺玉，重栏莹镂冰。粹仪神雾拥，法衮绣龙升。
星斗罗容卫，轩墀侍股肱。宸踪耀璇榜，瑞羽集瓠棱。
閟殿深珠箔，雕垣界绮塍。笙从緱岭咽，云傍帝乡凝。
龟组恭来诣，貂珰肃奉承。欲知归厚意，孝德自烝烝。

送杨明叔通判越州

知子心中光皪皪，不作秋蟫缘简策。八月乘风入会稽，镜湖细浪鱼吹白。

新除戚里外诸侯,况喜上宾开右席。明月楼中吸玉笙,青山影里森朱戟。
禹穴渊深入地流,秦望峰高插天碧。朝暮樵溪不见人,往来梅市空余迹。
墨池科斗作虾蟆,道士鹅群谁更易。摩灭应多著者稀,但游莫用论今昔。

糜师旦(1131—1197)

妙 庭 观

不寻铜鼎不求丹,从许琉璃碎旧盘。阿母堂前几春梦,耳边犹听玉笙寒。

牟 巘(1227—1311)

题 水 竹 居

绕屋清波隔翠绡,鱼鳞发发鸟翛翛。画阑影漾清涟动,书几阴来绿雨摇。
文采巧当鲛杼薄,秋声微度玉笙娇。岂惟钓艇终堪系,况是佳人不待招。

欧阳修(1007—1072)

又寄许道人

绿发方瞳瘦骨轻,飘然乘鹤去吹笙。郡斋独坐风生竹,疑是孙登长啸声。

嵩山十二首·拜马涧

昔闻王子晋,把袂浮丘仙。金骏于此堕,吹笙不复还。
玉蹄无迹久,涧草但荒烟。

太白戏圣俞

开元无事二十年,五兵不用太白闲。太白之精下人间,李白高歌蜀道难。
蜀道之难难于上青天,李白落笔生云烟。千奇万险不可攀,却视蜀道犹平川。
宫娃扶来白已醉,醉里诗成醒不记。忽然乘兴登名山,龙咆虎啸松风寒。
山头婆娑弄明月,九域尘土悲人寰。吹笙饮酒紫阳家,紫阳真人驾云车。
空山流水空流花,飘然已去凌青霞。下看区区郊与岛,萤飞露湿吟秋草。

赠 杜 默

南山有鸣凤,其音和且清。鸣于有道国,出则天下平。
杜默东土秀,能吟凤凰声。作诗几百篇,长歌仍短行。
携之入京邑,欲使众耳惊。来时上师堂,再拜辞先生。

先生颔首遣,教以勿骄矜。赠之三豪篇,而我滥一名。
杜子来访我,欲求相和鸣。顾我文字卑,未足当豪英。
岂如子之辞,铿锽间镛笙。淫哇俗所乐,百鸟徒嘤嘤。
杜子卷舌去,归衫翩以轻。京东聚群盗,河北点新兵。
饥荒与愁苦,道路日以盈。子盍引其吭,发声通下情。
上闻天子聪,次使宰相听。何必九包禽,始能瑞尧庭。
子诗何时作,我耳入已倾。愿以白玉琴,写之朱丝绳。

鬼　　车

嘉祐六年秋,九月二十有八日,天愁无光月不出。
浮云蔽天众星没,举手向空如抹漆。
天昏地黑有一物,不见其形,但闻其声。其初切切凄凄,或高或低。
乍似玉女调玉笙,众管参差而不齐。既而咿咿呦呦,若轧若抽。
又如百两江州车,回轮转轴声哑呕。鸣机夜织锦江上,群雁惊起芦花洲。
吾谓此何声,初莫穷端由。老婢扑灯呼儿曹,云此怪鸟无匹俦。
其名为鬼车,夜载百鬼凌空游。其声虽小身甚大,翅如车轮排十头。
凡鸟有一口,其鸣已啾啾。此鸟十头有十口,口插一舌连一喉。
一口出一声,千声百响更相酬。昔时周公居东周,厌闻此鸟憎若仇。
夜呼庭氏率其属,弯弧俾逐出九州。射之三发不能中,天遣天狗从空投。
自从狗啮一头落,断颈至今青血流。尔来相距三千秋,昼藏夜出如鸺鹠。
每逢阴黑天外过,乍见火光惊辄堕。有时余血下点污,所遭之家家必破。
我闻此语惊且疑,反祝疾飞无我祸。我思天地何茫茫,百物巨细理莫详。
吉凶在人不在物,一蛇两头反为祥。却呼老婢炷灯火,卷帘开户清华堂。
须臾云散众星出,夜静皎月流清光。

彭汝砺(1042—1095)

武阳寨闻峒中作乐

成康已措刑,文景不言兵。夷俗家家曲,蛮歌处处声。
长腰筒拍鼓,细竹葫芦笙。物意惟安乐,人间共一情。

彭　止(？—？)

四贤古风寿帅阃·和安老人

煌煌王侯族,富贵甘如蜜。飘飘学仙侣,翅举自蓬莱。
且如王子晋,玉笙吹已毕。白鹤忽来寻,乘虚气何逸。
刘安振其后,飞腾闻举室。微如鸡犬类,云间讵相失。
斯乃帝王孙,安在岩穴出。至今和安老,千载与相匹。
沙土暨云阳,闻诸经所述。此地可长生,得之养形质。
乃知朝市隐,胜彼山林日。和平能毓气,安静常抱一。
号名岂虚假,是谓练形术。焉用采昌阳,宁须茹芝术。
从今列仙传,当续更生笔。

蒲宗孟(？—？)

新开湖诗·调甄何二君于南湖创小舟

细编青篾高为盖,密斗朱栏大作船。准拟使君清兴发,银笙玉笛醉红莲。

钱闻诗(？—？)

漱玉亭

有龙衔水下层霄,俯视浮屠漱海潮。净倚栏干清耳目,笙篁声里落琼瑶。

强　至(1022—1076)

送刘伯寿团练致政归洛阳旧隐

几年笑傲负猴云,一日重寻麋鹿群。归老慢贤疏太傅,不侯谁念李将军。
霜天剑气闲中见,月岭笙声醉里闻。回首功名今似梦,逢人懒说守边勤。

秦　观(1049—1100)

燕　觞　亭

碧流如镜羽觞飞,夏木阴阴五月时。清渭日长游女困,武陵春去落花迟。
玉笙吹罢觥筹错,蜜炬烧残簪珥遗。吴越风流公第一,未输山简习家池。

致政通议口号

秋空画隼照新晴,符隐庵前小队停。玉罋金醪通缱绻,凤笙龙管入青冥。

靓妆酾酒花侵席,宝兽呀香雾满庭。太史应占豫州分,上台星近老人星。

齐逸亭

焰发郎君更不归,故亭萧瑟异当时。玉笙金管浑如梦,只有梅花三四枝。

仇 远(1247—?)

秋日西湖园亭

西湖一曲百泉通,漠漠青山绕梵宫。故国园林秋色净,明朝风雨桂花空。
银笙玉笛清歌外,画舫珠帘落照中。人物风光两相称,儿童遮莫笑山翁。

邵 雍(1011—1077)

又借出诗

安乐窝中乐,娲皇笙万攒。自从闲借出,客到遂无欢。

沈 辽(1032—1085)

踏盘曲二首(其二)

胡卢笙,不着簧。细腰鼓,三尺长。吹笙击鼓山之旁,嗷跳宛转乐盘王。
盘王死来三千年,古曲旧词至今传。山祥水气不断处,坏木烧作兜娄烟。

施 枢(?—?)

题鹤林丈室用俞紫薇韵

物我相忘付八还,偶来琼馆扣霞关。玉峰自有三生约,尘世真同一梦间。
华表风清丹顶去,缑山月冷碧笙闲。当知象外机无息,肯羡黄金系九环。

石建见(?—?)

武 夷

拂散征尘曳素袍,小鞍乘兴过林皋。溪山九曲云烟合,宫阙万年星斗高。
天柱插空留鹤驾,仙船横石待鲸涛。玉笙吹彻金鸡叫,落尽岩前几树桃。

石 介(1005—1045)

燕支板浣花笺寄合州徐文职方

合州太守鬓将丝,闻说欢情尚不衰。板与歌娘拍新调,笺供狎客写芳辞。

木成文理差差动,花映溪光瑟瑟奇。名得只从嘉郡树,样传仍自薛涛时。
奇章磊磊驰声价,江令翩翩落酒卮。几首诗成卷鱼子,谁人唱罢泣燕支。
红牙管好同床置,紫竹笙宜一处施。愿助风流向樽席,杏花况是未离披。

史　浩(1106—1194)

野庵分题·笋指

春来初见着斑衣,一束纤纤玉未肥。试捧银笙按工尺,听君一曲阮郎归。

史弥宁(？—？)

送苏道士

七十臞仙鬓未秋,肯来为我说真休。归欤恐负青山约,跨鹤吹笙挽不留。

释宝昙(1129—1197)

古城兰若有竹数百道人筑墙而疏遂之十有九居于外或以净香名之取少陵雨洗娟娟净之语殆少吾此君也故以此意为出一语赠之

岂无四海老兄弟,恐堕春风年少名。晴檐甫见天目面,夜雨共传笙筑声。
淋漓素壁江国在,参错拂衣花鸟惊。汝亦群龙护持一,此中七字有坚城。

释道璨(？—？)

偈颂十二首(其四)

风和日暖,牡丹生卵。露柱吹笙,灯笼拍版。
城上游人,三杯两盏。报恩禅和,努觜不管。
一念不生,前后际断。踢倒巩县茶瓶,打破饶州瓷碗。

释道潜(1044—？)

庐山杂兴(其二)

隔崖垂蔓蔚苍苍,隐见莓苔旧石床。定有飞仙集其下,月明时复度笙篁。

春晴(其二)

寒食东城隅,青杨夹驰道。高楼暖凤笙,绝曲闻缥缈。

晴日动秋千,飞烟拂瑶草。南邻与北里,良辰竞为好。
人生逆旅间,何必事枯槁。仰首笑春风,兹怀谁与造。

揖仙亭

崧阳古令尹,制锦夸妙手。鸣弦对高堂,坐使风俗厚。
政成思考槃,觞豆宴宾友。开亭面缑岭,佳致昔未有。
云烟霭葱昽,青壁冠星斗。王子果真仙,揖君千载后。
鸾车驻缥缈,仿佛容暂偶。天风吹箫笙,凄响落户牖。
纷纷惊坐客,往往为回首。相顾勿复言,且进杯中酒。

次韵景文会朱充仁大夫魏敏中朝奉于望湖楼长句

高楼冠浮云,下瞰百顷湖。清漪照两岸,秀色含菰蒲。
骚人富笔力,领略惊须臾。短长随万象,肯议鹤与凫。
二客各英妙,温温古为徒。从公文字饮,所乐非歌呼。
洒酣挹诸山,高下如迎趋。篮舆复迤逦,远访飞来孤。
炎蒸近亭午,天地如大炉。石泉饮吾庐,快意犹过屠。
松门彻九里,始见灵山隅。佳名自开皇,籍甚闻中区。
幽芳不时艳,地胜乃滋濡。招提数四海,雄观宜且无。
归途憩寿星,寒碧森万株。萧骚聒众响,孰辨笙与竽。
抬眸瞩新榜,蔚蔚气自殊。将军恋清绝,劝客颓玉壶。
道人烹露芽,满盏浮云腴。傥无方外姿,未可同此娱。

释德洪(1071—1128)

元祐五年秋尝宿独木为诗以自遣今复过此追旧感叹用韵示超然二首(其二)

踪迹漂流不系船,旧游曾到意茫然。玉笙哀怨初凉夜,秋月婵娟落木天。
往事已嗟如昨梦,壮怀无复似当年。炉峰当眼空相向,因念区区想见怜。

送文中北还

瘴海夜成焰,鬼关昼常阴。栅庐余百家,间见椰子林。
居人例推髻,豺狼而衣襟。语言不可读,冥目以意寻。
居然不可解,欲问返如喑。君持使者节,风彩动云岑。

轩渠笑时语,万籁转笙琴。余方卧圜土,跫然欣足音。
相逢春脱手,归意不可擒。便觉暮雨山,扫空烟翠深。
袍袴洗羊负,项背逃芒针。乃尔径去匜,翩翩出笼禽。
津渡已挝鼓,高帆摩天心。行矣勿作恶,万事付醉吟。
当会西林下,相对说如今。

释如净(?—?)

偈颂三十四首(其二四)

当堂不露,主人翁元是旧时。借影全彰,第一座屈烦今日。
雪夜金乌历堂,炎天玉兔转怀。妙叶儿孙,全该祖父。
木人执板云中拍,石女含笙水底吸。

释文珦(1210—?)

春夜梦游溪上如世传桃源与梵僧仙子遇具蟠桃丹液灵芝胡麻于云窗雾阁间请赋古诗颇有思致觉而恍然犹能记忆五句云滩峻舟行迟乱峰青虬蟠一瀑素霓吼灵桃粲丹朱仙饭杂芝糗遂追述梦事足成一十七韵

随意作清游,唯与筇竹偶。徘徊望原田,宛转赴林薮。
隔溪更幽奇,欲往兴弥厚。渔人自知心,涉我不待叩。
烂烂桃花明,粼粼白沙走。滩峻舟行迟,辍棹入崖口。
乱峰青虬蟠,一瀑素霓吼。微径上青冥,高木挂星斗。
梵宇金碧开,万象发蒙蔀。老僧雪眉长,妙语涤心垢。
乘云者何人,笙鹤自先后。邀余过殊庭,酌以流霞酒。
灵桃粲丹朱,仙饭杂芝糗。白鹿守天坛,彩烟生药臼。
谓言保其真,物我尽刍狗。窗外铁钟鸣,惊觉复何有。
乃知百年间,梦境匪长久。

释咸杰(1118—1186)

偈颂六十五首(其九)

今朝六月十五,祝圣升堂击鼓。木童火里吹笙,石女云中作舞。

也大奇,也大奇,天无四壁,地绝八维。五湖四海来入贡,衲僧闻见眼如眉。

释显万(？—？)

苏 仙 宅

苏君善养志,以孝格神明。一朝蜕尘鞅,通籍赤霞城。
相看疑梦寐,去若鹅毛轻。玉笙堕哀响,烟髦错霓旌。
丹井愈沈疴,橘叶通仙灵。至今华屋底,想像双眉青。
云装挹飞袖,蕊佩敲风鸣。兹事既茫邈,无阶接蓬瀛。
掬月漱吟齿,餐霞寿颓龄。蕴真思远托,何从保长生。
汉武梓棺朽,秦皇鲍鱼腥。空山鹤未归,花发春冥冥。

释印肃(1115—1169)

普 庵 家 宝

普庵家宝,不著寻讨。迷时不见,在处烦恼。
悟时无相,如日杲杲。取舍不得,自然恰好。
谁生谁病,谁死谁老。达人无证,凡夫颠倒。
日西道晚,日东道早。有睛无眼,撞头磕脑。
扶篱摸壁,弃金抱草。机关木人,弄口叫好。
线牵则动,索断则倒。撒放闲处,如第烂藁。
本自无形,被他作造。五彩妆来,安名立号。
只欲瞒他,何曾自保。打闹过日,全无倚靠。
问他贵姓,口中便道。草木李张,适来方到。
有甚急事,特来干冒。衣食不足,莫怪聒燥。
人口不安,田园旱涝。赚埋公祖,移坟修造。
被术人算,年月不好。朝山拜岳,何处不到。
未尝感应,至今啰噪。又逢卦师,胡言乱道。
速迁公祖,更改门灶。丝蚕天旺,官禄便到。
但信八卦,阴阳最好。公卿宰相,都是我振。
酌发稍轻,摇头摆脑。赠他丰厚,连声道好。
因此贫穷,日夕烦恼。雪上加霜,苦寒难保。

耳里忽闻，普庵得道。捻土为香，直须亲到。
行来不觉，钟声浩浩。自心火急，无人通报。
行童不管，维那高傲。息心定意，低声苦告。
不久之间，果见一老。一条拄杖，披一布袄。
竖个指头，教我速道。鼻孔辽天，眼睛潦倒。
更不说钱，也不爱宝。不得妄想，不得作造。
但识得心，无法不到。汝本是佛，不须别讨。
离诸名相，法身自保。生灭本无，诸佛假号。
世出世相，全无可道。真实一心，不空灵宝。
十方诸佛，都有里许。一切幻缘，此心无主。
幻化须尽，心等太虚。识得此心，如琉璃珠。
随色影现，无著无去。得意忘言，了更无语。
亦无可舍，亦无可取。也不烧疏，也不化纸。
设斋无限，供养蛇鼠。布施不明，却还沉坠。
虽是善因，能招恶理。公子王孙，因修福慧。
持斋精进，衣食布施。才出头来，一切整备。
岂用埋尸，卜度好地。心若不善，一切不利。
头头作业，处处祭鬼。枯骨消磨，神识沉坠。
生不念善，死地狱现。在处慈悲，来生方便。
不信佛法，贫穷下贱。万中无一，官人相现。
满山满岭，头长觜尖。捞鱼罝鸟，历劫相煎。
无一毫善，皆是结冤。不识父母，叫唤喧天。
贪淫杀盗，罪不可言。阴振未满，王法牵缠。
心无一足，烦恼连天。因何不息，澄净心田。
若不饮酒，智慧光鲜。亲近善者，心自善妍。
若不食肉，公婆不哭。日夕心灵，善神助福。
若不杀盗，自身无恼。行住坐卧，心无烦恼。
若不邪淫，净行甚深。精神勿亏，身体安宁。
若不妄言，常亲贵侣。守口如瓶，不惊寒暑。

若不贪爱,触目便会。见如不见,背如不背。
若不嗔痴,眼耳如泥。天翻地覆,我自不知。
若不恶口,身如瓦狗。人来不吠,棒打不走。
若不两舌,无事闲歇。谁是谁非,清风明月。
若不绮语,身心一如。所在尊贵,为人中瑞。
十般不善,在迷不见。佛为分别,觉悟自见。
依此修行,见本来面。大地含灵,谁敢轻贱。
心共一心,随业转变。我若不如,只管吃现。
我令始觉,感佛方便。翻十不善,回向十善。
永不赚你,天亦常愿。超出三界,见佛知见。
凡夫肉眼,非明不见。无日月灯,如黑漆面。
开眼见色,色即归空。空中无得,恰如无见。
开眼无见,犹如无目。见与不见,全无可善。
眼不是眼,见不是见。空色无宝,不明方便。
达本了心,是佛知见。心若未了,识业黑变。
今日安乐,逐光随现。眼光落地,黑暗周遍。
心思业显,雷奔闪电。怕怖天地,投谁发愿。
百千刀轮,火车掣电。一刹那间,魂识消散。
动经尘劫,业无所间。岂比世间,公牵私绊。
哀哉众生,尚贪吃饭。若还思死,火急难辨。
五千教典,秘言无限。只为愚心,习气深惯。
己化闻经,己身无难。一人了达,与众除患。
不劝不善,恶不消散。若闻其声,何忍食由。
若见众生,死当助哭。身衣口食,难心自足。
直至到死,神识缠逐。随念往生,定入毛畜。
心不念佛,镇在牢狱。心若念善,□□□□。
善果善因,笙笋笙竹。不曾捻种,遍地野菊。
耕田得禾,耕畲得粟。乐善天堂,造恶地狱。
善恶无差,由心直曲。信佛拜泥,转转昏迷。

信神烧纸,自损谷皮。信经读字,不干心事。
信道行淫,只瞒自心。信善贪财,到死也呆。
信福杀盗,不久恶报。信是说非,将油洗衣。
信罪不悔,如飞蛾昧。火烁油煎,去了又来。
一似浮徒,贪嗔痴爱。前念作福,后念受罪。
人不达理,妄执神鬼。人不会事,梅上添醋。
急处斗急,好做不做。见他富贵,一心趋侍。
借口一文,还十文利。连妻带子,为他奴婢。
子细观瞻,丈夫意气。非我不非,是我不是。
有无分定,因果相继。懒惰贫穷,精勤富贵。
修般若多,获慈悲惠。今生和顺,在处恭敬。
来生佛国,开发众信。习气清净,行住皆定。
定中有慧,慧体如镜。镜不是镜,是非成病。
失却是非,大圆智镜。若人全会,何垢何净。
本无背面,光明性命。性即佛性,命即慧命。
非生非老,谁死谁病。包括有无,无欠无剩。
风动尘起,无有不应。水陆色空,血脉连通。
微尘不透,不成正道。影响无知,犹如死尸。
头上一剂,却令眼眨。脚下一针,用口呻吟。
问病叫痛,类同蠢动。将假为身,业力所成。
成应有坏,有坏复形。成有本空,谁解通宗。
不宗为本,无住为宗。不空不住,无异虚空。
快须荐取,脱却樊笼。古佛今佛,因此大通。
释迦亲印,犹如虚空。如水中月,应物标宗。
如水是体,水月空同。有无相貌,二相皆同。
同则无碍,有碍不中。不中非佛,佛亦无穷。
腾今耀古,不受瞒笼。万法之母,诸佛祖公。
若人了达,便与佛同。若人不了,万法盲聋。
犹如杂话,枉费日工。如是家宝,永不空空。

究竟无说,法本无空。普庵和尚,家宝示众。

化无尽历

化城立有谁知意,普雨调和润万机。大根枝节全体露,何殊弥勒降生时。
石儿拍掌连云指,木女含笙和水吹。试问灯笼谁解舞,知无我者快拈锤。

释正觉(1091—1157)

四料简·人境两俱夺

罢奏笙篁夜欲阑,银河光浸紫微寒。星移月暗无消息,客散云楼酒碗干。

舒　亶(1041—1103)

和刘珵西湖十洲·月岛

何人骑鹤上瀛洲,清影明波正九秋。吹罢玉笙端不见,满空桂子有谁收。

舒岳祥(1219—1298)

借居喜杉棚成

夏炎已云极,秋暑方自兹。借居面西日,午后如烹炊。
主人爱敬客,架杉覆青枝。赫日辟三舍,鲜飙泛沦漪。
高蝉亦好吟,振响流笙篪。夜静明月出,疏影复陆离。
欹枕寝桃竹,露坐冠笋皮。凡此暑中事,施之无不宜。
念我逃世难,过用恐祸随。昔时半山老,畏热架条枚。
不知公相贵,清俭谅可思。我本无家客,禄尽寿有遗。
得此已厚忝,衔感以成诗。

司马光(1019—1086)

缑　山　引

王子吹笙去不还,当时旧物唯缑山。山深树老藏遗庙,春月秋风空自闲。
镮辕左界连商雒,碧瓦朱栏露华薄。经时掩户庭草深,永昼无人涧花落。
徘徊未下日将西,遥望嵩阳烟景微。鹤驭飘飘向何许,林间空见白云飞。

王君贶宣徽垂示嵩山祈雪诗十章合为一篇以酬之

今秋少雨冬不雪,麦寄浮埃根欲绝。圣主焦心闵万民,负扆不怡常膳撤。

诏书朝下遍九州,岳渎百神俱祷求。西都留守虞君命,促驾不敢须臾留。
嵩高万仞蟠地中,海内众山无与雄。前驱大旆拥千骑,波腾云涌来祠宫。
牲肥酒香笾豆洁,盛服斋明荐毛血。有司执事皆肃然,宝帐神来风窣屑。
公心犹畏九阊遥,丹诚不能通青霄。分留导从屯林麓,别张醮具登山椒。
山椒迢遰峻无极,行挽枯藤蹋危石。万室嗷嗷愁死饥,敢惮劬劳爱余力。
天门上出俄坦平,下视一世尘杳冥。焚香拜手倾恳恻,左右前后皆列星。
公今三守三川地,咫尺嵩高未尝至。诘朝既毕祠事严,暂转鸣珂历诸寺。
少林昔为达摩居,达摩英灵今有无。瘦辞流散满天下,竟以两手扪空虚。
法王魏氏离宫旧,玉刻狻猊向犹有。子孙宗庙皆尘灰,止见伽蓝存不朽。
会善庭隅千岁松,一根二股凌寒空。势如鼎足争秀出,泠泠永夜吟霜风。
少室先生乐闲暇,弃官来家玉峰下。昔为浪泊据鞍人,今结东陵卖瓜舍。
溪上有堂名挂冠,四垣重复皆林峦。呼儿扫地喜公到,随分弦歌留尽欢。
周王太子名闻久,相传羽化猴山首。鹤飞笙远杳无迹,遗庙今人空沥酒。
公来本不事邀嬉,周流闾里询疲羸。亲呼令长嘱赤子,勿贪荣利穷鞭笞。
境中群望无不走,回辔仍过凿龙口。奉先暮投林日曛,氾涧晨征辙冰厚。
归来新诗盈一编,明珠大贝相属联。此行虽不从公后,历历胜游皆目前。

宋　白(936—1012)

宫词(其九九)

宫棋初罢请银笙,合曲偏宜钿面筝。未伏延年花下唱,金钱百万赏新声。

宋　祁(998—1061)

元会诗五首(其四)

阳秋履端月,象魏布和辰。解辫穹庐使,吹笙萍野宾。
帝晖仍接昼,皇泽共成春。盛礼年年睹,祥祺日日新。

纪圣诗

沙麓披祥牒,金刀袭裔昆。嫔虞冠妫汭,生子首姜嫄。
自昔仪椒壶,乘时正翟轩。祎褕躬象服,黄老好名言。
慈荫天同广,柔风律并暄。露光流月姊,秘纬应星鼋。

嗣统开横兆,遵遗奉寿原。爱亲周道始,加太汉仪尊。
参务丝言慎,临朝玉色温。从容携日月,指顾靖乾坤。
尽散脂田邑,亲缫茧舍盆。纪功彤管史,贻训濯龙门。
宝稼兴东户,佳兵戢左鞬。万灵翔气辨,五始匝春元。
夜陨西方雨,神清积石源。良时标历凤,延祝动廷鸳。
缫玉虹光射,丝囊露采翻。斋科蕊珠馆,供会佛家园。
荐寿超千劫,同寅望九阍。南风来助曲,北斗下临樽。
瑞鉴红摇旭,香罂碧袅昏。钦承子道至,奉养母仪敦。
雉翣横霏雾,仙盘滟瑞暾。紫云回幄影,银蒜动钩痕。
我有吹笙宴,朝均湛露恩。伻图迈明辟,杂霸掩曾孙。
束帛沾群后,张膻答树惇。思贤君子苆,循法大夫繁。
赆贝南浮海,邦图北际鲲。此时归宝算,仙石奉绵存。

宋　无(1260—?)

宫词(其二)
条脱金寒翠袖冰,羊车梦里辘轳声。薰炉宿得沈香火,暖却春纤暖玉笙。

赠竺炼师
姓疑乾竺古先生,霞外幽栖近四明。履斗星移冠剑影,步虚风引佩环声。
蕊宫夜唤青鸾降,花洞朝骑白鹿行。长使芝童看药灶,为耽琼液过蓬瀛。
鹤传仙语归华表,鱼寄丹书上赤城。怪石醉中拈笔画,险棋静里按图争。
玉桃窃惯慵留种,瑶草寻多尽识名。缩地日携龙作杖,卧云时约凤吹笙。
海边定与安期遇,关上当逢尹喜迎。我本翠寒山道士,相随便欲采黄精。

宋　庠(996—1066)

次韵和石学士见寄十首(其八)
久厕鸾鸿刷羽翰,大都飞意倦须还。周南日夕归心动,笙月飘风尽有山。

郡楼望嵩少作
旷荡三河阔,东西二室连。埋云峰树短,抱日岭霞鲜。
黛压周南野,岚薰巩右天。峥嵘元气外,磅礴太虚前。

斜麓横包壑,倾崖碧逗烟。巢荒尧客隐,笙断洛储仙。
凤尚临风结,幽怀傒里县。功名青史后,才器散樗边。
整顿登山屐,签题炼药篇。采芝应有路,种玉得无田。
喻指存真契,如灰息世缘。寄声鸾鹤侣,千载共来旋。

苏　泂(1170—?)

次韵曾文清公复热句

百顷沧波望似空,凿冰吾欲浸其中。何言雷电不为雨,须信梧桐自有风。
子晋台头笙远近,西真池面玉丁东。行笺章奏求清冷,乞取玄冥换祝融。

苏　轼(1037—1101)

瓶　笙

孤松吟风细泠泠,独茧长缫女娲笙。陋哉石鼎逢弥明,蚯蚓窍作苍蝇声。
瓶中宫商自相赓,昭文无亏亦无成。东坡醉熟呼不醒,但云作劳吾耳鸣。

望海楼晚景五绝(其四)

楼下谁家烧夜香,玉笙哀怨弄初凉。临风有客吟秋扇,拜月无人见晚妆。

作书寄王晋卿忽忆前年寒食北城之游走笔为此诗

北城寒食烟火微,落花胡蝶作团飞。王孙出游乐忘归,门前骢马紫金鞿。
吹笙帐底烟霏霏,行人举头谁敢睎。扣门狂客君不麾,更遣倾城出翠帷。
书生老眼省见稀,画图但觉周昉肥。别来春物已再菲,西望不见红日围。
何时东山歌采薇,把盏一听金缕衣。

送刘寺丞赴余姚

中和堂后石楠树,与君对床听夜雨。玉笙哀怨不逢人,但见香烟横碧缕。
讴吟思归出无计,坐想蟋蟀空房语。明朝开锁放观潮,豪气正与潮争怒。
银山动地君不看,独爱清香生云雾。别来聚散如宿昔,城郭空存鹤飞去。
我老人间万事休,君亦洗心从佛祖。手香新写法界观,眼净不觑登伽女。
余姚古县亦何有,龙井白泉甘胜乳。千金买断顾渚春,似与越人降日注。

和陶拟古九首(其五)

冯冼古烈妇,翁媪国于兹。策勋梁武后,开府隋文时。

三世更险易,一心无磷缁。锦伞平积乱,犀渠破余疑。
庙貌空复存,碑版漫无辞。我欲作铭志,慰此父老思。
遗民不可问,偻句莫予欺。㸅牲菌鸡卜,我当一访之。
铜鼓壶卢笙,歌此送迎诗。

行琼儋间肩舆坐睡梦中得句云千山动鳞甲万谷酣笙钟觉而遇清风急雨戏作此数句

四州环一岛,百洞蟠其中。我行西北隅,如度月半弓。
登高望中原,但见积水空。此生当安归,四顾真途穷。
眇观大瀛海,坐咏谈天翁。茫茫太仓中,一米谁雌雄。
幽怀忽破散,咏啸来天风。千山动鳞甲,万谷酣笙钟。
安知非群仙,钧天宴未终。喜我归有期,举酒属青童。
急雨岂无意,催诗走群龙。梦云忽变色,笑电亦改容。
应怪东坡老,颜衰语徒工。久矣此妙声,不闻蓬莱宫。

苏　辙(1039—1112)

熙宁壬子八月于洛阳妙觉寺考试举人及还道出嵩少之间至许昌共得大小诗二十六首·登封道中三绝(其一)

飞仙不返周王子,重阜相连少室孙。夜静笙声兼鹤下,回看惟有故山存。

和子瞻三游南山九首·仙游潭五首(其五)

洞门苍藓合,逼仄不容身。传有虚明处,中藏窈窕人。
吹笙桥上月,拾翠洞南春。往往来山下,萧然雨洒尘。

寄题登封揖仙亭

灵王太子本读书,纵谈谷洛参诸儒。生来不见全盛初,老成遗训谁楷模。
心知渐失文武余,萧然直入山中居。山间吹笙凤凰呼,升天白日乘龙车。
周人聚观拜路隅,明月为佩云为裾。归来千岁孰在无,赤松老彭自为徒。
上侍玉宸临九区,烜赫不类山泽癯。依山作邑贤大夫,夜中焚香溯空虚。
我欲从之驾肩舆,秋风八月来徐徐。

苏 籀(1091—?)

旅舍中秋一首

芦笙茄茹野人编,竹几藜床已侈然。月满光临感珠夜,风高冷过曝衣天。
酒浮炉肆人呼友,雀啅梅花鹭睨莲。静士兀然方止酒,旧琴不计有无弦。

寒食后出郊一首

澹沱东风酒一卮,笙篁鸡鞠傲春晖。绿波泛滟心微荡,遂苑提携手未挥。
藿靡莎长紫冶步,猗傩花亚胃薰衣。桃溪飞弹游童过,竹坞闻棋道士归。

炎夏即事一首

五咏八吟钻古奥,四豪六逸共周旋。隐囊垫帻枰棋局,轻箑珍笙荫采椽。
习气峥嵘谈在昔,知音推激互相然。至哉佛老儒宗外,圣谛冰销浊火煎。

孙 觌(1081—1169)

与李彦能范安同赴泽民之集饭后野步

提壶声里有嘉招,步屐寻芳过小桥。万壑春风笑笙籁,一溪晴日碎琼瑶。
觑陧未忍加鞭去,磊块惟愁着酒浇。云月娟娟弄人影,醉归扶路莫辞遥。

长乐寺二首(其二)

万瓦冠松壁,千嶂锁云庄。故人置酒地,清夜灯烛张。
破壁挂月阙,遗笙啸风廊。妖歌倾四座,醉卧锦瑟傍。
寂寂花絮乱,匆匆莺燕忙。雍门已陈迹,余音空绕梁。
我来久徘徊,惊呼首一昂。老僧独依然,对坐柏子香。

王相生辰(其一)

了了三生梦,松根冷锻炉。四山朝鹤驾,五老奉龟图。
萱殿披敷策,星躔焕六符。玉笙歌彩凤,革履堕飞鸟。
命世千龄合,承天一柱扶。堂堂白虎殿,却走汉单于。

孙绍远(?—?)

题妙庭观

炉鼎丹飞又未还,不应忘却旧家山。玉笙余韵君须听,只在环流松竹间。

唐元龄（？—？）

华 盖 山

巍然独立九霄中,势压衡庐亘华嵩。捣药声高蟾阙近,乘槎路渺鹊桥通。
三更见日生沧海,六月飞霜下翠空。好挟千年王子晋,玉笙轻度碧桃风。

唐仲友（1136—1188）

元应善利真人祠（其二）

吹笙洛阳道,邂逅浮邱公。方瞳一莫逆,精思嵩高峰。
剑舄我何有,飞驭凌刚风。时闻凤凰鸣,隐隐丹霞中。

游盖竹山

篮舆东出雨初收,众山卷雾奔苍虬。麦田蒙蒙连千畴,去年见种今见秋。
农家碗大即快活,使君不去能无羞。春光欲尽谁挽留,千林蘖蘖新绿柔。
桐花远近淡无色,自开自落那关愁。洞天为我暂晴霁,使我蜡屐穷冥搜。
天门发秀万马下,水口离立群峰稠。瀑泉对面泻绝壁,宝剑却倚丹凤楼。
溪声喷薄雷震动,石色古怪神剜镂。洞门嵚崟风飕飕,香炉峰下蛟龙湫。
中峰特秀小为贵,左右旌节森戈矛。几时秘奥一日睹,谈笑指示君知不。
精庐但欲占胜处,专事栋宇非良谋。飞阁跨水纳佳气,突兀堂殿居上头。
轩窗高下有奇致,洗涤肺腑明双眸。我将于此栖羽流,凤笙鹤驾应来游。
丹成一举凌九州,下视浊世如浮沤。灵祠款谒路阻修,层岩曲涧邃且幽。
经营轮奂亦未就,挥金助尔何须求。晚云漠漠鸣雨鸠,仆痡泥滑吾欲休。
虹桥列炬促归骑,城鼓已报初更筹。追攀别乘聊复尔,乘兴何如王子猷。
习池不为倒载去,儿童不用拍手拦街讴。

陶 弼（1015—1078）

会 仙 岩

寂寂长冥洞,涓涓漱玉泉。凤笙闻夜半,鹤驭认云边。
煮茗寻安老,披莎访稚川。于中得消息,何用买山钱。

滕　瑱（？—？）

绍熙辛亥六月中伏日出郭观稼小休野石读仲权正字壁间所题诗因次韵（其一）

稻香蔼蔼暑风清，下马传觞听水笙。父老指诗怀旧尹，为镌岩石寄心声。

绍熙辛亥六月中伏日出郭观稼小休野石读仲权正字壁间所题诗因次韵（其二）

身傍蓬莱近紫清，巧言一出忽如笙。只今家食应无恙，书倩衡阳雁寄声。

童　童（？—？）

题王子晋

屣弃万乘追浮丘，仙成驾鹤猴山头。碧桃千树锁金嗣，玉笙嘹唳天风秋。回眸下笑蜉蝣辈，蜗角争战污浊世。何当高气凌云霄，愿随环佩联云骑。

汪炎昶（1261—1338）

奉和江冲陶隐居二十韵（其四）

青冥风露凄，玉笙浮缥缈。石藓蚀秋花，萝月淡清晓。

汪元量（1241—1317）

醉歌（其八）

涌金门外雨晴初，多少红船上下趋。龙管凤笙无韵调，却挝战鼓下西湖。

湖州歌九十八首（其四〇）

凤管龙笙处处吹，都民欣乐太平时。宫娥不识兴亡事，犹唱宣和御制词。

湖州歌九十八首（其四五）

销金帐下忽天明，梦里无情亦有情。何处乱山可埋骨，暂时相对坐调笙。

幽州城南江乡园

幽州城南花满溪，秋千摇扬高复低。吹笙击鼓园之西，金鞍马踏芳草堤。花娘满眼歌声齐，今日烂醉归去兮。

北　　征

北师有严程,挽我投燕京。挟此万卷书,明发万里行。
出门隔山岳,未知死与生。三宫锦帆张,粉阵吹鸾笙。
遗氓拜路傍,号哭皆失声。吴山何青青,吴水何泠泠。
山水岂有极,天地终无情。回首叫重华,苍梧云正横。

兵后登大内芙蓉阁宫人梳洗处

粲粲芙蓉阁,我登双眼明。手拊沈香阑,美人已东征。
美人未去时,朝理绿云鬟,暮吹紫鸾笙。
美人既去时,阁下麋鹿走,阁上鸱枭鸣。
江山咫尺生烟雾,万年枝上悲风生。
空有遗钿碎珥狼籍堆玉案,空有金莲宝炬错落悬珠楹。
杨柳兮青青,芙蓉兮冥冥。
美人不见空泪零,锦梁双燕来又去,夜夜蟾蜍窥玉屏。

王安石(1021—1086)

送惠思上人

黄鹤抚四海,翻然落中州。一听笙与镛,低回如有求。
飞鸣阿阁上,好与凤皇游。顾怜鲁东门,无事反悲愁。
岁晏忽惊矫,问胡不少留。因知网罗外,犹有稻粱谋。

明州钱君倚众乐亭

使君幕府开东部,名高海曲人知慕。舣船谈笑政即成,洗涤山川作嘉趣。
平泉浩荡银河注,想见明星弄机杼。载沙筑成天上路,投虹为桥取孤屿。
扫除荆棘水中央,碧瓦朱甍随指顾。春风满城金版舻,来看置酒新亭上。
百女吹笙彩凤悲,一夫伐鼓灵鼍壮。安期羡门相与游,方丈蓬莱不更求。
酒酣忽跨鲸鱼去,陈迹空令此地留。

王安中(1076—1134)

读真诰(其一)

吾宗桐柏君,冰采极少整。吹笙缑氏山,策辔金庭岭。

阿香侍紫清,眉寿亦秀颖。仙门定得仙,道荫及遐永。

大　　风

青阳乘时木当行,骤辞囚幽置高亨。鹜骄嫚姣豪怒狞,睥睨万物愤以争。
潜呼飞廉语曰卿,媒妁阿巽助躁轻。林交社姻窟昆兄,腰领搠持劫诅盟。
玃颅鹰隼深目睛,沐猴冠元加紘缨。约束阴定阳视瞠,鞴囊革橐齐露呈。
顷刻翻簸揭奔轰,扯帏裂箔仆筛旌。堕檐塌桷掀架棚,注射垣墙穿冢茔。
豹彪獐猪狒猱猩,鸿鹖雉鸦凫鸹鹭。殷蹄捩翅突奔惊,蹶抵觕确冒灌桱。
蒙冲千车屹傅城,爆槊万骑鸦噪营。步趋宕跌忘佩珩,宫徵嘈杂停韶英。
披木干根搴芳荣,蹙水涛浪氹镜平。眯霄耀灵一目盲,触山不周八柱倾。
六幕摆撼始称情,神嬉鬼笑语呷嘤。余噫不收烂歌赓,聚秒勃郁封观京。
执揽北斗斟四瀛,五岳为豆罗峥嵘。腐株蠹穴侑篪笙,醉牵月娥舞金钲。
更持一杯寿长庚,谁省天意不汝令。小臣叫天吐丹诚,方春风暴稀所更。
执法口噤臣辄抨,幸属廷尉菹鲵鲸。天哀愚忠敕阎丁,往呼来前密订评。
竦身蹜虚傒上征,涕洟拜手眲眸清。臣材琐屑不足名,中有婞直肝肠撑。
自下议上罪则烹,察及蝼蚁帝圣明。臣知风暴不难平,惟断之果绝蔓萦。
帝首微颔慰遣并,侧闻雷霆扫欃枪。山恬海静悄不声,濯濯生意回枯颖。
搜词谲诡纷纵横,反风大熟想姬成。

王　珪(1019—1085)

宫词(其六三)

博山夜宿沉香火,帐外时闻暖凤笙。理遍从头新上曲,殿前宠直未交更。

工部尚书致仕王懿敏公挽词

慷慨当年论太平,谏书虽在已尘生。三秋胜气横金甲,半夜离歌掩玉笙。
庭下绿槐空自老,匣中长剑为谁鸣。壮图未就冠先挂,从此无由听履声。

王　令(1032—1059)

昼睡(其二)

因能不有世俗梦,独与淳气相盘嬉。伏羲持刀刻爻画,古意荡尽无铢厘。
睡无吉凶无得失,纵欲强卦安能为。故能独存至今日,人各已有反不知。

须知睡义大亦盛,岂独床第夸昏迷。君子劳心事业暇,得时休息安天倪。
小人一心包万险,迨退就枕皆平夷。使其睡心大充扩,去与君子何毫丝。
当年尝闻曲肱乐,曾及至圣宜无非。何况于梦更有得,不见公旦因嗟衰。
后来纷纷不知乐,舍去大路趋邪歧。竹林猖狂事饮锻,扪拨蚤虱无留衣。
好恶纸上浩万端,竟不及此亦可嗤。蚊虻纷然始谁造,一一口吻如针锥。
食人肌肤得腹饱,不解默去犹鸣飞。攘拳挥臂不可却,聒耳不异笙匏吹。
虽然今尚尔无奈,当有猎猎秋风时。尔躯糜溃尔口坏,我床安稳我枕欹。
平时多贤贵不及,会日偃瞑休恬怡。

王梦应(?—?)

绵(其五)

　　酒醴维醹,殽核维旅。吹笙鼓簧,和乐且孺。式序在位,以速诸父。

王十朋(1112—1171)

次韵知宗游二公亭

前日同登二山亭,清源入望清更清。宗英载酒挟两客,破暑共作城东行。
东湖未到闻人说,香有荷华如郑隙。社中未为三笑游,亭上姑寻二公迹。
衔杯适意论交情,江山照眼增双明。聊效韩公文字饮,奚用鼎沸笙篁声。

宿妙庭观

小小琳宫气象清,云軿遐想董双成。灵丹炼就覆金鼎,仙鹤归来闻玉笙。
两绝老坡吟处境,千秋太白曲中名。尘埃奔走东归客,寄卧一庵听雨声。

王　遂(?—?)

题卷舒堂竹

月淡星疏子夜清,独骑黄鹤下吹笙。当时只许风听得,学与行云佩玉声。

王庭珪(1080—1172)

和胡观光黄元授二首(其一)

两翁忽动鲈鱼兴,胜屦无声雪落砧。细管向来曾并试,清流可赋共谁临。
好诗自昔员如弹,古锦何劳呕出心。一览雕章知格律,吹笙学得凤凰吟。

王 炎(1138—1218)

贺吴继仲母氏生日

青都仙子玉炼颜,五云深处乘青鸾。桃花欲实王母老,桂花半落嫦娥寒。
芝英琼蕊薄滋味,绛霄倒景窥人间。风微水麝香可掬,雨定海榴红欲燃。
中州风物亦自好,翩然万里来云軿。潭潭院落春不老,别有日月藏壶天。
狻猊不动烟缕直,吹笙伐鼓开宾筵。九重紫诰照环佩,两儿绿绶扶金船。
南山可平海可竭,高堂欢乐无穷年。

王应凤(1230—1275)

送袁明府衡任满入都

吉甫清风作诵初,圣门宓子又焉如。四郊无复容成鹤,一室惟空尘釜鱼。
笙谱由庚乡饮酒,凤来榆次帝征书。得人自古称嘉政,会见三公命贲庐。

王 质(1135—1189)

栗里华阳窝辞·笙

山不风兮风不松,磝磕兮自生松风。夫何所嗜之太酷兮,山林将安为容。
下坂兮飞鞿,袞川兮深弓。去彼取此兮但空,斯情兮焉穷。
王母去兮云归,王子来兮霜霏。凤皇兮惊飞,明月在天兮星稀。
畴昔兮成非,是耶非耶焉知。

栗里华阳窝辞·筑层楼辞

楼愈高兮世愈遥,平壤兮层霄。松遇风风遇松兮,信美而弗超。
笙籁兮云陂,波涛兮雪川。梦已隔而弗闻兮,矧浮尘之入飞烟。
楼安得兮袤阜,松安得兮穹岩。
大分有终兮大空无终,斯时有群仙之是从兮,它时无一人之与同。

王仲修(？—？)

宫词(其八四)

谁向猴仙学玉笙,紫筠管密制新成。绮窗人静月明夜,能作箫台九凤声。

魏了翁(1178—1237)

题 石 洞

跨涧飞虹入洞门,石梯级级树森森。两崖对立自宾主,一水长流无古今。
仙子吹笙招鹤舞,骚人得句伴猿吟。个中便是蓬莱境,何必迢迢海上寻。

文天祥(1236—1283)

古心江先生以旧弼出镇长沙癸酉十月乙亥是为七十六岁门人文某以一节趋走部内谨拟古体一首为寿

炎图启丕运,皇路熙以平。蜿蟺发令姿,有美洵一人。
鸿藻舒朝华,大音锵韶钧。黼斑丽三阶,火龙昭纯纮。
桓圭殿南服,熊旂被金城。瞻彼鹑为火,翼轸宣其精。
祥鸾舞瑶席,鸣凤翔娲笙。孟冬兆阳气,西北无浮云。
驾言酌春酒,可以写我情。扬舿下祝融,躐履朝泰清。
嘉猷扇九垓,还以邃古淳。君子保金石,所以永国成。
纯嘏锡千岁,绵绵赞休明。

文彦博(1006—1097)

梅公仪见寄华亭鹤一只

子真仙裔富高情,远寄仙禽至洛城。昔向华亭常警露,今来缑岭伴吹笙。
稻粱犹忆嘉禾美,竹树应怜履道清。已遣吾家伊水墅,旋营莎荐似咸京。

送秘书刘监归嵩阳隐居(其一)

昔年宝应茅斋主,别后炎凉已屡经。暂入城来缘买药,却骑牛去似飘萍。
缑山重访吹笙伴,秘省长虚画鹤厅。一任洛阳人白眼,且看三十六峰青。

吴　泳(?—?)

宣城鹿鸣宴

儒臣簪笔典州麾,重为江山缉旧仪。宴序古来元有礼,鹿鸣废后更无诗。
科名到手还须耐,文字当场莫好奇。更尽工歌笙一曲,明年春酒上林枝。

同程季予游李园和张仁溥

顽云不雨风称雄,扫花晚坐蓬莱宫。
幅巾野服才相逢,华茵解下金线狨。
人道青田双鹤、平舆二龙,笑揖群彦时一中。
百寮之山直丛丛,回廊窈窕庭阴浓。
园禽语变春事空,水花色静天机融。
归来笑傲掀短篷,溪澄月白闻笙鸿。

吴　渊(1190—1257)

劝耕二首(其一)

细霭轻烟弄晚晴,聊驱小队出城闉。□将泉石膏肓疗,为识庐山面目真。
古殿松篁无盛夏,斋厨笋蕨有余春。道旁处处闻流水,一部笙篁更可人。

武　衍(？—？)

虚皇坛月下闻笙

何人吹动玉笙攒,天阔风高桂殿寒。声轧五云飞不去,夜深和鹤落瑶坛。

老宫人(其二)

侍辇观花上苑春,太皇宣索凤笙频。如今犹记当时曲,对谱闲教小内人。

项安世(1129—1208)

北　窗　诗

天高吾庐卑,南风不肯辱。赖有北邻富,垣墉炭高矗。
辚辚飙车来,欲去泥其轴。回辕乃临臣,北户清以穆。
时时唤笙奴,一枕共清熟。向来北窗人,此秘当已独。
持我无弦琴,千载赓此曲。

萧立之(1203—？)

初见郴倅阮云心

兰枝蕙蒂交西风,北湖欲秋莲子红。金精山前种荒客,骑马又逐湘云东。
三年湖上招秦七,醉墨题诗秋露湿。老蛟起舞听吟哦,幻作青童傍船立。

仙人吹笙调凤凰,引手赠我青瑶章。黄心木断海尘起,山鬼无路啼幽篁。
慈恩玉槿飞晴雪,龙居镜泉漱香月。佳人归去暮雪深,白鸟飞来新雨歇。
子城鹤语楼头烟,平分风月今吟仙。石桃花映彩衣发,橘井笔倒寒蟾干。
半生辨君床下拜,昔日裹头今鬓改。世无此乐三百年,为君起舞秋风前。

谢 翱(1249—1295)

樊夫人上升词

石蚝粘窗秋见海,山鸡夜啼弄毛彩。王孙吹笙导夫人,青发凌风素霞在。
雨尘离地白浩浩,河西种星榆树老。海桑童童日出归,衣湿上池洗头草。

拟古寄何大卿六首(其六)

山人食木实,竹实以饲凤。闻此来空烟,三载脱尘鞯。
不见玉笙音,唯闻溪鸟弄。西台忆故人,野祭忽如梦。
仰视浮云驰,不觉哭之恸。

广 惜 往 日

汉有臣兮龚胜卒,噤不食兮十四日。今忍饥兮我复渴,道间关兮逾半月。
幸求死兮得死,苟不得兮无术。凤笙兮龙笛,燕群仙兮日将夕。
风吹衣兮佩萧瑟,骏龙兮寥天,行成兮缘毕。

夏日游玉几山中

曳舟来山中,出郭税吾驾。独慕忻众胜,晨发乃及夜。
岂无城中山,爱此足幽野。横陈玉几峰,隐护碧殿瓦。
并州古男子,礼塔于此舍。而我饮冰人,犹为内热者。
拟携桃枝笙,舒卷得饷暇。明席织海草,因之一枕藉。
冷风吹雪空,相与坐其下。

拟古寄何大卿六首(其五)

流来山中花,绀碧三百里。漪漪歗砚云,含风入秋水。
五芝与八石,往往产其沚。岂独秘灵文,亦复隐奇士。
不见施家郎,诗词独清泚。一朝控白鸾,吹笙洗尘滓。

谢 薖(1074—1116)

寄饶次守

我初丱角时,闻有饶进父。破衣下里舍,应书不得举。
要是磊落人,白眼看法度。吹笙弹箜篌,余事能律吕。
市人恶少年,往往争笑侮。掉头出里门,徒步大梁去。
蒯缑谒王公,敝貂走风雨。十年不还乡,无人问死所。
客从北方来,喜气满眉宇。探怀出君诗,字字粲玑珇。
笔踪入颜扬,句法窥李杜。奇伟可畏人,我辈谁比数。
借问从谁游,一一英俊侣。我家阿夷兄,诗有春草句。
说君不离口,恨我识君暮。帝城十二衢,素衣染黄土。
食贫出无车,羁旅亦良苦。束书早归来,只鸡祭坟墓。
况闻霍将军,尚有陈氏母。铜山郁嵯峨,其下原膴膴。
我思结茆舍,带经学农圃。他日如买邻,定可连墙住。
颇闻君卜昏,我亦未有妇。要如子柳子,各娶老农女。
东市买杯杓,西市买筐筥。南市买缾缶,北市买甑釜。
生理能稍稍,来往办鸡黍。两家如有子,男女互嫁娶。
从来不识面,便作平生语。但缘臭味同,请君莫讶许。

徐安国(?—?)

妙庭观(其一)

玉笙声绝瑶池杳,桂殿风生几度寒。空使时人慕鸡犬,扫除槃鼎舐遗丹。

徐 钧(?—?)

张 昌 宗

乘鹤吹笙想俊游,丑闻宫掖擅风流。身膏斧踬终尘土,若比莲花花亦羞。

徐 瑞(1255—1325)

客邸呈诸友

不用猖狂放泣岐,回车复路未为非。客愁无奈唯凭酒,口业未除犹说诗。
骑鹤吹笙初志在,闻鸡舞剑壮心违。秋风红叶青山下,准拟相携把菊枝。

许及之(1141—1209)

次韵薛子明赋雪渊寒瀑

南山阻且秀,三峰屹而挺。笙跨夜鹤声,松纳古潭影。
珍潜瀚无朕,樵涉深及胫。星娥闷灵踪,月卿探幽屏。
同气想飞霞,相过谈倒景。倪遇莲叶舟,定自太华井。

薛季宣(1134—1173)

闻蝉(其二)

新蝉无数咽琅玕,引惹凉生六月寒。已自东山誉高洁,未须丹翅拟笙鸾。

严 羽(1192?—1245?)

紫霞楼夜饮

西楼孤绝倚天青,我爱明河对户横。露满碧梧风屡起,烟消绿峤月初生。
仙人共酌丹霞酒,逸侣同吹白玉笙。不向此时穷笑傲,更从何处豁高情。

游仙六首(其六)

瀑布好明月,上有石梁横。矫首望东海,正见蟾蜍生。
扬辉天汉间,下照篷丘城。桂实几凋落,姮娥空闻名。
咄哉玉斧子,不如白兔精。灵药不服食,执柯独何成。
迢迢彩云外,谁吹白玉笙。竦身一长听,了若出寰瀛。

晏几道(1030?—1106?)

句

玉笙声里鸾空怨。

杨万里(1127—1206)

贺皇太子九月四日生辰(其三)[①]

子晋吹笙未是仙,阿丕横槊少全篇。小吟春著梅梢句,一日东风四海传。

---

① 赵彦端《寿皇太子(其二)》内容与此诗相同,不再重复收录。

留题碧落堂

仙人白日上青冥,千载如闻月下笙。南北万山俱在下,中间一水独穿城。
江西个是绝奇处,天下几多虚得名。滕阁孤台非不好,只缘犹带市朝声。

寄题永新昊天观贺知宫方外轩

君家秘监唐诗客,饮中八仙渠第一。君家水部晋仙真,曾拜东封玉路尘。
只今孙子方外士,羽衣霞佩云为袂。月下缑山吹凤笙,雾里华阳割龙耳。
何当踞龟食蛤蜊,大嚼碧藕嬉瑶池。若见君家两仙伯,为侬寄声好将息。

谢邵德称示淳熙圣孝诗

古人浪语笔如椽,何人解把笔题天。昆仑为笔点海水,青天借作一张纸。
作商猗那周皇矣,廷尉簿正邵夫子。淳熙圣孝贯三光,题大如天谁敢当。
夫子一洒金玉章,银河吹笙间琳琅。吉甫奚斯鸿雁行,彼何人哉唐漫郎。
夜来玉虫杂金粟,老夫春寒眠不足。起来拾得圣孝诗,灯花阿那圣得知。

和姜邦杰春坊续丽人行

玉人自惜如花面,不许黄鹂鹦鹉见。若令画史识倾城,写遍人间屏与扇。
春光懒困扶不起,吹残玉笙也慵理。是谁瞥见一梳云,微月影中扫秾李。
阿昉姓周不姓顾,笔端那得莲生步。无妨正面与渠看,看了丹青无画处。
古来妍丑知几何,嫫母背面谩人多。君不见汉宫六六多少人,画图枉却王昭君。
是时当面看写真,却遣琵琶弹塞尘。不如九京唤起文与可,麝煤醉与竹传神。

杨 亿(974—1020?)

七 夕

天开翠帟暮氛消,盘薰朱煤惜易飘。月出南楼蟾桂长,笙来北里凤簧调。
巧蛛露湿千丝网,倦鹊波横一夕桥。晒腹曝衣传故俗,阮庭布袴若为标。

次韵和席衢州忆洛阳春游十四韵

周汉经营迹未遐,山川形胜最堪嘉。前瞻阙塞千寻出,旁逗伊流一派斜。
子晋凤笙调夜月,宓妃罗袜映朝霞。何人贳酒青楼晓,几处寻春紫陌赊。
骏足每从金埒试,芳丛多展翠帷遮。出逢胜境争飞盖,归逼残阳竞走车。
庭竹惹烟披嫩箨,皋兰裛露长新芽。嵩峰崷崒疑摩斗,洛水清泠欲见沙。

万井闾阎真陆海,九重宫阙是天家。禁林日暖空啼鸟,御苑风微自落花。
关路行人偏络绎,津桥贾客苦喧哗。何当献赋论迁鼎,便欲抛官学种瓜。
江海三年劳梦想,田园二顷有生涯。应知父老沾尧化,长挈壶浆望翠华。

叶秀发(1161—1230)

广 福 寺

　　细问黄山事,荒唐半不传。诸峰几林壑,十日九云烟。
　　笙断空中籁,丹留涧底泉。相招愧猿鹤,何日谢尘缘。

余　中(?—?)

送程给事知越州

会稽太守垂金鱼,玉杯宴客离京都。曾骑天马出沙漠,万里行冰渡河朔。
归来却厌承明庐,欲学鸥夷蹈寥廓。三吴风物故乡关,人望旌旗何日还。
壶浆劳问有耆老,杖策登临知旧山。清江一水分吴越,越山岩峣更孤绝。
禹穴烟霞翠不收,往往云中见仙阙。秋风剡溪生早凉,鉴湖一夜飞清霜。
彩舟系缆浣纱石,绮筵应得调笙簧。此时诗兴谁能御,照耀骊珠月宫吐。
只恐彤庭急诏催,桃源不许长为主。都门疏雨柳轻明,送客萧萧千马鸣。
须臾画鹢东飞去,欻见淮山天外青。

喻良能(1120—?)

帅参宴客于蓬莱阁林参议有诗次韵呈府公

久以嘉谋赞迩英,暂分东浙慰苍生。闲携僚吏挥金盏,更遣娉婷吹玉笙。
霡雨千岩垂欲作,孤舟野水未妨横。匪因衮绣归黄阁,还念知章在四明。

喻汝砺(?—1143)

上　席　帅

先公御吏如御兵,迎刃而解如庖丁。掀髯一笑黠吏走,蜀中草木知威名。
伯兄渠渠天下士,嵩高少室之英灵。妙龄提书嗷闾阎,慈议可以谐韶韺。
昨年两作益州牧,西南恶少不敢行。后来继者有季弟,潭潭大度涵沧溟。
指麾万事不作意,决眦雨电风烟云。南望峨眉西玉垒,逸气夜与银河倾。

幅巾筇杖过何许,闲邀仲元访君平。小蓬莱宝夜吹笙,往往笑倒长庚星。
拔剑起舞者谁子,杜陵老翁醉不醒。生平入眼无俗物,胡为见我眼自青。
武侯庙前有古柏,风吟雨啸蛟龙声。我来正欲刳尔腹,琢作巨屋丹其楹。
琢作巨屋丹其楹,绘此落落三名卿。尚使千载知仪刑,喻子作诗如鼎铭。

岳　珂(1183—?)

舞鹤四绝(其二)

曾见中庭舞素衣,夜凉桂殿玉笙吹。梦回一曲天风杳,正是华亭振万时。

小墅桂花盛开与客醉树下因赋二律(其二)

黄金涌出碧檀栾,消得充庭舞广寒。露蕊移将天上种,云阶借与月中看。
扶疏清影立黄鹄,匼匝满庭翔翠鸾。吹彻玉笙正凉透,香风万斛夜漫漫。

黄鹤谣寄吴季谦侍郎时季谦自德安入城予适以使事在鄂

卢山白鹤归来双,缟衣素袂玄为裳。翅如车轮夜横江,风声曾走淮泗羌。
戛然长鸣下柴桑,芝田啄粒遥相望。何人网罗倏高张,上决云汉旁八荒。
一随鹏鹍惊远翔,低头不肯谋稻梁。一罹置弋沮泽旁,局身筠笼翅摧藏。
鹦鹉洲畔葭苇乡,水云苍苍江茫茫。九皋欲闻声不扬,回顾鸥鹭羞颜行。
忽闻緱笙度宫商,红尘俯视有底忙。矶头刷羽今正黄,欲搴此楼呼酒狂。

张伯玉(?—?)

次韵王治臣九日使君席上二章(其二)

新安江碧郡楼危,九日登临醉袖垂。莫笑松筠岁寒地,却胜桃李艳阳时。
清浔酒莹红螺面,窈窕笙攒碧玉枝。未必尊前叹迟暮,几人如我始牵丝。

答王越州蓬莱阁

书报蓬莱高阁成,越山增翠越波明。云收海上天地静,人在月中金翠横。
游女弄芳珠作佩,仙人度曲玉为笙。会须长揖浮丘伯,醉听银河秋浪声。

张公庠(?—?)

宫词(其二六)

仙韶一部选轻盈,独得君王记姓名。中使忽来催侍宴,匆匆不许暂调笙。

张　泊(934—997)

题　越　台

我爱真人居,高台倚寥泬。洞天开两扉,邈尔与世绝。
缥缈乘鸾女,华颜映绿发。举手拂烟虹,吹笙弄松月。
森罗窥万象,境异趣亦别。何必服金丹,飞身向蓬阙。

张继先(1092—1127?)

题度仪堂四首(其二)

近户皆林杪,元非妆点成。山中行不遍,雨后看尤清。
桃向天边种,云从岭上生。不通鸡犬到,时听度鸾笙。

张　颉(?—1090)

茅山续志

步虚声起绕玄云,石乳烟销夜半分。怪得瑶笙吹鹤过,碧坛夜醮玉宸君。

张　耒(1054—1114)

早登望嵩楼望少室雪畏风不敢招客

临汝城中春雪消,望嵩楼上对岧峣。已披氛雾呈孤秀,未许春寒上沉寥。
子晋玉笙如不隔,浮丘仙袂欲相招。便思唤客同清赏,苦畏春风入敝貂。

寿安怀古

萧王积甲事空传,子晋吹笙去不还。千里荒芜山色在,百年兴废水声间。
雉飞陇麦新耕地,花落丛祠旧战关。旅宦远游仍吊古,苦无樽酒奈愁颜。

襄阳曲

西津折苇鸣策策,蟾蜍光入芙蓉白。山头不雨贾船稀,日日门前江水窄。
将欲烜赫招行人,旋起丹楼照长陌。银屏深蔽玉笙闲,自擘新橙饮北客。
倏离暂合心未果,泪莹双眸为谁堕。

福昌书事言怀一百韵上运判唐通直

战国韩余壤,王畿汉旧京。南围山崿秀,东泛洛浮清。

女几荒遗庙，宜阳认故城。千秋迷佩玦，百战有榛荆。
路失三乡驿，岗余世祖营。山疑熊耳甲，墓记赤眉兵。
昌水行宫废，谷州遗堞倾。断壕收剑镞，耕陇得瑶琼。
姬冢丘陵抱，韩祠草木平。传家亡谱牒，怀德荐牢牲。
峡势开双璧，川形画一枰。谋臣赤松友，诗客锦囊生。
莽莽繁华尽，悠悠井邑更。兴亡谁与吊，今古一伤情。
官舍连麋鹿，人家杂鼬鼪。秋心悲杜宇，春候听鹍鹏。
宾榻无谈笑，尘鞍罢送迎。平池宵槛影，万竹晓堂声。
放宕书千卷，栖迟岁再正。野胥形矍掠，村隶语生狞。
脱粟供朝饭，孤豚计日烹。里间轻学校，儿稚骇冠缨。
最苦冲风隧，奔如万战輣。木号惊浪涌，谷震疾雷轰。
日断兰香膊，云藏子晋笙。村氓朝坎坎，樵斧暮丁丁。
鬓自年来白，颜因醉后赪。斋庖诛野菊，幽佩纫秦蘅。
忆昔初知学，时豪计主盟。讨论披石室，咳唾视金籯。
宅与仁为里，丰期道可耕。荡除秦汉垢，耨摘帝王英。
太史遗重补，骚歌韵再赓。文潢无逆楫，谈阵有降钲。
战苦心逾勇，锋交敌丧勍。决科聊筮仕，射策偶沾荣。
憔悴官曹冗，艰难祸难婴。流年惟涕泪，生事罄瓶罂。
乞米常空釜，烹藜不厌羹。莒县长剑涩，衣补旧图横。
波浪流萍远，风霜客雁征。凭谁能束缊，请地乞为氓。
贫贱知何计，飘零复此行。力微蛛纺织，谋拙茧缠萦。
大府多豪杰，何人问姓名。采葑甘见弃，连汇敢图亨。
已分微言默，羞将薄技呈。清秋回骥首，白日望鹏程。
调拙歌难和，工迁虞未成。曳裾身阻阔，搔首岁峥嵘。
岂料盐车困，亲逢伯乐评。属文惭贾谊，受璧过虞卿。
夙昔倾贤誉，清时仰庆闳。霜威留陛闼，忠望在寰瀛。
大泽疏源厚，明公蕴德宏。高文千锦丽，奥学万箱赢。
前岁趋畿尉，青衫拜使旌。心将言并厚，事与意俱诚。

毫发聪明到,锱铢藻鉴精。威严消隐慝,惠泽舞孤茕。
爽气开秋鉴,清谈扣佩珩。霜空挂银汉,仙露照金茎。
伟量谦常过,刚肠枉必争。川舟归巨涉,天柱入高擎。
鳣堕开佳兆,经传有旧簧。簪缨光故物,堂构叠高甍。
顾步丹霄近,联绵盛事并。人间望鸿鹄,海浪引鲲鲸。
百吏瞻仪矩,连城受使令。晏边争羡慕,膺御有光晶。
报国求贤急,搜才荐牍盈。搜罗归掌握,轻重付权衡。
律变遭寒黍,春催隐谷嘤。陶埏皆作器,枯槁亦抽萌。
量度分寻尺,题评尽甲庚。念勤宽仆仆,恤疾救茕茕。
合沓皆宗荐,绵蛮不叹莺。羁鸿安肃肃,微草获菁菁。
哲匠深垂奖,非才惕自惊。厚恩山岌嶪,高致玉铮锽。
效报期铭骨,存诚过食苹。庶几鸣缶盎,万一助䫂䫂。
自古求知重,从来顾已轻。木欣辞爨烬,珠喜辨鱼睛。
叹慕身当锐,轩昂目暗瞠。自存心铁石,敢废力蚊虻。
荒学重裨缉,繁文自补撑。朝披枯竹简,夜守短灯檠。
养木经荒圃,疏泉久涸泓。博兼终氏鼠,礼问叔孙樱。
陋每轻樊子,勤将比老彭。中庸期慥慥,言行敢硁硁。
积累功成垤,辉华秀发莹。辛勤施耨获,逸乐荐粢盛。
戴德千钧重,抚躬方寸明。登临感身世,踊跃望门楹。
穷谷阴多雨,清溪晚放晴。优游探物象,潇洒付杯觥。
耿耿驰千里,区区布一鸣。愿回韶濩听,聊奏铁铮铮。

张嵲(1096—1148)

五月二十四日宿永睦将口香积院僧轩东望甚远满山皆松桧声三首(其三)

峰峦绵亘几千里,半霁半阴轻霭中。僧房借榻睡初足,满谷笙篁松桧风。

叹 名

十年四海称忠壮,谁料将军阴子谋。旧物空余叱拨马,新声莫唱白符鸠。
民谣几岁传钩落,笙席何人恋故侯。溟海茫茫孤鸟没,一埋蓬颗便千秋。

西 谷 歌

西川峰岭皆绵延,一峰突兀如青莲。崔嵬势压东南倒,穹崇下俯群峰小。
古木阴森寒未凋,长云惨澹晴犹绕。阴岩积雪溜轻冰,南岭惊春哢幽鸟。
山西有谷闻深曲,中有人家在山麓。昼掩柴荆鸡犬闲,岁耕烟岫囷仓足。
巫山岷岭遥相连,知是层城几洞天。避世秦人应绿发,茹芝仙子好朱颜。
寰区丧乱方如许,寸地尺天无安堵。我欲携家住此山,高谢时人出尘土。
女萝薜荔结为衣,文杏香茅缉为宇。满谷栽松紫翠寒,漫山种杏頳霞吐。
朝寻石乳丹洞深,暮剧茯苓苍桧古。山中父老志斯言,他时来访吹笙侣。

张元干(1091—1161)

张丞相生朝二十韵

凤历推炎德,宗臣系重轻。神开丹宸梦,人向紫岩生。
昴宿秋旻迥,坤维玉露清。风云符感遇,草木畏威名。
不有三灵助,宁无四海惊。大江元帝渡,细柳亚夫营。
劲气吞妖孽,深谋厉甲兵。天旋黄屋正,日转赤墀明。
茅土宜班数,山河旧著盟。济时登衮职,命世属阿衡。
社稷扶持了,乾坤整顿成。勋庸多部曲,陶冶遍公卿。
牙帐罗旌旆,萱堂合鼓笙。诞辰尊寿母,善颂及难兄。
庆积基墉固,源长福禄并。欲知貂珥贵,倍觉彩衣荣。
象阙锋车召,沙堤相印迎。指麾烽燧静,翊戴泰阶平。
老鹤三千岁,飞鹏九万程。百川浮巨掣,快饮吸长鲸。

张 镃(1153—?)

尤丈京丈和篇沓至四用前韵为谢

江南从识桂花林,岁岁逢秋属意深。夜气未添承露掌,晓光先上辟寒金。
玉笙殿迥应留月,铁杵岩高不用砧。争似吾家种流水,拥香亭榭绿沉沉。

约周希稷游湖上园

句法参同李翰林,风流依约谢宣城。放怀应喜醉三日,听曲知无误一声。

箬叶露方高石室,桂枝香谱度银笙。西清东观迟归去,相就盘跚劷窄行。

读 仙 书

飞楼半天真人居,玉幢金蕤龙虎舆。
层门十丈拥翠树,枝磨有声作灵语。
邪劣未除嗟异路,紫云翻袍两仪舞,赤巾使者呼女鬟。
吟风飒飒鹅笙寒,迎月殿高句难攀。
踏珠出水如出雾,三十六凤空银湾。

赵　鼎(1085—1147)

县丞吕若谷置酒巽亭(其一)

凉风收雨断晴霓,漠漠青山白鹭飞。竹树蔽亏涵野色,楼台灭没淡烟霏。
凌波鸣佩杳何许,驾鹤吹笙殊未归。怅念夷犹凄望眼,碧云千里又斜晖。

赵　佶(1082—1135)

宫词(其一六)

仙韶总角籍严宫,初学吹笙性格聪。十指近才能按字,纤纤双捧紫筠丛。

赵汝愚(1140—1196)

题竹赠卫清叔之潭州

飕飕忽见青鸾尾,扫遍翠崖冈上头。昨夜月明仙子过,玉笙吹彻万山秋。

郑　南(1064—1161)

锦　屏　峰

霍童佳境本天成,十里莲花遍处生。山色依然仙不至,月明徒自忆吹笙。

郑文宝(953—1013)

题缑氏山王子晋祠

秋阴漠漠秋云轻,缑氏山头月正明。帝子西飞仙驭远,不知何处作吹笙。

周邦彦(1056—1121)

谩书(其一)

窗影蝇飞见,帘花日照成。汗余胡粉薄,香度越罗轻。
书叶蚕头密,调笙凤咮鸣。情来愁不语,极目雁南征。

周必大(1126—1204)

茶园王琰求清暑堂诗次王民瞻敷文胡邦衡资政二公旧韵

早遮西日觅王官,晚倚南窗审膝安。亹亹清风挥麈落,纷纷苍雪著笙寒。
花前白酒倾云液,竹里行厨洗玉盘。江月上时凉意足,四弦三弄泻惊湍。

周 弼(1194—?)

客 楼

水国秋清潮半生,越王台殿锁荒城。西楼一夜思归客,斜倚朱栏独听笙。

周 孚(1135—1177)

有怀陈杜二丈二首(其一)

容南老守几时回,更拚重看江上梅。便热藤笙犹可漆,未寒筒布会须裁。

周麟之(1118—1164)

上 王 吏 部

人物南州望,风流一代英。凤传天上誉,早梦月中名。
车载三千牍,鹏飞九万程。向来辞泮水,端合上仙瀛。
接武虞廷邃,含香汉殿清。渐看丹极近,首冠列星明。
准拟陪三接,周旋位六卿。鉴分金背重,橐并紫荷轻。
未见恩纶出,那知谤箧盈。去朝云路杳,归侍彩衣荣。
地借徽之竹,楼吹子晋笙。赤心何所负,白眼不须惊。
自顾衔恩厚,亲逢较艺精。妍媸归藻鉴,高下见文衡。
梦绝怀蛟异,词非吐凤成。赋能窥小小,经漫说铿铿。
误玷春官籍,终惭月旦评。抢榆几类鹦,出谷仅同莺。

志慕青钱士,名参玉笋生。别深秋鹤怨,归问海鸥盟。
未作河西尉,聊为江上行。夜沈滩月钓,晓压陇云耕。
岁暮人初返,天寒雨未晴。久稽从杖履,且复卧柴荆。
后见含深恶,微吟写至情。伫听宣室召,凤阁继家声。

周　密(1232—1298)

南郊庆成口号二十首(其四)

行门赞唱似吹笙,号诺连珠绕禁城。五使按临严柝静,夜深初听警场声。

月下闻笙次赵元父韵

碧桃花外听猴笙,袅袅余音度月明。风静喷春莺出谷,夜深警露鹤传更。
十三簧冷参差影,廿四栏高缥缈声。愁想嵩山归未得,醉魂清绝梦难成。

周文璞(？—？)

槜李道中二首(其一)

吹彻鹅笙醉碧桃,古城斜日泛轻舠。此行忆著经行处,绿树黄桑一样高。

朱复之(？—？)

与静使君约游姑山记事古风二十韵

苦热日已远,杪秋遂凄凉。邦侯及清暇,小队豫郊岗。
一麾先崭岩,半刺骖翱翔。卿月动左辖,客星移奉常。
谁欤南冠者,共挹北斗浆。翠幄穿晨曦,锁金步流光。
穷恍某氏建,架构溯斯堂。闽红倾泛盎,楚绿饾圆方。
平原磊落人,仙碑勒荒唐。方平叱石起,来问东海桑。
蔡子狗窦过,蛇蝉蜕冥茫。麻姑十八九,两鬓已成霜。
惟余老杉星,省识邓紫阳。往事莽如迹,且醉糟书房。
翼亭跻齐云,游目望八荒。挽河落飞瀑,洒雪芙蓉裳。
夕矣憺将归,一一玉帝旁。蹇余雅幽寻,嗜此崔嵬藏。
请从浮丘生,学笙翳凤凰。他年倪相思,矫首空断肠。

朱继芳(？—？)

再拜阆风帅干宝谟郎中

家世蜀青城,扶扶几万程。神游应八表,骨炼已三生。
举酒呼麟脯,吹笙答凤鸣。欲将余马继,蜷局不堪行。

朱 熹(1130—1200)

读道书作六首(其四)

四山起秋云,白日照长道。西风何萧索,极目但烟草。
不学飞仙术,日日成丑老。空瞻王子乔,吹笙碧天杪。

读道书作六首(其六)

王乔吹笙去,列子御风还。至人绝华念,出入有无间。
千载但闻名,不见冰玉颜。长啸空宇碧,何许蓬莱山。

和秀野蕲簟之句

史君两鬓尚青青,学道仍抛后院笙。潺暑快眠知簟好,晚凉徐觉喜诗成。
人从蕲水当年寄,诗比韩公此日清。坐对更深谁是伴,唯应阙月共长庚。

奉同都运直阁张丈哭敬夫张兄张丈有诗敢次元韵悲悼之极情见乎词伏幸采览二首(其二)

不应世道即漂沦,何事今年失此人。礼乐端能怀益友,琴笙忍遽乐嘉宾。
亦知游好曾通谱,却记登临唤卜邻。两首悲诗数行泪,感伤那复斗清新。

朱 翌(1097—1167)

送崔若砺令河源

双凫飞出九重关,带得中原气象还。抵死欲留之子住,吹笙要伴老夫闲。
草荒白鹤峰前宅,云散黄龙洞口山。茉莉素馨闻已熟,妙香从此剩熏班。

邹 浩(1060—1111)

泛汉江(其三)

山束长江激箭奔,扁舟冲破白鸥群。故人正在笙篁里,一枕滩声谁与分。

敖陶孙(1154—1227)

清明日湖上晚步[①]

一百五日苦多雨,二十四花能几风。壮心欲与儿女竞,春事翻成寇盗空。公私蛙合笙歌里,客主山张图画中。作意后游仍独醉,西湖莫忘远来翁。

白玉蟾(1194—?)

曲肱诗(其九)

瑶池王母宴群仙,两部笙歌簇绮筵。误取一枚仙李吃,又来人世不知年。

蔡　襄(1012—1067)

正月十八日甘棠院(其三)

无奈闲情著物欢,更愁花草便阑珊。夭红嫩翠宜灯烛,放散笙歌静里看。

曹　勋(1098—1174)

深夜谣二首(其一)

月影移鸩鹊,炉香满建章。君王驻雕辇,宫女出彤房。
仙乐浮云汉,笙歌绕画梁。按图皆国色,何处是高唐。

乌夜啼二首(其二)

月落啼乌近锁窗,锁窗深处绣鸳鸯。鸳鸯未就肠先结,马踏天山夜飞雪。归来且莫话封侯,同醉笙歌弄明月。

病中寄曾使君湖上

露晓红幢绿盖明,使君千骑会耆英。笙歌递奏连云上,荷芰传香拂面清。遐想雅欢均四坐,欲寻幽梦下重城。负薪独恨穷阎卧,不得临流预濯缨。

姑苏台上月

姑苏台上月,倒景浮天河。石梁卧长洲,垂虹跃金波。
丛薄散兰麝,水底流笙歌。歌声未断樽前舞,越兵夜入三江浦。

[①] 从该首诗起,收录对象为"笙歌",为以示与前文"笙"之区别,重起排序。——编者

吴王沉醉未及醒,不知身已为降虏。响靸廊前珠翠横,采香径里喧鼙鼓。
西施和泪下珠楼,回首吴宫隔烟雾。姑苏台殿变秋蓬,荆棘沾衣泣寒露。
至今风月动凄凉,余址石桥尚如故。

明 月 词

明月,明月。出沧溟,历丹阙。
飞盖念西园,笙歌想南国。灵波如电泻高丘,云幄和烟锁空碧。
人间何事怨别离,自昔循环有今昔。今昔虽同事不同,昔时宫馆今荆棘。
汉家陵阙变池塘,吴楚江山异南北。明月那知古与今,治乱昏明有通塞。
我愿三纲不愆,四时不忒。天地清宁,人物获职。
白兔不见辱于虾蟆,黄发蒙照临之大德。
非明月之宣功兮,则吾何知其为顺帝之则。

曹 邍(？—？)

灯 市

春满天街夜色酣,绮罗香结雾漫漫。试灯帘幕深藏暖,扫雪楼台浅带寒。
宝骑骄嘶金騕褭,翠翘醉倚玉阑干。江云忽断笙歌散,几点妆梅落舞鸾。

晁补之(1053—1110)

次韵文潜馆中作

蓬山前临九轨路,三日街晴案吹土。直庐凿牖面宫垣,青壁崭崭看垂雨。
殿阁风斜碧瓦寒,翅湿苍鸢不能乳。却思穷巷亦可言,一扫蚊虻通昔苦。
郁蒸书课未须忙,午漏传休听天语。平生豪气对樽酒,山鸡见镜犹能舞。
城南寺近晚堪过,笙歌凉月闻千户。但忧伏日细君须,割肉无缘待归俎。

晁说之(1059—1129)

寄温倅江十四

离别蹉跎岁月深,故人带未九环金。狂儿易悦笙歌费,志士徒劳涕泪侵。
金紫早年唯乐梦,令公老去亦伤心。永嘉康乐风流在,别乘犹能翦绿林。

冬至前一日至谷熟遇赵子和大夫

盗贼羌胡逐队行,几家避难到荒城。也知明日当长至,便望今年可太平。

70

京国笙歌无寂寞,将军旗鼓耐纵横。钝庵居士全非钝,先我驱车百感生。

陈昌时(？—？)

太 平 宴

朝阳鸣凤马图河,雷动官僚宴泰和。万国春风酣组绶,九天明月照笙歌。红云瑞拥山呼寿,沧海恩深酒作波。元朔丹崖声教远,愿昭鸿业刻嵯峨。

陈 棣(？—？)

春日偶成三首(其三)

陋巷逢春日,生涯亦足夸。堆钱聚榆荚,积絮扑杨花。
旌旆千行竹,笙歌两部蛙。凭谁为商榷,何似五侯家。

陈 瓘(1057—1124)

和刘太守十洲诗·雪汀

谁把平毡水上开,坐看飞絮扑琼台。酒豪耳热笙歌沸,应怪幽人此地来。

陈 烈(？—？)

题鼓门大灯笼

富家一盏灯,太仓一粒粟。贫家一盏灯,父子相聚哭。
风流太守知不知,惟恨笙歌无妙曲。

陈 宓(1171—1230)

乙丑春旱至四月十六夜雨(其二)

何处笙歌酒入唇,应惭忍渴望云人。朝来顿觉西山黑,农圃欢声总是春。

陈师道(1053—1102)

奉陪赵大夫游桓山

后水喧江落浑黄,晚云障日作微凉。笙歌声里旌旗动,罗绮丛中语笑香。
劝相秋郊开稔熟,摩娑苔壁吊荒亡。风流一代今山简,有底樽前著葛强。

陈天麟(1116—1177)

席上和统制傅公韵

迟迟春永昼如年,芳草池塘属惠连。一笑谁云今易得,四并须信古难全。
山围锦绣将军树,云遏笙歌刺史天。不向风光共流转,恐辜柳絮与榆钱。

陈　抟(?—989)

归　隐

十年踪迹走红尘,回首青山入梦频。紫陌纵荣争及睡,朱门虽贵不如贫。
愁闻剑戟扶危主,闷见笙歌聒醉人。携取旧书归旧隐,野花啼鸟一般春。

陈　轩(?—?)

汀州旧州城

五百年前兴废事,至今人号旧州城。草铺昔日笙歌地,云满当年剑戟营。

陈允平(?—?)

侍谢立斋小酌湖楼

风卷珠帘客佩清,杜鹃啼老送春声。水浮亭馆花间出,船载笙歌柳外行。
千里夕阳归梦远,六桥飞絮马蹄轻。栏干倚遍暮天阔,烟树一钩新月生。

湖　上

流水断桥边,笙歌拥画船。日酣花半醉,春困柳三眠。
策杖登云洞,观鱼上玉泉。凤城归去晚,山锁万重烟。

陈　造(1133—1203)

早春十绝呈石湖(其八)

缓引牙樯载绮罗,宽围丝锦著笙歌。小抬醉眼游丝外,夕照御城奈乐何。

陈　著(1214—1297)

次韵林国器元夕

世情多异好,幻出满城星。尘市月无色,醉乡风亦腥。
从他儿戏哄,输我客眠醒。老耳虚鸣处,笙歌足自听。

程敦厚(？—？)

和冬曦海棠

花中名品异，人重比甘棠。苞嫩相思密，红深琥珀光。
好风传馥郁，凡卉愧芬芳。烂漫云成瑞，葳蕤女有嫱。
生来先蜀国，开处始朝阳。赏即笙歌地，题称翰墨场。
烟霞容易散，蜂蝶等闲忙。谁是多情侣，栏边重举觞。

程公许(1182—？)

邑令招讲上元故事与簿尉同赋二首(其二)

人情悦豫乐音谐，新觉华谯气象佳。璧月辉辉三夕永，榆星历历九霄排。
笙歌围坐花如海，殽核堆山酒若淮。富贵方来付公等，五云深处岂无阶。

李德夫司理即永康官居辟小轩赋诗二首求京花和韵遣送(其二)

西洛风流压众芳，十分国艳与天香。护持翠幕千橐锦，羞涩青铜两鬓霜。
不怕眼花疑保福，且将色相问空王。书窗不要笙歌杂，茗碗相娱味更长。

程　俱(1078—1144)

再和寄彦文

踵息庵中老，看书不蠹书。青灯对编简，秋气入郊墟。
农圃从争席，笙歌载后车。风流倾一座，谁复似相如。

程师孟(1009—1086)

静　游　亭

石磴高轩榜静游，度年红叶少惊秋。使君会得山僧意，不放笙歌到上头。

端　午　出　游

三山缥缈蔼蓬莱，一望青天十里平。千骑临流搴翠帷，万人拥道出重城。
参差蝴蛛横波澜，飞跃鲸鲵斗楫轻。且醉樽前金潋滟，笙歌归道月华明。

程炎子(？—？)

水　乐　洞

南山水乐洞，窈窈白云深。满耳笙歌者，谁能一洗心。

崔敦礼（？—1181）

闻严子文纳妾孟守有诗辄次韵

春市笙歌兴已阑,儒宫牢落分投闲。不知列屋倾城蔡,自笑微官系触蛮。
赤脚有年供侍侧,青鸾无梦到人间。传闻谪堕行云侣,想像高唐鬓欲斑。

戴表元（1244—1310）

寄赵子昂济南

济南官府最风流,闻是山东第一州。户版自多无讼狱,儒冠相应有宾游。
秋风鱼酒黄粱市,夜月笙歌画舫舟。行乐使君诗笔俊,一篇肯寄剡溪头。

戴复古（1167—？）

呈赵园令

翠云屏嶂碧瑶池,万象前陈属指挥。仿佛神仙居处好,寻常宾客到来稀。
荷花香里浑无暑,棋子声中却有机。别院笙歌促君去,野夫自步月明归。

戴栩（？—？）

上丞相寿（其八）

万国笙歌醉太平。

邓林（？—？）

效晋乐志拂舞歌淮南王二篇（其一）

东昏侯,自言安,仙华玉寿浮云端。绣窗锦幔飘蜚仙,丹青美女侍七贤。
侍七贤,奏笙歌,笙歌逸响哀怨多。
苑中花木费绮罗,我欲逾城城有围,愿作双黄鹤,栖瑶池。
栖瑶池,辟尘垢,至尊屠肉,潘妃酤酒。石头江上龙驹走,三月春风吊杨柳。

邓深（？—？）

六言四首（其一）

三峡上游烟水,四川极险关山。满市笙歌昼永,漫山桃李春闲。

丁 谓(966—1037)

游 东 山

数峰回抱隔烟林,一簇招提十里深。只合步行寻石径,不宜呵喝入松阴。
遥分画手援毫意,暗起诗人得句心。梅岭笙歌上高处,孤猿幽鸟减清音。

董嗣杲(？—？)

石 函 桥

函开函闭管年丰,白傅能方夏禹功。湖石记埋泥藓里,斗门字蚀水花中。
犁平阡陌犹春雨,船载笙歌自晚风。遍倚暮阑怀古往,月明无奈瀑声空。

断 桥

绣毂青骢骤晚风,柳丝翠袅石阑红。彩篙刺水停飞鹢,华表侵云截卧虹。
杖屦谁归瀛屿去,笙歌自补玉壶空。重招张祜商新咏,不与当时薛合同。

崔府君庙

灵休远被卫行都,宿有元勋梦又符。引马拥羊昭景贶,立碑建庙述嘉谟。
九陵荆棘年空往,十里笙歌景不殊。莫倚西斋阑槛去,斜阳无语满钱湖。

依 光 堂

尘凝黼座忆垂衣,今古湖波锦四围。灵毓紫芝三秀远,光开绿玉片金辉。
松窗自掩空莲社,石榻相期卧柳枝。半卷珠帘看落景,笙歌长送画船归。

越 上

海色连云气,登临晚不同。越山齐北斗,秦树起西风。
灯火官桥暗,笙歌店桥空。小楼无梦里,谁此种梧桐。

范成大(1126—1193)

雨后东郭排岸司申梅开方及三分戏书小绝令一面开燕

雨入南枝玉蕊皱,合江云冷冻芳尘。司花好事相邀勒,不著笙歌不肯春。

题张睎颜两花图二首·繁杏

红粉团枝一万重,当年独自费东风。若为报答春无赖,付与笙歌鼎沸中。

立春日郊行

竹拥溪桥麦盖坡,土牛行处亦笙歌。曲尘欲暗垂垂柳,醅面初明浅浅波。
日满县前春市合,潮平浦口暮帆多。春来不饮兼无句,奈此金幡彩胜何。

次韵知郡安抚元夕赏倅厅红梅三首(其三)

司花一笑为谁开,知道朱幡得得来。疏影有情当洞户,蔫香无语堕空杯。
风生翰墨留连看,月入笙歌次第催。来岁如今翻旧唱,五云丛里望三台。

鞭 春 微 雨

幡胜丝丝雨,笙歌步步尘。一年新乐事,万里未归人。
云薄竟悭雪,酒浓先受春。送寒东作近,惭愧耦耕身。

亲邻招集强往便归

乐天渐老欲谋欢,大似蒸砂不作团。已觉笙歌无暖热,仍嫌风月太清寒。
气衰况复三而竭,心赏尤于四者难。却恐人嫌情太薄,聊将花作雾中看。

范纯仁(1027—1101)

和王微之赴韩持国燕集

颍川太守无羁束,为政课卑才第六。里中耆旧六七翁,渐闲勇退皆高躅。
独愧衰疲掌民社,谩拥熊轩驾丹毂。身病何由安百姓,才薄岂当尸厚禄。
巧匠居旁只坐观,老手真能袖间缩。唯有过从相爱心,青松不肯更寒燠。
韩公开宴坐高堂,帐帘垂红窗绮绿。帘深不散玉炉香,夜长屡剪铜盘烛。
从容谈笑杂笙歌,烂熳肴烝兼海陆。翩翩舞态学惊鸿,嘹唳龙吟出横竹。
与公进退晚相同,曾共忧勤参大麓。酒量从兹减壮年,岂复长鲸吞百谷。
兴来犹勉奉公欢,金尊未釂先颓玉。且同万物乐时康,况慕诸君知止足。

范希禹(?—?)

江 湖 伟 观

望断菰蒲烟水乡,凭高不尽意苍茫。神州北去山川远,王气南来天地长。
晴见白云归竺国,夜看红日上扶桑。游人自拥笙歌醉,谁为梅花酹一觞。

范一飞(？—？)

寿 知 宗[①]

天工未放二阳生,留得尧阶一叶蓂。庆诞仙源贵公子,祥开南极老人星。
日随宫线添无尽,貌比庄椿看更青。岁岁华堂祝眉寿,笙歌声里雪梅馨。

范仲淹(989—1052)

石子涧二首(其一)

凿开奇胜翠微间,车骑笙歌暮未还。彦国才如谢安石,他时即此是东山。

方 凤(1240—1321)

与皋羽子善游宝掌山

宝掌一山何胜绝,老龙千载事已别。巉岩怪石峭森列,矫首三洞骞奇崛。
不知何年风雷烈,凿开混沌此瞥裂。高洞攀缘与天接,栖鹘所巢势嵼嵲。
隙泉漏滴清且澈,薜萝为衣俨陈设。中之洞兮巧融结,四达坦明如我闼。
低山一洞尤寒冽,铿然谷应合音节。共爱孤蝉远林咽,又疑帝子笙歌彻。
乘风便觉神飞越,落景徘徊就僧榻。好向天风更搜抉,相期夜半踏明月。

方 回(1227—1307)

元 夕 晴

渐暖风烟添软媚,新晴草木眩光晶。天回地转春犹在,物是人非意自惊。
晚辈未宜欺老病,早年犹及见升平。山城旧与钱塘似,灯火笙歌彻五更。

初夏六首(其一)

衰懒新诗少,芳菲急景过。来牟初饼饵,科斗已笙歌。
独幸闲扃户,谁方远荷戈。隔墙落金弹,但避勿谁何。

方蒙仲(1214—1261)

前 村 梅

何缘春信息,第一到田家。为甚笙歌院,重重绣幕遮。

[①] 王十朋《知宗生日》内容与此诗大致相同,仅个别字词有异,不再重复收录。

方 岳(1199—1262)

寿教授(其一)

昨夜长庚烂瑞光,间生贤于应明昌。风云际会当千载,天地交通复一阳。曾播声名题雁塔,暂时文柄坐鳣堂。庆闱雅燕笙歌彻,紫诏催归侍玉皇。

冯 山(?—1094)

和吕少蒙蚕市

何处青衣旧俗酣,峨嵋东畔蜀江南。从来岁首争为市,大半民间已不蚕。几日笙歌常继烛,晚春桃李尚仍蓝。嬉游果获神明助,太守虽贫亦荠甘。

重和四首(其三)

整此笙歌散郁陶,雨檐飞瀑泻秋涛。吟情彻骨清尤健,饮量随人喜更豪。黄菊光容嗟向晚,哀筝言语恨徒劳。相逢宜共冥冥醉,回首青云路转高。

傅伯成(1143—1226)

拟和元夕御诗①

元夜新添一月春,曲轻花嫩未成尘。笙歌满地醉还醒,楼阁中天奂且轮。新乐妙如仪凤舞,远人动似塞鸿宾。不知湛露恩多少,但见三韩拜舞频。

高斯得(?—?)

西湖竞渡游人有蹂践之厄

杭州城西二月八,湖上处处笙歌发。行都士女出如云,骅骝塞路车联辖。龙舟竞渡数千艘,红旗绿棹纷相戛。有似昆明水战时,石鲸秋风动鳞甲。抽钗脱钏解佩环,匜岸游人争赏设。平章家住葛山下,丽服明妆四罗列。唤船催入里湖来,金钱百万标竿揭。倾湖坌至人相登,万众崩腾遭踏杀。府门一旦尸如山,生者呻吟肱髀折。西湖自是天下景,何况邀头古今压。一时死者何足道,且得嘉话传千叶。谏官御史门下士,九重天高谁敢说。溪翁聊尔作歌谣,谨勿传抄取黥刖。

---

① 赵鼎臣《拟和元夕御诗》内容与此诗相同,不再重复收录。

葛立方(？—1164)

卫卿叔自青旸寄诗一卷以饮酒果核殽味烹茶斋戒清修伤时等为题皆纪一时之事凡十七首为报(其六)

金杯制宅初奠方,夏木阴阴啭鹂黄。紫丝步障百里长,鱼轩象服池阁凉。笙歌嘈杂闻未尝,何止一曲杜韦娘。珠屦玳簪迎送忙,罗帏绣幕围风香。须臾料理龙阳乡,木奴千头可充肠。

葛绍体(？—？)

渭南考室

丞郎昔躬耕,怀野垄上宅。东湖一棹近,南亩耦夫百。
风交苗怀新,云铺稼敷泽。疏楹翼虚堂,时焉此憩息。
殷勤左氏语,银钩挂檐壁。新居圌钟庆,金字照于赫。
水竹带左右,春秋燕晨夕。鼎鼎百年间,相望屹咫尺。
宁知笙歌地,一旦灰烬迹。人事定谁讹,毋乃数当革。
以彼而易此,仓卒有良策。丁丁斤旧材,介介绳新画。
美哉轮奂焉,不负肯堂责。父基贻厥子,子构孙更辟。
笙歌且置之,诗礼日探索。轨涂驰霜蹄,霄衢展云翮。
放我方寸宽,笑彼宇宙窄。益亹澶渊功,永寿元祐脉。
力穑乃有秋,先难而后获。

顾　逢(？—？)

鳌山下灯市即事

元夕牌灯大字题,高悬彩架果然奇。鳌山山下人来往,只听笙歌不看诗。

郭　震(？—？)

闻蛩

愁杀离家未达人,一声声到枕前闻。苦吟莫入朱门里,满耳笙歌不听君。

郭仲荀(？—1145)

奉和宫使内翰佳什

老来乞得奉祠宫,退食何妨不自公。任使世情分冷暖,无劳品秩论穹崇。

功名至此休看镜,战伐于今喜挂弓。梨枣具陈呼稚子,笙歌闲作乐衰翁。
芳菲莫负三春赏,聚散难逢一笑同。小圃栽培粗伦理,频须把酒媵东风。

韩 淲(1159—1224)

临安县观钱氏庙(其二)

衣锦军前上冢时,当年意气慑吴儿。中原休问今何主,随分笙歌燕乐嬉。

十五日晴窗

绛霄谁复记宣和,灯市钱塘未觉多。香动软红迷锦绣,醉扶娇翠入笙歌。
南来渐向百年久,北望其如前日何。门外儿童正呼笑,小窗晴色且吟哦。

送施知院洪帅

便好槐庭听报麻,少迟江右建高牙。使华仕路应争羡,昼绣乡闾合共夸。
别院笙歌开祖席,满城桃李正飞花。不知谁下陈蕃榻,且看儿童竹马遮。

韩 琦(1008—1075)

代郡园见答

昼锦轻抛又几年,纵逢春色亦依然。争知台榭笙歌外,尽是猿惊鹤怨天。

惜 花

看花关有分,分薄亦蹉跎。蜂蝶争无限,笙歌得几何。
利名长自役,风雨不须多。趁取红香在,高吟卷醉螺。

昼锦堂赏新牡丹

欲集珍丛称此堂,春来栽槛首花王。连砧不动开犹少,对酒多情格自强。
白昼已凌乡锦色,清阴宜接讼棠芳。娱宾一奉笙歌赏,从此香名岁月长。

寄题滑州梅龙图西溪园

陪京高选得名卿,勤葺公园匪自宁。政举辅藩无一事,意尊王室有三亭。
看花篇什烦官课,对酒笙歌易讼铃。他日吏民铭惠爱,定随碑刻载图经。

驾幸金明池

西池风景出尘寰,春豫方乘禁坐闲。庶俗一令趋寿域,从官齐许宴蓬山。
楼台金碧芳菲心,舟楫笙歌浩渺间。与众尽欢宫漏促,万花香里属车还。

次韵再答

天和人意共昏昏,飘掷繁霎助客樽。正会笙歌开醉目,忽惊珠玉得嘉言。
已凌衰鬓争霜采,更拂妖颜上粉痕。东阁有贤才调雅,愧无优礼绍公孙。

次韵和宋适推官压沙惠诗

天知人意喜春娱,故作轻云卷复舒。风撼花飞铺宴席,雨平沙稳助流车。
蛾罾嫩叶初眠柳,马茁柔椿未荐蔬。何必笙歌喧坐上,且延欢伯侍香裾。

壬子寒食会压沙寺二首(其二)

一春光景速奔车,且趁良辰会压沙。藏火未须传蜡烛,感时空自把梨花。
笙歌不作芳菲主,风雅终成冷淡家。归路复疑霄汉上,御波舟稳衬云霞。

癸丑灯夕

争放红蕖燎紫沈,胜游谁肯惜千金。人和更有笙歌助,酒美应无巷陌深。
化国光阴方甚永,洞天风物不难寻。如何可致吾民乐,长似熙熙此夜心。

再题康乐园

旧拓名园壮邺中,本思行乐与民同。闾阎已惯春游盛,花木谁矜半植功。
爱客笙歌虽不定,称时风月且无穷。三来纵赏人休讶,白发苍颜坐醉翁。

安 正 堂

公居胡葺为,非事土木盛。湫陋必气郁,爽垲则神莹。
全魏今别都,地总北道胜。辎传既旁午,牒诉亦纷竞。
惟日过目前,岂暇图休静。因仍府舍间,敝坏殊不称。
兹余忝帅守,上责赋荒政。无术济饥流,感速赖仁圣。
连书大有年,愁戚变讴咏。渐舒绥集劳,犹治淹痼病。
颐生择所宜,宴息务清迥。乘闲新此堂,庶用安吾正。
汝正果何如,自得本天性。进特仗孤忠,退免全刚劲。
内确信吾守,外一归诸命。安然而处思,吾宇甚泰定。
诗酒延嘉宾,二战或酣酱。笙歌乐良辰,高郢下淫郑。
射圃夹群芳,角妙资豪兴。所适敢专享,意实在遐夐。
继来皆巨公,同调决相应。从容坐镇余,浩气端而挺。

将宁道德渊,谅悉欣流泳。知不废吾堂,是可以前庆。

落　　叶

人观落叶悲,我视落叶喜。请看四序速,次第若屈指。
风霜一瞬过,望春时有几。荣固悴之端,衰亦盛之始。
须知众木疏,便是群芳启。举此较人事,盖不异物理。
否泰与消长,反复殊未已。酿酒整笙歌,坐待新萌起。

韩　　维(1017—1098)

子华兄生日五首(其二)

池面和风丽稍开,翠条芳甲满春台。笙歌竞奏长生曲,兄弟华颠对举杯。

庵中睡起五颂寄海印长老(其三)

剡竹纫丝杂短长,谁教曲折号宫商。自从眠处知消息,终日笙歌是道场。

送刘景元观察守襄阳

荆州太守驾朱輣,宝笔题诗出御前。应厌笙歌消暇日,欲将才业效当年。
千章翠木云间寺,百丈清江雪后船。看取古来良吏迹,苍碑突兀岘山巅。

和伯寿秘监

曾陪道论接清欢,屈指于今四十年。不用笙歌娱上客,直将风月待高眠。
黄花一醉犹能否,白首相逢是偶然。便欲投冠结闲伴,家山况与碧嵩连。

对雪送花走笔况之

春阴黯黯压城低,乱扑帘帷细点衣。梅蕊更寒犹竞发,杨花未暖忽先飞。
便思樽酒陪公议,敢望笙歌近使威。绝景坐嗟清燕隔,一篮朱白慰旋归。

范公新池

忘机人似汉川阴,取友从来亦断金。华屋万楹开里第,清池十顷是家林。
笙歌喧甚犹能默,鲦鲌飞余不废吟。便欲与君从此适,藕花风外一披襟。

自　　欢

逢春何事有咨嗟,短发昏瞳对好花。欢□到来惟止暂,酒分加处更论些。
一箪□□惭颜氏,百指笙歌类白家。送老忘形乐吾分,为谋岂不是良邪。

洪刍(?—?)

宴城上亭呈阅道

山围水绕思悠哉,暂向登临胜处来。密坐已沾神女雨,归轩更借阿香雷。
笙歌入耳眉还舞,乡县牵情首重回。敏捷随时岂无兴,君贤扬子我惭枚。

洪咨夔(1176—1236)

应提刑招饮北山

万绿梢头眼,双江合处城。山如人有立,水与市俱横。
啼鸟春风暖,飞花晚照明。笙歌推使去,缓屦当车行。

暮春即事

温明好天气,猛忆湖山邀。平堤到处柳,流水谁家桃。
樽罍选胜槛,笙歌唤轻舠。百需不移具,一醉何庸逃。
膜鼓着日紧,纸鸢得风高。买归不论价,矜诩相为豪。
迅晷略两眼,柔飔摇三毛。闹里梦已破,闲边趣方牢。
摘桑暮西崦,浸谷朝东皋。病来饭即药,客至茶当醪。
云烟面目稔,笋蕨气势麕。腰顽渠称鹤,脚硬难为鳌。
吾非东山谢,亦非华阳陶。泊乎潜溪潜,万事随所遭。

胡斗南(?—?)

题汪水云诗卷(其一〇)

螺子江头酒一壶,疡花香处赋归欤。西湖他日笙歌里,还忆山中人姓胡。

胡铨(1102—1180)

辞朝

不踏金堤新筑沙,却寻寂寞紫云家。一春弦管花间鸟,半夜笙歌水底蛙。
荣悴安时犹竹柏,行藏有待岂匏瓜。独醒正渴杯中物,薄薄茅柴亦胜茶。

胡致隆(?—?)

登铁瓮城

雉堞巍然岁月长,古今知阅几兴亡。吴王殿里笙歌罢,炀帝城边草木荒。

万里烟霞归洞急,一川风月渡江忙。

胡仲弓(？—？)

辛 丑 上 元
官府张灯试太平,斯民从此不聊生。使君只听笙歌沸,不听间阎愁叹声。

溪 亭 夜 吟
系缆堤边江水平,风来细细袭衣轻。淡烟几抹沙痕暗,新月一钩天际明。
锦绣围中搜野趣,笙歌丛里和吟声。酒阑不尽迟留意,后约须寻李杜盟。

华　镇(1051—？)

和光道元日书事二首(其一)
芜城池苑尽荒残,春到长思竞秀山。谷口风和莺已出,天南日转雁初还。
千家帘幕峰峦上,百里笙歌水竹间。记得当年行乐事,韶光不放片时闲。

黄　裳(1043—1129)

长乐宴遣贡士
贤能书扣九天门,安用区区更问津。周室笙歌声调古,孔庭诗礼指归新。
吟窥清璧还为侣,笑谢寒斋已作宾。烝我时髦尤利市,使君元是夺标人。

黄　庚(？—？)

西 湖 行 春
画船无复沸笙歌,湖水年年自碧波。回首苏公堤上柳,绿阴不似旧时多。

黄公绍(？—？)

竞渡棹歌(其三)
看龙舟,看龙舟,两堤未斗水悠悠。一片笙歌催闹晚,忽然鼓棹起中流。

黄叔达(？—1100)

次韵答清江主簿赵彦成
日转溪山几百遭,厌闻虎啸与猿号。笙歌忽把二天酒,风雨犹惊三峡涛。
已作齐民寻要术,安能痛饮读离骚。看君自是青田质,清唳犹堪彻九皋。

家氏客(？—？)

句

笙歌陪酒圣。

姜特立(1125—1203)

元宵小饮游人填塞殊可厌

一灯何似千灯,千灯争如一月。虽云屋下荧煌,不若空中皎洁。
笙歌万井喧哗,车马九衢填咽。老子静对婵娟,自是一般奇绝。
混沌灯意略同,矫俗救奢良诀。

孔平仲(1044—1102)

青 州 席 上

笙歌相引入东园,二月青州花正繁。银幕四围香兽暖,绣茵十幅舞靴翻。
游人见此心应乐,野客颓然思已烦。向晚凭栏得潇洒,狂风吹雨出云门。

孔武仲(1041—1097)

景灵宫奉安神考御容

先帝遗弓剑,威灵在九州。方悲风驭远,已见月衣游。
别殿笙歌动,中天彩翠浮。觚棱参魏阙,气象拟蓬丘。
羽卫生幢盖,都人识冕旒。吾君孝心远,文考百无忧。

寇 准(962—1023)

惜 花

深谢暖风传馥郁,长忧夜雨暗摧残。黄昏欲放笙歌散,更绕朱栏子细看。

李 昉(925—996)

老病相攻偶成长句寄秘阁侍郎

衰病增加我斗谙,头风目眩一般般。纵逢杯酒都无味,任听笙歌亦寡欢。
朝退便思亲枕簟,客来多倦著衣冠。行行渐近悬车岁,转恐君恩报答难。

李 纲(1083—1140)

留题双溪阁书呈南剑守谢少卿

华构何年玉斧修,规摹宏丽属贤侯。治成不废登临乐,望远宜穷水石幽。
千里烟云瞻北阙,四时风景冠南州。山如蟠踞成龙虎,剑有雌雄射斗牛。
天倚笔峰排玉笋,仙留篆石浸银钩。二川俯瞰丁为字,万室傍连鳞结楼。
樽俎幸容陪胜赏,笙歌更觉助清游。朝云暮雨滕王阁,明月清风白鹭洲。
梦草惠连留句法,游山安石继风流。尚能执笔从公赋,却恨归鞍不可留。

李 龏(1194—?)

梅花集句(其八七)

淡烟疏雨又青山,月映横枝古磵寒。十日笙歌一宵梦,无人起就月中看。

梅花集句(其八八)

疏疏枝上发阳和,月冷高台影在波。留客看花赋诗坐,不须此地有笙歌。

梅花集句(其一〇五)

策杖窥园日数巡,无端寒雨损精神。青裳素面天应惜,不着笙歌不肯春。

李 觏(1009—1059)

书麻姑庙

流欲好仙方学道,至人乐道自成仙。飞升若也由贪欲,紫府还应用诈权。
尘里笙歌千古梦,洞中星斗几家天。无心便是归真日,姹女河车总谩传。

宜春台

谪官谁住小蓬莱,唯有宜春有古台。千里待看毫末去,万家攒作画图来。
云中罗绮香风落,月底笙歌醉梦回。莫怪江山苦相助,骚人没后得真才。

李 光(1078—1159)

五月八日雨大作闻守倅游湖以前日白莲见寄戏成小诗谢之

守倅风流好事同,笙歌都在雨声中。似知坐上多狂客,不许佳人酒面红。

题藏春轩

何必金丹访洞宾,壶中日月自长春。直疑帘幕遮藏得,未怕莺花漏泄频。

摩诘神通移不去,桃园风景画难真。尊罍剩把笙歌拥,沉醉何妨垫角巾。

李景文(?—?)

病后感兴寄车玉峰先生二首(其一)

北风何飕飕,木叶下未已。闭门读古书,世念书中起。
酒馔倾南邻,笙歌喧北里。欢娱极寒夜,不知漏下几。
忽闻南来雁,起坐频抚几。树萱未有期,食芹空叹美。

李流谦(1123—1176)

青 楼 行

踏空骄马蹄铁蹹,万里一鞭惊灭没。青楼美人颜如花,笑揭珠帘邀客入。
小槽珠溜红滴滴,左持琼觞右瑶瑟。得君一笑妾愿足,不用真珠量斗斛。
歌声未阕杯未掷,城上归鸦带寒日。苍头进马莫留连,别院笙歌拥门立。

李弥逊(1089—1153)

春夜信笔书

枝上红残遍地香,沈郎瘦骨叹更长。东邻唤客笙歌闹,琥珀杯空夜未央。

李 蟠(?—?)

辰 光 门

北林苍翠拱岩闉,中起红楼迥照人。四面山河千古在,百年城市一朝新。
夜深灯火明沙路,秋冷笙歌拥画轮。莫讶使君频宴乐,欲令盍郡物皆春。

李若水(1093—1127)

御笔免房钱一旬

风摇庭树云拍天,雪花乱抛如翦绵。举头三日不见日,屋檐已欹街已填。
富儿围炉笑浮颊,坐绕笙歌飞酒船。儒生屈膝冻欲死,犹呵秃笔书长笺。
诗成吟哦不知了,儿饥索饭厨无烟。太平君子万民父,身居天上心民边。
重怀长安桂玉费,急飞宸翰蠲屋钱。门前卖报走如水,家家顶祝神霄仙。
小人犹有负暄见,轻繇薄税今当先。楚人得弓未为大,愿将此施均八埏。

李　氏(?—?)

西　湖

舞凤翔龙拱帝城,秀涵积水驻川灵。青山楼观排云出,画舫笙歌隔柳听。
撩乱花光浮绮陌,参差马影绕旗亭。振衣直上南峰顶,谁似盘溪却独醒。

李之仪(1048—1127)

濮道甫挽词二首(其二)

倜傥胸襟孰可俦,生平行乐自优游。坐忘更漏棋盈局,醉彻笙歌月满楼。
千顷田园常富足,几朝冠盖旧交游。佳城今日悲埋玉,亘古传名信不休。

苏子瞻因胶西赵明叔赋薄薄酒杜孝锡晁尧民黄鲁直从而有作孝锡复以属予意则同也聊以广之(其二)

莫厌薄酒薄,莫恶丑妇丑。君不见王寻百万驱虎豹,千兵扫荡同拉朽。
又不见高堂笙歌午夜饮,明日哭声喧正寝。莫厌薄酒薄,到头一醉亦足乐。
莫恶丑妇丑,携子弄孙同白首。高飞远走固亦乐,莫救眼前忘时后。

李　至(947—1001)

所苦之中无以遣闷更题新竹别献五章幸赐披览(其五)

疏丛宜少不宜多,多后盘根不奈何。出槛新枝胃冠冕,上阶狂笋碍笙歌。
傍翘野鹤人难画,对酌樽醪日易过。若更引泉兼雅称,门前咫尺是长波。

仆射相公思缛春荣词含古雅忽成绝唱以导高情仍率短才俾次前韵安敢藏拙聊奉谕言

行穿花竹户庭幽,只下堂阶便且游。红蕊向人含艳态,黄莺代客说春愁。
绕床文史堪怡悦,满席笙歌好献酬。未必此时闲适趣,不如前日凤池头。

奉和牡丹盛开之什

主人多思惜芬度,醉绕吟攀自是常。烂欲烧丛浑是焰,秾来薰物甚于香。
妒偎罗绮迷春眼,狂聒笙歌费酒肠。久病劳公误相问,不同前作粉闱郎。

连文凤(1240—?)

湖上行春

踏破六桥杨柳烟,乡心迢递怯啼鹃。好花岁岁仍相似,白发星星不再玄。
囊里有金堪一醉,瓢中无药可千年。游人不管兴亡事,但把笙歌闹彩船。

林景熙(1242—1310)

西　　湖

繁华已如梦,登览忽成尘。风物瞋西子,笙歌醉北人。
断猿三竺晓,残柳六桥春。太一今谁问,斜阳自水滨。

林宗放(?—?)

北楼次韵

浮空紫翠扑层台,谢守吟窗一夜开。云影四垂高卷□,□痕浑落浅胶杯。
红莲绿水嘉簪盍,白鸟孤云八句来。缓□笙歌下楼去,凉州重听彻崔嵬。

刘　攽(1023—1089)

许州寒食

灌婴台畔路憧憧,寒食追游喜退公。堤柳媚烟行细绿,野桥横水阵残红。
秋千冷扬梨花雨,蹴踘高腾燕子风。几处笙歌几家哭,却愁回马夕阳中。

刘　敞(1019—1068)

淮西延平以诗见寄因书陕城即事用酬来唱

陕郊古云重,雄胜地所该。群山左右顾,大河西北来。
府署凭中高,一日万景开。是时八九月,秋色清池台。
樽酒雨余酌,笙歌云际回。追欢缅前会,真乐非昔陪。
宾客虽日过,礼俗多嫌猜。于焉备厨传,安得忘形骸。
神交与心赏,怀旧何悠哉。

刘克庄(1187—1269)

和居厚弟一首

处处笙歌杂诵谣,盍簪一笑共今宵。宛然上齿尊三老,非若班廷序百僚。

乡饮讵宜先仗出,虞人不必以弓招。明时各适鸢鱼性,在野尤和似在朝。

刘 跂(1053—?)

送赵侯思恭

西城冠盖日初暾,南浦笙歌夜向晨。何许烟波千顷隔,尔来霜月一钩新。名花只许平泉有,开宴谁如北海频。我亦尊前旧时客,独将衰白卧漳滨。

刘 弇(1048—1102)

次韵谭令尹茅庵十咏(其七)

暂为陶令结,仍慊孝先眠。不学笙歌地,长年俗耳煎。

刘 宰(1166—1239)

和赵龙图鹿鸣宴韵二首(其二)

预宴当年记凤兴,笙歌堂上正和鸣。别来几送龙门客,去后空题雁塔名。麋鹿群中便野性,鹓鸠飞处笑云程。羞肴也到茅檐下,磊块堆盘里社荣。

和 柴 监

之子通才不受拘,妙年文史足三余。司征关市方共二,宴启华堂正乐胥。锦帐笙歌香雾绕,禅房风月夜窗虚。后生取舍能如此,问信宁非远器欤。

刘子翚(1101—1147)

次韵卢赞元喜雪

六花初逐晓风繁,五袴那忧岁晚寒。杖屦客迷村径远,笙歌人在小楼看。也知近郭梅将动,只恐行春路未干。授简梁园休惜醉,银台列烛妓围宽。

吕丞相挽诗二首(其二)

慎□重调鼎,宣威屡干方。夷吾欣在晋,尚父果兴唐。剑佩凌烟阁,笙歌逸老堂。犹闻病乘驲,遗恨隔清光。

卢 奎(?—?)

晓望(其二)

郡枕寒江卧虎形,池饶千里势宽平。曾劳秦楚雄吞并,几误孙刘力战争。尚忆笙歌游绿野,岂期牛马牧芜城。夕阳杖策闲登赏,怀古观今一怆情。

陆　佃（1042—1102）

送许遵少卿知润州

丹阳太守旧名卿，骑竹儿童夹道迎。醉尹笙歌甘酒病，谪仙风月苦诗情。
江湖天气农桑早，水竹人家枕簟清。白首爱君心未已，梦魂犹绕凤凰城。

用田倅韵答孙勉教授二首（其一）

浅红深紫旋教移，直待开无空阙时。花十八中看蹋鞠，玉东西外听扬卮。
笙歌船舫天围合，灯火楼台月上迟。顾我若非乡曲远，定应长占此州知。

和朱升朝奉

湖上寻常日一临，年华无用苦相侵。梦随蝴蝶悠悠觉，日待蟾蜍款款沈。
醉里笙歌传盏疾，壶中天地著花深。回瞻象阙恩难报，愿尽平生一寸心。

陆　游（1125—1210）

乡人或病予诗多道蜀中遨乐之盛适春日游镜湖共请赋山阴风物遂即杯酒间作四绝句却当持以夸西州故人也（其二）

舫子窗扉面面开，金壶桃杏间尊罍。东风忽送笙歌近，一片楼台泛水来。

绍兴癸亥余以进士来临安年十九明年上元从舅光州通守唐公仲俊招观灯后六十年嘉泰壬戌被命起造朝明年癸亥复见灯夕游人之盛感叹有作

随计当时入帝城，笙歌灯火夜连明。宁知六十余年后，老眼重来看太平。

雪　后

雪消已断虚檐溜，日暖初催百草生。射的山前春水绿，笙歌又满会稽城。

过夷陵适值祈雪与叶使君清饮谈括苍旧游既行舟中雪作戏成长句奉寄

巴楚夷陵酒最醇，使君风味更清真。少年恨不从豪饮，薄宦那知托近邻。
本拟笙歌娱病客，却催雨雪恼行人。朝来冻手题诗寄，莫笑欹斜字不匀。

江渎池醉归马上作

久住西州似宿缘,笙歌丛里著华颠。每嗟相见多生客,却忆初来尚少年。
迎马绿杨争拂帽,满街丹荔不论钱。浮生何处非羁旅,休问东吴万里船。

芳华楼夜宴

射虎将军老不侯,尚能豪纵醉江楼。笙歌杂沓娱清夜,风露高寒接素秋。
少日壮心轻玉塞,暮年幽梦堕沧洲。人间清绝沅湘路,常笑灵均作许愁。

忆山南二首(其一)

貂裘宝马梁州日,盘槊横戈一世雄。怒虎吼山争雪刃,惊鸿出塞避雕弓。
朝陪策画青油里,暮醉笙歌锦幄中。老去据鞍犹矍铄,君王何日奏肤功。

题接待院壁

笙歌凄咽离亭晚,回首高城半掩门。叠叠远山横翠霭,娟娟新月耿黄昏。
未嫌双橹妨欹枕,自是孤舟易断魂。遥想柯桥落帆处,隔江微火认渔村。

冬　　晴

岁暮常年雪正豪,今年暄暖减绨袍。春回山圃梅争发,睡足茆檐日已高。
仓庾家家储旧谷,笙歌店店卖新醪。太平气象方如许,寄语残胡早遁逃。

春　　游

镜湖春游甲吴越,莺花如海城南陌。十里笙歌声不绝,不待清明寒食节。
青丝玉瓶挈新酿,细柳穿鱼初出浪。花外金羁络雪驹,桥边翠幕围螭舫。
怕雨愁阴人未知,时时微雨却相宜。养花天色君须记,正在轻云嫩霭时。

吕南公(1047—1086)

己未上元宿崇相山寺

七十年华已半除,新春犹复感穷途。肠便酒味虽如旧,眼对花枝只似无。
计画但求闲次第,文章知是枉功夫。满城灯火笙歌沸,独访东山宿佛图。

吕　陶(1028—1104)

北　　园

可爱北园景,春来游者多。欲知民乐否,处处是笙歌。

和八日登高

八日登高九日同,拒霜宁有两般红。流阴渐老三秋后,嘉客相欢一醉中。
尘里仙官应混俗,坐间谈麈自生风。龙山故事今辰会,虽欠笙歌不是空。

吕希纯(？—？)

玉 泉 庵

瀑布岩东转画旗,拂云穿石上霏微。抱溪修竹通千个,夹道乔松过十围。
檐外一潭泓翠碧,窗间万斛溅珠玑。使君不用笙歌拥,漱玉声中岸帻归。

罗志仁(？—？)

题汪水云诗卷(其五)

绿幕红帘没柁船,船头日日扑花钱。笙歌水面盈盈去,过眼笙歌正可怜。

米 芾(1051—1107)

明月歌二首(其二)

姮娥窃药为飞仙,夜食丹霞凌紫烟。擘开银碧排翠钿,信手拂掠新妆妍。
蛾眉点出争婵娟,皎然娇额临风前。佳人再拜心拳拳,多生端有好姻缘。
掀云直指乌号悬,下射万顷杨花毡。南飞惊鹊殊可怜,北堂人冷空无眠。
彩霞欲挈舞衣揎,水精梳插笼鬓蝉。方诸滴沥生流泉,老蚌呼吸凝芳鲜。
谁家破镜飞上天,满林玉玦相勾连。多情应照载花船,无穷解趁寻春鞭。
蒉荚自与桂华偏,驹隙谁争白兔先。斯须几望抟清圆,白毫宛转吞大千。
纤埃不隔知无边,蕊宫可掬疑深穿。琼华随步翻绣筵,琉璃倒海倾长川。
买来曾不用一钱,笙歌醉赏须年年。

牟 巘(1227—1311)

送娄伯高游吴

桃花水暖清明前,长堤柳色青如烟。男儿年少重意气,春风买醉吴江船。
西湖三月春更好,笙歌锦绣神仙鸟。紫燕楼深翠黛间,碧罗天净杨花老。
兴亡往事置勿论,千金不惜酬歌尊。酒酣莫作后庭曲,游人思断江南魂。
去去知君访陈迹,吴山吴水青历历。花残钿碎馆娃空,春草年年为谁碧。
君行正乐我为愁,白发送君思旧游。平生漫浪无似我,努力功名须黑头。

慕容彦逢(1067—1117)

试灯日侍亲游戒珠寺

雪花新霁玉云闲,庆侍来游古蕺山。税驾且需明月上,捧觞徐戏彩衣还。楼台灯火青冥外,市井笙歌缥缈间。膝下欢娱谁与共,棣华相对醉酡颜。

穆 脩(979—1032)

城南五题·独游

水曲临幽独杖藜,郓筒香入乱花携。轻肥不得寻春意,动要笙歌逐马蹄。

聂致孙(？—？)

登碧落堂

渺渺桑田注白波,幽幽花洞忆真多。丹成已在风烟上,鹤返其如城郭何。月下清池明老剑,云凝碧落听笙歌。五陵王气龙沙近,傥乞飞霞侍玉珂。

欧阳修(1007—1072)

昆丘台

访古高台半已倾,春郊谁从彩旗行。喜闻车马人同乐,惯听笙歌鸟不惊。

戏答仲仪口号

弊居回看如蛙穴,华宇来栖若燕身。敢望笙歌行乐事,只忧无米过来春。

和刘原甫平山堂见寄

督府繁华久已阑,至今形胜可跻攀。山横天地苍茫外,花发池台草莽间。万井笙歌遗俗在,一樽风月属君闲。遥知为我留真赏,恨不相随暂解颜。

潘 阆(？—1009)

维扬秋日牡丹因寄六合县尉郭承范

绕栏忽见思傍徨,造化功深莫可量。秋艳算无三月盛,残红更向九秋芳。万家珠翠还争赏,一郡笙歌又是狂。惆怅东篱下黄菊,有谁来折泛瑶觞。

裴大亮(?—?)

题西岩寺三绝(其二)

几领笙歌来赏胜,为怜山水每忘归。洞中时与林僧语,不信红尘有是非。

强　至(1022—1076)

依韵奉和司徒侍中辛亥七夕末伏

七夕三庚共此辰,风迎西火转南薰。金盘瓜果随时俗,玉盏笙歌劝相君。
月下巧心空自竞,天边私语复谁闻。早归肯效东方朔,待看星桥夜度云。

依韵奉和司徒侍中壬子中秋对月

莫畏流光催白头,且欣圆魄半清秋。当时初作今宵会,每岁还同故事修。
飞盖漫游亏燕喜,胡床独坐减风流。何如锦席笙歌拥,醉看银盘射玉楼。

仇　远(1247—?)

和西仲秋日闻莺诗

不待风霜剪碧林,柳阴忽见一梭金。似传西帝宸游信,空惹东窗梦觉心。
暂辍笙歌聊试听,既无桃杏莫须吟。旧交燕子归何处,好倩宾鸿为嗣音。

裴万顷(?—1219)

次余仲庸松风阁韵十九首(其一二)

平池春去水溶溶,人在笙歌一部中。柳叶翻风罗带绿,荷花著雨锦衣红。

饶　节(1065—1129)

王信玉生日

簪笏谁非嗣,才能恐未难。传家推有守,树德莫如宽。
贱子敢为佞,明公信可观。四维开雉堞,千顷涨波澜。
逮下亡圭角,逢人倒肺肝。月评终许劭,爱客自袁安。
不伪心常逸,忘机体更胖。所临惟简易,有道息凋残。
使节轺车稳,兵符玉具干。百城同镳静,万井益歌欢。
退食公无事,挥毫妙可刊。笙歌珠履醉,风月并梧寒。

诸子仍闻道,群雏半著冠。居然谢纨绮,沃若秀芝兰。
表里初无憾,行藏晚竟完。向来三径志,欲了五车看。
异日人争诵,来征印已刓。恐须烦柱石,从此接鸳鸾。
直道惟天相,亨衢岂自干。祝公千岁寿,终始立朝端。

沈　括(1031—1095)

延州柳湖(其一)

萧洒征西府,青林隐万家。楼高先见月,山近不藏花。
雨急喧流水,溪深噪乱鸦。笙歌乘酒兴,可复问天涯。

盛　烈(？—？)

春　兴

泾云全放两峰青,湾柳丝金照眼明。短棹又随鸥鹭去,笙歌少处结春盟。

石　懋(？—？)

郡　守

政成郛郭春千里,公退笙歌月一楼。犬吠花阴无旧警,麦翻云穗有新畴。

石延年(994—1041)

句(其六)

天醉笙歌外,风香罗绮余。

史　浩(1106—1194)

代人纳婿亲会致语口号

人物宣城妙九州,乘龙果是属清流。相逢解赋澄江练,上胜都归叠嶂楼。
画戟林中银漏迥,香梅影底玉杯浮。洞房咫尺笙歌沸,谁道华胥只梦游。

复诸亲庆会致语口号

潭府今朝雅宴开,郁纷佳气霭蓬莱。笙歌丛里环珠履,衮绣光中荐玉杯。
已喜群仙来阆苑,更须三熟见瑶台。料应太史占乾象,星斗森罗拥上台。

史弥坚(？—1232)

宴黄状元大任

月色花光正可人,笙歌会处喜津津。跨鳌海上文章客,揽辔天隅礼乐臣。
丹碧屏间三月暮,玻璃杯里一团春。暂听紫燕黄鹂语,更捧红云侍玉宸。

释宝印(1109—1191)

偈颂十五首(其六)

来也宫殿随身,去也笙歌满路。侍者白头如新,赵州倾盖如故。

释道宁(1053—1113)

偈六十三首(其三二)

经入藏,禅归海。未足衲僧亲道底,拂袖前行归去来,击碎重关门大启。
长安夜夜家家月,几处笙歌几处愁。

释德洪(1071—1128)

寄题彭思禹水明楼

议郎诗眼发天藏,咄嗟办楼临汝水。遥知残夜笙歌散,月出东南人独倚。
纤云灭尽光下彻,微波不兴天著底。忽惊白昼在轩窗,试数游鱼见鳞尾。
平生肮脏笑伊优,官冷对人言少味。但余清境得厌饫,天应用此相偿耳。
我当兴发竟相觅,一棹西风健行李。登临尚能为君赋,要使江山增胜气。

陈奉议生辰

华国生贤俊,江山孕秀灵。鸭头淦水绿,螺髻玉筒青。
敏捷收科第,奇豪见典刑。笑谈回暖律,诗句挟风霆。
官偶求彭泽,才宜在汉庭。麒麟横逆气,鸳鹭敛修翎。
民讼多闲日,棠阴自满亭。浪传书课奏,须看鼎彝铭。
仲夏逢佳节,非烟聚杳冥。数蓂馀一叶,推道间千龄。
阡陌登丰后,笙歌烂漫听。绮筵环妙丽,寿斝捧娉婷。
欢洽连更烛,情高促画屏。九衢花照夜,万井月开扃。
风飑银河动,天惊玉露零。三台星密处,旁有老人星。

释慧远(1103—1176)

颂古四十五首(其一八)

率陀天上翻筋斗,鄠毕罗都汨碖眠。醉后归来明月夜,笙歌引入画堂前。

释景元(1094—1146)

颂古四首(其三)

阿家新妇最相怜,新妇骑驴家便牵。几度醉归明月夜,笙歌引入画堂前。

释克勤(1063—1135)

偈三首(其一)

金鸭香销锦绣帏,笙歌丛里醉扶归。少年一段风流事,只许佳人独自知。

释如哲(?—1160)

偈

瑞岩长唤主人公,突出须弥最上峰。大地掀翻无觅处,笙歌一曲画楼中。

释绍昙(?—1297)

偈颂一百零二首(其四三)

红锦缠头舞醉身,笙歌声沸凤楼春。百花丛里扶归去,谁道儿郎彻骨贫。

偈颂一百一十七首(其五四)

上林春色正繁华,公子联镳去赏花。贪弄玉杯泥样醉,笙歌丛里簇归家。

颂古五十五首(其三八)

幼小勤书懒出门,春风花柳自村村。芳心不被笙歌引,时把唐虞子细论。

偈颂一百零四首(其八二)

道教灰飞,佛灯花灿。大地欢惊,笙歌赏玩。
拄杖子,按下云头,得失是非,浑然不管。
一点光明耀十虚,古今阅几平人眼。因甚如此,司空见惯。

释守仁(？—？)

颂古五首(其五)

凉宵爱月上危楼,儿处笙歌儿处愁。歌管未阑愁未歇,忽然天晓一时休。

释斯植(？—？)

湖上晚望

绕堤杨柳暗渔舟,二月风光淡似秋。几度笙歌人散后,夕阳依旧满红楼。

登 吴 山

嵯峨宫树霭晴空,吴越迢迢一望中。几处笙歌人远近,万重花柳路西东。
风生帘幕春云碧,水绕楼台海日红。沙鸟自飞还自宿,百年无计与谁同。

释惟一(1202—1281)

偈颂一百三十六首(其四)

和暖上元天气,是处笙歌动地。瑞岩无可设施,随分放灯一二。

偈颂一百三十六首(其一六)

罗绮丛中,笙歌社里。灯明如来,放光现瑞。

偈颂一百三十六首(其九一)

仰山上元令节,笙歌且靠一壁。雪晴山色揉蓝,冻解溪流濑石。
满眼看不尽,满耳听不彻。诸人若向这里知归,不须更授然灯记别。

释行海(1224—？)

行 京

锦绣杭州几万家,野人犹恋旧京华。旧京三百春风巷,一巷笙歌一巷花。

无 题

笙歌日日醉春风,帘卷画堂花影中。不是凤凰飞不到,更无一树是梧桐。

赵氏废园

笙歌无复醉南楼,燕雀凄凉草木秋。记得小时来扑蝶,几枝摘尽好花头。

湖上感春

西湖二月好笙歌,游女游郎半插花。忽对春风怀故国,不知新燕入谁家。

释印肃(1115—1169)

偈颂三十首(其一七)

失却本来面目,个个日南长至。先祖时节苦临,处处笙歌乐醉。
也参禅,亦详义,也贫穷,亦富贵。蒙头塞耳有谁知,大地茫茫没巴鼻。
智悲同运,野店横溪。头头物物,实理希奇。
悟本谁悟,迷是谁迷。家家观世音,户户礼牟尼。
亨老总不知,都料斫木底。不因这三门,如何在这里。
老师本无节,世间如梦寐。我今梦中说,说者觉如义。
若有未觉者,好盖令饱睡。等待睡惺时,自己难回避。
恐彼少盐醋,米面并豆豉。我击木童儿,汝定知来意。
每人与一饱,大家要了利。冬日莫更歇,腊尽相将至。
如人各上山,努力争先势。时节莫瞒心,早归欢喜地。
坚个弥勒楼,露出真慈氏。了知生死即涅槃,自性如空包天地。
试问空空空不知,不知知处法不二。

释永颐(?—?)

废　宫

渺渺笙歌散石筵,霓旌吹断网蛛悬。经年不锁青鸾殿,野鹤飞来玉几前。

西湖日暮

渺渺春湖夕霭浮,落花飞燕打兰舟。游人半入烟城去,月照笙歌上水楼。

释元肇(1189—?)

秀　野　园

洛阳园囿久荒烟,秀野佳名向此传。云外移山高出屋,门前远水静兼天。
四时争发花无数,五亩中分竹半边。不用笙歌与银烛,夜深渔唱月娟娟。

释智朋(？—？)

偈颂一百六十九首(其二六)

节届元宵气象新,笙歌竞奏汉宫春。满城灯火暄和气,车马往来人看人。

释智愚(1185—1269)

偈颂二十一首(其一八)

老不禁寒,山边水边曝日。春归阆苑,长底短底从新。
笙歌丛里贺年朝,锦绣筵中开寿域。衲僧门下别有条章,每日蒙头打坐。
不知岁月易迁,直饶捋著不来,谁展钵盂吃饭。

舒邦佐(1137—1214)

晚　　步

晚来颇忆林塘幽,又挂乌藤款款游。细雨斜风三日后,落花啼鸟半春休。
不知何处数声笛,唤起幽人一点愁。赖有青蛙知客恨,笙歌一部起池头。

舒　亶(1041—1103)

秋宴十洲阁

绿玉手持寻五岳,正应未识海边洲。倚栏花木参差见,对岸笙歌次第游。
烟雾多疑九峰晓,波平全胜六鳌浮。仙风坐隔红尘路,消得丹青诧此州。

司马光(1019—1086)

闻正叔与客过赵园欢饮戏成小诗

吾庐寂寞类荒村,但有林间鸟雀喧。不似楚家多乐事,笙歌拾得醉邻园。

寄题钱君倚明州重修众乐亭

横桥通废岛,华宇出荒榛。风日逢知己,湖山得主人。
使君如独乐,众庶必深颦。何以知家给,笙歌满水滨。

宋　白(936—1012)

宫词(其五〇)

新生帝子浴漪兰,三日宫中列绮筵。嫔御称觞呼万岁,笙歌一片夜掀天。

宋可菊(?—?)

春　日

门掩东风老,无人载酒过。半窗春梦短,深竹雨声多。
朽树湿生菌,残蚕已化蛾。因思旧游地,台榭废笙歌。

宋　无(1260—?)

扬　州

红桥二十四,明月照笙歌。若是迷楼在,游人应更多。

姑　苏　台

妖艳分明构祸胎,黄金瑰丽更危台。笙歌夜倚东风醉,粉黛春从南国来。
原草翠迷行辇迹,野花红发舞衣灰。豪华肯信今为沼,烟水翻令后世哀。

苏　寀(?—1079)

和赵阅道游海云山

笙歌揭虚阁,帷幕匝春池。且与民同乐,都忘天一涯。
旧游嗟倏忽,故步喜追随。陌上人如堵,归鞍莫载驰。

苏　泂(1170—?)

金陵杂兴二百首(其一五三)

艳杏夭桃日夜忙,雨余啼损不成妆。
元戎和气春风似,又引笙歌看海棠。

苏　轼(1037—1101)

九日舟中望见有美堂上鲁少卿饮以诗戏之二首(其一)

指点云间数点红,笙歌正拥紫髯翁。谁知爱酒龙山客,却在渔舟一叶中。

九日寻臻阇黎遂泛小舟至勤师院二首(其二)

湖上青山翠作堆,葱葱郁郁气佳哉。笙歌丛里抽身出,云水光中洗眼来。
白足赤髭迎我笑,拒霜黄菊为谁开。明年桑苎煎茶处,忆著衰翁首重回。

至济南李公择以诗相迎次其韵二首（其二）

夜拥笙歌雪水滨,回头乐事总成尘。今年送汝作太守,到处逢君是主人。
聚散细思都是梦,身名渐觉两非亲。相从继烛何须问,蝙蝠飞时日正晨。

韩康公挽词三首（其三）

西第开东阁,初筵点后尘。笙歌邀白发,灯火乐青春。
扶路三更罢,回头一梦新。赋诗犹墨湿,把卷独沾巾。

赠王子直秀才

万里云山一破裘,杖端闲挂百钱游。五车书已留儿读,二顷田应为鹤谋。
水底笙歌蛙两部,山中奴婢橘千头。幅巾我欲相随去,海上何人识故侯。

与梁左藏会饮傅国博家

将军破贼自草檄,论诗说剑俱第一。彭城老守本虚名,识字劣能欺项籍。
风流别驾贵公子,欲把笙歌暖锋镝。红旆朝开猛士噪,翠帷暮卷佳人出。
东堂醉卧呼不起,啼鸟落花春寂寂。试教长笛傍耳根,一声吹裂阶前石。

苏易简(958—997)

禁林宴会之什

雨晴禁署绝纤尘,宴会名贤四海闻。供职尽居清显地,崇儒同感圣明君。
翩然飞白璇题字,焕若丹青翠琰文。梓泽笙歌诚外物,兰亭诗酒不同群。
少年已作瀛洲老,他日终栖太华云。莫怪坐间全不饮,心中和气自醺醺。

苏　辙(1039—1112)

次韵侯宣城叠嶂楼双溪阁长篇

作官如负担,一负当且弛。不知息肩处,妄问道远迩。
我乘章江流,却入宛溪水。舍舟陟崔嵬,行路极旬已。
名都便欲过,佳处赖公指。仰攀叠嶂高,俯阅双溪美。
不悟身乘空,但觉风吹耳。云烟变遥壑,歌吹闻近市。
倦游得清旷,行役有新喜。公言顷榛莽,斩伐从我始。
堰水种蒲莲,开山莳梅李。拥本待成阴,养花要食子。

遗风揖桓谢，父老邀黄绮。邦人鱼依蒲，食客莪在芷。
春阴迫寒食，谓我姑且止。嗟余去乡国，屡把刀环视。
感公鹄鹭修，怜我凫鸭庳。异邦逢故人，宁复固辞理。
高谈云汉上，烂醉笙歌里。落日尽公欢，推挽未应起。

孙光宪（？—968）

杨柳枝词四首（其三）

根柢虽然傍浊河，无妨终日近笙歌。毵毵金带谁堪比，还共黄莺不较多。

孙应时（1154—1206）

挽南康冷知军（其一）

礼乐三千字，声名五十秋。士元才展骥，李广不封侯。
香火犹强健，笙歌足燕休。如何早仙去，寒日惨山丘。

送明守黄子由尚书赴召

灯火笙歌别海壖，诏书归觐九重天。已将清净安齐国，不使声名减颍川。
题品人才看赞赞，扶持皇极在平平。文星旧与文昌亚，今贯三台更炳然。

和楼尚书赋赵大资重楼柏梁体

浙中岩壑天下雄，越绝宛委吴穹窿。钟奇角秀劳神工，复有四明冠南东。
云南云北森横纵，仙圣所宅光璁珑。公楼极览面面同，江霏海日开冥蒙。
翠屏列立千万峰，胜画孔雀绣芙蓉。春晴百花度香风，秋原下瞰禾黍芃。
城郭游人纷蝶蜂，笙歌间发罗绮丛。我公心镜百炼铜，眼底万物归陶镕。
姬公胡留曲阜封，东平骠骑合侍中。小出勋业垂无穷，手扶日毂驾六龙。
丹心正色羞容容，飘然谢出明光宫。坐收全名擅高踪，锦衣故里还过逢。
筑室百堵声隆隆，雅素不穷丹雘功。移花种竹亲圃农，直嫌看山隔崇墉。
层楼开豁星斗胸，晨登坐达夕鼓冬。有书满架酒不空，眼明脚健颜颊红。
身佩安危唐晋公，何妨绿野对洛嵩。文昌更似香山翁，与公胜日长相从。
一谈一笑如春浓，清欢不奏淫乐蒙。高山流水操递钟，新篇络绎疲奴僮。
寒生感公恩义重，草根窃亦吟秋虫。扁舟登门频宿舂，敢逐炎凉如燕鸿。

孙　永(1020—1087)

上　巳　日

海内中和日,云间上巳辰。笙歌九大半,花木十洲春。

汤仲友(?—?)

西　湖

山色波光步步随,古今难画亦难诗。水浮亭馆花间出,船载笙歌柳外移。
过眼年华如去鸟,恼人春色似游丝。六桥几见轮蹄换,取乐莫辞金屈卮。

田　况(1005—1063)

成都遨乐诗二十一首·九日太慈寺前蚕市

高阁长廊门四开,新晴市井绝纤埃。老农肯信忧民意,又见笙歌入寺来。

田　锡(940—1004)

惜　春　词

春色初从江国来,湖边杨柳岭头梅。梅花飞雪柳垂带,递次相将时节催。
春力欺寒过江北,深谷黄鹂生羽翼。晓月轻烟禁苑啼,南园桃李已成蹊。
就中何处芳菲好,春波飞絮魏王堤。我忆去年暮春月,京洛新妆丹凤阙。
天津水绿烟树深,万井笙歌牡丹发。天子銮舆驾幸时,嵩峰瑞霭笼郊圻。
扈从千官与万骑,翊卫羽休兼饫飞。六宫随驾罗珠翠,诸王从行陪七贵。
香气成霞金辂车,鸣珂中节虹龙驷。朱桥细柳端门前,画舫横塘会节园。
朝花贵侠珊瑚席,夜烛娇娥玳瑁筵。西楼残月深宫漏,明河半沈垂北斗。
纵饮贪欢意未阑,紫陌喧喧人已繁。玉钩挂帘开雉尾,晓日赭袍朝至尊。
方今寓止临清渭,杜门无与天涯异。殊忘诗酒狂荡心,但悦琴书高古意。
可惜春芳渐欲归,五陵烟草方离离。回忆当时洛阳道,歌魂空与残花飞。

华　清　宫　词

绣岭葱茏浮瑞气,云楼霭阙明珠翠。禁城缘岭连九天,一片笙歌如鼎沸。
我恐紫麟丹凤洲,移于近甸资宸游。东将太华为城雉,北以渭川为御沟。
又疑西王开月圃,白云仙都紫云府。碧瑶新宫初构成,借与明皇自为主。

开元之末天宝初,天下太平方晏如。万几多暇频游宴,青门道上驰銮舆。
长乐岐头霸陵岸,新丰市井骊山畔。百里烟波锦绣明,宝马香车若珠贯。
宫中汤泉瑟瑟文,潺湲长以兰麝薰。白玉莲花蹙飞浪,珠堂绣殿温如春。
贵妃承恩貌倾国,三千宫女朝霞饰。谢家有女名阿蛮,歌舞织柔柳无力。
频唤入宫恩宠厚,金粟臂镮颁赐得。秋来岭上霜月明,光照组练金吾兵。
槐烟柳露咽宫漏,玉笛一轰岩壑惊。春来岭下春波绿,夜听琵琶将理曲。
幽咽轻拢慢撚声,鸾皇引雏啄珠玉。尝记乘舆避暑时,御衣轻似红蕖丝。
翠辇将游石渠寺,探得姚崇乘小驷。往来绿树影中行,清凉适称逍遥意。
荔支颜色燕脂红,生于南海烟瘴中。南海地遥一万里,使臣日贡华清宫。
六宫每从鸾舆到,遗珠落翠长安道。百司既奉玉乘归,汤宫横锁黄金扉。
门戈陛戟旨绣衣,朝钟暮鼓含清辉。参差天上朝元阁,往往紫烟飞皓鹤。
至今碧落星宿繁,犹似当时挂珠箔。

汪元量(1241—1317)

湖州歌九十八首(其七五)

第六筵开在禁庭,蒸麋烧鹿荐杯行。三宫满饮天颜喜,月下笙歌入旧城。

西湖旧梦(其三)

红桡绿舫荡清波,露脚斜飞湿芰荷。回首涌金门外望,里河犹自沸笙歌。

王安国(1028—1074)

杭州呈胜之①

游观须知此地佳,纷纷人物敌京华。林峦腊雪千岩水,城郭春风二月花。
彩舫笙歌吹落日,画楼灯烛映残霞。如君援笔宜摹写,付与尘埃北客夸。

王安石(1021—1086)

次韵吴冲卿召赴资政殿听读诗义感事

周南麟趾圣人风,未有驺虞系召公。雅颂兼陈为四始,笙歌合奏以三终。
讨论诏使成书上,休浣恩容著籍通。墙面岂能知奥义,延陵听赏自为聪。

---

① 王安石《杭州呈胜之》内容与此诗相同,不再重复收录。

王　柏(1197—1274)

湖上(其二)
笙歌只解闹花天,谁肯敲冰掉小船。要识湖山真面目,偷他冷月访三贤。

和叔崇春寒韵
知和而和当有节,节贵得中忌超越。造化神机岂易窥,天上不知谁理燮。
东皇面目似非真,我闻四时皆有春。春来天地已交泰,肃肃群阴岂可伸。
金谷笙歌未尝冷,莫张威势吓诗人。

王　操(？—？)

赠刘将军
三十悬钩事圣朝,功名常爱霍嫖姚。锦衣香重花垂足,玉带光寒雪绕腰。
秣马暖思秦地草,弦弓秋忆雁门雕。清时闲却英雄兴,醉听笙歌掷酒瓢。

王　阮(？—1208)

续湖阴曲一首
上林鸣蛙私邪官,金陵指顾成长安。唾壶一曲玉如意,声断石城锋镝寒。
从来龙化中兴主,不似黄须阿奴武。当时斩鞯心下事,今日扬鞭目中虏。
黄埃散漫重瞳微,雨师不洒疑人知。梦回日转惊已午,马骄风疾那容追。
一声吉语禁门静,万国笙歌丹仗整。山倾海动忽燃脐,地辟天开谁问鼎。
长江千里真险哉,煌煌晋业流秦淮。江涛一洗妖氛息,湖阴千古琉璃碧。

王十朋(1112—1171)

和韩苦寒
羲和错冬令,寒燠常相兼。在人为不常,时焉作贪廉。
玄冥当用事,如忌还如谦。宜寒噤不噬,群萌误抽尖。
既燠俄吹冷,夜寐黑不甜。水行失其理,厥疾不可砭。
前日当孟冬,雷声震铜蟾。三日辄大雪,飞花眩观觇。
逮此始逾月,屡变寒与炎。晨起坐东窗,阳光快恩沾。
霜畦秀蔬苗,欣焉自腰镰。顷刻变凛冽,枯藤怯提拈。

齿牙战霜风,缩舌疑衔钳。架抽纷掀翻,谁能正牙签。
酒杯觉无力,瓶罂劳频添。貂裘尚不暖,况无或衣縑。
兀坐拥黄绸,胆作寒龟潜。气血粟肌体,涕洟冰须髯。
红炉炽薪炭,旋觉寒星歼。静思天壤间,万类何繁纤。
路傍泣冻馁,海角愁废淹。羽毛有不庇,腥血有不燖。
岂堪当此时,可以吾身占。殷勤语妻子,汝勿多怨嫌。
破被尚禁絮,漏茅可添苫。人生苟知足,处此意亦恬。
但愿王化行,东西俱被渐。尧天日舒长,有目皆可瞻。
寒生在陋巷,甘心事虀盐。何须傍人门,炙手随奸憸。
耽耽王侯宅,笙歌下珠帘。寒暑止温凉,焉知有穷檐。
否泰迭往来,祸福相依黏。勿用倚彼玉,自分安吾蒹。
饱腹日三饭,蔽形衣一襜。祁寒勿怨咨,庶用惩无厌。

元宵贡院张灯会客知宗即席赋诗次韵

欲送群英入帝乡,预烧灯烛趣仙装。银花初合万枝火,金榜已含千佛光。
出海灵鳌驾蓬岛,逐人明月散天香。笙歌鼎沸吟篇出,元白于诗愧未昌。

王　遂(?—?)

中秋饮凤凰台上

天上十分月,人间一半秋。笙歌传小寨,灯火认层楼。
酒怕初斟满,棋欣未了收。分明浑似水,只是欠双鸥。

王　炎(1138—1218)

留山间即事

暂留野次倦征行,差觉山林气味清。日酿梅酸新雨过,山连空翠淡烟横。
东皋水满起农事,南国草青回雁程。拨置文书聊隐几,笙歌一部听蛙鸣。

王禹偁(954—1001)

寒　食

寒食江都郡,青旗卖楚醪。楼台藏绿柳,篱落露红桃。
妓女穿轻屐,笙歌泛小舠。史君慵不出,愁坐读离骚。

王之道(1093—1169)

上元后漕幕同僚二十八人会饮于西湖登千佛阁运干赵渔樵希圣以坡诗七言绝句分韵得陌字

福星台畔依红客,厌踏红尘穿紫陌。涌金门外泛兰舟,两岸融融春水拍。隔浦笙歌寄幽思,向阳花柳饶春色。六桥突兀披丹青,千佛森罗眩金碧。登临肯作怀古愁,志在云台书竹帛。须臾饮散晚风号,却扫阴霾生桂魄。

王仲修(?—?)

宫词(其三)

元夜笙歌满上都,九霄皓月舞蟾蜍。烛龙穿仗来天际,万叠黄云覆帝车。

宫词(其一九)

帘垂珠阁对遥津,燕罢芳菲已半春。四部笙歌初散后,花前红烛引妃嫔。

宫词(其五二)

岳神当面捧南山,馥郁非烟拥圣颜。法部笙歌催献寿,阁门先引内朝班。

王镃(?—?)

六桥春望

美人娇醉落花钿,船载笙歌出柳边。春满六桥调马路,香风飘趁玉丝鞭。

涌金门

涌金门外看花朝,步去船归不见遥。一派笙歌来水上,鹭鸶飞过第三桥。

宫词

一处承恩宴舞衣,六宫甲帐冷珠玑。夜深听得笙歌响,知是君王步辇归。

京中即事

笙歌无处不繁华,春在莺莺燕燕家。谁看少年骑马过,娇红微露隔帘花。

韦骧(1033—1105)

钧爱亭

簿领支离每竟辰,退思当亦在吾民。抑扶为术如偏取,字养存心固一均。杖履数来消径藓,笙歌久阕聚梁尘。天公岂复遗疏拙,风月随时不负人。

寄明守刘公仪

去年更直宿文昌,今日暌违各一方。遐想四明安坐府,肯思三峡险乘航。恨无羽翼亲谈席,应有笙歌簇燕堂。旧好未宜因远废,邮筒时且寄篇章。

文彦博(1006—1097)

驾经略太尉相公移镇太原(其三)

将军号令柳营传,缓带投壶自适然。一片笙歌闻四面,晋公旧事在龙泉。

吴　芾(1104—1183)

六月二十一日早行十六首(其八)

篮舆匆欲到柴门,终日驱驰亦苦辛。野外莫嫌车骑少,笙歌两部自随人。

吴惟信(？—？)

苏堤清明即事

梨花风起正清明,游子寻春半出城。日暮笙歌收拾去,万株杨柳属流莺。

赠别(其四)

笙歌一曲强相留,酒不能消满面愁。相对止弹离别泪,杜鹃声到夕阳楼。

吴锡畴(1215—1276)

夜　　雨

漠漠春阴未肯晴,空阶滴点到平明。应知不入笙歌耳,来作愁人枕畔声。

夏　竦(985—1051)

送人入越

广陵江口柳疏疏,自领笙歌上舳舻。一片晓山迎越绝,数程春水背姑苏。莲供晚果蜂房细,鲙市朝餐线缕粗。他日功成待相访,谢家烟月借人无。

向传式(？—1061)

渌波亭

我爱东南郡,恩容守会稽。府当秦望北,园枕卧龙西。

水为流觞引,亭因正俗题。松篁清有韵,桃李密成蹊。
一沼开方鉴,双桥亘采霓。晓波平漾漾,春草碧萋萋。
城上兴崇构,林端露半梯。登疑青汉近,坐与白云齐。
山色回头是,湖光照眼迷。笙歌随分有,樽罍逐欢携。
月夜宜飞盖,花时醉似泥。蓬莱风景异,此地好长栖。

辛弃疾(1140—1207)

和赵直中提干韵

万事推移本偶然,无亏何处更求全。折腰曾愧五斗米,负郭元无三顷田。
城碍夕阳宜杖履,山供醉眼费云烟。怪君不顾笙歌误,政拟新诗去鸟边。

徐　积(1028—1103)

少　年　行

车马朝游去,笙歌暮宴归。绣帏初睡起,红日上帘衣。

送 秦 少 游

叟罢耕耘妾罢机,匆匆人意甚牵衣。可怜数里笙歌地,但见一番杨柳稀。

徐集孙(？—？)

湖 亭 夜 坐

片叶秋风数日程,争如天籁未秋声。厌居尘境炎威炽,来纳虚亭夜气清。
万点萤光移醉眼,一湖蟾影荡吟情。笙歌寂寂重关掩,独许高僧并臂行。

徐　铉(917—992)

陶使君挽歌二首(其二)

始忆花前宴,笙歌醉夕阳。那堪城外送,哀挽逐归艎。
铃阁朝犹闭,风亭日已荒。唯余迁客泪,沾洒后池傍。

回至瓜洲献侍中

紫微垣里旧宾从,来向吴门谒府公。奉使谬持严助节,登门初识鲁王宫。
笙歌隐隐违离后,烟水茫茫怅望中。日暮瓜洲江北岸,两行清泪滴西风。

许及之(1141—1209)

次韵谢余伯益节推

鹊喜声频去复回,亭成报我趣衔杯。春风得意矜新柳,野水留春恋落梅。何处笙歌催院落,一时车马走舆台。搀先但得邦人乐,待约莺花殿后来。

薛师传(?—?)

六桥闲步(其一)

出郭青岑近,临流白鸟飞。笙歌春雨歇,草树夕阳微。
山色邀藜杖,湖风飐葛衣。虚亭林处士,不见鹤来归。

薛 嵎(1212—?)

渔村杂诗十首再和前韵(其八)

暝色和烟四望迷,仰眠牛背觉天低。村翁遥指笙歌处,此地鱼沉鸟不栖。

晏 殊(991—1055)

扈从观灯

诘旦雕舆下桂宫,盛时为乐与民同。三千世界笙歌里,十二都城锦绣中。
行漏不能分昼夜,游人无复辨西东。归来更坐嶕峣阙,万乐铮鏦密炬红。

中秋月(其二)

天时与人意,龃龉旧无疑。坐久翻遗恨,光来已后期。
行云凝黛色,见跋费金枝。况复输来夜,笙歌继夕曦。

杨 备(?—?)

长洲(其二)

花光带露柳凝烟,茂苑笙歌已沸天。有客寻春拚一醉,青楼红粉洞中仙。

齐云观[①]

上界笙歌下界闻,缕金罗袖郁金裙。倚阑红粉如花面,不见巫山空暮云。

---

① 杨修《齐云观》内容与此诗大致相同,仅个别字词有异,不再重复收录。

杨 杰(？—？)

送陈成伯学士知湖州

扬舲初出禁城东,夹岸桃花蕊正红。紫绶朱轓金马客,清风明月水晶宫。
昼衣始信归乡贵,夜鹤从教恨帐空。政暇笙歌应鼎沸,诗坛不用苦争功。

杨万里(1127—1206)

益公新作三层百尺新楼署曰围山观贺以唐律二章(其二)

崖谷求仙底有仙,金梯上去即仙源。山川第一江西景,风月无边相国园。
十倍黄楼况黄阁,千寻青笔是青原。写成脚力犹强句,灯火笙歌特地村。

姚 勉(1216—1262)

题四圣观小蓬莱

湖光平接碧天开,浮世笙歌下往来。个是蓬莱真绝顶,如何只道小蓬莱。

永 秀(？—？)

题汪水云诗卷

禾黍离离满故都,君诗读罢泪倾珠。立朝食禄千官富,为国忘躯一事无。
兵革已将临北阙,笙歌犹自醉西湖。黄冠氅服今谁识,前宋遗贤有此儒。

于 石(1247—？)

伊昔(其三)

伊昔西湖里,娉婷十里莲。香凝花上露,影落镜中天。
枕簟水亭雨,笙歌月夜船。双鸳不解事,常傍翠阴眠。

春怀次韵

弄晴天气半昏明,春思不如诗思新。芳草斜阳王谢燕,落花流水晋秦人。
百年台榭几杯酒,一片笙歌九陌尘。可笑游蜂贪酿蜜,引渠儿辈口生津。

戊子元夕大雪

去年逢元夕,交光灯与月。今年逢元夕,交光灯与雪。
有月已甚奇,一雪更奇绝。灿烂星斗光,晃耀琼瑶阙。

纷纷竞儿嬉,笙歌声不歇。年来独衰懒,颇亦厌喧杂。
呼儿早闭门,拥炉烧落叶。雪月两不知,孤灯任明灭。

西湖荷花有感

我昔扁舟泛湖去,四望荷花浩无数。谁家画舫倚红妆,笑声迥入花深处。
笙歌凄咽水云寒,花色似嫌脂粉污。夜深人静月明中,方识荷花有真趣。
水天倒浸碧琉璃,净质芳姿澹相顾。亭亭翠盖拥群仙,轻风微颤凌波步。
酒晕潮红浅渥唇,肤如凝脂腰束素。一捻香骨薄裁冰,半破芳心娇泣露。
湖光花气满衣襟,月落波寒浸香雾。恍然人在蕊珠宫,便欲移家临水住。
回首落日低黄尘,十年不到湖山路。花开花落几秋风,湖上青山自如故。

俞　桂(？—？)

农　事

东作农家处处忙,金珠非是疗饥方。京华只识笙歌乐,岂识男耕与女桑。

俞　篪(？—？)

疏　山

路入千岩紫翠深,溪山好向梦中寻。松风洗净笙歌耳,泉石挽回花柳心。
曲水流觞追禊事,茂林修竹是山阴。兰亭旧墨空磨灭,俯仰人间成古今。

虞　俦(？—？)

旅怀上石似之郎中(其二)

骚人先自不禁秋,风雨相将作许愁。尚有壮怀因酒到,苦无佳思慕诗休。
故乡音信新来雁,尽日笙歌谁氏楼。满目黄花笑憔悴,未应回首没江鸥。

吴守相邀壮观登高坐中出示佳篇因继韵以酬

壮观登临引兴长,黄花亭下未经霜。江平雁到涵秋影,野旷鸦归带夕阳。
佳节欲酬须酩酊,今年在处说丰穰。楚云不动淮山碧,且缓笙歌釂羽觞。

和王诚之群圃胜集

何人浪说四难并,此地追随眼更清。飞盖数移红步幛,肩舆稳度翠围屏。
春回觞咏频频举,风度笙歌处处听。昼短夜长公莫恨,当家故事有兰亭

自中秋月圆木犀开后倡酬络绎今可以止矣再书数句殿其后

秋月秋花自一回,锦囊收拾靡遗才。吟余顾兔毫端满,赋罢文犀纸面开。
十里清香供隐几,三人对影称挥杯。笑渠冷淡为生活,何似笙歌鼎沸催。

子长来诗乃有杜口毗耶之语但天女天花未尝见也诗以先之

属和何须蚌鹬持,笙歌鼎沸政相宜。劝君莫惜松醪酒,容我来看柳叶眉。
春去自怜莺友,夜来空费雨催诗。海棠还有风流伴,留得芳菲不恨迟。

元　绛(1009—1084)

句(其九)

笙歌车马东方晓,风月山川北固凉。

曾　巩(1019—1083)

句休日过仁王寺

杂花飞尽绿阴成,处处黄鹂百啭声。随分笙歌与樽酒,且偷闲日试闲行。

戏　书

集贤自笑文章少,为郡谁言乐事多。报答书题亲笔砚,逢迎使客听笙歌。
一心了了无人语,两鬓萧萧奈老何。还有不随流俗处,秋毫无累损天和。

北　池　小　会

笑语从容酒慢巡,笙歌随赏北池春。波间镂槛花迷眼,沙际朱桥柳拂人。
金缕暗移泉溜急,银簧相合鸟声新。幸时无事须行乐,物外乾坤一点尘。

郓　州　新　堂

百尺丰堂汶水滨,鲁侯清燕此逡巡。溪寒素砾偏宜月,壁莹黄金不受尘。
引客笙歌行处是,赏心花木四时新。未应久作林泉主,天子今思旧学臣。

刁景纯挽歌词二章(其一)

史观郎闱得谢归,桓桓筋力未全衰。园林笑傲笙歌拥,山水追寻几杖随。
尺牍百封虚有意,文章十帙更传谁。余花自出藏春坞,一点青灯照繐帷。

曾 会(?—?)

上 齐 山

秋日悬光八使来,笙歌十里郡筵开。六朝草色铺堤路,九日花香泛酒杯。红袖歌长凝粉黛,紫微诗久蔽尘埃。贤人此会知无尽,不畏年华似箭催。

张 秉(952—1016)

戊申年七夕五绝(其四)

北斗城高禁漏多,汉家宫殿奏笙歌。漫教青鸟传消息,金简长生得也么。

张伯玉(?—?)

遥题钱公辅众乐亭

句章太守钱君倚,湖上新为众乐亭。花木岂徒游子爱,笙歌长与郡人听。坐来高韵天风起,饮罢余香夕雨零。安得凭阑纵吟笔,玉觞遥对数峰青。

张 纲(1083—1166)

馆职上元宴集葆真宫以病不赴次龚濬之韵

春融准拟千场醉,底事年来兴易厌。满眼笙歌招不出,独哦诗句绕穷檐。

张公庠(?—?)

宫词(其六三)

残晖未落两三竿,放散笙歌晚思闲。暂上层楼聊一望,红尘多处是人间。

张继先(1092—1127?)

思青城翁

一别青城翁,今经数旬朔。天炎春气阑,山花旋零落。时时与攀慕,西眺步瑶阁。无乃恋人间,笙歌正酣乐。归来方外俦,践我绿岩约。回照闪余辉,芙蓉出金削。

张 毂(?—?)

寄嘉兴守令狐挺

羡君席上碧云句,吟尽江南烟雨村。岂惜笙歌连夜醉,且看风物逐春新。花开花落何时尽,闲是闲非愁杀人。何似阳台云畔曲,细声拂拂下梁尘。

张　侃(1189—?)

雨后生凉络纬声清可爱

玄蝉声清入吾耳,暑气骎骎犹未已。残花挺挺留鹿葱,娇态娉娉是荷婢。
偶然一雨云纫裳,池边雨过风送凉。小虫深集杨柳影,一段笙歌清更长。

张　耒(1054—1114)

自上元后闲作五首(其五)

喧喧野县自笙歌,风卷高云天似波。谁谓楼前明月好,月明多处客愁多。

效白体赠晁无咎(其一)

过去生中作弟兄,依然骨肉有余情。青衫校正同三馆,白发东南各一城。
君比郦生多事业,我方谢朓欠诗名。想当把酒笙歌里,亦记长安痛饮生。

美　哉

美哉洋洋清颍尾,西通天邑无千里。舸舰大艑起危樯,淮颍耕田岁收米。
茫茫陂泽带平原,古时沟涧还相连。昔人屯田戍兵处,今人阡陌连丘墓。
今年雨足种麦多,北风吹叶鸣空柯。高城回望郁嵯峨,丰年闾井闻笙歌。
河边古堤多老柳,去马来船一回首。百年去住不由人,岁暮天寒聊饮酒。

萧朝散惠石本韩幹马图马亡后足

世人怪韩生,画马身苦肥。幹宁忍不画骧骨,当时厩马君未知。
开元太平国无事,战马卷甲饱不骑。玉关橐驼通万里,长安第宅连诸姨。
笙歌锦绣遍一国,六龙长闲空食粟。霜甜秋草沙苑游,日暖春波渭川浴。
脽圆腰稳目生光,细尾丰膺毛帖肉。珠鞍玉镫骄不行,岂有尘埃侵四足。
韩生丹青写天厩,磊落万龙无一瘦。岂知车下骨如墙,饥食草根刺伤口。
君家古图才半身,千里腾骧已有神。回身侧顾不无意,剪鬃络头嗟失真。
君不见太宗战马拳腹毛,身骑此马缚群豪。
龙虎精神金鼓气,岂有闲地供脂膏。至今画图快胸臆,想见虬须亲破贼。
那知但爱厩中肥,渔阳筯脚蹄如石。神驹入水随烟云,蜀山石路无行人。
六骥悲鸣足流血,骑骡遗事一酸辛。

张　牧(?—?)

出舍在浙江亭得父书开示题诗于亭

结束青山向日还,得书南望意悠然。少宽二老庭帏念,粗了生平灯火缘。去路虽遥心已近,短篇欲就意难圆。不妨静洗笙歌耳,稳接江涛到枕边。

张商英(1043—1121)

牡　丹

落日宾朋醉帽斜,笙歌一曲上云车。颇知春色随轩去,不见东庵满槛花。

张舜民(?—?)

牡　丹

去年岐路遇春残,满院笙歌赏牡丹。今岁杜陵千万朵,却垂衰泪洒阑干。

张唐民(?—?)

送程给事知越州二首(其一)

琐闼修文极禁清,蓬莱宫阙拥旄行。舳舻所至笙歌闹,里闬重来道路荣。举世几人居我地,全吴无限读书生。受恩老吏攀辕切,满肚埃尘诗不成。

张　炜(1094—?)

观集芳园

千步入修廊,犹闻碧雾香。风翻宫褫紫,菊染御袍黄。
亭宇丹青老,笙歌岁月长。上皇临幸少,书圃自翱翔。

张　先(990—1078)

吴兴元夕

朱屋雕屏展,红筵绣箔遮。傍云灯作斗,近树彩成花。
风月胜千夜,笙歌如一家。人丛妨过马,天色误啼鸦。
铜漏春声换,银潢晓影斜。楼前山未卸,火气烘朝霞。

张　俞(?—?)

游骊山(其一)

金玉楼台插碧空,笙歌递响入天风。当时国色并春色,尽在君王顾盼中。

张元干(1091—1161)

李丞相纲生朝三首(其三)

济世功名肯力为,风云遇合贵逢时。欲知辟谷师黄石,便是扁舟号子皮。
后进忌能逾日月,敌人用间果蓍龟。福城东际笙歌地,且祝千龄醉荔支。

张　蕴(?—?)

姑　苏　台

故址耕残草树秋,无人曾见鹿来游。甬东亦是当时月,不照笙歌只照愁。

章　俣(?—?)

如　归　亭

吴上江上客亭幽,地占姑苏最上游。万顷重湖朝夕浪,几声残橹往来舟。
凉生领袖蘋风晚,冷射杯盘桂魄秋。东道正闲时倒屣,笙歌谁惜一迟留。

章　甫(?—?)

灯夕戏简胥直夫

小雨催耕苦未匀,东风吹水起鱼鳞。兵戈关塞今年定,灯火江城此夜新。
万点飞花愁客子,一天明月属游人。旧时面壁胥居士,何处笙歌作好春。

赵　抃(1008—1084)

杭州上元观灯(其一)

元夕观灯把酒杯,宾朋不倦醉中陪。一轮丹桂当天满,千顷红莲匝地开。
烟火楼台高复下,笙歌巷陌去还来。因民共作连宵乐,直待东方明始回。

赵崇槟(?—?)

中秋无月二绝同韵(其一)

几度开樽宴画楼,月华孤负好中秋。姮娥也厌笙歌沸,云幕重重不上钩。

赵处澹(？—？)

长门怨

未央宫中花满枝,笙歌不断春风词。玉阶露冷与天近,霓裳舞罢琼瑶卮。如今寂寂长门春,寒风萧萧愁杀人。花开花落泪如洗,转眼身为陌上尘。自笑夜来清梦断,犹觉瑶池侍君宴。

赵 佶(1082—1135)

句(其八)

午夜笙歌连海峤,春风灯火过湟中。

宫词(其三四)

斗鸡园里城非雅,射鸭池边岂足多。最好芰荷香隔岸,画船摇曳按笙歌。

宫词(其四九)

禁掖乘欢饮兴浓,笙歌围绕尽芳容。玉人相对赓酬劝,忽奏葵花一宝钟。

赵 炅(939—997)

缘识(其四八)

上元时节皆相慕,皇都城里万家灯。笙歌有处共夸称,架肩叠足几许层。轻尘雾敛月明中,车骑云輧五夜风。意气尽随年少得,九衢填咽乐声同。

赵汝淲(？—？)

敬和九锁步虚词·云璈锁

悠悠劫为朝,万民恣遨游。三山眇如块,举步身弥高。绛宫近咫尺,天风度骚骚。至音非笙歌,泠然八琅璈。

赵时韶(？—？)

燕

穷檐稳稳好巢成,莫向朱门附丽人。青杏屋梁虽好看,笙歌未必可安身。

赵希逢(?—?)

子 规

莺声日沸笙歌奏,富贵春光别一家。惟有不如归去好,夜深和月在梨花。

真德秀(1178—1235)

皇后阁春贴子词五首(其四)

笙歌北院连南院,景物新年胜旧年。梅柳也知天意好,十分妆点斗春妍。

郑思肖(1241—1318)

春日偶成五绝(其一)

山塘游舫接荒城,纵有笙歌耳不清。深忆国家无事日,人心和气是春声。

郑 侠(1041—1119)

和叔粲沧浪亭

高亭殖殖水冷冷,笑指鸥凫坐晚汀。远不闻声千橹去,矫如争秀数峰青。
烟云窗牖纷纷雨,露月兼葭点点星。最好归舆拥双璧,笙歌灯火照仙屏。

郑 獬(1022—1072)

落 梅

醉墨纷纷尽雅才,等闲携酒探花来。笙歌已散游人去,更逐东风拾落梅。

游 金 明 池

万座笙歌醉复醒,绕池罗幕翠烟生。云藏宫殿九重碧,春入乾坤五色明。
波底画桥天上动,岸边游客鉴中行。金舆时幸龙舟宴,花外风飘万岁声。

仲 并(?—?)

送郑公老少卿赴吉州三首(其一)

千里能来两郑公,百年英烈尚遗风。笙歌少让他时胜,犴狱应从到日空。
画戟行程春色里,邮亭离恨雨声中。不辞远为宗风去,一瓣香缘六一翁。

周必大(1126—1204)

同年刘辰告妻易氏挽词

曾师班女颂兄功,何意安仁悼德宫。围解鸰原芳誉远,尘昏鸾镜玉容空。萧骚风棘悲诸子,寂寞笙歌泣舞童。莫讶无从出衰涕,良人契合四般同。

资正殿学士萧照邻挽词二首(其一)

科甲早巍巍,官曹总帝畿。间尝森画戟,毕竟践黄扉。衣钵传儿辈,笙歌彻妓围。百年盈省陌,何翅古来稀。

请卢帅乐语口号

三月春光未肯休,两邦宾主总风流。照阶旌旆交辉映,环座笙歌竞劝酬。尚有长红强半在,休辞大白十分淳。介圭早晚催归觐,应记台城此日游。

李秀实生日

泰陵耆旧日衰槁,白也胡为颜色好。何曾山林采大药,更说方书试鸿宝。千年鼻祖翔太清,至言八千授长生。坐令耳孙守家法,八十鬓绿双瞳明。昨日人为澹庵寿,今朝竹院笙歌奏。二老风流总健强,盛事他时恐难又。陛下圣德师文王,作兴锐欲恢封疆。盍归乎来不可缓,凛凛梁栋扶明堂。

周端臣(?—?)

寒食湖堤

紫陌笙歌簇禁烟,几年无此好晴天。画桥日晚游人醉,花插满头扶上船。

观潮行

吴山越山相对青,中有滚滚长江横。长江谁道不曾改,年来一半沙填平。潮生潮落何时了,万古人间一昏晓。岁岁吴侬来看潮,不知潮送吴侬老。酒楼笙歌喧醉耳,客帆翻覆云涛里。悠悠哀乐永相忘,空江落日秋风起。

周密(1232—1298)

宫词八首(其四)

翦翦轻寒入夹衣,夜深不语倚金扉。珠帘半下疏疏雨,听得笙歌小殿归。

周元明(?—?)

南　园

漫烂花时锦绣张,无端下马系垂杨。山亭水阁笙歌地,合与行人作醉乡。

周紫芝(1082—?)

戏　蛙

梦回闲看绕灯蛾,窗外蛙声两更多。莫遣盘中种鲑菜,要留水底作笙歌。

朱继芳(?—?)

和颜长官百咏·贫女(其三)

枯木无枝可作花,门前度尽七香车。四邻日日笙歌里,背立东风有几家。

朱淑真(?—?)

元 夜 遇 雨

烟火笙歌是处休,沉沉春雨暗皇州。危楼十二阑干曲,一曲阑干一曲愁。

游旷写亭有作

旷写亭高四望中,楼台城郭正春风。笙歌富庶千门乐,市井喧哗百货通。
叠叠民居还瓦屋,纷纷游蝶乱花丛。凭栏忽念非吾土,目断白云心莫穷。

筝

艾性夫(？—？)

题 贱 容

骨多肉少与梅同,老向江南风雪中。万事羞称司马好,一生不送退之穷。
偶贪识字头先白,稍欲工筝面即红。说与丹青莫饶笔,肩山只合付何充。

蔡 肇(？—1119)

和慎思诗呈同院后至诸公

文书汗牛马,栋宇切昭回。剸玉君曾试,吹筝我亦来。
鉴精真有赖,诗妙不容陪。只忆归山去,霜畦劚芋魁。

晁补之(1053—1110)

感寓十首次韵和黄著作鲁直以将穷山海迹胜绝赏心晤为韵(其一)

鸤鸠兴独居,百两谁与将。未见忧忡忡,既觏为龙光。
吹筝沸齐市,零雨暗空桑。寒歌牛轭底,激烈气弥刚。

晁公遡(1116—？)

次韵刘安收惠诗二首(其二)

耳悦齐王筝,莫听黄桴声。口甘秦人炙,莫采首阳苓。
沈酣自壮岁,昏塞况暮龄。谁能悟此理,知几如穆生。
何须著胸中,云梦一芥蒂。要当空所有,为彼亦过计。
惟思半岭云,野老肯分似。

陈 棣（？—？）

题 竹 友 轩

长夏苦炎热,开轩除郁蒸。檐前鸟雀喧,朝旭上朱甍。
席间裁函丈,诗书浩纵横。盘礴环堵间,幽独怀友生。
古人在黄卷,千载使我倾。出门窥物变,草木各鲜荣。
青青墙东竹,见汝忽眼明。爱玩不能忘,移根傍轩楹。
俯仰与竹俱,定交见深情。不是无朋友,此君冰玉清。
风吹万籁响,寒梢韵竽笙。我独哦其间,诗作秋虫鸣。
琅玕亦有实,期汝向秋成。凤凰何时来,翙翙翔我庭。

陈 宓（1171—1230）

庚午宴新举人

捧檄自来南,金门喜缀骖。一时惊得五,四季早魁三。
摛藻皆人杰,吹竽只自惭。功名期不朽,溪水碧于蓝。

陈枢才（？—？）

挽薛艮斋（其二）

晁董科名累,向雄利禄儒。惟公传洛学,处世类齐竽。
湖外严兵戍,神畿析使符。恍然成昨梦,一吊束徐刍。

陈 造（1133—1203）

次韵魏知元（其一）

诗人索诗无乃俗,我乎索之更虚辱。从来东郭滥吹竽,缪使尾续阳春曲。
此腹涸矣劳诛求,我老知耻吾罢休。使君拂云敞新楼,且可一醉同楼头。

再次韵（其三）

横前整整万全兵,自笑空弮借背城。更遣齐竽混东郭,坐令鹄卵化南荣。
黄陈得法仍宗派,甫白论情自弟兄。顾我无能邹贾役,放公笔力擅西京。

次韵高宾王见投四首（其三）

檐花如雾湿黄昏,犹梦君前白兽樽。但有红尘染衣袂,更堪碧草思王孙。

逃威正坐齐竽谬,歙舞难招楚客魂。回首仙曹云雨上,谁云九虎踞天门。

次韵赵子野赠别

白地倒海翻重湖,赵侯涂改插架书。石麟角犀清而腴,了知不是山泽臞。
舌宫齿商风将雏,一笑著我东郭竽。曹后鲍前君指呼,郊寒岛瘦君童奴。
翠凤未炙口不糊,吮漱沆瀣骑兔乌。擘水挹取骊颔珠,挂作白月照海隅。
丹山阿阁久榛芜,跳梁饿鸱啼鹈鹕。两乌囚作辕下驹,巨灵蹶起张怒须。
一鸟伸喙群翼趋,向来偃仆须君扶。大篇落手吾戒涂,春风得意揄翠裾。
东西州尔非秦吴,犹金玉音宁所图。

程公许(1182—?)

吊齐斋先生尚书文节倪公(其二)

仕道昔有训,退处非为名。齐竽醉聒耳,虞弦自希声。
清波贯雪苕,空翠浮弁衡。图史足怡悦,风月无将迎。
生世我已后,景行宁忘情。昂昂鸡群鹤,慰我双眼明。

程　俱(1078—1144)

谒蔡开府延客周历堂宇览观山林岩洞之胜顿失袢暑退作律诗一首

苍虬衔雨转晴峦,喷雾跳珠玉甃寒。掩冉风林听竽籁,萧森烟箨种琅玕。
期仙磴属三休径,幂翠庭边八节滩。赫赫云峰张火伞,阴阴冰洞却霜纨。
山藏神府新琼简,壁挂磻溪旧钓竿。怪底萧条增秀发,六龙曾此驻和銮。

戴表元(1244—1310)

春日城南闻禽鸟声喧甚为赋二十二韵

今日春气至,新禽各啁嘲。岂无好唇舌,入耳何恢恢。
雏鹍最多端,能以巧自殽。黄头亦翾给,微吭和且调。
无计颇滑熟,乌鸦与鸲鹆。自余不知名,喧呼杂竽箫。
黑衣猥雄黠,昼动固非枭。均为乐其性,幸此风日朝。
城南六七曲,荒园绕榛茅。我来感物变,何异在山郊。
惟闻黄鹂至,不闻叫交交。当由恋幽谷,畏寒还避嚻。
群英盖壤内,小大一逍遥。得气不足悦,触情遂相辽。

乘墉少年儿,挟弹欲见邀。所规不满掬,翻令污厨庖。
鹰鹯势险薄,爪长尤善捎。同群自戕击,此祸极无聊。
深藏务远晦,尚惧形色招。危机布平陆,况乃纵轻僄。
悲怜复譬释,当鸣讵为妖。但怀道傍树,信美非其巢。

戴复古(1167—?)

和郑润甫提举见寄(其二)

长身如病鹤,吟苦如蟋蟀。顾此憔悴姿,痴生年八秩。
举世皆好筝,老夫方鼓瑟。梅花莫笑人,茅檐炙朝日。

范成大(1126—1193)

送子文杂言

阴谷云低梅雨多,黄山涤源溪涌波。南风匝地送归客,双桨下濑如投梭。
严夫子,君举酒,我其为君歌。万山丛丛石凿凿,官居破屋巢烟萝。
杜鹃晓啼猿暮叫,客行到此真蹉跎。穷愁无复理,一饮三叹息。
城东黉舍有佳人,邂逅使我加餐食。同乡更同调,目击心已传。
蛰虫欲作雷奋地,万籁方寂风行山。吹筝唤我醒,连鼓相追攀。
飙车电毂不可挽,但觉两腋生飞翰。狂歌不必终曲,戏奕不必满局。
有时不揖上马去,出门大笑惊僮仆。穷乡眼冷见未曾,道上嗫嚅相指目。
云此狭隘何以有二士,直恐翩翩跨黄鹄。广文组解登王畿,诸公贵人争劝归。
常日心期有定论,赠行不惜重费词。腰金佩璐众目好,汗简沉碑千载痴。
一尊有意重山岳,五鼎无心轻网丝。严夫子,应领略,别后频书相发药。
我既为万顷之狎鸥,君勿作九皋之鸣鹤。

方　岳(1199—1262)

胡得唯索写近诗

生涯未办阔疏酒,书册相携检点梅。过眼事真如堕甑,向人口合且衔枚。
昨窥古镜十分瘦,病起晴窗一砚埃。举世好筝吾好瑟,故人犹索写诗来。

用简斋建除体韵

建旗凛大将,负弩纷前驱。除此两不能,锄荷则有余。

　　　　　满畦老菘韭，贫犹未饥虚。平生错料事，不到齐王竽。
　　　　　定无相携人，岁晚谁与娱。执杯手欲龟，风雪侵貂褕。
　　　　　破颜划孤啸，郁屈终不舒。危坐发深省，宁若巾柴车。
　　　　　成败未可知，芜我瓜芋区。收身黄毂棘，心迹何裕如。
　　　　　开口不言钱，未害书生迂。闭户聊课诗，政与俗士疏。

耿南仲（？—1129）

和余樗年试院即事呈诸公

重门键钥阻山河，顾有良朋不厌过。唾落如珠倾巨斛，袂挥成幕散轻罗。
惭分处士吹竽俸，谩学东人掩鼻歌。笑语哄堂俄又夜，客愁还奈我曹何。

韩　淲（1159—1224）

次　昌　甫　韵

　　　　　人物曾几何，岁月良不待。秋深动金石，夜久生竽籁。
　　　　　凉知神观回，静胜语嘿对。悠悠苔竹轩，语短莫能载。

韩元吉（1118—？）

依韵恭和御制秋怀

　　　　　商飙起璇霄，爽气静瑶海。圣皇抚时运，喜色动眉彩。
　　　　　蜂旗伫西指，乘辕行北改。涛声鼓万壑，夜半响竽籁。
　　　　　汉仪欣复见，周鼎知德在。猗欤沛中歌，云飞风正大。

胡　宿（995—1067）

太尉侍中郑国宋公挽词三首（其二）

　　　　　盛业元根古，高文早变风。堕鳣遗馆在，浴凤旧池空。
　　　　　卓马辞丹陛，骑箕向碧穹。琴竽三月罢，郑国怆贤公。

黄公度（1109—1156）

和超然翁韵二首（其一）

才微只合老荆扉，误窃虚名及盛时。藜杖端须为刘烛，鲍竽聊复预齐吹。
亨衢腾踔非吾事，客路逢迎仰已知。莫讶归程秋向晚，也应去鲁自迟迟。

庚午秋观进士入试

棘扉晓辟万袍趋,邹鲁虽微士所都。三献有人怀楚璞,滥吹何事试齐竽。
要令庾语题斋臼,莫把元文覆酱瓿。袖手傍观君勿怪,个中曾是老於菟。

黄庭坚(1045—1105)

高至言筑亭于家圃以奉亲总其观览之富命曰溪亭乞余赋诗余先君之敝庐望高子所筑不过十牛鸣地耳故余未尝登临而得其胜处

逸人生长在林泉,更筑亭皋名意在。明月清风共一家,全以山川为眼界。
鸟度云行阅古今,溪滨木末听竽籁。老夫平生行乐处,只今许公分一派。

拘士笑大方

拘士笑大方,俗吏缚文律。当其擅私智,辙覆千里失。
鸟飞与鱼潜,明哲善因物。欣然领斯会,千百无十一。
蒯缑装太阿,付驵斩刍秣。风雨晦冥时,中夜鸣不歇。
张公下世久,安得叹埋没。齐王好吹竽,楚客善鼓瑟。
卫妇新上车,戒御无笞服。教母灭灶突,徙薪始入室。
三言至丁宁,于理盖已密。主人皆笑之,乃在未适节。
庄生亦有言,外物不可必。无地与挥斥,睠然思郢质。

孔平仲(1044—1102)

九日独登曹亭

重阳不见菊,节物愈凋零。性复不嗜饮,对酒只如醒。
秋堂静便卧,既起思殊清。登高未免俗,亦不造林坰。
屋西连郡郭,木末乃曹亭。杖藜只独往,坐对南山青。
萧瑟西风高,泱漭滞雨晴。断云见天色,残潦知地形。
遥峰落照敛,别浦暝烟生。归鸟向村急,孤舟当渡横。
此时有佳兴,乃恶闻人声。况令预尊俎,而使听竽笙。
嗟吾趣尚僻,取笑世上英。岂宜滥簪绂,但可老柴荆。

李　纲(1083—1140)

自武陵舟行至德山

舍车泛兰舟,摇荡武陵水。憩装古丛林,幽胜冠南纪。
当时霹雳手,掣电机在捶。铃锤今得人,宗旨振颓委。
何须大雄殿,突兀踞巍址。龙蛇相混杂,衲子聚千指。
齐竽一一吹,真赝见炉锤。青葱松竹阴,积翠纷可喜。
春风一动摇,萧瑟鸣不已。却游德岘亭,枉渚抱中沚。
襄阳今何如,风物略如此。空怀堕泪碑,愧叹羊叔子。
坐令邹湛辈,名字随骥尾。胡雏窥汉疆,战哭多新鬼。
王室如缀旒,寇盗结蜂蚁。而我荷宽恩,抱衅适万里。
回头望中原,洒涕湿巾几。海山渺安在,颅洞鲸波里。
飞仙时往来,当学长不死。

李格非(？—？)

过　临　淄

击鼓吹竽七百年,临淄城阙尚依然。如今只有耕耘者,曾得当时九府钱。

李　吕(1122—1198)

丙辰夏和周宰

爱公北堂幽,背郭出尘外。登临揽万象,气宇自怡泰。
目寄孤归鸿,道存不下带。山水含清晖,况复总其会。
隔岸列乔松,亭亭若车盖。云过矫虬龙,风来听竽籁。
于此省借留,饥民斯有赖。

李正民(1073—1151)

寄闻人茂德(其二)

未捐辛苦读书灯,老矣犹怀伯业能。齐国吹竽吾独否,荆山泣玉恨难胜。
满籯自足传儿子,堆案何劳谢友朋。已注虫鱼穷窈眇,却游溟海看鹍鹏。

李之仪(1048—1127)

阮公啸台次韵辛正叔

有口莫饮盗泉水,有手莫探骊龙珠。秋风冷落千古意,追风绝足谁能拘。
白云青山避世乐,击鼓撞钟廊庙居。等闲舒卷四海为之动,岂惮一一从吹竽。
君看事事绝天险,阿房宫在空荒墟。野人不识贵者帝,直欲炙背同向茅檐隅。
由来土苴漫优劣,亹亹传习随有无。当时一啸亦偶尔,至今登览烦嗟歔。
吾人妙质素所畏,感叹陈迹追盈虚。泾清渭浊固可辨,未应到海君能殊。

林希逸(1193—1271)

李提举挽诗(其二)

早岁声喧翰墨场,晚寻兰芷到湖湘。刘郎未得文章力,涪老空怀书传香。
埋璧奈何从石炫,好竽滋甚况琴亡。山房宿处成终诀,怅忆交情四十霜。

刘 攽(1023—1089)

寄题汉中三亭

梁山屏西南,汉水相萦带。古惟千骑居,今亦一都会。
守邦多伟人,按节森大旆。治声我家贫,能事斯亭最。
苍峰上盘云,清川近泻濑。隅分地俱胜,鼎构势争大。
扶危新栋梁,增旧加粉绘。功成人不劳,事得文无害。
长涂拥行辀,高宴罗羽盖。开筵揽锦绣,劝客喧竽籁。
陪游惭望回,请赋嗟自郐。安得凌风翰,径厉褒斜外。

刘克庄(1187—1269)

次黄殿讲鸣佩亭

谁引扶胥水入城,循除终日爱琮琤。天风何许佩环响,秋色自然竽籁声。
尽洗珠犀宁受涴,少留琴鹤未须行。它年父老传都漕,名与濂翁一样清。

刘 弇(1048—1102)

同朱彦周游元阳洞兼示文吴二羽人

穷西三湘邻,奔迫万岑会。盘拏崩腾根,疑此先草昧。

不周迁大荒,势落烛龙外。远征混沌凿,晚怵大块噫。
平疏一注玉,宽削四隅黛。前崖岌初豪,傍窦戢如块。
暗蹊青鲇卧,侧足得无殆。霜莸拥凝液,衣缀倚空盖。
危呀傲天顽,九地一疡溃。郁然嶙崒姿,似与石廊配。
间闻赫幽光,吹作雷雨解。石鼓形似余,击考亦砰磕。
阴阴隆冬户,塞向真琐碎。鸿蒙挹气母,茫昧超物怪。
不应私开辟,曾是阅成坏。黄熊非鲧化,九肋蓄硕大。
蹒跚舞阴机,无乃羞主宰。肉芝桂纯白,仙物今故在。
云烟更斐亹,巧弄非一态。笗筜下萧搣,往往到竽籁。
片桃仙凡隔,愁绝止飞濑。谁为篝火游,邀叩无底界。
世传元崇隐,兹事或虚采。骄阳五月竟,客子短辕迈。
火铃掷奔曦,酷势捎林荟。追随邦闾彦,及此洗长慨。
俯窥层冰拆,蓦收借泠汰。孤清凛毛发,生意自百倍。
清绝两羽人,惊我凤翰铩。扫开数寻天,援挽觅幽隘。
啸俦欣鱼贯,诣极愁鹢退。仙者如可作,庶或乔松赖。
咄嗟早衰身,樊笼信谁罪。便可冥三奔,吞漱驻童彩。
收摄自煎明,兹焉迹长晦。

刘 筠(971—1031)

上 元 日

汉典久传祠太乙,竺坟亦说会夫人。蟾蜍吐耀祥轮满,菡萏凝华宝槃新。
风转相竽来帝乐,香焚夹道杂车尘。承平多庆群欢洽,益见严宸奉紫旻。

吕本中(1084—1145)

王传岩起乐斋

人生各有乐,所乐故不同。吹竽与击缶,同在可乐中。
孰能识至乐,不计穷与通。颜子在陋巷,肯忧家屡空。
朝从圣师游,暮归无近功。忽然若有合,此乐固无穷。
当时二三子,因之开蔽蒙。君生百世下,久已闻其风。
端居有遐想,客至聊从容。四壁倚蓬蒿,万卷蟠心胸。

回视世所求，天道迷西东。此乐既不远，欲往吾其从。

吕　陶(1028—1104)

闻蛩和长句

唧唧微吟透绮疏，乍令人意少欢娱。留连夜景萧条甚，引惹秋声迤逦殊。
似向蜗庐频学啸，恐随蛙鼓亦吹竽。能鸣岂羡蚣蝑股，不语堪嗤蛱蝶须。
赋就情诗感长信，惊回仙梦失苍梧。虽知物性何喧寂，应念年华却叹吁。
从此渐为寒月计，凭谁与画小轩图。西堂忽起东归兴，望断青蒿接绿芜。

罗　绮(?—?)

题汪水云诗卷

南越长淮北眺燕，三书上彻九重天。毡寒驴重幽州雪，剑晓龙吟易水烟。
齐好无移竽尚在，秦酬有爽璧终全。知音向近西湖上，却不当初早理弦。

马之纯(1144—?)

桂　岭

桂花千树占嵌岩，绝胜淮南一小山。竽籁有时吹木末，天香无限满人间。
悬知彼处有金粟，为见如今闻麝兰。蹑磴缘崖期采摘，分明如向月中攀。

潘大临(?—?)

春日书怀

舟楫凌漳水，风涛接蠡湖。龙媒成跬步，骊颔脱微躯。
乐土供游戏，深文苦絷拘。胸中虽磈磊，墙外或歌呼。
老去嵇康懒，归来宁子愚。千钟真臭腐，十亩借膏腴。
春雨何曾密，园花竟自都。小桥藏细柳，方沼出新蒲。
酒熟拈巾漉，经传带雨锄。行盘随所有，坐客几时无。
日转淮阴暮，门通鸟径迂。仰头看哺鷇，引手亦将雏。
抚事盆缫茧，劳生户转枢。形骸浮大块，毛发燎红炉。
借问青宫犊，何如浊水凫。士衡甘食酪，张翰合思鲈。
世论几胶柱，人心尽好竽。屠龙非至计，射雉屈良图。

借箸方隆汉,推枰已灭吴。从渠画麟阁,吾自著潜夫。

蒲寿宬(？—？)

和胡竹庄韵

脱落皮毛尽,而今肠亦无。泣非缘楚玉,声不叶齐竽。
举目云天迥,论心水月孤。只应饮美酒,跳入费公壶。

秦 观(1049—1100)

送周裕之赴新息令

丈人淮海英,抗节浮云外。挥毫错星锦,抵掌参竽籁。
青春抱修能,脱略无范蔡。晚营三径资,百里聊束带。
扁舟岁欲徂,古刹夜仍艾。去去整羽仪,行与高风会。

商 倚(？—？)

次韵余干试院即事呈诸公

风生帘幕撼层波,况值清秋一半过。堂上簪裾方鹭集,案间图史已星罗。
东篱采菊朝尝酒,北里吹竽夜听歌。早晚奏名闻黼坐,望中无奈白云何。

宋 祁(998—1061)

书怀寄郭正

侨籍依三辅,愁颠遍二毛。星灰对遒尽,泪卷掩劬劳。
并叹丝兼路,都捐笔与刀。思旌初不定,离绪仅堪缲。
丑是流离子,材真朴遨曹。未成虞弁进,旋似郭竽逃。
邑聚巉屼合,都城郁律高。惟余故人意,恋恋剧绨袍。

宋 庠(996—1066)

故相国沂公建设学官实宠兹土近闻生徒浸盛姑复慰怀因成拙诗一章奉呈州学官因以勉导来者

旧学开宏构,斯文耸奥区。由来汉丞相,善教鲁诸儒。
自昔升堂训,于今避席趋。照函经满帙,绘壁礼成图。
集讲占庭鳣,怀贤咏谷驹。道存终拾芥,声滥或逃竽。

一箦宜无止,连城莫自沽。育材真孟乐,希圣乃颜徒。
　　寸晷堪轻璧,繁英慎夺朱。雾蒸还作市,风至即名雩。
　　晓圃林如泮,春郊水是洙。从兹弦诵地,不复叹榛芜。

苏　轼(1037—1101)

将往终南和子由见寄

人生百年寄鬓须,富贵何啻葭中莩。惟将翰墨留染濡,绝胜醉倒蛾眉扶。
我今废学如寒筝,久不吹之涩欲无。岁云暮矣嗟几余,欲往南溪侣禽鱼。
秋风吹雨凉生肤,夜长耿耿添漏壶。穷年弄笔衫袖乌,古人有之我愿如。
终朝危坐学僧趺,闭门不出闲履凫。下视官爵如泥淤,嗟我何为久踟蹰。
岁月岂肯与汝居,仆夫起餐秣吾驹。

追和子由去岁试举人洛下所寄九首·韩子华石淙庄

　　绛侯百万兵,尚畏书牍背。功名意不已,数与危机会。
　　我公抱绝识,凛凛镇横溃。欲收伊吕迹,远与巢由对。
　　誓言虽未从,久已断诸内。区区为怀祖,颇觉羲之隘。
　　此身随造物,一叶舞澎湃。田园不早定,归宿终安在。
　　彼美石淙庄,每到百事废。泉流知人意,屈折作涛濑。
　　寒光洗肝膈,清响跨筝籁。我旧门前客,放言不自外。
　　园中亦何有,荟蔚可胜计。请公试回首,岁晚余苍桧。

苏　洵(1009—1066)

答张子立见寄

舟行道里日夜殊,佳士恨不久与俱。峡山行尽见平楚,舍舡登岸身无虞。
念君治所自有处,不复放纵如吾徒。忆昨相见巴子国,谒我江上颜何娱。
求文得卷读不已,有似骏马行且且。自言好学老未厌,方册几许鲁作鱼。
古书今文遍天下,架上未有耿不愉。示我近所集,漫如游通衢。
通衢众所入,癃残诡怪杂沓不辩可叹吁。文人大约可数者,不过皆在众所誉。
此外何足爱,刓破无四隅。况予固鲁钝,老苍处群雏。
入赵抱五弦,客齐不吹筝。山林自窜久不出,回视众俊惊锟铻。

岂意误见取,骐骥参赢驽。将观驰骋斗雄健,无乃独不堪长途。
凄风腊月客荆楚,千里适魏劳奔趋。将行纷乱若无思,强说鄙意惭区区。

苏　辙(1039—1112)

四月二十八日新热寄仇池

细莎为屦如编须,轻葛为服如剪荸。寒泉洒屋朝露濡,霜簟可荐机可扶。
风鸣牗间如吹竽,此虽有暑宜亦无。庭前峻山楂之余,盆中养鳅大如鱼。
荻生抱甲未见肤,蔓起上屋将悬壶。麦苗高齐可藏乌,此虽非野仅亦如。
兄居溪堂南山趺,濯足溪水惊雁凫。澄潭百丈清无淤,将往思我立踟蹰。
东轩鄙陋何足居,欲行不行系辕驹。

苏　籀(1091—?)

黄筌画金盆鸽孟蜀屏风者也一首

孟氏观阙尝鲜新,虬虬栱桷翔青冥。可怜当年百事足,鬼眼未遽窥高明。
铺首仓琅百楼耸,宝帘珠带关银屏。风台露榭敞锦缬,朝朝暮暮吹竽笙。
鹅溪白茧冰雪清,黄史舐笔研丹青。屏间观者诚粲者,醉颊融暖兰膏匀。
金罃滴取宫桃露,点黵铅朱三昧处。融怡宿粉晕娇红,一片辞枝三月暮。
妙趣忘言心独睹,花好更教宫女妒。彩翎降趾戏宫廷,啄哺驯和谢笼篆。
跰石窥盆刷羽仪,天乐凤箫骞欲举。智者创物仁者守,何嗟及矣何追咎。
当时高岸尚微茫,零落萍蓬入谁手。华堂粉壁倚叉竽,五十年前亡是叟。
细说盈亏阅今古,我曹知爱当知恶。此间风韵出成都,花上杜鹃啼最苦。
见之坐右久弥新,咄咄庸工难与语。

孙　觌(1081—1169)

送王循道赴省试四首(其三)

　　秦俗自击缶,齐人善吹竽。宁闻牛角斗,莫奏凤将雏。
　　独唱谁能晓,弥天和欲无。中郎非俚耳,为斫爨中枯。

孙应时(1154—1206)

用前韵感事(其二)

　　竽门抱瑶瑟,雅与时好乖。闭门守长饥,毅然丈夫哉。

南楚卧龙士,北燕黄金台。但使本根在,功名真侥来。

汪元量(1241—1317)

幽州会同馆

六花飞舞下天衢,万里羁人心正孤。收拾碎砖禆暖炕,掘穿平地结寒炉。
行厨日给官中粟,递驿时供塞上酥。忽报传宣双敕使,王门今欲试齐竽。

王安石(1021—1086)

白 纻 山

白纻众山顶,江湖所萦带。浮云卷晴明,可见九州外。
肩舆上寒空,置酒故人会。峰峦张锦绣,草木吹竽籁。
登临信地险,俯仰知天大。留欢薄日晚,起视飞鸟背。
残年苦局束,往事嗟摧坏。歌舞不可求,桓公井空在。

王 令(1032—1059)

谢束丈

卓郑簪裾密作林,相如贫病强来临。藜羹才饱无他志,肉食俄充有愧心。
死马偶能逢市骨,滥竽常恐负知音。古来一饭皆论报,何日王孙遂有金。

梦 蝗

至和改元之一年,有蝗不知自何来。朝飞蔽天不见日,若以万布筛尘灰。
暮行啮地赤千顷,积叠数尺交相埋。树皮竹颠尽剥枯,况又草谷之根荄。
一蝗百儿月两孕,渐恐高厚塞九垓。嘉禾美草不敢惜,却恐压地陷入海。
万生未死饥饿间,支骸遂转蛟龙醢。群农聚哭天,血滴地烂皮。
苍苍冥冥远复远,天闻不闻不可知。我时心知悲,堕泪注两目。
发为疾蝗诗,愤扫百笔秃。一吟青天白日昏,两诵九原万鬼哭。
私心直冀天耳闻,半夜起立三千读。上天未闻间,忽作遇蝗梦。
梦蝗千万来我前,口似嚅嗫色似冤。初时吻角犹唧哝,终遂大论如人间。
问我子何愚,乃有疾我诗。我尔各生不相预,子何诗我盍陈之。
我时愤且惊,噪舌生条枝。谓此腐秽余,敢来为人讥。
尔虽族党多,我谋久已就。方将诉天公,借我巨灵手。
尽拔东南竹柏松,屈铁缠缚都为罩。扫尔纳海压以山,使尔万噍同一朽。

137

尚敢托人言,议我诗可否。群蝗顾我嗟,不谓相望多。
我欲为子言,幸子未易呿。我虽身为蝗,心颇通尔人。
尔人相召呼,饮啜为主宾。宾饮啜醨百豆爵,主不加诟翻欢欣。
此竟果有否,子盍来我陈。予应之曰然,此固人间礼。
傧价迎召来,饮食固可喜。蝗曰子言然,予食何愧哉。
我岂能自生,人自召我来啜食。借使我过甚,从而加诟尔亦乖。
尝闻尔人中,贵贱等第殊。雍雍材能官,雅雅仁义儒。
脱剥虎豹皮,借假尧舜趋。齿牙隐针锥,腹肠包虫蛆。
开口有福威,颐指专赏诛。四海应呼吸,千里随卷舒。
割剥赤子身,饮血肥皮肤。噬啖善人党,嚼口不肯吐。
连床列竽笙,别屋连嫔姝。一身万椽家,一口千仓储。
儿童袭公卿,奴婢联簪裾。犬豢羡膏粱,马厩余绣涂。
其次尔人间,兵皂倡优徒。子不父而父,妻不夫而夫。
臣不君尔事,民不家尔居。目不识牛桑,手不亲犁锄。
平时不把兵,皮革包矛殳。开口坐待食,万廪倾所须。
家世不藏机,绘绣绵衣襦。高堂倾美酒,胹肉脍百鱼。
良材琢梓楠,重屋擎空虚。贫者无室庐,父子各席居。
贱者饿无食,妻子相对吁。贵贱虽云异,其类同一初。
此固人食人,尔责反舍诸。我类蝗名目,所食况有余。
吴饥可食越,齐饿食鲁邾。吾害尚可逃,尔害死不除。
而作疾我诗,子语得无迂。

王　炎(1138—1218)

汪贵之挽诗

　　洗涤膏粱习,熟熏班马香。吹竽多炫鬻,韫玉独深藏。
　　不作山中相,应为地下郎。一夔家有子,虽没未云亡。

王禹偁(954—1001)

酬种放徵君一百韵

　　太岁在辛卯,九月万木落。是时太阴亏,占云臣道剥。

王生出紫微，谴逐走商洛。扶亲又抱子，迤逦过京索。
弊车载书史，病马悬囊橐。西都不敢住，空负香山约。
阌乡正南路，秦岭峭如削。肩舆碍巨石，十步三四却。
妻孥亦徒步，碛砾不容脚。山店盖木皮，烟火浑熏灼。
夜深闻豰虎，全家屡惊懼。山泉何萦回，切冽无桥杓。
卸鞍引羸蹄，解袜事芒屩。晨澜发可鉴，朝涉胫如斫。
商山六百里，天设皆岩崿。上洛在其中，狴牢曾未若。
逐臣自可死，何必在远恶。刺史不我顾，古寺聊淹泊。
卜居杂民氓，致养无精繫。知道由自宽，有亲强为乐。
侧闻种先生，终南卧云壑。长沮既躬耕，元礼仍开学。
王绩妇未娶，介洁翘孤鹤。之推母偕隐，教诲修天爵。
诗情亦嗜酒，道气不服药。田衣剪荷芰，野饭烹苴蒻。
雾豹泽文彩，冥鸿避矰缴。肯从羔雁聘，唯恐簪裾缚。
如何宋右史，斥鹦议雕鹗。玄纁与丹诏，恩礼诚非薄。
仍敕京兆府，敦谕辞恭恪。先生恋板舆，纯孝心坚确。
散发走烟峦，拜章谢恩渥。巨材犹在涧，大玉不出璞。
使者遂空回，软轮何寂寞。贤母召征君，庭责词嗃嗃。
胡为事章句，漏名入街郭。府县污我山，胥徒噪吾幄。
以兹近声利，安得成高邈。誓将徙穷谷，庶可逃喧浊。
先生拜引过，为寿开樽杓。陶陶又熙熙，何啻闻竽籥。
人传到迁客，面目敦惭怍。器小识不远，当年事头角。
遭时得一第，游宦何龌龊。逐膻甚蚍蜉，斗耀同蜥蝎。
宰邑乏弦歌，谏垣无謇谔。便蕃朱紫绶，僭忝丝纶阁。
方号骁骁龙，已困狷狷猓。待罪始知非，咄哉昧先觉。
一聆高世行，罪发庸可擢。忍耻赋三章，尘埃寄寥廓。
明年会恩宥，量移井蛙跃。靡暇谒南山，征途望西岳。
黄河波汹涌，白径苔斑驳。中条围解县，五老烟靃靃。
此焉为郡副，乌敢事陨获。笼禽幸未死，尚且谋饮啄。
米呼村婢舂，樵雇山僮斫。喂马捽寒芜，看书爇秋箨。

信口亦吟哦，放心无适莫。君恩已绝望，人事终难度。
相府一张纸，唤起久屈蟄。诚知有梁栋，未忍弃榱桷。
五城天上开，三殿云间卓。重取故衣冠，笼裹山猱玃。
病翼得风云，坏墙劳赭垩。谏官与史氏，旧职聊羁络。
举袖拂石螭，凝眸睨金雀。冥心想前事，一梦何挥暐。
长恐先生闻，倚松成大噱。关中朋友来，遗我神仙作。
繁华远客骑，铮钺美人错。古澹啜铏羹，文雅铿木铎。
千言距百韵，旨趣何绰绰。孰念气如虹，翻然轻抵鹊。
俊甚麻姑抓，快比屠门嚼。浑金岂在镕，尺璧宁施琢。
愈风齐捧檄，忘味同闻乐。致之向怀袖，日夕芬兰若。
褒我尘俗韵，铅刀化干镆。同声必有应，过实还疑谑。
盛夸山中事，云屋张霞幕。兰芽含露采，石髓和烟酌。
巢由泉涤耳，园绮芝盈握。有时上绝顶，星斗近可摸。
下视尘世人，营营似蠃螟。男儿既束发，出处岐路各。
苟非秉陶钧，即去持矛槊。致主比唐虞，安边如卫霍。
不尔为逸人，深居返吾朴。胡然自碌碌，名节日销铄。
行年过半世，功业欠圭勺。无术铸五兵，使民兴钱镈。
无材统六师，逐寇开沙漠。空言说王道，肆眼看人瘼。
多惭指佞草，虚效倾心藿。一览大雅文，起予亦何博。
况兹山野性，谟画昧方略。搔首谢朝簪，行将返耕凿。

韦　骧（1033—1105）

和刘守以诗约赏南园牡丹

闲花浪蕊漫芬敷，满槛妖韶体自殊。且看淡红随分有，须知绝品此中无。
蔫愁魏国掺掺手，辨怯齐门一一竽。已扫幽亭待清赏，更烦佳句预相娱。

文彦博（1006—1097）

玩月吟寄友人（其一）

桂魄腾车朱户深，琐寮珠箔夜沉沉。慵听北里吹竽燕，闲倚南楼拥鼻吟。
玉宇暗销红烛影，银床斜转碧桐阴。金瓶剩贮程乡酒，留待龙交满满斟。

140

吴 芾(1104—1183)

和董伯玉韵

野性耽闲昼掩扉,坐看斜日上书帷。不妨挟册从吾好,小学吹竽笑昨痴。
鬓发星星行且老,胸襟磊磊苦亡奇。与君正欲论心事,又恐分携各一涯。

喜 晴

我家世业本农夫,力作耕田供百需。食无鱼兮出无车,但守桑梓依枌榆。
中更兵火田园芜,骨肉奔迸几为奴。饥肠雷转寒侵肤,中夜穷鬼常揶揄。
自笑为生亦良劬,此身何由出泥涂。始弃耒耜亲诗书,一以经训为菑畬。
弟兄相继蹑云衢,吾乡往往推诸吴。我虽有志徒区区,顾惭小技非大巫。
向来聊出应时须,亦复接武丹墀趋。退视才悭思且枯,敢意滥吹东郭竽。
自从得请归田庐,万事闭眼不问渠。岂谓割分姑孰符,一时乏使偶见除。
此邦自昔称膏腴,千里旧富稻与鱼。十年九潦田无租,今岁穰稌方满圩。
邦人举首争欢呼,谓此丰登亘古无。骤然一雨惊里闾,直疑平地浮江湖。
灵祠致祷才登舆,已见皎日升东隅。
一方今既奠厥居,太守宁不欲自娱,便可投绂歌归欤。

吴锡畴(1215—1276)

元 日

寂寞柴门贺客疏,已输渐后饮屠苏。花情柳思开新岁,竹简蒲团只故吾。
献楚有谁能辨玉,求齐正自不工竽。朝来笑挽春风问,亦解重青两鬓无。

项安世(1129—1208)

二十一日柘龙桥道中

早禾登架晚禾青,雨后官塘处处平。山马未明行木杓,水牛亭午卧深坑。
人家总在林间住,生计惟凭陇上耕。青嶂夹田田夹涧,翠围屏里万竽笙。

谢蔼(1074—1116)

次韵之南读彦光诗有作

君家父子俱能诗,天遣俶鸟鸣春时。文穷抵掌定不免,齐竽不学君何疑。
平生说诗喙三尺,只今寒吃成期期。愿君高处古无上,抑以自惊无邪思。

谢 逵(？—？)

淳祐甲辰三月中浣奉诏经略同客张景东冯云从男公阐公阆游乳洞纪事

寻幽天气得晴酣,小小篮舆胜绣鞍。洞以乳名云液涌,泉纡石出水晶寒。
山容染翠开油幕,竹韵鸣竽立玉竿。孰谓地灵钟秀异,美哉风物见兴安。

徐鹿卿(1189—1251)

感兴(其一)

吹竽媚所好,乞墦厌其余。迩来效尤者,往往拾芥如。

薛季宣(1134—1173)

我 客

昔我客荆梁,从事清蕖幕。太仓蠹红腐,吹竽滥东郭。
去作徒劳吏,青衫走樊鄂。抚字亦何心,催科厌笞掠。
借问差少愧,而今不如昨。天游内于于,纷至攘六凿。
铸此一错字,为费几魏博。闲居幸从容,琴书有真乐。
胡然令闲忙,远谢乘轩鹤。人生百年中,藏舟固非壑。
顾已习迷途,如蚕自缠缚。作诗忏当来,聊以慰寥落。

杨冠卿(1138—？)

继诗社诸友韵

休将龟策问穷通,往事邯郸午枕中。南郭吹竽羞滥食,北山运畚笑愚公。
酒边赖有赓酬在,客里还欣臭味同。得句不妨频寄我,从今莫效马牛风。

壬寅仲冬晦日同吴监丞游延祥宫延祥盖和靖所居也

霜日炫晴昼,湖光掠眼明。散策事幽讨,出门聊意行。
柳塘和靖居,宫殿若化成。霞裾赤城仙,笑语相逢迎。
云腴饮甘液,琅函披内经。跌坐纵名谈,妙处俱忘形。
须臾启灵镳,台沼列万楹。径路通深杳,宫花不知名。
石泉鸣佩环,松篁奏竽笙。仿佛如钧天,音韵铿鏗鏗。

吾皇香案臣,笔力雕阳春。危亭倚高寒,意气干青云。
饮酣视八极,神驰白玉京。日月看跳丸,羲轮忽西倾。
归来十里塘,问讯江梅英。断桥流水香,一枝疏影横。
烟淡月昏黄,清于玉壶冰。锦囊搜好句,山阿纪前盟。

叶　适(1150—1223)

王氏读书吟堂

谁能采桑谈,谁能带经锄。古人读书地,妙理出穷间。
矧今治华室,山翠涌前除。风烟聚景趣,花竹成画图。
主人乌纱帢,子弟绣罗襦。新装茧纸印,上记开辟初。
展卷忽有得,欣如奏齐竽。勉哉造其微,勿逐皮毛粗。

还华贤良九经说贤良进卷语林等

华君官五世,人物朴而重。穷经不辞难,著论何其勇。
编排过百帙,装皮高一冢。见闻颇惊讪,吟玩自欣悚。
余本空疏人,盛刺勤远捧。津舣俾之读,涉岸沧溟汹。
惟知畏浩博,敢复议烦冗。芄兰恨柔蔓,栎社嫌拥肿。
谁令独管吹,而为众竽恐。杨墨岐路迷,服郑丘林拱。
西邻黄策子,简要获天宠。君兮幸持归,卧看云生垄。

袁　燮(1144—1224)

天童道上二首(其二)

太白峰前三十里,古松夹道奏竽笙。清辉秀色交相映,未羡山阴道上行。

袁说友(1140—1204)

有　感

万事缘憎爱,孤衷只蠢愚。归与乖俗好,老矣误时须。
举世冲霄鹄,何人滥吹竽。穷通一不问,无复鬼揶揄。

曾　巩(1019—1083)

答石秀才月下

今宵月色明千里,秋水与天无表里。树木矫矫蛟龙蟠,屋瓦鳞鳞雪霜洗。

林下病人毛骨醒,目爱清光不知已。秋风自作竽籁声,更送城笳夜深起。
客衾初寒睡未能,忽得子诗哦以喜。子求我和何勤劭,我知枯疏少知己。
子真爱我常存心,安用芜辞烦笔纸。

曾　几(1085—1166)

松风亭四首(其四)

回环数株松,老干极落落。清风一披拂,竽籁自然作。
喧嚣世俗事,只使人意恶。谁能洗耳来,相与憩寂寞。

张景脩(？—？)

送朱天锡童子

黄金满籯富有余,一经教子金不如。君家有儿不肯娱,口诵七经随卷舒。
渥洼从来产龙驹,鸑鷟乃是真凤雏。一朝过我父子俱,自称穷苦世为儒。
雪窗夜映孙康书,春陇昼荷儿宽锄。翻然西入天子都,出门慷慨曳长裾。
神童之科今有无,谈经射策皆壮夫。古来取士凡数涂,但愿一一令吹竽。
甘罗相秦理不诬,世人看取掌中珠。折腰未便赋归欤,待君释褐还乡闾。

张　耒(1054—1114)

天庆观三色桧

聚处岁寒物,生为千岁身。柯条虽自异,臭味本相亲。
商季诸公子,茅家贤弟昆。分驱众彭恶,各共一清真。
竽籁风中合,鳞鳍雨后伸。高枝如借便,轻举岂无人。

友　　山

张子官于福昌,块然独居,无与为友。宾客不至,遗朋失旧。
经时闭门,终日钳口。出无与游,居无与就。
谁同我食,谁酌我酒。归守妻孥,出对厮走。
驾言出游,田童野叟。气否莫交,情包不剖。
塞聪蔽明,盘足袖手。披书阅简,眩目疲肘。
厌然成痼,不可针灸。于是张子,涤虑除烦。
披庭扫堂,枕手而眠。恍若有遇,有神降焉。

曰我实哀汝,独无友朋。我有教告,子乎我听。
凡世之人,百愚一贤。古昔所叹,非独今然。
得贤与朋,善固无俪。贤不可得,将愚与比。
友贤实难,幸然后值。不幸友愚,与无孰利。
谄笑倾辟,韬情晦实。测心献计,因隙投策。
口是腹非,面歌背泣。友若此者,实繁孔多。
曷若不见,目清耳和。我复告子,真友之实。
尔遵我言,友胡有竭。人物虽殊,可友同焉。
赐尔以友,其名曰山。居汝左右,在汝北焉。
端不汝去,澹兮绝言。春丽夏繁,秋疏冬瘦。
霞雾融明,风驰雨骤。孤楫横奔,牢屯巧镂。
傲岸轩昂,清华润秀。对食临眠,排堂入牖。
效技汝前,虽劳不疚。山有佳泉,多灌尔圃。
历石悬空,泠泠清漱。如闻妙音,濯烦浴垢。
不犹愈乎,卑议庸读。过耳增懑,入心善烦者乎。
山有修竹,汝园是植。静丽明鲜,端虚正直。
如彼正人,扬言发色。微风散碧,宵月镂白。
不犹愈乎,市儿尘颜。敛眉鼓吻,佞笑浮言。
工为媚悦,善佞曲拳者乎。山有乔木,耸立而峙。
端无媚姿,若对正士。障雨蔽暍,千人所茈。
微飙披拂,吹奏竽籁。不犹愈乎,蠕蠕鼠辈。
女黠儿娇,奴趋妾拜者乎。山有好鸟,清喉丽羽。
引啸长鸣,群呼迭语。夜管风弦,哀簧怨柱。
不犹愈乎,巷歌里舞。促缩跳梁,颠妖淫污。
父子不施,弃礼忘数者乎。如前实繁,言胡可殚。
汝与之乐,右攀左援。曷为孑孑,瘖寐嗟叹。
张子再拜,受言永怀。解累亡忧,心通志开。
高山岩岩,流水潺潺。竹茂木翘,鸟鸣琅然。
如前夷齐,而后闵颜。吾何为乎,浩然其间。

张　嵲(1096—1148)

过大包阁寄夏漕致宏

积雪天欲晴,山深雾犹拥。大包谁缔结,架壑一何耸。
崖倾石路仄,峡束惊波涌。垂堂尚何言,颠坠虞接踵。
经过固已殆,却顾神屡悚。前山净如洗,浩浩云根动。
崖花作蜜香,山童似猴拱。旧乡迷远近,所历但如梦。
穷通久已忘,况此发种种。犹欣故人近,宽我惧将恐。
语乱眉定颦,道旧腹应捧。灯前侍儿出,花外寒烟重。
羁怀醉里宽,离念风前恫。游宦愧吹竽,剧谈犹贾勇。
观君富声华,顾我成阒茸。行台定匪赊,失喜欲距踊。

章　甫(？—？)

喜凉(其一)

暑气今全减,人心始少苏。客愁生海燕,秋意入庭梧。
岁月真虚掷,诗书只自娱。荆山谁献玉,齐国正吹竽。

赵德载(？—？)

绍兴丙辰冬十有二月戊申赵德载赴官宕渠入境小雨肩舆中戏作一绝书白鹤寺壁

三年冷眼笑吹竽,世态炎凉我自如。却怪天公亦人事,入邦便有雨随车。

赵　蕃(1143—1229)

古意二首(其一)

齐王昔好竽,有客工鼓瑟。持之立王门,三年不得入。
不知所好异,卒致遭怒叱。我今幸早计,归去无自逸。

周　孚(1135—1177)

寄庭藻

霜风凛凛战征帆,夜月船窗许对谈。当日心期付张八,莫年诗笔忆陈三。
玉难售楚真堪叹,竽解欺齐窃自惭。垂橐归来未糊口,更烦米价问淮南。

朱 槔(？—？)

寓 居 南 轩

云气披猖月意孤,冬青倒影上庭隅。灯横老荠蛾方去,书掩新芸蠹已无。
一世尽知关鲁酒,十年不拟叹齐竽。支颐坐觉疏星没,独扣龙头泻酪奴。

朱淑真(？—？)

次韵见赠兼简吴夫人

南北常嗟见未因,停舟今喜笑谈亲。张姬淑德同冰玉,李白高吟泣鬼神。
和管幸听鸣凤侣,滥竽还愧赏音人。佳篇奖拂还过实,班卫声名岂易伦。

朱 熹(1130—1200)

寄江文卿刘叔通(其三)

我穷初不为能诗,笑杀吹竽滥得痴。莫向人前浪分雪,世间真伪有谁知。

邹 浩(1060—1111)

马叔宝寄种竹诗次其韵

穷年不挥斧,叹息无妙质。谁知深眇中,环堵以为室。
纷笔如万牛,力挽未曾出。论交余此君,聊为拂巾栉。
人间方好竽,萧萧乃鸣瑟。兹焉得所投,陈雷信难匹。
昨来面墙心,举倡有风日。莫似白乐天,殷勤在兜率。

簧

曹 勋(1098—1174)

过邯郸

恭持天子节,再经邯郸城。断垣四颓缺,草树皆欹倾。
慨念全赵时,英雄疲战争。殆及五季末,瓜分无定盟。
慨念蔺君高,璧亦安所盛。翩翩魏公子,有德胜所称。
殆今已千年,废台漫峥嵘。赵民尚自若,歌舞娱春荣。
金石丝簧奏,仿佛余新声。兴废乃尔尔,人事徒营营。
望城只叹息,尽付西山青。

陈 造(1133—1203)

程帅以古人名作诗见寄拟作谢之

胸次不平当近酒,热官奋扬肯回首。即今羊杜诗中仙,襄阳城中狮子吼。
我将仲子趋黄堂,孰看毕战搴旌幢。抗颜路尘旋行役,但有魂梦公之傍。
濒海作宰我漫仕,留赞郡符真左计。老夫已老子白丁,解颐与言游戏事。
骈罗隐服芙蓉裳,设张翰墨当丝簧。敢向青山简奇胜,有田肯卖吾倒囊。
如公端合穆王度,不靳尚作归田语。蓬莱朱金久已齐,还许远来结邻否。

程公许(1182—?)

寿东师杨尚书

去年拜公北定堂,中秋玩月喧丝簧。长风趣驾溯江艇,恨不初度觑一觞。
转头玉鉴秋又满,北定风景遥相望。寸心炯炯千里共,欲往从之川路长。

五年为帝屏南服,扫清塞尘为乐乡。尽捐岁籴为丁壮,米斛二万饶积仓。
民无箕敛士宿饱,一面屹立如金汤。平安遥夜飞炬火,燕寝永昼凝清香。
雅知烹鲜不可扰,岂无发硎善而藏。官闲选胜极旷奥,天巧为公时雨旸。
五峰讲席环子佩,北岩布金开道场。要将名教植根本,参以佛法荄荞稂。
君不见海观烟涛碧万顷,卫公心眼周八荒。
又不见开福浮屠玉千尺,给事愿力同觉皇。
得如我公志淑艾,未许二老相颉颃。眇然人物殊乏使,鼎来事会那可常。
维北有斗天喉舌,乃作福星私一方。何不唤归坐岩廊,五色线补舜衣裳。
拓开贤路旧荆棘,勿遣庬头森角芒。腐儒忧世心慷慨,百未一成鬓苍浪。
公怜不麑客倚墙,肯借齿颊加雌黄。颂言我岂知己私,民亦劳止须小康。
岐山之颠岂无巢凤凰,何时口衔瑞图飞高冈。
我亦刷翅相从千仞翔,引吭一声鸣朝阳,请赋卷阿之诗之九章。

程元岳(1218—1268)

和竹坞过曹柘岭

浮邱千载尚相闻,解簪精蓝月未曛。一霎阴晴一霎雨,几重山水几重云。
轻簦啑处闻求友,浓绿丛边对此君。更有山灵呈状巧,殢人花木亦欣欣。

董士廉(?—?)

兴庆池禊宴

岁和事简正韶春,兴庆池边乐众宾。寻胜此时追曲水,赏芳良会属平津。
映花语笑秋千女,隔岸丝簧祓禊人。深愧薄才叨下幕,酒酣应许吐车茵。

范成大(1126—1193)

大暑舟行含山道中雨骤至霆奔龙挂可骇

隤云暧前驱,连鼓迓后殿。骎骎失高丘,扰扰暗古县。
白龙起幽蛰,黑雾佐神变。盆倾耳双聩,斗暗目四眩。
帆重腹逾饱,橹润鸣更健。圆漪晕雨点,溅滴走波面。
伶俜愁孤鸳,飐闪乱饥燕。麦老枕水卧,秧稚与风战。
牛蹊岌城沉,蚁隧汹瓴建。水车竞施行,岁事敢休宴。

咿哑啸簧鸣,辘辘连锁转。骈头立妇子,列舍望宗伴。
东枯骇西溃,寸涸惊尺淀。嗟余岂能贤,与彼亦何辨。
扁舟风露熟,半世江湖遍。不知忧稼穑,但解加餐饭。
遥怜老农苦,敢厌游子倦。

方　回 (1227—1307)

忆我二首各三十韵 (其二)

忆我弱甫冠,束书如钱塘。中兴百廿载,行都滋浩穰。
虽已劣乾淳,尚可云小康。巴蜀骇破碎,淮襄传扰攘。
腹心辇毂地,按堵如故常。于时数万士,云集升上庠。
草茅起穷谷,拭目观国光。出门不识路,天街何其长。
侠士剧燕赵,佳人□姬姜。五鼓夜灯烛,万楼春丝簧。
吴米白如雪,奭薱千斯仓。缥缈湖山间,画船娇红妆。
六桥杨柳岸,荷花云水乡。四时无不宜,莫若僧夏凉。
小儒苦乏资,冷眼看豪强。托迹朝士馆,窃睨鹓鹭行。
台评或非是,庙论有不臧。相与读邸报,愤闷填中肠。
侥幸江汉静,奸凶殢炎荒。礼闱采刍言,始得伸名场。
岂谓边功相,曾不监彼狂。骄淫无比伦,虐毒尤披猖。
未闻古天子,买田自置庄。群小附鬼蜮,国脉内已戕。
虱臣颇有胆,四被言者章。最后得拜疏,遘诛逃维扬。
万古木绵庵,不愧赵韩王。草茂复古殿,雨淋集贤堂。
青史孰可□,念此心神伤。焉得陆士衡,复与作辨亡。

韩　维 (1017—1098)

览景仁君实议乐以诗戏呈景仁

少年议乐至颠华,作得文章载满车。律合凤鸣犹是末,尺非天降岂无差。
劳心未免为诗刺,聚讼须防似礼家。一曲银簧一杯酒,且于闲处避风沙。

华　镇 (1051—?)

春日杂兴十五首 (其四)

韶光入南园,芳树啭珍禽。弄月晓烟际,吟风夕阳林。

间关调巧言,玲珑韵鸣琴。密传青帝意,说尽阳和心。
采之芳林幽,置之华堂深。愿言几席间,时听林中音。
朝餐屑昆玉,雕笼饰南金。引盼结绮疏,弄影高梧阴。
三旬春欲暮,写此如簧吟。

送越帅程给事赴诏

清华仙殿图书府,贵近东台侍从郎。宠被买臣荣遇绂,来临安石宴游乡。
下车建设先条教,暖席施为尽纪纲。鉴物净明齐上水,临机锋锐逾干将。
威棱直为摧奸宄,德惠阴知佑善良。意匠经营真有趣,轴机裁处动非常。
谨严庭讼情无失,检察民输弊已亡。坐使奸胥难用巧,默令雅俗尽知方。
淳和只有兴廉逊,肃治应无敢寇攘。莲幕终朝闲笔削,圜扉经岁绝桁杨。
精蓝振起都城美,新馆增延使者光。蓻拂散材充大匠,吹嘘寒谷变春阳。
三年治最腾歌颂,千里声和协雨旸。何但编氓称五袴,已令比屋有千箱。
风流自得篇章乐,闲暇人惊日月长。彩舫有时罗绮绣,朱轓到处拥丝簧。
寻穷万壑幽深趣,踏遍千岩紫翠芳。绝唱未饶元相国,遗风独揖贺知章。
香山图画知尝预,魏阙心诚想未忘。下国可能留近侍,雄材自合在岩廊。
祥光一夜生台座,优诏平明出未央。汉殿果深思董贾,越人那久得龚黄。
丹书东下随秋雁,画鹢西征拂晓霜。不独飞章留去辙,况多扶老拥归舻。
已知子翼终难借,犹拟曹侯且缓装。送目未能看竹马,倾思惟只咏甘棠。
既当帝阙盐梅望,可恋吴门绣画堂。前席虚心方注想,据鞍壮气正康强。
七城异绩虽云远,万室苍生伫有望。蹇步有心随轨辙,梦魂终夜倚门墙。

黄庭坚(1045—1105)

戏赠曹子方家凤儿

拣芽入汤狮子吼,荔子新剥女儿颊。凤郎但喜风土乐,不解生愁山叠叠。
目如点漆射清扬,归时定自能文章。莫随闽岭三年语,转却中原万籁簧。

孔平仲(1044—1102)

和天觉钱朝散度上余兴之作

金轮演法教大千,石沙蒸饭戒在前。丝挂千钧危何言,竹映南窗犹可眠。
鲍簧弦索莫妄想,土视粉黛宁非贤。革面匪诚君岂然,木强我只思林泉。

李 纲(1083—1140)

春晓闻众禽声有感

春山苍莽天欲明,枕上静听春禽鸣。雏莺初啭正调舌,姹娅乍闻三两声。
不如归去意良切,脱却泼袴何由行。愁人最是断消息,姑恶更觉声娇狞。
布谷催耕雨才足,鹁鸠唤妇远将晴。其余不复识名字,雅音幽韵如簧笙。
天公怜我太寂寞,故遣尤物怡吾情。鸾歌凤舞未可见,候虫时鸟聊嘤嘤。
我生半世因漂泊,巧言谗谤饱所经。杜门却扫与世绝,欲室两牖忘雷霆。
尔声虽好太饶舌,逼耳颇似虚弦惊。就中提壶可人意,劝我沽酒花间倾。
心怀百忧只欲睡,更愿常醉不用醒。落花芳草正可藉,玉山自倒知谁令。
乌啼鹊噪错昏昼,燕雀啾唧环檐楹。从教一一恣嘲弄,吾方深入无何庭。

李 彭(?—?)

庆上人以再闻诵新作突过黄初诗为韵作十诗见寄次韵酬之(其一)

鄱阳山水国,东南一都会。朗玉得斯人,骎骎越流辈。
岛可不足吞,支许欲追配。新诗如弦簧,窈眇歌一再。

李 新(1062—?)

有怀高执中

危襟坐西轩,绿槛浮晓光。初疑故人来,冷吹啸疏簧。
春意已浩荡,寒云尚苍茫。家贫食无鱼,但觉早韭香。
念我莫逆友,失计临边场。定当何时归,共此白日长。

李之仪(1048—1127)

比部文承制移竹赠初秀才尧民有诗因次其韵(其二)

增筑贵坚厚,抨绳避敧侧。朝灌暮复压,深虞枯易得。
劲节既能主,百蠹遂为客。风微吟疏簧,日永齿客屐。
此况倘可期,吾甘事潜默。晋人知自完,皎皎良未息。
不材谢纷纭,斯言愧安国。

刘克庄(1187—1269)

以王家酒寄陈北山得二绝句诮酒味不如旧日之劲峭用韵二首(其一)

先生诗酒令俱严,一扫哇簧与市帘。户大才高今吏部,故应笑小更嫌甜。

陆 游(1125—1210)

稽 山 行

稽山何巍巍,浙江水汤汤。千里亘大野,勾践之所荒。
春雨桑柘绿,秋风粳稻香。村村作蟹椴,处处起鱼梁。
陂放万头鸭,园覆千畦姜。春碓声如雷,私债逾官仓。
禹庙争奉牲,兰亭共流觞。空巷看竞渡,倒社观戏场。
项里杨梅熟,采摘日夜忙。翠篮满山路,不数荔枝筐。
星驰入侯家,那惜黄金偿。湘湖莼菜出,卖者环三乡。
何以共烹煮,鲈鱼三尺长。芳鲜初上市,羊酪何足当。
镜湖潴众水,自汉无旱蝗。重楼与曲槛,潋滟浮湖光。
舟行以当车,小伞遮新妆。浅坊小陌间,深夜理丝簧。
我老述此诗,妄继古乐章。恨无季札听,大国风泱泱。

穆 修(979—1032)

和毛秀才江墅幽居好十首(其三)

江墅幽居好,溪山数里长。径通茶坞绿,门枕橘园香。
藉石还胜榻,听松不让簧。闲游惊里巷,自作隐沦装。

石 介(1005—1045)

乙亥冬富春先生以老儒醇师居我东齐济北张泂明远楚丘李缊仲渊皆服道就义与介同执弟子之礼北面受其业因作百八十二言相勉

凤凰飞来众鸟随,神龙游处群鱼嬉。先生道德如韩孟,四方学者争奔驰。
济北张泂壮且勇,楚丘李缊少而奇。二子磊落颇惊俗,泰山石介更过之。
三人堂堂负英气,胸中拳挐蟠蛟螭。道可服兮身可屈,北面受业尊为师。

153

先生晨起坐堂上,口讽大易春秋辞。洪音琅琅响齿牙,鼓簧孔子与宓羲。
先生居前三子后,恂恂如在汾河湄。续作六经岂必让,焉无房杜廊庙资。
吁嗟斯文敝已久,天生吾辈同扶持。二子勉旃吾不惰,先生大用终有时。
当以斯文施天下,岂徒玩书心神疲。

释德洪(1071—1128)

次韵思忠奉议民瞻知丞唱酬佳句

两诗清于玉堂卧,气如汉军争祖左。高轩想见连璧来,辗我门前碧苔破。
为君哦此万籁簧,楚音变尽余微些。文章自然真吐凤,句拙见之那敢和。
高材要当万钱食,小邑折腰坐饥饿。仲弓曾为太邱令,义方亦作吉阳佐。
丈夫功名未入手,行乐莫嫌诗酒涴。

宋　无(1260—?)

乌　夜　啼

露华洗天天堕水,烛光烧云半空紫。西施夜醉芙蓉洲,金丝玉簧咽清秋。
鼍鼓鞭月行春雷,洞房花梦酣不回。宫中夜夜啼栖乌,美人日日歌吴歈。
吴王国破歌声绝,鬼火青荧生碧血。千年坏冢耕狐兔,乌衔纸钱挂枯树。
髑髅无语满眼泥,曾见吴王歌舞时。乌夜啼,啼为谁。
身前欢乐身后悲,空留瑟怨传相思。乌夜啼,啼别离。

孙应时(1154—1206)

傅惟肖赞府假西游集作长篇送还奇甚次其韵

醉乡不游游睡乡,眼花对案如迷藏。梦踏秋草悲蛩螿,风松露菊三径荒。
忽然欠伸日在廊,悟此身世何荒唐。故书弃掷尘满箱,鲁堂不复闻丝簧。
镜中容颜老不扬,浪求斗升助糟糠。江湖兰佩芙蓉裳,踟蹰不归愁断肠。
伟君威凤鸣朝阳,文章五色照我傍。艳如屈宋班马香,千载作者蔚相望。
对床泮水月满堂,追游山椒款宝坊。剧谈发我平生狂,划如乘风上翱翔。
苍苍云海一苇航,周流四方来故乡。群儿醉饱死不偿,我独与君酌天浆。
纷纷爝火明寒窗,何如光芒万丈长。空吟平子四愁章,欲报英琼无可将。
明朝痴儿公事忙,从今谢君当括囊。

韦　骧(1033—1105)
和朱尉示亲老生日
腊残朝夕是新春,秀入溪山碧万寻。白发亲逢蓬矢庆,彩衣人奉玉杯深。
风回庭砌弦簧脆,日上帘旌插珥森。敢谓小官无足慰,尽欢菽水亦甘任。

晏　殊(991—1055)
春　阴
十二重环闶洞房,愔愔危树俯回塘。风迷戏蝶闲无绪,露裛幽花冷自香。
绮席醉吟销桂酌,玉台愁作涩银簧。梅青麦绿江城路,更与登高望楚乡。

姚　镛(1191—?)
春　夜　曲
金鱼锁合兰缸小,酒不支愁寻睡早。梨花欲堕风更寒,燕子不归春自老。
流苏护帐香云结,三十六簧清吹咽。缄书欲寄湘水深,城乌啼落花西川。

张　镃(1153—?)
春日泛舟南湖因遍游近港坐间书客所携四扇(其二)
丝簧同上木兰船,细草熏熏柳色天。要是有诗方称此,不然枉作地行仙。

泛锦池霞川呈张以道二首(其二)
戏选婵娟结伴来,画桥低处侧鸾钗。娲簧静试醒松响,鲁酒聊倾旷荡怀。
万事亦须从使便,百年无过任天排。怜君近许同心友,分取湖光到竹斋。

叔祖阁学生朝以丹砂铸酒杯为寿
真人玉练超尘质,尚假金盐煮坚石。要知草伏砂最难,护气延年本仙术。
神炉秘炭呼祝融,日月出没奔朱龙。至今受化感灵药,异宝具体专奇功。
铸杯献公酌沉灉,雕盘枣实如瓜大。飞琼鼓簧双成笙,醉色渥丹天所爱。
东风吹万才两旬,诞序更数三千春。丹砂为金金生沙,坐阅东海扬车尘。
全才备德难具陈,紫枢黄阁旋洪钧。愿从宏芘托此身,举杯论文日相亲。

赵汝镳(1172—1246)

征妇叹

莲浴双鸳鸯,梧栖双凤凰。双舞蝶度墙,双飞燕归梁。
倚栏人颦翠,忍泪心暗伤。闭户罗帏悄,孤灯耿空房。
欲睡睡未得,独坐理丝簧。弹吹不成调,征夫天一方。

瑶娥曲

一二三四月如眉,积累如梳截半规。玉斧昼夜修不彻,修成团镜当空垂。
十眉有样列象几,梳裁春冰镜涵水。瑶娥睡起拂菱花,扫黛插鬟云绕指。
敛袂亭亭天上妆,环佩隐体璆琳锵。骖鸾跨鹤舞仙谱,子登弹璈飞琼簧。
天风飕飗冷到骨,银河澎浪溅罗袜。一轮千古广寒深,折尽桂花应白发。

郑清之(1176—1251)

和郑制干谢借居且惠朋樽醉螯诗

平生爱山林,里居想王屋。孤月自无朋,断云曾不族。
讵知庄遵市,倏有贾谊卜。西河就索居,漆园问尊足。
翟门罗可去,轲宅仁已熟。似闻结驷多,每见后骑属。
鲁台时遗馈,监侯已发粟。竞欢王俭莲,肯问颜公粥。
家贫愿邻富,蒹葭欣倚玉。颇容滑稽叟,来簉堂上烛。
犹能辨丝簧,渐近不如竹。浊醪恩兵酝,庸行参圣读。
愿为善颂祷,既醉备五福。谋妇拟提壶,敲门惊啄木。
持螯两从事,来就桑下宿。美味均适口,双明喜增目。
命驾匪千里,星言愧不夙。联句乏追韩,补诗聊继束。
终当效乐天,骆马为酒鬻。

郑侠(1041—1119)

和李天与秀才

西塘老人唤回翁,愚蠢无他生所钟。簧鼓不闻非耳聋,形器不涉非无踪。
尽伤万类物所蒙,圭璋贝璧矜昂颙。琐屑之私背大公,尘埃蔀明荆塞胸。
宜厚而薄歉为丰,奚以经济跻和冲。王功曰勋民曰庸,勋谁烈烈庸谁同。

掊夷劙夺祈爵封,若人无所用其忠。扣天惟兹冀祖宗,愿一更改由大通。
雪霜岩岩有高松,罗网密密皆去鸿。此身万死非灾凶,生随蝼蚁气霓虹。
共追太古还醇酕,不忍生置炉鼎中。圣德如天非世逢,迨兹白发犹颙侗。
圭刀为活群贾佣,何乃紫木临身宫。地不爱宝人来共,威仪党党君子风。
袖中球琳来相从,手搜明珠心益恭。伟哉斯人空不空,其中宏深外雍雍。
淡交庶几宁鄙衷,个中自古无蛇龙。

周必大(1126—1204)

进读三朝宝训终篇赐宴赐赉谢恩诗

艺祖提剑开八荒,太宗混一垂衣裳。真皇破虏神武扬,夷夏亿宁法度彰。
宝训成书纪宏纲,有典有则万叶昌。忆昔壬午神龙翔,季秋庚子辰集房。
肇开讲席临青厢,赭袍玉斧光照廊。台司夹侍书案黄,翰林进读天容庄。
微臣簪笔近御床,亲闻玉音义甚长。君子小人初何常,非关时运弱与强。
只系人主所否臧,当年记注此特详。往来寒暑今一章,牙笾謬执心彷徨。
终篇正值恩德洋,道山肆筵酌天浆。宫花压帽罗丝簧,砚来复古翰墨光。
马出帝闲真骐骥,闽山正焙随宝香。君赐如天不可量,归美独愧词荒唐。
恭惟圣治超百王,夙夜基命不敢康。文德既修狄可攘,俎豆永扫旄头芒。
三圣勋烈同炜煌,万年亿载娱慈皇。

周　弼(1194—?)

显应观桃花

白云随鹤乘将去,深碧桃花满故宫。三十六簧明月夜,不知何处吸春风。

周文璞(?—?)

赠赵子野歌

与君虽为外兄弟,语话寻常见肝肺。自从不见半年余,每望吴云辄流涕。
蘋溪松江同一波,半年不见当奈何。长安市上相就处,弟能起舞兄能歌。
兄今赐第南薰殿,满戴宫花上林宴。弟归便著堕游冠,他时山中傥相见。
吴王台畔杨柳黄,吴姬对坐调丝簧。阿兄自对吴云坐,呼弟不来应断肠。
书来不应寄他物,只要秋林一双笛。当使蛮奴月下吹,此时此夜须相忆。

朱继芳(?—?)
和颜长官百咏·朱门(其七)
百斛明珠米在仓,沉香火底捻银簧。人生行乐那须许,多少边兵未有粮。

邹　浩(1060—1111)
用前韵寄邓帅杜君章学士
策府名卿厌鸣玉,暍来南阳朱两毂。胸中云梦吞八九,终然不贮闲荣辱。
坐令政事逸前人,容易端如探筐簏。去年持刃今扶犁,所至熙熙丰谷禄。
华堂梦断燕丝簧,笑谓邹枚不如肉。公虽饮少客自醉,但见银瓶倒轻渌。
明明天子正搜贤,真贤继踵还符竹。勋劳矧已疏屏风,八命难淹一州牧。
愿公快向百花洲,更集宾僚勤把菊。

箎

白玉蟾（1194—？）

谒仙行赠万书记

嶰管飞葭方孟箎，青女仍前行夜恶。
客来武夷访灵踪，八字洞门无锁钥。
苍苔满地空绿匀，芳草无言烟漠漠。
千古松风学凤笙，向晚清客满林壑。
机岩学馆空无人，紫领丹丘久萧索。
峭崖飞鸟不敢过，万丈苍琼真峻削。
我生逍遥事落魄，泉石烟霞得真乐。
只爱山林厌城郭，却厌膏粱爱藜藿。
竭来洞中未半饷，转盼又觉经旬朔。
欲作此地三间茅，朝餐红霞暮饮瀑。
只愁天上多官府，九转丹成未敢吞。
连日东风料峭寒，黄鹂声断梅花落。
溪头昨夜添新雨，桃片满溪红灼灼。
捣药声干丹井寒，虹桥一断收霞幕。
山光不动旧松竹，洞中惨惨悲猿鹤。
雾暗平林虎长啸，碧潭生花老龙跃。
山中金蟾不可寻，石边且取黄芝嚼。
身披绿麻戴青蒻，横担碧藜蹑芒屩。
冷眠石上入华胥，梦见太虚无斧凿。
今朝云头雨收脚，欲归又被溪山缚。
已有神仙分定缘，定知道外无乾坤。

陈　棣（？—？）

再次韵（其二）

扰扰胶胶度岁年，只应今夕暂休闲。又闻玉烛更新箎，那得金丹驻旧颜。
是处碧烟闻爆竹，谁家红玉拥颓山。挥毫不作惊人语，句法由来似梦间。

陈宗远（？—？）

郊祀庆成诗

宝历登三祀，觚坛类两仪。居歆修大报，肇祀述前规。

景迓初阳吉,斋严一月期。采章循节俭,缊豫屏纷离。
　　辂象停方贡,兵骖却道驰。殊庭崇祝告,太室款灵娭。
　　黄道晴曦丽,青郊湛露滋。龙常腾旎旖,霓羽胜葳蕤。
　　列戟森宾卫,严更警禁帷。苍圆尊上帝,黄粹见方祇。
　　馥郁阳宫燎,芬芳帝籍粢。非烟浮羽籥,叶气冒尊彝。
　　济济锵圆玉,峨峨会采璨。云裙纷下逮,月璧粲昭垂。
　　合奏谐纯绎,登歌美缉熙。贰觞勤俟献,虚次迄亲祠。
　　翙翙灵施佑,禳禳嘏致祠。招摇回左翿,闾阖敞南离。
　　侍仗朝绅拥,升楼禁跸随。胪欢皆岳抃,驿赦霈皇慈。
　　都号登瑶册,追思遗宝龟。燕谋端有自,鸿祉浩无私。
　　肃穆东朝贺,登闳宣室釐。庆绵千岁统,欢奉万年卮。
　　盛事辉三古,庞恩被八维。至诚深可卜,满假务深思。
　　兢业传家法,盈成保庆基。万方严表正,九箴戒功亏。
　　帝寿齐南极,边尘静北陲。具臣怀美报,成命绎周诗。

华　岳(?—1221)

送赵右秋(其一)

梅花飞雪满霜洲,洲上行人去莫留。蜡炬结花催管籥,雁声唤客上兰舟。
莫嫌冰炭情难入,自是薰莸味不侔。执节从教少知遇,勿于世路学沉浮。

黄公度(1109—1156)

夜坐梅树下率尔

　　羌吹宣重籥,胡床近小台。轻轻云片度,淡淡月华开。
　　壁暗雨留藓,庭虚风落梅。纳凉公宇邃,清夜兴悠哉。

李　渤(?—?)

昌　山

鳞峋峭壁武溪东,耸起昌文叠秀峰。空谷流声浑管籥,断云出岫倚崆峒。
依稀玉韫含辉晓,烂漫花飞点翠融。自是山灵开淑气,遥看拱璧郁青葱。

刘 攽（1023—1089）

和王绚道赠高七植竹

人言植物中，唯竹类有德。虚心道所存，外劲礼自饰。
风霜不改阴，一何金玉色。丘泽无变根，还如古人直。
繁花岂无实，所待鹓鸾食。卑枝亦可栖，不许鸱鸢息。
为君裁管籥，于此谐金石。为君度短长，于此齐寻尺。
济川倚巨楫，扶老杖轻策。大厦莞簟安，射侯弓矢力。
乃知天材美，固待君子识。饱闻昆仑秀，盛说潇湘碧。
岂曰生不迁，念当厚封植。惟君傲声利，心远地更僻。
择交独此君，开径如三益。清风共忘言，明月为莫逆。
还当扫尘榻，会待遗名客。

刘 敞（1019—1068）

西域请平三首（其一）

西域请都护，崆峒献凯歌。两阶增羽籥，万里肃山河。
甲第旃裘少，春宫苜蓿多。雌雄双匣剑，弃置欲如何。

刘辰翁（1232—1297）

寿王太守（其二）

韵华瑞籥应黄钟，六叶阶蓂舞舜风。袖有西山童子药，清霜夜映玉颜红。

陆 佃（1042—1102）

再用前韵呈毅夫

洛阳曾识面，穮下竟论交。久若居兰室，初如食蔗梢。
故非偷姓孔，谁敢僭名郊。作事常师古，当官肯代庖。
匪躬期蹇蹇，夷行笑嘐嘐。稷也真尧力，参乎岂桀髇。
金楼传宝构，杂俎当珍肴。讲舍推攸止，宾筵绝载咮。
孙窗余腊雪，徐榻卧寒茭。反舌宵鸣蜩，长跨暖挂蛸。
即今除户墐，那得曝檐茅。远梦方随蝶，轻绡拟换鲛。

历来双凤阙,律动半山坳。草色揉蓝染,花名篆字钞。
臕肥熊自扑,香满麝争跑。乳雉翔仍集,鸣禽语渐剿。
柳将金自比,楮与玉相淆。节应豳三日,阳添泰一爻。
碧圆牵翠荇,红蕾破香苞。莺出求同志,鸿归学共胞。
形容当舞籥,音韵中笙匏。丽苑闻亡是,熙台亚有巢。
不材真是栎,何算信如筲。交淡非同醴,流清岂为胶。
往来须倒载,生灭任浮泡。纵阻陈歌管,犹容听镯铙。
北窗宁独卧,南岳谩相嘲。酒用陶巾漉,诗须贺锦包。
尽教谈麈尽,仍取唾壶敲。不向花前醉,应惭薄荷猫。

梅尧臣（1002—1060）

依韵和张应之见赠

京洛多游好,相与岁月深。虽同执一籥,吹曲各异音。
自微众音响,安感万物心。我穷子来唁,慷慨发长吟。

欧阳修（1007—1072）

早赴府学释奠

羽籥兴东序,春秋纪上丁。行祠汉丞相,学礼鲁诸生。
俎豆兼三代,樽罍奠两楹。雾中槐市暗,日出杏坛明。
昔齿公卿胄,尝闻弦诵声。何须向阙里,首善本西京。

秋狝诗

幽籥迎寒至,商飙应节流。戎容修大狝,杀气顺行秋。
多稼登方茂,三农隙始休。饮归军实献,誓众黻为裘。
索享仪非蜡,围田礼异蒐。国威思远播,神武畅皇猷。

释正觉（1091—1157）

偈颂二百零五首（其一〇三）

管籥真风暗度韶,春恩如许在芳条。志公不是闲和尚,挂杖头边有剪刀。

司马光(1019—1086)

瘿盆

瘿盆生以丑自鬻,突兀当轩耸群目。海蛙斗怒腹干张,老鲛蟠蛰鳞鬐秃。
昔时仙客浮孤槎,波痕渍朽成凹洼。蜀都买卜置之去,尔来流落严遵家。
谁逢好事得宝蓄,裁供盥濯真可辱。况为饮具承欢娱,未必蟠根胜珠玉。
不若刳为太古尊,满斟明水羞百神。出桴苇籥荐忠信,坐使风俗还深淳。

宋祁(998—1061)

当直偶题所见

凛序闲缇籥,轻寒著黼帷。仙盘迎日早,温树得霜迟。
风触趋朝佩,霞缠放仗旗。殿廊聊暴背,谁讶子云衰。

宋庠(996—1066)

寓直晚归见天街早春景物

霁云衔苑雪云开,春色先从禁籞回。马上妩眉偏认柳,楼前妆额固知梅。
吹残凤籥惊寒律,忙杀鸥朕取冻醅。莫问康年行乐意,寿觞初罢佛灯来。

苏轼(1037—1101)

崔文学甲携文见过萧然有出尘之姿问之则孙介夫之甥也故复用前韵赋一篇示志举

象服盛簪珥,岂是邢夫人。敝衣破冠履,可怜范叔贫。
君看崔员外,晚就观国宾。当年颇赫赫,翁姬争为姻。
蹭蹬阻风水,横斜挂边垠。青衫映白发,今似梅子真。
道存百无害,甘守吴市闉。自言总角岁,慈母为择邻。
邦人惊似舅,矫矫恶不仁。诗文非他师,家法乃富春。
岂非空同秀,为国产隽民。挺然齐鲁生,近出姬姜亲。
为文不在多,一颂了伯伦。清诗要锻炼,乃得铅中银。
自我迁岭外,七见槐火新。著书已绝笔,一默含千谆。
赍桴和苇籥,天节非人均。时时自娱嬉,岂为俗子陈。

苏 辙(1039—1112)

简学中诸生

泮水秋生藻荇凉,莫窗灯火乱萤光。图书粗足惟须读,菽粟才供且自强。
羽籥暗催新节物,弦歌不废近诗章。腐儒最喜南迁后,仍见西雍白鹭行。

次韵王定国见赠

枯木无枝不记年,寒灰谁遣强吹然。南迁不折知非妄,未老求闲愈觉贤。
屡出诗章新管籥,偶开画卷小山川。簿书填委惭君甚,拨去归来粗了眠。

和子瞻监试举人

登科岁云徂,旧学日将落。外遭饥寒侵,内苦忧患铄。
传家足坟史,遗说本精约。群言久纷荡,开卷每惊蘷。
居官忝庠序,授业止干籥。朝廷发新令,长短弃前蠖。
缘饰小学家,睥睨前王作。声形一分解,道义因附托。
安行厌衢路,强挽就縻缚。纵横施口鼻,烂熳涂丹垩。
强辩忽横流,漂荡终安泊。忆惟法初传,欲讲面先怍。
新科劝多士,从者尽高爵。徘徊始未信,炫诱终难却。
嗟哉守愚钝,几不被讥谑。独醒惭餔糟,未信耻轻诺。
敢言折锋铓,但自保城郭。有司顾未知,选试谬西洛。
群儒谁号令,新语竞投削。虽云心所安,恐异时量度。
诡遇便巧射,晚嫁由拙妁。谁能力春耕,忍饥待秋获。
闻兄职在监,考较笔仍阁。缩手看傍人,此意殊未恶。

文 同(1018—1079)

子瞻戏子由依韵奉和

子由在陈穷于丘,正若浅港横巨舟。每朝升堂讲书罢,紧合两眼深埋头。
才名至高位至下,此事自属他人羞。犹胜俣俣彼贤者,手把翟籥随群优。
岌如老鹤立海上,退避不与鸳鸥游。文章岂肯用一律,独取无间有神术。
所蓄未尝资己身,捐捐恰如蜂聚蜜。有时七日不火食,支体虽羸心不屈。
陵阳谬守卑且劳,马前空愧持旌旄。平生读书若奡诟,老大下笔侵离骚。
贫且贱焉真可耻,欲挞群邪无尺棰。安得来亲绛帐旁,日与诸生供唯唯。

须知道义故可乐,莫问功名能得几。君子道远不计程,死而后已方成名。
千钧一羽不须校,女子小人知重轻。

吴　泳(？—？)

和赵西里赋雪

谬守无奇只靠天,一编周易一炉烟。抽毫难出相如右,觅句敢居灵运前。
酒酌山羊方饯腊,龠鸣土鼓又祈年。何时独放扁舟往,淡月西村古柳边。

夏　竦(985—1051)

奉和御制奉祀礼成宴

真场荐鬯方回跸,泰畤钦柴既受禧。璧散九行颁宠宴,翠绶三接庆昌期。
露晞朝景彰慈渥,风扇微和表圣时。羽龠动容分广砌,旍旂交影上丹墀。
琼趺拜赐承天意,缞羽来仪识凤姿。向晚柏梁传睿唱,帝台春箭更迟迟。

杨　亿(974—1020?)

太常乐章三十首·皇帝正冬御殿文舞第一

八佾具陈,万邦有奕。既以象功,又以观德。
进旅退旅,执龠秉翟。玄化怀柔,远人来格。

太常乐章三十首·退文舞出奏正安之曲

左手执龠,右手秉翟。进旅退旅,万舞有翼。

元　绛(1009—1084)

因览状元节推和诗再和一首

缇龠惊年杪,铃斋戒夙兴。连空集霙霰,撒席命宾朋。
菌阁盘虚出,筱舆选胜登。出川方暗蔼,缟素竞飞腾。
密著珠帘重,低沈粉水澄。迷藏秦洞穴,刻镂禹沟塍。
蓬岛三番抃,瑶峰四彻绳。风传天外籁,湖写鉴中冰。
银色三千界,琳台十二层。折梅思陆凯,咏絮对王凝。
妒舞轻飘燕,临书细字绳。光凌射的鹤,气压沃洲鹰。
棹月溪翁共,歌兰楚客能。琼辀走油壁,练马顿钩膺。
泽渗阳膏动,和薰气烛蒸。冬权时已正,尺瑞岁将应。

鄙也同民乐,油然弗自胜。平时陪法从,长忆奉昭陵。
拂旦开金殿,鸣鞘下玉乘。六花朝服满,万岁寿觞称。
就望尧云日,赓歌舜股肱。冰醪沾饫赐,竹唱听哀矜。
尔后孤踪远,频年老病仍。两朝还观魏,何日见觚棱。

赵 蕃(1143—1229)

次韵在伯送行

白石何凿凿,白鸟何鹤鹤。吾行甚悠悠,物境自廓廓。
缅思友生良,顿使怀抱恶。别辞固丁宁,醒矣转寂寞。
近犹已栏槛,远乃失城郭。重惟始相遇,夫岂世所乐。
逮今信素交,是果天所酢。相期振古风,相与务天爵。
兴时山水凭,意或风月托。君亭足鸥鹭,我砌下鸟鹊。
诗盟寄闲嬉,笔势异强弱。君诗似陈黄,君字如张索。
悠然正前瞻,渺矣已后落。譬犹层台登,亦类中流泊。
怜我狂而疏,诲我详不略。是行亦流转,敢谓逃束缚。
移官傥可归,故免听邻柝。闲员苟得去,自此投远壑。
要期终身游,岂但今日约。吾曹念元宾,学子慕有若。
至味匪盐梅,至乐非管籥。四三分喜怒,非是论今昨。
扰扰与胶胶,休休仍莫莫。

郑清之(1176—1251)

静乐用元韵为劝学之什再和

士惟食志非食力,于陵奚事亲屦织。静乐一门自师友,箦进不为子贡息。
元仲季方从太丘,海内人士俱愿识。案上惟作羽籥声,室中定无锄耰色。
申旦督课如园蔬,子夜程书过衡石。举似翁妪笞其儿,教育英才笑安得。
文献超群王谢家,韦布当磨铁砚墨。

周文璞(?—?)

正字南仲祭诗

昭阳作噩冬,愁云凝上苍。我堕溪谷底,卤莽闻公丧。

哲人困中寿,颇谓告者狂。继执邸吏符,踯躅抽肝肠。
又闻敛魂魄,玉色貌愈强。环泣甚危苦,精气都不扬。
一朝委屋地,千岁还天常。峨冠谢成均,射策何巍昂。
连践中秘书,检校四库藏。象纬识校尉,篇编嘉议郎。
麟游夜阁黑,凤去旻霄黄。惟初典郡学,吐血谤可伤。
积叠高于山,党谳空销亡。故老解嘘枯,新人工绝吭。
灼灼藻火衣,可使绽作裳。竟罢奉面对,射策祼君王。
愧负临轩恩,穿林摧栋梁。往者流传诬,圣贤失堤防。
頽裂在眼前,凄怆遥相望。二纪获敬事,实亚衿佩行。
尝窃季弟称,朽秽敢自将。束教濡雨露,采撷参差香。
虽罹颠沛忧,梦寐敢自忘。翻思说待对,按述何微茫。
嗟此盛壮时,倾耳殊匆忙。但觉异清浊,安知为死生。
发柿逮细碎,罗列置箧箱。前年日重九,西归旧台城。
蒙索新句咏,挛缩纸半张。卷头七字吟,持以献我兄。
称许极铢两,逢人便增评。出示巩雒跋,文字逾西京。
鼎器写饕餮,肉翅两目长。款曲弥日留,振刷家苑翔。
池水正清洁,硕果乱纵横。斯时惜晼暮,玄袂歆秋阳。
徐步引升榭,如诉后别殃。命之返里庐,凭籍韡晚英。
读书与析理,旦旦拘限程。尔搜嵩碉微,乙亥事颇详。
谨勿摹巷记,视此小传成。亦勿痛拣择,因笔为文章。
倚棹望江浦,披榛穿翳荒。掊击祛鬼野,乡志始窜更。
警策入心腹,陡谓千驷轻。谁子料承应,才间一篇赢。
敕厨具节馔,髹盘糕菊芳。终席炱飞动,漏下楼鼓铿。
划见朕孤占,觊觊拖晶荧。姬孔情可测,一身行自当。
日斜亡集舍,鳌跪亡妖祥。国典畣左丘,地下收回商。
师门锡休诔,恸哭发幽荣。滕抱倏怊怅,薛撰方施行。
茂洪既纂缀,仿佛日月光。门户变化久,咫尺未可量。
贫疢裹祭缓,偶然值清明。雨寒送魂来,素筵见亲情。
熟食侑介推,覆杯嗥后皇。谅此心靡他,庶几下歆飨。

笛

艾性夫（？—？）

秋　村
稻黄雁入蔗境，水落鹭过屠门。一片寒烟晚景，数声牧笛秋村。

渔　家
水浸秋空夜色晴，柳根三五钓船轻。不知长笛在何处，忽趁月明吹一声。

牧　童
栉发吹松阴，坦腹睨岩石。细雨整短蓑，斜阳撇长笛。
采花艳两髻，挟草暖双腋。款款跨牛归，苍山暮烟碧。

题危见心所藏陈常庵水月障及松鹤芦雁各一首（其一）
陈郎笔势并州剪，十幅生绡秋绿远。老蟾欲作骑鲸游，推堕玉盘波底转。
谪仙濡袍窥采石，东坡醉客歌赤壁。两翁已矣爱者谁，我欲扁舟撇长笛。

题古洪周君会梅阁
此花不受俗人知，为汝移家亦绝奇。至冷淡中参古意，极高明处见南枝。
栋帘相望滕王屋，风月重添水部诗。梦入梨云香不断，有人携笛倚阑吹。

落　梅
翠羽嘈嘈唤梦回，罗浮峰下小徘徊。霜风昨夜卷晴雪，山路今朝无碧苔。
尚有瘦香供玉笛，不将余片点妆台。少须鼎实明人眼，却带江南烟雨来。

史氏铁笛
蕲川老竹未为奇，横截凉州黑玉枝。阳燧无烟山鬼铸，蓬壶乘月浪仙吹。
一声响裂千崖石，九曲亭标二老诗。俗耳从前听不得，壁尘蛛网故多时。

敖陶孙（1154—1227）

醉　　歌①

得谁酿法乃尔佳，连引数杯极口夸。须臾忘物亦忘我，是非荣辱不可加。
儿童相随拍掌笑，阿翁醉也扶归家。平生故人赵半刺，遣骑折送园中花。
饮酒不待劝，夜如何其月欲斜。倒著接䍦自起舞，笛声趁拍鼓三挝。
陶陶兀兀意有得，小姬在傍双鬟丫。驱令磨墨具纸笔，满幅大草飞龙蛇。
妇云汝醉当止矣，明日酒醒不愧耶。

白玉蟾（1194—？）

棹歌九章寄彭鹤林（其五）

　　波心采莲女，流花近吾船。移船入芦荻，吹笛下晴川。

武昌怀古十咏·黄鹤楼

白云黄鹤迹成遗，何独当年丁令威。洞里不知朝市改，人间再到子孙非。
笛声吹断秋江黯，月影飞来夜漏稀。大醉倚楼呼费祎，蓬莱山下几斜晖。

题仙槎寄呈王待制

道人身世已盟鸥，便好乘云御气休。何足风波吾一点，盍思舟楫彼迷流。
从教水击三千里，别是烟飘十二楼。松以碧涛成夜吼，山为翠浪接空浮。
初非孔圣乘桴志，薄类梁僧渡苇谋。庐阜插篙空木末，武夷停棹尚岩头。
争如太乙真人叶，往荡须弥绝顶秋。昔者天孙失机石，我疑博望乃牵牛。
却无沧海桑田事，底用浮家泛宅愁。个里且吹无孔笛，向人只下直针钩。
而今性水涵孤月，休遣禅河起一沤。逝者如斯曾不返，凭谁为我问阳侯。

题三清殿后壁

些儿顽石些儿水，画工撑眸几睥睨。忽然心孔开一窍，呼吸掇来归幅纸。
白发黄冠逞神通，手把武夷提得起。大槐宫中作蝼蚁，醒来闻此心豁喜。
芒鞋竹杖一弹指，三十六峰落眉尾。魏王岂是中秋死，玉骨犹存香迤逦。
八百年来觅只鹤，一举直上三万里。半杯浇湿曾孙齿，嫚亭遗事落人耳。

---

① 徐珂《醉歌》内容与此诗大致相同，仅个别字词有异，不再重复收录。

新村渡头拽转蓬,寒猿声落青烟里。老松今已几年梢,毛竹于今复生米。
岩上无人花自红,幽鸟自鸣鸣自止。笑将铁笛起清风,白云飞过看无踪。
夜来月影挂梧桐,莓苔满地绿容容。丹崖高处药炉空,洞前云深千万重。
我亦偶来还自去,一夜潇潇江上雨。飞廉怒作满空雪,天柱峰前飞柳絮。

题刘心月

汨罗江山水鸣喝,鱼鳖不知老龙泣。
徒棹龙舟何处寻,何不办取屈原生前一枝楫。
大吴江头伍侯庙,夕阳满树闻啼鸟。
行人过此焚纸钱,何不办取子胥生前一杯酒。
屈伍死后今寥寥,其名千古如一朝。江边垂泪知几人,冰魂雪魄不可招。
哀哉道人刘心月,其身贫甚其性烈。少年虽落风尘中,末后猛省自摆脱。
其心虽美其名腥,一旦死于武夷溪之滨。
却将九曲溪中水,洗却千愁万恨身。曹娥寻父尺赴水,死作妇女英灵鬼。
柳翠萧璃俱水亡,但见渺渺一溪水。汝何不自忍些忧,又却结愤满心头。
冰肌玉肤落潭碧,黄昏风惨水空流。武夷溪九曲,无人垂钓水空绿。
武夷三十六峰峦,无人结草惟空山。月明寻之不知处,尚自哀猿声不住。
那堪一夜潇潇雨,使人吟尽哀惨句。休休心月君亦贤,人生不死空百年。
掀翻四大惊鱼龙,踏破碧潭深处天。李白骑鲸去捉月,知章水底眠霜雪。
古人犹自水中逝,皆得水化超生诀。吾与心月系渠师,来此惨惨烟正飞。
天空水寒千山暗,酌水一酹心含悲。西风吹此两行生铁汁,去作笛中声又急。

纯阳会

一点薰风舞绿槐,祝融衮火从南来。海棠落地蜂蝶去,池馆无人莲未开。
溶溶一掬清和髓,纯乾已作牝马矣。岳渎将此英雄气,收来顿在葫芦里。
阶前十有四荚蓂,谏议夜来梦麒麟。披榭老翁自鼻笑,胞胎未兆天元春。
洞宾弄巧翻成拙,蓬莱路上空明月。墙头梅子枝上蜡,池畔榴花叶底血。
生来挺挺其精神,所适性僻穷天真。蓦然悟得铅汞机,敢谓大道无楚秦。
忽尔金丹成九转,十月胎团人不问。撼动乾坤走鬼神,青云白鹤方解闷。
天下后世思真人,常与真人庆诞辰。樱笋厨开正来日,释氏亦欲制蜡人。

170

不知故事自谁始,实是五代谯陵起。王诜建会集冠褐,飞来白鹤不知几。
次则萧氏建宅仙,七闽万户生祥烟。一郡二郡渐风化,骎骎知省洞宾贤。
城南城北走几次,人亦不知回老是。但见老松作人语,先生携墨归谁氏。
太平寺里作篇诗,又道摩镜嫌人痴。岳阳市心一长啸,铁笛无声今几时。
宝婺有人潘氏子,功名愿足心肺喜。髫年崇奉迄今日,四海杖屦纷如蚁。
万指丛中见玉蟾,不作衣衫褴褛嫌。题诗祝君励金石,晨香夕烛增肃严。
妙通老人暗抚掌,何年熊黑入梦想。待渠峥嵘欲及笄,整顿衣钵福无量。
半千白鹤呼青云,青云深处琼梅新。有人要问飞升事,只看天边日月轮。

武 夷 歌

天下武夷兮第一山溪,升真有洞兮大王天柱交相齐。
不知何年中秋兮玉帝赐宴会曾孙,幔亭结云霞兮彩桥跨虹霓。
欲访仙迹兮搜剔地灵,溯洄乘舟兮陟险杖藜。
身轻欲生羽翰兮扪烟萝而蹑天梯,下视人境杳邈兮但见乱峰参错相高低。
龙洞通天池兮岩鹤舞双翎,铁骨藏玉匣兮玉蜕和香泥。
月浸观音石兮恍有金身现普陀,风号玉女峰兮疑是湘江虞妃啼。
仙馆学堂兮闻书声,丹炉茶灶兮晓烟迷。
船架半壑兮使星会泛河汉归,机留古洞兮天孙去作牵牛妻。
棋盘开岩石兮钓台瞰晴川,岩有虎啸兮窠有金鸡栖。
狮子伏岩兮耀日气犹鲜,仙羊化石兮眠云青草萋。
大小藏蕴灵异兮下有龙湫水泠泠,一线天通九有兮旁有风洞凉凄凄。
翰墨罗列兮因之生兴,廪石高贮兮可以忘饥。
红尘迥绝兮山中发兰桂,神仙何许兮云间闻犬鸡。
茶洞幽窅兮悬崖飞瀑布,桃源深邃兮沿流得径蹊。
有人卜居大隐屏兮学宗周孔事盐虀,但见此心止止兮炼成大药服刀圭。
武夷君去后兮有十三仙之同时,代不乏人之兮仙阶陆续跻。
或尸解兮只履归去,或飞升兮铁笛长嘶。
以今视昔兮吴李可接踵,不须怀古兮感慨而怆凄。
作诗勉同志兮欲倩仙掌摩丹崖,我醉挥椽笔兮大书特书而留题。

疏山舟中联句

山影卧寒碧,波光摇虚空。棹凌千顷月,帆鼓一天风。
列岸万丝柳,遥岑数粒松。诗魂混雁鹜,草圣惊鱼龙。
梦断江楼笛,吟余烟寺钟。电华飞我剑,虹晕挂吾弓。
清啸骑汗漫,朗吟泛冥蒙。谁云泽国小,乐亦在其中。

送珊上座归育王

一双膝胫两条铁,一掬精神一团雪。早曾火焰上翻身,鸳帏不把丁香结。
风吹香囊满路香,知君也结钦山辙。忽然洗面摸得鼻,方知皮下各有血。
急携柏子礼孤云,后来足迹遍江浙。阿育王山仓廪空,百指张颐欲嚼舌。
延寿堂中几病僧,囊无挑药寒彻骨。见君把个无孔笛,吹起还乡曲一阕。
此来漳泉走一遭,庞翁犹在波旬灭。拄杖挑起空中云,钵盂漉上波心月。
默随春色归故山,江路梅花先漏泄。遂邀君来香一爇,重把篇诗呈丑拙。
此行拗折老藤条,选佛场中作英杰。君今三千里外行,不涉程途犹自别。
恰似一壶冰,千古光莹彻。

九曲杂咏·五曲铁笛亭

满天沉潆起清风,白鹤飞来上翠松。月冷山空吹铁笛,一声唤起玉渊龙。

九曲棹歌(其六)

闻道谁知铁笛声,石崖轰裂老龙惊。当年人已服丹去,千古荒亭秋草生。

九曲棹歌(其九)

几点沙鸥泛碧流,芦花两岸暮云愁。鼓楼岩下一声笛,惊落梧桐飞起秋。

和刘司门韵题临溪亭

临水皤然两鬓丝,山烟凝翠入鹑衣。横吹铁笛且归去,懒把渔竿立藓矶。

题武夷(其三)

芳草暗分流水绿,老松刚借远山青。独拈铁笛溪头立,吹与洞中仙子听。

中秋月(其一)

风吹玉露洗银河,爽气平分桂影高。把笛倚楼人不寐,此心直拟数秋毫。

题潘察院竹园壁
夜雨洗开千翡翠,春风撼碎万琅玕。满林鸦鹊卧明月,铁笛一声烟正寒。

题莫干山
封到半天烟霭间,一卷仙书一粒丹。城南城北无老树,又吹竹笛过前山。

赞历代天师·第十六代讳应诏字治凤
一亩闲云独自耕,草庐寂寂诵黄庭。又言辟谷归山后,月夜时闻铁笛声。

番阳旅寓留题
洞门深锁绿烟寒,来享浮生半日闲。城北城南无老树,横吹铁笛过庐山。

琼姬曲
深深芙蓉城,凤笛声何长。绰约六铢衣,云中弄明铛。
琼姿夜月暖,玉唾春风香。去去劳怅想,峡猿啸高唐。

天籁堂
到此令人玉骨寒,四围紫翠玉回环。玲珑苍壁竹敲竹,重叠画屏山间山。
猿笛晓闻冥漠外,松涛夜吼有无间。我将唤起陈知白,蜕却尘躯跨彩鸾。

华阳堂二咏(其二)
不著人间一点尘,满堂尽是学仙人。衣衫总带烟霞色,杖屦相随云水身。
铁笛横吹沧海月,纸袍包尽洞天春。而今会聚十方客,认看何人是洞宾。

悲秋
庭皋一叶夜来秋,拍塞乾坤爽气浮。有客放船芳草渡,何人吹笛夕阳楼。
鲈鱼莼菜季鹰兴,鸿雁芦花宋玉愁。碧水映天天映水,淡云如幕月如钩。

梅花二首寄呈彭吏部(其二)
冰玉丰姿不可双,霜前雪后想凄凉。绝怜夜气浑如水,而况笛声堪断肠。
以月照之偏自瘦,无人知处忽然香。从今桃李皆门士,谁道花中有孟尝。

题杨家酒楼
碧落散郎下人世,骑云鞭霆日日醉。杨家三杯松花醪,眼花浑不醒天地。
知有溪山无名利,铁笛吹破西山翠。

戏联仄字体

一雨倏复霁,旱魃已退垒。远水白浩荡,列岫翠迤逦。
古碛缠荇带,宿鹭恋荻米。搦笛叫月姊,伴我啜绿蚁。

梅　窗

南窗屋数楹,一点阳和生。枝上雪妆瘦,墙头风作清。
霜天酒自暖,月夜梦难成。何处人吹笛,黄昏送几声。

寄苏侍郎

往古来今如换肩,我疑公便是坡仙。满城都没个伯乐,一日可能无乐天。
方且论文俄判袂,不知握手又何年。忽然铁笛一声响,响到金华古洞边。

一　览　亭

千山万山耸寒碧,桃花李花正春色。客来登此一览亭,东望长江渺无极。
烟飞松坞晓苍凝,雨过竹林晚翠滴。人家楼阁下参差,天宇云霞上郁密。
平湖青草覆白沙,峭崖断岸几千尺。芦荻丛中鸥鹭闲,来往渔舟三两只。
柳阴浓淡夕阳斜,藓岩石磴满山赤。落鸦噪下枯树枝,鸡犬声中半樵笛。
疏篱小屋可容膝,目对青霄一太息。满城车马走红尘,何人知享此幽寂。
竹炉焚罢柏子香,瓷杯倾泻碧玉液。饮到如泥卧石鼓,醒来瀹茗自闲适。
啸咏太空歌一曲,风吼千林月华白。一览亭前双目明,诗成自觉天地窄。
云崖烟树几重重,三百六十真奇峰。我将持斧扣洞门,借问蟠桃几时红。
流光瞬息付一电,万事转头如去箭。
南康有个陈参军,心镜如如成一片,自笑浮生若春燕。

道过成蹊庵偶成旧风一篇

笑把青藜出武夷,不辞千里访幽奇。吐吞风月一壶酒,拈弄溪山万首诗。
道过星河骇双目,万灶清烟缠华屋。老岩峭拔森翠屏,大江东去流苍玉。
樵人弛薪指似予,中有玉洞藏仙都。楼阁参差美轮奂,神仙隐显知有无。
夕阳挂树暮山紫,行行到此欲脱屣。门前三径绿苔深,浩荡春风醉桃李。
子然放步成蹊庵,其一仙翁乐笑谈。苍髯绿鬓两眸碧,霞标芝宇清岩岩。
青牛人去几千载,源流尚有玄孙在。身里蓬莱十二楼,杖头云水三千界。

大隐从来只市廛,年来教法况萧然。先生驻锡庐山下,混俗和光四十年。
琅庭琛馆五云起,五湖四海来如蚁。天下三百六十洲,未见堂宇高于此。
自非先生真栋梁,安能玄阃颜辉光。烟蓑雨笠挨入门,琴佩剑履充其堂。
先生何年创丹室,宝篆灰寒门牖密。明窗净几一炉香,何人会此真消息。
先生何日结草庐,读尽丹台紫府书。有时瞑目坐蒲团,闲即汲水浇园蔬。
妙南老人画真迹,一枝薜荔缠寒碧。莫问当年老沈翁,先生默契真端的。
竹锁庵边炼药台,鹧鸪啼得百花开。归去武夷向人说,也曾亲诣同原来。
先生此功与此德,不须语句碑诸石。铭在诸人肺腑间,闻者欲见不可得。
斩新花竹旧烟霞,十洲三岛共一家。有人问著长生事,默默无言指落花。
璃山道人懒成趣,勉强搜索此数句。明朝铁笛吹一声,直入千山万山去。

毕仲愈(？—？)

句(其三)

明灯数点林中见,横笛一声烟外闻。

蔡　沈(1167—1230)

山　　中

才既非时用,性本爱岑寂。决策西山游,幽隐遂成癖。
春风百花红,秋月千嶂碧。烟霞结绸缪,猿鸟自畴昔。
乘间抚深旷,喷薄轰铁笛。笑挹天柱峰,高寒几千尺。

蔡　戡(1141—？)

晚 泊 江 皋

日暮西江远,停桡傍水村。叶舟横野渡,茅店掩柴门。
牧笛随风远,渔灯带雨昏。一枝梅照水,行客总消魂。

子真新篇愈出愈工压倒元白三叹不已勉强再次前韵

独守寒窗坐昏黑,怪底打门声撼撼。呼童秉烛诵新诗,箧笥珠玑喜盈积。
君家文焰万丈长,愧我才悭真退尺。往来政自足风流,唱酬聊可供闲隙。
剧谈快饮坐生春,一笑相看眼俱碧。晓来百鸟报新晴,渐喜门前多辙迹。
眼明顿觉有春意,耳冷况闻开乐籍。何劳空泛剡溪舟,不如沉醉高阳宅。

楼迥吹残玉笛寒,杯干笑指银瓶索。遥知塞上积雪深,千里关山同一色。
夕烽罢警铁衣闲,聘币星驰交两国。使华不用吞旃毛,边吏何忧取温麦。
只怜鱼贯挽舟人,堕指裂肤声苦剧。东风吹作一尺泥,山鸟却愁行不得。

蔡蒙吉(1245—1276)

梅江晚泛二首(其二)

何处吹横笛,萧萧荻苇丛。徐看钓艇出,蓑笠一渔翁。

蔡 槃(?—?)

寄 何 尉

向晚出林麓,思君隔瀼湾。因看云过岭,不觉日沉山。
犬吠疏篱下,牛归古道间。一声何处笛,明月上松关。

蔡 确(1037—1093)

夏日登车盖亭十绝(其四)

纸屏石枕竹方床,手倦抛书午梦长。睡起莞然成独笑,数声渔笛在沧浪。

蔡 襄(1012—1067)

江 村

黯澹江村春日斜,汀洲芳草野田花。孤舟横笛向何处,竹外炊烟一两家。

漳南十咏·龙台

试看初日照龙台,白玉堂高锦障开。树色一番连雨净,溪光几曲抱山来。
云归深洞天形瘦,风落前村笛弄哀。拟结青楼遍题咏,思王何吝斗量才。

曹 勋(1098—1174)

龙 笛 曲

美人满酌金屈卮,劝我行乐当及时。艳歌流舞扬光辉。
扬光辉,照春日。寿万春,欢未毕。

山居杂诗九十首(其五五)

从昔漫浪心,家居意不适。晨朝香火余,饭了办游历。
或访僧掇斋,或隐者对奕。归来任侵灯,龙吟喷霜笛。

山居杂诗九十首(其七一)

云山环所临,烟景日日异。山作故人接,云为久处计。
酒酣一声笛,梅风四山起。清香剩披拂,参横伴村醉。

厌 厌①

厌厌夜饮忘更深,客不来辞主有情。僮仆触屏成蝶梦,姬姜撽笛作蝉声。
月如有待行行慢,风不生噴细细清。萍散人生何可料,婵娟千里共交盟。

卜 居②

久欲谋归力不任,浮云踪迹谩巢林。功名未入屠龙手,贫贱常怀买鹤心。
月下开门微雨过,楼头闻笛二更深。世间万事俱陈迹,空倚西风阅古今。

游仙四首(其一)

天河水冷烟波渺,流水无声银浪小。白榆历历映瑶沙,白露凄清下云表。
扶疏丹桂落红英,片片红霞散瑶草。月中桂子空传名,散在人间无处讨。
仙翁呼童收紫芝,紫芝肥嫩光离离。遗英残萼坠无数,仙鹤饮啄时鸣飞。
仙人种玉耕云隈,倚云横笛学凤吹。须臾羲御崦嵫没,相呼拍手骑龙归。

晁补之(1053—1110)

别关景晖二首(其一)

邺王台上几追陪,台上鸦鸣古甓摧。每对灯前青玉笛,不辞花下白银杯。
九重幽梦骊驹近,百卉佳时鹎鸠催。更约欢呼须继日,从教河汉卷星回。

晁公遡(1116—?)

送汤子才

江湖此去水连空,万贾连樯浩渺中。帆影浸斜青草月,笛声吹尽碧芦风。
未论魏阙功名近,不与巴山气象同。更到临平看辇路,沙堤十里软尘红。

闻 笛

落日卧鄘坞,忽闻吹笛声。天清孤鹤唳,江净蛰龙鸣。

---

① 许月卿《厌厌》内容与此诗大致相同,仅个别字词有异,不再重复收录。
② 郑起《卜居》内容与此诗相同,不再重复收录。

谷响风时下,山高月未生。谁能永今夕,呼酒与同倾。

晁说之(1059—1129)

留题景升北窗

南楼吹笛何人怨,北窗垂杨永日闲。何用绿杨高百尺,诗情笔趣总相关。

总管刘观察相饯于高岩经句杨朝奉出所和诗即席再赋

花开为客向金城,待得无花羸马行。柳荫高岩开祖帐,月摇洛水话离情。将军精悍千山耸,宾客风流一笛横。更愧新昌孙子在,诗成白眼得清明。

趣景升太尉画孙登像

契阔王孙魂梦劳,京华一日重游遨。图书不惜黄金费,歌舞何妨箓佩高。月到南楼卧吹笛,花残曲几醉挥毫。如何爱著须臾懒,不使苏门对楚骚。

德麟留诗相别辄次韵贺送

安稳王孙一叶舟,竭来京国淡无求。任生白发曾料虎,分绝红尘自狎鸥。桓笛不堪留往恨,膺门谁复忆同游。重阳无酒仍分袂,雨作黄花泪未休。

陈 白(?—?)

题元象大师房

鹭行飞起绿杨岸,渔笛吹残明月滩。一片画图收不得,何人终日倚阑干。

陈 棣(?—?)

次韵章尧文梅花

先生读书常闭户,卒岁优游娱艺圃。风雷笔舌待时摅,锦绣肝肠终日吐。鸣驺未验北山文,绛帐且为东道主。忽作寻梅得得来,南枝未落北枝开。攀条弄英不能去,只愁白日空西颓。临池照影都无伴,偶挂幽昏不用媒。主人生来几传癖,道耕德猎无遗力。形模奇古每起予,议论纵横时夺席。但喜书横孔圣编,那知梅怨桓伊笛。正值清霜烂漫晴,宾从满目皆豪英。未开东阁缘何事,要见诗鸣诉不平。明日定拚花下醉,想公不负白鸥盟。

陈　辅(？—？)
山居(其一)
山居老树秋还青,山下渔舟傍晚汀。一笛月明人不识,自家吹与自家听。

陈傅良(1137—1203)
和沈守持要题谢公楼额
危楼何在水云中,穿市牙旗退自公。闲作此来横笛夜,爱看人醉落帆风。
欢呼夹道江声合,硬语蟠空客技穷。姓字从今联沈谢,不知千古更谁同。

寄题薛象先新楼①
矮檐风雨送蜗牛,有客来夸百尺楼。阖郡台池皆下瞰,背城湖海亦全收。
清时未放徒高卧,半世何为故倦游。解尽橐金君计决,月明长笛起渔舟。

陈贵谦(？—？)
敬赞月林观禅师(其二)
传得西林夜半衣,解将铁笛逆风吹。重重话堕全担荷,青出于蓝只自知。

陈　纪(1255—？)
题李竹隐山斋
法界人寰共一邱,欲穷远目更登楼。苍藤碧藓树容晚,凉月好风山意秋。
莎径荒寒闻鹤唳,竹丛摇落见渔舟。一声横笛碧天暮,诗在沧波芦荻洲。

陈嘉言(？—？)
游霍童(其四)
　翠筱轻挑绿酒,紫芝闲对黄冠。半醉风回铁笛,中宵冷露瑶坛。

陈　杰(？—？)
扬子桥送客浮湘
　客里还分袂,樽前小系舟。笛声扬子晓,帆色洞庭秋。
　万里身为本,中年别作愁。乾坤多事在,何日各林丘。

---

① 徐玑《登薛象先新楼》内容与此诗大致相同,仅个别字词有异,不再重复收录。

归舟发南浦

旧游触景不无情,已办牵江复小停。好在夕阳红叶树,依然新月白沙汀。
舟回剡曲潮空落,笛起山阳酒乍醒。当日掺袪谈底事,独挥老泪下旗亭。

滕 王 阁

稍觉阑干远水漪,枉持钱贯去安之。湖山千古户庭内,帘栋几番鸾玉时。
记好尽堪邑辍翰,序工且放颢题诗。西风何限凭高事,铁笛吹愁酒一卮。

程簿能静袖诗来访次韵

高吟鼎裔屡经尝,群噪纷纷子贡墙。雪曲我应惭郢下,笛声公自感山阳。
堪嗟绛老泥涂役,孤负春官桃李场。斗大康山盛儒者,凭谁推此叩循良。

和州秋阳

雨风睡过一年春,破闷无茶可策勋。失笑起来闻玉笛,懒晴吹涨满空云。

陈　克(1081—?)

画梅花(其三)

误人吹裂柯亭笛,岂有残英落绮席。始信寿阳人写真,不知江南近消息。

唐人画牡丹图二首(其二)

残红通白及时开,不费君王羯鼓催。玉笛重拈天一笑,外边蜂蝶等闲来。

陈　宓(1171—1230)

次刘学录梅韵(其二)

春风来信已分明,不待骚人玉笛横。莫道未开难等候,开时却恐转关情。

同林潘二先生登舟(其二)

何日长桥一酒船,蓑衣摆尽世间缘。乘风弄笛多莲夏,吹火烹鲈欲雪天。
山际烟云来有底,湖中风月浩无边。细看造化浑无老,只有朱颜易得年。

和李艮翁延平山泉韵

忆在延平郡,疑观夔府泉。分为万家泽,来自九天边。
派别知何日,源深不计年。千筒如比栉,叠节似联鞭。

劲健山难遏，纤微砭可穿。驶于河并注，捷剧箭初传。
玉漏长点滴，鲛珠任碎圆。雨时冲雁断，晴罢复鸡连。
融夜春冰泮，清甘晓露涓。藤萝频助固，瓜瓞莫形绵。
溅地花长润，飞空日倍鲜。用虽供甑釜，性本带云烟。
留暑疑无地，为霖绰有天。沫飘飞絮掣，声动佩环联。
势类虹垂汉，人夸瀑挂川。笛从王晋弄，笙是女娲编。
蛇青仍夭娇，虬白更蜿蜒。解涤鄜城气，攻参广教禅。
喧令卧转稳，静觉坐能圣。松阁晨嚣寂，书窗夜听专。
流觞情倍适，瀹茗味尤便。未饮襟先洁，将吟笔娄湔。
一丝抽沼面，十仞激崖颠。旱日闻偏误，秋霄思易悬。
旧守谩多事，题诗绝少缘。无功縻国廪，蔑效在民廛。
有客多才思，心清契涧湲。长篇极摹写，累日慰餐眠。
岂直供三复，仍将写七弦。唱妍酬匪丽，缄寄兴悠然。

陈　普（1244—1315）

咏史·蔡邕（其二）

万岁黄金欲散时，柯亭风笛尚堪吹。一时谋卓人无数，不遣中郎一个知。

秋日即事（其五）

游丝闪闪挂虚檐，翔隼号寒华岳尖。白发束来闲点易，乌衣归去寂钩帘。
三千客路飞枫叶，四五人家卖酒帘。鱼笛水寒江上晚，半丛豆叶雨纤纤。

望　　云

几爱山中云，杳霭起无迹。晴风吹绿树，天节日已尺。
悠扬几片飞，出岫度绝壁。敛作苍狗形，舒为鲲鹏翼。
朝抹峨嵋青，暮蘸沧海碧。江南与江北，荡荡恣所适。
何如云中仙，避嚣隐幽寂。采药云下林，砺剑云上石。
乘云骑茅龙，倚云吹铁笛。我欲往从之，飘然不可测。

陈　起（？—？）

湖　上　即　事

波光山色两盈盈，短策青鞋信意行。莿草烟开遥认鹭，柳条春早未藏莺。

谁家艳饮歌初歇,有客孤舟笛再横。风景无穷吟莫尽,且将酩酊乐浮生。

陈师道(1053—1102)

山　　口

湖阔疑无地,河回忽见山。登临聊自试,衰疾致身闲。
四壁宁虞盗,多方莫驻颜。无风回远笛,有月待人还。

智宝院后楼怀胡元茂

晚渡呼舟疾,寒城著雾深。昏鸥明鸟道,风叶乱霜林。
久客登临目,中年怀旧心。犹须一长笛,领览自沾襟。

夏夜有怀

卧念张居士,逃名老石根。学诗真得瘦,识字即空樽。
鸣笛夜宜远,灯花晓更繁。未须哀老子,也复守丘园。

晚　　泊

清切临风笛,深明隔水灯。堆场穿鸟雀,暗溜入沟塍。
年使扶行老,船催趁渡僧。兹游恐未已,著句续先曾。

陈　埙(1197—1241)

茅　　山

三茅高出七山巅,顿隔尘沙道路千。灵籁萧萧风笛弄,奇形奕奕陇牛眠。
人间已有嘉平帝,地下谁通句曲天。幸喜吾庐居在此,时从寄傲任悠然。

陈延龄(？—？)

丹　霞　观

苍筤林深羽人观,正傍严陵旧钓台。山中白云夜或起,洞口丹霞昼不开。
双成吹笛驾鸾下,葛翁掷杖为龙来。仙风道骨我亦有,姹女婴儿君可猜。

陈尧佐(963—1044)

湖州碧澜堂

苕溪清浅霅溪斜,碧玉光寒照万家。谁向月明终夜听,洞庭渔笛隔芦花。

陈与义(1090—1138)

和颜持约①

半篙寒碧秋垂钓,一笛西风夜倚楼。多少巫山旧家事,老来分付水东流。

寒　食

　　草草随时事,萧萧傍水门。浓阴花照野,寒食柳围村。
　　客袂空佳节,莺声忽故园。不知何处笛,吹恨满清尊。

路归马上再赋

　　偶然思玉仙,便到玉仙游。兴尽未及郭,玉仙失回头。
　　成毁俱一念,今昔浪百忧。未知横笛子,亦解此意不。
　　春风所经过,水色如泼油。垂鞭见落日,世事剧悠悠。

次韵富季申主簿梅花

东风知君将出游,玉人迥立林之幽。欹墙数苞乃尔瘦,中有万斛江南愁。
君哦新诗我听莹,句里无尘春色静。人人索笑那得禁,独为君诗起君病。
欲语未语令人嗟,桃李回看眼中沙。同心不见昭仪种,五出时惊公主花。
典衣重作明朝约,聊复宽君念归洛。笛催疏影日更疏,快饮莫教春寂寞。

陈　渊(?—1145)

和子静三绝·渔父一首

一声横笛起芦花,惊断天边雁字斜。白首饱谙鲈鳜美,未能连夜网游虾。

次韵邓志宏送张思道游福唐

纷纷涴耳俱宜洗,坐遣高人厌丘里。迅流早自促行舟,更有西风满江苇。
当年笔阵扫千军,今日流辈推能文。英辞兹辩洒醉墨,倏忽百变春空云。
人间万事秋毫细,轩冕傥来谁著意。身随去棹落波间,兴逐冥鸿渺天际。
三山便到蓬莱宫,卸帆海屿窥鱼龙。夜凉横笛弄明月,万顷琉璃秋色中。

---

① 李若水《题观城驿壁》内容与此诗大致相同,仅个别字词有异,不再重复收录。

陈允平(？—？)

吴山雪霁[①]

九天宫阙春风满,陆地楼台夜月寒。铁笛一声吹雁落,片云不到玉阑干。

小　楼

寒空漠漠起愁云,玉笛吹残正断魂。寂寞小楼帘半卷,雁烟蛮雨又黄昏。

仲冬南楼野望

绣幕香温生暮寒,淡烟漠漠水漫漫。吟残庾岭梅千树,梦绕湘江竹万竿。
风卷乱鸦栖古塔,雪迷孤雁落前滩。一声玉笛人何所,更上南楼独倚栏。

赠讷行人

　　诸方参请尽,秋晚别京畿。乞食一斋饱,随缘百念微。
　　夜声鸣铁笛,寒色脆荷衣。久学南山律,终身不敢违。

姑苏台

　　高楼三百尺,落日几登临。越国一尝胆,吴娃频捧心。
　　野猿窥磷火,宫燕语秋霖。坐久忽闻笛,五湖烟水深。

陈　造(1133—1203)

程言聚散有感次前韵(其一)

不须劝醉翠眉长,莫问何时腰下黄。剩喜相逢各强健,免教闻笛赋山阳。

行　都

露冷河倾斗柄低,望仙桥外独归时。风梳御柳娟娟静,月度觚棱故故迟。
几处清歌留客醉,谁家长笛倚楼吹。太平喜乐朝仍暮,帝力何曾尔辈知。

繁昌早发

　　客行固羸身,留滞如掫翼。及兹祖礼竟,蓐食理帆席。
　　风停浪未蛰,天曙月正白。版矶汇湍杀,荻港烟树碧。
　　杖策丁家洲,徙倚容少息。无酒问山店,忆鲈听村笛。

[①] 刘学箕《吴山雪霁》内容与此诗大致相同,仅个别字词有异,不再重复收录。

鸟乌啼松行,雁鹄下沙碛。回柁投曲澳,又寄槮潭夕。
情疏或易合,不作淮楚隔。累然槁项翁,软语慰行役。

次韵张秀才题汪叔量挹秀亭(其二)

清游如省隔世环,身系组绶心溪山。此亭攫踞山水上,羡君脱屣尘埃间。
不应室迩嗟人远,时上风烟慰衰晚。恍如坐我天姥傍,长啸持杯揖云巘。
张侯清吟句挟霜,肯因闻笛赋山阳。空青染袂醉颓玉,笑人簿领阅流光。
诛茅结邻约他日,会映轩窗睎秃发。径从两君赋归来,何须官满六百石。

陈　著(1214—1297)

次儿瀹以诗四首道各意因两用其韵(其三)

富贵碧筒醉,襁襥火伞来。何如溪山曲,一笛吹寒梅。

甬东晚望

日落潮生水气昏,回头天际月如痕。数声寥落渔家笛,吹入蒹葭何处村。

俞荪墅示以杂兴四首乃用危骊塘所次唐子西韵因次韵(其三)

乾坤今似许,燃祸自非材。危活矛头米,惊愁笛里梅。
世方淫佛老,谁肯问参回。太息复太息,吾徒何以哉。

赋胡贵常所寓西楼

早挟台山紫翠光,来栖高处足徜徉。浮云相伴身为客,落月应同梦到乡。
雁笛入联饶独唱,凤箫在袖待双翔。拍怀湖海何妨共,倘许扶携上大床。

陈子高(？—？)

宿龟山次韵

潮回浪溅细沙倾,岸柳平波映眼明。桥接短亭连野迥,艇横长笛带风清。
迢迢翠草寒烟暝,隐隐疏林暮霭晴。遥见叠峰清浅黛,客心伤处碧云轻。

陈宗远(？—？)

送友人

黄梅浦远草萋萋,风细孤帆雨后低。渔笛一声何处作,故山回首白云迷。

谌 祐（1213—1298）

句（其一五）

飞雨隔愁横笛后,残镫照梦落花前。

句（其三〇）

千帆过眼人何在,一笛穿云水自横。

程大昌（1123—1195）

次韵陆务观海棠

唤回残睡强矜持,浅破朱唇倚笛吹。千古妖妍磨不尽,长随春色上花枝。

程公许（1182—?）

中秋节侍杨尚书待月南楼

羽扇风清夙霭收,元戎邀月上南楼。卷回天外连宵雨,借与人间一夕秋。六合扫清知有待,微云点缀故宜休。阑干直北频搔首,何限关山笛里愁。

游东坡和柯山潘邠老旧赋

恭惟廊庙具,岁晚落江湖。岂不三缄舌,深惭七尺躯。
若为周士贵,翻作楚囚拘。诗款催供上,皇聪莫可呼。
孔融成幸免,柳子岂真愚。瓢酒那能醉,叉钱可得腴。
贫虽无四壁,梦不到清都。赤壁一枝笛,寒溪十幅蒲。
故交同缟纻,废垒借耰锄。未分径争捷,可怜锥也无。
是非端自定,流落坐成迂。四海老泉水,一时丹穴雏。
士皆怜大器,手不转洪枢。拟问灵蓍卜,难凭造化炉。
暗暗枥下马,泛泛水中凫。富贵危探虎,烟波梦钓鲈。
定知铿舍瑟,终不乱吹竽。榛莽开金地,江山称画图。
何当麾斗柄,相与第天吴。生世须如此,不然非丈夫。

程 俱（1078—1144）

数日江上颇有春色偶成绝句遣兴五首（其二）

错莫江梅春信迟,晴熏寒蕊雪团枝。年来顿失寻春意,一任高楼玉笛吹。

储　泳(？—？)

登涟漪阁

杰阁枕平川,秋光淡远烟。窗开林外景,影占水中天。
野色归吟笛,征帆过客船。危栏人徙倚,缥缈十洲仙。

崔　鶠(1057—1126)

诗二首(其二)

记得诗狂欲发时,鄱阳湖里月明知。无人为觅桓伊笛,自卷秋芦片叶吹。

诗四首(其二)

芙蓉堂下水溟溟,老去难禁此段清。唤取王郎吹玉笛,愁来要听水龙声。

江　月　图①

冥冥一叶轻,不知水与天。独于颢气中,仰见素璧圆。
超然狂道士,起视清夜阑。自拈白玉笛,吹此江月寒。
想当万籁息,逸响流空烟。我从江海来,形留意先还。
何当买鱼篷,追此水墨仙。

和老人观牧图

作官畏人嘲,胡孙骑牧牛。却离大江水,还家整归舟。
还家此计不可移,此乐勿令儿辈知。行歌带索拾遗穗,耳静不复闻征鼙。
功名亦妄尔,吾生去此将安之。趁此青草长,自牧牛与羊。
不减九十头,何翅三百强。沙平水浅南山下,千角万蹄如此画。
牛腰吹笛溯秋风,不问人间躨铄翁。

戴　昺(？—？)

江滨晚霁

十里平沙路,人行晚霁间。水光涵远树,云影度空山。
吹浪江豚怒,摩霄野鹤闲。渔翁醉吹笛,小艇泊前湾。

---

① 林之奇《江月图》内容与此诗大致相同,仅个别字词有异,不再复收录。

次刘叔子总干夜坐感秋韵

秋风远客叹飘零,满镜吴霜故故明。酒盏论心疏旧约,诗筒到眼快新评。
短檠伴我夜深静,长笛何人月下横。步绕空庭吟未竟,隔林鹳鸲又传更。

戴复古(1167—?)

江村晚眺二首(其一)

数点归鸦过别村,隔滩渔笛远相闻。菰蒲断岸潮痕湿,日落空江生白云。

题郑子寿野趣

菜花园圃槿花篱,麦满前坡水满池。野老横竿拦鸭过,牧儿携笛倚牛吹。

舟行往吊故人

乔木风声壮,大江天影圆。悲秋时把酒,爱月夜行船。
未及到河上,先愁过竹边。倚篷思往事,闻笛为凄然。

别邵武诸故人

白发乱纷纷,乡心逐海云。此行堪一哭,无复见诸君。
老马寻归路,孤鸿恋旧群。酒阑何处笛,今夜不堪闻。

到 鄂 渚

连宵歌舞醉东楼,不信樽前有别愁。半夜月明何处笛,长江风送故人舟。
十年浪迹游淮甸,一枕高眠到鄂州。明日拟苏堤上看,当春杨柳政风流。

杜仲高相遇约李尉

胸中无地著尘埃,有我唯堪把酒杯。苦恨好山移不得,生憎俗客去还来。
秋风吹老东篱菊,春信撩开北岭梅。管领风光须我辈,急吹短笛棹船回。

儒衣陈其姓工于画牛马鱼一日持六簇为赠以换诗

生绢六幅淡墨图,伊人笔端有造化。骅骝汗血捉电光,牡牸倦耕眠草下。
陂塘漠漠烟雨后,出水群鱼戏潇洒。细看物物有生意,不比寻常能画者。
请君就此三景中,挥毫添我作渔翁。岸头孤石持竿坐,白鹭同居蒲苇丛。
有时寻诗出游衍,款段徐行山路远。奚奴逐后背锦囊,木杪斜阳鸦噪晚。
有时蓑笠过田间,农妇农夫相往还。手放锄犁吹短笛,日暮青郊黄犊闲。

王孙贵人不识此,此是吾侬佳绝处。挂君图画读吾诗,令人懒踏长安路。

戴　敏(?—?)

楼　　上

终朝役役晚来闲,识破浮生一梦间。挈榼去沽深巷酒,倚楼贪看夕阳山。
月临江馆人横笛,风折芦花雁度关。堪羡渔翁无检束,扁舟占断白云湾。

戴　栩(?—?)

宋叔简挽词

上国曾随计,香名众所闻。百年犹是短,寸禄不沾分。
笛送邻家月,楼藏卧处云。生刍何必奠,徐穉有铭文。

邓　林(?—?)

绿　珠　词

凉台潇洒临清波,幄翠帘珠明绮罗。哀丝豪竹按新歌,红潮素脸春风和。
主君欢娱美人醉,报有无情使车至。几丛兰麝俱委尘,独指绿珠可当意。
众中偏是承恩深,妾身虽贱无二心。君前判命效一死,玉笛收声红日沉。
轻裾飘向阑干角,花钿散地金钗落。到头不负齐奴约,犹胜识字空投阁。

邓　深(?—?)

冬　　郊

荒草冈头牧笛,急春屋角吹烟。短景做催冬日,微暖号小春天。

渔父词二首(其一)

西风淅淅飐菰蒲,独棹扁舟钓五湖。买断水乡真乐处,月明云冷笛声孤。

宿　长　湖　尾

古木侵沙路,柴门引竹篱。山低秋水阔,天远夕阳迟。
杳杳来鸿雁,翩翩下鹭鸶。渔舟何处宿,横笛未休吹。

同友人新陂庄少憩

家家辘轳络丝声,竹杖芒鞋取次行。村笛牧羊烟欲暝,农歌秧稻雨初晴。
随瓶沽得酒堪醉,就野挑来菜可羹。此是田家真况味,吾曹借取片时清。

邓 肃(1091—1132)

次韵王信州游栖云

胜游出林杪,参天仅一分。从君如附骥,顾我愿为云。
野色连空碧,幽香袭露薰。耦耕当卜此,横笛夜相闻。

陪李梁溪游泛碧

凉天夜无云,寒江秋更碧。冷照月华中,水天同一色。
画船渺中流,三更群动寂。清风远相随,芦花秋瑟瑟。
近山得桂香,隔烟起渔笛。楼台半有无,疑是化人国。
我生本无事,钓竿勤水石。今宵更可人,仍侍君子侧。
浪登元礼舟,本非谪仙敌。敛手看挥毫,光芒腾万尺。

邓忠臣(?—?)

诗呈同院诸公六首(其三)

秋日同文馆,虚廊日几回。浮花出林杪,古槲蔽城隈。
远笛悲仍壮,幽禽去又来。微吟还自喜,共和有清才。

董嗣杲(?—?)

闻笛(其一)

四海水尚浅,孤城愁更深。船上何人笛,吹入芦花林。

闻 笛

凄凄吹笛裂寒云,羁客难禁醒坐闻。声逐逝波流不断,月明吹老戍回军。

拙 寄

岑寂风烟异,荒寒梦寐危。择交贫可久,为吏拙难医。
大阃粮艘上,孤营竹笛悲。快沽桑落酒,浇此满怀诗。

江州税亭清坐

西郭江头坐午前,春汀裂笛出商船。才晴旅舍湔裙雨,未晚军营发爨烟。
泥饮自知人共厌,思归相视眼徒穿。征亭逢著田间老,又说今朝损额钱。

富池寓怀

求佚徒将意揣摩,临高又惜岁蹉跎。隔江山秃秋烟空,入树风号夜浪多。
童子得钱思远引,邻翁借酒强高歌。谩传客路饶孤笛,若老山村只短蓑。

黄池客楼

得子相慰忍袂分,还栖黄池朱子门。雪花著鬓久方湿,酒味裂肠空自温。
欲问笛起市楼破,不知井通河水浑。冻尘难浣见谁说,蜗角蝇头争噬吞。

顾　　城

初闻春日水天迷,此际湖沙拥岸肥。炊甑有尘籼米腐,酒坊无壁纸旗飞。
猿栖晓树青藤瘦,雀啄冬畦白菜稀。寂寞旅怀禁得否,断腔渔笛钓船归。

泊蕲州城下晚思

日落乌雀下,笛声起谯楼。舟泊倦欹枕,枕此秋江头。
寸心积万思,浪寄非久留。斩新雉堞壮,环堙柳影稠。
城中酒旗飞,窈窕吴姬讴。风传何凄然,抑扬邈难俦。
往时委黄茅,今此开青油。香凝燕寝晓,喜见鸿集秋。
矶月照客衣,苦触听砧愁。夜深不敢语,我吟月解不。
月落不旋踵,云过江声浮。逗晓入城步,将诗扣郡侯。

梅根港欲泊不泊其况可想

梅港绝梅根,渺莽芦与荻。芦荻摇北风,正逢霜雪激。
岸津只两家,泥草落四壁。何人舟欲进,想惧少遮冪。
我舟强来依,无故此涉历。所嗟浮寄人,见舟甚仇敌。
其说自和易,举柱累梳剔。舟子自高骞,呼月吹短笛。
同行更迁旷,索瓶倒余沥。浑忘值危途,去住尚怵惕。
胆消羁思苦,此际谁拯溺。悭囊纵有金,斗升何处籴。

董　颖(？—？)

题赵质夫艇斋(其二)

瘦竹吟风横笛处,丛蕉著雨打篷时。锦鳞只向铜盘钓,鲖比松江似更奇。

杜 东(？—？)

平 山 堂

平山堂下水云重,孤笛凄凉淡月中。不见龙蛇飞素壁,只余狐兔成离宫。仙翁已逐风流尽,世事俱随梦幻空。广武无人同此意,慨然止有泪临风。

杜 范(1182—1245)

归自漕司试院到桐庐晚偶成

归棹便风溯古流,一杯独酌兴悠悠。夕阳蘸水金窝沸,暮霭笼山紫幕浮。牧笛村村分路入,渔帆浦浦带烟收。丹青此处难为手,更有羁情不奈秋。

范成大(1126—1193)

李次山自画两图其一泛舟湖山之下小女奴坐船头吹笛其一跨驴渡小桥入深谷各题一绝(其一)

船头月午坐忘归,不管风鬟露满衣。横玉三声湖起浪,前山应有鹊惊飞。

李次山自画两图其一泛舟湖山之下小女奴坐船头吹笛其一跨驴渡小桥入深谷各题一绝(其二)

黄尘车马梦初阑,杳杳骑驴紫翠间。饱识千峰真面目,当年挂笏漫看山。

晚 步

排门帘幕夜香飘,灯火人声小市桥。满县月明春意好,旗亭吹笛近元宵。

长沙王墓在阊门外

英雄转眼逐东流,百战工夫土一抔。荞麦茫茫花似雪,牧童吹笛上高丘。

旧 滑 州

大伾山麓马徘徊,积水中间旧滑台。渔子不知兴废事,清晨吹笛棹船来。

陈侍御园坐上

愁眼逢欢春水明,诗情得酒春云生。花梢蝴蝶作团去,竹里鹁鸠相对鸣。邂逅浮生此日好,缠绵俗累何时轻。擘笺沫墨乏奇句,撅笛当筵惭妙声。

甲午岁朝寓桂林记去年是日泊桐江谒严子陵祠迤逦度岭感怀赋诗

去年晓缆解江皋,也把屠苏泛浊醪。一席饱风渔浦阔,千山封雪钓台高。
将军老矣鸣孤剑,客子归哉咏大刀。早晚扁舟寻旧路,柁楼吹笛破云涛。

浯溪道中

江流去不定,山石来无穷。步步有胜处,水清石玲珑。
安得扁舟系绝壁,卧听渔童吹短笛。弄水看山到月明,过尽行人不相识。

鄂州南楼

谁将玉笛弄中秋,黄鹤飞来识旧游。汉树有情横北渚,蜀江无语抱南楼。
烛天灯火三更市,摇月旌旗万里舟。却笑鲈乡垂钓手,武昌鱼好便淹留。

忆 昔

铅刀曾齿莫邪铦,游倦归欤雪满髯。柳带受风元不结,荷盘承露竟无黏。
逢场鼓笛如灰冷,送老齑盐似蜜甜。留得本来真面目,行藏何假问龟占。

过 松 江

长虹斗起蛟龙穴,朱碧栏干夜明灭。太湖三万六千顷,多少清风与明月。
青鹕惊飞白鹭闲,丹枫未老黄芦折。谁将横笛叫苍烟,无限惊波翻白雪。
洞庭林屋旧游处,玉柱金庭路巉绝。水仙逢迎掺修袂,问我归计何当决。
去年匹马兀春寒,今此孤篷窘秋热。人生意气得失间,轻重剑头吹一咉。
莫将尘土涴朱颜,却待丹砂回白发。

顷乾道辛卯岁三月望夜与周子充内翰泛舟石湖松江之间夜艾归宿农圃距今淳熙己亥九年矣余先得归田复以是夕泛湖有怀昔游赋诗纪事

石湖花月浮春空,忆共仙人同短篷。三更半醉吹笛去,棹入湿银天镜中。
鹤鸣唤归斗未没,却步扶疏花底月。不知行到碧桃边,但见天风吹积雪。
月圆月缺今几回,依旧满湖金碧堆。仙人还上玉堂宿,合有片时清梦来。
一笑流光飞电抹,嫦娥相对两愁绝。桂枝应亦老无花,蟾兔不须疑鹤发。

石湖中秋二十韵十二年前尝与工部兄及宾客为此游今有隔世者感今怀旧而作

野外行吾意,城中寄却愁。半秋三夜月,千古五湖舟。
涌地金芒发,行天玉镜流。珠星沉不现,银汉黯如收。
高浪连三境,长风近十洲。水天双对镜,身世一浮沤。
迥白包元气,空明慰病眸。只怜心浩荡,不管鬓飕飀。
放棹真狂矣,关门有此不。四并非易事,一笑亦难谋。
急管参渔笛,清歌间棹讴。逢迎成邂逅,啸咏劝绸缪。
女撷蘋花献,妻倾竹叶酬。今宵如不饮,何处可忘忧。
忆昔谁同赏,于今岁恰周。陟冈睽鲁卫,伐木怆应刘。
独叹灵光在,能追汗漫游。大都缘未尽,岂是病都瘳。
纵意褰篷席,轻生倚柁楼。节宣诚小爽,犹胜赋悲秋。

阊门初泛二十四韵

好在驰烟路,平生载酒行。摧藏身久病,契阔岁频更。
昨夜灯花绕,今朝稻把晴。出门新梦境,触目旧诗情。
水远推篷眩,天宽倚柁惊。转湾添纼挽,罨岸并篙撑。
舫后装儿女,舻前酌弟兄。醅香新曲嫩,茗味小春轻。
红皱分霜果,黄蔫撚夕英。缋林疏露屋,朱阁静临城。
桃坞论今昔,枫桥管送迎。山腰樵担动,木末酒旗明。
竟日窑烟直,中流塔影横。数帆残照满,一笛暮江平。
瞰网枫边桁,牵罾柳际棚。岫云萦石住,田水穴堤鸣。
过渡牛归速,穿篱犬吠狞。鱼寒犹作阵,雁远更闻声。
急橹潮痕出,疏钟暝色生。邻翁欣问讯,逋客愧寒盟。
一昨成归卧,于今负耦耕。生涯都塌飒,心曲漫峥嵘。
猿鹤休多怨,菰莼尚可羹。药囊吾厌苦,扶惫且班荆。

范纯仁(1027—1101)

和曹演甫中秋见怀

去年对月忆良朋,今夕谁同塞上情。华发苍颜人易老,赏心乐事古难并。

戍楼笛响千山迥,沙漠霜寒万里明。半夜归鸿飞不断,好将幽梦到淮城。

八月十六日张伯常见访赏月四首(其一)

空庭待月喜佳宾,杯杓频传酒易醺。长笛悠扬侵万籁,圆蟾潋滟出重云。
辞荣风节轻三事,破的功能伏一军。高兴未阑天宇静,笑谈不觉夜将分。

秋晴思西湖寄韩少师

楼阁参差霜叶红,湖光秋色画图中。移船影动波心月,横笛声随水面风。
当日席间先醉客,如今塞上独衰翁。思君情绪兼归兴,暗逐汾川日夜东。

范仲淹(989—1052)

中元夜百花洲作

南阳太守清狂发,未到中秋先赏月。百花洲里夜忘归,绿梧无声露光滑。
天学碧海吐明珠,寒辉射空星斗疏。西楼下看人间世,莹然都在青玉壶。
从来酷暑不可避,今夕凉生岂天意。一笛吹销万里云,主人高歌客大醉。
客醉起舞逐我歌,弗舞弗歌如老何。

和延安庞龙图寄岳阳滕同年

优游滕太守,郡枕洞庭边。几处云藏寺,千家月在船。
疏鸿秋浦外,长笛晚楼前。旋拨醅头酒,新炰缩项鳊。
宦情须淡薄,诗意定连绵。迥是偷安地,仍当饱事年。
只应天下乐,无出日高眠。岂信忧边处,干戈隔一川。

和僧长吉湖居五题·风笛

风引湖边笛,焉知非隐沦。一声裂云去,明月生精神。
无为落梅调,留寄陇头人。

又 和 赏 梅

故人为使富天才,相与抽毫赋早梅。气艳未劳横玉笛,风光先合倒金罍。
陇头欲寄交情远,林下初逢病眼开。必若和羹有遗味,花王应亦命公台。

范祖禹(1041—1098)

游李少师园十题·笛竹

凤食实已美,龙吟声更奇。惜无蔡邕识,那得马融吹。

方　凤(1240—1321)

冒雨渡浦阳江

痴云千顷压江堧,寂寂篮舆破午烟。树杪楼台看近郭,渡头波浪忽滔天。
舟依曲港难回楫,径转高陵每得筌。谁向龙山夸海国,一声铁笛女墙边。

吴仲恭翠微楼九日落成和谢皋羽(其二)

慈竹堂阴长露梢,又添杰阁俯江郊。眼空霞锦疑鸿字,手摘松枝碍鹤巢。
野月散衣闲弄笛,墟烟隔水见编茅。望中尚与渔樵接,若处真能广绝交。

方　回(1227—1307)

跋吴初邻山谷临风笛真迹

临风玉笛调孙郎,百字尘昏纸尚香。细认黄家元祐脚,似人殊喜见他乡。

再题通政院王荣之八月杏花(其四)

简斋诗老不重生,流月无声句绝清。好个杏花疏影里,秋空吹笛到天明。

次韵僧自文见赠四首(其二)

浪说扬州鹤,居多荐福碑。听师无孔笛,弃我不灵蓍。
冷阅人间事,闲题物外诗。修行真有力,肯被鬼神知。

闲　　居

叠嶂层峦画不如,虽贫未死比闲居。旧移一纪桐初大,重种三年竹尚疏。
定借厄穷延老寿,敢禁桀黠笑痴愚。邻家夜夜谁吹笛,每辍灯前数叶书。

涌金门城望五首(其四)

曾向西湖醉写诗,衰年六十叹飙驰。一毫无补承平世,万事俱非老死时。
三竺禅窗猿已化,八梅吟冢鹤应悲。花秾月艳今如梦,卧听长桥笛夜吹。

别秀亭五首(其一)

秀亭亭上果何似,两水万山图画开。霜入川原疏草木,烟销城市出楼台。
半空鹭点客愁破,何许笛吹诗句来。异日梦魂应历历,醉僧同此藉莓苔。

悲歌五首(其一)

三十年前乐事饶,闲身无事暑初销。携琴岳寺延秋月,吹笛江楼过夜潮。

自倚豪狂诗句疾,岂虞离乱鬓毛凋。故人死尽身犹在,交道生涯两寂寥。

病后夏初杂书近况十首(其九)

妙年刚谓世无愁,汗漫猖狂万里游。梦里讲经天竺国,醉中横笛岳阳楼。
散花女已无踪矣,老树精今尚在不。咋舌噬脐更摇手,颜瓢曾瑟外何求。

寄董总管文卿精春秋连为太平姑苏二大郡

春秋家学汉醇儒,才尹当涂又尹苏。光价九霄悬日月,爱思两郡甲江湖。
蛾眉采石风前笛,橘里长桥□后鲈。太白季鹰俱不及,□□□□拥菟符。

诗思十首(其八)

忝窃严陵郡,依稀陆放翁。作诗逾万首,浪仕只千穷。
醉卧三更后,闲吟两纪中。时时落幽梦,渔笛鉴湖东。

闻 笛 叹

读书夜倦灯影暗,屋外笛声何处来。邻翁吹笛意本乐,闻笛如我心何哀。
如说生离苦,天涯海角无由回。又如诉死别,委骨黄壤埋蒿莱。
失身羁妇过昭君冢,偾军老将上李陵台,东坡澹庵惠州新州更海外。
经义字说盅场屋,格天之阁高崔嵬。
元祐太母地下负废立之谤,昭慈再废入道冷屋肩荒苔。
济阳一去饮雪水,不得其死二十七年,老奸擅位污公台。
分明历历道此事,使我颜色黯然如死灰。
岂止山阳向秀感,徒为嵇吕二子空徘徊。
平生不识音与律,但喜乐工奏曲作技倾金罍。
不谓今夕此何夕,江淹别恨二赋尽到眼,玉川子涕泗虾蟆食月万古不可开。
铁肠石肺百杂碎,惊魇不顾闺中孩。壁下偶有酒,顾谓斟一杯。
一杯薄酒何足御此大愤怨,不如愚无知者酣卧鼻息长如雷。
须臾笛声寂无有,出视空庭但星斗。

题朱仲华百牛图

以栋梁成厦屋,万牛不足。以耒耜命巾车,一牛有余。
画师幻此沮洳泽,若牯犝犍辈且百。太平村落丰年秋,只欠耳边闻晚笛。
老身元是牧牛儿,凭谁写作刘凝之。

与起来芳三上人游北山寺

癖性爱古寺,郁郁乌龙山。癖性爱古树,万松拥禅关。
偶与二三僧,共此一日闲。索茗古寺里,系马古树间。
树古生凉飙,寺古殊尘寰。古貌各清怪,古心俱恬憪。
忽有古笛声,牧儿度前湾。古人谓不足,古风斯已还。

寄题松江下砂唐氏竹友

赵子昂书今第一,竹友二字大逾尺。结交此君者为谁,松江其家吾未识。
想见仿佛如渭川,千亩比封环乃宅。根竹可曾掘作鞭,笋出不忍煮为食。
青琅玕栖紫凤凰,可待九成击夔石。老夫客居杭州城,一苇可航不三日。
不问主人即直造,谁知亦复有此癖。梦到霜松雪梅边,龟壳踞兮蛤蜊食。
取此三友并友之,月明半夜吹长笛。

方蒙仲(1214—1261)

旋 开 梅

邻笛不须吹,惊喷枝头雪。主人日日来,长见开时节。

以诗句咏梅·玉笛冰滩索同赋

笛谱久无传,冷落孤山社。觅得半个难,何况同赋者。

和刘后村梅花百咏(其四三)

鸥社同盟交最久,兔园授简事堪悲。开元才子多佳句,借向宫人笛里吹。

方一夔(?—?)

牧 牛

我有折角牛,放在前山麓。山瘦石棱棱,岁月老觳觫。
掺掺过百指,仰此种田谷。短笛卧斜阳,我饭何时足。

宿 赤 山 岭

杖屦过山东,一重高一重。云烟呈晚色,雨露洗秋容。
偃蹇石伏虎,连蜷木寓龙。夜深横短笛,独宿最高峰。

梅
玉妃破白入春宫,万紫千红立下风。老树冰霜皴剥后,寒枝烟水有无中。
月横山馆笛初起,人立溪桥马欲东。为寄故人无信息,更凭健笔入诗筒。

杂兴三首(其三)
穷守空山两鬓蓬,老饕有分过年丰。珠玑推上稻花水,金铁敲残梧叶风。
兴寄小窗诗卷里,梦回别墅笛声中。俗缘相逐何时了,一笑人间万虑空。

秋兴二首(其一)
水花风叶乱萧萧,凉入秋衣怯寂寥。桑落寒香初出市,蓼花新涨欲平桥。
半篷烟雨渔家傲,匹马关山客路遥。拍手西风无一事,未妨横笛向耕樵。

方 岳(1199—1262)

以嗜酒爱风竹卜居此林泉为韵作十小诗(其四)
东坡真天人,落笔蓬莱宫。何如赤壁笛,一鹤横秋风。

次韵程弟(其一)
一船月自不嫌贫,伴我荒湾理钓缗。归去莫横深夜笛,怕惊溪友与山宾。

渔父词(其三)
烟波渺渺一轻篷,浦溆生寒芦荻风。昨夜新霜鱼自少,满江明月笛声中。

田头(其二)
秧田多种八月白,草树初开九里香。但得有牛横短笛,一蓑春雨自农桑。

观刈(其三)
秋来谁不负归田,炊玉尝新喜欲颠。乞我一年横短笛,太平有象是丰年。

汪运干饷酒(其二)
酒吾甚爱径须醉,快洗平生老瓦盆。中有笔峰能画我,一牛横笛过孤村。

游九曲(其二)
鹤怨空山久勒文,买船又访武夷君。一声铁笛不知处,但觉满身生白云。

次韵陈汤卿(其二)
野径渔樵共,霜寒江上村。乱山横紫翠,孤笛送黄昏。

满壁题诗暗,连墙贳酒浑。往来今已熟,稚子又詟门。

劝耕(其一)

郡如斗大亦何堪,耕雨锄烟亦饱谙。共话桑麻真有味,久抛蓑笠得无惭。
野田春水自深浅,晴日鸟声时两三。安得一牛横短笛,南山之北北山南。

次韵王尉贺雨

老天自不负吾君,谁向灵均三沐熏。鹤立待收连夜雨,龙归看带入山云。
摩挲一饱岂易得,愁叹多年不忍闻。亦欲买牛横短笛,华山一半倘容分。

祷　晴

曾几何时屡乞晴,炉烟未断已收声。天于老子亦多可,国有丰年方太平。
风土不堪人佩觿,月明无复夜啼鼪。及今便可归田去,牛背斜阳一笛横。

次韵贻侄

鹤形炼得不胜癯,樵笛渔竿只自娱。人倚草亭今夜月,天开山市晚晴图。
片云留住吾焉往,斗酒能携谁与俱。三十年前头已雪,久知公道世间无。

白　鹭　亭①

荻花芦叶老风烟,独上秋城思渺然。白鹭不知如许事,赤乌又复几何年。
六朝往事秦淮水,一笛晚风江浦船。我辈人今竟谁是,只堪渔艇夕阳边。

山中(其三)

野烟啼鸟各忻然,一枕山篱又几年。不可奈何天有命,久当已矣世无缘。
跨牛仰面自横笛,骑鹤缠腰那办钱。芦苇秋声石桥月,只餐荷气亦成仙。

除夕(其七)

家世无年事可知,况吾久矣叹吾衰。玉丸不住岁华老,铁砚未穿筋力疲。
一笛跨牛终寂寞,万钱骑鹤两参差。年年此夕椒花颂,能费先生几首诗。

牛　屋

苫以连茹茅,编以带叶筱。俾予茧栗犊,安卧烟雨晓。

---

① 梁栋《白鹭亭》内容与此诗大致相同,仅个别字词有异,不再重复收录。

架犁初学耕,敲扑固不少。我廪何时高,尔室勿嫌小。
半山月荒凉,四壁云缭绕。相期一饱外,短笛秋渺渺。
黄钟忽满腔,声欲撼林杪。岂叹不耕人,华裾上云表。

郑总干致芦管笔

中书采邑初管城,笔材饱霜摇绿云。春烟落纸黑蛟瘦,不可一日无此君。
九华真人出奇计,笑指秋江雪无际。并刀失手刘寄奴,爨余得与诗为地。
双钩入握如虚空,飘飘轻捷翻群鸿。翰林夜召陶学士,草制进封卢国公。

有以晦庵真迹见寄者乃寒栖精舍诗也因次其韵

富贵不可期,贫贱未易骄。山人乃尔昧,过眼风烟飘。
鹪鹩一枝足,不知有层霄。我知古之人,千载俱寥寥。
寒栖访精舍,野绿摇轻艒。一屏直耸耸,万里直荛荛。
至今空堂云,巾屦遗高标。笛声横者谁,有些不可招。
却后五百年,容我摩青瑶。尚怜沈东阳,燕雀空喧嚣。

答 费 宰

野人拙生事,瓶粟盖无几。唯有松下风,领略时一至。
迩来风亦无,抱瓮岂得已。赖有大夫公,入山唤龙起。
铁笛横秋潭,山骨冰诗髓。归来白云篇,出语更清驶。
自非境中人,其孰能与此。吾等才哙伍,君才与丕倍。
一闻老农言,邃得言外意。径烦写呈佛,十年亦中岁。

次韵程少章投赠

十稔眠半村,一醉子万象。向来此方寸,甚矣似元亮。
钓石自寒烟,谁知太公望。北山忽移文,猿鹤费寻访。
老夫竟何有,豪夺牛背上。时时梦中归,樵笛故悲壮。
始予斥祈下,天地方缊缊。纲常几何在,枭啸千乾文。
林希亦入耳,掷笔争书勋。群憸并附和,四面皆楚军。
当时此事集,不可夷狄闻。风雷忽飞厉,圣矣尧舜君。
方今紫宸朝,落落尽圭璧。予虽草茅士,亦有二三策。
不愁衫故青,所恨头尽白。古人如可作,雅欲分半席。

谁当为斧斤,恐不中柱石。一官乞闲外,此计吾已必。
　　　　　平生刚直胸,不肯偶土木。谏书上文石,亲见天穆穆。
　　　　　诸贤忍不言,诺诺恐非福。急回狂澜倒,何啻焦釜沃。
　　　　　如闻左珰横,尔音乃金玉。因声讯诸贤,往事炳如烛。
　　　　　蹇驴灞桥雪,可人天一方。理乱了不闻,衫袖走郎当。
　　　　　老石卧白云,采蕨山之阳。谨毋事笔砚,霜月雕肝肠。
　　　　　买船予亦东,一棹摇寒光。当洗老瓦盆,迟君醉溪堂。

冯　山(?—1094)

渔　翁

　　　　　短棹拨轻舟,风恬江上游。机心重浪底,生计一钩头。
　　　　　尽日不多得,中怀无寸忧。夜深何处宿,孤屿笛声秋。

冯时行(?—1163)

落　梅

不禁清瘦怯风霜,远信先凭驿使将。楼上笛声吹旧曲,鉴中人面学新妆。
飘零院宇仍多思,点缀帘栊亦自香。留与春风共流转,凭谁试与祝东皇。

雪中用黄太史韵

密雪谁人巧拟盐,初飞仍带雨廉纤。夜吹玉笛满浮酒,晓看遥山高卷帘。
方积银杯翻过马,欲销冰箸插疏檐。不堪时傍潘安鬓,华发朝来觉骤添。

游君山值冰合不得进

东略扶桑还挂席,朔雪颠风经赤壁。欲呼龙伯出珠宫,戏上君山吹玉笛。
仙人未熟长生酒,故遣玄冰冻湖口。洞庭千里一镜中,烟鬟黛抹空回首。
丹经素书旧岩丘,长歌归去吾不留。他年酒熟当劝客,鹤使相寻缙云侧。

江　月　亭

张家作亭跨江月,久欲题诗诗思竭。今朝龙泉宝函来,岂亦索诗光贝阙。
忽忆曩时醉亭上,笑倚长松清兴发。波光浩渺荡樽俎,夜色鲜明见毫发。
是时披襟揖灏气,蠲涤肺肝洗尘骨。归来至今忽想像,犹觉人寰可超越。
会当月夕驾烟桨,吹笛呼龙出龙窟。蓬莱方丈傥可寻,借我长风泛溟渤。

傅 察(1090—1126)

尉治吏隐亭二首(其二)

一番新雨洗华亭,四面晴天倚翠屏。并秀采莲舒嫩脸,孤飞白鹭带残星。
披襟骤觉登仙乐,倚槛犹疑倒影青。横笛晚来声更好,龙吟泓下亦时听。

盖 经(1129—1192)

游大涤洞天

暇日寻幽入洞霄,攀萝扪石自忘劳。地环九锁仙都闷,山倚一峰天柱高。
夜静仙人吹凤笛,月明帝子下雪旄。佩环寂寂中庭晓,时有胎禽唳九皋。

甘 泳(1232—1290)

归舟二首(其二)

天壤岂无苏季子,恨我不识韩荆州。遥山苍苍暮云碧,何许一笛芦花秋。

高 吉(?—?)

快 阁

不跨扬州鹤,来寻快阁鸥。澄江依旧月,落木几番秋。
山色横青眼,交情叹白头。一声何处笛,我欲理归舟。

高鹏飞(?—?)

复游鄞江

欲扣山扉汲野泉,支筇眼驻柳阴边。苦无平地休穿屐,待有轻风却放船。
孤笛叫开云里月,一竿撑破水中天。舟人相戒低声语,沙上恐惊鸥鹭眠。

高善濂(?—?)

洞庭晚望七首(其一)

击汰凉风水面回,偃虹堤上夕阳开。含浆老蛙浮光起,迎棹神鸦舞翅回。
醉唱难寻渔笛乐,羁怀易动暮笳哀。何能雪鹭银鸥侣,尽日无愁曲岸隈。

高似孙(1158—1231)

句(其六一)

题遍蛟绡干碧海,吹将鹤笛上青天。

答武昌吴广文

平生不识武昌楼,官柳青青好在不。庾亮笛吹黄鹄月,简栖碑驳碧苔秋。山横赤壁含情断,水出瞿唐快意流。何处叫君同一醉,并舟秦女擘箜篌。

高 翥(1170—1241)

春日北山二首(其二)

插花吹笛两山中,桃李尊前日日同。待得马头飞絮满,更来沽酒看残红。

感怀二首(其一)

漂泊南州又过年,恰如杜子客郎川。酒堪度日难为醉,诗怕伤时未可传。店舍无烟兵火后,街坊有月试灯前。荒凉古驿闻吹笛,老泪纵横落枕边。

隆兴借东湖驿度夏杂题

西风来几日,荷柳早衰容。百感闻秋笛,孤吟答晚钟。事能如意少,酒不教愁浓。忆著莼鲈美,家山隔几重。

高子凤(?—?)

题杨补之墨梅卷

篱根玉瘦两三枝,为绕吟香夜不归。安得密林千亩月,仰眠吹笛看花飞。

葛立方(?—1164)

有感(其二)

莫将横笛炫柯亭,岂解穿云裂石声。湘水老翁那复见,世间谁数吕筠卿。

葛胜仲(1072—1144)

朱偓吹笛

李谟美梁州,独孤生窃笑。声既杂夷乐,叠复误水调。区区许云封,女子称商肖。天宝小部乐,能使玉妃醋。

论竹取云梦,不老不可少。七月望一周,生伐以此料。
韦郎炫名管,半曲裂数窍。风流渺无继,是子差可教。
安得君山翁,渔艇巴陵道。撮捻三五声,万籁发天妙。
清音彻四山,猿鸟惊飞嗷。大管藏合拱,直俟元君召。

哭卫卿弟三首(其二)

远业相期未易量,那知百岁似风狂。鹏来有恨催新赋,鹊往无医识禁方。
邻笛他年那忍听,人琴此日遂俱亡。长空后夜西风急,吹断惊鸿不作行。

葛天民(？—？)

小峰行乐却望北山

霜高群木落,湖上数峰秋。野笛归牛径,烟蓑宿鹭洲。
望中多隐约,佳处小迟留。百岁无虚日,能堪几度游。

顾　逢(？—？)

病中怀邓觉非

卧病寂寥中,浮生悟得空。半床清夜月,一枕破窗风。
旅思闻孤笛,秋声过断鸿。可人常入梦,簪盍几时同。

顾　禧(？—？)

过徐稚山居

曲径秋高竹影斜,多君此日淡浮华。笛声远落幽人泪,月色清宜孺子家。
世事尽劳五斗米,我来常醉一园花。不须更读闲情赋,元亮风流自足夸。

郭祥正(1035—1113)

闻　笛

何处佳人玉笛吹,春风已过落梅时。行云不动残阳下,欢乐悲愁各自知。

又和(其四)

斜日会扶岚气暖,好风能送笛声长。倦投芳草人人醉,流出残花涧涧香。

游仙一十九首(其一)

漠漠出寒雾,悠悠趋太清。珠楼被重绡,灵花纷素馨。

青衣捧绿章,磨丹书姓名。为我横玉笛,一奏雌龙声。

黄山二首(其一)

秋物已潇洒,临高念岁穷。阵收群雁没,峰断片云空。
月色山川内,笛声关塞中。西人未柔服,长策在诸公。

韶州武溪亭

滔滔武溪一何深,鸟飞莫渡兽莫临。山色欲学翠凤舞,笛声自作苍龙吟。
樽罍谩借春力暖,鬓发未免霜华侵。形容不上凌烟阁,马革裹尸那可寻。

寄题历阳王纯甫新作连云观二首(其一)

久持使节别尧天,故起朱楼北斗边。势压江淮盘地厚,影分吴楚与云连。
一声奏笛龙蛇晓,八法书牌剑戟悬。更借溢城庾家月,芟除桂树照樽前。

清明望藏云山怀旧游

忆昔清明出郊去,藏云寺前花正开。蜜蜂衔蕊异香散,时时洒面微风来。
溪泉甘滑碧玉色,晴山倒影无纤埃。红粉佳人十七八,踏青唱歌云鬓颓。
黄犊行牵载酒瓮,到处便倾三百杯。或逢浓阴藉草坐,口横玉笛吹落梅。
傍人问我乐何事,我心无事同婴孩。谁令束带入官府,触网修鳞难再回。
清明依旧好时节,朱颜憔悴无由陪。藏云之山亦非远,隔江东望青崔嵬。

秋　　笛

清秋闻笛弄,独立露沾衣。天外云留住,水中龙未归。
悠扬声益苦,感激思何微。不似前春听,梅花片片飞。

洛中王秀才谈刘伯寿动静慕其潇洒作诗识之

客来说刘翁,嵩山跨黄犊。青衣二双鬟,颜色若明玉。
手携绿牙笛,随轩奏新曲。倒倾酒榼松下饮,旋开毡帐云中宿。
少年富贵老安闲,自道此生无不足。令人慕高标,神魄顿萧爽。
何当插两翼,乘风一飞往。永结斯人交,逍遥恣真赏。
长哦紫霞篇,洞户琼瑶响。胡为恋青衫,壮节空骯脏。
尘埃一哄城郭卑,波澜万顷沧溟广。明朝未作嵩少游,且向江南结鱼网。

池上晚景分得上字

秋风何处来,萧然洗炎瘴。时要二三子,临池倒嘉酿。
逢辰既升平,览景又清旷。寂无人世喧,颇觉神魄王。
雪鹭集沧洲,金乌没青嶂。悠悠渔笛还,漫漫潮痕涨。
黄蜂立莲叶,赪鲤吹萍浪。始信庄生言,观鱼乐濠上。

留题吕学士无为军谪居廊轩

城头高轩眺千里,数里苍山兼寒水。帆开半落有无间,鸟飞不断丹青里。
北斗疏疏河汉晓,蓬莱一登天下小。心随境化形亦忘,谁道霜翎老华表。
曹公窥吴教水战,虎貔蹙踏鲸鼍转。野父相传此渡头,鱼网时时得遗箭。
当场英气安在哉,千年绝景藏蒿莱。地祇监护待贤者,栏干倚遍倾金罍。
目送白云望尧阙,忠功孝名坚一节。明时不作离骚经,玉上青蝇解磨灭。
升沈偶然安足嗟,与君高咏思无邪。数声长笛奏何处,微风吹落天之涯。
天涯桂树清辉发,万顷波澜冻冰雪。若承紫诏返瀛洲,此地曾忘迁谪忧。

奉和蔡希蘧鹄奔亭留别

栏干去天无一尺,帘外三山蘸天碧。樽倾浊酒延故人,拂拂轻寒添暮色。
双鹄飞奔迹已陈,满庭细草自涵春。孤城不复有冤气,法座垂衣逢圣神。
惟君万里分符去,苍梧之邦舜游处。九疑七泽皆相连,墨海濡毫写长句。
又如李白才清新,无数篇章思不群。挺特千松霜后见,孤高一笛陇头闻。
我于诗学非无意,黄芦不并琅玕翠。漫甘薄禄养残年,两鬓垂丝成底事。
声出还吞泪如雨,同气相求别离苦。老来频寄一行书,江边鱼雁无今古。

东 望

历阳望姑熟,抚掌衣带隔。却瞻天门山,落日一双碧。
不如云中鸟,自在鼓两翼。冠裳漫羁绁,发绿今已白。
功名随浮烟,所得乃禄食。天兵下安南,獠穴须灭迹。
腾山吼豺虎,跨海轰霹雳。杀气暗南溟,万古一洗涤。
借令伏波在,缩手定叹息。男儿逢此时,弗往荷矛戟。
胡为守文法,铢铢较朝夕。终当解官去,大舰挂长席。
乘风卷云涛,载月奏玉笛。不作凌烟人,犹为钓鳌客。

谁能对乡关,跬步归未得。

武溪深呈广帅蒋修撰

滔滔武溪一何深,源源不断来从郴。流到泷头声百变,谁将玉笛传余音。
潺潺泠泠兮可以冰人心,胡为其气兮能毒淫。
汉兵卷甲未得渡,飞鸢跕跕堕且沈。天乎此水力可任,蛮血安足腥吾镡。
功名难成壮心耻,马革裹尸亦徒尔。伏波一去已千年,古像萧萧篁竹里。
风来尚作笛韵悲,宛转悠扬逐船尾。如今天子治文明,柔远怀忆昌黎氏。
始末缘何不相类,能言佛骨本无灵。可惜咨嗟问泷吏,湘妃之碑尤近怪。
颇学女巫专自媚,固当褒马聊黜韩,补葺须令贤者备。
元戎喜遇蓬瀛仙,武溪探古传新篇。东君吁嘻龙䗪走,北斗挹酌河汉悬。
劝君莫倚陇笛之悲音些,劝君清歌兮投玉琴些。
琴声为出尧舜心,尧舜爱民无远迩。君不见薰风来自南些。

郭俨(?—?)

兰溪

兰陵山下翠烟浮,溪水潺湲九曲流。落尽江梅闻铁笛,烟波何处问垂钩。

郭印(?—?)

次韵邵公济寻梅三首(其一)

素艳遥怜月色同,暗香披拂有无中。一枝已觉春光破,不恨南邻笛里风。

刘谊夫见寄云溪之什用前韵(其二)

身堕樊笼里,心游浦溆边。晚风传牧笛,落日漾渔船。
山接无穷树,江连不尽天。凭谁图此景,仿佛似斜川。

落梅

名园探梅时,粉苞才半开。如逢姑射仙,偃蹇下瑶台。
孤洁自天赋,肯听东君媒。别来今几日,雪片点苍苔。
玉笛谁家子,喷月一声哀。可惜飞幽馆,不上美人腮。
柳条忽萌动,春风原上回。芳菲已后时,百卉胡颜哉。
转首鹎鵊鸣,殷红乱成堆。却来绿阴下,青子荐琼杯。

次韵宋南伯见贻之什

衰迟来作邑,劳苦剧万状。朝朝趁衙参,敛版趋跟跗。
病骥耳双垂,兰筋困衔鞅。饥鹰长附人,六翮空鞴上。
缅思陶彭泽,解绶一何壮。归去事田园,林木施帏帐。
邻曲喜过从,时节争馈饷。高山与流水,无日不寻访。
况逢桃李春,协气郊原盎。或携古笴行,或放孤舟漾。
我欲追其踪,卜筑依清旷。三径落松花,四墙围竹筤。
缚桥架斜川,凿户延层嶂。长笛月下吹,逸响从风扬。
兴来携野老,烂醉倾村酿。便足了一生,折腰宁肯强。
十年计未遂,口腹成魔障。蹉跎镜中秋,白发不相放。
新交得山涛,磊落多识量。志趣傥能同,斯文未沦丧。

郭　震(？—？)

渔　者

江柳弄风鬓翠黛,山光著雨湿胭脂。却收短棹拈长笛,一叶舟中仰面吹。

韩　淲(1159—1224)

次韵(其四)

破晓鸣钲催彩舫,近昏吹笛认旗亭。诗人也作联翩去,只此游人眼觉醒。

九　日

客里逢重九,路经鹅岭头。物华元自好,意绪不禁愁。
霜重晓犹积,烟低寒不收。营营本何事,吹笛下沧洲。

昌甫携渭南诗见过

长笛残星赵倚楼,吟边供断一生愁。渭南作尉诚微宦,江上逢人忆远游。
风景不因今古异,琴樽宁与是非休。章泉传到涧泉上,凉意满天河影秋。

韩　驹(1080—1135)

次韵何文缜种竹

杜陵穷老觅桤栽,不似何郎种笛材。三径莫忧荒草合,一樽如与故人开。
未堪急雨枝枝打,便有幽禽日日来。坐诵东坡食无肉,诗肠日午转饥雷。

韩　琦(1008—1075)

至节筵间喜雪

至节开樽就席前,六花飞舞助宾筵。扬空自胜重罗面,引满偏宜旋絮绵。
合坐欢谈霏屑地,几声横笛落梅天。况逢阳复贞亨会,赢取笙歌烂醉眠。

观胡九龄员外画牛

丹青之笔夺造化,能者几何登品录。蛟龙狞恶鬼神怒,更工不接时人目。
有形之物至者稀,是否难欺众所瞩。绛台胡掾文章外,偏向画牛其好酷。
海内驰名三十年,得者珍藏过金玉。老来才始著青衫,养亲不及朝家禄。
前日野服忽相过,云访恩知走京毂。微风入指未能画,示我蜡本数十幅。
采撷诸家百余状,毫端古意多含蓄。斗者取力全在角,卧者称身全在腹。
立身仿佛精神慢,背者分数头项促。行者动作皆得群,乳者顾视真怜犊。
当流泅戏益自在,欲渡或疑犹蓄缩。从容饮龁得天真,荷鞭时有童儿牧。
或横一笛坐牛角,便是无声太平曲。江天雨云易溟蒙,风势掀号摧古木。
欹斜蓑笠趁牛归,萧疏暮景烟村宿。奇哉胡掾老笔不可到,戴叟重生须死伏。
吾观诸牛之态虽尽妙,尚有所遗思未熟。牛于生民功最大,不画牛功牛亦辱。
胡君胡君听我言,别选轻绡成巨轴。写出区区末耙勤,贵知天下由吾方食足。

韩世忠(1089—1151)

奉诏讨范汝为过宁德西陂访阮大成

万顷琉璃到底清,寒光不动海门平。鉴开波面一天净,虹吸潮头万里声。
吹断海风渔笛远,载归秋月落帆轻。芍陂曾上孤舟看,何似今朝双眼明。

韩　维(1017—1098)

句(其五)

一笛西风吹落日,满帆行客背孤城。

尧夫垂示佳驾辄次二韵为谢

横笛能为水龙响,清歌不放彩云飞。知君未尽杯中兴,故折红芳赠醉归。

予会宾答微之惠诗

官冷身闲百不营,一时高会得耆英。杯心酒气兼香重,池面水华共月清。

铁骑忽从弦上出,水龙争向笛中鸣。白头学士耽禅习,未免诗魔搅道情。

送晁怀州学士(其二)

退传清门世有才,使君嘉誉蔼中台。未甘文墨工雕篆,聊取圭符试剸裁。
垄上劝耕春晼晚,山前闻笛月徘徊。明朝建隼临长道,回首仙庐拂斗魁。

和圣俞闻景纯吹笛妓病愈

刁侯好事闻当年,至今风韵独依然。归来不作留滞叹,能出窈窕夸樽前。
前时宾客会清夜,横笛裂玉吹孤圜。新声妙逐柔指变,余响欸与高云连。
悲风萧瑟四座耸,清笑自足遗拘挛。近闻有疾勿药喜,主人欲饮期数贤。
气赢曲节宜少缓,体软舞态当益妍。人生行乐不可后,幸及华月秋娟娟。

韩元吉(1118—?)

春日书事五首(其五)

溪边乱石蛟鼍卧,烟里千花锦绣围。记得年时作寒食,山桥吹笛雨中归。

次韵吴明可与史致道会饮牛渚

月出千山卷暮云,遥知玉节会江滨。便应击楫酬今日,不用然犀叹昔人。
烟外笛声谁送晚,水边花影自迎春。风流三百年无此,况有清诗句法新。

何 俌(1121—1178)

腥庵(其五)

　　沙暖鸳鸯困,江寒翡翠愁。红莲秋的历,短棹晚夷犹。
　　处世长无累,端居百不忧。时时明月下,横笛倒骑牛。

何梦桂(1229—?)

梅　魂

香满罗帏凝不消,笛声吹断夜迢迢。霜螀月落无寻处,欲倩青衣使者招。

偶成寄王德甫

休休万事总归休,犹占青山对白头。籁寂乾坤机落落,境忘身世梦悠悠。
孤云野水辽天鹤,明月清风露地牛。此意不知谁会得,一声铁笛万山秋。

山居即事

分得南窗与世违,坐消白昼乐清时。楼头秋意一声笛,镜里岁华双鬓丝。
绿水放教通竹径,清风招不下梧枝。心期自得难为说,白鸟青山是己知。

何子举(?—1266)

清渭八景·指崖一览

指崖屹立镇山川,万丈巍巍势插天。风日双清时有限,乾坤一览景无边。
东西两岘丹青献,南北群峰紫翠连。我欲凌风登绝顶,一声铁笛叫飞仙。

洪 皓(1088—1155)

彦清打球

三伏击球暴气和,汗马良劳戛玉珂。残形伤目未尝虑,裸颠垢面服皮靴。
列骑骎骎有中下,王孙上驷金盘陀。矫如跳丸升碧汉,坠若流星落素波。
分明较胜各驰逐,雷奔电掣肩相摩。天下固有至乐,但知此乐无以过。
有时雌雄久不决,载渴载饥日忽蹉。或胜或败何所竞,屈膝进酒方骈罗。
击鼓横笛歌且舞,观者如堵环青娥。抑尊礼卑浑不顾,一时快意遑恤它。
景云贵戚尤好此,贞元方镇亦同科。柳泽韩愈犹进谏,况乃名高欲戮戈。
莫言得之自马上,连朝肆习恐伤多。韩柳二书戒驰骋,愿置左右日吟哦。
留心经史修远业,黑头侍宴朱颜酡。

洪 迈(1123—1202)

答林康民见和梅花诗①

寒崦人家碧溪尾,一树江梅卧清泚。仙姿不受白眼污,风敛天香瘴烟里。
向来休沐偶无事,惟我亦游二三子。弯埼曲径一携手,冻雀惊飞莫能委。
班荆劝客少延伫,酌酒赋诗相料理。多情入骨怜闵殊,休倚横斜嚼冰蕊。
至今清梦挂残月,强作短歌传素齿。韵高尚恨白难称,赖有君诗清且美。
天涯岁晚感乡物,归欤何时路千里。枕楼一笛雪漫空,回首江亭泪如洗。

---

① 朱松《答林康民见和梅花诗》内容与此诗大致相同,仅个别字词有异,不再重复收录。

洪　适(1117—1184)

盘洲杂韵上·笛竹
蕲产名天下,含飔别样青。中郎如一见,应不数柯亭。

次韵蔡瞻明惜花五绝句(其五)
一声横笛晓林空,知是春风十日东。来岁花时在何处,探芳还有几人同。

喻江宁欲遗蕲笛辞之
蕲州美竹今古名,白云吹裂笛一声。臞儒所对笔墨客,长物虚寻疏比僧。
还君不用君莫怪,绮窗办得千金买。谁与移根到草堂,它日风来听天籁。

雨中泊舟萧山县驿①
端居无策散闲愁,聊作人间汗漫游。晚笛随风来倦枕,春潮带雨送孤舟。
店家菰饭香初熟,市檐莼丝滑欲流。自笑劳生成底事,黄尘陌上雪蒙头。

洪　炎(1067?—1133)

十月十五日山中下视云气自山椒出已而弥漫咫尺不辨岩谷戏成五言一首
一岁下元日,千山小雪天。云层生远壑,雨滓隔平川。
放牧虚横笛,樵苏乐静眠。遥知载酒客,无路到斋前。

洪咨夔(1176—1236)

四月壬午发利州(其二)
两岸骚骚麦尾黄,茅檐半瓦荫垂杨。牧儿吹笛随归犊,浅草平沙暝色苍。

秋　夜
一日一番雨,三更三昧凉。桐边青弄影,荷底静留香。
俗物刺人眼,世情冰我肠。关山何处笛,落月照胡床。

夕　阳
百丈岗头路,沧凉步夕阳。石芒轻放屦,草荚紧牵裳。

---

① 陆游《雨中泊舟萧山县驿》内容与此诗相同,不再重复收录。

深紫猴楂熟,疏红马蓼荒。牧儿良得意,吹笛下牛羊。

胡 榘(?—?)

句

自孤花底三更月,却怨楼头一笛风。

胡 宿(995—1067)

残 花

雨压残红一夜凋,晓来帘外正飘飖。数枝翠叶空相对,万片香魂不可招。
长乐梦回春寂寂,武陵人去水迢迢。忍将玉笛传遗恨,苦被芳风透绮寮。

霜 野

啄兔青骹直下飞,霜云惨惨楚枫披。秋林月迥闻樵斧,晚市风沈见酒旗。
江上败荷无限柄,雨中残菊不盈枝。物华怨尽仍伤别,坞笛声中一涕垂。

胡 寅(1098—1156)

句(其一)

更烦横铁笛,吹与众山听。

和汝霖三首(其三)

桃李无言春事深,便看园树欲交阴。永怀北固吹长笛,一醉春风典破衾。
金羽喜从幽谷出,锦鳞贪引翠竿沉。好传消息睎曾点,莫把平生问李寻。

冬至前半月赴季父梅花之集与韩蒲向宪唐干诸人唱和十首(其三)

南人惯识赏来迟,北客相逢胜旧知。何必粉图争画样,更劳饧糁乱粘枝。
天饶绝品千花外,人换新妆一笑宜。佳句定非横笛比,温存疏蕊半开时。

游武夷赠刘生

六曲睎真馆,千松夺秀亭。回桡失相值,载酒约重经。
小雨装图画,红尘隔杳冥。更烦横铁笛,吹与众仙聆。

送朱推于水东口

送客水东口,散襟城北头。清风正骀荡,细雨忽飞浮。
荒传少来燕,平田多乳鸠。何时理归棹,横笛下沧洲。

和刘仲固痛饮四叠

旧诗未酬新句新,向来毒醒与死濒。颓然一榻谁料理,子思之侧知无人。
华筵再开不辞醉,夜碧千钟慰愁肺。盍簪如雾君不来,岂念清游后难继。
朱唇少罢凌风歌,莲舟小桨翻青罗。笛声无哀亦无怨,唤取月色今宵多。
狂时骀荡醒时耻,情景循环亦何已。但愁霜过沾人衣,埘上嘐嘐坐当起。

再 次 前 韵

经年与花别,花意不相忘。绰约素情在,扫除时世妆。
楚人轻剪伐,北客护垣墙。半树竹亭亚,几株溪水阳。
可模非绝代,难学是生香。当结珠宫伴,休吹玉笛长。
赏心甘烂醉,被恼漫颠狂。正当映乔岳,未应浮碧湘。
松筠共潇洒,雪月佐辉光。自保孤根暖,宁随百草芳。
远天方绚白,细雨便垂黄。佳实收功地,君羹必可尝。

题岳麓西轩三绝(其三)

山雨冥蒙久未晴,袖中长笛为君横。一声吹破浮云色,归去呼船载月明。

思归八绝(其四)

夜梦俞音出帝闱,朝来江雨已生肥。扁舟载酒吹长笛,未减辽东独鹤归。

岳阳楼杂咏十二绝(其三)

黄帝钧天曲未终,至今烟浪舞鱼龙。临风更欲吹长笛,摇荡波心碧玉峰。

胡仲参(?—?)

还赵靖轩吟卷

借得君诗在案头,篝灯夜夜看银钩。苦吟暗数秋更尽,何处笛声人倚楼。

胡仲弓(?—?)

月 临 关

长笛一声天地寒,不堪回首月临关。山河不二无全影,莫说前头桂可攀。

颐斋诗筒急递次韵奉酬

一日怀人三阅秋,白鸥飞去水悠悠。江山磨尽古今事,风雨送来天地愁。

蜗喜自沿商隐壁,燕归错认仲宣楼。笛声只在栏干曲,须向西邻高处求。

和抱拙韵(其二)

倚楼长笛两三声,云淡风轻弄晓晴。翰墨林中新体制,江湖社里旧宗盟。
不堪瓮牖闻蝉噪,独喜梧冈听凤鸣。安得坡仙同把酒,山间玉糁可分羹。

念昔游四首(其四)

昔游半山寺,木落山欲童。秋高岚气旺,晓日出曈眬。
杖藜破莽苍,举步生清风。登堂发一笑,绝倒临川公。
旧像人所祠,新法人所攻。空使百年后,直笔诛奸雄。
不知老瞿昙,衲被和头蒙。是非不到耳,静坐蒼卜丛。
自吹无空笛,圣处时一中。我亦有发僧,误踏京尘红。
来此欲安禅,懒性学虚空。入门被师喝,归去成匆匆。

华 岳(?—1221)

田家十绝(其一)

十幅生绡一墨池,尽收好景入屏帏。会须少缓丹青笔,更倩牧童横笛归。

青楼赠别

笛声吹彻玉楼寒,金鸭香消更漏残。含泪欲挥羞不敢,倩他银烛向人弹。

群 鸥

一声渔笛发中流,惊起平沙万点鸥。去尽青天回欲集,梨花无数落汀洲。

题易村

路转峰回觉有村,数间茅屋瞰山阴。午炊已饱翻匙玉,腊酝仍拚挂杖金。
穷去作文和鬼送,兴来得句倩蝉吟。一声横笛斜阳外,吹起江湖万里心。

山 居

布作宽袍竹作冠,萧然万虑不相关。数声横笛烟霄外,一个闲人天地间。
若遇急流须勇退,从教倦鸟不知还。百年富贵君休羡,得似浮生半日闲。

梅

衰兰枯荷了秋色,几向寒梢问消息。溪桥交马断肠时,翠袖佳人日暮归。
玉面亭亭汉宫样,一见风流慰心赏。寒标孤绝太无情,谁为移春上玉京。

月华凄切霜华白,夜半飘香度帘额。寄声横笛且休吹,愁杀江南未归客。

华　镇(1051—?)

病中闻梅已放就邻人求之

屈指新春只月余,园梅闻道已盈枝。暗香便欲朝三嗅,寒笛愁闻夜一吹。
病眼未能临翠薄,幽怀还恐失霜枝。从君觅取春消息,莫使空吟寄驿诗。

次韵酬道州同官雪中召饮

千林腊雪缀玫瑰,为送丰年好信来。有客倚楼吹玉笛,何人立马傍银台。
书斋喜白临窗纸,妆阁惊藏照脸梅。清景可怜佳句重,为君随分把金杯。

黄　裳(1043—1129)

梅　花

素呈天巧未教青,云酿寒时一望明。且得少阳通好信,不消孤笛送新声。
绛绡捧蕊谁妆就,金粟含须自缀成。最是百花难比处,只承风信已知名。

南楼有作呈仲矩舍人

莫言风物是穷边,塞北江南此果然。苍壁下粘芳草地,垂杨中卧碧塘天。
人吟夜月波中笛,客醉秋荷雨后筵。来候朔音栖处好,梦常扪斗过幽燕。

次泠风阁之韵(其二)

能御泠风入九秋,岂愁光景去难留。翠摇竹影落猿峤,清递笛声来鹭洲。
两腋独乘卢碗兴,满襟谁作楚台游。须知大块生微意,岂俟云边虎啸丘。

五祖长老惠竹簟

六月如蒸火方老,三伏炎炎挠清抱。闲中雨汗林末悄,忽得禅师祖山耗。
笛材未许龙凤吟,却织双纹惬高卧。卷送西来尤是时,乃似乌薪雪天到。
长须为我扫幽榻,数尺涟漪细风过。漫入祖山何所闻,但觉雷声肃慵堕。
欲酬此意知未能,且学文公赠相好。

黄　庚(?—?)

雨　过

雨过山头云气湿,潮生渡口岸痕深。一声短笛斜阳外,知有渔舟泊柳阴。

照瑞宫月夜

飞仙挟我上瑶坛,古桂香中夜倚阑。铁笛一声吹月落,满身风露不知寒。

西屿即事

松阴迷草径,缓步曳吟筇。秋鹤有仙意,寒花无冶容。
渔洲烟浦笛,僧寺夕阳钟。回首来时路,白云深几重。

鸳鸯梅

孤花忽妩媚,并蒂占春阳。自有双成意,全胜姑射妆。
月溪同浴影,雪树共栖香。玉笛频吹处,交飞落野塘。

舟次樗蒲庙

短棹冲寒过浦东,扁舟一叶载诗翁。断烟流水残云外,古木荒祠夕照中。
吟罢小楼何处笛,酒醒孤枕半江风。潮生潮落朝还暮,堪叹人生自转蓬。

对月

万里无云天宇宽,十分秋色上楼看。月浮沧海蟾光湿,星落明河象纬寒。
醉后尽教诗笔健,吟边莫放酒杯干。一声长笛知何处,愁杀夜深人倚阑。

黄公度(1109—1156)

中秋西江上

月色今宵万里,笛声何处孤舟。世事堪惊流水,乡心不忍登楼。

和宋永兄爱日楼见寄八首(其一)

画图展处千山雪,渔艇归时一笛风。为爱东溟日色好,侧身楼外望壶公。

方次云伏枕久不入城独宿知稼堂有怀

吹笛清宵何处声,隔窗斜月听人行。梦回案上青荧火,魂断城头长短更。
三伏故人怜卧病,百年薄宦任浮生。春风尚忆茅堂话,相对哦诗天未明。

秋夜独酌

溪山态足身无事,天地功深岁有秋。投老相从管城子,平生得意醉乡侯。
卷帘清坐月排闼,横笛谁家风满楼。可是离人更遗物,自缘身世两无求。

千里共明月

仙掌露初凝,高空月迥明。雪霜千里色,关塞一时情。
永夜惊乌鹊,中原有弟兄。清辉怜独对,良会苦难并。
目断一天远,愁随两地生。倚楼何处笛,凄切送残声。

凤凰夜坐联句

月黑前村笛,风清俯槛琴。老苔虚殿闭,乔木故宫深。
宿鸟依丛树,疏钟出断林。夜堂留暑湿,秋谷半晴阴。
事业惟欹枕,尘埃一散襟。劳生倦奔走,远目寄登临。
割据当年事,英雄万古心。青山空白骨,华屋漫黄金。
酒薄何劳醉,诗成不废吟。艰危多感慨,时序苦侵寻。

黄 履(？—1101)

次韵和正仲游华严此君亭

邂逅相遇三诗翁,适我愿兮江之东。每乘高兴即同赋,剡值修竹华严宫。
迫穷收弃势相远,交我以淡情何重。古来金石论贤达,应求本自声气同。
清晨登此亭,亭前罗层峰。浮云开白日,金影升珠栊。
高标不逐四时变,翠色可夺千葩红。一日无此君,子猷啸咏已不浓。
清风飒然至,渊明喜动羲人容。化龙况是葛陂杖,待风幸列朝阳桐。
伶伦裁嶰谷,律吕因雌雄。太和尚可致天地,烦想岂特疏心胸。
下逮汉蔡邕,取椽制笛柯亭中。
与夫皮为冠兮叶为酒,皆自荆阳之贡东南之美兮,冒霜停雪拂景云而萦惠风。
吾曹对此但欲适清乐,不学渭川之人兮资千亩以敌万钟。

黄氏女(1222—？)

赠潘用中

栏杆闲倚日偏长,短笛无情苦断肠。安得身轻如燕子,随风容易到君傍。

又 赠

自从闻笛苦匆匆,魄散魂飞似梦中。最恨粉墙高几许,蓬莱弱水隔千重。

黄 庶(1019—1058)

市得笛竹簟因成诗

八尺枯冰簟一筒,小轩拂拭趣谁同。樽前声负千杯月,窗下光赢一枕风。易向曲肱增旧意,诗因仰看有新功。蠹书围绕高眠处,梦与尘埃路不通。

次韵和真长四季牧童(其四)

枯笛手持无律吕,清风曲调逐时新。数竿冬日浑无价,暖靠牛眠不教人。

黄庭坚(1045—1105)

杨 朴 墓

三尺孤坟一布衣,人言无复似当时。千秋万岁还来此,月笛烟莎世不知。

奉答李和甫代简二绝句(其一)

山色江声相与清,卷帘待得月华生。可怜一曲并船笛,说尽故人离别情。

赠朱方李道人

颧骨横穿寿门过,年比数珠剩三颗。横吹铁笛如怒雷,国初旧人惟有我。

牧 童

骑牛远远过前村,吹笛风斜隔垄闻。多少长安名利客,机关用尽不如君。

观化十五首(其六)

故人去后绝朱弦,不报双鱼已隔年。邻笛风飘月中起,碧云为我作愁天。

次韵刘景文登邺王台见思五首(其一)

黄浊归大壑,涟漪绕重城。西风一横笛,金气与高明。归鸦度晚景,落雁带边声。平生知音处,别离空复情。

宗室公寿挽词二首(其一)

昔在熙宁日,葭莩接贵游。题诗奉先寺,横笛宝津楼。天网恢中夏,宾筵禁列侯。但闻刘子政,头白更清修。

次韵高子勉十首(其三)

岷南羁旅井,灞上猎归亭。日绕分鱼市,风回落雁汀。笔由诗客把,笛为故人听。但恐苏耽鹤,归时或姓丁。

题李亮功戴嵩牛图

韩生画肥马,立仗有辉光。戴老作瘦牛,平生千顷荒。
觳觫告主人,实已尽筋力。乞我一牧童,林间听横笛。

次韵答柳通叟问舍求田之诗

少日心期转谬悠,蛾眉见妒且障羞。但令有妇如康子,安用生儿似仲谋。
横笛牛羊归晚径,卷帘瓜芋熟西畴。功名可致犹回首,何况功名不可求。

汴岸置酒赠黄十七

吾宗端居丛百忧,长歌劝之肯出游。黄流不解涴明月,碧树为我生凉秋。
初平群羊置莫问,叔度千顷醉即休。谁倚柁楼吹玉笛,斗杓寒挂屋山头。

卫　南

今年畚锸弃春耕,折苇枯荷绕坏城。白鸟自多人自少,污泥终浊水终清。
沙场旗鼓千人集,渔户风烟一笛横。惟有鸣鸥古祠柏,对人犹是向时情。

登　快　阁

痴儿了却公家事,快阁东西倚晚晴。落木千山天远大,澄江一道月分明。
朱弦已为佳人绝,青眼聊因美酒横。万里归船弄长笛,此心吾与白鸥盟。

伯父祖善耆老好学于所居紫阳溪后小马鞍山为放隐斋远寄诗句意欲庭坚和之幸师友同赋率尔上呈

樵入千岩静,松含万籁寒。儿童给行李,藜荠对衣冠。
小槛聊防虎,时来即解鞍。阿翁吹笛罢,怀昔泪相看。

雨晴过石塘留宿赠大中供奉

长虹垂地若篆字,晴岫插天如画屏。耕夫荷耰解被襫,渔父晒网投笭箵。
子期闻笛正怀旧,车胤当窗方聚萤。独卧萧斋已无月,夜深犹听读书声。

和李文伯暑时五首·蕲簟

吾家笛竹簟,旧物最所惜。当年楚山秋,林下千金得。
寒光不染著,复与尘泥隔。落日照江波,依稀比颜色。

戏赠水牯庵

水牯从来犯稼苗,著绳只要鼻穿牢。行须万里无寸草,卧对十方同一槽。
租税及时王事了,云山横笛月轮高。华亭浪说吹毛剑,不见全牛可下刀。

觉范师种竹颂

往在江南住竹山,道人两岁三来访。听风听雨看成龙,牛羊折角入朝饷。
简州城东刮地寒,手种檀栾三两竿。竹成要作无孔笛,若有灵龟一任钻。

子瞻诗句妙一世乃云效庭坚体盖退之戏效孟郊樊宗师之比以文滑稽耳恐后生不解故次韵道之

我诗如曹郐,浅陋不成邦。公如大国楚,吞五湖三江。
赤壁风月笛,玉堂云雾窗。句法提一律,坚城受我降。
枯松倒涧壑,波涛所舂撞。万牛挽不前,公乃独力扛。
诸人方嗤点,渠非晃张双。但怀相识察,床下拜老庞。
小儿未可知,客或许敦厖。诚堪婿阿巽,买红缠酒缸。

大雷口阻风

号橹下沧江,避风大雷口。天与水糊,不复知地厚。
谁家上江船,狂追雪山走。孤村无十室,旅饭困三韭。
黄芦麋鹿场,此地广千肘。得禽多文章,肯顾鱼贯柳。
莽苍天物悲,雕弓故在手。鹿鸣犹念群,雉媒竟卖友。
商人万斛船,挂席上牛斗。横笛倚柂楼,波深苍龙吼。
失水不能神,伐葭作城守。欲寄大雷书,往问长干妇。
何当楫迎汝,秦淮绿如酒。

送张材翁赴秦佥

金沙酴醿春纵横,提壶栗留催酒行。公家诸父酌我醉,横笛送晚延月明。
此诗诸儿皆秀发,酒间乞书藤纸滑。北门相见后十年,醉语十不省七八。
吏事衮衮谈赵张,乃是樽前绿发郎。风悲松丘忽三岁,更觉绿竹能风霜。
去作将军幕下士,犹闻防秋屯虎兕。只今陛下思保民,所要边头不生事。
短长不登四万日,愚智相去三十里。百分举酒更若为,千户封侯傥来尔。

次韵答薛乐道

薛侯笔如椽,峥嵘来索敌。出门决一战,莫见旗鼓迹。
令严初不动,帐下闻吹笛。乍奔水上军,拔帜入赵壁。
长驱剧崩摧,百万俱辟易。子于风雅闲,信矣强有力。
天材如升斗,吾恨付与窄。揽物能微吟,假借少储积。
山城坐井底,闻见更苦僻。子非知音耶,何不指瑕谪。

赠张仲谋

车如鸡栖马如狗,闭门常多出门少。去天尺五张公子,官居城南池馆好。
健儿快马紫游缰,迎我不知沙路长。高榆老柳媚寒日,枯荷小鸭冻野航。
津人刺船起应客,遥知故人一水隔。下马索酒呼三迟,骑奴笑言客竟痴。
向来情义比瓜葛,万事略不置町畦。追数存亡异忧乐,烛如白虹贯酒卮。
开轩临水弄长笛,吹落残月风凄凄。城头漏下四十刻,破魔惊睡听新诗。
君诗清壮悲节物,正与秋虫同一律。迩来更觉苦语工,思妇霜砧捣寒月。
朱颜绿发深误人,不似草木长青春。洁身好贤君自有,今日相看进于旧。
以兹敢倾一杯酒,为太夫人千万寿。

东坡先生真赞三首(其一)

子瞻堂堂,出于峨眉,司马班扬。金马石渠,阅士如墙。
上前论事,释之冯唐。言语以为阶,而投诸云梦之黄。
东坡之酒,赤壁之笛。嬉笑怒骂,皆成文章。
解羁而归,紫微玉堂。子瞻之德,未变于初尔。
而名之曰元祐之党,放之珠崖儋耳。方其金马石渠,不自知其东坡赤壁也。
及其东坡赤壁,不自意其紫微玉堂也。及其紫微玉堂,不自知其珠崖儋耳也。
九州四海,知有东坡。东坡归矣,民笑且歌。
一日不朝,其间容戈。至其一丘一壑,则无如此道人何。

大暑水阁听晋卿家昭华吹笛

蕲竹能吟水底龙,玉人应在月明中。何时为洗秋空热,散作霜天落叶风。

黄文雷(?—?)

读史感兴(其六)

仙栖固多名,世但知蓬莱。九州复九州,广大莫可该。
翩翩牧鹤童,巧笑如婴孩。授我紫玄章,归路玉笛哀。
苍寒不可觅,但有清风来。逼仄宁久居,浮生多尘埃。

黄 铢(1131—1199)

铁 笛 亭

一声苍壁裂,再奏蛟龙悲。事往迹犹在,山空人不归。

姜 夔(1155?—1208)

次韵鸳鸯梅(其一)

晴日小溪沙暖,春梦怜渠颈交。只怕笛声惊散,费人月咏风嘲。

过湘阴寄千岩①

眇眇临风思美人,荻花枫叶带离声。夜深吹笛移船去,三十六湾秋月明。

除夜自石湖归苕溪(其一〇)

环玦随波冷未销,古苔留雪卧墙腰。谁家玉笛吹春怨,看见鹅黄上柳条。

牛 渚

牛渚矶边渺渺秋,笛声吹月下中流。西风不识张京兆,画得蛾眉如许愁。

雪中六解(其二)

黄鹤矶边晚渡时,柳花风急片帆飞。一声长笛鱼龙舞,白浪如山不肯归。

华藏寺云海亭望具区

茫茫复茫茫,中有山苍苍。大哉夫差国,坐断天一方。
夫差醉莲宫,大浪摇不醒。越师何从来,夺我玉万顷。
年年亭上秋,一笛千古愁。谁能知许事,飞下双白鸥。

---

① 郑克己《芦花》内容与此诗大致相同,仅个别字词有异,不再重复收录。

蒋　静(1050—1120)

洗心亭睡起偶题

黄粱未熟酒犹酽,一梦南柯事已空。水绿山青无限好,今来古往不知穷。
龙吟竹笛秋江面,雪糁芦花夜月中。清景阿谁偏占得,白头波上钓鱼翁。

蒋　堂(980—1054)

和梅挚北池十咏(其五)

池上有垂柳,烟笼濯濯枝。芳根逢茂育,老翠胜平时。
体弱因风舞,词清入笛吹。金城久不到,遥想叹羁离。

金君卿(1020—?)

赋得忆梅寄朱公美

七度经春不见梅,水边亭下独徘徊。因思昨夜腊前雪,定是此时花盛开。
远信浪从江外至,新声刚向笛中来。如何便得南归去,共把清香醉几回。

金朋说(?—?)

乐牧吟

牛背日高方睡熟,横吹短笛不成腔。
毛球打罢归来晚,古木寒鸦又夕阳。

柯　氏(?—?)

西湖乐

雪花满衣香欲融,王孙白马金蟠胸。山南山北晚霞红,须臾直下明珠宫。
一样越罗天水碧,乱插宝花长一尺。王孙大醉信船流,船尾船头自吹笛。

孔平仲(1044—1102)

和酬介之

笔刃词锋剑戟稠,千金明月暗相投。君鸡已勇夸长嘴,我豕徒劳诧白头。
清似愁中闻玉笛,美如饥后啖兰羞。伯牙未老钟期在,再写孤音漫继酬。

再吟六诗四首拜呈（其四）

龙笛霜号窍，熊旗露缀斿。追欢品加豆，偷暇日要囚。
周冕英才集，商瑚瑞气浮。金弢书屡讲，蓬矢志须酬。
草树双仙岛，风烟半玉楼。画图观隰驳，果实采沅榴。
通贵人无恙，承平府孔修。官非剑外久，课比茂陵优。
时变休成论，皇明已照幽。责躬无复事，嘉谷谒高秋。

孔武仲（1041—1097）

偶　书

暮上高楼听村笛，清风寥寥吹泽国。苍山莽野百战地，美木阴林四时色。
浩荡坤乾万里中，风光尽属渔樵客。

过紫极宫感道士卓玘遗迹因赋诗以续诸公哀辞之后

武库精兵接混茫，挥犀余论意何长。丹台此日归仙籍，紫极他年记道场。
暂别鬓毛浑老大，再来风月愈凄凉。不须陨涕悲邻笛，亦对松筠为感伤。

赋码磠笛

羌儿吹笛作龙吟，中有太古之纯音。伊人已死笛仍在，千古月明江水深。
谁知巧匠寻山谷，蹙踏溪云采明玉。云谷之竹色黯黯，浅紫轻红花映雨。
正声隐显初无端，造化推移指法间。黄钟妍美霜朝暖，无射凄凉暑月寒。
辎车走遍天南北，此笛此声何处得。韬之湘竹川锦囊，广坐聊持炫宾客。
弘农学士九尺长，颡颧山起鬓髯张。从容奏罢阳春曲，气衰坦腹眠绳床。
由来雅器自有合，不与教坊管弦杂。君不见开元名臣宋侍中，手挥羯鼓疾如风。

孔　夷（？—？）

寄高邮王定国

世路难行肯效尤，蒲萄斗酒换凉州。春风不到仲文树，野水犹沈沈梦得舟。
珍重故家青玉案，徜徉乡社翠云裘。淮南十里莺花老，月照关山笛里愁。

寇　准（962—1023）

闻　笛

平野人归后，孤城日落时。西风闻一笛，惆怅忆桓伊。

青州西楼雨中闲望

海上秋添寂寞情,万家烟树暝重城。萧萧细雨遥天暮,独向空楼闻笛声。

岐下秋书

碧树微凉露气清,感愁怀旧独含情。西楼月夜明如水,只欠桓伊一笛声。

夜坐怀故友

西风起穷巷,众木又凋零。蕙浦月华白,竹窗灯影青。
故人难重见,邻笛不堪听。行傍秋池上,孤吟对远星。

送　人

客亭残照里,歌阕独南行。芳草无断色,离人多别情。
远涂方不极,长笛更飞声。莫动乡关念,徒令白发生。

秋夜怀归

渭水苔矶阻旧游,梦回空馆却凝愁。一声江笛巴云暝,半夜山风楚树秋。
星落古池孤影动,灯摇疏壁冷光幽。迟明不寐空搔首,踪迹何由得狎鸥。

巴东驿秋日晚望

楚驿独闲望,山村秋暮天。数峰横夕照,一笛起江船。
遣恨须言命,冥心渐学禅。迟迟未回首,深谷暗寒烟。

雷　震(？—？)

村　　晚

草满寒塘水满陂,山衔落日浸寒漪。牧童归去横牛背,短笛无腔信口吹。

黎廷瑞(1250—1308)

花时留郡归已初夏即事六首(其四)

心镜翛然澹似僧,悠悠观化寄枯藤。云来云去闲舒卷,花落花开小废兴。
吹笛强呼从百里,种瓜清隐学东陵。野人知有观书癖,远饷松肪续夜灯。

铁笛行赠丁云屋

斗牛之墟有伏龙,宝气夜起天为虹。雷公往矣不再逢,潭底高卧吟秋风。

忽羞珠宫薄且阙,返形化作红炉雪。背负七星雷吐舌,五色石堕天惊裂。
何人携此过武亭,真仙东游弭节听。知音千载空翠屏,猿啼鬼哭烟冥冥。
华表云深鹤一只,渺渺孤吟空八极。左呼庐阜老仙客,右呼西风古禅伯。
江上暮云寒萧萧,梅花未动飘叶凋。红尾凤凰飞翠霄,好去瑶台吹玉箫。

李　邴(1085—1146)

梅

绵霜历雪忿开迟,风笛无情抵死吹。鼎实未成心尚苦,不甘桃李傍疏篱。

李长庚(？—？)

陈士淳主簿举似与严庆曾主簿邓伯允仙尉同到阳华佳句且有岩下弄琴舟中吹笛之乐长庚虽不奉胜游辄继高韵(其一)

说着幽岩意已清,那堪地近一牛鸣。
尘萦俗累不容到,若见山灵烦寄声。

陈士淳主簿举似与严庆曾主簿邓伯允仙尉同到阳华佳句且有岩下弄琴舟中吹笛之乐长庚虽不奉胜游辄继高韵(其二)

阳华山水自双清,况弄朱弦金石鸣。
我是行人那敢听,恐翻别调作离声。

李处权(？—1155)

送　密　老

岁寒纡锡辱西临,一笑忘言意自深。怪石奇松那有价,片云孤鹤本无心。
上人已了洞山偈,倦客方为梁父吟。枯木堂中无孔笛,侍郎今日是知音。

李春叟(？—？)

挽赵秋晓(其四)

箧中遗稿墨犹新,门外池塘草自春。邻笛一声肠欲断,骚坛失却倚楼人。

李大方(？—？)

句(其二)

笛声吹起白玉槃,正照御前杨柳碧。

李　复(1052—?)

雪中观梅花

破萼江梅争初吐,汉宫妙香闻百步。耐寒蛱蝶何自来,绕花翩翩那忍去。
幽芳不载蔚宗谱,绝俗韵高吾许许。直疑滕王百幅图,淡墨濡毫添老树。
冷蕊疏枝整复斜,倚杖时时暗香度。惜无璧月悬中天,令渠交光映当户。
莫作桓伊一笛风,要看冰姿娇挟曙。

李　纲(1083—1140)

中秋望月次玉局翁韵二首(其二)

皎皎月华白,寥寥秋气清。念我方远客,步月亭中行。
风露感我心,凄然入重扃。谁家弄横笛,巧作断肠声。
独酌一壶酒,对此千里明。人生但自适,何必四者并。
醉眼视万物,扰扰如浮萍。得丧何须道,譬犹阴与晴。
节义太山重,富贵鸿毛轻。我心与明月,照见万古情。

志宏得碧字以诗来次其韵

明月照清溪,影落千寻碧。轻风皱微澜,荡漾摇金色。
相携理桂楫,及此万籁寂。天空露气寒,栖鸟正缩瑟。
何人起秋思,数弄月中笛。坐使迁客情,凄然感去国。
清游得英俊,胜赏饱泉石。岂殊在吾家,亲戚咳于侧。
赋诗各言怀,险韵对勍敌。归来气未衰,开匣看三尺。

夜坐闻笛

栉栉银云点太清,一天风露月华明。数声何处吹横笛,引起离家去国情。

吴江五首(其一)

重过松江忆旧游,依然风景照行舟。危桥跨水虹垂影,高阁凭虚蜃吐楼。
渺渺冲烟归钓艇,轻轻点浪舞沙鸥。暮天横笛江村起,激烈能令逐客愁。

吴江五首(其四)

系缆江头日脚沈,鲈肥酒美只孤斟。长桥千步风涛稳,横笛一声烟水深。
契阔离亲宁素愿,迂愚报国只丹心。远游自是男儿事,更把离骚细细寻。

杂兴四首（其三）

片帆随鸟翼，离恨满江乡。风细云衣薄，日斜波影光。
牧童寒哨笛，渔艇静鸣榔。景物正清绝，桑榆还夕阳。

上饶道中杂咏三首（其三）

漠漠烟村一笛风，溪山都在夕阳中。遥看天色暮云碧，渐见山头野烧红。
闽岭风烟知已近，浙江书问恨难通。暝投山寺凭虚阁，隐耳犹听响暮钟。

次韵东坡四时词四首（其三）

梧桐叶脱苔滋绿，绮窗寂寂风敲竹。笑将红扇扑流萤，戏剪碧荷装宝屋。
深沉玉宇夜长肩，风露凄凉可一庭。步月清霄携手处，谁家笛作断肠声。

自铜陵行四十里风复作泊江北岸地名散潭属淮南（其二）

镜中渐觉鬓丝多，半世劳生可奈何。极望不来青足鸟，满江更起白头波。
扬帆贾客风前笛，撒网渔人月下歌。自断此生甘寂寞，毗耶归作老维摩。

金陵怀古四首（其三）

六代兴亡江上城，倦游还向此中行。龙蟠虎踞空形势，并废台荒为战争。
云气霏霏春雨急，烟波渺渺暮潮平。商人不识前朝恨，短笛还为激烈声。

岳阳楼三首（其一）

缥缈层楼俯洞庭，湖光霁色两澄明。气蒸云梦浮天白，水合潇湘到底清。
去棹来樯云共影，断鸿孤鹜笛连声。望中更觉君山小，一点青螺镜面平。

李格非（？—？）

初至象郡（其四）

居近城南楼，步月时散策。小市早收灯，空山晚吹笛。
儿呼翁可归，恐我意惨戚。从来坚道念，老去倦形役。
天其卒相予，休以南荒谪。宴坐及此时，聊观鼻端白。

李　篔（1194—？）

春日杂题三首（其二）

碧荠抽条土力松，春雷犹自蛰黄龙。上清道士归寻药，一笛吹云入弁峰。

梅花集句(其七)
本是离骚国里人,更无人为作招魂。谁家玉笛吹春怨,占断孤山水月村。

梅花集句(其三五)
玉笛谁家叫落梅,夜来春病不胜怀。傍人未必知心事,惟有君恩白燕钗。

梅花集句(其五六)
江边身世两悠悠,绕着瑶芳看不休。月淡烟深听牧笛,冰肌销瘦为谁愁。

梅花集句(其八〇)
镂冰叠雪斗轻盈,片逐银蟾落醉觥。惆怅晚来风定后,隔林横笛两三声。

梅花集句(其一四六)
一从笛里送孤妍,兴寄扬雄独守玄。忆著江南旧行路,可怜风味故依然。

姑苏晚泊闻吹鹧鸪
红映高台绿绕城,蒨衣菱女画桡轻。谁家玉笛吹残照,更听钩辀格磔声。

贻陈体忠
十日不作诗,昏昏如著酒。西风吹笛声,凄然透窗牖。
暝色起烟浦,庭梧多空枝。因轸故物念,暗萤死书帷。
濡毫写中情,哀蛩沸穷巷。藜藿弗满餐,庸儿谓痴戆。
天高白云远,独偭枭獭群。蹇步望逸驾,衣巾粘垢氛。
交游日凋疏,芳草积零露。薄俗徒云云,此意欲谁诉。

张约啸岩书院
雅调背时流,月分吟外秋。墨研青嶂石,茶泛碧霞瓯。
果熟猿难唤,松寒鹿自游。风前横一笛,不必更登楼。

李　光(1078—1159)

次韵补之药名十绝(其一)
一樽聊对菊花前,独上危楼晚景天。风外笛声闻续断,海桐摇落夜敲砖。

总持师示近诗一轴辄次最后神字韵梅花一篇
水边难睹似梅人,且看垂垂一树新。独许玉妃陪寂寞,可须青女助精神。

传杯冷艳愁闻笛,入户幽香已报春。抽尽空花经月雨,此心那复住根尘。

分水铺步月

人随乌鹊正南飞,月到中天列宿稀。远近江峦明霁色,横斜烟雾助清辉。
危亭搔首风传笛,迥野微行露湿衣。儿女未须频怅望,春来应与雁同归。

李　洪(1129—1183)

过　东　里

林迥苍烟古,篱疏橘柚黄。天高风落木,岁晏稻登场。
无复老盆饮,空余邻笛伤。征鸿摩晓月,铩翮犯严霜。

八月十八夜月有怀伯封

秋半青要未降霜,溪边独对露华凉。风清月白兴不浅,斗转参横夜未央。
每望庚尘频障扇,莫逢伊笛据胡床。扬晖千里谁同赏,心折刀头快理航。

李流谦(1123—1176)

舟　中

贩盐贾客夜吹笛,卖菱女儿朝刺船。沽酒得鱼能不醉,几钱堪买此江天。

钱氏隐居三首(其二)

野水莹心碧,春山入骨清。去穿云际屐,来卧竹间亭。
鸟语风嘲哳,花枝日杳冥。晚来江上笛,客里不须听。

游野航次元应韵三首(其三)

挂起西窗横笛中,白鹭亦有佳客容。江风脱帻吹短发,明月入户窥愁胸。
只须茅茨补疏漏,安用楼观相复重。人生趣尚各天性,古人愿识韩朝宗。

和钱大虚清映亭韵

西风振槁如发蒙,危亭创见心眼工。融成水月一合相,有似猛火烹铅铜。
是时素节属重九,唤客一醉萸菊同。夜深跳鱼乱珂璧,起舞大叫骑鲸公。
令君心澜了不起,摩尼返照万事通。拄颐但觉朝气爽,绕腰未羡黄金重。
高情偶与幽赏会,妙语倒泻琼瑰胸。谁将玉笛吹晓月,透袂冰浓禁不彻。
归来梦想通明观,一片湖光眼中见。

送樊眉州

我先君子官于涪,一时贤僚今在不。唯公直节贯华皓,千尺寿桧横霜秋。
丈人静听请具陈,平生契义骨肉侔。简池解组过乡县,剧饮不去公遮留。
似是兄弟姓则殊,诗稿半破犹勤收。合行使符蔡山下,先后召杜腾民讴。
吾家万松荫黄土,公方千骑驱华辀。十年不见此邂逅,穷冬雨雪寒飀飀。
未明投刺候门下,老阍窃语来何求。柳州先友一一数,山阳邻笛令人愁。
岷峨气象抗湖海,近日人物几穷搜。如公当置文石陛,一麾乃付近古州。
苏家名称震戎夏,如崧降甫尼生丘。文献可征况美俗,黄堂坐啸万事休。
公余兵卫绕画戟,妙香一缕铃斋幽。神交千载尚谁可,子韩子文著床头。

李龙高(?—?)

催 梅

笛声未了鼓轰雷,尽道梅寒苦要催。抵死争春如许急,有花毕竟待时来。

李 吕(1122—1198)

铁 笛 亭

孤吹人已远,横笛处犹在。清名欣有托,奔云放天籁。

题长滩铺

一丘一壑吾臭味,真是真非孰有无。月笛烟蓑秋正好,急须归钓渚溪鱼。

游希夷观(其二)

枫老丹成叶,芦轻雪作花。晚风何处笛,疏柳欲栖鸦。
绝壁生虚霭,晴天点片霞。莫教残酒醒,客里易思家。

晚 步

薄晚憩高林,好风吹我襟。斜红翻鹭翅,空碧湛波心。
云坞牛羊下,烟汀竹筱深。一声渔笛罢,袅袅送余音。

李昂英(1201—1257)

建仓解归诗复徐意一二首(其二)

吏擎双印出,便觉此身轻。物我忘恩怨,渔樵寄姓名。

笛声黄犊背，诗兴白鸥盟。故旧休相讶，无书到帝城。

李弥逊（1089—1153）

题明叔郎中海月吹笛图

天上星郎骑省孙，兴随孤月到无垠。浮槎夜入鱼龙宅，横竹秋生海岳云。控鲤丹成终独往，骑鲸仙去杳难群。纷纷世上知君少，画笔犹能续异闻。

和董端明大野渔父图（其三）

撇棹归来起暮凉，乐哉谁复慕轩裳。横短笛，罢鸣榔，红藕花繁作阵香。

自大宁泛舟还泾川

岸梢浓染一溪青，山影归舟落叶轻。欲学渔郎扬纶手，雨蓑月笛了平生。

晚投大云峰（其一）

山根篱落枕溪流，岸竹欹斜系小舟。一段黄云粳稻熟，牧儿腰笛倒骑牛。

和李相园亭（其一）

轩户新成紫翠边，花光竹色借厨烟。诗人莫浪夸盘谷，画手无工貌辋川。何必吾庐在丘壑，要令是处有林泉。此心正恐无人会，把酒南山一笛前。

访雪峰真歇禅师

红尘白发不相投，来就僧房借板头。大士法中龙象贵，老翁心外水云浮。长芦江静千山月，枯木岩寒一叶秋。别后相逢重着语，牧童横笛倒骑牛。

李南金（？—？）

江 头 吟

儿时盛气高于山，不信壮士有饥寒。如今一杯零落酒，风雨蚀尽征袍单。侧立昆奴面铁色，楚客不言未吹笛。关山有月无人声，自是江头渚花发。渚花春少未得妍，凝立青山围水天。杜鹃故态不解事，尽情叫入青枫烟。壮士未握边头槊，旄头如月几时落。如今世界不爱贤，看取青峰白云角。呜呼一歌兮歌已怨，壶中无酒可续咽。

李 彭(？—？)

吊贾氏园池①

瑶房锦树曲相通,能几番春事已空。惆怅旧时吹笛处,坏窗风雨剥青红。

游仙二首(其二)

江叟冥寂士,邈非刍豢流。悠然扬舲去,路穷仍曲讴。
野笛三弄罢,变徵荆卿愁。我怀乃昭旷,兴寄真沧洲。
只应清夜鹤,时过緱山头。

客有以戏鱼竹枕见饷作此谢之

蕲州笛竹含风漪,缥瓷斫月聊相依。白头苦风痴女问,岁晚乃知非所宜。
公从何处得此枕,劲节储霜余凛凛。游戏真同赴壑鱼,小窗夕阳助酣寝。
饵甘钓深安可图,长网横江嗟已疏。我宁低昂弄清泚,绝胜缕切太官厨。
莫作枯鱼过河泣,寄声鲂鲔慎出入。长伴幽人蓑笠眠,梦破寒沙风雨急。

李潜真(？—？)

游麻姑山

凌晨特跨赤龙车,御气乘风下九衢。金阙殿前朝玉帝,丹霞洞口谒麻姑。
朱弦未达钟期耳,青鸟空传汉殿书。铁笛一声谁会得,独飞踪迹到仙都。

李若水(1093—1127)

村 落

一笛秋风急,千岩晚照多。竹根邻叟醉,牛背牧儿歌。

用张济川所举诗韵漫作

经霜落叶金堆地,过雨奇峰碧满门。要识丰年在何处,牧儿横笛下烟村。

登敛翠亭

伫立危亭醉眼宽,无边秋色夕阳间。牧儿腰笛挽牛去,却放半川云水闲。

---

① 李彭老《贾秋壑故居》内容与此诗大致相同,仅个别字词有异,不再重复收录。

次韵高子文村居

幽人厌城市,结屋近松萝。一笛秋风急,千岩晚照多。
竹根邻叟醉,牛背牧儿歌。笑杀青云友,朝绅换短蓑。

偶　　成

自怜畴昔抱痴顽,不惯黄埃日跨鞍。荒径露沾旗尾润,幽窗尘锁笔头干。
半林残照人烟晚,一笛秋风雁影寒。还有田园得归去,谁能俯首缚微官。

李　时(?—?)

黄岗寓馆作

闲居迎送少,日对小山横。雨过秋阳减,天虚夜气清。
候虫依壁韵,野火隔溪明。迢递谁家笛,西风一雨声。

李　石(1108—1181)

扇子诗(其一六)

风雨楼上笛,烧春宽作程。眉峰须小蹙,梅子弹九青。

红梅阁二首(其一)

天上佳人云缕衣,暗传春恨入新诗。楼头玉笛关情绪,不念残香结子时。

李　氏(?—?)

书　　怀

门对云霄碧玉流,数声渔笛一江秋。衡阳雁断楚天阔,几度潮来问故舟。

李　新(1062—?)

过贾浪仙崔秀才故祠(其二)

倦飞好鸟下荒陂,不见骑驴主簿归。林杏笛寒声愈细,为寻牛背一蓑衣。

舟中漫兴(其一)

梅雨冥冥湿钓船,失群寒鹭下江天。一声长笛无穷意,自叠渔蓑白日眠。

题东高院壁
主簿骑驴云外去,山僧吹笛梦中来。行人不用重回首,自有东风播凤台。

江边行贻赵彦成
江头旧路枫林远,长笛欺梅红尚浅。桤茅破树绿无余,水雾团空寒不展。
髯郎双鬓春山青,眼光射客词如云。却恐抱书移席去,竹风吹雨更愁人。

尹公湖晚归
个中适意即吾庐,可是秋来杖屦疏。碧树野烟连广莫,暮池斜照落函虚。
天高雁迥字明灭,林杳笛寒声有无。喜见眉间知底事,近乡频领北堂书。

磁钓翁(其一)
磁钓翁宁傍钓矶,且当兀坐小盆池。模形陶氏不须怪,入手苍鲸未可知。
风雨不渝端此志,江湖归去定何时。闲惟秋水磻溪客,船入芦花笛卧吹。

问张兴州觅酒
趁趍云阵暮天低,家在云天西畔西。雪片未容欺白发,貂裘不管污黄泥。
梅寒花晚休吹笛,水瘦江空莫照犀。便有绨袍怜过客,不如春酿亟封题。

观前古美人图①
璧月尘昏琼树秋,无从百媚一回眸。荼蘼香度梅妆冷,鹦鹉声低玉笛幽。
唾背但能知祸水,逢春且莫上迷楼。归来安守无盐女,不宠无惊共白头。

赠术士罗公弼
陂迥山空溪水浅,骑牛信牛行自远。大翁织笠六铢轻,阿母理衣裳直软。
短笛叫云无曲终,年年但见岩花红。何者为荣何等辱,牛饱归来睡亦足。
识字无多浪得官,出门车折舟风澜。当时牧牛无许事,初信人间行路难。
罗生邂逅孤城角,细数直推期命薄。五福无有六极全,四字干头三字恶。
逆知大似他心通,元辰空亡那免穷。壬癸是非终可畏,收拾人情称晚贵。
我家幸有石田在,梦里归耕心未改。季咸再见应茫然,壶子而今藏九渊。

---

① 李元膺《观前古美人图》内容与此诗大致相同,仅个别字词有异,不再重复收录。

西轩杂言

风琴牛笛难度曲,早韭晚菘谁当肉。笔端画饼不得饱,汁少熬鸡浑未熟。
三年楮叶太劳力,八尺鼓围竟空腹。遥遥华胄犹龙孙,皎皎白驹絷空谷。
头风岂无草檄愈,酱瓿正须太玄覆。供书小吏腕几脱,免冠毛颖发仍秃。
年来轧思倒挽牛,逃虚僧社高如秋。乞身得此清凉国,不减人间万户侯。

李之仪(1048—1127)

次韵闻笛

涓涓水咽众山泉,隐隐雷惊二月天。共喜春工能应候,方知节物似烹鲜。
倦途所欠无多子,胜日相逢又一年。好是群花应竞发,不须留待柳三眠。

次韵东坡梅花十绝(其一)

谁人月下奏云和,一夜繁枝向北多。长笛未须论旧恨,且留幽思待阴何。

饷茶不容少待二绝(其二)

厌厌酒病结春阴,邻笛传来恨更深。拟借春风联袂去,遏云佳处托知音。

读吴思道藏海诗集效其体

唐末诗人自一家,剪裁风月间莺花。凭陵堕绪篇篇胜,点缀余妍字字斜。
远水连天来怨笛,烂霞烘日带栖鸦。法书警句真如此,流落桑榆重叹嗟。

次韵方叔晚过湖上时积雨新霁夜色如昼传闻余有兴元之命

酾水投过日,佳思生襟裳。缅怀江上笛,相游共胡床。
星月弄疏明,草木来远香。所得亦饷尔,端能谢炎凉。

李　至(947—1001)

那日获诣芳园窃见新栽丛竹萧然可爱不能无诗辄献五章望垂台顾(其三)

疏篱簇簇湘江畔,翠美森森淇水边。争似移归深院里,真同画向后堂前。
粉筠应惜裁龙笛,霜锸还惊断马鞭。不是多情谁解爱,手栽吟绕溉新泉。

李 质(?—?)

艮岳百咏·梅渚

只借晴波为晓鉴,不随花岛作江云。未须吹笛风中去,多得清香水际闻。

连文凤(1240—?)

暮秋杂兴(其三)

栖栖犹未定,去去复何求。纵有刘伶酒,难消杜甫愁。
黑云天易晚,红叶树多秋。哀怨不堪听,笛声何处楼。

廖 刚(1071—1143)

朱熙载会于洪井先解舟宿石头渚以二诗见寄一约同行一贺得子次韵答之(其一)

璧水相逢似梦中,天涯踪迹偶然同。为君鼓棹吹长笛,谁似乘流更御风。

廖行之(1137—1189)

和罗舜举(其一)

岸岸花飞客思浓,拍空烟水与天东。暮云横岭依依碧,朝日翻波衮衮红。
鸥共忘机元自适,鼍犹鸣鼓定谁攻。凭栏万里危楼望,愁绝江南一笛风。

林 逋(968—1028)

句(其六)

风回时带笛,烟远忽藏村。

北山晚望

晚来山北景,图画亦应非。村路飘黄叶,人家湿翠微。
樵当云外见,僧向水边归。一曲谁横笛,蒹葭白鸟飞。

西 湖

混元神巧本无形,匠出西湖作画屏。春水净于僧眼碧,晚山浓似佛头青。
栾栌粉堵摇鱼影,兰杜烟丛阁鹭翎。往往鸣榔与横笛,细风斜雨不堪听。

池阳山店

数家村店簇山旁,下马危桥已夕阳。惊鸟忽冲溪霭破,暗花闲堕堑风香。
时间盘泊心犹恋,日后寻思兴必狂。可惜回头一声笛,酒旗斜曳出疏篁。

无 为 军

掩映军城隔水乡,人烟景物共苍苍。酒家楼阁摇风旆,茶客舟船簇雨樯。
残笛远砧闻野墅,老苔寒桧看僧房。狎鸥更有江湖兴,珍重江头白一行。

淮甸南游

幽胜程程拟遍寻,不妨淮楚入搜吟。薜莎篱落溪庄静,松竹楼台坞寺深。
数抹晚霞怜野笛,一筛寒水羡沙禽。腰间组绶谁能爱,时得闲游是此心。

酬昱师西湖春望

笛声风暖野梅香,湖上凭阑日渐长。一样楼台围佛寺,十分烟雨簇渔乡。
鸥横残蓻多成阵,柳映危桥未著行。终约吾师指芳草,静吟闲步岸华阳。

林 昉(?—?)

夜 笛

夜寒孤笛水边楼,忆著西风古塞头。一曲落梅吹得苦,吹人不管听人愁。

林 槩(?—?)

越中五咏·野望宴集

碧树阴秾曲沼滨,赏心何处乐游频。东吴景物兰亭晚,西洛烟光梓泽春。
香散落梅忘怨笛,绿铺幽草妒芳茵。风云流散苦无定,且学阳池倒载身。

林季仲(1090—?)

送梁尚书移守宛陵

堂堂体貌照簪缨,天与君王佐太平。拭眼待看萧相国,举杯且属谢宣城。
花间未听歌声彻,笛里先催别恨生。说与邦人休卧辙,过家闻欲趁清明。

迎华观落成苏侍郎赋诗次韵

乱山争挟我先登,拭眼还惊见未曾。不为游观事斤筑,可怜撑拄费薪蒸。
竹依窗牖秋鸣玉,月堕樽罍夜饮冰。说与溪船莫吹笛,断肠人在最高层。

寄题蒋封州三径堂堂本在丹阳后避地四明再创

三径开从蒋兖州,至今孙子亦风流。钩帘虽对鄮山月,闻笛应悲京口秋。
往事漫劳书咄咄,余生只合赋休休。问君办得蓑衣否,便好相随上钓舟。

林景熙(1242—1310)

渔　笛

楚竹声何远,苍茫想钓舟。横当半篷月,吹破一江秋。
落叶纷前浦,惊鸿过别洲。曲终枕蓑卧,无梦到凉州。

道　中

程入江乡宿,新炊饭带沙。乱山愁外笛,孤驿梦中家。
野水平菰叶,春风足楝花。西来三两客,闲说旧京华。

纪　梦

江风吹梦到书楼,楼外新鸿数点秋。葛老巾山空落照,晋时带水尚东流。
鱼虾市散荒烟合,鸟雀门深细草幽。何处一声长笛起,觉来独客在沧洲。

挽徐若翁

化鹏有便风初积,栖鹏无端日已斜。绝漠亦传垂死偈,故朝曾是劝忠家。
层霄梦断关山笛,深雪魂归院落花。公论盖棺应自定,犹言遗德在东嘉。

垂虹桥

地坼东吴海脉连,画桥两道跨晴川。影翻河汉蛟龙国,势压江湖蟛蜞天。
几处征帆浮日月,四洲谯角隔风烟。三高远矣荒祠在,一笛阑干夕照边。

舟次吴兴二首(其二)

苍烟淡淡水蒙蒙,渔笛吹残夕照红。六客风流今已远,堂名空入酒名中。

林　某(?—?)

旅　中

一剑随孤影,风霜道路长。何人忽横笛,有客正思乡。
古驿自芳草,空山又夕阳。啼猿莫添恨,今夜宿潇湘。

林希逸(1193—1271)

丙寅再至水南吴景朔家

旧游人物转头空,此地重来恨不穷。闻笛久怀中散氏,对床仅有小苏公。
门前旋辟园池好,壁上芳题子侄同。尤喜芝兰书种茂,迎门欢笑挹溪翁。

拾穗许村童

拂拂新凉入,家家获稻同。参差多滞穗,收拾许村童。
满地禾频落,怜渠筥尚空。少多从汝得,小大共年丰。
挈负归茅宇,欢呼谢主翁。晚来炊饭饱,牛笛弄松风。

落日见渔樵

落日谁横笛,江村一望遥。喧喧归鸟雀,得得见渔樵。
薄暮舒愁眼,斜晖带远潮。依滩纶在手,出谷斧横腰。
歌罢寻归径,影行先度桥。两翁山水趣,应未羡金貂。

乘月登楼

铁骑围何急,登楼却自由。一轮秋夜月,百尺岳阳楼。
老将凭栏怒,嫦娥为我留。功成长啸后,人在古城头。
羽扇荣差可,胡床庾浪游。千年髯孰似,笛里梦并州。

笛里关山月

笛里愁千绪,更长忆故山。今人吹古曲,汉月照秦关。
霜竹和声切,胡床偃坐闲。一轮秋塞外,万嶂野云间。
此夜听渠弄,何时照我还。回思帝城角,花影映朝班。

林亦之(1136—1185)

林少朋挽词三首(其一)

年年二月看花时,野笛小园长短吹。谁道今年看花日,秋千门外鼓声悲。

方士登母挽词

伤心来讣日,各各为沾衣。慈母夜长诀,郎君客未归。
短山长笛惨,青草素旗飞。料得楚人些,连篇说断机。

凌 岳(?—?)

薛 山
五峰遥隔水村西,薛老曾来隐翠微。牧子唱歌樵子笛,贪看明月夜忘归。

刘安上(1069—1128)

天 柱 峰
天柱峰头星斗红,月明秋殿玉玲珑。仙人夜半来吹笛,骑著吴江小赤龙。

刘 攽(1023—1089)

十月四日离都归陈州
南浦三篙水,归人五日粮。寒沙晨起雁,古树夜经霜。
久客复去国,有情知望乡。鬓毛浑欲变,鸣笛不须长。

次韵酬姚都官时会堂见寄
百里昆冈半草莱,画梁危栋一朝开。清川去水萦回渚,乔木浓阴映绿苔。
子献人琴俱不幸,武侯营垒信奇才。断鸿牢落情愁绝,闻笛那堪赋七哀。

酬黄安期推官见寄
郴江清澈照毫毛,吹笛平阳舍有蒿。乡信不嫌无过雁,宦游正复长儿曹。
青枫雨后如人立,南极秋来出地高。齐难楚称何日就,钓竿元自欲连鳌。

送张器著作
长裾欲敝二毛侵,他日闻君东武吟。骐骥老成方得路,梧桐焦尾始知音。
蓬莱著作芸香馥,楚泽弦歌笛竹深。七十封侯殊未晚,相看感激壮夫心。

赠黄知录
此身羁宦闭门居,里巷萧条到客疏。道旧潇湘与谁可,无双江夏即君欤。
坞中吹笛无留事,怅望何人得异书。翠羽明珠生海澨,更知名下不应虚。

赴官京东同舍诸公观音院见饯有赠并简不至者
今日承人乏,东州假传车。劳生复去国,垂老欲捐书。
斗酒相为乐,诸家食有鱼。华灯续光景,鸣笛问吹嘘。

即事已陈迹,怀人方跂予。要官多谒禁,数子莫情疏。
啼鸟春犹浅,高花日胜初。朝回应见念,会语殿中庐。

刘 敞（1019—1068）

送客不及

欲折杨柳枝,赠言别所思。日落飞鸟息,孤帆奔何之。
行人乐前途,何以宽我怀。还将别离思,吹示横笛儿。

荆州儿歌

都卢小儿歌且舞,口吹鸣笛手击鼓。日落群游尘土中,嗷咷不分巴与楚。
年年送腊迎春光,家家相随夜开户。嗟汝儿曹舞更歌,及尔不为如老何。

丙申闰月领扬州与京师诸公别戊戌十一月受诏还阁首尾仅三年尔然原叔伯庸隐甫子奇公南清卿之翰昌言八人者皆已徂谢感之怆然作七言寄滑州正臣密学给事

冠盖如云笑别时,亦知陈迹易伤悲。归来未似钟山醉,零落多于邺下诗。
人事可怜驹过隙,秋风几许鬓成丝。何须更听山阳笛,欲近西州涕自垂。

淮西庙梅花独此处有之

茌苒江南村,芬菲腊后春。逾淮翻不变,映雪已争新。
侠骨香惊俗,冰肤冷照邻。定非随驿使,直恐谪仙人。
闻笛空含怨,看图恨失真。应为一时赏,莫与众芳伦。

刘辰翁（1232—1297）

春景·寒食四邻清

寒食掩柴荆,春郊无意行。极知三日近,并觉四邻清。
绿暗鸦衔纸,晴明笛卖饧。朱陈前社远,王谢断烟横。
鹤表怜城冢,鲭盘冷客卿。昭丘茅屋破,千载见人情。

秋景·吹笛月明中

何处吹长笛,千年恨未终。关山人去后,秋夜月明中。
旷野参差久,寒江溟漾通。曲终鄌县坞,怨彻广寒宫。
海外阴晴异,天涯慷慨同。江南回首处,歌罢水流东。

秋景·闭门感秋风

世路故当穷,兴亡一转蓬。闭门羞俗子,仰屋感秋风。
旧日施行马,如今掩候虫。了然一叶下,从此万山空。
岁月玄蝉槁,乾坤白雁通。荒凉今又在,吹笛月明中。

冬景·官梅动诗兴

官路行人老,梅开客过时。徘徊深动兴,放浪自吟诗。
水驿兼山驿,南枝更北枝。终然无一句,何以寄相思。
岁月题梁在,风霜牧笛知。北人休系马,余恨寄他谁。

刘 黻(1217—1276)

十六夜月

何处吹来笛一声,长空如水浸江城。中秋有月云偏妒,底事今宵放得明。

咏月追和韩昌黎韵

初秋十五夕,皓月来沧溟。白鹭与共色,乌鹊能践灵。
逢掖觅桂荫,孩提窥兔形。凉气净余暑,浮光滑青冥。
列宿各韬彩,腐草休炫萤。浩荡灵槎泛,莹洁仙掌泠。
门静送佳客,窗虚照群经。佛阁高低见,谯更远近聆。
竹风摇琐碎,花影列娉婷。静坐禅安室,闲行诗绕庭。
银河占米价,璇象认文星。何处笛传浦,谁家酒散亭。
深闺悲蟋蟀,逆旅怨蓬萍。水阔平连素,山低远抹青。
有心齐肘腋,无计得轮停。八蜡神司社,方诸溜纳瓶。
鱼翻波可乐,禽警露频听。历历天疑近,沈沈夜不扃。
广寒非寂寞,沙界遍辉荧。盈阙天之理,尧阶任落蓂。

刘 过(1154—1206)

清溪阁交胡仲芳韵

琼树枝新梅蕊迸,与君携手清溪问。旧时狎客歌舞场,何似诗人风雪径。
溪边杰阁高峥层,左右华屋连飞甍。依稀王谢鸣珂里,仿佛秦筝云母屏。
古来繁华各衰歇,只有不磨惟璧月。小船何处载愁来,哀怨一声吹笛裂。

喜雨呈吴按察（其二）

黄鹤山前雨乍过,城南草市乐如何。千金估客倡楼醉,一笛牧童牛背歌。
江夏水生归未得,武昌鱼美价无多。棹船亦欲徜徉去,古井而今淡不波。

忆鄂渚

我离鄂渚已十年,吴儿越女空华鲜。不如上游古形势,四十余万兵筹边。
中原地与荆襄近,烈士烈兮猛士猛。泽连云梦寒打围,城接武昌晓排阵。
书生岂无一策奇,叩阍击鼓天不知。却思仙人白玉笛,胡床醉倚南楼吹。
貂蝉兜鍪两岑寂,若耶溪傍还作客。空余黄鹤旧题诗,醉笔颠狂惊李白。

刘　翰（？—？）

渔　父

轻舟一叶一轻篷,上有萧萧鹤发翁。昨夜不知何处宿,月明都在笛声中。

闻　笛

谁将玉笛按凉州,吹彻春风不下楼。若道声声都是恨,不知消得几多愁。

刘　兼（？—？）

春夕遣怀

穷通分定莫凄凉,且放欢情入醉乡。范蠡扁舟终去相,冯唐半世只为郎。
风飘玉笛梅初落,酒泛金樽月未央。休把虚名挠怀抱,九原丘垄尽侯王。

江楼望乡寄内子

独上江楼望故乡,泪襟霜笛共凄凉。云生陇首秋虽早,月在天心夜已长。
魂梦只能随蛱蝶,烟波无计学鸳鸯。蜀笺都有三千幅,总写离情寄孟光。

莲塘霁望

新秋菡萏发红英,向晚风飘满郡馨。万叠水纹罗乍展,一双鸂鶒绣初成。
采莲奴散吴歌阕,拾翠人归楚雨晴。远岸牧童吹短笛,蓼花深处信牛行。

秋夕书怀二首（其一）

荒僻淹留岁已深,解龟无计恨难任。守方半会蛮夷语,贺厦全忘燕雀心。
夜静倚楼悲月笛,秋寒欹枕泣霜砧。宦情总逐愁肠断,一箸鲈鱼直万金。

秋夕书怀呈戎州郎中(其一)

素律初回枕簟凉,松风飘泊入华堂。谈鸡寂默纱窗静,梦蝶萧条玉漏长。
归去水云多阻隔,别来情绪足悲伤。霜砧月笛休相引,只有离襟泪两行。

蜀都春晚感怀

蜀都春色渐离披,梦断云空事莫追。宫阙一城荒作草,王孙犹自醉如泥。
谁家玉笛吹残照,柳市金丝拂旧堤。可惜锦江无锦濯,海棠花下杜鹃啼。

春晚闲望

东风满地是梨花,只把琴心殢酒家。立处晚楼横短笛,望中春草接平沙。
雁行断续晴天远,燕翼参差翠幕斜。归计未成头欲白,钓舟烟浪思无涯。

刘克庄(1187—1269)

闻笛二首(其二)

初如废将哭穷边,又似孤臣诉左迁。何必谢公双泪落,野人听罢亦凄然。

咏潇湘八景各一首·洞庭秋月

寄声谢轩帝,不必奏钧天。一碧九万里,横吹铁笛眠。

冬夜读几案间杂书得六言二十首(其一六)

进来金丹搀吃,放下玉笛偷吹。先丁宁雪衣女,勿漏泄锦绷儿。

广游女(其三)

振笛深宫侧,夫人若罔知。可怜东邻女,三载隔墙窥。

闻笛二首(其一)

少年球马逐秋风,笛起连营响裂空。今夕梦回村墅冷,一枝孤奏月明中。

病后访梅九绝(其六)

与梅交绝几星霜,瞥见南枝喜欲狂。便欲佩壶携铁笛,为花痛饮百千场。

梅花十绝答石塘二林(其五)

少狂籍草共追欢,铁笛横吹到夜阑。老怕画檐风露冷,不如吹烛隔窗看。

梅花十绝答石塘二林(其六)

塞北寒梅要笛催,更凭画鼓夺春回。江南气候闽尤暖,只用诗催也自开。

三叠(其一)
唐时才子总能诗,张祜轻狂李益痴。管甚三姨偷玉笛,诳他小玉写乌丝。

乍暑一首
南州四月气如蒸,却忆吴中始卖冰。绿浦游船常载妓,画廊浴鼓或随僧。
梦过水榭闻凉笛,身在山房伴晓灯。怊怅乌丝栏上笔,蓬窗学写字如蝇。

孟夏泛方湖得同字
长笛横吹露满空,柂行浑不辨西东。岸回初见遥峰出,浦尽新疏别港通。
月照鹭身明石畔,风翻萤影没荷中。书生此乐关时命,叹息无因夜夜同。

月下听孙季蕃吹笛
孙郎痛饮横长笛,玉雪胸襟铁石颜。解喷清霜飞座上,能呼凉月出云间。
病创冻马嘶荒塞,失侣穷猿叫乱山。可惜调高无听者,紫髯白尽鬓毛斑。

忆真州梅园
当年飞盖此追随,惨澹淮天月上时。树密径铺毡共饮,花寒常怕笛先吹。
心怜玉雪空存梦,尘暗关山阻寄诗。纵使京东兵暂过,可无一二斫残枝。

祁阳县
入境少人烟,寒江碧际天。小留因买石,久立待呼船。
笛起渔汀上,鸥飞县郭前。若无州帖至,令尹即神仙。

秋热忆旧游二首(其一)
忆昔浮江更涉淮,早秋天气最佳哉。塞垣榆落蝉初少,泽国芦疏雁已来。
风露入怀诗笔健,关山满目笛声哀。南州九月犹绤绤,纵有清樽底处开。

李园有怀孚若
曾与山公醉不归,李园水竹尚依稀。钿车疾取春莺唱,铁笛潜惊宿鸟飞。
昔把蟹螯同酒盏,今持马策叩城扉。溪头一片无情月,偏照愁人泪满衣。

过章戴二首(其二)
曾向明时雪李邕,又闻名在聘贤中。忆言鸥吻施茅屋,忍见龟趺立柏宫。
杯酒昔常陪贺老,只鸡终待哭乔公。情知客泪先难制,邻笛那堪咽晚风。

追和南塘韵呈汤伯纪尹子潜

诔南浦了诔余杭,各掩新丘若斧堂。不见天球在东序,竞吹宫笛奏西凉。
后生谁附青云传,故吏惟余白首郎。浩叹缥缥双凤远,老身如雁漫随阳。

诸人颇有和余百梅诗者各赋一首(其五)

盘屈高才入短章,卷中字字挟冰霜。直探宝藏珠盈掬,倒泻金茎露浣肠。
铁笛一枝横夜月,水沉三舍避天香。妙年早去吟薇药,莫共侬争寂寞乡。

杂兴十首(其三)

少喜清谈拙自谋,行年至此复焉求。归休谁肯争幽谷,贫杀犹堪买沃洲。
笛作曾垂安石泪,扇遮难护彦回羞。伯阳老去差奸黠,真出函关不少留。

书 感

恩赐残骸得返耕,孤臣安敢厌承明。羊肠曾有单车覆,牛背那无一笛横。
俗子休疑眉宇异,痴人错望耳毫生。老身虽厄心常泰,听取商歌绕屋声。

挽林计院二首(其二)

检点齐年友,凋零重可悲。君逢庚子鹏,我叹甲辰雌。
鸥社同盟少,蟆陵会哭谁。暮龄多感慨,邻笛更须吹。

陪宋侯赵倅过仓部弟家园宾主有诗次韵二首(其二)

偶陪小队谢池行,云澹风轻雨未成。梦草诗情全老退,见花病眼尚分明。
即今樵笛村童和,当日金莲院吏迎。得向骚坛分半席,绝胜一品与三旌。

立 春

彩胜矜时节,其如两鬓皤。所欣解余冻,已觉扇微和。
牧竖眠吹笛,渔翁起晒蓑。土牛蹄角赤,休咎果如何。

示强甫

昔受浮丘伯密传,骎骎辕固伏生年。试横牧笛花间饮,胜著朝冠柏下眠。
天上锦袍曾夺得,山中石砚又磨穿。生来羞舐淮南鼎,且戏尘寰作地仙。

竹溪直院盛称起予草堂诗之善暇日览之多有可恨者因效颦作十首亦前人广骚反骚之意内二十九首用旧题惟岁寒知松柏被褐怀珠玉三首效山谷余十八首别命题或追录少作并存于卷以训童蒙之意·道不拾遗

通国兴仁逊,浑然太古时。不营分表事,肯拾道傍遗。
山步多樵笛,郊行足酒旗。马应无失塞,羊岂有亡歧。
坠李羞三咽,堆金畏四知。如何仙圣境,著得窃桃儿。

竹溪直院盛称起予草堂诗之善暇日览之多有可恨者因效颦作十首亦前人广骚反骚之意内二十九首用旧题惟岁寒知松柏被褐怀珠玉三首效山谷余十八首别命题或追录少作并存于卷以训童蒙之意·太平无象二首(其二)

治象难言说,风谣采道涂。太平于此盛,旷古以来无。
腰笛童鞭犊,烹葵妇饁夫。文如未见者,尧岂可名乎。
礼乐河汾策,衣冠洛社图。□□工黼黻,笔力若为摹。

竹溪直院盛称起予草堂诗之善暇日览之多有可恨者因效颦作十首亦前人广骚反骚之意内二十九首用旧题惟岁寒知松柏被褐怀珠玉三首效山谷余十八首别命题或追录少作并存于卷以训童蒙之意·笛里关山月

月里谁横笛,秋深战垒闲。别吹新曲调,偏照旧关山。
响激商飙起,声随陇水潺。远传边塞外,高入广寒间。
解白嫦娥发,能苍壮士颜。倚楼人谩拜,何日凯歌还。

刘兴祖(?—?)

句(其三)

谁能制长笛,当为玉龙吟。

刘学箕(？—？)

赋祝次仲八景·洞庭秋月

木落露君山,空明夜气浮。冰轮揩鉴净,皓彩漾波流。
空外数声笛,孤吟人倚楼。

刘雪崖(？—？)

客　邸

蟠蟀吟空壁,秋深夜渐长。月华清似水,露气重于霜。
醉后梦难记,兴来诗欲狂。西风何处笛,唤起客思乡。

刘弇(1048—1102)

蒋沙庄居十首(其五)

晴屋鸣鸠妇,春陂翳雉媒。塄头甘野蕨,锄力到陈荄。
掠水千艘健,横风一笛哀。最怜双白鸟,解事等闲来。

春日舟中即事

墨绶蛮乡去,青春瘴海行。陋篷愁暴雨,小艇畏长鲸。
滩恶舟难渡,风狂浪易生。不堪江上笛,时送两三声。

刘一止(1080—1161)

识舟亭一首

渺渺归帆江北渚,脉脉相望那得语。舟中贾客婵娟女,朝乐潇湘暮荆楚。
我欲招之问计然,浮名唾去如飘烟。买鱼沽酒啸俦侣,槌鼓弄笛凋残年。

次韵方允迪秘监步月感怀一首

伊昔苕水滨,诗酒相逆送。红蕖三百顷,天遣作妙供。
于今几何时,喜惧不同梦。惊心风月夕,怨笛有残弄。
所嗟老侵寻,不愧官冗从。当时季孟间,众识长雏凤。
宁知天一角,复此樽酒共。文章自千古,习气无乃重。
诗如朝阳鸣,一一律吕中。从游二三骏,蹀躞不受鞚。
阿威有家学,落笔竞豪纵。伤时复怀旧,一笑得再恸。
公等俱勉旃,如我堪底用。

刘应时(?—?)

梅林即事四首(其一)

入眼溪山记旧游,春风篱落只供愁。断肠蔌蔌飘香雪,短笛一声谁倚楼。

刘元载妻(?—?)

早　　梅①

南枝向暖北枝寒,一种春风有两般。凭仗高楼莫吹笛,大家留取倚阑干。

刘　筠(971—1031)

小园秋夕

枳落莎渠急夜虫,翛然平子四愁中。栗林忽感雕陵鹊,云表初过代岭鸿。阮籍卧惟疏鉴月,马融横笛远含风。郎潜吏隐前贤事,犹胜杨岐泣断蓬。

刘　宰(1166—1239)

寄同年朱景渊通判八首(其五)

茂苑子周子,慷慨忧时危。斯文晃董流,炳炳日星垂。
言深众所惊,用浅才不施。穹窿山卜筑,怀人定谁其。

刘　挚(1030—1097)

东郊次韵器资子开六绝句·见早梅(其一)

几年空有忆梅诗,常恐江南驿使迷。惭愧一枝偿病眼,春风须劝笛声低。

泊　汉　口

大别山前晚,维舟望古津。孤烟汉川树,长笛武昌人。
珠曲今何地,兰洲欲暮春。文王尝美化,无复见遗民。

舟次胡陵中秋不见月

舟泊古城下,重云埋桂宫。旧期今夕负,清赏一年空。

---

① 释从瑾《颂古三十八首(其三八)》、释慧性《颂古七首(其一)》内容与此诗大致相同,仅个别字词有异,不再重复收录。

远浦依微笛,阴崖断续虫。篷窗强樽酒,聊更约秋风。

次韵吕书记堤上见梅花

多病逢多事,穷年负物华。探春输野客,骑马看新花。
南国稀江信,东风恨笛家。琼枝心愿见,行亦下堤沙。

崔仲岳鹤舟

绿髯满颔光且修,紫石双眼寒铓浮。茫然襟韵自轩豁,见于声貌非懦柔。
昔随群众退礼部,归来便作沧浪游。笑买渔艇出巧思,饰以丹白名鹤舟。
长须赤脚分相与,鲈鱼美酒他何求。高吟清风洞庭晚,一笛明月吴江秋。
白云无心伴疏散,丹经有诀穷秘幽。志非谤国慕处士,性欲避俗追浮丘。
不山不渊隐无迹,时时飞棹来皇州。保康桥前舣清梦,峨冠烂醉都城楼。
胸中有物齐出处,天下无方随去留。太平取士有阶陛,几人年少能公侯。
公侯未有君所乐,一时外物为赘疣。束之簪绅岂其性,轧以利害仍相矛。
婥婀稻粱效鸡鹜,驰逐膻秽争蚍蜉。相逢感慨慕黄鹄,嗟我方以斗禄囚。
贱官绶蓝谁不尔,应书随俗卑可羞。鹤舟之乐慎勿弃,劝君起者非良谋。

刘子澄(？—？)

和贾秋壑南楼韵

大别矶头江汉合,烟波堪咏亦堪图。山标禹贡他州有,水列周南到处无。
鹤外声来蕲笛远,鸿边影落楚帆孤。登临此地陪秋壑,收拾乾坤置玉壶。

刘子翚(1101—1147)

闻　　笛

倚楼何处笛,飞响彻云霄。曲怨吹难尽,风回听忽遥。
戍兵临绝漠,闺妇起寒宵。一弄梅飞雪,华年鬓亦凋。

胡明仲罗养蒙为悠然集追用前四叠之韵

筠州喜陪笑语新,銮坡自来清湖滨。更招明月作三客,此外正复难其人。
瑶觞十飞才小醉,追逐牢愁出肝肺。吾侪邂逅非作豪,常恐真欢来不继。
更阑已番四叠歌,却唤轻舟浮绮罗。一声横笛不知处,荷气苒苒风头多。

玉山未倒谁之耻,霜露沾衣聊且已。维舟落月界平潭,翠乱红披扶不起。

楼　钥(1137—1213)

题施武子所藏老融二牛图(其一)

佳哉淡墨扫人牛,一笛横风各自由。
平日深知焉用稼,如今但欲老西畴。

次韵沈史君怀浮冈梅花

玉人迥立山谷里,不有使君谁与怜。毋庸高牙煞风景,为著佳句增孤妍。
寒溪照影谩千树,横笛吹残又一年。传闻年后更多在,便思跃马趋平川。

卢　秉(?—1092)

宫词十首(其一)

絮扑芙蓉苑,华开太液波。
黄头吹月笛,棹影落天河。

卢梅坡(?—?)

落　梅

自负孤高伴岁寒,玉堂茆舍一般看。
顽风摧剥君知否,铁笛一声人倚栏。

卢　襄(?—?)

登三贤堂(其二)①

鲈脍色鲜盘玉缕,莼羹香滑煮龙髯。可怜水月交光夜,一笛西风自卷帘。

黄　金　堤

昆仑一线破苍崖,霹雳飞声趁地来。炀帝截教淮水断,巨灵羞劈华山开。
桃花涨满通西洛,竹箭奔流逐吹台。午夜月明杨柳岸,空余风咽笛声哀。

---

①　韦骧《过笠泽三贤堂诗三首(其二)》内容与此诗大致相同,仅个别字词有异,不再重复收录。

鲁　交(?—?)

江楼晴望

江干一雨收,霁色染新愁。远水碧千里,夕阳红半楼。
笛寒渔浦晚,山翠海门秋。更待牛津月,袁宏欲泛舟。

陆　佃(1042—1102)

依韵和查许国梅花六首(其二)

水天清浅月昏黄,传语诸花未要忙。词客尽应相识早,玉人谁有自然香。
只承雨露尤消得,况乃冰霜已备尝。未用夜寒吹玉笛,切须丁嘱与宁王。

陆文圭(1250—1334)

题戴嵩牛图

陇上躬耕力倦,归坐茅斋展卷。耳边如闻笛声,却看牧童不见。

徐德文索雪冈诗云已得而复失余寻旧稿亦无见想滕六遣六丁取之去矣再赋

雪飞不择地,因高势易积。玉龙二百丈,横卧前山脊。
随香去寻梅,路白无行迹。铁笛吹一声,惊裂苍崖石。

挽何汉卿

被服安儒素,行藏任性真。终于太平世,夺我老成人。
乔木苍苍古,孙枝奕奕新。西邻闻夜笛,衰泪一沾巾。

挽陆义斋二首(其二)

生平意气每相期,岁晚行藏各自知。见事略同因抚掌,忧时不语共攒眉。
阖棺已矣公何憾,闻笛凄然我独悲。回首秋山寒雨外,青松滴泪作枯枝。

陆　游(1125—1210)

吹　笛

吴江楚泽闲游遍,未豁平生万里心。醉里独携苍玉笋,岳阳楼上作龙吟。

夏日六言四首(其三)
溪涨清风拂面,月落繁星满天。数只船横浦口,一声笛起山前。

杂题六首(其五)
钓鱼吹笛本闲身,正坐微官白发新。著屐此生犹几纳,可令复踏九衢尘。

排闷六首(其四)
西塞山前吹笛声,曲终已过雒阳城。君能洗尽世间念,何处楼台无月明。

山村书所见二首(其二)
荒坡茫茫牧牛童,扳角上背捷如风。腰间一枝撺枯竹,横吹短笛过村东。

杂感十首(其八)
老子倾囊得万钱,石帆山下买乌犍。牧童避雨归来晚,一笛春风草满川。

闻 笛
雪飞数片又成晴,透瓦清霜伴月明。一曲忽闻高士笛,临窗和以读书声。

即席四首(其一)
稚荷出水榴花开,长笛圜鼙送举杯。村邻相乐君勿笑,要是安健无凶灾。

秋思绝句六首(其一)
烟草茫茫楚泽秋,牧童吹笛唤归牛。九衢不是风尘少,一点能来此地不。

午 暑
笛材织簟凉如水,雾縠缝幮薄若空。更着高安竹根枕,不妨专享北窗风。

村居即事三首(其三)
长笛圜鼙曲调新,东家西舍送迎神。不因丰岁人情乐,淡杀溪头老病人。

海中醉题时雷雨初霁天水相接也
羁游那复恨,奇观有南溟。浪蹴半空白,天浮无尽青。
吐吞交日月,颅洞战雷霆。醉后吹横笛,鱼龙亦出听。

晚泊慈姥矶下二首(其一)
山断峭崖立,江空翠霭生。漫多来往客,不尽古今情。
月碎知流急,风高觉笛清。儿曹笑老子,不睡待潮平。

梅　　花①

家是江南友是兰,水边月底怯新寒。画图省识惊春早,玉笛孤吹怨夜残。
冷淡合教闲处著,清臞难遣俗人看。相逢剩作樽前恨,索笑情怀老渐阑。

梅花四首(其一)

老厌纷纷渐鲜欢,爱花聊复客江干。月中欲与人争瘦,雪后偷凭笛诉寒。
野艇幽寻惊岁晚,纱巾乱插醉更阑。尤怜心事凄凉甚,结子青青亦带酸。

秋思三首(其一)

大面山前秋笛清,细腰宫畔莫滩平。吴樯楚柁动归思,陇月巴云空复情。
万里风尘旧朝士,百年铅椠老书生。水村渔市从今始,安用区区海内名。

自上清延庆归过丈人观少留

再到蓬莱路欲平,却吹长笛过青城。空山霜叶无行迹,半岭天风有啸声。
细栈跨云萦峭绝,危桥飞柱插澄清。玉华更控青鸾住,要倚栏干待月明。

晚登横溪阁二首(其二)

荦确坡头笻竹枝,西临村路立多时。卖蔬市近还家早,煮井人忙下麦迟。
病客情怀常怯酒,山城光景尽供诗。晚来试问愁多少,只许高楼横笛吹。

水亭偶题

凉榭闲拈玉笛吹,十年疏放负明时。沟中木断谁曾问,空里蓬征自不知。
金井梧桐生昼寂,绿池蘋藻弄风漪。人生行乐从来事,此理何须更细推。

浣花赏梅

老子人间自在身,插梅不惜损乌巾。春回积雪层冰里,香动荒山野水滨。
带月一枝低弄影,背风千片远随人。石家楼上贪吹笛,肯放朝朝玉树新。

诗　　酒

酒隐凌晨醉,诗狂彻旦歌。悯怜蜗左角,嘲笑蚁南柯。
风月随长笛,江湖入短蓑。平生会心处,最向漆园多。

---

① 石懋《梅花》内容与此诗大致相同,仅个别字词有异,不再重复收录。

泊公安县
秦关蜀道何辽哉,公安渡头今始回。无穷江水与天接,不断海风吹月来。
船窗帘卷萤火闹,沙渚露下蘋花开。少年许国忽衰老,心折柁楼长笛哀。

黄鹤楼
手把仙人绿玉枝,吾行忽及早秋期。苍龙阙角归何晚,黄鹤楼中醉不知。
江汉交流波渺渺,晋唐遗迹草离离。平生最喜听长笛,裂石穿云何处吹。

桥南纳凉
曳杖来追柳外凉,画桥南畔倚胡床。月明船笛参差起,风定池莲自在香。
半落星河知夜久,无穷草树觉城荒。碧筒莫惜颓然醉,人事还随日出忙。

桐庐县泛舟东归
桐江艇子去乘月,笠泽老翁归放慵。一尺轮囷霜蟹美,十分潋滟社醅浓。
宦游何啻路九折,归卧恨无山万重。醉里试吹苍玉笛,为君中夜舞鱼龙。

夜登山亭
飞观峥嵘天宇宽,幽人半醉凭阑干。三山渺渺鸾鹤远,七泽茫茫蓑笠寒。
清吹拂林横玉笛,紫云覆鼎熟金丹。童颜绿鬓无人识,回首尘寰一梦残。

舟过樊江憩民家具食
旅食何妨美蕨薇,夕阳来叩野人扉。萧萧短鬓秋初冷,寂寂空村岁荐饥。
蓼岸刺船惊雁起,烟陂吹笛唤牛归。诗情剩向穷途得,蹭蹬人间未必非。

醉书山亭壁
物外阳狂五百年,扁舟又系镜湖边。飞升未抵簪花乐,游宦何如听雨眠。
绿蚁潋尊芳酝熟,黑蛟落纸草书颠。忽拈玉笛横吹去,说与傍人是地仙。

十月旦日至近村
鸭脚叶黄乌臼丹,草烟小店风雨寒。荒年人家鸡黍迮,芋羹豆饭供时节。
村童上牛踏牛鼻,吹笛声长入云际。今年虽饥却少安,县吏不来官放税。

丈亭遇老人长眉及肩欲就之语忽已张帆吹笛而去
飒飒长眉绿覆肩,欲推寿数意茫然。若非楚国庚寅岁,定是尧时丙子年。
铜笛一声惊宿鹭,蒲帆数幅破晴烟。遥知乘醉江湖去,黄鹤楼头又放颠。

自若耶溪舟行杭镜湖而归
换马亭前烟火微,斗牛桥畔行人稀。云山惨澹少颜色,霜日青薄无光辉。
新酒笭成桑正落,美人信断雁空归。高楼何处吹长笛,清泪无端又湿衣。

游山归偶赋
此生本寄一浮沤,归卧茅茨又四秋。习气未除惟痛饮,幻躯偶健且闲游。
买蓑山县云藏市,横笛江城月满楼。与世沉浮最安乐,莫思将相快恩仇。

夏 日 小 宴
横吹铜笛苍龙声,双奏玉笙丹凤鸣。已判百年终醉死,要将一笑压愁生。
旋移画舫破山影,高卷朱帘延月明。试问炎歊在何许,夜阑翻怯葛衣轻。

野　　饮
青山千载老英雄,浊酒三杯失厄穷。访古颓垣荒堑里,觅交屠狗卖浆中。
平堤渐放春芜绿,细浪遥翻夕照红。已把残年付天地,骑牛吹笛伴村童。

纵笔三首(其一)
闲经月下白蘋洲,半脱风前紫绮裘。曾值东风谒鸾驾,却因南渡看龙舟。
年光已付薑腾醉,天宇谁从汗漫游。莫怪又成横笛去,故人期我玉华楼。

寓叹二首(其二)
剑外归耕梦不通,公车上疏路何从。有心求缩地万里,无羽可朝天九重。
狂诵新诗驱疟鬼,醉吹横笛舞神龙。明当采药玉霄去,他日君看冰雪容。

蓬莱馆午憩
驿门系马听蝉吟,翻动平生万里心。桥畔笛声催日落,城边草色带烟深。
关河历历功名晚,岁月悠悠老病侵。忆戍梁州如昨日,凭阑西望一沾襟。

步至湖上寓小舟还舍五首(其二)
山居苦无事,携稚出门行。酒贱逢人醉,农闲到处耕。
巷牛听晚笛,池鹜唼枯萍。东望生秋兴,楼台压缭城。

明日自和
二顷元知未易求,不如马磨学文休。正令未死有几日,那得残年丛百忧。
霜野挟弓朝射雁,烟陂吹笛暮呼牛。兴来醉倒寻常事,莫信儿童笑白头。

残腊二首(其一)
破腊春先到,微阴日易醺。鸟声犹寂寂,木意已欣欣。
云起山分叠,风生水蹙纹。断肠何处笛,偏向醉中闻。

题庵壁二首(其一)
万里东归白发翁,闭门不复与人通。绿樽浮蚁狂犹在,黄纸栖鸦梦已空。
薄技徒劳真刻楮,浮生随处是飞蓬。湖边吹笛非凡士,傥肯相从寂寞中。

舍北行饭书触目二首(其二)
落雁昏鸦集远洲,青林红树拥平畴。意行舍北三叉路,闲看桥西一片秋。
小妇破烟撑去艇,丫童横笛唤归牛。形容野景无余思,自怪痴顽不解愁。

泛　　舟
水乡元不减吴松,短棹沿洄野兴浓。郁郁冬青森翠葆,离离夜合散红茸。
村深初度穿林笛,寺近先闻出坞钟。归路夕阳犹满岸,凭舷一笑览衰容。

昔人有画醉僧醉道士醉学究者皆见于传记及歌诗中予暇日为各赋一首·醉道士
落托在人间,经旬不火食。醉后上江楼,横吹苍玉笛。
大口如盆眼如电,九十老人从小见。曾携一鹤过岳阳,满城三日闻酒香。

牧　牛　儿
溪深不须忧,吴牛自能浮。童儿踏牛背,安稳如乘舟。
寒雨山陂远,参差烟树晚。闻笛翁出迎,儿归牛入圈。

孤　　村
老寄孤村里,悠然卧曲肱。算贫先放鹤,嫌闹并疏僧。
古戍高秋笛,寒窗半夜灯。平生羞诡遇,多获岂吾能。

舟 中 作
沙路时晴雨,渔舟日往来。村村皆画本,处处有诗材。
炊黍孤烟晚,呼牛一笛哀。终身看不厌,岸帻兴悠哉。

病退颇思远游信笔有作
平日身如不系舟,曾从楚尾客秦头。风生江浦千帆晓,月落山城一笛秋。
万事只能催白发,百年终是卧荒丘。扶衰强项君休笑,尚忆人间汗漫游。

寄赠湖中隐者
高标绝世不容亲,识面无由况卜邻。万顷烟波鸥境界,九秋风露鹤精神。
子推绵上终身隐,叔度颜回一辈人。无地得申床下拜,夜闻吹笛度烟津。

长 饥
病卧穷闾负圣时,本来吾道合长饥。朝不及夕未妨乐,死何如生行自知。
早年羞学仗下马,末路幸似泥中龟。烟波一叶会当逝,吹笛高人有素期。

小 立
红树园庐晚,碧花篱落秋。荒陂船护鸭,断岸笛呼牛。
酒贱村村醉,山寒寺寺幽。聊须岸乌帻,小立埭西头。

明日又来天微阴再赋二首(其二)
河岸风樯远,村陂牧笛长。短篱围鹿眼,幽径缭羊肠。
照水须眉见,搓橙指爪香。衣裘又关念,砧杵满斜阳。

远 游
老子平生喜远游,流尘不惜暗貂裘。江亭吹笛三巴夜,关路骑驴二华秋。
但使澄心同止水,自知幻境等浮沤。悠然饱听松风睡,勾漏丹砂底用求。

出东城并江而归
上车容假寐,出郭当闲游。远笛临风起,高帆到岸收。
人归花市路,客醉酒家楼。径就东窗卧,孤灯欲话愁。

舟 中 作
野老元无事,乘闲偶一来。微风市楼笛,落日寺街槐。
梨大围三寸,鲈肥叠四腮。邻船不识面,呼与共衔杯。

江楼次前辈韵

一日千回上庭树,城南尚记嬉游处。俯仰人间八十年,镜中未许朱颜去。
甲第侵云多贵人,朝回扑帽软红尘。江楼月夜吹长笛,谁似侬家不负身。

明日复理梦中意作

白尽髭须两颊红,颓然自以放名翁。客从谢事归时散,诗到无人爱处工。
高挂蒲帆上黄鹤,独吹铜笛过垂虹。闲人浪迹由来事,那计猿惊蕙帐空。

年　　光

无赖年光逐水流,人间随处送悠悠。千帆落浦湘天晚,孤笛吟风鄂县秋。
小市莺花时痛饮,故宫禾黍亦闲愁。久留只恐惊凡目,又向西凉上酒楼。

湖　　上

飘然世外更何求,终日桥边弄钓舟。回视老身犹长物,纵无炊米莫闲愁。
烟生墟落垂垂晚,雁下陂湖处处秋。欲觅高人竟安在,又闻长笛起沧洲。

梅市道中二首(其二)

雨暗山陂路,人喧古渡头。庙垣新画马,村笛远呼牛。
买饭谙争席,迎潮竞解舟。平生苦吟处,又送一年秋。

杂感六首(其三)

雨霁花无几,愁多酒不支。凄凉数声笛,零乱一枰棋。
蹈海言犹在,移山志未衰。何人知壮士,击筑有余悲。

初夏闲居八首(其六)

野水枫林久寄家,惯将枯淡作生涯。小楼有月听吹笛,深院无风看碾茶。
静岸葛巾穿荟蔚,闲拖筇杖入谽谺。平居每与儿孙说,切勿人前一语夸。

闲游所至少留得长句五首(其二)

垣屋参差桑竹繁,意行漫漫不知村。眼明可数远山叠,足健直穷流水源。
鹭引钓船经荻浦,牛随牧笛入柴门。试寻高处休行李,清绝应须入梦魂。

秋夜二首(其二)

落叶鸣遥夜,啼螀送暮秋。不知何许笛,故此作时愁。
青海三年戍,黄旗万里侯。何如石帆下,烟雨钓沧洲。

野　　望
偶携一小竖,徙倚望南山。船笛为谁怨,溪云如我闲。
洲长归雁下,天迥暮鸦还。安得一竿去,终年烟水间。

旅游二首(其一)
壮志蹉跎雪满头,久将余日付沧洲。闲云不入老人梦,邻笛似知孤客愁。
小筑聊须傍兰渚,片帆那复到樟楼。生涯草草真堪笑,三十年来一破裘。

独　　游
地僻少人迹,身闲思独游。荒村更阻雨,衰鬓不禁秋。
断续呼牛笛,横斜放鸭舟。残年澹无事,随处送悠悠。

独至遁庵避暑庵在大竹林中二首(其一)
赤日黄尘厌垢纷,竹林深处寄幽欣。如听嵩雏风前笛,似看潇湘雨后云。
园鹿知时新解角,池鱼得意自成群。悠然一笑谁能识,坐胜天魔百万军。

夏中杂兴六首(其二)
小响风吹叶,微痕雨点池。兴来闲弄笛,客散自收棋。
忽忽寻残梦,时时足小诗。出门俄已暮,忘却野人期。

舟中晨起
天宇清寒病体轻,烟波聊复事宵征。橹横舟尾霜如抹,犬走篱根叶有声。
萧尹威名空赫赫,班侯智略本平平。不如归结迎神社,长笛圜鼙送此生。

道　　怀
织罢化吾梭,棋终烂汝柯。药灵刀匕足,语妙立谈多。
楂浦吹横笛,桐江买短蓑。白鸥真可友,万里渺烟波。

睡起试茶
笛材细织含风漪,蝉翼新裁云碧帷。端溪砚璞斫作枕,素屏画出月堕空江时。
朱栏碧甃玉色井,自候银瓶试蒙顶。门前剥啄不嫌渠,但恨此味无人领。

初秋梦故山觉而有作四首(其一)
陂水白茫茫,草烟湿霏霏。牧童一声笛,落日无余晖。

遥山已渐隐,村巷亚竹扉。老翁延我入,苦谢柿栗微。
幸逢岁有秋,一醉君勿违。念此动中怀,命驾吾将归。

步虚四首(其四)

一瓢小如茧,芳醪溢其中。醉此一市人,吾瓢故无穷。
不言术神奇,要是心广大。觞豆有德色,笑子乃尔隘。
岳阳楼中横笛声,分明为子说长生。金丹养成不自服,度尽世人朝玉京。

斋中杂兴十首以丈夫贵壮健惨戚非朱颜为韵(其七)

去国已酉冬,忽见十颁历。衰残口两齿,困厄家四壁。
时看溪云生,饱听檐雨滴。悠然度寒暑,何处著欣戚。
幽人岂知我,月夕闻吹笛。何当五百岁,相与摩铜狄。

夏夜对月

薄云归欲尽,残雨久犹滴。月入疏林间,庭户粲珠璧。
梅天苦蒸郁,爽气始此夕。岂无一舴艋,放浪江天碧。
散发黄鹤楼,醉弄白玉笛。真当舞鱼龙,讵止裂金石。

长生观观月

碧天万里月正中,清夜弭节长生宫。广寒忽堕人间世,但怪步虚声散瑶台空。
四山沉沉万籁寂,夭矫髯龙舞娱客。弭貂老仙期不来,独倚栏干吹玉笛。
道人不怕九霄寒,银阙冰壶处处看。天台四万八千丈,明年照我扶藜杖。

夜登江楼

平生胸中无滞留,旷然独与造物游。天风驾我周宇县,夜半忽过江边楼。
楼前茫茫天地阔,万顷月浸空江秋。云阶无尘鸾鹤舞,玉笛裂石鱼龙愁。
肺肝澄澈纳灏气,毛发惨栗临寒流。世间回首真一梦,谁能更念酬恩仇。

关山月

和戎诏下十五年,将军不战空临边。朱门沉沉按歌舞,厩马肥死弓断弦。
戍楼刁斗催落月,三十从军今白发。笛里谁知壮士心,沙头空照征人骨。
中原干戈古亦闻,岂有逆寇传子孙。遗民忍死望恢复,几处今宵垂泪痕。

偶过浣花感旧游戏作

忆昔初为锦城客,醉骑骏马桃花色。玉人携手上江楼,一笑钩帘赏微雪。
宝钗换酒忽径去,三日楼中香未灭。市人不识呼酒仙,异事惊传一城说。
至今西壁余小草,过眼年光如电掣。正月锦江春水生,花枝缺处小舟横。
闲倚胡床吹玉笛,东风十里断肠声。

大风登城

风从北来不可当,街中横笛人马僵。西家女儿午未妆,帐底炉红愁下床。
东家唤客宴画堂,两行玉指调丝簧。锦绣四合如垣墙,微风不动金猊香。
我独登城望大荒,勇欲为国平河湟。才疏志大不自量,西家东家笑我狂。

玉局歌

玉局祠官殊不恶,衔如冰清俸如鹤。酒壶钓具常自随,五尺新篷织青箬。
倚楼看镜待功名,半世儿痴晚方觉。何如醉里泛桐江,长笛一声吹月落。
蒋公新冢石马高,谢公飞旐凌秋涛。微霜莫遣侵鬓绿,从今二十四考书玉局。

作雪未成自湖中归寒甚饮酒作短歌

黑云垂到地,飞霰如细砾。我从湖上归,散发醉吹笛。
少年志功名,目视无坚敌。惨淡古战场,往往身所历。
宁知事大缪,白首犹寂寂。凄凉武侯表,零落陈琳檄。
报主知何时,誓死空愤激。天高白日远,有泪无处滴。

对酒作

羡门安期何在哉,河流上溯昆仑开。白云不与隐居老,孤鹤自下辽天来。
春江风物正闲美,绿浦潮平柁初起。暮吹长笛发巴陵,晓挂高帆渡湘水。
世间万变更故新,会当太息摩铜人。脱裘取酒藉芳草,与子共醉壶中春。

访隐者不遇

秋高山色青如染,寒雨霏微时数点。兰亭在眼久不到,每对湖山辄怀歉。
雅闻其下有隐士,漠漠孤烟起松崦。独携拄杖行造之,枳篱数曲柴门掩。
笛声尚近人已遁,日啜薄糜终不贬。何如小住共一尊,山蔌野芋分猿赚。

幽居记今昔事十首以诗书从宿好林园无俗情为韵（其一○）

少小喜读书，终夜守短檠。其实无甚解，不幸误有声。
劳苦亦何得，空失东皋耕。暮年乃小黠，告归学养生。
采药作远游，把钓适幽情。高楼笛数曲，小轩棋一枰。
余年置勿忧，不卿何由烹。

夜宿阳山矶将晓大雨北风甚劲俄顷行三百余里遂抵雁翅浦

五更颠风吹急雨，倒海翻江洗残暑。白浪如山泼入船，家人惊怖篙师舞。
此行十日苦滞留，我亦芦丛厌鸣橹。书生快意轻性命，十丈蒲帆百夫举。
星驰电骛三百里，坡陇联翩杂平楚。船头风浪声愈厉，助以长笛挝鼍鼓。
岂惟澎湃震山岳，直恐颖洞连后土。起看草木尽南靡，水鸟号鸣集洲渚。
稽首龙公谢风伯，区区未祷烦神许。应知老去负壮心，戏遣穷途出豪语。

瑞草桥道中作

经年簿书无少暇，款段今朝欣一跨。瑞草桥边水乱流，青衣渡口山如画。
老翁醉著看龙钟，小妇出窥闻娅姹。荒陂吹笛晚呼牛，古路倚梯晨采柘。
残花零落不禁折，香草丰茸如可藉。邮亭慈竹笋穿篱，野店蒲萄枝上架。
功名垂世端有数，利欲昏心喜乘罅。羁穷自笑岂人谋，闲放每欲从天借。
草根虫语只自悲，风里篷征安税驾。祖师补处浣花村，会傍清江结茆舍。

江楼吹笛饮酒大醉中作

世言九州外，复言大九州。此言果不虚，仅可容吾愁。
许愁亦当有许酒，吾酒酿尽银河流。酌之万斛玻璃舟，酣宴五城十二楼。
天为碧罗幕，月作白玉钩。织女织庆云，裁成五色裘。
披裘对酒难为客，长揖北辰相献酬。一饮五百年，一醉三千秋。
却驾白凤骖斑虬，下与麻姑戏玄洲。锦江吹笛余一念，再过剑南应小留。

故蜀别苑在成都西南十五六里梅至多有两大树夭矫若龙相传谓之梅龙予初至蜀尝为作诗自此岁常访之今复赋一首丁酉十一月也

昔年曾赋西郊梅，茫茫去日如飞埃。即今衰病百事懒，陈迹未忘犹一来。

蜀王故苑犁已遍,散落尚有千雪堆。珠楼玉殿一梦破,烟芜牧笛遗民哀。
两龙卧稳不飞去,鳞甲脱落生莓苔。精神最遇雪月见,气力苦战冰霜开。
羁臣放士耿独立,淑姬静女知谁媒。摧伤虽多意愈厉,直与天地争春回。
苍然老气压桃杏,笑我白发心尚孩。微风故为作妩媚,一片吹入黄金罍。

客谈荆渚武昌慨然有作[①]

去岁出蜀初东游,峨舸大舸下荆州。便风转头五百里,吟啸已在黄鹤楼。
戏拈铁笛吹出塞,水涌月落鱼龙愁。明朝喧传古仙过,碧玉带束黄绝裘。
岂知一官自桎梏,簿书期会无时休。丰城宝剑已化久,我自吐气冲斗牛。
洞庭四万八千顷,蟹舍正对芦花洲。速脱衣冠挂神武,散发烂醉垂虹秋。

思　归

平生无宦情,方外久浪迹。往来梁益间,一笑颇自得。
花秾锦城酒,月白瞿塘笛。咿哑下江橹,跌宕登山屐。
巴东烟雨秋,渭上风雪夕。至今客枕梦,万里不能尺。
谁知建安城,触目非夙昔。冥冥瘴雾细,潋潋蛮江碧。
出门无交朋,呜呼吾何适。归哉故山路,讵必须暖席。

雨晴游香山

雨打酴醾夜未拆,一晴柳岸先飘雪。我摇画楫镜湖中,碧水青天两奇绝。
长歌缥缈云不动,横笛清悲竹将裂。悠然起舞影零乱,卓尔四顾心激烈。
好山可隐轻舍去,故人已贵长乖隔。肺渴生尘防酒兴,眼晕成花作书厄。
平生所期无一遂,独有旷快相除折。夜归灯火闹湖边,淡淡西南一钩月。

题严州王秀才山水枕屏

我行天下路几何,三巴小益山最多。翠崖青嶂高嵯峨,红栈如带萦岩阿。
下有骇浪千盘涡,一跌性命委蛟鼍。日驰三百一乌骡,雪压披毡泥满靴。
驿亭沃酒醉脸酡,长笛腰鼓杂巴歌。大散关上方横戈,岂料世变如翻波。
东归轻舟下江沱,回首岁月悲蹉跎。壮君落笔写岷嶓,意匠自到非身过。
伟哉千仞天相摩,谷里人家藏绿萝。使我恍然越关河,熟视粉墨频摩挲。

[①] 詹慥《客谈荆渚武昌慨然有作》内容与此诗大致相同,不再重复收录。

游昭牛图

游昭木石师李唐,画牛乃自其所长。出栏初听一声笛,意气已无千顷荒。
客居京口老益困,衣不掩胫须眉苍。时时弄笔眼力健,蹄角毛骨分毫芒。
我无沙堤金络马,拂拭此幅喜欲狂。乞骸幸蒙优诏许,置身忽在烟林傍。
日落饮牛水满塘,夜半饭牛天雨霜。俚医灌药美水草,老巫诃禁袚不祥。
愿我孙子勤农桑,愿汝生犊筋脉强。碓声惊破五更梦,岁负玉粒输官仓。

书怀示子遹

平生山林几纳屐,何意随人戴朝帻。口言报国直妄耳,断简围坐晨至夕。
道山堂东直庐冷,手种疏篁半窗碧。但虞风波起平地,岂有毫发能补益。
成书朝奏暮请老,入耳幸免烦言啧。东望故山百余里,父老欢忻来接迹。
白羊绿酒争下担,长笛腰鼓纷如织。迢迢梅市过鲁墟,观者所至空巷陌。
尔来呻吟又春尽,周视室中惟四壁。但令粝饭粗撑拄,犹胜朱门常趑趄。
小儿助我理孤学,终岁伏几心如石。问看饮酒咏离骚,何似焚香对周易。

吕本中(1084—1145)

边愁(其一)

胡人吹短笛,一半是离声。想得南飞鸟,云间亦厌听。

月夜闲步闻笛

挑灯读易后,乘月到溪前。野犬声如豹,秋虫吟似禅。
光寒人意静,影澹物情妍。更闻村笛远,幽意曲中传。

赴济阴留别一公

近别君莫嗟,远别君莫惜。往来天壤间,谁为不相识。
十年几相别,日月虚弃掷。见君长江口,已作胡眼碧。
别君广陵城,妙语摧霹雳。今别知几时,复念驹过隙。
坐成千里阻,当有片言益。不劝君爱身,不劝君强食。
劝君以勇决,万事要努力。愚夫之所欣,智士之所戚。
譬如醉而颠,亦有傍震虩。声色纠缠人,万劫困封植。
本自骄惰生,亦以因循得。实惟招侮慢,岂止碍空寂。

居然耳目内,反务化勍敌。谁能深山中,弄此无孔笛。
芳草变萧艾,每为长太息。如公定不然,此语当谩忆。
何妨膏腴地,更论去荆棘。君看一壶用,亦有千金直。

吕蒙正(946—1011)

行 经 鸿 沟

沟中流水已成尘,沟畔荒凉起暮云。大抵关河须一统,可能天地更平分。
烟横绿野山空在,树倚高原日渐曛。方凭征鞍思往事,数声风笛马前闻。

吕声之(?—?)

游 石 佛 寺

金吾不必问行由,此去逍遥物外游。半坞白云藏宿雾,一声横笛下归牛。
喜瞻杰阁三生象,藐视丛林四海州。为写濯缨疏拙句,谁言墨迹至今留。

吕　陶(1028—1104)

送淳于温其

五陵豪客揽归鞍,行矣休嗟蜀道难。世治不须专将阃,才雄自可陟诗坛。
虎符金印亨途在,夜笛秋琴逸气安。至宝投人犹按剑,慎将骚雅载毫端。

吕颐浩(1071—1139)

次韵姜光彦移居

仕途忧患久相随,老去求闲遂燕私。陇笛不闻吹旧曲,彩笺时见赋新诗。
清宵好月穿蓬户,落日凉风动桂枝。两鬓霜毛如旧少,按弦无意望钟期。

吕祖谦(1137—1181)

魏元履国录挽章二首(其二)

群公祖疏傅,多士送阳城。短棹非前约,长亭及此行。
深留移白日,共语只苍生。会续山阳赋,邻人笛未横。

尚书汪公得请奉祠饯者十有四人分韵赋诗某得敢字

鼎食味苦浓,藿食味苦淡。同生不同嗜,羊枣与昌歜。

孰能游其间，进退两无憾。尚书古仙伯，雅尚本真澹。
　　　禁涂履星辰，讲厦席毡毯。将升闲槐棘，忽去乱葭菼。
　　　太清奉虚皇，奎壁手可揽。举以华其归，光耀极铅椠。
　　　向来功名人，勇进忘坎窞。听诵归来辞，掩耳谢不敢。
　　　宁知达士胸，万牛眇难撼。清风满后车，一洗世氛黕。
　　　祖帐将军园，寒枝红缀糁。公归宁久阔，别意不成惨。
　　　金华访旧学，和羹待酰醓。政恐牧笛清，终换街鼓枕。

罗公升（？—？）

李古城索狂醒道人诗

　　　狂风扇八区，一发不可息。遂令地行人，颠倒忘南北。
　　　道人留醒眼，谓得大慧力。出门楚天高，万里寄两屐。
　　　袈裟且不著，况作轩冕剧。穷秋华峰哭，夜月牛渚笛。
　　　是中岂狂者，狂者自莫识。他年真醒时，为汝说皇极。

罗与之（？—？）

黄　鹤　楼

翬飞栋宇据城端，车马尘中得异观。双眼莫供淮地阔，一江不尽蜀波寒。
老仙横笛月亭午，骚客怀乡日欲残。独抚遗踪增慨慕，徘徊不忍下层栏。

毛　滂（1060—？）

定光梅开仆以病未能往观亦缘此辞闾丘之约今辱示诗走答一首

七里梅花自一村，县楼目断暮云深。玉人为弄昆溪笛，尘榻空横单父琴。
知有春心传庾岭，可无雪兴在山阴。金鞍簇马何时到，试听东堂逼仄吟。

毛　珝（？—？）

凤　凰　台

江山依旧昔人非，多少兴亡问不知。雁去又逢重到日，凤归安得再来时。
风吹木叶随渔艇，霜压芦花出酒旗。特地待吟吟未稳，数声昏笛戍楼吹。

梅尧臣（1002—1060）

梅　　花

江南腊月前溪上,照水野梅多少株。艳薄自将同鹍羽,粉寒曾不逐蜂须。
桃根有妹犹含冻,杏树为邻尚带枯。楚客且休吹玉笛,清香飘尽更应无。

红　　梅

家住寒溪曲,梅先杂暖春。学妆如小女,聚笑发丹唇。
野杏堪同舍,山樱莫与邻。休吹江上笛,留伴庾园人。

海　　棠

江燕入朱阁,海棠繁锦条。醉生燕玉颊,瘦聚楚宫腰。
曾未分香去,尤宜著意描。谁能共吹笛,树下想前朝。

依韵和叔治晚春梅花

楚人住处将为瑗,越使传时合有诗。常是腊前混雪色,却惊春半见琼姿。
笛吹远曲还多怨,风送清香似可期。我欲细看持在手,谁能为折向南枝。

梅　　花

已先群木得春色,不与杏花为比红。薄薄远香来涧谷,疏疏寒影近房栊。
全枝恶折憎邻女,短笛横吹怨楚童。坠萼谁将呵在鬓,蕊残金粟上眉虫。

和颖上人南徐十咏·铁瓮城

甃江以为池,增山以为壁。铁瓮喻其坚,金城非所敌。
前朝经丧乱,曾是轻锋镝。览古一徜徉,空听渔浦笛。

刘秀才归河内

君家太行下,应复近苏门。河气知寒早,岚烟觉暮昏。
犬鸣林外火,笛响月中村。久作山阳客,逢人为寄言。

山　光　寺

古桥经废寺,苍藓旧离宫。柏殿秋阴冷,莲堂暮色空。
鸟啼山蔼里,僧语竹林中。寂寞芜城近,萧萧牧笛风。

金陵三首(其二)

金陵逢晓雪，撩乱逗云来。已失乌衣巷，还成白玉台。
山盘犹隐见，江转似昭回。一听高楼笛，依稀认落梅。

和孙端叟寺丞农具十五首·牧笛

牧人乐下牧，背骑吹短笛。声穿吴云低，韵入楚梅的。
谁嗟苦调急，自与幽意寂。应同尧时民，歌将土壤击。

张仲通追赋洛中杂题和尝历览者六章·蕲竹

腮肥节脑瘦，蕲水长笛材。洛阳袁氏坞，此竹旧移来。
雪霰饱已久，窍星谁为开。与君作龙吟，吹发江南梅。

次韵景彝赴省宿马上

乌纱帽底青眸转，朱雀街头玉辔摇。灯火高楼吹短笛，帘栊斜巷隘初宵。
身归兰省唯看月，心在天津欲倚桥。枕上夜深应不寐，羡他年少酒微销。

河南王尉西斋

官舍古城隅，西斋何寂寂。种竹幽趣深，开屏翠光滴。
青山露南墙，落日明东壁。危台起其傍，平隙坐可觌。
几暮野田空，天高霜隼击。更怜风月时，几弄林间笛。

江口遇刘纠曹赴鄂州寄张大卿

我同陶渊明，远忆颜光禄。得钱留酒家，醉卧江芜绿。
故人已贵身独贱，篱根枯死佳花菊。孤鸿飞去鹦鹉洲，寄声高楼谢黄鹄。
使君本是洛阳人，尝怜酩酊铜驼曲。休将玉笛城上吹，武昌老人听不足。
已知清音通九霄，定应悔说蕲州竹。

依韵和春日见示

春雨懒从年少狂，一生憔悴为诗忙。不能屑屑随时辈，亦耻区区忆故乡。
白玉笛声亲府席，六幺花拍动衣香。龙咽嘹唳留行月，凤翼趋跄巧定场。
粉色酒容欢四座，花光烛影照西墙。虚荣浪贵知多少，安得如君展肺肠。

依韵和偶书相留

在昔有言无不雠，故于嘉咏岂宜休。出奇吴国将能战，探隐汉宫人戏阄。

吹笛梦来犹记曲,爱歌老去未忘讴。车中变服为秦客,头上南冠学楚囚。
日永欢呼遗博齿,夜深谈论废更筹。海陵已有从游约,今欲西归且榜舟。

寄题沈比部江州齐云楼

远目不高不可极,朱楼要与浮云齐。江流万古平泱莽,山雨一过寒凄迷。
贾客樯下望吹笛,渔郎浦前看断霓。欻飞射蛟水花伏,高士种柳烟条低。
群雁有时至自北,洪潮到此不更西。君家隐侯有八咏,风雅未尽留人题。

送刁景纯学士赴越州

会稽迎太守,舟屋画粉腠。前舟载图书,后舟载女乐。
月出镜湖心,长笛使孤作。还见渔者来,曾令李薯愕。
吹裂比竹管,士果不可度。二分学宫装,艳色斗京洛。
尝闻有西子,菡苕不相若。得郡考故迹,精绝古所怍。
慎莫为俗牵,乘闲数斟酌。

赴刁景纯招作将进酒呈同会

日光如镕金,涌上沧海流。一朝复一朝,铸出万古愁。
大炉石破碎,世事安得休。明月只照夜,时时如屈钩。
常娥与玉兔,捣药何所瘳。大患不自治,更被虾蟆偷。
我思天地间,二物最取尤。措置尚若此,细故曷用忧。
著书欲传道,未必如孔丘。当时及后代,见薄彼耽周。
功名信难立,德行徒自修。劳劳于我生,蒂挂同赘疣。
不如听邻笛,就其举杯瓯。笛不烦教养,酒不烦取求。
从今醉至春,从夏醉至秋。勿禁鸡豚鱼,间荐鹑雁鸠。
况多南方物,咸腥美咽喉。计较无以过,试共阮籍谋。

依韵朱学士廉叔忆颖川西湖春色寄献尚书晏公且将有宛丘之命

物景有先后,春工无旧新。追欢成杳霭,寄咏苦逡巡。
湖水与濠接,岸亭将寺邻。艳花箸舞髻,弱藻冒重缗。
客奏桓伊笛,人歌柳恽蘋。何尝烦几案,自得去埃尘。
纵语曾忘倦,从游未觉频。赋诗高压古,下笔敏如神。
每想魂俱往,终知梦是因。广骚常慕屈,感遇亦希陈。

借问摘词者,当时别乘人。喜公移幕府,连赏二州春。

见牧牛人隔江吹笛

朝与牛出牧,昼与牛在野。日暮穿林归,长笛初在胯。
面尾骑且吹,音响未成雅。随风散远近,举调任高下。
我方江上来,平溜若镜泻。悠悠经醉耳,亦足发潇洒。
苟能和人心,岂必奏韶夏。郑声实美好,蠱情如剔剐。
况其荒败迹,又亦甚裂瓦。南箕成簸扬,寺孟咏侈哆。
我今留此诗,谁谓马喻马。

闻刁景纯侍女疟已

前时君家饮,不见吹笛姬。君言彼娉婷,病疟久屡治。
隔日作寒热,经时销膏脂。医师尤饮食,冷滑滞在脾。
次闻有鬼物,水火阴以施。乃因道士逐,实得鬼所为。
手洒桃枝汤,足学夏禹驰。呵叱出门墙,勿复顾呕遗。
今虽病且已,皮骨尚尪羸。岂暇理旧曲,未能画蛾眉。
当期重相见,风月临前墀。

雪中发江宁浦至采石

泊舟斫枯葭,歃火爇岸傍。冒岭云冥蒙,漫江雪飞扬。
拖冰修网涩,出水朱鬐僵。旷然起远怀,风旗转危樯。
千帆共辞浦,摖错逆水翔。落星始前瞻,瞬目已后相。
鲨鱼何时来,杨花吹茫茫。沙草不可辨,雁立知汀长。
山头化石妇,忽变素质光。岂复愿闻笛,莫逢桓野王。

观黄介夫寺丞所收丘潜画牛

丘画吴牛希戴嵩,吴牛角偃弯如弓。老牸望犉犉望母,母下平坡离牧童。
牧童吹笛坡头坐,古树萧骚叶战风。黄君买画都城中,不惜满贯穿青铜。
卖从谁家不肖子,传自几世贤卿翁。今时贵人所尚同,竞借观玩题纸穷。
纸穷磊落见墨妙,东府西枢三四公。应识古人丹青迹,又辨古人于物通。
一毛一尾不取次,岂以后代为盲聋。愿推此意佐国论,况乃圣德同尧聪。

依韵和胡武平怀京下游好

南国易悲愁,西风起高树。枯荷复送雨,度雁宁知数。
欲问北来音,系书复若故。冥飞杳无迹,弋者徒有慕。
况在白蘋洲,而怀石渠署。石渠多故人,鹓鸰方骞䎒。
锵鸣尚可希,绦翼何由附。主人赖知己,未变畴昔顾。
乘桴岂仲尼,好勇非季路。幸依南郡帐,不学邯郸步。
自守终日愚,都忘向时虑。眷恋此江湖,亲年当喜惧。
既获庭闱近,又多山水趣。迩来对明月,千里犹会晤。
长桥人绝声,举酒逢秋露。迥闻孤舟笛,烟水在何处。
俯槛意无涯,跳波鱼夜乳。颇得真隐情,奚须慕巢许。
思寄梅枝香,远隔兰溪渡。缄之付好风,精爽亦随去。

景纯以侍儿病期与原甫月圆为饮

古龙水底鸣素秋,江云不飞江贾愁。金陵旧族天禄游,家有善笛能娱侯。
忆侯前年罢姑孰,自买蕲州饱霜竹。腮肥顶瘦裁青玉,钻凿商声五音足。
牛渚矶边夜泊时,平波不起月中吹。老鱼跳舞龟出泥,雌蛟怨泣雄罴悲。
新还中都人罕知,交亲奏酒隔帘帷。丹唇一发妙响驰,醉客欲见宁非痴。
昨夜刘郎辞玉卮,主人勤谢当勿疑。渠今缠痁尚苦羸,他日海蟾圆未迟。
圆未迟,凉肝脾。畏肝热,生脑脂。生胫脂,不得窥。

风　　笛

既殊出塞声,还非江上听。夜吹送悠扬,高楼月方迥。

米　芾(1051—1107)

都梁十景诗·清风山闻笛

铁笛谁吹一曲哀,清风约我上层台。悠扬正到堪听处,怕惹闲愁却下来。

妙普庵主(1071—1142)

偈三首(其三)

船子当年返故乡,没踪迹处妙难量。真风遍寄知音者,铁笛横吹作散场。

牟 巘(1227—1311)

和李侯九日（其一）

自愧赢瓶在井湄,颇思时复一中之。平生殊欠题糕字,今日堪怜对菊时。
乌帽已忻新得酒,白衣谁似更携诗。吴兴太守真三绝,烂醉轻教玉笛吹。

牧 童(？—？)

绝 句

草铺横野六七里,笛弄晚风三四声。归来饱饭黄昏后,不脱蓑衣卧月明。

牛士良(？—？)

红 梅

陇头人未来,江南春几许。惆怅玉笛声,吹落胭脂雨。

欧阳澈(1097—1127)

原上晚步闻笛有感

一笛谁横透晚空,伤怀真作鸟窥笼。解龟换酒无知己,拾穗行歌喜屡丰。
沐雨秋山遮眼碧,舞风霜叶点溪红。老农植杖来相问,藉草高谈夕照中。

世弼原上晚望和韵见寄因复之（其一）

绿消暮霭满空秋,念远凭高陇上游。一片孤云生远岫,数声断雁落寒流。
风前无绪愁闻笛,天际何人误识舟。步月可寻岩下叟,试将圆玉锁神头。

欧阳修(1007—1072)

梦 中 作

夜凉吹笛千山月,路暗迷人百种花。棋罢不知人换世,酒阑无奈客思家。

柳

绿树低昂不自持,河桥风雨弄春丝。残黄浅约眉双敛,欲舞先夸手小垂。
快马折鞭催远道,落梅横笛共馀悲。长亭送客兼迎雨,费尽春条赠别离。

潘 阆(？—1009)

钱塘秋夕旅舍感怀

永夜不能寐,闲门懒复开。片心生万绪,孤枕转千回。

败叶声如雨,狂风响似雷。更堪江上笛,历历有余零。

潘良贵(1094—1150)

夜与仲严叔倚季成三弟同坐闻笛各赋一绝

西北干戈拨不开,今宵闻笛更清哀。高堂亲老发垂白,与子买舟归去来。

潘若冲(?—?)

赠 王 正 己

两捧歌诗寄,公余即展开。无时惟北望,何日逐南来。
梦里得芳草,笛中闻落梅。终朝一携手,江上有楼台。

潘献可(?—?)

春晚三客同出郊归途甚醉

寻友逢三益,追欢且一时。买鱼呼野艇,沽酒认村旗。
暂觉行歌乐,何妨醉舞傲。牧儿休骇愕,横笛且须吹。

庞谦孺(1117—1167)

使虏过汴京作

苍龙观阙东风外,黄道星辰北斗边。月照九衢平似水,胡儿吹笛内门前。

彭汝砺(1042—1095)

拟田园乐(其四)

山色依云暗淡,溪声漱玉玲珑。孤笛醉吹明月,扁舟卧钓秋风。

拟田园乐(其六)

稚子骑牛横笛,老翁置酒高歌。算来人生有几,莫问世事如何。

汴上呈祖道(其二)

扁舟暮宿水声中,梦入沧浪狎钓翁。柳叶系船留夜月,芦花吹笛倚秋风。

月　夜

江湖秋夜月纷纷,溪水吹风作縠纹。渔父疑如傲世者,孤舟吹笛入青云。

谅暗闻笛

夜闻孤笛城头上,少年侧听成惆怅。明月纷纷送忧咽,清风点点来凄怆。
鼎湖梦短飞不到,苍梧望断目几耗。此身犬马贱徒劳,君德岳山崇未报。

和范学士韵(其七)

南阳虽好远江干,襄沔归来失病颜。雨霁远浮清汉水,云归深见上方山。
伤心蜀主君臣际,回首庞公父子间。薄暮楼头待明月,笛声时见钓舟还。

晓 行

迟明骑马听鸡号,雾露纷纷上鬓毛。烟宿平芜疑远水,风鸣高木听飞涛。
暖回宿草春初见,光动扶桑日欲高。横笛一声还出牧,稚儿无不笑吾劳。

急 雨

远岫低连野水苍,田溪急似雨淋浪。灵坛冉冉云烟净,小径深深花草香。
落日客帆千点细,秋风渔笛一声长。诗成未解酬真赏,追逐须将夙愿偿。

晚 晴

万里无云雨意醒,江湖满载夕阳明。老翁暮钓扁舟去,稚子归樵一笛横。
溪月悠悠含夜意,林风细细作秋声。诗魂散落无羁束,试效樊川赋晚晴。

予十一月甲申以使来武冈坐茅茨之室逼闾阎之陋无故人往来之乐怀羁旅不足之情于是有游古山之寺在县西十五里而山水俊拔深秀亦有可爱者因留置酒抵暮还驿而作是诗

淡日沙村晚,霜晴溪路遥。蛮人瞻虎节,田父看星轺。
使指勤咨问,君恩费养调。畏途谙跋涉,遗策问蒭荛。
腊近云长暝,春迟雪未消。远空低幕帟,叠嶂露琼瑶。
板屋谁家舍,茅檐何处桥。梅香浮远水,藤古上重霄。
细草眠黄犊,巅崖落皂雕。儿童晴出牧,妇女晚归樵。
樵髻骑吹笛,斑衣行踏谣。封疆连五岭,习俗带三苗。
狐鼠藏溪老,豺狼脱洞骄。今当蒙润泽,久已静氛妖。
歌舞随乡地,耕桑托圣朝。威仪欣用夏,姓氏耻称猺。
僧至不千里,寺名非一朝。小亭浮草莽,高阁出苕荛。

泉细能沾润,峰危欲动摇。会观禅味足,还见讲花飘。
茶泛波无迹,香深篆未消。远游贪物象,久客厌尘嚣。
子美诗千首,渊明醉一瓢。倘来淹白昼,轻去恨连宵。
野色随行李,滩声逐画桡。鸟归烟漠漠,旌旋雨萧萧。
淡月生昭旷,青灯照寂寥。岁时惟箭激,江海只萍漂。
洪井连庐阜,蒲山近斗杓。且从周梦去,莫作楚辞招。

蒲寿宬(？—？)

牧童歌十首(其一○)

芳郊望无际,逐草任西东。世上千场梦,人间一笛风。

题萧照画山水渔父四轴(其三)

火云收尽天逾阔,野艇归来日未斜。秋思满江禁不得,又吹长笛出芦花。

江上闻笛

笛声何处水茫茫,潮落沙寒月照廊。嵇吕成尘不可觅,满襟清泪忆山阳。

渔父词十三首(其一二)

江上浪花飞洒天,拍阶鞳鞺屋如船。月不夜,水无边。何处笛声人未眠。

己卯六月十一日书石室壁

晏坐图画出,银屏列郡山。几案空水接,舟楫窗窦间。
清风荡炎瘴,异趣起懦顽。梦随白鸥去,静看飞鸟还。
夜深忽闻笛,何处明月湾。

八月十三夜道士湖泛月

万事廓悠悠,因贫得纵游。天悭一样月,人有几中秋。
短笛芙蓉浦,芳尊杜若洲。清狂欠拘束,谁恕道家流。

用翁雪舟送春韵三首(其一)

锦衣年少不知愁,风雨无端恼客游。万点残红空过眼,一番新绿又从头。
夕阳细草堪横笛,野渡垂杨可系舟。三百六旬浑是醉,饯春何用苦绸缪。

用翁雪舟送春韵三首(其三)

底事黄鹂唤不休,出门欣见绿阴稠。残花满地无人扫,芳草连天起客愁。

泪落田间闻牧笛,醉归江上问渔舟。杜鹃也合催春去,何处而今孟浪游。

与小儿助子游江横作

茸荷偶忆湘累句,筑屋还寻杜若汀。孤树每留残日白,片帆徐度远山青。
海鸥知我断机虑,渔父与谁分醉醒。何处扁舟横短笛,月明风袅不堪听。

钱　易(968—1026)

和人首夏池上雨中闻笛

朱华始沈泉,池塘恰雨天。鹭头飘雪暗,荷腹荡珠圆。
风递谁家笛,声冲几里烟。拂波轻重起,隔树往来传。
沥沥虽侵汉,遥遥已杂□。天龙吟转乐,石韵更相连。
谩读襄王赋,虚夸子晋仙。宁同向散骑,肠断向漪涟。

强　至(1022—1076)

梅

墙边几树玉参差,照眼幽花冷自宜。香阵晚交风破蕊,粉花朝湿雪融枝。
故人消息从谁寄,造物生成似我迟。且慰蹉跎尽诗兴,江楼闲笛不须吹。

依韵和酬顺安使君王大观见寄之什

苍鬓萧疏并曲台,北门笑口屡同开。仲升投笔燕南去,王粲从军陕右来。
月冷戍楼悲短笛,天寒戎幕赖深杯。更为后会知何地,终日思君首懒回。

秦　观(1049—1100)

纳　凉

携杖来追柳外凉,画桥南畔倚胡床。月明船笛参差起,风定池莲自在香。

雷阳书事(其二)

一笛一腰鼓,鸣声甚悲凉。借问此何为,居人朝送殡。
出郭披莽苍,磨刀向猪羊。何须作佳事,鬼去百无殃。

丘　崈(1135—1208)

和朱子武夷杂咏十首·铁笛亭

横笛人何在,山空花自开。不妨听晚弄,声与壮心来。

丘 葵(1244—1333)

寄陈儒正

论心才暑夕,别后已凉秋。月照陈蕃榻,风生王粲楼。
哀音虫外笛,远棹雁边舟。欲写相思意,题诗寄水流。

秋兴(其一)

千年成败事悠悠,独眺川原满目秋。底处归航来远浦,何人吹笛倚高楼。
山和叠叠寒云迥,水带潇潇暮雨流。回首故家零落尽,樽前谁与语离愁。

与所盘诸君会石幡还和杜老曲江韵(其一)

絮云初擘未成衣,笑踏青莎桥上归。诗酒堪过春日永,莺花却恨海山稀。
竹间弄笛留人住,麦外游丝绊鸟飞。满院东风不收拾,山僧何事苦相违。

仇 远(1247—?)

七月梨花

紫薇红槿外,忽见此花娇。纵被秋阳暴,何愁香雪消。
梦回云冉冉,春远夜寥寥。魂隔梧桐雨,时吹玉笛招。

三更泛舟谢达骥(其一)

潆水不盈尺,大舟行水中。朦胧微有月,潋滟寂无风。
时序三秋半,阴晴万里同。山歌与村笛,醉卧听渔童。

中秋待月不见(其二)

年年待月引壶觞,坐对中庭玉一方。静夜忽惊云作雨,索居空使客思乡。
荒鸡声续檐花滴,蝴蝶梦回岩桂香。何处高楼见山阔,快予吹笛据胡床。

中秋月出复雨有怀叶子文汤明叔

三秋此夕恰平分,城市人家半闭门。正忆紫云吹玉笛,忽惊皓月照金樽。
宦情素薄鸿初到,诗兴方浓雨又昏。不是桂花香自慰,倚栏无语易销魂。

方 竹 杖

劲节棱棱瘦且坚,形模界尺出天然。山翁甚爱资扶老,村衲无知误削圆。
偏称深衣同此矩,漫夸长笛大如椽。有时闲为吟诗出,徙倚中庭月一砖。

梅花（其一）

为怕缁尘染素衣，冻痕封蕊放春迟。月来忽送阑干影，春到不分南北枝。
啼梦翠禽依树宿，断魂玉笛隔花吹。任他万片随风去，须有青青叶底时。

裘万顷（？—1219）

次余仲庸松风阁韵十九首（其一四）

淡月笼花花映窗，好风吹竹竹浮香。梦回何处一声笛，人静山幽天正凉。

次胡伯仁韵

山长飞鸟急，江阔去帆微。唱晚几渔笛，凭高一钓矶。
从君濯冰雪，满袖得珠玑。三叹不能已，归来吟夕晖。

饶　节（1065—1129）

答惠海首座五首海乃圆照禅师小师（其一）

闹市丛边荆棘侵，旃檀独秀旧园林。俊驹昔是吾家瑞，老鹤今犹万里心。
短笛凄清秋水阔，乱山高下白云深。当年得力分明处，伫听炉香演一音。

桑柘区（？—？）

春日田园杂兴

粟爵瓜官懒觊觎，生涯云水与烟腴。晚风一笛麦秧陇，春雨半锄桑柘区。
可是樊迟宜请学，肯教陶亮叹将芜。斜阳芳草关情处，更把新诗吊石湖。

邵清甫（？—？）

牛水滴

铜牛肚里虽无物，中有深深似涧渊。
牧童不暇闲吹笛，苦为诗人滴砚泉。

邵　棠（？—？）

苕溪道中

上苑啼莺春事休，吴中山水暂淹留。黄梅时候千门雨，老麦郊墟一望秋。
村熟香醪清入胫，庭存修竹旧封侯。数声牛笛长亭暮，试把羁情问马周。

闻 笛
蓑笠相从老故丘,断桥流水护深幽。竹箫吹落黄昏月,诗与梅花一例愁。

春山雨中闻笛
余寒欺酒不成醺,转觉供诗景物新。箬笠带归山路雨,竹箫吹老陇梅春。
田君泉石闲招隐,颜子箪瓢自食贫。莫诧柴门回俗驾,东风不受庾公尘。

闲 居
修林阙处见溪山,地隔嚣尘居易安。起早多因啼鸟唤,惜春细数落花看。
世无机事鸥盟在,门掩滩声鹤梦阑。政坐清幽闻牧笛,一声吹断碧云寒。

邵 雍(1011—1077)

乞 笛 竹
洛人好种花,唯我好种竹。所好虽不同,其心亦自足。
花止十日红,竹能经岁绿。俱沾雨露恩,独无霜雪辱。

乞笛竹栽于李少保宅
浪种闲花占地生,未尝容易暂留情。奈何苦爱凌霜节,况是犹存缕管名。
待凤至时当有实,学龙吟处岂无声。幽人愿乞数枝种,得自君家又更荣。

同诸友城南张园赏梅十首(其六)
酒中渍后香尤烈,笛里吹来韵更清。此韵此香来处好,此时消得一凝情。

牧 童
随行笠与蓑,未始散天和。暖戏荒城侧,寒偎古冢阿。
数声牛背笛,一曲陇头歌。应是无心问,朝廷事若何。

秋 日
满目平原百里赊,寂寥深处见人家。三间草屋无樵爨,一□□□有野花。
远出小童寻路径,归来老叟带烟霞。数声起笛寒山暮,光照柴门月满斜。

清 风 长 吟
宇宙中和气,清泠无比方。与时蠲疾病,为岁造丰穰。
起自青蘋末,来从翠树傍。得逢明月夜,便入故人乡。

密叶摇重幄,殷花舞靓妆。两三声迥笛,千万缕垂杨。
细度丝桐韵,深传兰蕙香。楼台临远水,轩槛近修篁。
盛夏驱烦暑,初晴送晚凉。轻披绿荷芰,缓透薄衣裳。
浪走翻翩袂,波生潋滟觞。闲愁难著莫,幽思易飞扬。
快若乘天马,醒如沃蔗浆。面前游阆苑,坐上泛潇湘。
不可将钱买,焉能用斗量。依凭全藉德,收贮岂须仓。
无患兼并取,宁忧寇盗攘。以兹为乐事,未始有忧伤。

沈端节(?—?)

挽于湖

荒城难访十全医,半箧遗书世共悲。宁有故人怜阿鹜,但余息女类文姬。
忠筹屡画平戎策,宦迹常留堕泪碑。醉扣西州重回首,山阳邻笛夜凄其。

沈　括(1031—1095)

开元乐词(其三)

按舞骊山影里,回銮渭水光中。玉笛一天明月,翠华满陌东风。

沈与求(1086—1137)

过竹西

百折清湾抱野田,竹西风物故依然。归牛更背斜阳去,牧笛一声吹暮天。

施　枢(?—?)

再赋酬吴鞠潭

酌酒酬春醉晚红,谁知书剑两无功。渔竿冷浸半丝月,牛背闲消一笛风。
仙梦不随狂蝶乱,家书只倩素鱼通。友声更拟迁乔去,底似人情较异同。

石延年(994—1041)

红　梅

梅好唯伤白,今红是绝奇。认桃无绿叶,辨杏有青枝。
烘笑从人赠,酡颜任笛吹。未应娇意急,发赤怒春迟。

史　浩(1106—1194)

野庵分题·和镇国闻笛

碧溪浮月练光寒,一曲风传到枕前。应在南楼尽深处,玉梅飞坠学榆钱。

雪中三英·蜡梅

蜂房酿余滋,众香薰蜜脾。幻作应真面,行行排玉枝。

相看紫檀色,风摇振金锡。天遣久住世,不畏高楼笛。

次韵范经干昆季昌国杂咏·酴醿花

满架犹烦雪作英,年年向此眼偏明。春迟故欲牡丹伴,韵胜还驰雅客名。

缥缈碧裳留夜月,娉婷玉面起朝酲。却嫌梅蕊无才思,零落苍苔为笛声。

次韵王龟龄校书梅花(其一)

底处冲寒欲放梅,柴门雪压为伊开。酸风不管欹纱帽,冷艳终朝粲玉杯。

尚觉西湖三径远,先吹东阁五言来。一枝入眼君须惜,莫遣高楼怨笛催。

史弥宁(？—？)

闻　笛

卸帆沽酒荻花村,水色天光净不分。霜月凄凉何许笛,一声吹裂洞庭云。

张氏溪馆

景物自相投,茅檐俯碧流。镜中双鹭下,画里几山秋。

日落谁横笛,江寒独倚楼。有人过裴迪,问是辋川不。

释安永(？—1173)

颂古三十一首(其二六)

独向沧溟截众流,等闲舞棹掷金钩。白云不露烟波阔,横笛一声天地秋。

释　持(？—？)

酬普首座偈

性空老人何快活,只有三衣并一钵。丛林端的死心儿,见胆开谈心豁豁。

有时吹笛当言说,一声吹落西江月。桃花庵中快活时,往往观者舞不彻。

甚道理,能欢悦,摇手向人应道别。堪笑无人知此意,尽道称锤硬似铁。难瞒唯有当行家,为报临机莫漏泄。

释崇岳(1132—1202)

偈颂一百二十三首(其二一)

江月照,松风吹,永夜清霄何所为。无孔笛吹云外曲,相逢知我者还稀。

送泉州化主

少林无孔笛横吹,此曲谁人和得亲。向晓洛阳江上路,一声唤起几多人。

颂古六首(其六)

家家尽看野狐儿,铁笛横拈撩乱吹。吹罢不知何处去,夕阳已挂柳梢西。

释从悦(1044—1091)

偈(其二)

常居物外度清时,牛上横将竹笛吹。一曲自幽山自绿,此情不与白云知。

释大观(?—?)

颂古十七首(其三)

忽看龙舟压浪飞,鼓声催促笛声悲。锦标到手还轻放,转得头来事已非。

颂古十七首(其六)

吹无孔笛,和毡拍版。父子和同,冰炭相反。
末上之机果若何,定州元出花瓷碗。

释道宁(1053—1113)

偈六十九首(其四)

数声归笛离春浦,一片孤帆过洞津。到岸舍舟常式事,何须更问渡头人。

偈六十九首(其一九)

宗门妙旨,海口难宣。简要提撕,知音罕遇。
事无一向,理出多门。岂不见道,有句无句,如藤倚树。
树倒藤枯,句归何处。深秋帘外千家雨,落日楼前一笛风。

偈六十九首(其三九)

丈夫儿,自家断,日用无私休计算。被他指点谩商量,到底死生打不辨。
长生路上少人行,轮转修途空懊叹。万境中,须这汉。
出没卷舒无系缚,浅种深耕谁委知,沩山水牯骑来惯。
头角分明在目前,五湖衲子抬眸看。玉笛一声风雨寒,万两黄金终不换。

释道谦(?—?)

颂古七首(其五)

卖尽田园彻骨贫,不知何处可容身。楼头浪荡无拘检,铁笛横吹过洞庭。

释道潜(1044—?)

广陵城外野步呈莘老

林梢聒聒鸟声繁,积雪初消涧水浑。老树卧波寒影动,野烟浮草夕阳昏。
风回笛响山前路,犬吠人行竹外村。杖屦不知幽兴远,归来新月在柴门。

次韵顺上人寄叔康讲师

少年好诗书,龌龊空闭户。有若丹青徒,秉笔学画虎。
法师当是时,声价久已负。籍籍东州人,高谈慕支许。
余时迹四方,浪涉川陆苦。昨夜北山翁,挑灯同软语。
因论乡里贤,怅师成独阻。南徐号名都,兴发历汉楚。
峥嵘江上山,王气埋千古。至今风前笛,夜夜怨江浦。
感慨易成吟,安得君来伍。

寄东坡昆仲

江南十月天未霜,木梢冉冉犹青苍。烟沙篁竹媚两岸,亭午气候如春阳。
吴樯楚柁自纷扰,花鸭鸂鶒殊未忙。深湾野浦望不剧,苇间隐隐闻渔桹。
黄昏无云桂魄满,一川秀色倾银潢。何人隔岸弄长笛,吹风渡水声悲凉。
兰台故人天一方,美景乐事谁相将。船窗欹枕夜未央,杳杳孤云空飞扬。

释道枢(?—1176)

颂古三十九首(其七)

垂垂杨柳暗溪头,不问东西却自由。几度醉眠牛背上,数声横笛一轮秋。

颂古三十九首(其三六)

新年佛法答云无,会得依前在半途。谁把扁舟清夜笛,月明吹过洞庭湖。

颂古三十九首(其三九)

旧岁新年作问端,同安从此放颠顽。凭仗高楼莫吹笛,大家留取倚阑干。

释道行(1089—1151)

颂古三首(其一)

紫罗抹额绣腰裙,倾国风流宛胜秦。玉笛插藏人不见,夜深吹起凤楼春。

释道颜(1094—1164)

颂古(其一一)

有句无句藤倚树,元原白饭用米做。高楼吹笛柳如烟,满地春风落飞絮。

释德洪(1071—1128)

李端叔自金陵如姑溪寄之五首(其四)

月下一声风笛,尊前万顷云涛。玉堂他年图画,卧看今日渔舠。

初到善溪慧照庵寄张无尽五首(其一)

明月洲头一笛风,暮云灭尽水吞空。倚筇笑语无人问,疑是西湖落梦中。

莹中南归至衡阳作六首寄之(其一)

回雁峰前醉眼醒,卧看波影蘸空青。起来一笛春风晚,万里无云月满汀。

潇湘八景·潇湘夜雨

岳麓薨檐苍莽中,萧萧江雨打船篷。一声长笛人何去,箬笠蓑衣宿苇丛。

残　梅

残香和雪隔帘栊,只待江头一笛风。今夜回廊无限意,小庭疏影月朦朦。

溢江宿舟中

琵琶亭下孤舟宿,夜静风清水四围。蝴蝶梦中江月白,芦花鸣笛钓船归。

宋迪作八境绝妙人谓之无声句演上人戏余曰道人能作有声画乎因为之各赋一首·平沙落雁

湖容秋色磨青铜,夕阳沙白光蒙蒙。翩翩欲下更呕轧,十十五五依芦丛。
西兴未归愁欲老,日暮无云天似扫。一声风笛忽惊飞,羲之书空作行草。

题使台后圃八首·清音楼

雾暗轩窗失,风高帘幕低。夜晴湘笛起,楼迥岭猿啼。
凭槛人如玉,搜诗气吐霓。还惊一声雁,翻影月平西。

送净心大师住温州江心寺

万锻炉中百怨门,哲人虽往典刑存。扫除临济实头谤,称赏黄龙的骨孙。
梦泽於菟三口视,丹山雏凤九苞文。还乡妙曲谁能听,一笛波心两岸闻。

抵琼夜为飓风吹去所居屋

贪看长鲸吸舟楫,忽惊娇蜃吐楼台。朦胧醉忆王城别,汗漫游从海国来。
夜半飓风携屋去,朝来瘴雾放天回。会须横笛骑云背,笑响从教落九垓。

妙高仁禅师赞

春风入其肺肝,秋色潄其毛骨。名飞缙绅之间,身卧云泉之窟。
岳顶凤之真子,僧中龙之的孙。吹彻风前无孔笛,露香和月落纷纷。

浙　竹

龙孙初长浙江曲,疏影萧萧濯寒玉。平生知爱足风流,只有山阴王子猷。
而今流落苍崖顶,暗换年光乡路永。冰敲雪压未应衰,鸾凤不栖空故枝。
坚干犹堪制长笛,最合宫商胜金石。为君吹动镜湖秋,惊起双龙翼小舟。

夏日陪杨邦基彭思禹访德庄烹茶分韵得嘉字

炎炎三伏过中伏,秋光先到幽人家。闭门积雨藓封径,寒塘白藕晴开花。
吾侪酷爱真乐妙,笑谈相对兴无涯。山童解烹蟹眼汤,先生自试鹰爪芽。
清香玉乳沃诗脾,抨纸落笔惊龙蛇。源长浩与春涨激,力健清将秋气嘉。
须臾沓幅乱书几,环观朗诵交惊夸。一声渔笛意不尽,夕阳归去还西斜。

中秋夕以月色静中见泉声幽处闻为韵分韵得见字

夜清成水宿,月出波滟滟。那知是中秋,老眼欲凄眩。

此生天地间,飘泊如蓬转。朅来泊湘濒,此月凡七见。
冰轮上天衢,万里不知远。夜深度明河,轮侧明河浅。
西楼欲吹笛,余声落哀怨。魂清到月胁,寒露纷满面。
林光泼流泉,天大微云卷。阿崇具纸笔,橘亦磨破砚。
诗成月华清,幼妇与黄绢。

李道夫真赞

眼盖九州,韵高一世。俨玉山富贵之豪,洗士林寒乞之气。
挫万化于笔端,置八荒于胸次。迈往不屑,不可犯干。
意轻邴吉,情追谢安。轩特秀发,乃尔秃巾楮褐。
婆娑步趋,合在玉堂金銮。山泽不可窥测,所以纳垢污。
麒麟不可系羁,所以异犬羊。正恐横风月之笛,披云锦之裳。
骑元气之背,而游无何有之乡。

释鼎需(1092—1153)

颂古四首(其一)

入息未尝居阴界,出息何曾涉万缘。一声渔笛离南浦,依旧芦花深处眠。

释端裕(1085—1150)

颂古十首(其八)

清净法身花药栏,眉毛刺倒须弥山。谁将玉笛传凄怨,吹过芦蒹明月弯。

释梵言(?—?)

示昙清侍者牧牛歌

侬家牧个白牛,年来可纵可收。不用鼻头紫索,任渠放荡林丘。
风清月莹,踪迹难侔。香严鞭杖,巩放绳头,跨入白云深处游。
直得通身无影象,时吹木笛有来由。小牛儿,莫容易,浅草平田且随意。
勿令逐队上高坡,筋力未能登崄巇。傍水依山养,令头角完备。
叱,岂不见狸奴白牯解作师子游戏。

释广闻(1189—1263)

李源访圆泽赞

相看已了然,安用频频举。长笛不禁闻,又随烟棹去。

放　　牛

鸣咿声断笛横时,满目春风不自知。脚后脚前者些子,入渠群队听渠疑。

释怀古(？—？)

草①

漠漠更离离,闲吟笑复悲。六朝争战处,千载寂寥时。
阵阔围空垒,丛疏露断碑。不堪残照外,牧笛隔烟吹。

释　辉(？—？)

润　　州②

北固楼前一笛风,断云飞出建昌宫。江南二月多芳草,春在蒙蒙细雨中。

释惠琏(？—？)

梅　　花

梦断笛悲风渚,吹阑月淡烟村。空想暗香靓色,难招□□□魂。

释惠嵩(？—？)

天台道中

满川梨雪照斜曛,野水交流路不分。隔岸一声牛背笛,和风吹落渡头云。

释慧初(？—？)

偈二首(其一)

一趯趯翻四大海,一拳拳倒须弥山。佛祖位中留不住,又吹渔笛汨罗湾。

---

① 释希昼《草》内容与此诗大致相同,仅个别字词有异,不再重复收录。
② 释仲殊《润州》内容与此诗大致相同,仅个别字词有异,不再重复收录。

释慧光(?—?)

颂古五首(其四)

一吹无孔笛,一抚没弦琴。一曲两曲无人会,雨过夜塘秋水深。

释慧晖(1097—1183)

偈颂三十首(其二二)

古佛道场,尚乘车子。澄源潭水,犹棹孤舟。
夜鹤穿潭底,云月落银笼。天龙无雨,汗马而无鞭也。
从此出生犊牛儿,金吼银声满芦水。微毛依旧正受中,玄角又带漫雪草。
一回倒骑牧童梦,数笛吹来樵子歌。

释慧空(1096—1158)

送人往临漳(其一)

通身红烂不堪归,只为无人识得伊。觅得休粮圣方子,刺桐花下笛横吹。

书知微偈后

醯鸡负须弥,瞬息九万里。猕猴对秦镜,一一总没尾。
生平五湖心,短笛秋风里。借问鱼有无,夜凉天在水。

释慧远(1103—1176)

国清振锡桥

五峰翠授蓝,双涧声振锡。中有老频螺,倒吹无孔笛。
不许行云作伴归,谁来蹋破苍苔迹。

偈颂一百零二首(其一九)

五四三二一,日向东畔出。照见洞庭湖,乌龟眼睛赤。
天无门,地无壁。一阵任风倒射回,吹起两须无孔笛。

李抚干牧牛图

道是沩山水牯牛,输佗黑子却赢筹。不是沩山水牯牛,赢佗白子却输筹。
黑白未分头角露,输赢不是遮头牛。绳已断,鼻无钩,掉尾昂头得自由。

云山无限青青草,香水和烟细细流。
饥时放,饱时收。临风轰起一声笛,回首家山万事休。

释简长(？—？)

句

烟垒沉寒笛,霜空击雕。

释居简(1164—1246)

闻笛(其一)

天籁无声地籁沈,一轰千仞裂层阴。朣朣唤得关山月,不作离鸾别鹄吟。

闻笛(其二)

暖力轻盈透凤膺,借商唤得老龙应。不知孤负秋多少,盍向坡翁谢不能。

雪　　航

九逵埃壒点人衣,踏土何如踏浪儿。烂漫溪头千树玉,风蓑月笛兴阑时。

释觉阿上人(？—？)

偈五首(其五)

竖拳下喝少卖弄,说是说非入泥水。截断千差休指注,一声归笛啰啰哩。

释克勤(1063—1135)

偈五十三首(其二)

平旦清晨五月一,吹起少林无孔笛。十方沙界坦然平,大地山河印印出。
二祖曾不往西天,达磨曾不到梁国。大家共贺太平歌,摩诃般若波罗蜜。

释妙伦(1201—1261)

偈颂八十五首(其一六)

沙鸥尽日戏江滨,几度浮来几度沈。渔笛一声惊起去,依前飞下碧波心。

偈颂八十五首(其五二)

庭前新吐一花红,袭袭馨香醉蜜蜂。公子见来情兴动,倒吹玉笛弄春风。

牧　溪

百草头边意已赊,鞭绳放下卧平沙。觉来古岸东风急,横笛一声山日斜。

释明辩(1085—1157)

颂古十六首(其四)

张果老踏破葫芦,吕洞宾失却宝剑。两个撒手相逢,囊箧更无一线。
何仙姑铁笛横吹,解道长江静如练。

释普度(1199—1280)

偈颂一百二十三首(其一八)

火云影里一叶落,玉鉴光中便见秋。一任秋来又秋去,大江依旧向东流。
无变易,有来由。塞鸿何处,白鹭沧洲。
数声渔笛烟村晚,狼藉断霞闲钓舟。

释普鉴(?—1144)

五派·法眼

溪光野色浸楼台,一笛遥闻奏落梅。风送断云归岭去,月和流水过桥来。

释普宁(?—1267)

偈颂四十一首(其九)

寒食清明节,家家拜扫时。木人空叹息,石女泪双垂。
惟有林下道人,绝学无为。百不会,百不知。
拈起少林无孔笛,逆风吹了顺风吹。

偈颂二十一首(其五)

东望大乘器,区区十万里。因这一著错,累及人断臂。
彼错犹且可,此错无巴鼻。彼错此错诉之谁,倒拈铁笛逆风吹。

释普岩(1156—1226)

送洪维那

笑把虚空一口吞,髑髅瞥转振乾坤。破沙盆有儿孙在,玉笛横吹出海门。

释清远(1067—1120)

颂古六十二首(其四五)
杨子江头杨柳春,杨花愁杀渡头人。一声残笛离亭晚,君向潇湘我向秦。

偈颂一一二首(其九二)
迎日出门去,已觉披烟雾。冒月望山归,重露湿禅衣。
心悄悄,步迟迟。无孔笛,再三吹。
哩哩逻,逻逻哩。游子乍闻征袖湿,佳人犹唱翠眉低。君更听,莫狐疑。

释如净(?—?)

牧　　翁
自家鼻孔自家穿,自家绳索自家牵。自家忽地都忘却,一笛清风送楚天。

偈颂十六首(其四)
金牛弄得烂银蹄,耕破劫空田地开。不带泥痕今古路,牧童疏笛入云来。

偈颂三十八首(其三四)
竿木随身,逢场作戏。释迦老子毒花开,达磨大师王小二。
吹笛打鼓,挼行夺市,万象森罗笑点头。

释善建(?—?)

题宝山广严院
垂手红尘古所难,近天尺五启禅关。玉绳低转檐楹外,宫漏微传几席间。
云响度声何处笛,翠棱当户越州山。梦回露滴松梢冷,月在三茅万境闲。

释善珍(1194—1277)

春日湖上(其一)
燕外游丝暖欲迷,酒船吹笛水亭西。梨花啍苴桃花笑,恼杀春光醉似泥。

梦元双杉
晚睡初醒月上阶,远村何处笛声哀。霜凋陇岸有梅破,雪隔炎洲无雁来。
旧隐青山犹在梦,故交白骨已生苔。欲谈往事无人共,自拥寒炉自画灰。

释绍隆(1077—1136)

偈二十七首(其二七)

脱身已晓南柯梦,始觉人间万事空。吹起还乡无孔笛,夕阳斜照碧云红。

释绍嵩(?—?)

次韵吴伯庸竹间梅花十绝(其七)

池边梅映竹边池,皎月勾添光陆离。堪笑胡雏亦风味,从教横笛月中吹。

咏梅五十首呈史尚书(其二一)

官梅一树小池头,绕著瑶芳看不休。为语邻舟莫吹笛,冰肌香骨未禁愁。

桐庐理舟

桐庐江上晚潮生,帆挂秋风一信程。万里归船弄长笛,断肠重看白鸥盟。

登 杖 锡

登寺寻盘道,那知是与非。冻泉依细石,寒日淡斜晖。
村路飘黄落,山禽凌翠微。数声牛上笛,老泪欲沾衣。

写怀寄湛上人(其二)

寂寂相思际,遥焚一炷香。雁飞云杳杳,笛引泪浪浪。
明代谁招隐,穷游我自忙。他时解颜笑,宁免鬓毛苍。

客中戏书(其二)

远笛招幽响,无人竹扫墀。马嘶游寺客,鸦护落巢儿。
日转槐阴暮,天高秋气悲。还应重风景,时作一篇诗。

释绍昙(?—1297)

偈颂十九首(其二)

宫花压鬓坠乌云,倾国风流宛胜秦。玉笛插藏人不见,夜深吹起凤楼春。

颂古五十五首(其四四)

绿萝窗底枕肱时,梦绕华胥客路迷。听得烟村一声笛,醒来元是住居西。

偈颂一百一十七首(其七三)

结夏已半月了也,水牯牛作么生。爱从荒草去,不向坦途行。
闹中牵索,静处加鞭。月白风清眠露地,声声牧笛响烟村。

偈颂一百零二首(其四一)

高价卖生姜,雪真珠满床。清贫虽彻骨,富敢斗君王。
灼然如是,脍身为食,溃血为浆,尽情供养,犹未相当。
若也未是,和烟耕绿野,枯笛送斜阳。

偈颂一百零四首(其一四)

水牯牛,偏捩拗。酷暑云林,恣情踭跳。
山前祖父田园,忍见离离荒草。秋风正要及时耕,脱落鞭绳无鼻窍。
去住自如,收放在我。牧笛声声送暮霞,故家深入千峰杳。
呜咿呜咿,莫教忘却来时道。

偈颂一百零四首(其七六)

庾岭春归,溪梅早知。雪破寒英,一点半点,月横疏影,三枝两枝。
未放高楼吹笛,且听茆舍吟诗。十分潇洒,一段清奇。
将谓黄梅消息绝,暗香犹有好风吹。

释师观(1143—1217)

偈颂七十六首(其五七)

挝动禾山鼓,吹起少林笛。当机觌面提,觌面当机疾。咄,一任风吹日炙。

释师体(1108—1179)

偈颂十八首(其二)

童顶云衣野兴浓,清斋淡话有何穷。春归檐幕千家雨,月满楼台一笛风。

偈颂十八首(其七)

粗疏带出莲花笠,济楚披来粪扫衣。拈起少林无孔笛,左瞻右盼两头吹。
声声慢,拍拍随,听者虽多和者稀。曲遍欲休休不得,知音知后更谁知。

释守珣（1079—1134）

颂古四十首（其三四）

无孔笛子两头吹，韵出青霄彻九维。可怜一对冤家种，人人鼻孔大头垂。

释斯植（？—？）

古乐府（其九）

青云千里心，白鹭一点雪。谁将玉笛吹，吹下关山月。

春　晚

满地落花流水，伤心芳草青时。江上数声杜宇，更堪一笛横吹。

故宫怀古

暮天云尽远山空，夜夜西风入汉宫。铁笛一声千古恨，月明人在女墙中。

铁笛倦长吹

铁笛倦长吹，虚空剑寒倚。俯仰阴晴天，泰山不可视。
荡桨归白云，回首沧波里。人生无百年，世事已如此。
既与荣辱同，兴废乃相似。春风从何来，纷纷竞桃李。
至士本无心，误为诗所使。纵步夕照间，养性在芳芷。
天涯一夜杜鹃愁，万里行人度湘水。

释昙贲（？—？）

颂古二十七首（其二〇）

七宝杯酌葡萄酒，金花纸写清平词。春风院静无人见，闲把君王玉笛吹。

释昙华（1103—1163）

题刘民用居士藏六庵（其二）

虚空正体没边涯，藏六如何盖覆伊。要听少林无孔笛，从来多是逆风吹。

释天游（？—？）

偈四首（其二）

三百五百，铜头铁额。木笛横吹，谁来接拍。

释惟一(1202—1281)

偈颂一百三十六首(其二二)

不如随分纳些些,何处青山不是家。玉笛横吹皇化里,风前清韵彻天涯。

偈颂一百三十六首(其九三)

八月秋,何处热。稻花吹香,疏林减叶。三点五点不时雨,一声两声何处笛。
若向这里,闻无有闻,证入圆通,斯为第一。

颂古三十六首(其八)

直下是,直下是。上是天,下是地。
日暖风和,花酣柳醉。玉笛才轰,朱弦奏起。
音响和同一会家,相逢彼此各天涯。

释文礼(1167—1250)

颂古五十三首(其一五)

南泉水牯忘鞭索,南北东西共一家。王税及时都纳了,牧童横笛远山斜。

释文珦(1210—?)

夜　泊

暂向江边泊夜舟,忽闻吹笛水边楼。笛声可解生愁思,自是离人有许愁。

和人晚秋客思

双毂苦难留,江城又晚秋。故乡难寄讯,倦客独登楼。
衰草重重恨,征鸿字字愁。渔翁却萧散,吹笛过前洲。

除　狭

世狭难纡辔,全生托散财。纷华因地遣,怀抱向山开。
野祭鸦争聚,贫居燕亦来。不知江上笛,何事有余哀。

旅中秋晚

秋露洗晴空,秋光处处同。枫霞明野树,芦雪覆沙丛。
旅况悲寒蛩,归心寄断鸿。几时随牧竖,吹笛乱山中。

春江夜泛

江月照扬舲,乘风过万汀。素光流远汉,高浪湿寒星。
客恨消长笛,闲身渺一蘋。到京天未曙,隐隐越山青。

赠牛羊司范月溪

莫嫌司职小,先圣亦曾为。蕃息更何事,萧闲且赋诗。
尔牲诚具止,尔牧自来思。考牧宣王雅,应拈短笛吹。

咏梅(其三)

怪怪复奇奇,照溪三两枝。首阳清骨骼,姑射静丰姿。
桃李应非伍,松筠素有期。凭他伴幽寂,玉笛且休吹。

塞笛

孤笛起寒洲,传声到暝楼。吹人元不怨,听者自生愁。
万里家何所,三年戍未休。此时霜月下,白却少年头。

栖云楼

白云自悠然,幽人此栖息。去留果何心,变化了无迹。
俗客不曾来,沙鸥尽相识。何处动吟情,渔村数声笛。

晚秋游兴

余英山中枫叶赤,龟溪溪上蘋花白。野翁杖屦往来频,为爱溪山好秋色。
白叟虬髯眼深碧,邂逅相欢坐苔石。语终长啸归青壁,恐是云深避秦客。
斯人再见虽难期,忘机亦有渔樵席。藉草班荆相尔汝,无主无宾心自适。
沙鸥飞度夕阳间,烟外遥闻一声笛。

舟中(其二)

小艇不施楫,飘飘信天风。夷犹清川上,远近秋光同。
听牧弄牛笛,看渔收钓筒。闲人有至乐,何须作三公。
赤鸟乃桎梏,玄衮为牢笼。终输玄真子,寄傲烟波中。
更爱严子陵,高举如冥鸿。

释 贤(?—?)

举赵州勘婆话颂

冰雪佳人貌最奇,常将玉笛向人吹。曲中无限花心动,独许东君第一枝。

释咸杰(1118—1186)

送拙庵住洪福

瞎驴生得瞎驴儿,龌龊声名彻四维。更把少林无孔笛,逢人应是逆风吹。

释行海(1224—?)

社日闻笛

江南已有杏花开,社日都无燕子来。人在白云流水外,一声折柳十分哀。

渔 翁

历尽江湖白尽头,生涯惟有一扁舟。醉来吹笛空沙上,鱼自相忘水自流。

杨柳枝词(其三)

渭水桥边送别时,马前折赠笛中吹。若教系得离情住,那管千丝又万丝。

西湖早春

多时不向柳边来,每个幽亭坐一回。春晴未容莺燕闹,芳心犹待杏桃开。
飘摇水面渔舟稳,宛转风前玉笛哀。太乙清都五云表,冷香空锁御园梅。

无 题

欲将心腹问渔翁,可住湘山第几峰。世远合应披薜荔,道存何必怨芙蓉。
难教牧笛鸣如凤,谁把渔竿钓得龙。极目危楼千里思,晓烟藏雨晚烟浓。

释 岩(?—?)

偈五首(其一)

雨后鸠鸣,山前麦熟。何处牧儿,骑牛笑相逐。莫把短笛横吹,风前一曲两曲。

释义青(1032—1083)

第五十三岩头片帆颂

云暗西岩东岭明,汀洲南面起笛声。天光睡重和衣润,莺啭高枝柳带春。

释印肃(1115—1169)

颂十玄谈(其一〇)

一一,恰似太虚经鸟迹。色即是空空不空,度日长吹无孔笛。

金刚随机无尽颂·妙行无住分第四(其八)

知是几年竿,细察早颠顶。一声无孔笛,寥寥天地宽。

金刚随机无尽颂·究竟无我分第十七(其四)

承佛记堪任,情忘境自沉。解吹无孔笛,弹得没弦琴。

证道歌(其一四四)

一法遍含一切法,风飘飘兮雨飒飒。一声渔笛晃春光,浪打孤舟声自拍。

十二时歌(其九)

黄昏戌,更点分明黑如漆。一道常光绝世伦,来往不通金密积。
知不知,识不识,自古至今非外觅。木女清宵何所为,混月闲吹无孔笛。

示徒(其二)

未得尘劳息,须依善知识。若肯慈悲学,发愿施心力。
入泥并入水,莫作闲戏剧。扬眉动目庭,法身无穷极。
于中习懒者,管取没饭吃。趁队只□饱,披毛无了日。
不信佛乘经,逐末本却失。咄哉大丈夫,你乘谁气力。
当本无我人,贪忙有何益。何似歇无明,听吹无孔笛。
五音六律全,皓月悲风寂。一声宇宙宽,个中闻的实。
和同为智身,无物堪遮窒。奉劝草木影,闲时急收拾。

释应圆(?—?)

偈

寒气将残春日到,无索泥牛皆蹲跳。筑著昆仑鼻孔头,触倒须弥成粪扫。
牧童儿,鞭弃了。懒吹无孔笛,拍手呵呵笑。
归来兮归去来,烟霞深处和衣倒。

释永颐(?—?)

松陵答友人

郁罗天上挹星躔,拾羽编衣泛碧莲。长笛乱吹明月夜,秋风濯足太湖边。

龙岫南窗书怀

茅堂犹未卜,幽兴日迟回。带雨听昏笛,和灯看落梅。
春风三月近,客鬓二毛催。忆得初来日,山寒暝叶堆。

释元肇(1189—?)

与郑明府四首(其一)

疏烟漠漠走风沙,古木寒芜欲莫鸦。拾穗村童涉溪水,数声渔笛隔芦花。

周伯弨明府

昨过杨州日,知君病已侵。殊非折腰具,竟作断弦吟。
远信逢秋笛,惊哀彻树禽。有才无命者,从古至于今。

释原妙(1238—1295)

偈颂六十七首(其二二)

八十日中,千说万喻。说也说到无说时,闻也闻到无闻处。
既是无说又无闻,功成果满凭何举。吹龙笛,击鼍鼓。
皓齿歌,细腰舞。桃花乱落如红雨。

释正觉(1091—1157)

禅人并化主写真求赞(其三二九)

规圆矩方,凫短鹤长。落日烟村牧笛,平湖月夜鱼榔。

颂古一百则(其五九)

三老暗转舵,孤舟夜回头。芦花两岸雪,烟水一江秋。
风力扶帆行不棹,笛声唤月下沧洲。

释智愚(1185—1269)

曾禅人唯之

当头一诺未为亲,大道难将语默分。不听晚风江上笛,一声吹破碧天云。

独舫轩

踪迹浑如漾绿漪,画桡曾不近渔矶。有时梦落秋江去,短笛横吹载月归。

礼石霜慈明大师塔

水绕山围狮子窟,赫赫金毛从此出。野犴既死狐兔悲,天下丛林闹聒聒。我来不敢重步行,森严匝匝清风生。三拜无言出门去,烟笛一声牛背横。

释宗杲(1089—1163)

僧鹗禅人求赞

这汉一生空倔强,偏向人前放软顽。涅槃路上栽荆棘,解脱门前紧著关。不别法身三种病,岂识楞严义八还。谩把少林在孔笛,等闲吹过汨罗湾。

释宗美(?—?)

句

浣纱旧曲何人笛,一一随风到客舟。

释宗演(?—?)

偈颂三十二首(其一八)

摩尼珠,人不识,如来藏里亲收得。收者易,见者难。见者易,用则难。见得用得,二无两般。闲把一枝归去笛,夜深吹过汨罗湾。

释祖钦(1216—1287)

偈颂一百二十三首(其七七)

露地白牛黑黑,是处寻他不得。山青水绿,似有如无。
眼见耳闻,依稀仿佛。全不顾时,蹄角却在。才动著时,踪由已没。
月下闲将短笛吹,风前休把长绳勒。
阿呵呵,也奇特,如今趁亦不去,自在东西南北。

释祖珍(?—?)

偈三十五首(其一八)

诸人被十二时使,老僧使得十二时。牧童岭上一声笛,惊起群鸦绕树飞。

偈三十五首(其一九)
飘空一叶两新收,暑退凉生万壑秋。贴肉汗衫才脱下,横吹木笛倒骑牛。

舒邦佐(1137—1214)

晚 步
晚来颇忆林塘幽,又拄乌藤款款游。细雨斜风三日后,落花啼鸟半春休。
不知何处数声笛,唤起幽人一点愁。赖有青蛙知客恨,笙歌一部起池头。

舒岳祥(1219—1298)

成石屏诗后再赋六言
蜡屐枝筇穿峤,蓑衣一笛横江。试向屏风一揽,千山万水秋窗。

和用之题剡雪(其一)
鲈鱼未上夜潮回,吹笛蓬窗古岸隈。谁遣戴公山上住,两回牵帅子猷来。

即 事
渔翁一叶舞波澜,不及牛童自在眠。短笛数声烟草晚,柴门疏柳小星悬。

咏 龙
曾见老人潭上坐,忽然不见石泓深。至今月白风清夜,潭底时闻似笛吟。

行 海 村
天远鸣榔双桨浦,夜凉吹笛十家村。如今鬼出无人过,深闭柴门自断魂。

十村绝句(其一)
䳺鹉属玉乱横斜,石步柴门下白沙。长笛一声人不见,小舟风紧入蒹葭。

题萧照画卷
远峰没空苍,近树森立壁。丛篁郁长汀,茅茨露半脊。
归舟何处家,中流弄长笛。或恐画师身,留此黯淡迹。

余名宴居之室曰一枝巢赋诗以自遣
世事随流水,年华逐北风。雁横残笛外,人老夕阳中。
听雪三间永,催梅百槛空。沿溪漉明月,只在最高峰。

夏日山居好十首(其六)

夏日山居好,清溪一笛风。瘦躯便褐短,寡发爱梳松。
细雨明归鹭,斜阳饮远虹。有时吟未稳,饱步自书空。

秋日山居好十首(其九)

秋日山居好,疏明入画峰。猎怜依寺鹿,樵护倚祠松。
雁起西风笛,人居夕照春。东山久不到,胜具一枝筇。

赋山庵梅花

水石生来瘦,乾坤孕此情。寒溪千尺照,残雪数枝横。
光射霜髯逼,酥浮玉面争。何人夜吹笛,故作断肠声。

古渔父词二首(其二)

是店皆赊酒,无家只有船。烧鱼岩下火,吹笛水中天。
枫叶霜铺地,芦花月满川。风波何处静,收钓即安眠。

寄 帅 初

西家女儿长日愁,白头鼻息撼林丘。老去声名惜鸡肋,世间富贵烂羊头。
青山白鹭水天远,绿叶黄鹂风日柔。欲往榆林忘南北,几回吹笛上高楼。

司马光(1019—1086)

梅花(其三)

驿使何时发,凭君寄一枝。陇头人不识,空向笛中吹。

边将(其三)

横吹长笛千万骑,将军塞北立功回。边人争出孤城望,渐见旌旗天外来。

和任屯田感旧叙怀

结交英俊乐如何,风谊敦明寄咏歌。自致青云今有几,化为异物已居多。
楞中本自沽良价,毫末安能滑至和。邻笛不堪频叹息,酒炉那得重经过。
年华易度窗尘影,人事难期海水波。贤业著鞭犹可在,况君壮齿未蹉跎。

宋　白(936—1012)
宫词(其九二)
秋天如水月如霜,玉笛风清曲破长。众乐任高声迥别,六宫齐道是君王。
牡丹诗十首(其四)
烟容粉态傍歌楼,半似窥人半似羞。把笔乍题先巧笑,凭栏微唤不回头。
吹干玉笛香犹在,槌破灵鼍爱未休。更得黄鹂将粉蝶,东西南北说风流。

宋伯仁(1199—?)
农　家
茅屋三间槿作篱,白头婆子茸冬衣。儿童饱饭黄昏后,短笛横吹唤不归。
秋田小立
两间茅屋是谁家,浅水汀洲舞荻花。牧笛数声红日晚,自惭身世客天涯。
村学究
八九顽童一草庐,土朱勤点七言书。晚听学长吹樵笛,国子先生殆不如。

宋　祁(998—1061)
读桓伊传
上前奏笛串奴髯,自倚哀筝咏刺谗。太傅一闻流涕久,使君于此信非凡。
喜杨德华见过感旧成咏
曾见乌衣赌佩囊,再逢何逊二毛郎。病姿故有灵光在,牡齿翻随屈产长。
河里笛声频感慨,江南花树剩凄凉。酒垆便有生平隔,已濯华缨未易狂。
柳　花
休夸濯濯映高楼,枝里征花自不收。回雪有风尝借舞,落梅无笛可供愁。
白门暝早随鸦背,京兆情多拂马头。莫惜余温添翠被,有人凝绝在孤舟。
城西晚眺
北榭风轻爽醉襟,天涯摇落对登临。一篙寒浪船移浦,千尾残阳鸟赴林。
倦客亭皋时远笛,早寒墟里渐疏砧。凭栏不觉休边角,暝气苍茫失半岑。

赠张斋郎

青丝垂领称华簪,结驷千门别第深。学舍问诗衣五彩,家庭佐酒寿千金。
赪兰媚畹供晨膳,碧草生塘动昼吟。独感旧游移岸谷,山阳疏笛泪涔涔。

思 归

刻意伤春属暮楼,江皋归棹怅夷犹。青萝怨鹤英山晓,疏笛吟龙卧坞秋。
掩泣泥阳思祖庙,长怀彭泽废先畴。裂繻前誓风霜苦,早晚怀黄识汉侯。

早发途中

六幕星翻斗转车,揽衣王粲更离家。孤城随月三挝鼓,碧树啼烟九子鸦。
独望残云愁霰雪,暂闻长笛忆京华。霞朝莫问离怀苦,带眼愁多只有赊。

哭郭仲微三首(其二)

我作鱼符守,君司凤诏文。他时谈笑罢,今日死生分。
怨涕翻荥浪,悲魂引郑云。山阳怀旧笛,肠断不堪闻。

暮 春

伏槛临堂更曲池,鲜风淡荡燕参差。蕙残已觉铜盘冷,梅落犹烦玉笛吹。
拂世只愁衣带缓,当筵但诉玉杯迟。羲和辛苦真何益,不放金乌宿故枝。

曲 幌

曲幌囊风入,前轩峡雨收。醉罗初解夕,珍簟暗知秋。
衰柳金城恨,幽兰楚国愁。更堪闻短笛,珪月在西楼。

宋 无(1260—?)

郊外晚望

野旷行人少,林荒夕照微。烟中一声笛,何处牧儿归。

宋 庠(996—1066)

永阳登楼怀阙下知己

西北楼边路欲分,神皋不见见浮云。晋邮尺牍波中断,洛客归心笛里闻。
丽赋有情伤桂魄,劳歌无节怨兰薰。汉家续食催西上,忍逐江鸥狎旧群。

马上见梅花初发

瞥见江南树,繁英照苑墙。无双春外色,第一腊前香。
云叶遥惊目,琼枝昔断肠。莫吹羌坞笛,容易损孤芳。

苏 坚(?—?)

后清江曲①

层波渺渺山苍苍,轻霜殒木莲叶黄。呼儿极浦下笭箵,社瓮欲熟浮蛆香。
轻蓑淅沥鸣秋雨,日暮乘流自相语。一笛清风万事休,白鸟翩翩落烟渚。

苏 泂(1170—?)

金陵杂兴二百首(其六二)

桂棹青溪夜泊船,胡床歇马坐江边。一声笛罢不知处,两不交谈意已传。

金陵杂兴二百首(其九五)

短褐钟山不跨驴,杖藜横笛野僧俱。虽无字说烦清老,犹恐龙眠画作图。

梦游海山二首(其二)

绀幰行空半簇花,太真扶辇极天斜。一声何处宁王笛,吹入春风百万家。

陈杰荆州之役伯文实约予闻其没官怆甚不寐遂成诗

细雨归帆暮,西风远笛哀。江空人永已,兴尽首重回。
嗣祖焉非福,王生本不来。从今长谢客,稳卧北山隈。

咏月(其二)

既雨中秋望,纤毫桂影分。魄高疑压雾,香动欲冲云。
稍窘痴蟾窟,全惊睡鹊群。孤清若个畔,玉笛片时闻。

怀 古

故宫何在绿离离,逆顺兴亡世所知。草木尚怀勾践德,山川仍识夏王悲。
行人月下谁吹笛,游客街前自买碑。欲倚阑干问陈迹,苍烟白露两迟疑。

---

① 苏庠《后清江曲(其二)》内容与此诗相同,不再重复收录。

次韵古梅

独立枝南万事非,岁寒引去合知几。伯夷自信西山饿,公望何须东海归。
笛外数声空入梦,江头一树忽斜晖。相看有愧垂垂老,莫遣无端片片飞。

书 怀

出门莽莽无所适,青草门前少行客。读书妄意学周孔,行年三十头雪白。
朝廷伏闻治清静,贱子何忧官得失。平生志气渺江海,前日诗名漫梁益。
相公青毡化乌有,大似不蒙稽古力。恭惟元祐全盛时,左右明王非列辟。
尔时吾祖亦遭逢,曾与坡范同入直。同朝人士服该贯,后世儒生犹辟易。
石羊去作高资梦,金榜空余岘山宅。烂然朱紫照一门,绵亘百年随社稷。
中兴郎从间有人,往往命薄中道塞。只今晨星颇相望,岂不稽首荷王泽。
先人中间亦筮仕,曾未几见捐禄食。坐令诸子各困顿,须与祖世事乖隔。
忠肝痛胆欲谁付,冷屋风灯但萧瑟。明知长短均一尽,自是炎凉心所侧。
昨蒙宗公置牙齿,事下丞相当审核。驽才不堪驾十乘,爝火或可继残夕。
纵然得遂岂其志,未免妻嫂有轻色。诸兄生儿任门户,两弟行当问家室。
祖宗祭祀足依赖,插架牙签肯终毕。至尊恭己正南面,下采刍荛及群策。
男儿努力要及时,致君尧舜收故物。春风吹花满江城,醉击珊瑚夜吹笛。
属予寄傲谅兹契,隐肆壶天许分席。西游酹酒吊杜甫,东望吟诗怀李白。
潇湘南浮窥舜葬,淮海北上巡禹迹。归来故旧半为鬼,未死一身长百疾。
向之经行辄梦寐,江汉沱潜犹仿佛。尘埃熏人眼生翳,文字不立口挂壁。
樊笼日月安足恃,会觅丹砂变形质。时哉鹏翼倘相逢,俯仰人间访畴昔。

苏 轼(1037—1101)

赠孙莘老七绝(其四)

夜桥灯火照溪明,欲放扁舟取次行。暂借官奴遣吹笛,明朝新月到三更。

登常山绝顶广丽亭

西望穆陵关,东望琅邪台。南望九仙山,北望空飞埃。
相将叫虞舜,遂欲归蓬莱。嗟我二三子,狂饮亦荒哉。
红裙欲仙去,长笛有余哀。清歌入云霄,妙舞纤腰回。

自从有此山,白石封苍苔。何尝有此乐,将去复徘徊。
人生如朝露,白发日夜催。弃置当何言,万劫终飞灰。

李委吹笛

山头孤鹤向南飞,载我南游到九疑。下界何人也吹笛,可怜时复犯龟兹。

李钤辖坐上分题戴花

二八佳人细马驮,十千美酒渭城歌。帘前柳絮惊春晚,头上花枝奈老何。
露湿醉巾香掩冉,月明归路影婆娑。绿珠吹笛何时见,欲把斜红插皂罗。

同柳子玉游鹤林招隐醉归呈景纯

花时腊酒照人光,归路春风洒面凉。刘氏宅边霜竹老,戴公山下野桃香。
岩头匹练兼天净,泉底真珠溅客忙。安得道人携笛去,一声吹裂翠崖冈。

子玉家宴用前韵见寄复答之

自酌金樽劝孟光,更教长笛奏伊凉。牵衣男女绕太白,扇枕郎君烦阿香。
诗病逢春转深痼,愁魔得酒暂奔忙。醒时情味吾能说,日在西南白草冈。

董储郎中尝知眉州与先人游过安丘访其故居见其子希甫留诗屋壁

白发郎潜旧使君,至今人道最能文。只鸡敢忘桥公语,下马来寻董相坟。
冬月负薪虽得免,邻人吹笛不堪闻。死生契阔君休问,洒泪西南向白云。

送钱承制赴广西路分都监

当年我作表忠碑,坐觉江山气未衰。舞凤尚从天目下,收驹时有渥洼姿。
踞床到处堪吹笛,横槊何人解赋诗。知是丹霞烧佛手,先声应已慑群夷。

寄蕲簟与蒲传正

兰溪美箭不成笛,离离玉箸排霜脊。千沟万缕自生风,入手未开先惨栗。
公家列屋闲蛾眉,珠帘不动花阴移。雾帐银床初破睡,牙签玉局坐弹棋。
东坡病叟长羁旅,冻卧饥吟似饥鼠。倚赖春风洗破衾,一夜雪寒披故絮。
火冷灯青谁复知,孤舟儿女自嚘咿。皇天何时反炎燠,愧此八尺黄琉璃。
愿君净扫清香阁,卧听风漪声满榻。习习还从两腋生,请公乘此朝闻阖。

百步洪二首(其二)

佳人未肯回秋波,幼舆欲语防飞梭。轻舟弄水买一笑,醉中荡桨肩相摩。

不学长安闾里侠,貂裘夜走胭脂坡。独将诗句拟鲍谢,涉江共采秋江荷。
不知诗中道何语,但觉两颊生微涡。我时羽服黄楼上,坐见织女初斜河。
归来笛声满山谷,明月正照金叵罗。奈何舍我入尘土,扰扰毛群欺卧驼。
不念空斋老病叟,退食谁与同委蛇。时来洪上看遗迹,忍见履齿青苔窠。
诗成不觉双泪下,悲吟相对惟羊何。欲遣佳人寄锦字,夜寒手冷无人呵。

苏 庠(1065—1147)

草 堂

笛弄松江明月,蓑披笠泽归云。若话青霄快活,五侯何处如君。

苏 辙(1039—1112)

和子瞻三游南山九首·仙游潭五首(其四)

扶风贵公子,早岁伴山家。吹笛堕秋叶,读书随晓鸦。
业成心自叛,学苦我长嗟。石室非人住,穷山雪似沙。

次韵秦观梅花

病夫毛骨日凋槁,愁见米盐惟醉倒。忽传骚客赋寒梅,感物伤春同懊恼。
江边不识朔风劲,墙头亦有南枝早。未开素质夜先明,半落清香春更好。
邻家小妇学闲媚,靓妆惟有长眉扫。孤芳已与飞霰竞,结子仍先百花老。
苦遭横笛乱飞英,不见游人醉芳草。可怜物性空自知,羞作繁华助芒昊。

中秋见月寄子瞻

西风吹暑天益高,明月耿耿分秋毫。彭城闭门青嶂合,卧听百步鸣飞涛。
使君携客登燕子,月色着人冷如水。筵前不设鼓与钟,处处笛声相应起。
浮云卷尽流金丸,戏马台西山郁蟠。杯中渌酒一时尽,衣上白露三更寒。
扁舟明日浮古汴,回首逡巡陵谷变。河吞巨野入长淮,城没黄流只三版。
明年筑城城似山,伐木为堤堤更坚。黄楼未成河已退,空有遗迹令人看。
城头见月应更好,河流深处今生草。子孙幸免鱼鳖食,歌舞聊宽使君老。
南都从事老更贫,羞见青天月照人。飞鹤投笼不能出,曾是彭城坐中客。

苏 籀(1091—?)

晴日纵步二首(其一)

穷腊末垂风景和,久游诚是我陵阿。牧童笛远鸡凫散,猎户弓鸣猵鹿多。
季雅淡淡疑蜜酿,木奴小小似金槎。起溲十裂吴羹酽,止酒陶诗但独哦。

孙 觌(1081—1169)

罨画连雨溪涨丈余雨霁水落喜而赋诗二首(其二)

月挂楼钟晓,风生岛树秋。林疏山献状,池漫水分流。
鹊喜如窥牖,鸥驯亦并舟。一声何处笛,莫遣碧云留。

全州道中

桑柘十里交,乌犍随两童。川平牛背稳,一笛横秋风。
漠漠水云里,蒙蒙烟雨中。人牛相尔汝,行过乱山东。

孙光宪(?—968)

杨柳枝词四首(其四)

万株枯槁怨亡隋,似吊吴台各自垂。好是淮阴明月里,酒楼横笛不胜吹。

孙 锐(1199—1277)

桑磐赠赵隐居

湖南茅屋里,避世隐墙东。瀹茗知泉味,栽桑助女工。
高歌牛背笛,稳棹艇头风。忆昔天随子,相逢乐在中。

孙 嵩(1238—1292)

还邓觉民诗卷

南山竹可笛,北山桐可琴。得如听松风,中有太古音。

夜泊垂虹

蟏蛛无晴雨,横空不计年。长身欺浪渺,巨力厌风颠。
怀古方闻笛,题诗且住船。飞鸣中夜雁,何处得洲眠。

孙雄飞(？—？)

灵隐莲峰堂

堂开金色界,梵客为钩帘。山影碧侵座,水声清绕檐。
粉云埋石脚,珠露泣松髯。终拟携孤笛,凭栏唤玉蟾。

孙应时(1154—1206)

和真长木犀(其三)

长怜花月不相谋,月满花开得更休。待倚高楼吹铁笛,为君极意作吟秋。

雪窦妙高峰诗

绝壑高崖面面雄,一峰孤起白云中。山连飞瀑斜通寺,人在危亭半倚空。
把酒登临非易得,题诗摹写最难工。谁知妙意无穷尽,都在幽人一笛风。

沌 中 即 事

武昌西南云梦泽,水平不动玻璃碧。葭芦莽苍生暮烟,杨柳萧条带秋色。
北接沧浪南洞庭,八九百里荒荒白。一渠纤萦十日行,巧避江涛如过席。
平生闻说沌鱼美,满篮不受百钱直。我来涨潦渔者稀,罾网高悬钓竿掷。
苇屋人家绝可怜,欲没未没三四尺。倚树为巢苆作床,剥菱炊菰自朝夕。
青裙皂髻长儿女,城市繁华岂曾识。屋头一艇是生涯,丁算未必逃官籍。
迢迢客路几叹息,茫茫宇宙何终极。有酒无鱼莫浪愁,独醉月明听吹笛。

孙子光(？—？)

榴皮题壁(其一)

黄鹤楼中吹笛罢,洞庭湖畔醉吟余。剑光如宝无人识,却记榴皮几字书。

谭用之(？—？)

河桥楼赋得群公夜宴

芙蓉帘幕扇秋红,蛮府新郎夜宴同。满座马融吹笛月,一楼张翰过江风。
杯黏紫酒金螺重,谈转雕珰玉麈空。深荷良宵慰憔悴,德星池馆在江东。

秋宿湘江遇雨

江上阴云锁梦魂,江边深夜舞刘琨。秋风万里芙蓉国,暮雨千家薜荔村。

乡思不堪悲橘柚,旅游谁肯重王孙。渔人相见不相问,长笛一声归岛门。

江边秋夕
千钟紫酒荐菖蒲,松岛兰舟潋滟居。曲内橘香江客笛,字中岚气岳僧书。
吟期汗漫驱金虎,坐约丹青跨玉鱼。七色花虹一声鹤,几时乘兴上清虚。

唐　庚(1071—1121)

鸭　步
伏波江面莹如磨,忽尔崩腾作沸涡。横笛未终平似板,此中端有万蛟鼍。

东邻二首(其二)
肯听寒梅缓缓消,笛声夜夜到溪桥。怪生不似关山月,新向城中得征招。

云南老人行
云南老人老无力,藜杖支腰陇头立。道逢蜀客话平生,时复仰天长太息。
自言贯属泸水湄,泸水边徼滨獠夷。夷人之性类蛇豕,频肆毒螫为疮痍。
十五年前多寇盗,一境骚然不相保。民禾收刈庑人家,戎马偷衔汝江草。
近来风俗都变移,卷却旌旃张酒旗。牛羊村落晚晴处,烟火楼台日暮时。
两眼昏花两鬓雪,喜见升平好时节。茅屋横吹一笛风,野店携归半瓶月。
问翁致此何因缘,道是江阳太守贤。鼓琴弦歌不生事,十年静治安吾边。
郑国国侨去已久,谁信人间准前有。异日刊为德政碑,请问云南陇头叟。

唐仲友(1136—1188)

续八咏·薰风夏更宜
夏更宜,更宜倚栏客。扇化养之清微,布丰美之涧泽。
空翠幄之桑柘,涨黄云之莽麦。扫园囿之落红,溢畎浍之疏白。
亘东西之人望,固高下之无择。响缫车于林野,度牧笛于阡陌。
消永昼于尊罍,散轻暑于绮纷。嘉宾可以娱,尘襟可以释。
俯槛草芊芊,怀人情脉脉。黄梅熟兮大霡,洪涛涨兮古渡。
前渚长兮长已没,浮梁断兮断无路。驻征客之行舟,失远村之芳树。
望青林之济溺,虑黄帕之为蠹。浪汹涌而未息,云冥蒙而犹固。
幸学海不为远,忽安流已如故。赤日照奇峰,绝壑召神龙。

奔雷过车响,急雨跳珠容。为霖利已溥,泼墨收无踪。
微凉入殿阁,朝爽开心胸。高明可居君莫厌,变化莫测吟可供。

续八咏·秋空月皎皎

月皎皎,皎皎飞明镜。涤风露以孤高,照溪山而清静。
协二气之金精,肃万物之西成。卷云衢之点缀,廓天路之澄清。
扫埃壒于玉宇,流沆瀣于金茎。泛林光于远野,转檐影于高城。
荡金蛇兮深浪涌,浸玉兔兮长滩平。射潜渊兮鱼龙动,冷巢栖兮乌鹊惊。
在冰壶兮心腑快,吸琼华兮毛骨轻。念远人兮怀塞北,依末光兮思承明。
颢气分深浅,素魄有亏盈。桥成牛女渡,日沈河汉倾。
光辉半八月,忧乐殊群情。肃肃渐寒色,远雁向南征。
此景皆奇绝,兹地独峥嵘。当午夜之寥阒,带远烟之蒙幂。
认遥山于微微,分近树于历历。急捣衣之寒砧,引泊舟之横笛。
繄赏心之难并,对兹焉真无敌。佳人兮怀哉,参已横兮归去来。

陶　弼(1015—1078)

春　野　亭

二纪看花瘴雾中,野园今日又东风。人心有感时时别,春色无私处处同。
长笛一声诸曲尽,巨觥双饮百愁空。风清水暖群鱼上,谁向荆溪占钓筒。

陶梦桂(1180—1253)

极高明楼饮散次韵二首(其一)

有景可观无远近,新楼真是极高明。水因雨过多新进,枫到年来独老成。
万顷烟波鱼得计,一天风月雁能鸣。醉余客散清愁入,嘹亮渔舟笛数声。

田　锡(940—1004)

李謩吹笛歌

洛阳少年称李謩,众推横笛多功夫。当时教坊第一部,算得比衣皆不如。
天津杨柳笼桥绿,胧月澹烟何处宿。不怕金吾禁夜严,偷得新翻禁中曲。
曲中次第能记持,尽向乔栏暗谱之。性聪心慧归来习,分明把向月中吹。
五音嘈囋相揳出,呼宫吸徵尤奇崛。谁羡曹纲善琵琶,未说阳陶能觱栗。
缠声不断如连环,重声忽转如回山。清新不比落梅曲,飘飘乍象霓裳翻。

碎节繁音交恚骕,南箕鼓风箫籁窄。一斛明珠一索穿,撒落金盘催曲拍。
铮拟大抵声雄豪,历历出群宫调高。丰隆惊得蛟螭起,雨趁云随初啸噑。
每到换头多顿挫,一声忽迸疑轰破。玲珑只许牙枝催,清脆不容他乐和。
宫城响应声更辉,夜静月明诸处闻。何人懒忆马南郡,知予已胜桓将军。
明皇上楼初听得,听罢沈吟都不测。宣令遍询坊巷中,旋使王人捕入宫。
李暮悉心以实封,皇慈由是宽其罪。后来落魄如散仙,扁舟玩月江湖天。
绣囊探出金线管,扬眉舐唇徒自怜。惊神动鬼吹一曲,指法尤高气海圆。
波浪无风帖然静,千里水面铺轻烟。水族精灵潜鼓舞,老龙变见来相顾。
因将铁笛相对吹,李暮未识无惊怖。乃知艺但出众奇,不独人知鬼亦知。

汪梦斗(?—?)

无题(其二)

海风吹上一天秋,独卧扁舟自在流。倾尽酒壶人已醉,却横长笛荻花洲。

汪　莘(1155—1212)

九月十六日出郡登舟如钱塘十七日舟中杂兴(其六)

白云晚向山中出,白雾朝从水上生。三百里滩轰笛过,鬼神惊倒怒龙声。

送赵君十绝(其二)

醉把金鞭度绿杨,军民夹道笛声长。红旗千面诗千首,半杂风云入建章。

寿高秘书

万壑千岩映翠霞,越王城下竞传夸。青天白日秘书舫,乳燕鸣鸠内相家。
高浪趣潮沧海直,大鹏横击五云斜。自吹玉笛相为寿,昨夜菖蒲吐紫花。

汪　涯(?—?)

江行(其二)

秋光荡漾满行色,邻舟吹笛不堪闻。洞庭濯足一樽酒,夫君不来空白云。

汪炎昶(1261—1338)

二月食笋

土底寻鞭剖苗来,花敲社雨乍闻雷。髯奴功过难相掩,夭阏中郎笛管胎。

闻　　笛

荒村犬吠人犹行,惊乌乱啼山月明。南邻捣砧适复罢,何处吹笛秋更清。
疑含白龙堆外怨,恨不黄鹤楼中听。萤飞露下百草湿,倚风激烈思平生。

壁间古木新篁影有可爱走笔戏题

韦偃工古松,与可善枯竹。岂如君家素壁上,有此天然画两幅。
一株古木欹墙东,状如峨嵋山巅千岁万岁之枯松。
旁有笛材拔孤玉,扶疏枝叶带露而筛风。
天知君爱画,欲为发一哂。呼取羲娥作画师,借此二物为画本。
戏从君家壁间摹写之,一枝一叶俱无遗。傍人来见道是画,问如何画无能之。
元来画时不用诸葛笔、梁杲墨,别有妙法匿形迹。偷儿虽甚爱,看得卷不得。
或全浏亮或模糊,随时明暗有卷舒。报君若欲观此画,请跨金乌玉兔来其下。

汪元量(1241—1317)

望海楼独立

风吹腥气满楼台,独倚阑干十二回。天入越江龙逝去,雨昏吴市燕飞来。
旌旗闪闪千帆过,帘幕重重一笛哀。惆怅玉环何处在,海棠犹自向人开。

客感和林石田

细柳和烟舞湿云,落花随水送归春。门东□□□应噪,江上白鸥谁肯驯。
朱子不仁唐逆贼,□□□诳汉忠。离亭一笛悲风急,君赋秦州□□□。

临川水驿

羊角山高锁战尘,春风吹草绿孤城。鹊巢逊与鸠夫妇,燕幕能容雁弟兄。
今古废兴棋一著,萍蓬聚散酒三行。悲歌曲尽故人去,笛响长江月正明。

巴　　陵

重到巴陵秋正清,岳阳城下系孤舲。江湖万里水云阔,天地一凉河汉明。
月出洞庭鱼婢舞,气蒸云梦雁奴腥。篙工又鼓潇湘柁,渔笛渔榔上下鸣。

送皇甫秀才下荆州

西南多胜概,挟策缓周旋。笛弄五溪月,棹摇三峡天。
楚江萍似斗,太华藕如船。归橐应无价,人争秀句传。

汪 藻(1079—1154)

己酉乱后寄常州使君侄四首(其四)

春到花仍笑,时危笛自哀。平城隆准去,瓜步佛狸来。
地下皆冤肉,人间半劫灰。只今衰泪眼,那得向君开。

舟行遣兴五首(其五)

渺渺竟何向,滔滔难与论。雁书鸣笛野,雪缟过帆村。
夜寂人谁语,江流月自存。莫令漂泊梦,千里到修门。

次韵向君受感秋二首(其一)

且欲相随首蓿盘,不须多问沐猴冠。菊花有意浮杯酒,桐叶无声下井栏。
千里江山渔笛晚,十年灯火客毡寒。男儿几许功名事,华发催人不少宽。

王安石(1021—1086)

江 上

江水漾西风,江花脱晚红。离情被横笛,吹过乱山东。

秋兴和冲卿

云浮朝惨淡,风起夜飕飗。欲作冰霜地,先回草树秋。
征人倚笛怨,思妇向砧愁。为问随阳雁,哀鸣岂有求。

游杭州圣果寺

登高见山水,身在水中央。下视楼台处,空多树木苍。
浮云连海气,落日动湖光。偶坐吹横笛,残声入富阳。

次韵徐仲元咏梅二首(其一)

溪杏山桃欲占新,高梅放蕊尚娇春。额黄映日明飞燕,肌粉含风冷太真。
玉笛悲凉吹易散,冰纨生涩画难亲。争妍喜有君诗在,老我翛然敢效颦。

次韵平甫金山会宿寄亲友

天末海门横北固,烟中沙岸似西兴。已无船舫犹闻笛,远有楼台只见灯。
山月入松金破碎,江风吹水雪崩腾。飘然欲作乘桴计,一到扶桑恨未能。

松　江

宛宛虹霓堕半空,银河直与此相通。五更缥缈千山月,万里凄凉一笛风。
鸥鹭稍回青霭外,汀洲时起绿芜中。骚人自欲留佳句,忽忆君诗思已穷。

见远亭上王郎中

高亭豁可望,朝暮对溪山。野色轩楹外,霞光几席间。
树侵苍霭没,鸟背夕阳还。草带平沙阔,烟笼别戍闲。
圃畦荷气合,田径烧痕斑。樵笛吟晴坞,渔帆出暝湾。
登临及芳节,宴喜发朱颜。夹砌陈旌旟,搴帘进佩环。
观风南国最,应宿紫宸班。康乐诗名旧,芜音讵可攀。

次韵信都公石枕蕲簟

端溪琢枕绿玉色,蕲水织簟黄金纹。翰林所宝此两物,笑视金玉如浮云。
都城六月招客语,地上赤日流黄尘。烛龙中天进无力,客主歊然各疲剧。
形骸直欲坐弃忘,冠带安能强修饰。恃公宽贷更不疑,箕倨岂复论官职。
笛材平莹家故藏,砚璞坳清此新得。扫除堂屋就阴翳,公不自眠分与客。
知公用意每如此,真能与物同其适。岂比法曹空自私,却愿天日长炎赫。
公才卓荦人所惊,久矣四海流声名。天方选取欲扶世,岂特使以文章鸣。
深探力取常不寐,思以正议排纵横。奈何甘心一榻上,欲卧颍尾为洁清。
贤愚劳佚非一轨,顾我病昏惟未死。心于万事久翛然,身寄一官真偶尔。
便当买宅归偃休,白发溪山如愿始。看公戮力就太平,却上青天跨箕尾。

王　柏(1197—1274)

题玉涧八景八首(其六)

落日下大野,江边渔事收。小舟横断岸,长笛一声秋。

题时遁泽画卷十首(其六)

巨石耸鳌脊,飞泉漱雪涛。一声何处笛,呼雨到江皋。

牧歌寄谦牧翁

山前群羊儿,群羊化为石。山后谦牧翁,双牛挂虚壁。
仙佛道不同,妙处各自得。我来牧坡上,牧翁已牧出。

风行麦浪高,日暖柳阴直。沙平草正软,隔林数声笛。
试问翁牧意,著鞭还用力。牵起鼻撩天,蹋地四蹄实。
渴饮菩提泉,饥来噍刍苾。步行颠倒骑,神光背上射。
因悟角前后,通身白的皪。勿使蹊人田,毋乃失其职。
舍策脱蓑归,人牛两无迹。

王 寀(1078—1118)

浪　花

一江秋水浸寒空,渔笛无端弄晚风。万里波心谁折得,夕阳影里碎残红。

王 谌(？—？)

嘉熙戊戌季春一日画溪吟客王子信为亚愚诗禅上人作渔父词七首(其四)①

满湖飞雪搅长空,急起呼儿上短篷。蓑笠具,画图同,铁笛声长曲未终。

王 从(1119—1178)

句(其二)

凉风回远笛,暝色带归舟。

王大受(？—？)

句(其六)

远笛招幽响。

王得臣(1036—1116)

句(其二)

高高苍苍高不极,黄鹤楼中吹玉笛。

王 珪(1019—1085)

宫词(其一三)

夜深独倚栏干角,玉笛横吹弄月明。余响度云无处觅,人间闻得两三声。

---

① 薛嵎《渔父词七首(其四)》内容与此诗相同,不再重复收录。

有　感

闻笛更怀旧,望鸿难寄音。西风行客泪,明月故人心。
离恨江波阔,归期岁景深。何时紫溪隐,尊酒起狂吟。

挽董澜溪二首(其二)

嗜学尝忘味,说诗堪解颐。竹林虽晚会,濠上独深知。
兰畹无留馥,凤巢空旧枝。停云正愁望,横笛未休吹。

王和中(?—?)

刘　公　亭

槛外长江江外山,江光山色远相连。人耕桑柘无穷地,鸟渡烟云不尽天。
寒日竹笼沽酒市,晚风笛起钓鱼船。

王　令(1032—1059)

梅　花

晓枝开早未多稠,屡嗅清香不忍收。万木已知春尽到,百花常负后来羞。
东风也合相和暖,腊雪无端欲滞留。满眼萧疏正堪惜,莫将横笛起人愁。

王卿月(1138—1192)

长 淮 晚 望

目断长淮渺莽中,孤城突兀倚层空。寒砧几许递秋信,渔笛一声横晚风。
龙吐晴云岚气白,鸦翻落日水天红。扁舟今夜宿何许,赤壁断矶芦苇丛。

王十朋(1112—1171)

宣和乙巳冬大雪次表叔贾元实韵

天公昨夜屑琼花,三尺深深晓更加。柳不待春先起絮,梅非因笛自飞华。
牧羊大窖人何在,驻马蓝关路更赊。安得晴天开万里,行人愁思渺无涯。

次韵濮十太尉赏梅

春向群芳顶上来,可人风味亦奇哉。未于茅舍疏篱见,先为金枝玉叶开。
竹外横斜才数点,笛中摇落已千堆。因公撩我惜花意,深忆去年湖上杯。

王　随(973—1039)

句(其二二)
村重晚笛吹遥岭,渔舍寒罾晒夕阳。

句(其二六)
雨霁烟波帆挂晓,月明楼阁笛横秋。

王庭珪(1080—1172)

和读书台入夜即事二首(其一)
池底星光个个添,半钩斜月吐纤纤。数声寒笛西风下,人在朱楼卷暮帘。

夜坐听沅江水声二首(其一)
雨过风林生夜清,坐邀明月正关情。渔童酒醒莫吹笛,要听一江秋浪声。

观竞渡次壁间绝句四首(其一)
共坐南窗待月明,云间忽见大江横。钓鱼船上谁家笛,吹出骚人万古情。

庐山道中寄送聂名世
村远孤烟起,山明晓雾开。人行万松里,路过九江来。
此去日千里,其如肠九回。淮南酒楼近,玉笛不胜哀。

次韵杨廷秀临安小楼不寐之什
坐待银蟾上,寒禁酒力加。霜清群动息,雁过几行斜。
楼角犹吹笛,天街又走车。客眠终未稳,人语已争哗。

草堂东桥玩月
坐看冰轮碾太清,赤栏桥下水先明。光从蟾兔窟中出,人在鲸鳌背上行。
地隔里门无俗客,楼高邻笛有新声。此时迥绝非尘境,更听天鸡第一鸣。

二月二日出郊
日头欲出未出时,雾失江城雨脚微。天忽作晴山卷幔,云犹含态石披衣。
烟村南北黄鹂语,麦陇高低紫燕飞。谁似田家知此乐,呼儿吹笛跨牛归。

从叔君冕见访山间自云平生躬耕钓无求于人中有至乐令某作诗写其萧散之状为赋此篇

青鞋布袜绿蓑衣,满目秋江白鸟飞。小楫扁舟乘兴出,斜风细雨钓鱼归。
有间茅屋临苍巇,寻个樵夫上翠微。闲趁牧童吹短笛,倒骑牛背入柴扉。

西园探梅三首(其二)

东阁官梅未有诗,竹林斜出两三枝。临风玉面如相识,残雪江头想更奇。
立尽小桥溪上影,谁将清调笛中吹。犯寒倾倒先春色,万木寒凝冻不知。

酬梁宰惠游永新百韵诗

闻君跋马禾川道,攀辔遗民识辔环。满野悲风蟠蔓草,数声渔笛下汀湾。
云藏甘露峰头寺,路接青湘雨后山。触思便能成百韵,偶题僧壁不须删。

王 学(?—?)

谢刘本玉先生惠簟

南朝笛竹蕲为良,织成文簟瑠璃黄。旧物正尔冷如铁,此君无奈寒如霜。
山斋溽暑正六月,野人清梦迷三湘。卷舒随分且藏节,作诗为报刘中央。

王 炎(1138—1218)

和许尉小洞庭韵(其二)

少时耕钓为生涯,早知臭腐空神奇。一丘一壑有佳处,人弃我取如拾遗。
晚将数雏就斗食,非愿厚禄多如茨。山林习气今尚在,前身疑是王献之。
君王垂拱似虞夏,朝野多暇时雍熙。公庭日晡凫鹥散,屦齿小穿山径蹊。
隐仙一见即首肯,百钟索酒倾琉璃。湖山亦为开画笥,烟霏空翠俱熹微。
幼舆风度极洒洒,计然策画徒规规。苍松奋鬣倚风啸,候雁张羽粘天飞。
君山洞庭日在眼,不复引领巴丘西。急呼泓颖共著语,境胜颇与诗相宜。
诗成却忆梅子真,乌用一官黄绶为。江头谁是吹笛叟,为公度此琼瑶词。
唤起群龙出平湖,属渠扶柁从东归。

王 洋(1089—1154)

题徐明叔海舟横笛图

莫爱一掬水,海阔观狂澜。莫爱手中月,空明海上山。

人生适意贵如此,前度徐郎在千里。喷云裂石天宇高,夜寒水冷鱼龙起。
世间俗客贪昏睡,波涛不识神灵意。更令叠奏数曲终,鲸山会作玻璃翠。
画工妙手今无几,可惜徐卿今老矣。醉中睡起百忧宽,与君一笑西风里。

和张中大(其二)

忆昔开元夜宴图,锦为方丈玉为壶。但夸北里楼吹笛,谁问长安米胜珠。
事去牵连难雪耻,愁来陪奉长霜须。兔园岩穴皆时彦,一斗青精过刻符。

和朱秘校惠诗二首(其二)

短檠灯火几经秋,古远人疏道不伴。可惜诗书架三万,不如奴婢橘千头。
颜回赋禄唯箪食,林类当春亦破裘。见说老人怀旧事,梦中吹笛更能不。

王义山(1214—1287)

古意二首(其二)

东篱采秋菊,秋菊清且香。采之欲寄谁,聊以寓感伤。
感伤何所思,故人天一方。故人日以远,思君岂能忘。
瞻望兮弗及,西山倾夕阳。黄昏人倚楼,一声笛何长。

王渔壑(?—?)

月 夜 登 楼

维舟古柳傍严城,借我今宵倚晚晴。一笛清风秋万里,半楼残月夜三更。
客怀耿耿清樽窄,世故悠悠白发生。醉倒拍床谁唤醒,辘护声里辨长庚。

王之道(1093—1169)

和魏定父早春十首(其八)

怪来庭砌堕寒梅,风笛数声清以哀。两日枯肠餍蔬笋,不堪茗碗发轻雷。

和秦寿之中秋玩月三首(其三)

肠断江城敛暮烟,一声清笛短亭前。扬舲共喜风初转,戏彩当期月正圆。
水落双溪和石出,霜余叠嶂与云连。令人暗想昭亭路,屈指归来又四年。

和胡德辉增明轩

钓鱼聊复效詹何,肯向青山较少多。身世自怜巢幕燕,利名谁鉴扑灯蛾。

风前逸气舒长笛,酒里清愁到短歌。安得梧桐来鸑鷟,一鸣千古继卷阿。

次韵张进彦见寄二首(其二)

鼻息齁齁尽日眠,从他儿辈竞嘲边。那知问对成中说,自得逍遥喜内篇。雪里书来檐噪鹊,灯前诗就鼎凝烟。中郎去后人难继,漫诧柯亭富笛椽。

秋兴八首追和杜老(其二)

巉岩石壁半敧斜,茅栗丛中菊渐华。风里断鸿书带草,山头飞叶汉浮槎。柂楼索莫吟秋笛,戍火青荧咽暮笳。争似渔翁最萧散,晚来和月卧芦花。

华亭风月堂避暑

大哉天休何穹窿,惟王配天居域中。东西南北乃四裔,盛德可使车书同。吾皇中兴继商武,小雅不复歌车攻。年来幽障灭烽燧,梯航万里来夷戎。华亭濒海古岩邑,商民填委百货通。雕题交趾在何许,但见巨舰浮苍龙。国家怀远固有道,缓征薄税垂无穷。名官市舶司置长,往往所任多名公。洪侯才望在人右,暂此出使良忡忡。使台雄胜压湖水,飞桥百尺如垂虹。作堂枕水傍风月,想见浩气盘高空。我来五月过淫雨,炎云烈日方爔爔。登临不独眼界豁,一洗烦暑清心胸。偕行相遇二三子,吴赵与我并王钟。高谈亹亹到莫逆,围棋把酒还从容。轻风拂拂动襟袖,明月炯炯窥帘栊。湖光十顷碧上下,身世恍在玻璃宫。何人倚槛正横笛,数声裂石开云峰。忽然琵琶又继作,馨此百榼谁能供。夜阑归去不成寝,卧听湖外鸣丰隆。

过富池题澄江阁二首(其一)

晚日千峰色,秋风万里情。望云双目眩,渴雨寸心倾。有客诗方就,何人笛正横。渚烟萦别浦,江月动前楹。草木腥犹在,生灵痛未平。伤哉一杯酒,北向酹边城。

王志道(?—?)

侨寄山居霍然几月凡见之于目闻之于耳者辄缀成绝句名之曰田园杂兴非敢比石湖聊以写一时闲适之趣云尔(其二)

幂幂黄云麦垄秋,牧童横笛倒骑牛。百金买得葫芦扇,持向田头蔽日头。

王　铚(？—？)

同赋梅花十二题·风前
清香自满不因风,花气迷人处处同。只与吹开又吹落,春愁已在笛声中。

舟行扶病访王文孺曜庵且蒙和赐佳章次韵为别
西风过雨冷孤云,客路衰骸与病亲。烟渚好横今夜笛,云林还忆旧时人。
凌空丹药传岩客,照水红莲赋洛神。老泪数行伤别尽,自怜无可更沾巾。

王　质(1135—1189)

题东林姚贵高书屋
　　岛屿深沉碧,溪花淡薄红。连山收宿雨,当户进凉风。
　　暮霭孤村外,斜阳一笛中。西山起明月,未放酒杯空。

王　周(？—？)

泊姑熟口
　　杳杳金陵路,难禁欲断魂。雨晴山有态,风晚水无痕。
　　远色千樯岸,愁声一笛村。如何遣怀抱,诗毕自开尊。

早春西园
　　引步携筇竹,西园小径通。雪敧梅蒂绿,春入杏梢红。
　　静意崖穿溜,孤愁笛破空。如何将此景,收拾向图中。

王　灼(？—？)

宿毗沙院诸友相送
　　出门风喧号,半道雨飘洒。行役已堪厌,投宿小兰若。
　　葱笼林樾中,一径仅容马。古屋数十椽,佛事走村社。
　　王赵两故人,清诗壁间写。读遍已曛黑,尚有相送者。
　　见可逞雄辩,诪诪欲唇哆。伯威弄长笛,哀音振原野。
　　子仁喜捷敏,德常号醇雅。来共一夕寒,樽酒肯屡把。
　　明朝定西去,山路泥没踝。此地当回首,想见烟苒惹。
　　平生受性僻,所至徒侣寡。因诗记离忧,踟蹰孤灯下。

王 镃(?—?)

喜 凉
吹笛何人在小楼,夜深不下玉帘钩。凉风敲落梧桐叶,片片飞来尽是秋。

湖上晚望
酒醒湖光生嫩凉,卧船吹笛藕花香。游人尽逐莺花去,一片闲情在夕阳。

梅花三首(其一)
茅屋寂寂烟冥冥,纸帐晓眠人未起。天风吹动笛声寒,春满江南冰雪里。

初夏三首(其二)
牧笛无腔雨似烟,菜花成子日如年。人家火养春蚕快,要趁工夫下早田。

宿胡雪江吟舍
萧萧叶落响风枝,隔壁无情笛又吹。一缕碧烟灯烬落,主人眠熟客醒时。

赤城李丹士
频年游岳洞,灵迹记无差。学得长生术,常留锻死砂。
笛吹苍岛月,鞋踏赤城霞。又欲腾空去,寻仙到九华。

湖山即景次尹绿波
湖山掩映雁潭秋,今古诗人说胜游。绿柳影分骑马路,赤枫叶落钓鱼舟。
前坡风送归樵笛,别墅云藏卖酒楼。长记寻梅冰雪里,毡靴驼帽鹔鹴裘。

韦 骧(1033—1105)

咏八仙·横笛
不是乐繁音,吹扬兴自深。数杯醇酎罢,更学水龙吟。

和孙叔康探梅二十八韵
腊过春将近,江梅想已苞。逢时在南国,探信出东郊。
径雪晴初扫,河冰薄易敲。寻香望林隙,惊素辨山坳。
跃马回宾雁,飞旐慑蜡猫。初芳得消息,喜气自并包。
岂待莺声促,宁忧蝶足跑。先容为桃李,脱迹远萧茅。
此日花神眷,他年驿使诒。前驺传已的,后乘听犹声。

独被阳功早,奚论地势硗。新葩同众阅,秀句仗谁抄。
湛湛尘缨濯,纤纤痒背抓。金丝才出苍,珠琲遍攒梢。
攀折诚难忍,将承亦旋教。重疑仙界种,复过岁寒交。
莹洁疏情窦,精神动目窅。贪幽频倚杖,薄晚倦回鞘。
有酒安辞醨,无鱼孰叹庖。轻裘忘拥腋,短发任垂髫。
坐不娱歌舞,盘非贵烙炮。量尊钟与鼎,器隘斗兼筲。
勇作先春计,甘从玩物嘲。琼英行渐盛,玲赏莫轻抛。
次第笞兵酿,随宜馔野肴。投闲集簪履,尽日卷旌旐。
陇笛终当起,涂歌或载呶。空枝徒取恨,片片若为胶。

和久中闻笛

风摇古木影萧森,何处飘来暮笛音。杳杳迥如天上曲,悠悠不减陇头吟。
未逢明月心犹恨,却忆残梅兴亦深。幽思萦回长不断,欲量应及数千寻。

又和忆小园梅花

为忆新梅发旧枝,勇操吟笔对晴晖。幽香不到青绫被,冷艳应迷白羽衣。
忽忽屡经春色改,纷纷或傍笛声飞。只疑渴想高情剧,频向冰厅有梦归。

和潘通甫六月十二夜月

去望犹三夕,光华宛矣同。炎天几及半,午夜喜当中。
爽气乾坤满,清辉宇宙通。恍瞻银界白,遽失火云红。
庭叶霜花泛,池波雪色融。闾阎消烈暑,寥廓散轻风。
快若离深甑,飘然出大笼。秋毫归一鉴,宿翳却千重。
谁弄桓伊笛,徒思范蠡篷。魁杓俄转北,箕尾渐回东。
林静疏瑶圃,桥虚卧玉虹。余凉入幽室,暗雾泫深丛。
纬象光仍小,银河派自洪。依希太清境,仿佛广寒宫。
鸟宿群疑定,人闲万虑空。调琴闲对客,酌酒旋呼童。
莫语身兼世,休论萍与蓬。且来明月下,举白听梧桐。

卫宗武(?—1289)

过安吉县梅溪二首(其二)

纵步历前村,翛然幽趣深。鸣鸿归别渚,倦鹊立寒林。
烟树远横带,云甍高耸岑。随风数声笛,清绝似龙吟。

晚眺(其二)

病眸犹远眺,惟恨鬓霜侵。稻色云连亩,桂香风满襟。
野桥横落照,晚磬出幽林。牧笛数声外,明霞衬碧岑。

魏了翁(1178—1237)

和虞永康梅花十绝句(其五)

轻寒玉蓓试新妆,已识微酸一点黄。生意溶溶无间断,何须闻笛为沾裳。

登万象楼和计次阳韵

尘缨羁我身,对景慵著语。青山唤倚栏,壮气临颍汝。
曾云卷油幕,万岭眇烟缕。酒阑一横笛,楼前叶自雨。

魏新之(1242—1293)

春日田园杂兴二首(其二)

野景入时务,东风飐满锄。笛声牛出后,酒味燕来初。
谷种天心在,桑枝帝泽余。红尘几飞鞚,肯信有农书。

魏　野(960—1020)

秋霁草堂闲望

草堂高迥胜危楼,时节残阳向晚秋。野色青黄禾半熟,云容黑白雨初收。
依依永巷闻村笛,隐隐长河认客舟。正是诗家好风景,懒随前哲却悲愁。

文天祥(1236—1283)

龙雾洲觉海寺次李文溪壁间韵

阇黎钟后访团蒲,江色漫漫昼欲晡。一笛梅边何满子,千襄芦外笔头奴。
急风吹雁还家未,新雨生涛到海无。本是白鸥随浩荡,野田漂泊不为孤。

山中即事

携壶藉草醉斜阳,白鹤飞来月下双。芦叶西风惊别浦,芭蕉夜雨隔疏窗。
千年帝子朱帘梦,一曲仙人铁笛腔。若问山翁还瘦否,手持渔竹下寒江。

山中呈聂心远诸客(其一)

谁入山来问野舟,一篙花外渡深流。小鼙风树蹁跹鹤,浅约湍沙浩荡鸥。

湖上有时思洛社,人间何处不滁州。徘徊才是黄昏候,短笛先催月上楼。

江　行

日日看山好,山山山色苍。忘机鸥下早,恋厩马行忙。
松晓清风湿,荷秋流水香。短蓑吹铁笛,年岁大江长。

别谢爱山(其一)

绿绮知音早,青灯对语迟。那知今雨别,又重故人思。
山隔诗情远,云含客思悲。小楼今夜笛,莫向月中吹。

病愈简刘小村(其二)

倦余心似醉,病起首如蓬。黄竹断桥雨,白蘋长笛风。
仙仙鸥屡舞,呫呫雁书空。孤负秋来眼,闲挑爨下桐。

用前人韵赋招隐①

钓鱼船上听吹笛,煨芋炉头看下棋。剩有晚愁归别浦,已无春梦到端闱。
去年尚忆桃红处,好景重逢橘绿时。珍重山人招隐意,猿啼鹤啸白云飞。

罗山长存叟兄弟来谢宴山中

天开盘谷隐,春到浣溪家。一水楼台影,满山桃李花。
春风寄横笛,夜月拟乘槎。政好逢佳客,江空北斗斜。

题楚观楼

西风吹感慨,晓气薄登临。半壁楚云立,一川湘雨深。
乾坤横笛影,江海倚楼心。遗恨飞鸿外,南来访远音。

和衡守宋安序送行诗(其二)

方共衡云把酒杯,春风吹向郁孤台。雁将回处惊帆落,花未开时怯笛催。
别草可堪游子去,寄梅应为故人来。临行笑觅凝香谱,十驾那追逸骥材。

改题万安县凝祥观

古道松花空翠香,风前鬓影照沧浪。飞泉半壁朝云湿,啼鸟满山春日长。
须信神仙元有国,不知蛮触是何乡。道人横笛招归鹤,坐到斜晖上壁珰。

---

① 文天祥《赠黄终晦》内容与此诗相同,不再重复收录。

山中泛舟觞客

便作乘槎客，萧萧骨发清。尊前山月过，笛里水风生。
半夜鱼龙沸，三秋河汉明。雪堂眠二客，梦与白鸥盟。

和谢爱山晚吟韵日晚与客散步因诵夕阳虽好不多时之句谢爱山欣然赋之余亦率然口占以和亦一时之乐也

日落未落天沧凉，悬崖挂壁留余光。紫烟翠雾空迷茫，飕飕度壑松风长。
牛背短笛催归忙，飘飘逸兴空悠扬。襟怀洒落万虑亡，须臾薄暝山色藏。
长歌浩浩相激昂，淡云弄月微昏黄。

文　同（1018—1079）

上亭北轩对月吹笛得才元舍人昭华引醉霜月草堂吟皆诗谱也（其一）

潋滟金波泻碧空，隔霜寒影下征鸿。夜深一笛昭华引，吹满千岩万壑中。

上亭北轩对月吹笛得才元舍人昭华引醉霜月草堂吟皆诗谱也（其二）

群山暝色烟开后，远水寒光雨过时。今夜何人醉霜月，卧听缑岭玉参差。

上亭北轩对月吹笛得才元舍人昭华引醉霜月草堂吟皆诗谱也（其三）

涪江东岸有云林，峦岭萦回涧谷深。何事迟留未归去，强颜犹唱草堂吟。

蒲氏别墅十咏·方湖

风交蒲苇乱，烟断凫鹥飞。日暮一笛起，扁舟垂钓归。

夜静独登小阁有所见因书

危阁横空蔽野扉，夜深来上久忘归。水光潋滟和烟动，云色褵褷夹月飞。
隔岸苇村闻笛远，背湾松坞见灯微。此间自得吟中乐，不觉霜华满尽衣。

吴公惠酒因谢

山城物色正严冬，梅放长梢露小红。破萼未深聊敌雪，收香不密任随风。
尽教插满金钗上，休管吹残玉笛中。须至开筵召佳客，为公连夜赏郫筒。

山城秋日野望感事书怀诗五章呈吴龙图（其二）

已是秋阴更夕曛，乱山高下起寒云。危楼愿见客何处，远笛不知人厌闻。
身外流年波渺渺，眼前生事叶纷纷。此愁万斛谁量得，直为重拈庾信文。

十月梅花

十月冻墙隈,英英见早梅。应从九地底,先领一阳来。
紫膜纷纷脱,黄肤迤迤开。得风浑自变,与雪欲成堆。
细晕轻檀口,浓妆腻粉腮。月娥身解写,青女手能裁。
冷艳浮冰沼,清香落玉杯。只忧融乳酪,不惜露琼瑰。
避妒情堪重,禁寒术可猜。有谁怜寂寞,尽日独徘徊。
共语诚无计,将题耻不才。东邻夜夜客,莫放笛声哀。

文彦博(1006—1097)

嘉祐中余尹河南与少师李公明龙图董巨源集贤王伯初同游龙门渔者得鳜鱼数十尾以助杯样饮兴皆欢日月云迈几二十年感旧念游作忆鲈诗乃思鲈之比也(其二)

追思洛社闲游伴,屈指于今大半亡。若到龙门更闻笛,定知悲感似山阳。

登江楼

飞观接江干,乘闲独凭栏。鲜云横列岫,芳草蔽遥滩。
梅笛吹渔浦,荃桡泛鹭湍。登临谢康乐,寄远折瑶兰。

翁卷(?—?)

京口即事

长流当下流,铁瓮此为州。前代多名迹,闲人欲遍游。
夕阳波上寺,明月戍边楼。一曲渔家笛,生予无限愁。

旅泊

几日溪篷下,低垂困水程。喜因山县泊,略向岸汀行。
闻笛生羁思,看松减宦情。遥知此夜月,必照故山明。

翁森(?—?)

宿山中田家

欹坐颓檐醉浊醪,松油烧尽夜萧骚。儿童十岁能吹笛,嘹亮一声山月高。

吴 芾(1104—1183)

醉中偶有所感再成一绝
倒著山公白接䍦,尚怀前日醉娥眉。江山风物还如旧,只欠波间玉笛吹。

何彦清梅诗二绝用韵颇严诸公相率同和(其一)
清愁幽恨不禁春,寂寞池塘雪意昏。寄语高楼莫吹笛,夜寒留取伴龙孙。

会使帅郭侯燕于采石
高牙大纛拂层云,樽酒相逢楚水滨。千里江山俱入眼,一天风月解留人。横吹玉笛渔船晚,醉拥金钗绮席春。此地谪仙归去后,谁知今日兴尤新。

吴 光(?—?)

句(其一一)
笛弄一声横钓艇,月明千里上层楼。

吴 珩(?—?)

梵 安 院
山腰小径细于绳,山鸟关关喜弄晴。黄菊有情留客醉,白云无事伴人行。野流合处堪分字,草药拈来欲问名。回首渡头诗思逸,渔舟一笛晚风清。

吴 可(?—?)

和 人 闻 笛
邻笛声哀不自安,转移宫调几多般。梦回飞蝶三千里,月照高楼十二栏。别鹤唳长秋露重,老龙吟苦夜潭寒。清愁一晌知何限,待启菱花向晓看。

吴龙翰(1233—1293)

冬夜(其一)
读罢床头一卷易,晚风冻尽铜壶滴。起傍危阑啸一声,月明何处人横笛。

春 晚 野 步
寻花篱下蝶牵引,酌酒林间鸟劝酬。山色不随春态老,笛声自起夕阳愁。

夜泊富阳

片帆东去一鸥轻,消得天公十日晴。新酒一尊诗几首,故乡千里月初更。
烟收山翠揩摩净,风软江波熨贴平。苦是狂怀费消遣,船头吹笛到天明。

行春次俞兄韵(其一)

几日春愁不出行,园林又是了清明。春风桃李一场梦,夜月江山千古情。
吟倚长松伺鹤到,坐临钓石看云生。此怀不解自拈出,漫语离骚入笛声。

古 岩 寺

古岩灵迹异,故故兀吟鞍。石溜溅棋湿,松风泂笛寒。
露华僧衲重,曙色佛灯残。白社开何日,谈经上石坛。

层 翠 楼

结楼书屋傍,独占林塘幽。飞檐瞰寒碧,照影虹霓浮。
层峦万苍翠,峭屼生戈矛。黛眉与螺髻,故故含娇羞。
此时楼中人,片心随白鸥。风吹乌纱帽,露滴紫绮裘。
白云入我望,逸兴何悠悠。沆瀣供晨餐,酌以碧玉瓯。
朝暾散朱景,咽约十二楼。愿言追黄鹤,致身八极游。
慷慨笛声发,满楼明月秋。

吴　潜(1195—1262)

五用喜雨韵三首(其三)

家家获稻积如岑,不问山椒与谷阴。沽去村醪醹酿味,吹来陇笛管弦音。
餔儿喜笑迎郎罢,馌妇欢欣就藁砧。雨玉雨珠无此景,须知造物用情深。

十一二用喜雪韵四首(其三)

长安贫者再炊难,臛肉苍头饫舌端。食雪自应还猛将,饮冰只合付清官。
尚兴塞外鸣弦想,剩欲江头把钓看。只恐逢他吹铁笛,骨寒股战失吾胖。

吴惟信(?—?)

寄何宜斋(其一)

野笛雨中吹,楼高客梦危。春风在何许,披拂好花枝。

雨中闻笛

霜竹凄清带雨喷,湿烟粘草近黄昏。谁教吹暗千林绿,不道飞花正断魂。

吴伟明(?—?)

偈 一 首

毒蛇猛虎空相向,铁壁银山漫自横。长笛一声归去好,更于何处觅疑情。

吴锡畴(1215—1276)

夕 阳

夕阳牛背数家村,一笛声中欲断魂。人世百年双短鬓,不知禁得几黄昏。

渔 父

笭箵尽自了生涯,岸尾沙头即是家。入夜醉归横短笛,满江明月浸芦花。

闻 笛

乾坤沈万籁,风露杳双清。城近更初转,山空月正明。
揽裘寒意重,看剑壮心惊。迢递谁家笛,凄凉此夜情。

秋 夜

寂寂虚堂风露凉,边声惊听雁南翔。短筇梦涉秋三径,长笛思乘月一航。
老眼添昏如浊镜,吟怀多感类寒螀。久知拙不趁时样,肯羡东邻斗靓妆。

山 行

策蹇又山行,看山不识名。平林秋后薄,叠嶂日边明。
云近侵衣湿,泉幽照影清。归樵饶乐意,笛弄两三声。

吴则礼(?—1121)

神堂道中听后骑短笛妙甚而花柳已有思涧流溅溅可喜

从来十八拍,笛里更清新。著处是浅笑,可人惟晚春。
末扳红簌簌,且揭碧鳞鳞。小雨为我止,鹁鸪长自驯。

泛汴寄清侄

莫咤别愁关老鬓,且论幽讨入奇怀。忽思白鱼淮海去,付与清秋鸿雁来。
不为督邮聊转柂,要呼从事试登台。老夫正想西风笛,江北江南安在哉。

和魏道辅铜雀砚

寂寞漳河绕故宫,悠悠千古付飞蓬。当时流落干戈际,今日埋藏尘土中。
楚岫月明芒屦远,湘江春尽草堂空。提携愿逐先生去,闲咏滩头一笛风。

黄伯钧示诗因次韵

鬓毛萧瑟强儒冠,尘土追随意已阑。午枕梦回书帙乱,暮林秋老雨声寒。
百骸久悟岁月速,一室讵知天地宽。忽忆玉虹孤笛夜,曲肱终约听鸣湍。

夏　竦(985—1051)

和集贤相公摄事出郊

台衮承严祀,传呼出禁城。挖坛将错事,总驷暂观耕。
盈止逾周颂,康哉叶舜赓。满篝登大穗,首种达初萌。
行馌家为黍,要朋户捧罂。川长应万耦,树密尽三荆。
有相神休茂,多欢国誉荣。余粮充近甸,遗秉富陪京。
碓罢春粱熟,机闲织素成。休牛鸣笛起,会绩远灯明。
路有遗金在,村无吠犬惊。熙熙难遍纪,徒仰泰阶平。

项安世(1129—1208)

题上遇雨

风声千岩万壑,雨意三江五湖。横笛平生幽愿,小舟归去良图。

次韵王少清告归七首(其三)

何处秋光好,田园占一邱。短镰朝刈秫,长笛暮归牛。
酒熟邀人饮,鸡肥与妇谋。傍篱开竹径,插竹护蔬畴。
试上西郊望,翛然此兴悠。

次韵当阳沈知县送行

尔行欲何之,触热官里去。官今有何急,须尔不得住。
借问年几何,四十倏已暮。前途更如此,所著真几屦。
明廷集夔襄,古乐遍韶頀。独吹牛背笛,焉往不得悟。
但闻湘山好,藏室锁烟雾。平生独往梦,恍惚至其处。

胡张骨已冷,学者半新故。谁能用师说,九守立坚戍。
闲持一青笠,往唤洞庭渡。飞上祝融峰,晴云擘轻絮。

萧德藻(？—？)

古梅二绝(其二)

百千年藓著枯树,一两点春供老枝。绝壁笛声那得到,直愁斜日冻蜂知。

萧立之(1203—?)

开元天宝杂咏·妖烛

烛似无情还有情,酒边故故弄昏明。宴酣尽道谁能觉,□□□□玉笛声。

谢　翱(1249—1295)

五言近体二首(其二)

月离孤嶂雨,寻梦下山川。野冢埋鹦鹉,残碑哭杜鹃。
妓收中使客,民买内医田。到此闻邻笛,离情重惘然。

哭　所　知

总戎临百粤,花鸟瘴江村。落日失沧海,寒风上蓟门。
雨青余化血,林黑见归魂。欲哭山阳笛,邻人亦不存。

谢　逸(1068—1112)

梅六首(其五)

杨花榆荚风流浅,秾李夭桃气味凡。只有寒香无俗韵,不烦吹笛恼毵毵。

送王禹锡(其二)

西风撩竹作秋声,勾引诗人太瘦生。安得昭华吹玉笛,满船明月送君行。

梅(其二)

琼酥滴滴缀斜枝,想见香心未吐时。但有仙人殷七七,从教横笛月中吹。

陪通守承议游铁山书堂

斩新气象旧书堂,堂里幽人璧一双。雨洗花光红绕舍,风摇竹影碧含窗。
山横云外青螺髻,树列檐前翠羽幢。城上乌啼归棹急,笛声嘹亮月澄江。

熊道裕（？—？）

中宫院

我昨投文清泠渊，稍责老龙多睡眠。铁笛穿云久寂寞，作诗唤起刘高禅。
刘高豢龙与龙语，一夜风雷共谋雨。雨师荷锸破天河，阿香应门觅桴鼓。
不用栾巴西噀酒，那用出龙烦鲁叟。殷勤寄语望云人，高僧自是调元手。
今朝夏抵明日秋，一夕不雨还自休。南陌沾濡北阡渴，东邻感激西家愁。
安得黑云如漏卮，处处家家田作池。予有钵饭便可饱，雨我公田遂及私。

熊　禾（1247—1312）

赫曦台四景·中宵皓月

赫曦日夕真奇绝，最好中秋看明月。竦身飞上第一峰，不觉清寒近天阙。
初离海角犹朦胧，行到天心转光洁。今宵端正照山河，长笛一声愁欲裂。

熊　瑞（？—？）

和胡文友冷斋口号（其一）

一声暮笛穿云裂，数点昏鸦破雨飞。
惆怅满颠丝样白，倚门伫立望谁归。

徐安国（？—？）

清音亭

山川无古亦无今，只在游人得趣深。
洗耳屏除筝与笛，来贤几个是知音。

徐德辉（？—？）

夜寓舟中①

秋气清如水，推篷夜不眠。芦花新有雁，莎叶尚鸣蝉。
断梦疑堪续，哀吟最可怜。渔童看月上，吹笛舵楼前。

---

① 徐照《舟中》内容与此诗大致相同，仅个别字词有异，不再重复收录。

徐逢原(？—？)

赠张淡道人

铁笛爱吹风月夜,夹衣能御雪霜天。伊予试问行年看,笑指松筠未是坚。

徐　积(1028—1103)

谢张先生出示铁笛

南阳张老本仙才,铁笛其形亦怪哉。辄莫片时吹便已,凤凰非独待箫来。

和蹇受之·笛

清而劲者笛为奇,哀绝孤高更不卑。日暮谁人凭楼处,月明离妇捣衣时。
何烦作赋摅师愤,最好倾心破主疑。一弄便能歌怨曲,唐衢义哭合相随。

赠陈留逸人(其一)

不知何许人,忽在陈留市。生来无得失,物则有泰否。
春时看物生,秋冬看物老。大意寓之笛,余情付云鸟。
无处不可居,不问江与湖,亦不问田庐。今夜入城市,往往呼狂夫。
狂夫胜独醒,以身葬江鱼。

雪(其二)

君看飞雪竞翩翩,云将争驱正著鞭。人望已酬残腊后,物华兼值早梅天。
招沽北椽输平日,走马西州忆少年。漏屋旋消濡弊褐,破窗穿过湿余笺。
蹄涔易见真洼满,粪土难辞伪色鲜。席户冷灰人削迹,朱门热炙客摩肩。
纷纷万事还如此,寂寂幽怀尽舍旃。流水明中争趁月,断鸿深处独藏仙。
谁家渔棹空闻笛,何处樵村只见烟。最好耕农相贺了,牛衣醉卧夕阳田。

雪(其六)

江西词客休刺船,马上俊郎休弄鞭。且看满城花落地,恰如穷谷晓时天。
松林独干凌坚操,麦垄疏毛白少年。犬信宜将筒护纸,鸿书须用帛为笺。
月中两艳非投暗,物里千形不较鲜。最好一环围井口,有时数点露山肩。
纷来上相挥长麈,侧去诸卿蔽曲旃。水畔谁为佩珠女,车中人是行云仙。
吟裁笛竹清梅瘦,忽爨琴桐湿更烟。近日无钱酬酒媪,且教借卖漫翁田。

呈路倅

三十年居官,而无一椽屋。随身清风高,所至义行足。
今兹尽室来,何可久船宿。奴僮已暴露,勿使乏饘粥。
也须谋外物,种取柳与菊。记取节节高,爱我茅檐竹。
其时花尽落,手把麦黄绿。公酌我须醨,公吟我须续。
慷慨见怀抱,静介无所欲。最是谒祠堂,老泪潸可掬。
迩来六七岁,病叟头已秃。万事置浮云,壮气自满腹。
感激论忠义,犹爱唐衢哭。更思桓野王,把笛吹一曲。

和杨掾月蚀篇

元丰之元岁戊午,斗柄斜指西南维。月行赤道日南陆,营丘分野星虚危。
昨夕既望复今夕,盛若不损盈不亏。安知变起在顷刻,突如有物侵其肌。
其始色变甚苍黄,须臾赤黑相合离。良久烟焰极薰燎,一团白玉烧为灰。
黄琮苍璧不可辨,枯株死兔将安归。孰乌其吻吞巨皿,孰丹其汗流墨池。
如食非食始为薄,有物无物不可知。虾蟆何物敢张口,麒麟何故敢争斗。
是何星曜敢侵犯,自是其形不可久。君不见对月数眉毛,须臾引臂不见手。
嗟吁天上之神物,乃有如此事。所蔽至甚不可解,凶而家室亡而身。
不然借使幸而免,后世讥笑遭恶名。君不见汉朝贾生文有余,其心大勇其才疏。
当时如必用其术,纷纷不免危其躯。晁错堂堂蔽于刻,公孙规规蔽于谀。
谷永之才蔽权势,有若鹰犬供指呼。霍光虽贤亦有蔽,何不早去显与冯子都。
刘歆致位为国师,岂若扬雄久以为大夫。蔽于太高李膺辈,蔽于已甚陈蕃徒。
窦武不断蔽可痛,柬之不忍蔽可吁。王允所蔽在无权,荀彧所蔽不早图。
萧瑀之蔽入于佞,王衍之蔽失之虚。牛李虽奇蔽朋党,机云虽俊蔽附趋。
王导蔽怨杀周颛,遂良蔽诬杀刘洎。崔浩蔽强杀其身,所蔽若此甚可畏。
我爱安世真朴忠,匿名远世归至公。有私见求坚不许,以私求谢绝不通。
诸葛武侯为将相,心迹皎然无所枉。有罪至亲而必诛,有功虽仇而必赏。
谢安知婿王国宝,不以身蔽能辨早。人心自是说而服,不顾四肢与肝脑。
苻坚之师号百万,一战而北若摧槁。我吟此篇不足录,却忆唐衢忠义哭。
古人今人何择焉,大抵人心蔽多欲。月之所蔽惟须臾,须臾蔽去明如初。

人之所蔽何太甚,至于终身不悟不可除。
月乎月乎,明哉明哉。善去其蔽,何速之如。
君子法之,所以改过。贤者法之,所以知非。
勇决之徒,所以奋发。感慨之徒,所以嘘欷。
我虽老且病,龊龊无所为。
犹能对月吟歌诗,安得慷慨之士如桓伊,把笛为予吹。

徐集孙(?—?)

湖西纳凉

小艇撑过第一桥,酌泉桥下掷诗瓢。来游道院分荷供,拟拉吟僧遣鹤招。
暮霭直从渔笛起,月华高过塔灯遥。且于静处偷清福,人海惊人涌似潮。

静　中

静中白日十分迟,唤起乡心怯子规。客味有如杯水淡,宦情肯被一尘缁。
瓶储余粟缘供鹤,俸乏零金为买诗。坐久不禁春雨暗,谁家楼上笛频吹。

徐　觊(?—?)

送　友　人

高帆且莫张,月色满离觞。此夕一何短,去程如许长。
落梅吹怨笛,微雪洒行装。去去深山里,因高莫望乡。

徐鹿卿(1189—1251)

爱山堂七绝句(其二)

大峰舒肆小峰峭,帘幕中间坐五侯。立断斜阳吟不透,一声牧笛满林秋。

徐　瑞(1255—1325)

余自入山距出山五十五日竹屋青灯山阴杖屦忘其痴不了事矣随所赋录之得二十首·听笛

有客携笛来,一声山石裂。老子据胡床,东峰方吐月。

寻梅十首(其七)

项里苔梅妙天下,蜀苑梅龙天下无。放翁诗酒白石笛,二老风流不可摹。

寻梅十首(其九)

烟芜牧笛不胜哀,梦绕西湖几百回。应是诗人有余恨,断桥流水为谁开。

晚步用简斋韵

沉沉万竹间,舟行欲佳适。樵儿未归来,笛声在苍壁。
我本非隐沦,偶得喧中寂。延缘不知疲,小径光已夕。

田园(其四)

斫桐作秧马,断木刳泥船。咄此至微物,当趁岁月闲。
阿童御觳觫,吹笛前山前。迎我相指似,村西吹晚烟。

题金翁牧牛歌后

我幼在田间,颇识牧牛趣。寒蓑烟雨林,短笛斜阳路。
十年陷世网,自悔一念误。归来丘壑中,幸不失吾素。
平生爱颜阖,宁戚非所慕。古今乐此事,偻指自有数。
阿翁老无营,尺棰了朝暮。绝胜介葛卢,未鸣意已悟。
长谣远属我,真实见情愫。勿遣儿辈觉,千载有知遇。

徐 氏(?—?)

诗 一 首

絮如柳陌三春雨,花落梨园一笛风。百尺玉楼帘半卷,夜深人在水晶宫。

徐 铉(917—992)

柳枝词十首(其三)

长爱龙池二月时,毵毵金线弄春姿。假饶叶落枝空后,更有梨园笛里吹。

送魏舍人仲甫为蕲州判官

从事蕲春兴自长,蕲人应识紫微郎。山资足后抛名路,莼菜秋来忆故乡。
以道卷舒犹自适,临戈谈笑固无妨。如闻郡阁吹横笛,时望青溪忆野王。

寄蕲州高郎中

贾傅栖迟楚泽东,兰皋三度换秋风。纷纷世事来无尽,黯黯离魂去不通。
直道未能胜社鼠,孤飞徒自叹冥鸿。知君多少思乡恨,暗在山城一笛中。

和太常萧少卿近郊马上偶吟（其二）

抱瓮何人灌药畦，金衔为尔驻平堤。村桥野店景无限，绿水晴天思欲迷。
横笛乍随轻吹断，归帆疑与远山齐。凤城回望真堪画，万户千门蒋峤西。

徐　照（？—1211）

送翁诚之

又作巴陵县，南州旧有声。未凭湘水绿，能似长官清。
笛冷君山月，帆轻夏浦晴。五言多好句，颜杜减诗名。

猿　皮

路逢巴客买猿皮，一片蒙茸似黑丝。常向小窗铺坐处，却思空谷听啼时。
弩伤忍见痕犹在，笛响谁夸骨可吹。古树团团行路曲，无人来作野宾诗。

渔　家

阿翁年纪老，生计在纶丝。野水无人占，扁舟逐处移。
数鳞新柳串，一笛小儿吹。有酒人家醉，公卿要识谁。

许　棐（？—？）

夜泊长河

黄帽贪程夜泊迟，市楼灯火歇多时。满怀风月无分付，却借渔翁短笛吹。

许及之（1141—1209）

次韵才叔闻笛试灯二绝（其一）

叠石为山漫崛奇，玉峰欣对似相知。梅梢顶上吹霜笛，却惜流香过别池。

次韵才叔闻笛试灯二绝（其二）

相逢一笑即衔杯，梅与诗怀得共开。但有灯光并月色，不须元夕始重来。

再赋纪实

官身不办游山具，只有茶铛与笔床。旋买鲈鱼供箸美，却携玉友待樽凉。
同来稚子听情话，更有幽僧炷妙香。遥望画船云锦外，好风吹到笛声长。

题索笑亭（其二）

六出雪中宜，春藏向北枝。巡檐时一笑，玉笛且休吹。

跋谏长画轴后五王按乐图
玉笛床头取次横,自吹头管按新声。梨园旧谱今何在,一段风流画得成。

过 相 台
胡儿吹笛醉秦楼,月白风清只共愁。魏国九京如可作,锦衣能复故乡留。

次韵常之用前人韵赋梅花十绝(其七)
未点苍苔已点衣,遽辞修竹翠相依。若教笛怨歌催尽,宁受风吹雨打稀。

田家秋日词
晚禾未割云样黄,荞麦花开雪能白。田家秋日胜春时,原隰高低分景色。
寒栗挂篱实累累,角田已收枯豆萁。芋魁切玉和作縻,香过邻墙滑流匙。
牧童牧童罢吹笛,领牛山下急归吃。菜本未移麦未种,尔与耕牛闲未得。

欲雪怀度云新种梅三次伯晖韵
朔风动地天欲雪,涧底孤松定皴裂。忆梅已觉肠九回,赋诗敢爱肱三折。
帘疏香细度云前,想见娟娟媚晚烟。主人吟哦伴幽独,醉墨不惜花袍溅。
人与寒枝共修洁,未遣调羹笛休咽。贩马江头得句回,踏破蟾光敲镫铁。

次转庵寄用坡公赋梅韵
一夜酸风惊拉槁,雪压茅檐欹欲倒。孰知寒谷自能春,斗坼琼枝故相恼。
两年旧隐住容成,耐冷冲寒起常早。透窗疏影眠未佳,拥被孤吟诗易好。
别来问讯迥相忘,养就苔文从不扫。诗人云远岁云暮,自插一枝怜鬓老。
孤山在望不可到,惆怅余香委芳草。谁邀配食水仙人,长笛横吹倚苍昊。

许景衡(1072—1128)

秋 冬 思 家
钩帘危坐思悠悠,疏雨知人特地收。明月清风孤馆夜,寒砧短笛异乡秋。
我生志气谁相许,何日身心得自由。极目长天山隔断,吾家不见白云浮。

许 源(?—?)

和题落笔峒(其一)
袖拂仙风上翠微,山禽窥我怪儒衣。岩编石室真奇趣,烟盖云幢似远围。

彩笔不随仙子去,青峰空伴野云飞。我来续就承天赋,铁笛一声横鹤归。

许月卿(1216—1285)

云　边

云边人种麦,天际我归舟。月色轻寒夜,笛声何处楼。
久晴人渴雨,倦仕我思休。高士传闲看,东篱花正幽。

代仍六弟吊程贡元(其二)

嚚讼渐成俗,如君今岂多。仲尼仁者静,下惠圣之和。
夜月数声笛,春风一再歌。纷纷当泚颡,视此石嵯峨。

许志仁(?—?)

湖　上　吟①

谁家短笛吹杨柳,何处扁舟唱采菱。湖水欲平风作恶,秋云太薄雨无凭。
近人白鹭麋方去,隔岸青山唤不应。好景满前难著语,夜归茅屋望疏灯。

薛季宣(1134—1173)

江村闻笛

江村风色秋江渺,林薄无人闹幽鸟。长笛一声金吹寒,知有渔舟钓红蓼。

江行即事

春信潮声急,滔滔掩岸沙。客船离浦溆,渔笛起蒹葭。
荡桨水光碎,转山帆影斜。篙工指烟树,依约有人家。

严　粲(?—?)

月

只道今宵月出迟,云间不觉上多时。夜深花影如清昼,何处山头一笛吹。

夜　行　舟

忽报风波息,梢人倚柁看。开船星斗转,吹笛水云寒。
犬吠知村近,乌啼觉夜阑。儿童将白石,敲火趁晨餐。

---

① 章甫《湖上吟》内容与此诗相同,不再重复收录。

严 羽(1192？—1245？)

闻 笛

江上谁家吹笛声,月明霜白不堪听。孤舟万里潇湘客,一夜归心满洞庭。

颜 发(？—？)

和山间壁上陈子忠(其一)

路转山根草木香,天容水色两茫茫。渔人风里数声笛,飞过芦花幽兴长。

彦 修(？—？)

宿武夷宫(其二)

月满空山雪满溪,幽人何处吹龙笛。醒来和月倚虚窗,鹤翻松露滴云石。

杨 备(？—？)

太 湖

鱼舠载酒日相随,一笛芦花深处吹。湖面风收云影散,水天交照碧琉璃。

杨公远(1227—？)

再 韵

牧竖横清笛,骑牛引犊归。阴凝山仿佛,暝合树依稀。
风逼衣裘冷,天将雨雪霏。倚阑遥睇处,接翅有鸦飞。

寄东麓赵赞府(其一)

佐邑渍阳绰有声,文章政事冠群英。南墙松想乘闲咏,北海樽闻已戒倾。
横笛倚楼襟度逸,携琴带鹤宦情轻。结知当路交飞剡,行看除书下玉京。

平沙起雁

极目青山带夕阳,平沙漠漠水茫茫。几声渔笛芦花外,惊起斜飞雁一行。

次金东园农家杂咏(其二)

林下欹倾茅草屋,门前诘曲竹笆篱。数声清笛知何处,牛背斜阳牧竖吹。

杨冠卿(1138—?)

绝句(其二)

忽忆前时小院归,杏花墙角两三枝。夜香烧断黄昏月,缥缈邻家玉笛吹。

暮景(其一)

鞍马来殊方,祇园已秋寂。虚堂耿清夜,卧听寒雨滴。
永怀平生愿,浩荡谁与适。愁心正纷如,西风韵邻笛。

杨 杰(?—?)

题具区阁

阁占具区泽,登临万象奇。中秋月明夜,平旦日生时。
云淡雪千里,水澄天四垂。渔舟何处在,一笛顺风吹。

杨 蟠(?—?)

练江亭

寒光万顷淡高秋,粉壁朱栏净客愁。晚月萧萧闻落叶,晴天历历数飞鸥。
烟横绝岛疏难卷,月在平波莹不流。怀抱未忘知有处,且吟风笛醉沧洲。

华胥台

歌舞飘飘百尺台,半天龙麝散香煤。初愁翠袖凌风去,却骑飞鸾下月来。
云杪一声闻玉笛,露华千点落金杯。我缘众乐狂方盛,园锁从教日日开。

杨 适(?—?)

梅

冷冷疏疏雪里春,不轻吹笛付伶伦。出墙幽独窥邻女,临水横斜览镜人。

杨万里(1127—1206)

出永丰县西石桥上闻子规二首(其二)

怨笛哀筝总不如,一声声彻九天虚。若逢雨夜如何听,幸得花时莫管渠。

寄题朱元晦武夷精舍十二咏·铁笛亭

谁将点漆金,铸作孤竹笛。林外吹一声,震落千峰石。

宿张家店壁间有赵民则一绝句云舍策投床睡便浓觉来凉叶动西风惊秋念远无穷意客里知谁此夜同因次其韵

督邮不敌客愁浓，那更秋宵一笛风。公子何曾知许事，旷怀也解与人同。

月夜散策县圃有飞蝶仍闻笛声

月明未许人早睡，笛声解与秋争清。夜深不应有飞蝶，渠侬似欲伴人行。

感　　秋

旧不悲秋只爱秋，风中吹笛月中楼。如今秋色浑如旧，欲不悲秋不自由。

过磨盘得风挂帆

两岸黄旗小队兵，新晴归路马蹄轻。全番长笛横腰鼓，一曲春风出塞声。
鹊噪鸦啼俱喜色，船轻风顺更兼程。却思两日淮河浪，心悸魂惊尚未平。

中秋与诸子果饮

几年今夕一番逢，千古何人此兴同。酒入银河波底月，笛吹玉桂树梢风。
莫言秋色无多巧，净洗清光也费工。老子病来浑不饮，如何频报绿尊空。

月 下 闻 笛

天色镕成水，蟾光炼出银。碧香三酌半，玉笛一声新。
小婉还清壮，多欢忽苦辛。何人传此曲，此曲怨何人。

寄题南昌尉厅思贤亭

有客栖霞外，无名涴党中。南州一高士，东汉独清风。
旧国已禾女，荒阡犹石翁。更烦吹笛魄，端为洗榛丛。

安乐坊牧童

前儿牵牛渡溪水，后儿骑牛回问事。一儿吹笛笠簪花，一牛载儿行引子。
春溪嫩水清无滓，春洲细草碧无瑕。五牛远去莫管它，隔溪便是群儿家。
忽然头上数点雨，三笠四蓑赶将去。

舟 人 吹 笛

长江无风水平绿，也无靴文也无縠。东西一望光浮空，莹然千顷无瑕玉。
船上儿郎不耐闲，醉拈横笛吹云烟。一声清长响彻天，山猿啼月涧落泉。
更打羊皮小腰鼓，头如青峰手如雨。中流忽有一大鱼，跳破琉璃丈来许。

题李季章中书舍人石林堂

紫微仙人今太白,不爱好官爱奇石。顷从道山归雪山,一叶渔船一横笛。
船过宣池月满空,乘云飞上九华峰。十指一掇九芙蓉,和月擎取归船中。
归到雁湖秋水碧,万斛酒船舣九客。蟆颐诸峰作不速,不待折简登几席。
侬与石兄殊不疏,问讯别来安稳无。

纪罗杨二子游南岭石人峰

二子同游石人峰,深行翠筱黄茅中。初嫌微径无人踪,行到半岭径亦穷。
来时犹自闻鸡犬,且行且语不觉远。上头无梯下无岸,前头难攀后难返。
黄茅翠筱深复深,忽有笛声出暗林。草根一把牛骨骼,血点溅地惊人心。
二子相看面无色,疾趋山后空王宅。野僧闻此叫绝天,拊破禅床椎倒壁。
荒山岂有吹笛声,乃是卧虎鼻息鸣。二子归来向侬说,犹道兹游最清绝。
兹游清绝岂不佳,二子性命如泥沙。

题兴宁县东文岭瀑泉在夜明场驿之东

笋舆路转崖欹倾,只闻满山泉水鸣。卷书急看已半失,眼不停注耳细听。
石如铁色黑,壁立镜面平。水从镜面一飞下,蕲笛织簟风漪生。
石知水力倦,半壁钟作天一泓。水行到此欲小憩,后水忽至前水惊。
分清裂白两派出,跳珠跃雪双龙争。不知落处深几许,千丈井底碎玉声。
安得好事者,泉上作小亭。酿泉为酒不用曲,春风吹作蒲萄绿。
醉写泉声入柘木,何处更寻响泉曲。

延陵怀古·东坡先生

吹赤壁之月笛兮,瞻黄州之雪堂。弹湘妃之玉瑟兮,织天孙之锦裳。
招先生其来归兮,何必怀眉山之故乡。历九州而犹隘兮,诞置之祝融之汪。
酌乳泉以当醴兮,餐荔子以为粮。葺榕叶以作屋兮,托桃椰之荫以为堂。
驱海涛以入砚滴兮,挽南斗文星于笔铓。昌黎兮欧阳,视先生兮雁行。
韫不泄兮忠愤,炯不掩兮文章。乞镜湖兮九关,营菟裘兮是邦。
予之来兮云暮,与先生兮相望。视履迹兮焉在,问故宫兮就荒。
俯仰兮永怀,渺山川兮苍苍。

杨 雯(?—?)

宿 峡 市

人烟正摇落,楼笛颇清圆。老树依山驿,东风上峡船。
江湖万里外,灯火十年前。世路能令老,吾生且醉眠。

杨 亿(974—1020?)

次韵和衢州席刑部早秋

朱火荧荧向夕流,林间一叶忽惊秋。风来野渡闻渔笛,雾敛晴天见蜃楼。
艳爱芙蓉开幕府,香怜杜若老汀洲。使君鬓畔多玄发,临水登山不用愁。

属 疾

积日劳无补,弥天疾未瘳。马卿非避事,盛宪自多忧。
目眩花成果,心惊蚁斗牛。幽冰那浣热,洛笛更生愁。
拂枕窗风度,穿帘隙日流。唾壶从已缺,博齿亦慵投。
发箧寻桐录,支颐动越讴。平生江海志,夕梦绕沧洲。

杨则之(?—?)

早 梅

数萼初含雪,孤清画本难。有香终是别,虽瘦亦胜寒。
横笛和愁听,斜枝倚病看。朔风如解意,容易莫吹残。

雪霁观梅

荒园晚景敛寒烟,数朵清新破雪边。幽艳有谁能画得,冷香无主赖诗传。
看来最畏前村笛,折去难逢野渡船。向晚十分终更好,静兼江月淡娟娟。

姚 勉(1216—1262)

章钓仙吹铁笛善医眼与齿相说法尤高(其一)

穿云裂石笛声秋,兴在江湖一钓舟。贯柳无鱼囊有药,直钩应是太公钩。

章钓仙吹铁笛善医眼与齿相说法尤高(其二)

严于治齿要如军,治眼当如爱护民。此术尽堪为世用,钓鱼船上岂无人。

章钓仙吹铁笛善医眼与齿相说法尤高(其三)
眼眵书册隐庐蜗,健论谁听落齿牙。说起元龙湖海志,扁舟又欲出芦花。

叶　适(1150—1223)

送方书记兼简府主
我昔防江之下流,独许蔡子专军谋。未能奏效累丝发,已复负谤丛山丘。
小范兵精思虑远,片言坐折群疑满。幕僚无过只论功,登秩荐贤来衮衮。
上流蜀接更吴通,桑麻满里炊烟同。鹦鹉洲前长笛晚,黄哀蕲怨何时终。

叶　茵(1199?—?)

晚秋即事
曳筇独独倚柴扉,翠泼西山漾落晖。衲子顶云随雁远,牧童腰笛挽牛归。

出　郊
多谢天公佐好晴,只今载酒作郊行。飞花恋客闲中意,远笛吟春景外声。
已把物情归幻相,且将足力趁浮生。南堂办得休休计,燕雀充庭亦贺成。

水天一色亭上即事(其二)
得得寻幽到水天,开樽洗勺动庖烟。败欢红袖翻棋局,惯客乌衣拂坐边。
好景自应分半席,雅歌政不欠繁弦。黄昏未忍轻归去,长笛一声何处船。

易士达(?—?)

梅
月上吟窗疏影浮,暗香风动袭衣裘。温存留索巡檐笑,遮莫高楼起笛愁。

游九言(1142—1206)

华阳洞辞(其一)
河汉澈,碧霄晴,九华仙子到凡尘。凉夜山头吹玉笛,纤云卷尽月分明。

于　石(1247—?)

小三洞(其二)
洞门相对是吾家,朝看烟云暮看霞。铁笛一声山石裂,老松惊落半岩花。

次韵赵羽翁秋江杂兴(其二)

雁落芦花洲外洲,半川斜日独凭楼。笛声何处雁惊起,点破清江一片秋。

余 干(？—？)

和邓慎思未试即事杂书率用秋日同文馆为首句三首(其一)

零露沾明砌,凄风入邃闱。添愁虫劝织,惊梦鸟催归。
哀调孤吹笛,寒声远捣衣。飘蓬虽已久,今夜觉分违。

俞德邻(1232—1293)

次陈登父中秋游古竹院韵

闲过竹院听华严,结愿清香发旧龛。灏气半空浮桂魄,凉风三径拂松髯。
酒阑野兴归长笛,吟罢秋声落短檐。终日昏昏真醉梦,几时游屐更苔黏。

俞 可(？—？)

句

拂座好风来橘社,隔汀长笛过松江。

虞 俦(？—？)

和 太 守

岂弟循良守,功成意益谦。寻求七字律,想见一生廉。
活火烹茶蕊,消愁媚酒帘。南楼月华好,吹笛指须纤。

挽仙尉黄公诗

平生怀抱欲凌云,元祐名家盖有君。况是生儿胜武子,何须不第叹刘蕡。
伤哉未作河西尉,已矣还空冀北群。从此太湖风月夜,一声渔笛不堪闻。

和郡人汤倅中秋月

怪底今宵眼界宽,银潢不动蘸金盘。未应天上追时好,无奈人间别样看。
酒盏飘零惊鹤唳,笛声哀怨起龙蟠。经年不复南楼梦,且作三人取次欢。

和汤倅梅花韵

玉奴端不负花期,乞得东皇一笑归。淡扫娥眉怜虢国,半匀妆面妒徐妃。
有情立马留新恨,无赖啼禽送落晖。金铉政须和鼎实,莫嫌笛里浪惊飞。

喻良能(1120—?)

谢张使君惠簟

瘦玉敲风翠干长,织成漪浪莹沧浪。封题尚带鄱江润,卷赠犹余燕寝香。竹笛当年同秀质,桃笙何处避寒光。微躯讵足当珍赐,持奉亲闱枕扇凉。

喻 陟(?—?)

题吕元圭诗后

黄鹤楼边横笛吹,石亭窗上更题诗。世人不识还归去,江水云山空渺弥。

袁 枢(1131—1205)

武夷精舍十咏·铁笛亭

当年跨鹤翁,想在云深处。铁笛忽龙吟,万壑披霾雾。
遥知发天秘,踏破苍苔路。吹与众仙闻,来看晚题句。

袁似道(1191—1257)

月 波 楼

绣节移华屋,下照鸳湖阔。飞梯驾秋旻,杰观压云堞。
铢积日用间,经营妙无迹。图画划天开,景物劚地绝。
简静还乐邦,登览追逸辙。彩舫回波心,芳樽浮月夕。
清吟开酣饮,长啸杂横笛。新诗纪游情,□酒惊醉魄。
传看大轴盈,准拟坚珉刻。□□望其成,抑以观稼穑。

袁说友(1140—1204)

过道人矶

几年烟雨锁苍苔,咫尺侯门路不开。夜半一声横笛处,道人随月过山来。

过霞山小饮

霞山书院醉焚香,细雨轻阴见海棠。春动旧怀杯酒后,晚吹新恨笛声长。或红或白花饶笑,为整为斜草更芳。寄语风光易尘土,相看流转且相羊。

入山呈孙使君

平生懒慢岂能刚,身外微官似漫郎。不怪闲居为消渴,何劳多酌本醒狂。

雪晴欲试穿云履,背冷仍寻曝日床。为想骑牛破山碧,晚风吹笛野梅香。

岳　珂(1183—?)

舞鹤四绝(其三)

临皋亭下翩跹客,缟袂玄裳忆旧游。推户惘然寻不见,笛声犹认紫貂裘。

赵季茂通判惠诗走笔奉和十篇(其二)

山行事事宜,酒兴富于诗。云锦工何用,风帘酒圣知。
囊空须共赋,笛好爱孤吹。斟酌苍茫咏,凭高漫尔为。

赵季茂通判惠诗走笔奉和十篇(其九)

天巧与天宜,雕镂焉用诗。冥鸿吾自爱,隐豹彼何知。
牧笛方堪听,胡笳不奈吹。伤时烛之武,老矣不能为。

病中未能访邓德载督参大监戏赠二首(其二)

老来病是恶因缘,白昼明窗思悄然。欲住又倾连夕雨,半醒似醉困人天。
近拈吟笔尘欺砚,远想江楼浪拍船。满院杏花红欲放,何时长笛醉风前。

曾　巩(1019—1083)

酬材叔江西道中作

枉渚荒源百里间,草根经烧旧痕干。入陂野水冬来浅,对树诸峰雪后寒。
坞笛最宜风外听,岭梅初得醉中看。行寻故友心无事,不觉西游道路难。

游麻姑山

军南古原行数里,忽见峻岭横千寻。谁开一径破苍翠,对植松柏何森森。
危根自迸古崖出,老色不畏莓苔侵。修竹整整俨朝士,下荫石齿明如金。
遂登半岭望城郭,但见积霭萦江浔。冈陵稍转露楼阁,沙莽忽尽横园林。
秋光已逼花草歇,寒气况乘岩谷深。我驰轻舆岂知倦,倏忽遂觉穷嵚崟。
龙门谁来此中凿,玉简不记何年沉。泉声可听真众籁,泉意欲写无瑶琴。
斗回地势平如削,穤稌百顷黄差参。横开三门两出路,却立两殿当崖阴。
深廊千步抵岩腹,桀木万本摩天心。碑文磊嵬气不俗,笔画缥缈工非今。
世传仙人家此地,天风泠泠吹我襟。今人岂解不老术,可怪绿发常盈簪。

根源分明我能说,一室倾里输琅琳。相高既不拥耒耜,方壮又不持戈镡。
我丁轥轲岂暇议,直喜虚旷开烦襟。清谣出口若先构,白酒到手无停斟。
山人执袂与我语,留我馈我山中禽。玲珑当窗急雨洒,窈窕隔溪孤笛吟。
未昏已移就明烛,病骨夜宿添重衾。神醒气王目无睡,到晓独爱流泉音。
起来身去接尘事,片心未省忘登临。

曾　极(？—？)

冶　城　楼

裊裊疏林集晚鸦,钟山云气入檐牙。何人乘月吹长笛,夜看云陵百万家。

曾　几(1085—1166)

春　　晴

青春挽留渠不住,白发抛去吾安能。东风送汝一杯酒,从此闭户真同僧。
酴醾芍药待判断,腰鼓横笛当施行。奈何但效鹁鸠辈,竟日讨论阴与晴。

八月十五夜月二首(其二)

云日晶荧固自佳,幽人有待至昏鸦。远分岩际松枫树,复乱洲前芦荻花。
曳履商声怜此老,倚楼长笛问谁家。霜螯玉柱姚江上,作意三年醉月华。

翟　佐(？—？)

挽赵秋晓(其一)

　　当年汗漫期,蟾窟折危枝。四海习凿齿,三生杜牧之。
　　凄其一声笛,已矣八哀诗。忍看亭前柳,青青似旧时。

詹　羲(？—？)

系　　舟

石廪岩前系小舟,娟娟明月照清秋。仙人一夜吹长笛,三十六峰云尽收。

张伯玉(？—？)

题 月 波 楼

烟波万里浮舟国,云木华亭鹤唳乡。欲驻野王船一饷,数声风笛肯相将。

张道洽(1205—1268)

池州和同官咏梅花(其七)

不与百花竞,春风蓦地生。故将天下白,独向雪中清。
我辈诗仍要,谁家笛自横。岁寒堪共老,髯叟十年兄。

张 耙(?—?)

游 鲤 湖

暝云竹径湿苍苔,岩顶珠宫绝点埃。涧水远分山色断,林猿时带笛声来。
唐朝百载惟诗在,汉事千年若梦回。湖鲤犹传灵异迹,无人不道是天台。

张方平(1007—1091)

夜 意

群动已沈响,蛩吟时一声。露寒仙掌重,月午庚楼清。
慷慨闻鸡舞,悲凉感笛情。几多尘役者,凤驾待钟行。

张 釜(?—?)

句(其四七)

为语邻舟莫吹笛。

张 纲(1083—1166)

晚兴二首次人韵(其二)

衰草连云万木风,天高灭没见孤鸿。夕阳人散酒旗下,远浦船归渔笛中。
兀兀松窗翻蠹简,垂垂蓬鬓飒霜丛。自怜世味谙来惯,已觉忘辛似蓼虫。

次韵李彦达客舍秋怀

落日孤村静,凄风一笛秋。寸心灰欲死,双鬓雪添愁。
未报中原复,应烦肉食谋。独惭苏季子,计拙敝貂裘。

张公庠(?—?)

宫词(其一三)

仙籞梅开淡淡春,夜来微雨渗轻尘。风和日暖难凋落,不怕倚楼吹笛人。

357

张浍川(？—？)

寒　食

江城吹笛晚风斜,城郭人稀噪乱鸦。火冷烟青寒食过,家家门巷扫桐花。

张九成(1092—1159)

惠声伯窗前孤桐

只期翠影在窗栊,岂谓年余到碧空。自笑襟期惟我似,饱谙霜雪与君同。千岩夜月双溪外,一曲晚天横笛中。且向幽斋伴清致,会看廊庙奏薰风。

张　侃(1189—？)

次韵竹林玉老三首(其二)

我似吴牛喘月光,领疮磨鞅巧相妨。何时饱听林间笛,了却官租稼涤场。

秀　州　城　外

月色明于昼,闲登百步桥。天低云宿野,地远水通潮。
吹笛回宾雁,弯弓绊落雕。年来无片善,所得是风标。

张　耒(1054—1114)

怨曲二首(其一)

白首南朝女,愁听异域歌。收兵颉利国,饮马胡卢河。
氊布腥膻久,穹庐岁月多。雕窠城上宿,吹笛泪滂沱。

夏日十二首(其一二)

夜色川原合,秋声草木催。星辰随地阔,河汉写山来。
栖鹤凉先警,饥乌夕未回。高楼对斜月,鸣笛正清哀。

偶书三首(其三)

周郎战处沧江回,鱼龙荡潏山石摧。荆州艨艟莫举楫,走君不劳一炬灰。
当年雄豪谁复在,乔木荒烟忽千载。蕲州截竹作笛材,一写山川万古哀。

张明中(？—？)

邻　笛

璧云和云两不移,一天染就碧玻璃。生憎哽咽邻家笛,彼自追欢我自凄。

358

张　嵲（1096—1148）

和李少卿

独见凉蟾欲上时,西园爽气溢清池。坐欣万顷潮方满,欲举一杯谁与持。
虚阁排云空窈窕,青山绕郭自参差。气澄象表轮逾迥,光泛高林影骤移。
一岁佳时今鹜过,谁家横笛未休吹。城乌何事翻飞急,不学鹡鸰占一枝。

崇山图七贤诗

题舆意匠崇崖图,鲁侯为赋溪隐诗。长松短壑历可数,坐使妙境移于斯。
地灵神秀天所秘,豺嘷虺伏鬼莫窥。芟蓬扶翳快登览,若有异物阴相之。
嵌岩巉巢临汉浒,左拱右揖如追随。七峰远峙攒剑直,三溪旁缭萦带垂。
芳洲兰杜飞白鹭,沧浪渔艇牵钩丝。烟霏露融水鉴净,一声孤笛横云霓。
淑气亭亭扫般若,昂精灿灿栖明祠。幽寻眼力觑大巧,卜筑得此林峦奇。
堂如连舰岸若抉,呀成空谷洼为池。妙观观尽见觉性,静隐隐德腾光辉。
信美谁谓非云土,致爽自足和天倪。邓公之孙特不凡,渥洼绣鞯黄金羁。
胸中万顷九云梦,江湖宽旷贞以期。

张　祁（？—？）

平　沙

平沙漠漠雁翩翩,两岸菰蒲水拍天。小艇得鱼撑月去,一声孤笛破寒烟。

广　福　寺①

老去丹心在,愁来酒兴浓。江山遗古意,云水淡秋容。
落日孤村笛,微风远寺钟。平生善知识,却忆妙高峰。

张商英（1043—1121）

游　绵　山

夕阳返照影流东,点点寒鸦过远峰。渔叟罢竿收钓饵,牧童吹笛弄西风。
日光隐隐沉沧海,山色青青耸碧空。万壑千崖增秀丽,往来人在画图中。

---

① 张祈《秀聚亭》内容与此诗大致相同,仅个别字词有异,不再重复收录。

张　栻(1133—1180)

重九日与宾佐登龙山

晓风猎猎笛横秋,泽国名山九日游。万里烟云归老眼,千年形势接中州。丘原到处堪怀古,萸菊随时岂解愁。此日此心谁共领,朝宗江汉自东流。

张舜民(？—？)

梅　花

绿梢红萼虽能画,素艳清香不易吟。乱土无人逢驿使,江城有笛任君吹。

张　维(956—1046)

十咏图·玉蝴蝶花

雪朵中间蓓蕾齐,骤开尤觉绣工迟。品高多说琼花似,曲妙谁将玉笛吹。散舞不休零晚树,团飞无定撼风枝。漆园如有须为梦,若在蓝田种更宜。

张　炜(1094—？)

题夏训武珪画牛

枯木立数茎,断岸走千尺。旁有牧牛儿,放牛倚拳石。
牛闲芳草间,儿倦眠局蹐。画手笔入神,淡墨夺真迹。
凭谁唤儿醒,落日归路僻。觉来横短笛,吹断远山碧。

张孝祥(1132—1170)

寒　光　亭

亭依三塔占清幽,松竹环除翠欲流。晚色晴开千嶂月,波光冷浸一天秋。琼瑶影里诗僧屋,云锦香中钓客舟。风送不知何处笛,雁声惊起荻花洲。

舟中(其三)

乱山深崦小蹊斜,野水微茫浸断霞。一笛晚风生碧树,始知林里有人家。

张尧同(？—？)

嘉禾百咏·烟雨楼

妙手谁烘染,梳烟沐雨姿。一声长笛晚,人在倚楼时。

张玉娘(1250—1276)

题画·蔡确
楚水吴山作胜游,竹床石枕写离愁。晚烟何处吹渔笛,犹忆琵琶怨碧秋。

牧 童 辞
朝驱牛,出竹扉,平野春深草正肥。暮驱牛,下短陂,谷口烟斜山雨微。
饱采黄精归不饭,倒骑黄犊笛横吹。

张　埴(？—？)

答 吴 子 登
闲随川上弄晴漪,归饮无何政谓宜。云去但惊山朵朵,月明空想佩离离。
高楼长笛无人听,一日三秋有我诗。此意悠悠浮剑外,绿阴深处只莺知。

赤 壁 矶
秋清亦足发,弄水俯晴川。顾影非坡月,昂首是梵天。
人才三国后,边信十年前。吹笛归樊口,芦花落满船。

江 汉
桃花门外三月头,有美人兮眇中洲。泛呼木兰寂无语,举手相招老白鸥。
白鸥见人头上笠,洒洒西江雨痕湿。足知心事两相忘,翻然飞出青蘋立。
日斜何许一笛愁,西州回首望东州。春风吹水柳花落,不见鹤归江上楼。
楼前青青草尺许,中有能言两鹦鹉。声声浑不说他人,只谓祢衡骂黄祖。

书后村诗卷
我看后村诗,未许后生到。油然真意兴,流出好怀抱。
蜂蝶林中花,牛羊原上草。孤村来午馌,小涧生新潦。
扶孙行更健,阻雨归不早。买鱼船迸滩,畏虎樵争道。
客多待荷花,田少种粳稻。木龙有造化,野鹤无烦恼。
中秋月到笛,九日鞠上帽。东舍帘酥胸,西邻绩鬼貌。
剖开床头瓮,浇沃腹中稿。对灯舞傲傲,抚几歌浩浩。
明朝复何事,随意足幽讨。墙下负暄宜,腊前得白好。

金穰心愿遂，木刻足迹扫。此乐政无价，吾诗尤是宝。
清风百世下，持以见郊岛。持以见郊岛，岂不一绝倒。
岂不一绝倒，来迎玉山老。

张至龙(？—？)

峡　　口

峡深犹有路，泉远不知源。禽学乡谈语，山填野烧痕。
晚风樵笛坞，春日酒旗村。茆舍人耕罢，凫雏浴水浑。

张　镃(1153—？)

三月十四夜观月思南湖

期会纷然不到诗，拙哉前计只心知。纵当吏散庭空后，争似山行水泛时。
柳影半笼明处路，苇声轻窣暗边篱。波神擅此三更月，定讶今宵欠笛吹。

晓探晴观梅

天鸡催日界窗横，蹑屦看花兴便成。正尔飞霞舒彩佩，尽渠宿雨结珠缨。
飘零未带溪边笛，缥缈如临海上城。身世长吟谁会得，华祠梅市总逃名。

千叶黄梅歌呈王梦得张以道

笛声吹起南湖水，散作奇葩满园里。被春收入玉照堂，不逐余芳弄红紫。
一春开霁能几时，江梅正多人来稀。光风屈指已过半，赖有缃蕊森高枝。
今朝拄杖偏宜到，暖碧红烟染林草。悠然试就花下行，便有疏英点乌帽。
细看宝靥轻金涂，密网粲缀万斛珠。一香举处众香发，幻巧更吐冰霜须。
叵罗盛酒如春沼，不待东风自开了。呼童撼作晴雪飞，雪飞争似花飞好。
上都赏玩争出城，日高三丈车马尘。谁能摆脱热官与铜臭，肯学花底真闲人。
时平空山老壮士，不得灭秦报君死。鸡鸣抚剑起相叹，梦领全师渡河水。
吾曹耻作儿女愁，何如且插花满头。一盏一盏复一盏，坐到落梅无始休。
无梅有月尤堪饮，醉卧苍苔石为枕。醒来明月别寻花，桃岸翻霞杏堆锦。

张子文(？—？)

墨梅三绝(其三)

逸少池边发兴新，管城别作一家春。临风玉笛无人会，鬓发空归想太真。

章　甫(?—?)

鄂渚春光

黄鹤楼中月白,鹦鹉洲前水流。更有何人吹笛,空余春草关愁。

蒜山夜归

双双鸥鸟落苍湾,点点征帆返照间。多病久无钟鼎梦,忘机长伴水云闲。
江心古寺入图画,烟际好山如髻鬟。踏月归时闻短笛,津头知有钓舟还。

赵必𤦪(1245—1294)

和同社饯梅

花开春意动,花谢春意静。逋仙余诗魂,梦断孤山境。
飘零万斛香,冷落一枝影。玉笛声声愁,月浸阑干冷。
吟翁饯梅行,诗句真隽永。持螯醉酒船,呼童涤茶皿。
欲调宰相羹,且归状元岭。离骚不知音,激楚鄙郑郢。
惟有广平翁,心肠铁石劲。无花实更奇,此意要人领。
桃李儿女曹,眼底纷蛙井。酒醒动微吟,心下快活省。

赵抃(1008—1084)

和蔡黄裳节推外邑见贻二首(其一)

只应登雪峤,疑是有丹梯。雨后千山秀,风前一笛嘶。
平时空执珪,乐土不鸣鼙。目断依莲客,君东我自西。

和六弟抗江上书怀

一失已戚戚,诚哉勿尔为。因知贤者事,不与众人期。
别浦客帆卸,隔江渔笛吹。同行兄弟乐,还免动乡思。

次何若谷上巳游江

祓禊追修宴集开,山川聊为霁风雷。衣冠恺乐觞传羽,旗鼓号咙笛弄梅。
画鷁稳移随岸曲,珍禽惊避逐波颓。百城锦绣人如织,笑看使君乘兴来。

次韵腊月不见梅花

隔江气候不齐时,梅向杭开越上迟。春远未通蓬岛信,腊深先放武林枝。

岭头素艳从争发,笛里孤音却后期。虚白堂前攀折看,咏公诗句醉金卮。

题濯缨亭

静处高斋昼杜门,溪亭来往间开樽。钓台逸老心非傲,浮石仙人迹尚存。
对岸烟林双佛寺,隔滩风笛一渔村。濯缨岂独酬吾志,清有沧浪示子孙。

赵伯泌(?—?)

梅　花

绰约冰姿傍短墙,天香应不让花王。雪光相映精神爽,月色深笼意味长。
惟契竹松敦晚节,不随桃李竞春芳。漫将玉笛风前弄,留取宫人学汉妆。

赵崇嶓(1198—1255)

寅卯二年八月十五夜皆不见月

万里不自照,清光随雨休。可堪幽魄死,还似去年秋。
有笛悲遥夜,无人在远楼。共谁高枕卧,相与梦沧洲。

赵崇鉘(?—?)

狭　斜

吴姬凌寒吹玉笛,手僵误作迟迟声。却来抛眼调行客,中有二月东风情。
东风二月杨花满,伯劳朝啼芳思乱。狭斜绣毂易为愁,解后相逢莫肠断。

赵处澹(?—?)

偶　成

风约波痕远,云含野色低。村春向晚急,山鸟爱晴啼。
牧笛过蘋渚,溪船泊柳堤。旅魂招未得,窗草更萋萋。

月　夜

渔笛吹清夜,芦花深处闻。岸穷天拍水,山静月笼云。
蛩哽声声切,萤明个个分。任渠尘外事,城市日纷纭。

赵　鼎(1085—1147)

蒲中杂咏·披风亭

飞步临风亦快哉,雌雄何苦赋兰台。只凭一弄渔舟笛,唤得凉飙渡水来。

泊白鹭洲时辛道宗兵溃犯金陵境上金陵守不得入(其三)

月满沧江风水清,沉沉冰鉴照孤城。何人心绪犹无事,醉卧船舷一笛横。

定海路中观梅

傅粉生香作意开,柔情似欲挽人回。犹怜行役匆匆去,不是寻芳得得来。
姑射山头若冰雪,谢家林下绝尘埃。空江月落东风冷,谁并孤舟一笛哀。

大雪连日不已

日日愁阴惨不开,惊风和雪振穷埃。百年未省南州见,千里应随北客来。
塞马晓悲沙上月,陇人遥恨笛中梅。独怜寸草滋荣意,知道春从斗柄回。

赵鼎臣(？—？)

泛舟席上次韵祖武闻笛

虎槛留春色,龙吟入酒杯。响从天外去,妙向曲中来。
但可金樽满,何劳暮鼓催。独怜羁旅客,愁绝正徘徊。

次韵张衡父冬夕书事

横笛休吹且当挝,幽人梦短不禁茶。风琴不鼓自成曲,雪蕊无香犹是花。
瑚琏少时轻子贡,鹡鸰此日慕张华。劳生正是南飞雁,秋去春来讵有涯。

赵 蕃(1143—1229)

铁笛亭

怅彼荆榛合,欣公杖履开。倘非人隐异,何许笛飞来。

田家即事八首(其四)

波静童闲笛,舟横翁卖鱼。村村皆乐业,处处尽安居。

洞庭秋月

平湖万里宽,秋月一天白。隐隐岳阳楼,有人自横笛。

有闻若管吹者意儿童为之问之乃鸟有名竹管者其声政如是云作三绝(其一)

细听非笛复非芦,绝讶儿童底所呼。邂逅因之问何似,鸟鸣竹管自乌乌。

与硕父沈弟伯仲晚行河堤硕父欲作小亭于其上且云西南得山最多即其语作绝句

断水桥横独木过,西南尽处得山多。自嗟不及儿童乐,横笛骑牛稳下坡。

对　　月

风清胜夏暑,月薄借秋光。坐觉还神观,心期隔帝乡。
满阶蛩送感,何许笛飞凉。盘礴俄成久,轩然睡倚墙。

赵　奉(1086—1150)

初秋喜雨(其一)

长风吹出万山云,酿作甘霖四野均。畦背蓑衣牛背笛,津津喜色洽吾民。

赵　构(1107—1187)

渔父词(其一○)

远水无涯山有邻,相看岁晚更情亲。笛里月,酒中身,举头无我一般人。

赵　佶(1082—1135)

宫词(其七二)

月色凝辉照胆寒,水晶宫里望中宽。一声长笛来天际,谁学龙吟出指端。

赵　炅(939—997)

缘识(其四一)

二月寒食经新雨,开花绽柳人无语。近水溪边嫩枝条,攀折悠扬还似舞。
车骑园林看不若,村笛歌声更互作。光阴番次不因循,民安万岁家家乐。

赵郡守(？—？)

赠令狐使

□城昔有山,登临倚空阔。震凌谁负舟,荆榛披雉堞。
竭来亦期年,每每念陈迹。虽当补苴时,忍使胜览绝。
度材仿飞翚,开径通游辙。盍簪领嘉宾,举酬及良夕。
风清无规尘,夜寒听伊笛。茫渺挹天根,淡荡浮月魄。
景色逐时新,诗联怀古刻。楼成且志喜,平畴剩秋穑。

赵　企（？—1118）

宿普圆寺二首（其一）

芒鞋侵晓踏青霜，九里松阴引兴长。云雾浅深山变态，风烟舒卷水晶光。
千岩寒月笼疏薄，一笛西风度渺茫。短艇不来人意懒，谁知搔首正相望。

赵汝鐩（1172—1246）

招贤渡溪阁晚望

溪流清到底，十顷浸秋光。烟重山加色，风狂雁失行。
尘埃双老鬓，天地几斜阳。何处一声笛，征人暗断肠。

宿溪馆

投宿溪头馆，途长主仆饥。湿薪难便著，恶米更须筛。
风细帆来稳，山高月上迟。客怀正凄恻，渔笛蓼洲吹。

舟　夜

夜泊枫林岸，江平万籁收。松崖猿裊月，芦渚雁眠秋。
轩冕倘来尔，林泉归去休。客愁正无奈，孤笛起渔舟。

闻舟中笛

横笛秋篷底，衔山夕照残。孤音起水面，余韵到云端。
吹怨芦声惨，含凄雁影寒。有人江阁上，敛翠凭栏干。

久客写怀

一身千里叹飘零，鬓影萧疏已半星。云雁叫愁栏独倚，秋风吹面酒初醒。
尘埃南北何曾歇，日月东西不暂停。昏暮谁家数声笛，含凄喷怨要人听。

渔父四时曲·秋

新雁衔秋访水涯，分屯洲渚傍芦花。停桡相约结溪社，来往无嫌同一家。
酒酣把笛吹村曲，声曳兰风入山腹。钓竿到手万事轻，孰是孰非孰荣辱。
江楼邀月粉黛浓，簧璈嘈杂彻桂宫。笑指渔父何冷落，渔父掉头吾岂错。

迎仙引

羽人窟宅压沧溟，昆仑阆风天墉城。紫兰绛节跨彩凤，殷勤传命邀同盟。

七月七日凉秋霁,千官锵佩森幢卫。王母云车九色龙,上元霜袍三角髻。
刘彻屏息迎两仙,兜香涂门高馥天。星裳黼衮自酬酢,方朔窥窗不敢前。
金浆玉醴濯凡腹,红颗绚饤蟠桃熟。宴酬乐奏瑶池音,琅璈子登笛双成。
乞怜请药承华殿,教戒丁宁先自反。三尸欲脱毋淫乱,五性尽舍更勤俭。
各出数语针膏肓,此是长生度世方。彻心未悟益猖狂,万八千里周遐荒。
少翁栾大诛相继,海上何日无方士。
五柞宫中梦断时,铜盘玉露胡为不起死。

赵师秀(1170—1219)

简同行翁灵舒

久晴滩碛众,舟楫后先行。终日不相见,与君如各程。
水禽多雪色,野笛忽秋声。必有新成句,溪流合让清。

赵时远(?—?)

莺脰湖

莺去湖存事渺茫,梵宫占断水云乡。四围烟树浪涛阔,六月桥亭风露凉。
远近征帆归别浦,高低渔网挂斜阳。翠微深处一声笛,惊起眠沙鸥鹭行。

赵 文(1239—1315)

戴 嵩 牛

荒草茫茫一笛风,摩鸣未必牧人通。归鸦落日江南野,何限人间真戴嵩。

赵文昌(?—?)

自金山泛舟至焦山饮吸江亭

金山据上流,怒挟汀声东。焦山护海门,坐折千里冲。
两山势欲合,盛气薄苍窍。解纷谁巨擘,赖有疏凿功。
至今买余勇,角立相长雄。两皋汗漫游,目击大块中。
手持一杯酒,浇尔磊块胸。鱼龙出鼓舞,摩荡青莲宫。
山灵自不凡,感激欣相从。因笑魏与吴,乾坤两鸡虫。
悠然一带水,往事寻无踪。夜深何处笛,呜呜起西风。

赵希彩(?—?)

旅中闻笛

清宵难独寐,谁把曲来讴。曲里声声思,离人辗转愁。

赵希逢(?—?)

和题莲花壁间

乱云翠拥千层盖,拳落时听雨打声。长笛隔江吹晚霁,水光月色两分明。

和题丹青阁(其二)

回合江流作梦环,谁将杰阁幻人寰。身腾寒碧临无池,目断空青送远山。渔笛一声蘋蓼末,烟帆几片水云间。求田问舍非吾事,高卧何人似我闲。

赵希㯭(?—?)

秋夕(其二)

半枕小窗幽梦蝶,数声何处寄书鸿。关山千里人归晚,肠断烟林一笛风。

赵希迈(?—?)

渔 人

问利问名总不知,生涯付与一轮丝。四时风月俱还我,万顷烟波说向谁。霁后短蓑和笠晒,醉来长笛倚篷吹。此怀惟有诗人识,除却诗人只楚词。

赵 湘(959—993)

野 步

原野宜秋步,支筇日欲斜。断桥时立鸟,疏草露行蛇。细雨沾梨叶,微风过稻花。坡西又吹笛,烟火两三家。

寄湖州刁殿丞

白蘋溪湛五亭寒,物象全宜谢守闲。秋尽棋声过竹寺,雨余诗思落茶山。鸟依高树和烟宿,人钓清流带月还。池馆有情多入梦,近来谁在笛声间。

赠兰江鞠明府

笛里声飘柳色寒,县斋深在白云间。孤吟夜倚琴边月,半醉秋登宅后山。烟径树清苔藓长,雨塘人散鹭鸶还。兰舟有客题诗望,溪上家家晚唱阑。

秋夜舟中作

酒醒身计正悠悠,泽国如萍信水流。独夜听鸿深浦宿,坏篷连雨一灯秋。
年来自觉新诗澹,江上谁怜旧业优。肠断山家数声笛,不知孤客在孤舟。

闻 晓 角

一声初起晓光浮,吟笛啼猿亦暗羞。清动月华犹满树,冷呼山色欲归栖。
时萦别馆侵灯过,偶带凉飔入梦流。谁会酒醒倾耳听,近来沙塞不吹秋。

秋晚舟泊桐江

严子陵边水自流,夕阳无语倚松舟。乍逢风月羞为客,及到溪山识尽秋。
移树断蝉初过雨,立沙孤雁偶随鸥。乡心旅思何人会,芦苇萧萧一笛幽。

寄雪川刁殿丞十二韵

柳浑曾吟郡,中间遇牧之。留连皆往日,寂寞偶多时。
物象应无改,轩车自有期。忆山辞阙早,采药上官迟。
泽国闲堪赏,公堂静好窥。扫苔红叶过,临水白蘋移。
树石秋供画,汀洲晓入诗。讴谣渔父得,孤洁鹭鸶知。
笛外风含酒,楼中月照棋。野田耕带雨,寒井汲和澌。
城郭烟霞近,人家橘柚垂。会须寻此景,况与二公宜。

赵 旸(？—？)

奉和姚仲美腊梅

阳和都未见芳菲,初喜寒苞发故枝。绝色复无朱粉态,真香宁许燕莺知。
凝愁金谷登楼日,敛黛温泉赐浴时。写作新声传玉笛,谁人持向月中吹。

赵友直(？—？)

暮春即景

衡门三月景,万顷浩无穷。堤柳轻浮碧,野花净落红。
小桥溪水涨,曲径峪云笼。牧子横牛背,前村一笛风。

赵 瞻(1019—1090)

文湖渔唱

湖光潋滟泛莲荷,欸乃渔郎惯此过。笛韵吹残红蓼岸,橹声摇出锦鳞窝。

狂歌明月闲愁少,放浪扁舟适兴多。莼菜鲈鱼供一醉,掉头归去卧烟蓑。

赵宗吉(？—？)

题 武 夷

天风吹尽蔽空云,叠嶂层峦势吐吞。铁笛声沉人换世,幔亭宴罢竹生孙。
昆阆境界烟霞窟,洙泗源流道义门。分治优游公事了,溪山佳处共清尊。

真山民(？—？)

秋 晚

暮色入江郊,霜风两鬓毛。笛声吹月落,诗兴挟秋高。
谢绝南柯蚁,留连左手螯。孤灯竹窗底,危坐一歌骚。

渔浦晚秋旅怀

西风吹梦越中游,剪剪轻寒入短裘。雁字不将乡信写,蛩声空和旅吟愁。
邮亭冷雨孤灯夜,渔市斜阳一笛秋。是处山川即吾土,仲宣何用怯登楼。

泊 舟 严 滩

天色微茫入暝钟,严陵滩上系孤篷。水禽与我共明月,芦叶同谁吟晚风。
隔浦人家渔火外,满江愁思笛声中。云开休望飞鸿影,身即天涯一断鸿。

郑 璹(？—？)

句

别有丹青图不得,数声渔笛月明中。

郑刚中(1088—1154)

孙立之以酴醾奉太守赠二绝予戏用其韵(其一)

玉笛晓寒梅片舞,谁可更将春事付。薰然璀璨卧东风,亦是小轩清绝处。

白居易有望阙云遮眼思乡雨滴心之句用其韵为秋思十首(其一)

积雨荡阑暑,一凉才有望。夜气入灯花,细影摇书幌。
枫叶飞红薄,梦到吴江上。孤笛过蒹葭,鲈鱼出烟浪。
觉来空惘然,猿子啼青嶂。

出 江

净练已欣平似熨,更因过雨助清深。何人孤笛穿云杪,远岸归舟入树阴。
鸥鸟惯看迁客面,江山偏识老夫心。半钩小卷黄昏月,欲得新诗个里寻。

晚 村

暑雨霁余飞,翻沟水鸣玉。半规入岚雾,平畴愈新绿。
时有牧归牛,一笛过山曲。吾庐附幽深,四面荫修竹。
垂云下林梢,惊鸟自争宿。夜色迫书卷,呼童具灯烛。

客惠宾州竹簟甚佳取退之郑群赠簟诗读之数过成古风云

卷送风漪光八赤,竹新渐作琉璃色。世人贵耳便贱目,那知不抵蕲州笛。
年来愧汗常浃肤,夏日自嫌污枕席。有时追诵法曹句,怅恨宗人不多得。
山斋置榻客一身,君惠清凉到心骨。门前客至莫见嗔,老子解衣喧鼻息。

郑康佐(?—?)

邝仙骑牛石

横笛骑青牛,岩扉自开辟。倏然乘风驭,云收烟灭迹。
真人不可见,空遗旧泉石。我来独徘徊,日暮千山碧。

郑克己(?—?)

浙江十六夜对月

急桨浮天阔,长江得月迟。最怜新缺后,全胜未圆时。
夜雪潮千尺,秋风桂一枝。潜蛟易翻动,怨笛莫惊吹。

郑 起(1199—1262)

荆南别贾制书东归

来时秋雨满江楼,归日春风度客舟。回首荆南天一角,月明吹笛下扬州。

鄂州南楼

淳祐六年冬十月,我来独自上南楼。晓雾江山都不见,雾收日出城东头。
照见汉阳树,照见鹦鹉洲。浪涛江汉出岷峡,洞庭云梦天共流。
大船如龙卷寒碧,小船如叶飞洪沟。费袆霞佩跨黄鹤,洞宾玉笛横清秋。

沇寥突兀不可状,开阖风雨晴烟浮。
空中一一都照见,照见今来古往丝粟无限愁。
夜郎逐客心胆大,醉欲搥碎醒又休。此山此水长不老,英雄消尽山水留。
何当大雪夜明月,摩挲老眼看九州。春风吹雪变红绿,牛羊被野边无忧。

郑　樵(1104—1162)

湘　妃　怨

　　黄埃游辇毂,翳日冷旌旗。龙去攀髯远,鸾孤对影微。
　　魂沉江缥渺,泪染竹依稀。枯树空千载,寒松已十围。
　　芦花深月色,磷火剧萤飞。横笛潇湘暮,哀猿何处归。

郑清之(1176—1251)

冬节忤寒约客默坐爇品字柴作五禽戏体中差小佳园丁以矮梅至如见东郭顺子使人之意也消欣然呵鞁手冻笔占数语呈刘菊坡博一笑(其三)

　　滕六附喧堕寒力,六花未办天机织。篱菊老尽兰始芽,凌波仙子方踵息。
　　水边亭亭逢玉人,照眼缟衣如旧识。冰霜相与厉贞操,蜂蝶那能犯庄色。
　　听渠吹笛作商声,正音满地出金石。菊坡为索孤山诗,好句新从座中得。
　　二君联璧如长城,笑整云梯再攻墨。

郑思肖(1241—1318)

励志二首(其一)

　　炎正遭中微,冠屦纷倒置。四壁皆楚歌,獯鬻何凶炽。
　　万命堕荆棘,身与豺狼值。攒眼刺荼毒,地无隙可避。
　　君子饿欲死,为时所唾詈。白昼行梦中,更相问憔悴。
　　我蛰茅茨下,有生痛自愧。寒灯吊老影,恻恻不遑寐。
　　忧抑并填膺,反覆论此事。嗣君尚幼冲,厉阶谁所致。
　　权奸弄破国,珠玉乱走地。曾谓顷刻间,一蹶失神器。
　　风沙犯天颜,生死一叶寄。势去若瓦解,哀告不可譬。
　　太庙枥胡马,太学巢胡吏。殿阁奏秋凉,群群走魍魅。

凄风吹宫花,春不肯明媚。哀笛破深愁,满目新亭泪。
我朝圣明君,一一皆善治。涵育三百年,岂无忠义士。
我读我父书,颇曾识大义。无以死恐我,死亦心不二。
残生啮胆檗,气怒频裂眦。或时坐如死,突眼噤相视。
先王泽未泯,中兴断可冀。仰呼吁不平,挺身摅大志。
四方皆风动,德化成渐被。春秋生杀权,华夷有定位。
后有董狐笔,当严于载记。爰以明人伦,永使勿颠坠。

郑文宝(953—1013)

送曹纬刘鼎二秀才

旦夕春风老,离心共黯然。小舟闻笛夜,微雨养花天。
手笔人皆有,曹刘世所贤。郴侯重才子,从此看莺迁。

郑獬(1022—1072)

钱塘观灯

碧海芙蓉彻夜开,乱花前后尽楼台。坐看万里河汉外,移下一天星斗来。
醉客倚栏吹玉笛,美人弄镜插香梅。谁能飞入月宫去,捉住嫦娥不放回。

仲并(?—?)

岁晚泊姑苏用吕居仁舍人韵二首寄孟信安(其一)

断岸留孤棹,层台耸近城。雁传他邑信,鸥背去年盟。
几片雪多思,一枝梅有情。何人在楼上,吹笛暮寒生。

周弼(1194—?)

春暮登黄鹤楼

欲尽残春酒,登临事已违。听残怀旧笛,添尽御寒衣。
鸟向青山没,人来赤壁稀。最怜城侧树,无可作花飞。

浣沙秋日五首(其五)

清溪楼阁暮沉沉,不觉登临夜欲深。几处卷帘催酒笛,谁家闭户捣衣砧。
一朝野雾三朝湿,十日江天九日阴。暗喜碍人公事少,自来收拾送秋吟。

将适毗陵道中遇居简上人

姑苏观下逢居简,帽子敧斜衣懒散。自言契阔漫东西,虽老犹能青白眼。
知音不在禅床久,抱刺怀书谨奔走。反舌无声乱草间,回首尽成狮子吼。
荒芜野寺孤城外,赤叶黄芦日相对。午睡双鸠唤欲醒,起傍生台炙肩背。
弄笔濡毫总萧索,尚余酒量添于昨。语尽横塘笛未终,东风满面杨花落。
匆匆解缆挽程去,从此相期更何处。一碗官酤般若汤,把手同看独孤树。

周端臣(? —?)

湖 上 归

别却吴姬旧酒垆,扁舟吹笛过平湖。晚云又是商量雨,遮得秋山一半无。

周敦颐(1017—1073)

牧 童

东风放牧出长坡,谁识阿童乐趣多。归路转鞭牛背上,笛声吹老太平歌。

周 孚(1135—1177)

次汤士美送蔡季任韵寄士美二首(其一)

君才元落落,吾语只平平。意广真堪笑,情亲却自惊。
瘦筇殊未到,短笛为谁横。肺病虽羸甚,犹能倒屣迎。

周麟之(1118—1164)

望秦川歌(其一)

长安回首战尘中,马背行吹一笛风。寄恨翻成谪仙怨,始知深负曲江公。

望秦川歌(其三)

向来花萼弄春辉,曾把宁王玉笛吹。乐事已随风烛过,如今横笛不胜悲。

周 密(1232—1298)

小游仙七首(其三)

西池宴罢夜深归,风露森森湿羽衣。云外凤皇栖未稳,一声铁笛又惊飞。

小游仙七首(其六)

一笛吹云鹤夜归,九天清露冷仙衣。琪花千树风零落,应去人间作雪飞。

拟长吉十二月乐辞·十月

枯桑委地成死灰,蘋洲客雁号朝饥。崦嵫急景寸辉薄,夜半霜痕着绡箔。
金寒翠薄千尺台,笑梅一笛临风哀,佳人佳人来不来。

渔 台 山

枫叶芦花外,闲矶带短汀。风翻荷浅白,霜陨柳残青。
机事鸥浮没,生涯酒醉醒。暮榔和夜笛,余韵最堪听。

次李秋崖见寄韵

东风过雁带春声,半纸依然旧雨情。生事就荒抛橘隐,交情耐久有梅兄。
鹤归不记千年表,马老空惭万里名。闲想蘋花溪上笛,扁舟应许白鸥盟。

潇湘八景·洞庭秋月

西风始波木叶下,广乐谁张洞庭野。玉光千顷浸明河,露泫珠房冷铅泻。
飞吟一剑风泠泠,桂香倒射鱼龙腥。何人扁舟弄孤笛,尚疑鼓瑟闻湘灵。

残 暑

残暑有归意,倦游犹异乡。不知何处雨,顿觉夜来凉。
老树摇黄落,秋花弄白香。登楼正多感,一笛起山阳。

有以渔舟唱晚作图命题拟试者因戏成三首(其二)

展卷身疑在,西山南浦前。数声秋水笛,一叶夕阳船。
兴寄沧浪外,机忘欸乃边。欲参声画趣,细玩濯缨篇。

有以渔舟唱晚作图命题拟试者因戏成三首(其三)

浦云山雨意,都向笔端生。一笛山水绿,半篙烟浪清。
浅深天似暝,聚散雁如惊。谁写无声句,无声胜有声。

元夕次松窗韵

霁景浮灯市,春声动乐章。翠帘流月影,黄道散天香。
鳌蜃三山耸,鱼龙陆地骧。醉余天欲曙,归路笛声长。

周文璞（？—？）

赏春二首（其二）

赏春社里鼓逢逢，尚恨声同调不同。我亦明朝苦无事，更来吹笛乱山中。

送友人入浙

小县登楼上，依稀是去年。更阑吹短笛，饮散觅归鞯。

丹叶标寒渡，黄花幂野田。重来吊古地，为拊石羊肩。

周行己（1067—1125）

寓居娄氏楼居

楼高云隐户，秋静月侵帏。旷宇涵天界，连山轴地机。

宿鸦风叶乱，归牧笛声稀。身世浮云外，人生何所依。

周 薰（？—？）

金 精 山

金精山高绝尘俗，中通洞天石削玉。仙家庭院昼不扃，草色迷阶秋雨绿。

香炉峰前青可掬，石鼓坛边翠如沐。道人采药青牛还，铁笛声穿山鬼哭。

周应合（1213—1280）

望 江 楼

澄江如练正高秋，一笛吹秋上此楼。有客乘风来纵酒，长歌远送下滩舟。

周紫芝（1082—？）

西湖词二首（其二）

湖天无尽月如霜，露湿荷花别是香。何处渔郎解吹笛，并头惊起两鸳鸯。

十月十九日江晴放舟

云静天无滓，霜晴日乍暄。风平初放缆，江稳自流船。

贾客眠吹笛，篙工坐意钱。吾行聊尔尔，百丈莫频牵。

筠阳竹根枕

高安老竹三尺围，断为釜甑中可炊。蕲州开笛不足数，嶰谷截筒空自奇。

何如猫头未成竹,化为霜根白如玉。峥嵘劲节不得施,历碌黑斑空满目。
白头老吏饱官仓,云梦南州睡初足。筠阳别乘一幅书,寄我中剖两枵腹。
飘飘逸韵青衣郎,梦中相见筠山阳。一笑摩挲抚君背,定教从此毋相忘。
我欲问舍无何乡,为我往使华胥王。人生草草两鬓霜,要知日月壶中长。

朱 弁(1085—1144)

摅 抱

客滞殊方久,山围绝塞深。秋风入横笛,夜月傍沾襟。
造膝他时语,捐躯此日心。飞霜满明镜,发短不胜簪。

朱敦儒(1081—1159)

春 怨

梨花雨送海棠风,不借胭脂作小红。几日无人吹玉笛,鸳鸯飞入馆娃宫。

绝 句

青罗包髻白行缠,不是凡人不是仙。家在洛阳城里住,卧吹铜笛过伊川。

朱 槔(?—?)

九日与数客登善福院之绝顶晚饮茗饮阁予以病先归赋十二韵

风日迫佳节,一川秋意昏。临高分石磴,却立数烟村。
楚制随云物,蛮花照酒痕。龙山嗟未久,蓝水想空存。
鸿雁频收唳,茱萸几断魂。拍肩寻熟路,登阁换余樽。
钟梵规绳阔,亲朋笑语温。加箃携海峤,闻笛忆乡园。
梦记南柯守,兵看左角奔。诗凡羞晋宋,发短任乾坤。
汝辈禅心起,今生道眼浑。不知东嶂外,滟滟涌金盆。

朱继芳(?—?)

晚 眺

鸟飞欲尽暮烟横,一笛西风万里晴。山外有山青不见,微云映出却分明。

挽 芸 居

不得来书久,那知是古人。近吟丞相喜,往事谏官嗔。

身死留名在,堂空著影新。平生闻笛感,为此一沾巾。

朱南杰(?—?)

烟 雨 楼

锦绣囊开城角东,规模绵亘境相通。一亭旧占梅边月,两径新添竹外风。
山色有无烟变态,湖光浓淡雨收功。凭栏正好催归去,横笛数声芦苇中。

朱淑真(?—?)

长 宵

月转西窗斗帐深,灯昏香烬拥寒衾。魂飞何处临风笛,肠断谁家捣夜砧。

中 秋 闻 笛

谁家横笛弄轻清,唤起离人枕上情。自是断肠听不得,非干吹出断肠声。

墨 梅

若个龙眠手,能传处士诗。借他窗上影,写作雪中枝。
顷刻回春色,轻盈动玉卮。不能殷七七,横笛月中吹。

秋 日 晚 望

极目寒郊外,晚来微雨收。陇头霞散绮,天际月悬钩。
一字新鸿度,千声落叶秋。倚楼堪听处,玉笛在渔舟。

秋 日 行

萧瑟西风起何处,庭前叶叶惊梧树。万物收成天地肃,田家芋栗初登圃。
杳杳高穹片水清,一点秋雕翥云路。凄凄空旷雨初晴,凉飙动地收残暑。
高楼玉笛应清商,天外数声新雁度。园林草木半含黄,篱菊黄金花正吐。
池上枯杨噪晚蝉,愁莲籁籁啼残露。可怜秋色与春风,几度荣枯新复故。

朱 松(1097—1143)

夏夜梦中作

万顷银河太极舟,卧吹横笛漾中流。琼楼玉宇生寒骨,不信人间有喘牛。

朱　熹(1130—1200)

元范尊兄示及十梅诗风格清新意寄深远吟玩累日欲和不能昨夕自白鹿玉涧归偶得数语·蹉梅

玉笛未黄昏,冰滩已清浅。疏影不胜妍,愁心为谁远。

武夷精舍杂咏·铁笛亭

何人轰铁笛,喷薄两崖开。千载留余响,犹疑笙鹤来。

题野人家

茅檐竹落野人家,只么悠悠阅岁华。田父把犁寒雨足,牧儿吹笛晚风斜。

隆冈书院四景诗(其四)

土筑低墙草结庵,寻常爱客伴清谈。地炉有火汤初沸,布被无寒梦亦酣。
风卷翠松鸣晚笛,雪飘疏竹响春蚕。闭门不管荣枯事,坐傍梅花读二南。

次刘彦集木犀韵三首(其一)

众芳摇落九秋期,横出天香第一枝。莫似寒梅太孤绝,更交遥夜笛中吹。

次韵雪后书事二首(其二)

未觉春光到柳条,谁教飞絮倚风摇。眼惊银色迷千界,梦断彤庭散百寮。
梅坞任从长笛弄,竹窗闲把短檠挑。何人剥啄传清唱,更喜残年乐事饶。

次山行佳句呈秀野丈三首(其三)

瞳瞳朝日出高岩,簌簌征衣曳晓岚。□□向来孤旧意,林泉老去觉真贪。
凄凉烟火一百五,零落交游十二三。叹□□□□世事,卧吹横笛过溪南。

哭刘岳卿

曾说幽栖地,君家近接连。要携邀月酒,同棹钓溪船。
遽尔悲闻笛,真成叹绝弦。林猿催老泪,为尔一潸然。

次张彦辅赏梅韵

朔风万里开云屏,清霜夜坠朝景晴。南枝浩荡正春色,冻蕊的皪含空明。
花边偶对青铜镜,槁项不堪冰雪映。拥炉独坐只悲吟,振策出游舒远兴。
暗香何处时一飘,行行复值最长条。仰头欲折渺谁赠,满意相思那得邀。

极知异县淹行李，心赏未甘轻付畀。石雄赋罢不相闻，秀野书来因举似。
两翁句法争新奇，画出疎影沉寒漪。幽探自出尘境外，胜概未许儿曹知。
只今嚼蕊攀条处，它日重来记前度。风台月观悄无言，玉笛冰滩索同赋。
嗟予衰懒倦将迎，过眼纷纷无复情。尚喜疎英窥水白，更怜落片点苔青。
兴来乱插飞蓬首，拟向君家醉君酒。酒酣耳热莫狂歌，布鼓雷门须缩手。

朱　翌 (1097—1167)

南华具素饭烹茶诗

　　颇有客仓卒，初无具咄嗟。家贫难办素，人众不烹茶。
　　此老来修供，兹辰并拜嘉。小船横一笛，风引入荷花。

十月旦读子美北风吹瘴疠羸老思散策之句初寮尝作十诗因次其韵（其一〇）

　　囚山无他谋，治生出下策。载之百漏船，吹以无孔笛。
　　一饱久定矣，誓不为欣戚。家山天一方，何地休行役。
　　天其调伏予，中岁遭远谪。养成一牯牛，露地见纯白。

再次前韵

　　日走瞿昙宅，殷勤问觉圆。荷珠翻雨碎，荇带逆风牵。
　　安步穿芒屩，长驱断蜡鞭。临深呼属玉，骑气道蜿蜒。
　　前辈几人到，高情五字篇。翩翩遗浊世，落落度长年。
　　断石崖蜂出，乔枝谷鸟迁。端为逃暑去，复作拂云眠。
　　心旷风林豁，书干棐几鲜。丞方有公事，尉亦从群仙。
　　倚玉吾何幸，栖云志未偏。久知情澹泊，不梦翠连娟。
　　晚日斜吹绮，新诗欲斗妍。微行窥沼鹄，孤坐蜕枝蝉。
　　俯视千章木，如临尺五天。韵高巾垫角，饮痛盏垂莲。
　　小筑坚前约，兹游定昔缘。欲夸山耸髻，安得思流泉。
　　却恐樽无醁，群忧爨不烟。谁来助清兴，吹裂笛如椽。

箫

艾性夫(？—？)

临邛道士招魂歌

锦袜生尘脱红玉,琼蟾夜抱金娥哭。芙蓉露瘦寒花钿,鸂鹧楼空冷银烛。
轻鸾小凤横紫箫,彩云密漾青霞绡。桂心沁入锁子骨,蕊宫贝阙天都遥。
玉床梦断心欲死,独抱秋衾咽香髓。方瞳白羽青简书,驾月骑风渡瑶水。
琼楼碧户翠雾香,紫兰结佩红薇囊。云车仙子不可识,芳卿寄谢真荒唐。
蔗浆不饮啼寒泪,不悟齐人少翁诡。安得天上蓬莱宫,却著人间马嵬鬼。

木绵布歌

吴姬织绫双凤花,越女制绮五色霞。犀薰麝染脂粉气,落落不到山人家。
蜀山橦老鹘衔子,种我南园趁春雨。浅金花细亚黄葵,绿玉苞肥压青李。
吐成秋茧不用缲,回看春箔真徒劳。乌鏐筒滑脱茸核,竹弓弦紧弹云涛。
按挚玉箸光夺雪,纺络冰丝细如发。津津贫女得野蚕,轧轧寒机纬霜月。
布成奴视白暖毡,价重唾取青铜钱。何须致我炉火上,便觉挟纩春风前。
衣无美恶暖则一,木棉裘敌天孙织。饮散金山弄玉箫,风流未逊扬州客。

白　珽(1248—1328)

湖居杂兴八首(其二)

脉脉吹香屋角梅,背风移烛小帘开。凤城几日元宵近,一片箫声水上来。

白玉蟾(1194—？)

题栖凤亭(其一)

亭前绿密玉成丛,凤宿枝头烟雨空。箫管一声人未寝,满林明月浸清风。

382

题栖凤亭（其二）

竹也多年管风月,风兮几夜宿云烟。林间有客吹箫去,竹化成龙凤入天。

题栖凤亭（其三）

潘氏亭前饮一宵,酒酣对竹啸琼箫。不知栖凤来多少,凤去人归竹寂寥。

上元玩灯（其二）

上界天官此按行,五云深处有箫笙。一轮宝月明如昼,万斛金莲开满城。

对月（其三）

烟鬟雨鬓到今朝,嫩火温香破寂寥。月下饮残千日酒,云间吹断一声箫。

董双成旧隐（其一）

断霞残雨洗虹桥,群雁衔枚度碧霄。半夜风鸣云里佩,乘鸾人弄月中箫。

游杨梓岩

天半秋风鸣万松,荒花半落夕阳红。寮烟暗锁仙坛古,野意深藏丹灶空。
人采紫芝何处觅,我来白昼不相逢。一声箫管笑扬袂,秋色满怀诗兴浓。

白鹤观

琅庭珍馆一何清,四壁如银窗更明。雨余草色欺苔色,风送松声杂涧声。
芍药花开今四月,杜鹃啼恨到三更。我来暂息白鹤观,忆著故人刘混成。
松殿空遗金凤舞,芝田不见铁牛耕。云迷古洞虎狼吼,烟锁平林鸟雀惊。
日暮山屏增紫翠,晓来天籁自箫笙。杖头挑月过山北,要趁如今几日晴。

凤箫阁玩月（其二）

暮霭收无归鸟尽,凤箫阁上听松涛。宿枝不稳鸦飞起,照水当中月上高。

凤箫阁玩月（其四）

凤箫吹断无人见,但有寒光拂太虚。仰面笑天天亦笑,此心如月月何如。

白元鉴(？—？)

大涤山

天坛绝顶山,仿佛翠微间。迹久苔纹碎,云根古木闲。
丹成人已去,鹤驾未曾还。犹有箫吹响,时时下旧山。

蔡 京(1047—1126)

句(其二)

龙烛影中犹是腊,凤箫声里已吹春。

蔡 襄(1012—1067)

病中偶书二首(其二)

行年三十六,几是半生人。举止不入俗,清修难厌贫。
宴坐炉烟暖,微醺瓮酎醇。前看箫管辈,未免作埃尘。

温成皇后挽词二首(其一)

紫极腾轩曜,青春委蕣颜。云輧何处去,金殿几时还。
仗下编箫咽,陵中夜烛闲。六宫哀送返,疑是梦魂间。

仁宗皇帝挽词七首(其三)

声教中原泰,恩仁万国临。忧勤符帝梦,付与得天心。
箫吹凝寒气,云山敛夕阴。还期千载后,歌颂莫知深。

宋宣献公夫人毕氏哀词二首(其二)

国赋虽千乘,身期未百年。箴图遗旧机,箫吹向新阡。
行哭追前日,超生定几天。寂寥原上树,薄晚起寒烟。

曹 勋(1098—1174)

步 月 谣

太清天宇清且高,皎然冰鉴悬层霄。绛河水浅阆风息,蟾光度景摇金鳌。
仙人纵驾游八极,凤箫歌吹鸣嘈嘈。星宫月殿风马远,珠华露湿旌旄冷。
还虚按管窥尘寰,波里三山银浪卷。

萧 史 曲

玉箫散奇响,真气凄金石。招携偶冥会,理悇心自适。
富贵如朝华,况复多得失。胡不希长年,练气固形质。
高举凌仙翰,双飞上层碧。挥手谢时人,去来空役役。

曹彦约（1157—1229）

奉陪黄帅机访问元夕战场归涂见人家园池花木相与叹息既帅机书前所作八诗示滕审言不及予也枕上不能记韵效唐人和诗体自赋八绝句因以寓意（其一）

照人精采驻元戎，与我驱驰录近功。想见玉箫声远夜，乱芟篁竹锉春葱。

柴　望（1212—1280）

西　　湖

年年柳眼青归处，门外游人可自闲。天气又晴晴又雨，楼台依寺寺依山。
酒边歌拍穿花外，船上箫声落水间。光景留连空自惜，鹧鸪啼罢暮城关。

晁补之（1053—1110）

长安行赠郭法曹思聪

越罗作衫乌纱帻，长安青云少年客。梁门门西狭斜陌，飞阁氤氲多第宅。
南威十五桃花色，箫管哀吟动魂魄。银槽压酒倾琥珀，青丝络头飞赭白。
韩狗胡鹰快多获，少年意气区中窄。金昆玉季盈十百，君独飘翩异风格。
十岁铅丹事书册，岂徒新丰困寒厄。
能犯龙头请恩泽，送君此行无怆恻，努力功名传烜赫。
它年寻我吴山侧，踯躅盈山禽磔磔。

次韵范翰林淳夫送秦主簿觏

高词自班马，短句亦阴何。输写无穷已，怀山赴壑波。
深耕待铚艾，疗饥乃嘉禾。机云共一时，未信来者多。
老病愧群豪，鱼山临东阿。苏公门下客，事业皆不磨。
孙宝暂主簿，灵槎会穷河。它年九功叙，当使睦者歌。
业虞置牙羽，管箫复森罗。镛钟欠一铎，未害大乐和。
却欲从浮海，珊瑚烂红柯。龙门虽箭驶，此志未蹉跎。
丹沙还黑发，流景尔则那。仇池出一派，分江定有沱。

芳　仪　怨

金陵宫殿春霏微，江南花发鹧鸪飞。风流国主家千口，十五吹箫粉黛稀。

满堂侍酒皆词客,拭汗争看平叔白。后庭一曲时事新,挥泪临江悲去国。
令公献籍朝未央,敕书筑第优降王。魏俘曾不输织室,供奉一官奔武强。
秦淮潮水钟山树,塞北江南易怀土。双燕清秋梦柏梁,吹落天涯犹并羽。
相随未是断肠悲,黄河应有却还时。宁知翻手明朝事,咫尺人生不可期。
苍黄三鼓漙沱岸,良人白马今谁见。国亡家破一身存,薄命如云信流转。
芳仪加我名字新,教歌遣舞不由人。采珠拾翠衣裳好,深红退尽惊胡尘。
阴山射虎边风急,嘈杂琵琶酒阑泣。无言遍数天河星,只有南箕近乡邑。
当时千指渡江来,同苦不知身独哀。中原骨肉又零落,寄诗黄鹄何当回。
生男自有四方志,女子那知出门事。
君不见李君椎髻泣穷年,丈夫飘泊犹堪怜。

晁说之(1059—1129)

比日风雨甚异山下人云此六月龙会时也中顶有会龙洞予尝游焉赋诗记其事今感之有作寄赵德鳞

西峰掩映东峰明,倏忽起灭令人惊。九野雨足龙上征,六月正乃会玱珩。
雷电断绝风来轻,鼓倡鼛和铃箫笙。虹霓舒筛云摇旌,万龙夭矫宿峥嵘。
天门大开仙子迎,不比它邦时雨行。中天有洞遗珠缨,我昔酌泉探幽清。
尚疑不然今信诚,安得问讯骖骑鲸。脱去禁令朝玉京,相羊容与俯四瀛。
下呼我友何营营,寒饥暑渴亦已更,胡不同我此长生。

过汉武望仙宫在廊寺之西三绝句(其二)

山下时时闻凤箫,山中处处得蟠桃。刘郎仙去何难事,不用飞楼百尺高。

依韵和邵太子文兄八月总章朝归长句

东皇受箓增嘉运,晓坐明堂夜拜章。玉烛千年承瑞露,金龙万国镇青霜。
风来紫极箫声静,人在丹台佩影凉。与子飘零逢盛旦,独无藻思颂瑶光。

九日宴李德充中大家次韩三十六丈韵作

重阳风雨每凄凄,物色今年得所期。赐第好贤多骥子,三山酌酒过鹅儿。
红楼尚想吹箫夕,碧树今夸出日枝。我与韩公殊辈行,门阑感旧泪俱垂。

对雪怀淮安郡王郊居

六出花开郊野兴,王居不数沈休文。洞房窈窕玉箫远,绮席徘徊琼糈醵。
大药定应须火候,佳人可复误行云。自怜收拾征衣客,白眼寒空送雁群。

再用丰字韵对雪呈圆机

乐只康州得娄丰,鼓箫欣喜有池龙。鱼由米穴多争出,泥在函关广费封。
镇玉无时非北渚,磨圭在处是南容。胡然最爱田畴事,即日归休学老农。

陈 范(？—？)

卧 龙 潭

半岩欲堕潭渚深,昼阳不到午阴阴。洞箫一曲瑶笙断,千山万山云水沉。

陈 昉(？—？)

宫 词

桂影婆娑玉殿凉,风传花漏夜声长。内人亦有思仙者,月下吹箫引凤皇。

陈傅良(1137—1203)

和张倅唐英咏梅十四首(其一○)

迟迟可殿后,寂寂可镇浮。风人第一章,窈窕河之洲。
穆如三代英,惟此宜与俦。不然则臞仙,玉箫下秦楼。

陈鉴之(？—？)

题 问 政 山

冯轼邦君侉画熊,却来问政翠崖翁。只应兄念玄真子,不是堂无齐盖公。
千载棣华垂盛事,两丛慈竹亦清风。跨鸾时过宜平老,明月箫声在半空。

同潘孔时饮总宜园孔时出宝晋数帖呼道人吹箫次日有诗予用韵答之

六桥秋新宜醉吟,举杯共听岩鹤音。危亭三面立老竹,宝晋数帖清人心。
凉蝉不敢喧夕曛,洞箫声绕山腰云。摇摇归艇水纹裂,山紫天青河汉白。
想君独立对空阔,一鹭毛寒藕花月。

陈 杰(？—？)

题思妇

碧天无过雁,芳草静游人。深院绿云晓,满阶红雨春。
钗鸾慵照影,箫凤暗栖尘。邻女焉知事,终朝学美矉。

山 村

乔木藏村古,枯藤取径微。落红随蜡屐,空翠近荷衣。
抱瓮云间出,吹箫月下归。桃源吾酷慕,何必此间非。

出 郊

残红满地绿平池,趁得晴天一日嬉。曲径间行逃酒处,小楼闲坐品箫时。
俗间礼节疏来久,客里光阴去不知。一笑主人还指似,墙东忽自有醅醨。

泛西湖

百年岁月此池台,十里云霞镜面开。青鸟惯含红旆去,小娃频采白莲回。
玉箫吹拂玻璃国,绣縠穿交金碧堆。好是太平人自乐,宫车咫尺不曾来。

重过西湖感事

衣如飞鹑马如狗,二尺锦囊香宇宙。车如流水马如龙,濯龙桥边吹断蓬。
诸公南渡亦不恶,百年西湖最行乐。师王园地号山庄,戚畹洞天标水乐。
铜铺珠箔锦为茵,玉箫金管歌遏云。曲江三月势绝伦,此占四时长作春。
岁月无情留不住,园上送官洞更主。当时一聚冶游尘,雨打风飘去安所。
三间古屋余老梅,千年放鹤归来暮。

陈景肃(？—？)

怀高东溪二首(其二)

谔谔东溪士,吹箫涧谷春。一别阻云水,相思劳梦魂。
五湖秋夜月,三岛春空云。璚标月夜见,玉唾云间闻。
何当一返驾,吟弄终乾坤。

陈 亮(1143—1194)

廷对应制

皇朝锐意急英贤,虏据中原七十年。际遇风云凡事别,积功日月壮心愆。
管箫器小谁能识,孔孟人存用则传。惭负寿皇勤教育,奏篇半彻冕旒前。

陈 蒙(?—?)

题玉芝祠

玉芝不见草萧萧,古柏阴廊昼寂寥。琳馆废来余福地,名碑留在记前朝。
碧梧树老鸾飞远,华表天空鹤去遥。惟有迎仙桥上月,夜深还自照吹箫。

陈 某(?—?)

泉南满归过省下呈友人

二月泉南驿骑回,乱离怀抱为君开。双凫暂假王乔力,百里空淹蒋琬才。
省幕薇阴遮案静,溪船山色入楼来。应知别后遥相忆,清夜吹箫月满台。

陈 普(1244—1315)

咏史·文帝(其二)

性习由来系正邪,古今谁不道蓬麻。无人说与吹箫相,窦薄淮刘本一家。

拟古(其一)

　　秋声金气流,天空露瀼瀼。素波合流月,淫淫满庭霜。
　　遥夜一美人,寒闺自彷徨。暗尘集凌波,轻飙感鸣珰。
　　天性赋贞清,动止中矩方。世无夔夔子,窈窕空英皇。
　　抱璞如临渊,日入不下堂。时操弄玉箫,空中来凤凰。
　　岁月如流星,发变面欲黄。服玉固雪肤,绝意百两将。

有　感

后人百事不如古,创立造为难悉数。一日苟且成千年,一夫阿徇弥九土。
神仙不死岂有之,起自秦皇并汉武。蜀陵冀角民鼓乱,楼殿至今连海宇。
从明未载心神飞,无根金人忽如睹。膏肓遂成不可治,五教壅塞生民苦。
帝城元夜移三山,天河七夕桥织女。倡优侏儒为戏乐,淫词浮文作贡举。

卖盐沽酒充科赋,吹箫执籥送丧死。一般更有乱生人,背弃劬劳事歌舞。
造端良是魏隋间,以至开元遂为愈。四海之人皆若狂,谀舌纷纷蔽明主。
五凤楼前舞千秋,渔阳动地来鼙鼓。六飞仓卒冒烟尘,两京流血欲漂杵。
此祸端从逸欲生,国无良臣致惑蛊。事君事亲不在是,福寿自有千门路。
曲礼三千无一条,六经百氏无一语。空随流俗作愚蒙,并将四海苍生误。
先儒未尝论及此,共庆重闱或可许。不知沿习只可伤,明知故作非相与。
忠告善道不是从,己所不欲当絜矩。岂知谬致一瓣香,面把党人作聋瞽。

陈　起(?—?)

寿乔枢密

明明我周王,四国文德抚。昭假天所监,时生仲山甫。
训仪系力式,刚柔不茹吐。一片翼翼心,冰霜映西府。
凉秋九月朔,玉箫紫鸾舞。惟昂昔孕萧,眉寿今颂鲁。
千载庆风云,色丝期衮补。

陈师道(1053—1102)

病中六首(其五)①

日昔浮珠佩,声尘籁玉箫。晚秋潘鬓秃,午梦楚魂消。
注水瓶花醒,吹薪药鼎潮。南柯何处是,斜日上廊腰。

陈文蔚(1154—1247)

赵湖州东园杂咏和人韵·邀月

远乐数声闻玉箫,酒酣起舞月中宵。谪仙当日真豪放,明镜飞空许见邀。

陈　轩(?—?)

题蓬莱观

蓬莱观下瑞烟飘,刘氏曾经此地超。桃圃昔谐王母约,烟霄自赴玉皇朝。
白鹅乘去人何在,青鸟飞来信已遥。若使何郎有仙骨,也须吹引凤凰箫。

---

① 范成大《藻侄比课五言诗已有意趣老怀甚喜因吟病中十二首示之可率昆季赓和胜终日饱闲也(其八)》内容与此诗大致相同,仅个别字词有异,不再重复收录。

陈洵直(?—?)

天　坛

峰顶侵云法象寒,远游虚唱肃天官。松吟泉漱人仙去,犹想箫声落旧坛。

陈以庄(?—?)

金　丹

凤箫一去几经年,古木青萝锁洞天。黠鬼不量曾窃药,真人岂碍作飞仙。
细看丹灶凝烟地,知有清朝应世贤。欲下苍崖却回首,何时著我弄云泉。

陈虞之(?—?)

山 水 小 景

千年老树立苍石,三峰两峰天出云。青溪道士坐船上,自按玉箫人不闻。

陈允平(?—?)

后 土 庙

尘拥妆台翡翠翘,琼花开尽玉魂销。昆仑山上天风落,二十四桥吹洞箫。

无题(其二)

千树琅玕碧玉梢,秋声半夜浙江潮。小庭寂寞无人到,谁与同吹月下箫。

秋夜游东墅

云压高空雁阵低,江城历历草离离。楼台秋淡玉箫远,帘幕夜寒铜漏迟。
明月鹭鸶菱叶浦,西风蟋蟀豆花篱。一樽酒尽银河落,犹有残钟出古祠。

游阳明洞天

万木阴沉锁石门,烟霞深处近昆仑。洞箫声接玉台磬,宝盖影摇金殿幡。
湘浦有龙云气湿,越山无鹤露华昏。灵芝采尽归何处,溪上白蘋花正繁。

虎 丘 即 事

西风剑佩轻,独立妙高亭。山吐岩头月,江涵水面星。
石奔苍虎势,树结老龙形。何处吹箫客,扁舟过洞庭。

侍赵开府夜宴

剩陪华佩醉蟠桃,杨柳飘飘拂午桥。夜月楼台行锦障,春风帘幕卷红绡。
歌传杏苑黄金缕,乐奏梨园紫玉箫。银漏滴残珠履散,踏花归去路迢遥。

丰乐楼初成

红尘飞不到阑干,十二朱帘卷暮寒。上苑莺啼花木暗,六桥人散水云宽。
春风玉佩骖黄鹤,夜月琼箫驻紫鸾。檐外青青杨柳色,几回曾向画船看。

陈　造（1133—1203）

早步湖上

忽忽京尘渍客衣,正须轩旷一伸眉。独行初日葱茏处,不待游人杂遝时。
鱼乐暗摇亭树影,风轻闲弄水云姿。因循又耐箫歌聒,早晚湖山细入诗。

均州赠应守沈倅

闻道均阳郡,平时百万家。客行休访古,世异定兴嗟。
逐逐才为市,通通亦掺挝。仅成新聚落,那复旧豪奢。
属者歌箫地,连畦蔓瓠瓜。今来冠盖侣,荐箸欠鱼虾。
狭路几沙碛,颓垣剩土花。街尘坌鸟雀,屋影暗桑麻。
恐有如鸦鹏,仍惊攫肉鸦。遗基满空阔,面势踞谽谺。
一水纡龙脊,群峰篸犬牙。封疆界梁楚,形胜引黔巴。
郡计稽图牒,农功富秉秅。吏庸常报最,帝泽向来赊。
劫火延中夏,髦头震四遐。风声离夷裔,俗习堕奇衺。
谷蓄宁关虑,山荒久废畲。腰间尚牛犊,篱脚漫貒貀。
久矣皇恩洽,悠哉户籍加。帅车初柅轨,倅戍未归槎。
厚本还千载,移风待两衙。抚摩端不苟,悃愊信无华。
巳日知胥悦,为生渐有涯。耕耘捐末务,惰窳弃前瑕。
条教须源委,浮淫计檗芽。要能潴郑白,不必漕褒斜。
号召人投袂,污邪岁满车。腾陵倾献替,陆续拜亨嘉。
绩效烦银笔,人才况绛纱。翰藩仍庶富,余付史臣夸。

陈 著(1214—1297)

诗送读易堂张碧窗之扬

占得资身话柄高,六鳌岛上足逍遥。南风又送飞霞佩,北道相期明月桥。
要坐虎皮专说易,肯携凤侣共吹箫。此行直上青霄去,不比闲缠鹤背腰。

赠黄长孺奉母还家

潘御迓从灵绪乡,箫吟欢动喜还堂。诗书余泽心犹古,桃李春风话亦香。
卜筑已投山契合,奉甘先与菜商量。行边好语须听取,去却来时后会长。

陈宗道(？—？)

寒 窗 听 雪

水浸楼台月,山围花柳春。宸居一望近,风景四时新。
画舫断桥聚,清箫夹岸闻。游人归去晚,车马闹红尘。

程 珌(1164—1242)

挽宜人赵氏

分冑天皇媛,来嫔相国孙。孝慈山上梓,法度洞滨蘩。
凤去箫沉响,鸾空镜掩痕。家庭熏沐事,千古说南轩。

程公许(1182—?)

寒 食

卖饧箫咽纸鸢飞,愁思惊随节物来。誓墓可能同逸少,操音谁复悯钟仪。
松楸此日空瞻望,桃李当年奉宴嬉。投老与公同一恨,凄风撩乱我心哀。

浙 江 观 潮

浙岸携觞差一日,秋风吹爽轶层霄。怒涛奋击三千里,壮观元同十八潮。
蓬阆何曾云海隔,偓佺未散玉京朝。琴高背稳容追逐,借与天风递玉箫。

又上座主李左史八十韵

江路三年别,心旌万里摇。登龙空有梦,蛰蚁困无聊。
侧听除书峻,深期庙论调。方看仪玉笋,胡遽理荪桡。

在昔推华族，于今壮本朝。谈迁承绪远，坡颖更难超。
江汉英风迥，堪舆间气饶。文传千户印，和备九成箫。
撼地喧雷鼓，当空插斗杓。灵龟韬远见，瘦鹤峙孤标。
久矣驽陵骥，凄其鹄避雕。与时为准的，立己有科条。
蚤岁趋严诏，修名耸百僚。青藜窥夜读，纨箑障尘飘。
洊绾藩侯绂，连驱使者轺。通才期用世，所至蔼腾谣。
将略雄诸葛，皇灵格有苗。帝思前席问，命下赐环招。
敷奏趋丹陛，疏荣逼紫霄。一朝惊玉立，三馆看缨髾。
晓露坳螭润，春风砌药娇。倚才兼夕拜，专对衭天骄。
草诏銮坡夜，横经鹤禁朝。紫荷班已峻，黄阁路非遥。
感激君恩重，伤嗟世论浇。维时忧旱暵，大地遍炎熇。
公道荒荆棘，舆情渴蓼萧。直前臣语戆，蹵听帝心怊。
剪爪晨颁紣，濡膏夕洒瓢。孤鸣知凤瑞，众疾奈鸠佻。
贾勇封囊上，嘘回士气消。防门狩九虎，利吻噪群鸮。
自古讥簧巧，伤人甚骨销。吾身任江海，公论付刍荛。
骍节寒冰雪，归情溯汐潮。鹭鸥波浩荡，龙鹤梦岧峣。
雅量陂难挠，身心柏后凋。不妨闲袖手，冷看疾扬镳。
咏草春波绿，移床夜雨潇。湖边鸿并影，梦里鹿藏蕉。
庸俗偏酬豢，清风久寂寥。菉葹纷蔽户，萧艾服盈腰。
甘作墦间乞，真成陌上挑。迷途争窘步，俚耳怪闻韶。
主自明如舜，人宁免吠尧。与时虽落落，任运独器器。
正论何曾泯，群公莫误料。邦基期奠鼎，邻火逼回飙。
漫倚泥封谷，徒嫌斗击刁。护疽虽暂逸，废食可禁枵。
尝胆当忘食，求衣合在宵。若为人杞梓，空使侣渔樵。
蜡润东山屐，尘漫北阙貂。牙签搜蠹槁，画舫看鱼跳。
回首尧天阔，惊心郢路迢。仆夫悲马局，詹尹拂龟燋。
忍使遐心写，悬知睿想翘。天街催并辔，里社耻题桥。
慨念材成就，艰如器琢雕。扶持非有素，运用恐无鐰。

康世先营度,犹农待劝劭。可容苗乱莠,莫使樲侵椒。
议必和平勃,忠无弃董晁。皇皇贤路辟,汲汲将才骁。
不废菁莪育,精分玉石烧。人心如眷眷,天理自昭昭。
蓄锐勤耕渭,乘机速渡辽。定应人激厉,可使气嫖姚。
催促元勋纪,欢呼敌首枭。明知霖雨渴,不用鼎烹要。
豫卜中兴汉,毋徒小惠侨。寒儒钻蠹简,雅志自垂髫。
有梦骞鹏浪,无心玩翠苕。忆曾持铁寸,误辱采桐焦。
步想长楸展,痴成大瓠呺。长怀梧凤表,屡赋草虫嘤。
官冗盆缫茧,身羁甲附蜩。不辞行役倦,愿奉燕居夭。
抱璞求礛琢,荒畴待蓑穮。木瓜如许赠,誓志报琼瑶。

程　俱(1078—1144)

送江仲嘉褒东还家山方将从赤松子游为作仙游之诗以相步虚云

空山月出栖鸟惊,溅溅暗溜山间鸣。桂阴冪历夜香冷,有人步虚闻紫青。
翩然骑麟下青冥,君非远游定方平。云軿冉冉风袂举,左右玉立花娉婷。
手摩我顶一笑粲,别来弹指三千龄。至言不烦去畦町,齿下端有真长生。
忽然纵身浮太廷,却笑炼砂飞八琼。采芝方壶濯南溟,秦姬吹箫缑氏笙。
茫茫齐州九窅尘,人间可哀胡不闻。

程元凤(1200—1269)

明堂大礼庆成诗(其一)

圣心翼翼对苍穹,祴事明禋协肃雍。玉辂晓升香雾瀚,紫坛夜款瑞烟浓。
风声应律谐箫管,月色澄空映璧琮。丹凤楼前恩施溥,欢呼三祝效尧封。

程　卓(1153—1223)

云　岩

石门一望路迢迢,五老峰高耸碧霄。泉挂珠帘当洞口,烟拖练带束山腰。
香炉捧出仙人掌,辇辂行过织女桥。午夜月明天似水,鹤归松顶听吹箫。

戴表元(1244—1310)

东阳方韶卿惠古意七篇久不得和五月二十六日将假馆宗阳桥稍有闲暇乃为次韵因寄讯彼中吴子善前辈(其七)

永康经济学,近古将无同。甥孙世其业,汗马收全功。
我欲揽遗迹,双眸冰镜空。君亦跨黄鹄,吹箫白云中。

招子昂饮歌

与君相逢难草草,与君相逢苦不早。人生何处小泥涂,此日飘零武林道。
武林城中马如云,闭屋狂歌人不闻。狂歌自笑君亦笑,依然狂绝不如君。
君歌岂是真狂者,青衫少日春潇洒。至今俊笔五花纹,最惜青眸十步下。
虚名何用等灰尘,不如世上蓬蒿人。黄金偏趋不贫室,白发难老无愁身。
风雨无情亦如此,凄凄但聒穷人耳。不见朱楼高到天,凤箫龙管连朝起。
连朝笙管可奈何,我歌且止须君歌。青天白雪望不极,坐见绿水生层波。
我生胡为被狂恼,江头鱼肥新酒好。从今作乐拚醉倒,与君相逢难草草。

戴昺(?—?)

七夕感兴二首(其一)

家家欢笑迓星期,我辈相邀只酒卮。矫俗何须标犊鼻,甘愚不解候蛛丝。
新秋光彩月来处,半夜清凉风起时。一曲玉箫尘外意,此音除是鹤仙知。

有妄论宋唐诗体者答之

不用雕锼呕肺肠,辞能达意即文章。性情元自无今古,格律何须辨宋唐。
人道凤箫谐律吕,谁知牛铎有宫商。少陵甘作村夫子,不害光芒万丈长。

戴复古(1167—?)

孙季蕃死诸朝士葬之于西湖之上

卜宅西湖上,花翁死亦荣。诙谐老方朔,旷达醉渊明。
风月生前梦,歌诗身后名。风流不可见,肠断玉箫声。

游云溪与郡宴用太守韵即事二首(其二)

官府太平无一事,凝香座上著衰翁。飘摇短棹游方沼,缥缈高楼倚半空。
把酒夜深霜落后,吹箫人在月明中。使君笑指梅花说,去岁今年事不同。

邓　林(？—？)

客孟氏塾戏降紫姑

隔溪云薄雨飘萧,欲采荷花不见桥。钗卜无凭芳信杳,酸风空度凤台箫。

邓　肃(1091—1132)

小　　饮

断臂一朝续狼肉,楛矢漫空夜相逐。海凫乱飞三丈毛,蓝田不行四寸玉。
何如南岳追祖风,云间坐致桃李秋。笑尽酒船三百斛,醉吹箫管上晴空。

丁　黼(1167—1236)

寄题不碍云轩二首(其二)

驾鹤归三岛,骑麟入九霄。只应明月夜,来此坐吹箫。

丁　谓(966—1037)

柳(其一)

杨柳郁氤氲,金堤总翠氛。庭前花类雪,楼际叶如云。
列宿分龙影,芳池写凤文。短箫何以奏,攀折为思君。

楼

几集元规会,曾留子建题。东南当日出,西北与云齐。
帝里五百尺,仙家十二梯。吹箫多感激,丹凤竟相携。

箫

庄籁知天理,虞韶见帝心。轻清杨柳曲,和乐凤凰音。
翼展编筠密,中虚镂玉深。吴门休鼓腹,仙侣好追寻。

丁先民(？—？)

游　大　涤

我欲避尘嚻,乘风入洞霄。循溪山作路,驾水石为桥。
台殿黄金锁,神仙碧玉箫。拂衣天柱顶,清思欲飘飘。

董嗣杲（？—？）

九月十五日有感

浔阳江上看明月,月落孤眠百感生。十二年前如昨日,竹斋曾醉凤箫声。

离沣源口即事

悠悠漾漾泛烟篷,两耳听彻江声空。水步涉历休折柳,晴宵又泊沣源口。
何待月上淮山头,黄昏更好寻泊休。红糟酿鱼可荐酒,剧饮谁能尽五斗。
斗斜月出夜已分,江声人语寂无闻。惜无苏仙共此快,独自吹箫离巡寨。

杜　氏（？—？）

北　行　作

江淮幼女别乡闾,好似明妃远嫁无。默默一心归故国,区区千里逐狂夫。
慵拈箫管吹羌曲,懒系罗裙舞鹧鸪。多少眼前悲泣事,不如花柳旧江都。

范成大（1126—1193）

四时田园杂兴六十首·冬日田园杂兴十二绝（其三）

屋上添高一把茅,密泥房壁似僧寮。从教屋外阴风吼,卧听篱头响玉箫。

八场平闻猿

清猿泠泠鸣玉箫,三声两声高树梢。子母联拳传枝去,忽作哀厉长鸣号。
天寒林深山石恶,行人举头双泪阁。雪涧琴心未足悲,须写峡中肠断时。

次韵杨同年秘监见寄二首（其一）

瘴云岚雨几时归,应把周南视九夷。旧说鬼神惊落笔,新传狐兔骇搴旗。
韶江石老箫音在,庾岭梅残驿使迟。自古朱弦清庙具,莫贪鹏海看天池。

范纯仁（1027—1101）

和持国赠微之

元老邀宾乐事并,每居右席愧群英。里中耆旧唯公长,醉里篇章映古清。
柔袂缓舒鸾鹤舞,短箫轻引凤凰鸣。莫嫌尊酒过从数,向老交游更有情。

范 镗(?—?)

书碧落洞

君不见英江碧落之洞之奇异,览遍堪舆无一二。
乱石丛中孕粹精,万里荒崖启灵秘。飞来峰喜石玲珑,后人雕琢徂真风。
通天岩穴亦幽敞,有山无水非吾从。锦石半空杳元径,泉石犹怜未相应。
星岩山泽本自佳,却被渔人苦深病。何如此洞妙神工,架空绝壑如长虹。
一水中流抱青碧,群峰掩映迷仙迹。巨灵擘开神禹凿,怪石硿峒豁寥廓。
云华缥缈闻箫笙,宝室光腾下鸾鹤。初疑河汉通天阊,欲泛星槎一问津。
又如误入桃源浒,□□恐有先秦民。我生僻性耽奇特,每遇胜游兴增逸。
□来得此慰初心,积虑沈疴恍如失。吴罗二子亦豪英,溪头饮我双玉瓶。
醉来睎发云霜外,一笑林壑生秋声。洞天福地遍天下,蓬岛三山终幻化。
会当八极恣神游,小作行窝驻吾驾。

范仲淹(989—1052)

睢阳学舍书怀

白云无赖帝乡遥,汉苑谁人奏洞箫。多难未应歌凤鸟,薄才犹可赋鹪鹩。
瓢思颜子心还乐,琴遇钟君恨即销。但使斯文天未丧,涧松何必怨山苗。

范祖禹(1041—1098)

望朝元阁

昔年曾上阁边行,步步凌霞出太清。鹤驾不归云缥缈,凤箫空断目分明。
秦川错绣孤烟媚,渭水浮银落日横。惆怅重游今未遂,参差天半望飞甍。

王岐公挽词三首(其三)

　　王俭风流相,岐公博赡资。敷文成国典,亮采作官师。
　　剑佩空黄阁,音容想赤墀。元臣葬礼盛,箫吹朔风悲。

方 回(1227—1307)

次韵宾旸啼字犹字二首(其二)

往年灯火醉樊楼,月落吹箫未肯休。不惜黄金追胜事,肯回青眼顾时流。

燕来鸿去春光在,死易生难病脉浮。更问西池赏花约,心虽欲往豫兮犹。

离骚九歌图

正则灵均皇揆余,屈子文章古所无。我尝痛饮读□□,□乃复览九歌图。
九歌根源何所自,羲文周孔易□□。□□坤马中孚鹤,鼎虎革豹未济狐。
载鬼一车豕负涂,先张之弧后说弧。奇奇怪怪浩以博,湘累取以为范模。
东皇太一九霄下,百灵护驾飞龙趋。云中之君俨帝服,眇视四海翔天衢。
尧女舜妃两婵娟,想见当年泣苍梧。大少司命尾东君,倏来忽逝纷驰驱。
河伯白鼋弭英辅,山鬼赤□□□。桂酒椒浆奠瑶玉,鼓迎箫送鸾凤舆。
佳人在望□□□,□君不见心踌躇。采芳馨兮日将暮,有所思兮甘糜躯。
吾王不寤蛾眉嫉,知心惟有寡女嫠。一士葬鱼亡楚国,而况他日秦坑儒。
我诗颇似贾谊赋,敬吊先生空嗟吁。

方士繇(1148—1199)

寒　栖　馆

苍崖凌绛霄,横席坐高迥。遥夜闻吹箫,山空月华冷。

方惟深(1040—1122)

和吴门章太守五日宴九老于广华诗

使君萧洒上宾闲,金地无人昼敞关。风静箫声来世外,日长仙境在人间。
诗成郢客争挥翰,曲罢吴姬一破颜。此节东南无此会,高名千古映湖山。

方信孺(1177—1223)

义宁华岩洞和纯阳真人(其二)

跨鹤曾来不记年,洞中流水绿依然。紫箫吹彻无人见,万里西风月满天。

方一夔(？—？)

四时宫词(其一)

阳和不解遍深宫,黯黯春愁伫立中。岁给买花藏笥箧,夕香拜月散帘栊。
镂金巧胜匀如剪,绉縠中单薄似空。一曲紫箫吹彻后,蔷薇几度老春风。

方　岳(1199—1262)

龟巢夜宴

落日鸳鸯睡浅坡,荷花初醒水微波。玉箫吹断晴云湿,最觉池宽得月多。

次韵赵端明万花园(其四)

玉箫吹断知何许,柳径日长娇燕舞。鹤城半掩人未归,数点春愁杏花雨。

冯时行(？—1163)

刘守生日

天清地净行清秋,帝命吉祥驱蓐收。九霄坠露濯仙骨,冰壶翠鉴尘不留。
十年持节东西州,绣衣辉煌照遐陬。山之岷峨水之涪,两川至今腾歌讴。
渝城突兀大江头,岂足滞公霄汉游。郁葱之山海上浮,上有仙人老浮丘。
玉井莲开花作舟,载公缥缈登瀛洲。琼瑶之台白玉楼,霞裾飘飘海上游。
仙人吹箫劝黄流,一觞不老仍不愁。始知仙凡隔尘土,人间衮衮真浮沤。

葛　闳(1003—1072)

桐柏观

桃花烂漫春溪暖,紫玉箫沉月树昏。未觉台中光景晚,人间归去见来孙。

葛起耕(？—？)

楼　上

楼上何人奏玉箫,数声和月伴春宵。断肠唤起江南梦,愁绝寒梅酒半销。

葛绍体(？—？)

次　韵

吟边逡巡风雨催,秋空萧索声隐雷。老松相应发清响,疑伴吹箫仙子来。
当年作楼远尘务,坊僧执筹工执锯。爱他栏槛看云山,不肯匆匆下楼去。

葛胜仲(1072—1144)

次韵宏道游三官院园时余往辟廱不果往

晚携胜友共扬镳,应厌家鬟捻紫箫。逮得暇时能有几,每逢佳处且相邀。
大夫高挹髯龙操,公子闲窥白雁标。独恨抗尘乖寄赏,偶飞轻盖四门桥。

葛天民(?—?)

元　夕

天街夜鼓彻云霄,一望星河影动摇。佳节无如元夕盛,老怀不似少年豪。
红尘巷陌青丝鞚,明月楼台紫玉箫。谁料南坡招野叟,诗肩相对两峰高。

龚颐正(?—?)

陈山龙君祠迎享送神曲(其三)

吹洞箫兮望极浦,君之归兮云在下土。十风兮五雨,祐我海邦兮污莱斥卤。
君不来兮使吾心苦,千秋万岁兮为民所怙。

顾　逢(?—?)

赠吾世衍

士友多交接,惟君有敬心。少年精古篆,诸老喜新吟。
箫品神仙曲,琴弹山水音。无人知此乐,只有竹房深。

顾　临(1028—1099)

和孔司封题蓬莱阁

万壑千岩满数楹,当中秦望翠开屏。朝游箫吹闻仙乐,夜散灯光堕列星。
聊寄蘧庐消白日,何须扁舸到沧溟。飘然赋此得真意,直欲乘空御鹤翎。

郭祥正(1035—1113)

山　中　乐

寻山佳兴发,一夜渡江月。首到庐江元放家,水洞清光数毫发。
爱之便欲久栖息,又闻灵仙之境敞金阙。清风吹我衣,不觉过皖溪。
危梁千步玉虹卧,松行十里青龙归。烟霞绕脚变明晦,忽见殿阁铺琉璃。
重檐却在迥汉上,倚栏俯视白日低。虚庭自作箫籁响,屋角更无飞鸟飞。
霓幡重重蔽真御,仿佛遥见星文垂。长廊纱笼绝笔画,老龟稳载青瑶碑。
更逢逍遥不死客,齿清发翠桃花肌。箫台可到亦非远,云间况有白鹿骑。
细窥绝景辄大笑,吾曹何事尘中为。安得良田三百亩,可以饱我妻与儿。
长年只在名山里,万事纷纷都不知。

松门阻风望庐山有怀李白

北风阻船泊湖湄,北望庐阜青无痕。晴云自舒仍自卷,白龙欲眠犹宛转。
秋空漠漠秋气浅,碧天蘸水如刀剪。篙师畏浪不敢行,却忆李白骑长鲸。
倒回玉鞭击鲸尾,锦袍溅雪洪涛里。霓光溢目精神闲,终日高歌去复还。
飞流直下三千尺,风吹银汉落人间。天送醇醪倾北斗,群仙吹箫龙凤吼。
李白一饮还一醉,醉来岂知生死累。倏然却返玉皇家,不骑鲸鱼驾鸾车。
留连自摘蟠桃花,嚼花吐津染朝霞。不信如今三百载,顽鲸骇浪空相待。

凌歊台呈同游李察推

腊月欲尽春风来,壮士寻春上高台。金乌慢飞光徘徊,照散冰霜天地开。
梅花披香柳烟袅,狂杀钱塘苏小小。玉箫金笛鸣高楼,怅望传书落青鸟。
吾曹强饮三百杯,老去功名安在哉。欲驾飞鱼入东海,王母为我倾金罍。
莲华变碧蟠桃熟,仙家四时应不速。醉来拍手乘紫烟,游遍洞天三十六。
高歌杳渺春风里,我怀清澈西江水。腐儒往往哈吾狂,犹幸扬雄作知己。
脱君身上蜀锦袍,解我腰下并州刀。更沽美酒共君饮,不负今朝春思豪。

漳南王园乐全亭席上呈同游诸君坐客刘公曰有水一池有竹千竿可以赋诗浪士勇起索笔即其言缀成长调文不加点

乐全有水一池,有竹千竿。池通两潮信,密竹四时寒。
引子黄鹂弄语,探鱼碧鸟忘还。
复有佳宾命酌,水晶交错觥船。空中闻玉箫,王母想乘鸾。
问君不醉当何适,百岁忧愁今夕欢。嫦娥痴姑理冰盘,绛龙蜡泪痴不干。
孰知大海腾波澜,自有人世藏仙源。刘公八十精神全,留子造古风义全。
蔡阮名家文学全,王氏世医阴骘全。
兀兀浪士天机全,乐全乎,且饮酒,独醒怀沙亦何有。

郭　印(?—?)

夫人挽词二首(其一)

娈彼闺房秀,泠然玉雪容。月箫难择对,石窌侈疏封。
涵泳诗书习,扶持扇枕供。三荆方擢秀,云壑卧双松。

申夫人挽词

凤去鸾随事可伤,唯传妇道式闺房。紫箫吹月元同上,宝剑凌波亦并藏。
南涧蘋余空自老,北堂萱在为谁芳。幸哉有子遵遗计,外氏犹能谨祭尝。

韩 淲(1159—1224)

太尉武泰节度寿昌侯挽词(其三)

晚节斋坛拜,勋名已四朝。开边屡铜虎,告弟仅金貂。
壮志自难已,英魂孰得招。中原诸老尽,江海听吹箫。

韩 驹(1080—1135)

李少愚母挽诗

石窌恩虽渥,潘舆恨已遥。南天丹旐湿,朔吹繐帷飘。
不复迎船笋,惊闻引葬箫。九原封若斧,泪溢冶城潮。

韩元吉(1118—?)

秋雨新霁过赵慎中留饮

门外黄尘有底忙,主人高卧兴何长。春风竹树箫笙转,雨足轩窗笑语凉。
耳热漫思官里事,眼明犹识醉时妆。紫云莫厌频来客,未抵当年御史狂。

何子举(?—1266)

清渭八景·高村夜月

缓步高村纳晚凉,徘徊更觉景难忘。一轮月照碧梧影,万窾风飘丹桂香。
苏子何须游赤壁,群仙正好泛琼觞。洞箫吹彻东方白,玉兔还留不夜光。

贺 铸(1052—1125)

秦淮夜泊

官柳动春条,秦淮生暮潮。楼台见新月,灯火上双桥。
隔岸开朱箔,临风弄紫箫。谁怜远游子,心旆正摇摇。

丛台歌

累土三百尺,流火二千年。人生物数不相待,摧颓故址秋风前。
武灵旧垄今安在,秃树无阴困樵采。玉箫金镜未销沈,几见耕夫到城卖。

君不见丛台全盛时,绮罗成市游春晖。一从雕辇闭荒草,萧散行云无复归。
韶魂想像风流在,晴华露蔓犹依稀。盘纡棘径撩人衣,禾黍晚成貂貉肥。
层檐碧瓦碎平地,梦作鸳鸯相伴飞。登临吊古将语谁,城郭人民今是非。
指君看取故时物,南有清流西翠微。彷徨华表不忍去,岂独辽东丁令威。

洪刍(？—？)

次韵和南山即事呈使君

鸟啼花落奈春何,谩道春光特地多。不见饧箫寒食后,暂陪觞咏惠风和。
竹衫争醉丰年日,瓦鼓仍闻载路歌。五马来嘶莫愁雨,满堂冠弁共峨峨。

洪迈(1123—1202)

送制置使王刚中帅蜀

上都门外垂杨陌,叶叶经霜不堪折。春光犹未到梅花,何物当扳送行客。
路人惊问去者谁,高牙大纛争光辉。君王应念蜀父老,故辍侍臣来紫微。
明光起草文章手,却听元戎报刁斗。回首翔鸾一梦中,玉箫缓送成都酒。
邛郲九折何足驱,慷慨功名真丈夫。成都花锦君莫恋,早晚归凯持钧枢。

洪适(1117—1184)

次日宏父携家出游而小雨新晴

山头霞彩发天光,初日曈昽射短冈。莫使吹箫寻古曲,直宜点额作新妆。
不禁风雨飞来急,颇觉园林减却香。花下凌波奏奇舞,腰支尺六笑垂杨。

程通判挽诗二首(其一)

力行先孝友,潜处伴耕樵。日奉斑衣戏,风移尺布谣。
白头方得禄,朱绂便登朝。车作骈骝折,松烟喝鼓箫。

胡铨(1102—1180)

送 菊

卧病高秋留海浦,明日重阳更风雨。杜门不出长苍苔,令我天涯心独苦。
篱角黄花亲手栽,近节如何独未开。含芳闷采亮有以,使君昨暮征诗来。
凌晨试遣霜根送,畚玉虽微甚珍重。极知无意竞秋光,往作横窗岁寒供。

忆我初客天子都,西垣植此常千株。结花年年应吹帽,始信南邦事尽殊。
愿得封培自今日,何间朱崖万家室。秋香端不负乾坤,但愿箫管乱畴匹。
归去来兮虽得归,念归政自莫轻违。他日采英林下酌,谁向清霜望翠微。

胡　宿(995—1067)

蓬　莱　词

瀛阆盛佳招,排云下赤霄。水犀梳插鬓,火玉佩垂腰。
凫影朝青鸟,鸾音咽紫箫。鳌宫无夜色,豹髓未尝烧。

燕　洞　宫

洞里青娥赤玉箫,香童迎过百花桥。身轻不待泠风驭,天隔难逢翠羽翘。
仙醴四升谁酹酊,使乌三足自飘飘。座中若话金庭事,记取真人是子乔。

石曼卿学士挽词

才出群英表,文推一代雄。灵蛇操掌上,云梦纳胸中。
醉墨千峰立,吟毫八极空。居官疏皎核,处世倦磨砻。
绿酒常埋照,清琴自寄通。昌言曾拂治,密疏早谈戎。
天子知亭伯,时人重孟公。何言执戟滞,便到阖棺穷。
鸳鸟巢门止,骅骝掲枥终。芝筋留御帐,箫赋落王宫。
薄葬依庄叟,残书付所忠。惟余身后得,凛凛是英风。

胡　寅(1098—1156)

和朱成伯(其一)

劫劫官身未许收,江山到处发诗愁。弃繻西上今将老,襆被东来又欲秋。
安得紫箫横鹤背,漫从清钓觅羊裘。黄梅正作冥冥雨,每咏新篇兴转悠。

过方广不遇主僧留示

崎岖荦确梁复矼,赪肩四力流汗杠。笋舆轧轧三十里,乃值道人游近邦。
倦躯且借禅榻卧,仰睇杰阁丹青庬。泉湍夜挟风雨壮,撼床殷枕如涛江。
晴峦空蒙染佛髻,白月皓皓团僧窗。高杉大松间修竹,烟旌雾盖参云幢。
要须酒壶缀羊羫,哀箫怨笛歌鬟双。缅怀东岩谢太傅,提携靓艳凌硿岘。
不学香山白居士,只与如满相敦厖。想君闻之笑且哤,西东分流岭头泷。

归来亦复有何好,方寸坐以钟鱼降。留诗六反皆震动,鱼谁考击钟谁撞。

胡致能(?—?)

咏润州[①]

一昨丹阳王气销,尽将豪侈谢喧嚣。衣冠不复宗唐代,父老犹能道晋朝。
万岁楼边谁唱月,千秋桥上自吹箫。青山不与兴亡事,只共垂杨伴海潮。

胡仲弓(?—?)

泠风阁

高阁凌云四望赊,剑城横案俯千家。乘风列子留行馆,飞舄王乔有别衙。
天女下游箫引凤,仙人来宴枣如瓜。溪山胜绝非尘世,帆过真疑海上槎。

和希膺韵

醉将浓墨写乌丝,湖海相逢彼一时。洗竹仅留墙外笋,买花空拣担头枝。
白鸥早已寒前约,青鸟谁知误后期。惆怅玉箫声已断,倚阑重省寄来诗。

赠神籁谈天

曾将甲子问群生,来向人间说五行。眼底精神虽晦昧,胸中造化却分明。
指推宝历八千数,时弄玉箫三四声。袖里百篇题品尽,何曾识得一公卿。

中秋望月呈诸友

长空万里琉璃滑,冰轮碾上黄金阙。清光烁尽满天星,桂枝摇落蟾蜍活。
故园此夕尽翘首,望杀阴精眼沥血。乌鹊绕树飞且鸣,世间昼夜无分别。
诗人兀坐冰壶中,清气萧萧透毛骨。玉箫何处招凤凰,更抱琵琶对风拨。
可人来赴今秋期,共举霞觞酌明月。醉边且尽今宵欢,后会相望隔闽越。

华　镇(1051—?)

杂咏三首(其三)

日曝山头土欲焦,全家冒日走岩峣。石泉绝涧阶千级,岭路穿云线一条。
借问裹粮朝历险,何如坦腹夜吹箫。□□□□□□□□,□□□□□□□□。

---

① 释仲殊《京口怀古(其二)》内容与此诗相同,不再重复收录。

春日杂兴十五首（其十五）

中和嘉会日，名都肆广筵。华榱荫簪裾，樽俎森盈前。主宾兴方谐，威仪曾未愆。凤箫密银簧，瑶琴掩朱弦。众优凑广庭，跹蹮飒回旋。被服价古制，咿呜操方言。钲鼙杂鸣击，促数竞喧填。歌舞养心耳，心耳今烦悁。恐非君子音，不足延永年。

黄　裳（1043—1129）

石榴庭院有感

石榴庭院翠华深，千点胭脂一簇心。日永风微花自笑，吹箫人在绿交阴。

燕　子　楼

盼盼初归楼上时，想如燕子长双飞。有才将色世间少，况复节义犹堪依。将军一去十余载，玉箫瑶瑟无心解。岂不能死空相随，以色累公非所知。白老曾为赋诗客，风袅花枝醉无力。后会勋郎汉阳驿，因语歔欷已成昔。走笔还赓美人句，犹感白杨堪作柱。我来登赏非唐人，尚引多情聊怆神。人生真尽皆为尘，百年一饷难留春。高楼人散谁复亲，只有燕子年年新。

黄　庚（？—？）

修竹有楼名与造物游对秦望山五云门①

秦望诸山隐几看，仙居缥缈五云端。天高地迥三千界，月白风清十二阑。沧海气侵珠佩湿，明河影逼玉箫寒。超然身在鸿蒙上，何必蓬莱跨紫鸾。

黄庭坚（1045—1105）

题樊侯庙二首（其二）

门掩虚堂阴窈窈，风摇枯竹冷萧萧。邱虚余意谁相问，丰沛英魂我欲招。野老无知惟卜岁，神巫何事苦吹箫。人归里社黄云暮，只有哀蝉伴寂寥。

外舅孙莘老守苏州留诗斗野亭庚申十月庭坚和

谢公所筑埭，未叹曲池平。苏州来赋诗，句与秋气清。

---

① 林景熙《王修竹监簿名楼曰与造物游命予赋》内容与此诗大致相同，仅个别字词有异，不再重复收录。

僧构擅空阔,浮光飞栋甍。维斗天司南,其下百渎倾。
贝宫产明月,含泽遍诸生。槃礴淮海间,风烟侵十城。
籁箫吹木末,浪波沸庖烹。我来抄摇落,霜清见鱼行。
白鸥远飞来,得我若眼明。佳人归何时,解衣绕厢荣。

几复读庄子戏赠

蜩化抢榆枋,鹏化抟扶摇。大椿万岁寿,槿英不重朝。
有待于无待,定非各逍遥。譬如宿舂粮,所诣岂得辽。
漆园槁项翁,闻风独参寥。物情本不齐,显者桀与尧。
烈风号万窍,杂然吹籁箫。声随器形异,安可一律调。
何尝用吾私,总领使同条。惜哉向郭误,斯文晚未昭。
胡不弃影事,直以神理超。木资不才生,雁得不才死。
投身死生中,未可优劣比。深藏无所用,一寓不得已。
逍遥同我谁,岁暮于吾子。

黄彦平(?—1146?)

南 部

南部风流志,东山窈窕容。诗笺元襞彩,史笔近书彤。
花月妖时见,闺房美间钟。梦兰宵有证,吞蕊露添浓。
稍讶钗分髻,还怜镜隐胸。吹箫仪彩凤,遗策驻游龙。
会是云间堕,真成月下逢。光风开豆蔻,钿履上芙蓉。
湘岸传虚瑟,昆廷学晚钟。瑰姿随月满,绮思殢春慵。
乱絮飞何远,繁花影自重。红裳明洛浦,白雨湿巫峰。
织女期清汉,宜男结绿茸。丹书多避忌,银叶竟怔忪。
每遂西瑶宴,长防北斗春。屏深金屈戌,佩响玉玲珑。
阅古柔情极,绸书逸兴浓。烛还通德侍,研有雪儿供。

黄 漳(?—?)

凤 山

凤山之岭高崒嵽,上有仙人吹洞箫。俯瞰众流浩无际,纵观万壑亦来朝。
衣冠幸际承明日,壶矢况逢拔俗标。长啸一声海天阔,凌风毛发故萧萧。

黄　铢(1131—1199)

梅　花

玉箫吹彻北楼寒,野月峥嵘动万山。一夜霜清不成梦,起来春信满人间。

家铉翁(1213—?)

前岁上元与赵任卿寓临安追逐甚乐今年同在建溪任卿先赴郡席小雪忽作且知早筵遂散独坐无聊因得二诗却寄(其二)

沙河红烛暮争然,花市清箫夜彻天。客舍风光如昨梦,帝城歌酒又经年。老僧强作琉璃供,上客先逢玳瑁筵。不许裴郎同夜饮,新妆月底为谁妍。

姜　夔(1155?—1208)

过　垂　虹

自作新词韵最娇,小红低唱我吹箫。曲终过尽松陵路,回首烟波十四桥。

越中士女春游

秦山越树两依依,闲倚阑干看落晖。杨柳梢头春又暗,玉箫声里夜游归。

孔平仲(1044—1102)

送　王　通　叟

浔阳江头夜吹箫,旁若无人声正调。问之谁何天鬻子,谪官东南数千里。当时司马泣琵琶,君独怡然奏宫徵。但能如此游世间,于诸荣辱何忧喜。

自　重

千金人所重,一物人所轻。君子欲自尊,接物以至诚。
行谊金石固,笑语箫韵声。群居自耸畏,暴慢何由形。

孔武仲(1041—1097)

板桥辞太母灵舆三首(其一)

吉仗凶仪备古今,哀歌仍杂管箫音。喧阗四海修同轨,未满君王孝养心。

板桥辞太母灵舆三首(其二)

郁郁陵台瑞气多,短箫声裂想悲歌。西郊泪尽身先返,唯有心随洛水波。

黎廷瑞(1250—1308)
凤凰台二首(其一)
泪落零阳酒一杯,赤藤遗墨亦堪哀。苍梧云去箫声冷,莫是当年也误来。
饮百花洲四首(其二)
湖山几度少年游,散发吹箫坐小舟。秋鬓苍苍春树碧,更堪重过百花洲。
重阳雨与汤叔巽诸公斋亭小集
初余抚奇节,赏事弥穿峦。幽跻几屐换,豪饮百榼干。
讵知中年至,况复行路难。林谷深且窈,岩岫绕复攒。
丛疑熊豹伏,穴惴龙蛇蟠。昼雨已冥冥,夕云亦漫漫。
升高躬易危,居卑心所安。萧斋岂不陋,英集聊相欢。
东篱献初华,西风被峨冠。泛泛茱萸觞,落落首蓿盘。
接此造极谈,胜彼登峰观。终然有深怀,悠哉发长叹。
泰华采香雪,小山访遗丹。凭谁吹玉箫,云外呼青鸾。

李处权(?—1155)
江上望灵石
似闻环佩杂箫笙,鼎立争雄凛太清。不与古今争变化,可能舒惨属阴晴。
花开玉井难求种,月下瑶台但有名。我亦生来未尝屈,敢持方寸并峥嵘。

李 复(1052—?)
和人游千金公主园池
溪流古堞带林高,林下行通小水桥。但有春风催载酒,更无仙凤伴吹箫。
花间鸟散惊藜杖,沼际波回转桂舠。尘迹寻余思一吊,楚魂飞尽不能招。

李 纲(1083—1140)
鸣山驿次韵蔡君谟续梦作
一梦神游紫府天,觉来身寄驿亭眠。何须怅望吹箫女,独跨青鸾入翠烟。
立 春 日
春风吹到海南边,气候浑如二月天。幡胜戴来聊应节,鼓箫鸣处已祈田。

花梢柳眼争明媚,溪色山光愈翠鲜。生菜春盘谁与送,玉人纤手自婵娟。

李 庚(?—?)

题尤使君郡圃十二诗·玉霄亭

亭亭玉霄峰,列仙皆羽化。把酒碧桃间,吹箫明月下。
嗟我落尘凡,鹤背应难跨。夫子真癯儒,好上班麟驾。

李 革(1194—?)

梅花集句(其一三五)

古苔留雪卧墙腰,小户无风暖气饶。一段好春藏不得,有人和泪独吹箫。

梅花集句(其一八二)

林间明见月,深户映花关。想像吹箫处,空寻伊洛间。

李 光(1078—1159)

新　桥

贾客船回泊暮潮,夜凉乘月卧吹箫。两堤更拟栽垂柳,掩映荆溪罨画桥。

李 琎(?—?)

题金陵杂兴诗后十八首(其五)[①]

长干小妇学吹箫,楼外闲风弄翠条。近得广陵消息未,暮潮已过赤栏桥。

李流谦(1123—1176)

次韵宋德器春晚即事五首(其五)

柳老阴阴密,榴繁灼灼明。持杯了醒醉,拊槛置枯荣。
谷旷箫笙杂,江空镜像呈。澄心著老眼,物物见真情。

送樊漕移帅泸南

金龙直岁当玄冥,忆公剖竹江阳城。碧鸡坊中驻千骑,裁诗饯送双旌行。
逢人到处说项斯,岂贱子故唯先盟。一官泮水谢推挽,挟策仍许从诸生。

[①] 周文璞《金陵杂咏(其二)》内容与此诗相同,不再重复收录。

只词华衮岂易得,再以荐墨光姓名。一朝去我生怊怅,呱呱欲作啼雏婴。
向来宦海四十年,白首一节无斜倾。只今耆旧直可数,曷不往矣司机衡。
诏书连年到西蜀,归田奏上群儿惊。西南夷蜑惟稽颡,男耕女织鼓不鸣。
庙堂彻桑戒无事,正以卧护烦老成。犬羊腥膻亦人耳,悦安恶扰皆其情。
不须谈兵但饮酒,帅非尔帅乃父兄。秋光如水浸行色,牙纛猎猎风有声。
毡褐迎道沸群獠,弓刀绕帐森千兵。丈夫未遂调燮事,华皓得此亦足荣。
观公畜德有余地,如海既酌随复盈。晚福衮衮盖未艾,善颂何以歌箫笙。
更须书考二十四,永与松鹤同坚清。

李若水(1093—1127)

次颜博士游紫罗洞五首(其二)

长藤呵路多公侯,我辈不应来宦游。平生流涎向云水,此心已往形独留。
黄沙霏霏乌帽底,三载长安饱尝此。何如闲把一茎丝,坐钓澄江月明里。
采芝仙人今岂无,踏遍山腰日已晡。白云可衣兰可佩,御寒不必思丰狐。
人生此段差可乐,风御径须游六幕。夜深何处风箫声,留得余音传万壑。

李慎言(?—?)

抛球曲三首(其二)

隋家宫殿锁清秋,曾晚婵娟扬绣球。金钥玉箫俱寂寂,一天明月照高楼。

李　石(?—1181)

扇子诗(其八)

月下九九仙,云间七七泉。唤起吹箫子,跨鹤飞上天。

扇子诗(其二二)

夜凉红藕六铢衣,露滴银床树影稀。醉把玉箫风鬓乱,乘鸾初自月归来。

李　新(1062—?)

隔墙吹箫悲深有作

撄心人事细如蓑,浑有童心奈老何。湿雪尽随哀泪堕,清箫不与哭声和。
归休最病良田少,侵老终怜季子多。无命无才犹有友,但怜雄辩正悬河。

听王子定吹箫

水花浸鬓根,荷叶践衫色。西城王老子,豪健不可得。
客从日没来,鹑衣遍黄埃。银杯未羽化,公余烦一开。
山猿供嘉果,书萤惊蜡炬。能持白玉箫,为作苍鸾语。
凉飙助清奏,雨脚挥残暑。台边舞凤拍云来,潭底吟龙擘波去。
君不见宁王当日争门迎,三十六宫学新声。玉人今夜教何处,二十四桥空月明。
西城烟景何疏索,王子宦情殊不恶。有田日种黄金茅,叵奈蠹虫摇齿脚。
少年英气无羁络,浩唱高弹神自若。春风走马入花林,红日垂头困瑶阁。
老去腰支便矍铄,座人那肯妨诙谑。飞觞得似少年时,西窗几度灯花落。

李彦弼(?—?)

傲暑栖霞洞

嵌窦栖霞,觑觑转构。左骖鸾翼,右耳凤箫。
爽排酷烈,境邈氛嚣。静者多妙,于焉消摇。

李之仪(1048—1127)

得延之书书尾戏答

齿豁童头老可憎,艰难相值历何曾。吹箫问渡愧未达,终有心头一点蝇。

杂挽诗四首(其四)

子令钦平昔,多惭接俊游。升堂称有志,执奠叹无由。
逝水空归壑,春风忽变秋。箫声到原尽,千载想风流。

子瞻参寥太虚同游惠山用王武陵窦郡朱宿三诗韵各有所赋参寥录以相示余将游焉用次其韵(其二)

三子骨已朽,来者非一人。箫声起孤凤,抑按皆清新。
松阴贮老月,藓晕涵苍磷。崎岖固有属,千载无纤尘。
物物吾已矣,今昔是可均。何当事一壑,顾水终为邻。

玉箫庵今名天圣庵

白发不我贷,青山亦世情。斧斤借羡力,遂易当时名。

吹箫人可想,有念应难平。从兹定相忘,那更随戏成。
松门插天半,竹径梳晶荧。所期茅茨永,丹碧岂愿营。
含凄振落日,拊事悲颓龄。吾生倪与归,境界滋光明。

陶隐居书堂

山云自往来,人事久萧索。谁为插小松,记此常栖泊。
坡陀披浅麓,窈窕带远壑。著书方呻吟,谁与会所乐。
鸾凰耿莫追,岁月俨如昨。隐约玉箫声,憔悴金匕药。
风来万籁奏,一笑竟难约。尚友徒此心,相期在寥廓。

廖　刚(1071—1143)

题临漳台(其二)

画栋岧峣倚翠微,玉箫声断紫烟飞。凭阑万里秋光老,谁会长吟久未归。

廖行之(1137—1189)

七　　夕

从昔人传鹊作桥,一年牛女会清宵。几家乞巧罗瓜果,是处开樽沸管箫。
云雨暂成银汉约,风雷催趁玉晨朝。凭谁与问支机石,好上仙槎款碧霄。

林　俛(？—？)

彩　云　轩

沧海扬尘已几回,麻姑缓步此峰来。彩云缥缈闻仙乐,绿篆淋漓锁翠苔。
仙境长留闲日月,飞仙宜号小蓬莱。凤箫鹤驭还相待,名籍今应在玉台。

林光朝(1114—1178)

哭伯兄鹄山处士蒿里曲(其三)

桐棺三寸更何疑,却取江枫短作碑。惟有一般蒿里曲,长箫欲断更教吹。

林希逸(1193—1271)

长门怨回文

伤情暗断恩和爱,扢泪空添怨与愁。霜透衣寒轻卷袖,月移窗去罢吹箫。

山有仙则名

试拄看山笏,令人兴洒然。夸名惊俗眼,知道有神仙。
胜地栖丹客,苍崖比洞天。烟霞无此辈,方册不应传。
柯烂今何处,箫鸣若个边。旧闻终缥缈,何似竹林贤。

林亦之(1136—1185)

赵路分挽词三首(其一)

三月余干花草春,天遥莫问谪仙坟。长箫不要吹哀些,愁杀江东日暮云。

余倅父子挽词二首(其二)

谁唱双棺薤曲悲,前声未断后声随。人间父子情何限,可忍长箫逐个吹。

曹廷辅挽词二首(其二)

绿水白鸥三月天,哀箫长短使人怜。草鞋踏雨同归去,此事如今十五年。

陈仲罕母挽词

橘林霜后欲寒天,多记陶家作客年。碧水青山如昨日,白云红旐是新阡。
鸤鸠七子母恩重,寡鹄孤巢妇德贤。最苦哀箫老松下,漫漫瞿麦雪平田。

章徽之妻卢氏挽词

蒿里歌,蒿里曲。长箫悲奈何,短草叹不足。
少年款款嫁夫婿,今夜屋檐何处宿。蒿里歌,蒿里曲。

刘安上(1069—1128)

友 人 新 居

门向平湖静处开,雨余山色入帘来。连云竞秀千岩竹,隔水飘香一径梅。
观里紫芝元不老,柱头玄鹤几时回。此峰信是神仙窟,子晋吹箫有旧台。

刘 攽(1023—1089)

挽宋司空丞相二首(其二)

蜜印加泉室,哀箫去国门。降龙严冕服,画鹿并车轓。
山甫中兴业,臧孙既殁言。定应天壤内,长与日星存。

月夜吹箫

长路见秋月,空江连夜明。吹箫不能寐,举酒递相倾。
贾客或垂泪,羁人多失声。湘弦苦沉绝,曲尽一含情。

秦国公主挽诗

渭阳追舅氏,嫠女嫁天孙。平日诸姑问,当时赤绶尊。
烟波空北渚,荻竹自长门。后夜秦楼月,哀箫闷九原。

过太康县此路入亳州云是先帝昔东幸时驰道也马上口占行二十里成三十韵

维昔东巡狩,天王景宅朝。金椎隐驰道,象载下招摇。
吕应青云近,关迎紫气遥。旄头前诏罕,陪乘后征侨。
奉引三司肃,中坚万马调。旗常乱辰象,剑佩杂琼瑶。
多士和相让,诸侯贵不骄。海神来积雪,仙驭会祥飙。
象帝初观妙,犹龙此见谯。强名大朴著,将隐德音昭。
上善泉仍洁,知常桧后凋。虚心明左契,闻道首参寥。
绛节宾闲馆,璇宫盛绮寮。洞天留白日,书法秘青霄。
瑁玉严禋祀,歌童采夜谣。众神如向座,佳气郁通宵。
陇麦闻重秀,房芝寒紫苗。醴泉甘愈疾,舞凤乐仪韶。
举翼王乔鸟,排云子晋箫。颂厘知简简,奏赋欲飘飘。
丽泽惊雷雨,鸿恩霈蓼萧。百年皆就见,比屋幸宽徭。
牧马犹如隗,封人预祝尧。欢声喧望幸,旧里不崇朝。
万域车书混,重明裖沴消。鼎成因脱屣,桑变忽观潮。
云雾常疑祀,衣冠只葬桥。藏书思柱史,问远谬祈招。
跃马遵遗辙,谈王就采樵。生迟千一旦,无所效刍荛。

刘才邵(1086—1157)

次韵周秀实七夕

云间素月若飞来,半镜携归共挂台。星渚桥成仙步隐,玉箫声断晓风哀。
曾向兹辰曝图籍,还思延阁敌蓬莱。谁怜点鬓吴霜重,酒母分沾助把杯。

刘 敞(1019—1068)

寄 内

风雨惊春老,山川入梦遥。此时看破镜,何处正吹箫。
旧种萱丛碧,新归燕语娇。佳期漫自笑,不似浙江潮。

刘 黻(1217—1276)

喜雨呈赵使君

闰余五月即六月,一雨不来天欲裂。邦侯赤心走群望,唤醒痴龙睡时节。
雷车风驭相后先,甘霖连天声未歇。茅檐静听老农语,今岁复与他年别。
烟瘴压低曾见雪,晴未兼旬雨复咽。区区枯草宁有知,孕出灵芝光吐结。
邦侯求仁求此心,表里不欺天地彻。为霖何暇蜥藏瓮,占云已喜鹊鸣垤。
斗顿溪流高一尺,尽与疲氓洗炎热。晚禾猎猎实方腴,早稻津津香已秘。
饥者可饱饱者逸,深夜城箫响清绝。持此丰年还圣主,愿同何武歌休烈。

刘 翰(?—?)

哀 友 人

案成歌舞小春娇,何事君随草木凋。从此巴江江上月,有人和泪独吹箫。

刘克庄(1187—1269)

杂咏一百首·王子晋

宿有骖鸾约,飘然溯碧霄。不为君主伴,却伴女吹箫。

梅 妃

箫能妻弄玉,琴可挑文君。吹彻宁哥笛,梅妃未必闻。

小园即事二首(其二)

因听箫声一念差,碧云遮断阿环家。春来无遣闲愁处,玉面纱巾出看花。

蒜岭夜行

岭头无复一人来,渔店收灯户不开。松气满山凉似雨,海声中夜近如雷。
拟披醉发横箫去,只寄乡书与剑回。他日有人传肘后,尚堪收拾作诗材。

挽林夫人

奉使年三十,声名满四夷。奇哉何物媪,生此丈夫儿。
墓竟同孙窆,家犹有妇持。向来称寿地,忍听鼓箫悲。

和季弟韵二十首(其二〇)

帆近蓬莱忽浩茫,归来散发且阳狂。昔陪上帝图书府,今作清都山水郎。
子美愁来曾叫舜,退之老去独鸣唐。商歌满屋如金石,绝胜箫声出洞房。

次韵三首(其二)

病怯春寒添絮衣,神情全减少年时。仅堪田舍陪乡饮,难向湖亭看水嬉。
清旦羲和升日毂,回风王母带云旗。管箫声散人归晚,独有萤穿马季帷。

夜检故书得孙季蕃词有怀其人二首(其一)

贪听谯更夜未眠,偶拈一卷向灯前。凤箫按谱声声叶,鲛帕盛珠颗颗圆。
洛叟曾规秦学士,蜀公晚喜柳屯田。江湖冷落词人少,难起花翁傍酒边。

二月十八日过梅庵追怀主人二首(其一)

犹记寻梅负酒瓢,当时宾主正丰标。通宵纵饮烧银烛,搀早催开唤玉箫。
摘艳人亡谁共赏,戴花翁在老无憀。重来只是新华表,不忍攀枝更折条。

有 叹

方喜凤箫吹协律,忽惊鸾镜黯无光。入君怀袖初蒙幸,著主衣裳外不忘。
陌上野游多薄幸,闺中婉娈有刚肠。落花满地无人扫,自是春来懒下堂。

齐人少翁招魂歌

夜月抱秋衾,支枕玉鸾小。艳骨泣红芜,茂陵三十老。
卧闻秦王女儿吹凤箫,泪入星河翻鹊桥。素娥划袜跨玉兔,回望桂宫一点雾。
纷红小蝶没柳烟,白茅老仙方瞳圆。寻愁不见入香髓,露花点衣碧成水。

警斋侍郎舟和放翁五言过奖衰朽且示雄文二编次韵一首

熟读公诗文,高出骚选前。寒余相追逐,严句入杜编。
里鼓闻咸池,山歌混葛天。刀圭靳付授,分寸难扳缘。
偶逢浮丘伯,月下吹箫眠。凤哕不可和,蚓窍殊自怜。
披我云锦裳,易去短褐穿。啖我玉井藕,洒然渴肺痊。

回澜使东之,斡天令左旋。斯文恃砥柱,诸老随游川。
交游愧忝窃,薰摘劳结悁。当论先后觉,宁较大小年。
已得渥洼骏,共登昆仑颠。指点归宿处,目览非耳传。

刘阆风(?—?)

寿胡运使

青原连峰郁嵯峨,中产瑞石如金螺。清淑之气孕秀多,蜿蟺旁礴无偏颇。
间世人杰文星罗,六一鸣道继雄轲。忠简名节森聱牙,乃孙所学能传家。
天孙为织云锦窠,五凤装楼龙作梭。吐词摛藻正而葩,纬国经邦真土苴。
暂屈计台烦抚摩,飞刍挽粟汉萧何。专城治郡政不苛,分医散药起札瘥。
幻出东湖十里荷,百花蔽亏万柳遮。
民不知劳在咄嗟,涂歌里咏自吟哦,坐致金穰玉烛和。
登城万宝丰百嘉,黍稷稻粱菽禾麻。维时秋律灰吹葭,玉宇凉生雨乍过。
银河夜静风无波,祥烟瑞霭纷交加。只说牛女此会佳,谁知神仙降云车。
中驱下扶走乘戈,玉妃拥卫不抆呵。童女十二颜如花,乘鸾吹箫静无哗。
弹璈戛玉献琵琶,琴奏双成瑟女娲。仙掌金茎吸露华,西凉蒲萄胜流霞。
桃实如蟠枣如瓜,祝公千百算增遐。公持玉节镇龙沙,我领辕门吉水涯。
一水东西骋望赊,安得共泛张骞槎。
秋风阊阖鸣玉珂,公归调鼎我盐醯,持衡不致斤两差。
诗寄柏梁愧猗那,因词见意倘可歌。

刘跂(1053—?)

送徐彦荣

婵娟水边杨,宛是渭川竹。光翠相动摇,照我尊酒绿。
松风含众籁,云月澹华烛。何必箫与鼓,清言媚幽独。
当年妙风致,文采自膏沐。会逢百炼明,照此燕赵玉。
晨风惜行色,车骑喧出宿。一笑如未忘,新诗寓归仆。

刘师复(?—?)

题汪水云诗卷(其三)

天造西湖锦绣堆,柳边渔父小篷开。能言景定年间事,公主鸾箫锦棹来。

题汪水云诗卷(其七)

小小船斋阚碧流,水仙招我下湖游。箫声袅袅歌声合,桂子香中十里秋。

刘 弇(1048—1102)

邓县君挽辞二首(其一)

九原秋草没麒麟,哀挽黎明出问津。花魄欲招谁些楚,箫声先断客愁秦。冢间白鹤空双舞,天上黄姑定卜邻。晰晰目存成底事,空余粉墨逼天真。

刘 筠(971—1031)

奉和圣制寒食五七言二首(其一)

垣禁申严日,余萌尽达初。踏青游骑远,浮枣禊波舒。饧市喧箫吹,鸡场隘酒车。俗康春更乐,绮榭焕晴虚。

陆 佃(1042—1102)

依韵和再开芍药十六首(其八)

牡丹犹自欲推先,传语诸花莫恨偏。泪眼始看金谷坠,指环寻伴玉箫圆。此身那复思前事,半面犹应记往年。毕竟得归归甚处,玉楼深在九重天。

陆 游(1125—1210)

游仙五首(其一)

飘飘鸾鹤杳难攀,万里东游海上山。应有世人遥稽首,紫箫余调落云间。

移 船

沙际舟衔尾,相依作四邻。暮年多感慨,分路亦酸辛。折竹占行日,吹箫赛水神。无劳问亭驿,久客自知津。

数日暄妍颇有春意予闲居无日不出游戏作

小春花蕾索春饶,已有暄风入紫貂。村路雨晴鸠妇喜,射场草绿雉媒骄。花边结客飞金勒,楼上谁家弄玉箫。莫怪夕阳归独后,早梅唤我度溪桥。

旬日公事颇简喜而有赋

社近楼台昼已长,丰年颇减簿书忙。雨催树绿吹箫陌,日射尘红击鞠场。农事渐兴初浸种,吏衙早退独焚香。晚来别有欢然处,检教儿书又一箱。

寒食省九里大墓

陌上箫声正卖饧,篮舆兀兀雨冥冥。人来平野一点白,山压乱云千叠青。
石马朱门松下路,冻齑冷饭柳阴亭。华颠尚记儿童日,抚事兴怀涕自零。

春　　感

老厌纷纷懒入城,长亭小市近清明。陇头下漏初芸草,陌上吹箫正卖饧。
多病更知生是赘,九原那恨死无名。但余一事犹关念,万里唐安阙寄声。

龙　湫　歌

环湫巨木老不花,窞沦千尺龙所家。爪痕入木欲数寸,观者心掉不敢哗。
去年大旱绵千里,禾不立苗麦垂死。林神社鬼无奈何,老龙欠伸徐一起。
隆隆之雷浩浩风,倒卷江水倾虚空。鳞间出火作飞电,金蛇夜掣层云中。
明朝父老来赛雨,大巫吹箫小巫舞。祠门人散月娟娟,龙归抱珠湫底眠。

眉州郡燕大醉中间道驰出城宿石佛院

玻璃春作江水清,紫玉箫如雏凤鸣。漏声不闻看炧烛,侠气未减欺飞觥。
单车万里信有数,二年三过宁忘情。钗头玉茗妙天下,琼花一树真虚名。
酒酣忽作檀公策,间道绝出东关城。清歌未断去已远,回首楼堞空峥嵘。
貂裘狐帽醉走马,陌上应有行人惊。径投野寺睡正美,鱼鼓忽报江天明。

游　法　云

放船三家村,进棹十字港。云山互吞吐,水草遥莽苍。
沙鸥下拍拍,野鹜浮两两。箫骚菰蒲中,小艇时来往。
匡山如香炉,蓝水似车辋。梦魂不可到,于此寄遐想。
瘦僧迎寺门,为我扫方丈。指似北窗凉,此味愧专享。
我笑谢主人,聊可倚拄杖。吾庐已清绝,敢取鱼熊掌。

简苏邵叟

君家文献历十朝,魏公峨冕加金貂。孙支得君愈隽发,贵名突兀凌烟霄。
居吴入蜀三十载,诸公孰能折简招。涧松意气极磊砢,天马毛骨何超遥。
鼎来行卷十九首,緱山明月闻吹箫。沉香亭畔未须说,想见风雪上灞桥。
老夫诵之群玉府,学士如堵不敢骄。尔来一编愈妙绝,粲若新霁瞻斗杓。
出为龙首子何有,老穿豹尾我亦聊。湖边酒楼无十步,胸次懑懑思同浇。

吕徽之(?—?)

秋　　景
商声早已到梧桐,夜气生凉湛碧空。闲倚小窗待明月,紫箫吹彻木犀风。

吕南公(1047—1086)

麻姑山诗·息羽驾亭下
仙官不日见,羽驾今谁识。漫向岭松阴,掀掀对名额。
蓬莱旌节到,夜半麟羞擗。箫韵沸寒空,山人初鼾息。

吕　陶(1028—1104)

送蒋熙州
昔登蒋公门,忽忽五十载。于今见犹子,省记似前代。
庆源得余波,家范禀性海。笔下吐雄文,滔滔涌江海。
胸中抱英气,落落等嵩岱。十尝试一二,卓荦已称最。
还朝才几时,何时又补外。河湟复古地,形势壮且大。
册府图籍存,充国城垒在。临洮建都府,节制中机会。
守之扼喉吭,动则攻腹背。西羌辄犯顺,种落异向背。
呼嗟秦雍间,氛祲恐未艾。连年困飞挽,何日贮仓廥。
一病费调养,已甚其可再。绥怀与剪荡,黑白灿利害。
吾君鉴勤远,静制六合内。仁如天地心,万类悉容贷。
不矜灵旗伐,未奏短箫凯。一旦春风来,生意入穷塞。
载瞻将军钺,犹识使者斾。治边信有术,岂徒威克爱。

吕希纯(?—?)

元夕(其一)
何处元宵好,迎銮册府西。箫声云外起,扇影日边低。
秘禁威容肃,名流步武齐。舜瞳回左顾,真欲过金闺。

吕祖谦(1137—1181)

王龟龄詹事挽章二首(其一)
诸老收声尽,佳城又到公。苍天那可问,吾道竟成穷。

旌卷莆田雨,箫横霄浦风。今年襟上泪,三哭万夫雄。

罗 椅(1204—?)

题信丰县城门六首·禾丰

城西路平夷,五更近水南。旭日明高冈,瑞烟锁丛杉。
时和岁丰稔,归人多醉酣。仙台玉箫声,对景思鸾骖。

马廷鸾(1222—1289)

后 中 秋

金风吹彻玉箫寒,志士悲秋思万端。千古凄凉更余闰,百年圆缺又重看。
清辉照胆浑无寐,苍昊催人自鲜欢。斗酒属公今夜看,只亏些子莫长叹。

马之纯(1144—?)

凤 凰 台

凤凰不见只空台,底事台存凤不来。应到缑山还且住,定游阿阁不能回。
江山不改当时旧,宾客何妨尽日陪。待作箫声勾唤处,有时飞舞下云堆。

毛 宏(?—?)

夜听双瀑联句

夜静双瀑喧,遥闻疑雨来。润壑生清风,襟宇捐纤埃。
飞鸣撼半空,暗想飘琼瑰。前观阻步屧,侧耳成徘徊。
萧然山馆间,此兴何悠哉。子晋不复见,月白空箫台。

毛 滂(1060—?)

春词(其一六)

琐窗朱户无寒到,长似春光日日来。自是螽斯载风什,可烦箫磬祀高禖。

梅尧臣(1002—1060)

和普公赋东园十题·紫竹

西南产修竹,色异东筠绿。裁箫映檀唇,引枝宜凤宿。
移从几千里,不改生幽谷。

细雨樵行

蛟人困卧寒潭底,怗波蒙蒙垂白绡。波上女儿飞轻桡,逆流自与郎去樵。
风吹鬓发不及撩,鸦翅卷起虿尾翘。浓缬罗带长绕腰,日暮下来吹短箫。

齐国大长公主挽词二首(其二)

鲁馆当年盛,秦台此日遥。龙归终合剑,凤去不闻箫。
挽曲方传薤,行輀竞奠椒。空余汉官属,泣送马如潮。

元夕同次道中道平叔如晦赋诗得闲字

金舆在闾阎,箫吹满人寰。九陌行如昼,千门夜不关。
星通河汉上,珠乱里闾间。谁与联轻骑,宵长月正闲。

叶大卿挽词(其一)

位列名卿重,年跻赐几尊。臧孙宜有后,定国已高门。
旧族声华远,名藩治行存。秋风箫吹咽,陇隧起云根。

李康靖少傅夫人挽词二首(其一)

九月秋风急,三川苦雾迷。卜邙新隧启,度巩短箫齐。
宝剑知终合,灵蟾已陨西。松门来会葬,车马几千蹄。

送吴正仲婺倅归梅溪待阙

山水东阳去未去,朋亲苕雪朝复朝。更无越相逃名舸,犹看吴王送女潮。
海燕归齐声满屋,溪梅开过子生条。明年十月吏迎处,七里滩前棹奏箫。

出省有日书事和永叔

辞家彩胜人为日,归路梨花雨合晴。庭下秋千应未拆,笼中鹦鹉即闻声。
千门走马将看榜,广市吹箫尚卖饧。已是琼林芳卉晚,不须游处避门生。

送阎中孚郎中知磁州

箫管梁王台,风雪邯郸道。君行守赵城,我向夷门老。
持麾邦寄重,歌袴民欣早。重冈古猎场,惊兔离衰草。

听文都知吹箫

虞舜已去苍梧野,秦女骖鸾无复下。箫管人间不解传,帝乐部中能亦寡。
欲买小鬟试教之,教坊供奉谁知者。晏识文公始致来,劝接贱生宜强且。
乃呼侧坐吹一曲,惊顾顿嘶堂下马。吾妻闺中闻不闻,稚女扳帘笑娇姹。
未敢多听便遣还,赠饮单杯向身泻。

宜春宴射篇李驸马请赋杂言

风雨未过桐华时,宜春苑中梨萼披。天子赐宴群臣嬉,少年都尉方追随。
暮归迟喜联留后,兄弟双弓射熊皮。侯宗戚族坐上少,伯仲相顾惊恩私。
凤皇楼高玉箫吹,金络骏马不肯骑。自戒危溢作后规,何郎莫愧书与诗。

梅　挚(995—1059)

和王益新繁县东湖瑞莲歌

东湖七月湖水平,鳞波暗织箫籁声。中有植莲一万本,红漪相照摘繁英。
地灵气粹不我测,双葩俟如同一茎。黄姑织女渡银汉,霓旗凤葆罗空青。
又认英皇立湘渚,翠华不返凝怨慕。五十哀弦顿晓声,骈首低昂泣珠露。
是时主人集宴喜,湖光侵筵霞脚腻。朋簪峨峨尽才子,椽笔交辉云藻丽。
酒酣倚栏惜红晖,炳素徘徊紫不飞。魏宫甄后昼方寝,仿佛有人持玉衣。
此邑古来无异政,室家疮痏何由庆。三年鼠窃例皆然,以薪救火火弥盛。
自公桤车政克和,载途鼓腹腾讴歌。歌公用心日皎皎,不独于今古应少。
因感珍芳两两开,玉贯珠联当县沼。况我与公高适道,芝歌肯迹商山皓。
嘉谋嘉猷思入陈,愿将此类归华勋。

孟　晋(?—?)

游武夷山洞天

昔闻仙子宅,今幸过琳宫。溪曲三三水,山环六六峰。
翠云升送雨,白鹤舞凌风。好景游归晚,箫声缥缈中。

闵希声(?—?)

福　安　寺

骖鹤凌空载旧经,至今风月有余清。轩窗物外无尘到,芝术香中作眼明。

沙鸟宛疑凫鹥鷟,露蜂犹学玉箫声。高僧不厌庸人扰,煮茗欣颜每见近。

聂铁峰(?—?)

寄 题 武 夷

秋香扶我过仙家,□大眠云石径斜。九曲溪山闲日月,万年宫殿老烟霞。
吟筇尚带瑶阶藓,渡舫曾撑翠竹沙。回首云深何处觅,洞箫吹落碧岩花。

欧阳澈(1097—1127)

待 月

停杯邀月宴华堂,苦恨山高阻兴狂。海峤岂能藏素魄,云衢终自布寒光。
须臾帘卷银蟾影,次第樽浮桂子香。正好吹箫恰无月,姮娥应见我恓惶。

欧阳修(1007—1072)

巩县陪祭献懿二后回孝义桥道中作

落日汉陵道,初寒惨暮飙。遥看山口火,暗渡洛川桥。
不见新园树,空闻引葬箫。林鸦栖已定,犹此倦征镳。

谢公挽词三首(其一)

始见行春斾,俄闻引葬箫。笑言犹在耳,魂魄遂难招。
天象奎星暗,辞林玉树凋。朔风吹霰雪,铭旐共飘飘。

裴士杰(?—?)

和孔司封题蓬莱阁

山卧龙形阁枕山,檐楹高起太虚间。风来宛讶鸣箫瑟,客至宜闻振佩环。
暂赏已能消浊虑,久居应不老朱颜。苍烟渌水无穷趣,绝胜尘纷走世寰。

彭汝砺(1042—1095)

治平谅暗元夕(其二)

仙乐谁家奏管箫,异香到处合椒聊。风生雨后声悲惨,月在云间影动摇。
幽径小溪春寂寂,淡灯寒烛夜寥寥。香焚敢效封人意,睿算年年祝帝尧。

彭 微(?—?)

真人(其三)

老桂吹香入古瓢,月华如水碧天寥。
酒醒夜半谁惊觉,鹤背仙人紫玉箫。

钱 时(1175—1244)

文峰夜饮三首(其二)

万事浮云过眼非,人间真乐尽稀微。
从今一笑春风里,未用吹箫月下归。

钱舜选(?—?)

纪 梦①

翠峰嵯峨三十六,寒泉落空响哀玉。
雪髯老人负紫瓢,金丝麈尾遥相招。
孤鹤来传天上诏,老人挽余偕一到。
祥光楼阁倚峥嵘,神虎守关森卫兵。
绛衣持斧立丹陛,玉皇手中玉如意。
帝旁青童传帝宣,文华宫中呼谪仙。
探怀赠我五色笔,子当宝之慎勿失。
身从日月上头行,俯视斗杓分子午。
觉来握笔纪佳梦,月明楼鼓挝三更。
薱花石路势萦纡,玉阑干护修筼绿。
红螺酌酒湛湛碧,坐倚苍石吹洞箫。
飘飘高峰凌青冥,直过罡风履黄道。
双阖朱扉忽微启,中有灵官来远迎。
云璈风瑟白宫商,天声清越非人世。
谪仙顾余笑且言,子宜亟反来他年。
浓香氤氲迷帝所,长揖老人下西虎。
云气相随步武生,过耳但觉松风鸣。

钱惟济(979—1033)

句(其一)

凤箫通碧落,星石辨灵源。

秦 观(1049—1100)

春词绝句五首(其二)

弱云亭午弄春娇,高柳无风妥翠条。懒读夜书搔短发,隔垣时听卖饧箫。

---

① 高似孙《纪梦》内容与此诗大致相同,仅个别字词有异,不再重复收录。

江月楼(其二)

苍梧云气眉山雨,玉箫三年无今古。九天雨露蛰蛟龙,琅玕长凭清虚府。

蓬 莱 阁

雄檐杰槛跨峥嵘,席上风云指顾生。千里胜形归俎豆,七州和气入箫笙。
人游晚岸朱楼远,鸟度晴空碧嶂横。今夜请看东越分,藩星应带少微明。

庆张君俞都尉留后得子

天上吹箫玉作楼,蟠桃熟后更无忧。内家报喜车凌晓,太史占祥斗挂秋。
龙得一珠应献佛,虎生三日便吞牛。鲁元福禄何人似,坐见张敖数子侯。

记梦答刘全美

岁逢困敦斗申指,辰次庚辰漏传子。梦出城闉登古原,草木萦天带流水。
千夫荷锸开久殡,前有一人状瑰伟。素冠长跪烝酒骰,云是刘郎字全美。
马鸣车响断还续,人境晦明秋色里。既寤茫然失所遭,河转星翻汗如洗。
世传梦凶常得吉,神物戏人良有旨。全美声名海县闻,闭久当开乃其理。
娟娟二十四桥月,月下吹箫聊尔耳。洗眼看君先一鸣,九万扶摇从此始。

仇 远(1247—?)

清 正 庵

秦女吹箫蹑彩霞,孤茔幽馆掩梨花。龙盘金写崇真字,犹是宁王赐嗣华。

寄 潘 怀 古

园林摇落夜,静独奈秋何。黄叶下不止,青苔扫更多。
回风喧地籁,浓露洗天河。怀楚思无极,长箫按九歌。

拜孙花翁墓下

水仙分地葬诗人,一片荒山野火焚。荐菊有亭今作圃,扫松无地漫留坟。
蜗牛负壳黏碑石,老鹳携雏入陇云。欲把长箫歌楚些,却怜度曲不如君。

饮陆静复山房分韵得时字

连辔行春自作期,寻芳却笑我来迟。三杯云液花前酌,一曲琼箫竹下吹。
沧海桑田非旧日,石泉槐火有新诗。山中道士闲于鹤,门外红尘总不知。

集 庆 寺

平生三宿此招提，眼底交游更有谁。顾恺漫留金粟影，杜陵忍赋玉华诗。
旋烹紫笋犹含箨，自摘青茶未展旗。听彻洞箫清不寐，月明正照古松枝。

赠 张 玉 田

秦川公子谪仙人，布袍落魄余一身。锦囊香歇玉箫断，庾郎白发徒伤春。
金台掉头不肯住，欲把钓竿东海去。故乡入梦忽归来，井邑依依铁炉步。
碧池槐叶玄都桃，眼空旧雨秋萧飔。太湖风月数万顷，扁舟乘兴寻三高。
西北高楼一杯酒，与子长歌折杨柳。江山信美盍便留，莼菜鲈鱼随处有。

寓舍在青安门外由是出郊不数里群山献状如游龙如奔马如踞虎豹深秀坡陀不一而足似有招引赋诗之意遂约子野再用韵（其一）

西望宽平倦眼开，风收云翳扫烟埃。谁能白日卷帘坐，尽看青山排闼来。
合沓断冈如引蔓，盘陀大石不生苔。此中林壑多仙迹，何必吹箫更楚台。

桑正国（？—？）

会课乾明寺

悠悠意得自疏通，寂地因居乐性空。幽思晓风清迫枕，静听寒雨细沾桐。
修茎竹韵澄箫玉，绿影松垂乱鬓蓬。俦侣好邀同此适，搜吟得到几匆匆。

邵 棠（？—？）

梅

破荒风信到花英，标格孤高画不成。万古色专天下白，一生香在雪中清。
罗浮松月关幽兴，野路梨云散晓情。我欲重来竟题墨，莫教吹动玉箫声。

沈安义（？—？）

龙 脊 滩

龙脊滩头春已归，旧章重举到江湄。玉箫金缕民风乐，麦陇桑畴农事熙。
犹记去年来把酒，又还今日再题诗。桃花三月归帆过，此地红涛渐渺弥。

沈 遘(1028—1067)
和少述春日四首(其一)
春日融融二月晴,春风蔼蔼百花明。少年嬉逐正应急,何处歌箫走马声。
过
风沙敝尽旧狐裘,走马归来过冀州。闻报故人当邂逅,便临近馆为迟留。
不容倾盖论时事,空寄新诗写客愁。却望后车尘已合,箫声清断去如流。

沈 辽(1032—1085)
和颖叔蓬莱阁
海上仙山豪,泛泛随狂潮。仙人毒其危,禺强资巨鳌。
颒洞绝世纷,于焉乐逍遥。长年誓不死,玉观何岧峣。
麻姑朝按行,洪崖莫相招。宴劳酌琼液,献酬肯相饶。
月里振金佩,风前吹玉箫。至真游乐地,世俗风波遥。
我本丘壑人,居然厌烦嚣。步此重阁峻,仙意何飘飘。
下视照湖春,浩荡生波涛。爱兹为中峙,想可娱洪高。
萧洒紫霞衣,淡泊颜氏瓢。聊乐白驹影,轩裳真樊牢。
贺老久不作,吾方饵金膏。轻身化羽翼,把袂穷丹霄。

沈与求(1086—1137)
次 韵 雪
紫箫吹断玉梅魂,梦入江南几处村。半夜落英飞不定,旋添清绝到柴门。
旦 日 趋 府
紫箫吹梦断,起视斗阑干。瘦马踏残月,单衣中薄寒。
锦囊那复佩,革带顿成宽。浪逐官曹底,更题敢自安。

沈作喆(?—?)
新安采樵行
种粟上山椒,种禾水没腰。田家作苦不如樵,炊桂之地甚不遥。
一艘千束莫复朝,顺风顺水不动桡。归来醉饱吹短箫,野花插鬓樵女娇。
农夫忍饥自芸苗,粟米自熟腹自枵。明年卖田卖山去,谁能辛苦输王赋。

施清臣(?—?)

湖　　景

一曲新腔紫玉箫,护晴檐幕窄兰桡。柳迷远近花张锦,小泊危红第六桥。

施　枢(?—?)

出西门寄呈外舅姑

自从依监宅,不似□时亲。义重难为别,情同久更真。
一箫思去凤,双璧倚灵椿。只等中除报,相迎辇路尘。

施文焨(?—?)

金　陵　作

紫盖东南久寂寥,石城烟雾压岧峣。登台倦客怀千古,宿内闲人梦六朝。
御苑云浮曾拾翠,旧楼月落尚吹箫。诸公不说新亭事,目断空江半日潮。

石　介(1005—1045)

寄赵庶明推官

四十年来赞太平,君王耳畔管箫声。定襄地域俄连震,莱牧男儿忽议兵。
明日边烽高百尺,同时御府出三旌。将军请用多多算,能向当初见未萌。

史昌卿(?—?)

凤　鸣　洞[①]

何年雷斧凿山裂,六月苍崖细飞雪。孤凤一去声不闻,海水桑田几兴灭。
我知仙去仙尚存,时见真形生岩穴。青天半夜玉箫寒,唤起幽人舞明月。

释道潜(1044—?)

建隆秋夜(其二)

娟娟云月照窗扉,纸帐形开梦觉时。庭下凤篁自成韵,吹箫安用玉人为。

---

① 史唐卿《凤鸣洞》内容与此诗大致相同,仅个别字词有异,不再重复收录。

释端裕(1085—1150)

颂古十首(其二)

玉箫吹作凤鸾吟,惹动游人离别心。一阵东风卷寥廓,四方八面少知音。

释居简(1164—1246)

梯 飙

凉腋拊岑巉,可扪丛玉霄。一层高步武,千仞拔尘嚣。
明月秦箫断,雕盘古篆消。天浆几时熟,款曲试芳瓢。

酬盘隐别驾(其二)

随官曾读颂中兴,符竹将分第二灯。一气所钟清似镜,十成相肖澹于僧。
红栽水玉不多日,碧数雾鬟无数层。台上只教猿自啸,秦箫虽美弗同登。

次韵郑大参净慈双井

山展凤膺仍敛翮,东井碧通西井白。井花娄欲策茶勋,长恨眼中无此客。
夔州病渴夜迢迢,阿段透云分渿渿。胡为金锡卓山泉,小倚银床问庭柏。
一杯盍为龙象供,数寻自是蜿蜒宅。万斛滔滔随地出,九地茫茫不须择。
浅清盈瓮玉痕圆,深净镜空云影拆。江淮行地自南北,河汉如人同血脉。
举瓢高谢沧浪浊,吹箫去觅浮丘伯。遂令天水不违行,洞明爻象元同画。
更将康谷细商评,一笑自知肩可拍。

释妙伦(1201—1261)

偈颂八十五首(其六四)

紫箫声断月初斜,笑指蓬瀛是故家。十二玉楼寻不见,手攀仙鹤步烟霞。

释契嵩(1007—1072)

早 秋 吟

山家昨夜房栊冷,梧桐一叶飘金井。长天如水净藏云,明月含晖变秋景。
桂枝花拆风飘飘,谁在高楼吹玉箫。人间不见槎升汉,天上将看鹊作桥。
年少征人在何处,白露沾衣未归去。海畔今无漂母家,江南谁与王孙遇。
徘徊月下空长吟,吾徒自古难知音。欲上高台问明月,明月何不照人心。

释善珍(1194—1277)

悼上官良史

京口见君乘早潮,短巾调笑立溪桥。长瓶买酒典孤剑,一夜枕书谈六朝。常恐骑鲸狂捉月,不然跨鹤坐横箫。远公多病宗雷死,惆怅社中人寂寥。

释绍昙(?—1297)

颂古五十五首(其一三)

仙翁还筛武陵家,仙女欢迎步彩霞。贪弄玉箫频劝酒,不知凋尽碧桃花。

释斯植(?—?)

效樊川体

吟边绕架书千卷,壁上梅花水一瓢。世事尽从忙里过,年华空向静中消。山云宿雨笼残日,汀草浮香满小桥。对此不须惆怅去,野人今已悟吹箫。

释惟一(1202—1281)

月华崧上人之杭

月华如水夜沉沉,一曲箫韵韵更清。曲罢莫言无觅处,西湖后夜转堪听。

释文准(1061—1115)

偈二首(其二)

今朝腊月十,夜来天落雪。群峰极目高低白,绿竹青松难辨别。
必是来年蚕麦熟,张公李公皆忻悦。皆忻悦,鼓腹讴歌笑不彻。
把得云箫缭乱吹,依稀有如杨柳枝。
又不觉手之舞之,足之蹈之,左之右之。

释行海(1224—?)

少 年 子

紫陌香尘逐马蹄,玉箫声里看花开。绿衣鹦鹉胭脂嘴,一百金钱买得来。

赤 城

玉京仙额篆封苔,密密春云洞不开。白蟒降时凭铁锡,红霞飞处接瑶台。林幽怪石如人立,夜静空山有鬼哀。一曲凤箫声已断,释签岩下独徘徊。

归刬(其四)

流水东流竟不回,已将心事作寒灰。窗前白鸟寻常过,篱下黄花寂寞开。
玉佩金鞍浑是梦,凤箫龙管只堪哀。多时不得中原信,暮雨西风雁自来。

寓　怀

此去茫茫几度秋,南来犹在古杭州。楼台雨打归魂冷,沙漠风吹杀气浮。
龙管凤箫遗旧曲,吴花越草换新愁。相逢喜话中兴事,今日胡家白骨丘。

释永颐(？—？)

送王以通之官金陵(其二)

伯符兄弟最英雄,千载青山绕故宫。宋祖只知曹马事,齐高还与獍枭同。
暮箫尚带兰陵怨,春水多愁旧垒空。登览未应迷宿昔,夜猿啼在晋时枫。

释元肇(1189—？)

王　乔

弃世还如弃屣轻,玉箫吹彻月分明。许由不受尧天下,却道风飘树有声。

凤　仙　花

凤者世难逢,花开瑞亦同。九苞元有种,五色自成丛。
竹实无心食,池光照影中。玉箫吹不彻,飞起向秋风。

桐　柏　观

仙者曾居地,峰峦特异常。泉飘箫乐响,松暗洞门藏。
玉井通三岛,琼台接上苍。有时闻鹤下,醮罢月侵廊。

吴荆溪大监

遥辞下石桥,南岳阻招邀。五载未相见,三除不入朝。
玉楼催作记,琼阙伴吹箫。叹世无知己,文章竟寂寥。

释智愚(1185—1269)

颂古一百首(其七)

玉箫吹彻凤凰台,古殿深沈晓未开。满地落花春已过,绿阴空锁旧莓苔。

舒岳祥(1219—1298)

闺怨(其三)
能把玉箫传远意,难将彩笔写秋光。翠屏金鸭芙蓉冷,梦短却嫌秋夜长。

司马光(1019—1086)

吹　　箫
古人吹箫者,以和虞韶声。后世不复贵,给丧仍卖饧。

宿石堰闻牧马者歌
大河之曲多宽闲,牧田枕倚长堤湾。乌栖鹊散堤树寂,柝木声稀宵欲阑。
牧儿跨马乘凉月,历历绕群高唱发。幽情逸气生自然,往往鸣鞘应疏节。
歌辞难辨野风高,似述离忧嗟役劳。徘徊不断何妨近,仿佛微闻已复遥。
长川冷浸秋云白,露草翻光凝碧色。星疏河淡夜初长,展转空亭奈孤客。
洞箫音律京君明,可怜骨朽不更生。安得使传哀怨意,为我写之羌笛声。

宋　白(936—1012)

宫词(其二三)
贪领吴娃唱鹧鸪,洞箫词赋顿生疏。沉吟不记当时字,却向宫中问婕妤。

宫词(其五八)
珠为双佩玉为箫,御女长眉称细腰。诏赐公卿纵游赏,春来频放紫宸朝。

宋　祁(998—1061)

寒食假中作
九门烟树蔽春廛,小雨初晴泼火前。草色引开盘马地,箫声催暖卖饧天。
萦丝早絮轻无著,弄袖和风细可怜。鳌署侍臣贪出沐,珉縻珠馅愧颁宣。

李中令挽词二首(其二)
赠窆充幽隧,鸣箫异素轮。山丘华屋远,桃李故蹊春。
使幕被愁雾,谈犀委暗尘。须知悟生灭,终得法为身。

夜　　宴
卜夜金华逼绮寮,星河垂地漏声遥。吟龙递怨先供舞,留凤愁寒不傍箫。

隔坐联章催镂管,分行度曲认金翘。平明便是骊驹别,莫使衣香即日消。

赴直马上观市

上直驱羸马,凌晨望百廛。垆喧涤器市,箫暖卖饧天。
流水随轻毂,翻花送驶鞯。区区市门吏,无复子真仙。

答翁愈赋卷

登高大夫事,感物古诗流。韵变齐风缓,辞凌汉气遒。
恨非雌霓赏,惟祝洞箫求。病客无盘玉,琅玕未易酬。

庄献太后哀挽应制二首(其二)①

旰仄身无惮,寒暄疾有加。灾生纤女□,魂断濯龙车。
庡霎浮辰旭,边箫咽暝霞。唯留长乐注,刊羡在皇家。

宋　庠(996—1066)

夜坐二首(其二)

省户沈沈奉秘斋,通宵箫唱九天来。如愚默坐将何比,维斗虚名本不材。

无　题

西峏东流意欲分,紫箫呼凤隔烟闻。书因屡答机无素,梦为频惊峡费云。
羽帐枕寒晨未转,玉楼衣冷夜还薰。琴乌一曲何曾听,七十鸳鸯失旧群。

和吴侍郎答汝州诸官唱酬之作

青管裁篇属旧僚,赓歌奇意亦飘飘。横徽曲妙谁逃赏,过物风清尽应箫。
此路烟霞催入洛,他年簪笏庆归朝。乘秋不奈多高兴,重取兰薰答楚谣。

赠太子太保晁文公挽词二首(其二)

几杖辞荣久,龙蛇感岁迁。留春太史记,成佛谢公缘。
素盖寒云外,哀箫落月前。无烦樵牧禁,行路拜新阡。

---

① 宋庠《庄献太后哀挽应制二首(其二)》内容与此诗大致相同,仅个别字词有异,不再重复收录。

赠司徒兼侍中宋宣献挽词四首(其四)

宗工天下宝,归葬国西原。野阔箫声苦,云愁旐影昏。
如存三事礼,不返九京魂。河海空成泪,难酬国士恩。

都下灯夕

火树郁岧峣,山车切绛霄。层楼移旦阙,复道借星桥。
花散非因雨,霞多不为朝。声来知佩近,香去惜车遥。
遇扇还闻曲,逢台即听箫。更筹且莫尽,彩月正飘飖。

辇下寒食

旧节虽龙忌,中都富物华。有行官户柳,无数苑墙花。
饮市喧银管,优场隘幰车。街尘盘马燥,树日斗鸡斜。
蹴鞠将军第,吹箫贵主家。金丸随落宿,丝障乱朝霞。
水暖船争舾,风长鼓应笳。池边人酪酊,殿里客伊亚。
画卵宾盘盛,香糜赐品嘉。只应王泽厚,行乐遍天涯。

苏 泂(1170—?)

金陵杂兴二百首(其一四五)

青山渺渺水迢迢,王气千年久未消。独客重来睹风景,江头犹有女吹箫。

寄尧章

闻似磻溪隐姓名,阿鬟仍是许飞琼。凉风昨夜惊新雁,想见吹箫又月明。

无题(其二)

月样梳横鬓脚倾,弄箫骑鹤上青冥。归来自摘金茎露,手写黄庭一卷经。

苏 轼(1037—1101)

金山梦中作

江东贾客木绵裘,会散金山月满楼。夜半潮来风又熟,卧吹箫管到扬州。

题毛女真

雾鬓风鬟木叶衣,山川良是昔人非。只应闲过商颜老,独自吹箫月下归。

自清平镇游楼观五郡大秦延生仙游往返四日得十一诗寄子由同作·玉女洞

洞里吹箫子,终年守独幽。石泉为晓镜,山月当帘钩。
岁晚杉枫尽,人归雾雨愁。送迎应鄙陋,谁继楚臣讴。

与述古自有美堂乘月夜归

娟娟云月稍侵轩,潋潋星河半隐山。鱼钥未收清夜永,凤箫犹在翠微间。
凄风瑟缩经弦柱,香雾凄迷著髻鬟。共喜使君能鼓乐,万人争看火城还。

王氏生日致语口号

罗浮山下已三春,松笋穿阶昼掩门。太白犹逃水仙洞,紫箫来问玉华君。
天容水色聊同夜,发泽肤光自鉴人。万户春风为子寿,坐看沧海起扬尘。

月夜与客饮杏花下

杏花飞帘散余春,明月入户寻幽人。褰衣步月踏花影,炯如流水涵青蘋。
花间置酒清香发,争挽长条落香雪。山城酒薄不堪饮,劝君且吸杯中月。
洞箫声断月明中,惟忧月落酒杯空。明朝卷地春风恶,但见绿叶栖残红。

游桓山会者十人以春水满四泽夏云多奇峰为韵得泽字

东郊欲寻春,未见莺花迹。春风在流水,凫雁先拍拍。
孤帆信溶漾,弄此半篙碧。舣舟桓山下,长啸理轻策。
弹琴石室中,幽响清磔磔。吊彼泉下人,野火失枯腊。
悟此人间世,何为为真宅。暮回百步洪,散坐洪上石。
愧我非王襄,子渊肯见客。临流吹洞箫,水月照连璧。
此欢真不朽,回首岁月隔。想像斜川游,作诗寄彭泽。

次韵孔毅父久旱已而甚雨三首(其三)

天公号令不再出,十日愁霖并为一。君家有田水冒田,我家无田忧入室。
不如西州杨道士,万里随身惟两膝。沿流不恶溯亦佳,一叶扁舟任飘突。
山芋麦曲都不用,泥行露宿终无疾。夜来饥肠如转雷,旅愁非酒不可开。
杨生自言识音律,洞箫入手清且哀。不须更待秋井塌,见人白骨方衔杯。

祷雨张龙公既应刘景文有诗次韵

张公晚为龙,抑自龙中来。伊昔风云会,咄嗟潭洞开。
精诚苟可贯,宾主真相陪。洞箫振羽舞,白酒浮云罍。
言从关州妃,远去焦氏台。倾倒瓶中雨,一洗麦上埃。
破旱不论功,乘云却空回。嗟龙与我辈,用意岂远哉。
使君今子义,英风冠东莱。笑说龙为友,幽明莫相猜。

刘丑厮诗

刘生望都民,病羸寄空窑。有子曰丑厮,十二行操瓢。
墦间得余粒,雪中拾堕樵。饥饱共生死,水火同焚漂。
病翁恃一褐,度此积雪宵。哀哉二暴客,挈去如饥鸮。
翁既死于寒,客亦易此韶。崎岖走亭长,不惮雪径遥。
我仇祝与苑,物色同遮邀。行路为出涕,二客竟就枭。
诜诜诉我庭,慷慨惊吾僚。曰此可名寄,追配郴之荛。
恨我非柳子,击节为尔谣。官赐二万钱,无家可归娇。
为媾他日妇,婉然初垂髫。洗沐作小吏,裹头束其腰。
笔砚耕学苑,弓矛战天骄。壮大随尔好,忠孝福可徼。
相国有折胁,封侯或吹箫。人事岂易料,勿轻此僬侥。

苏　颂(1020—1101)

奚山道中

拥传经过白霤东,依稀村落有华风。食饴宛类吹箫市,逆旅时逢炀灶翁。
渐使犬羊归畎亩,方知雨露遍华戎。朝廷涵养恩多少,岁岁轺车万里通。

苏　籀(1091—?)

惜花一首

豁眼桃红思圣解,袭人兰郁比修能。面脂靡曼负涂泽,绘彩化工夸研冰。
蒨粲芳秾触吟境,艳阳风色嗾狂朋。倾壶箫管黶蓬鬓,沈顿金觥雹凸棱。

孙大雅(?—?)

泊吴江寄僧

松陵桥畔太湖前,斜日青枫系客船。引颈数看花鸭乱,含情深愧白鸥贤。
千镫庾岭传无尽,一宿曹溪觉有缘。稍待月明风细细,卧吹箫管学坡仙。

孙　觌(1081—1169)

疏山寺次白文林韵三首(其一)

翠干轩轩迥出林,夜风吹籁紫箫音。老龙头角云霄近,玄豹文章雾雨深。
末路浮荣炊剑首,半生遗恨寄琴心。愁吟独溅花前泪,故国山河百战侵。

张希元承事挽词二首(其二)

门外魌头引葬箫,寥寥繐帐北山椒。槐宫一梦惊三世,蒉殿千龄数七朝。
此夜骑星上南极,他年跨鹤下东辽。摩挲铜狄长安道,试问飞车倪可招。

王廷茂挽词

蝉联三世旧,睕睕二毛侵。白璧成长恸,青纶遂陆沈。
看云空有泪,听雨若为心。咽咽吹箫送,哀湍共一音。

张大资夫人挽词

早岁乘龙见伯鸾,赐衣霞烂出齐官。自从东阁郎君贵,只作西池阿母看。
紫玉箫吹丹凤去,青萍剑合两蛟蟠。素车白马城南路,愁见春风桂影团。

蜀妇新寡从何纯中读左氏戏呈纯中

麟经束高阁,掩卷有三叹。朱弦久零落,鸾胶续其断。
英英左阿君,独唱音节缓。故是我辈人,吹箫得幽伴。
先生拥绛纱,弟子褰素幔。一挥斫鼻斤,便举齐眉案。

孙　介(1114—1188)

丁未孟秋夜月明如中秋因思范公守南阳赏月及坡公赤壁之游皆七月望也作短歌记之

先生赤壁舟中赋,老子百花洲上歌。古人不负此明月,今我当如此月何。
连宵风雨暑欲尽,碧玉万里谁新磨。冰盘无声出海底,荡漾六合生金波。

早秋便得许奇绝,探借八月清光多。天公赐我美无价,樽酒不设羞嫦娥。
人生看月几时足,百年寒暑如飞梭。两公却与月长在,声名万古流江河。
梦生羽翼不可逐,想象风景空吟哦。洞箫长笛亦何有,拂衣起舞聊婆娑。

孙士廉（？—？）

题 武 夷

翠岩九曲老仙家,玉女峰头炼紫霞。幻海无人来跨鹤,天河有路可乘槎。
春云细酿幔亭酒,夜雨初煎石鼎茶。久矣樵渔怀此志,吹箫闲看碧桃花。

孙惟信（1179—1243）

深 院

深院清明冷凤箫,梨花寂寂雨潇潇。秋千一架红墙角,终日无人影自摇。

汤 乂（？—？）

白 鹤 禅 寺

旧隐神仙宅,空王殿阁深。炼丹烟已冷,入竹路难寻。
峰迥箫吹玉,溪寒石点金。灵源双瀑布,千古得清音。

汪 莘（1155—1212）

回至松江（其二）

深林茅屋隐渔樵,时有扁舟过石桥。谁把客星入图画,晓风残月伴吹箫。

夏日西湖闲居十首（其一）

十里湖山苦见招,柳堤荷荡赤栏桥。待他朝市人归后,独泛扁舟吹玉箫。

汪元量（1241—1317）

西湖旧梦（其九）

芙蓉照水桂香飘,车马纷纷度六桥。锦幔笼船人似玉,隔花相对学吹箫。

杭州杂诗和林石田（其六）

烽火来千里,狼烟度六桥。岭寒苍兕叫,江晓白鱼跳。
壮士披金甲,佳人弄玉箫。偶余尊酒在,聊以永今朝。

幽州寒食游江乡园

晓出城南信杖藜,江乡小圃百花开。侑尊妓女骑驴去,顶笠僧官跃马来。
几架秋千红袅娜,数行箫管绿低徊。隔河小艇人歌舞,摇荡春光不肯回。

凤　凰　台

草没高台凤不游,大江日夜自东流。齐梁地废鸦千树,王谢家空蚁一丘。
骑马僧争淮口渡,捕鱼人据石头洲。玉箫声断悲风起,不见长安李白愁。

王安国(1028—1074)

中　　夏

朝晡广厦坐欹斜,稍觉炎天气象加。紫玉箫攒湘竹笋,赤霜袍烂海榴花。
悠悠物外身无事,扰扰人闲智有涯。五鼎一瓢何必问,且凭诗句度年华。

王安石(1021—1086)

哭　张　唐　公

堂邑山林久寂寥,属车前日驻鸡翘。冥冥独凤随云雾,南陌空闻引葬箫。

和圣俞农具诗十五首·牧笛

绿草无端倪,牛羊在平地。芊绵杳霭间,落日一横吹。
超遥送逸响,澶漫写真意。岂比卖饧人,吹箫贩童稚。

王　　村

暗霭王村路,春风北使旗。尘催轻骑走,寒咽短箫吹。
揽辔联貂帽,投鞭各酒卮。纷纷小儿女,何事倚墙窥。

九日登东山寄昌叔

城上啼乌破寂寥,思君何处坐岧峣。应须绿酒酬黄菊,何必红裙弄紫箫。
落木云连秋水渡,乱山烟入夕阳桥。渊明久负东篱醉,犹分低心事折腰。

午　　枕

百年春梦去悠悠,不复吹箫向此留。野草自花还自落,鸣禽相乳亦相酬。
旧蹊埋没开新径,朱户欹斜见画楼。欲把一杯无伴侣,眼看兴废使人愁。

宋中道挽辞

文史传家学,声名动帝除。兰堂空作赋,金匮不雠书。
胜事悲畴昔,清谈想绪余。吹箫索上去,归国有魂车。

同杜史君饮城南

山公游何处,白马鸣翩翩。檀栾十亩碧,五月浮寒烟。
留客听其间,风吹江海县。出樽不见日,竹外空青天。
焚蜡助月出,酒光发金船。狂客惜不去,醉翁舞回旋。
何必吹箫人,玉枝自婵娟。归路借红烛,雨星低马前。

送　　春

武陵山下朝买船,风吹宿雾山花鲜。万家笑语横青天,绮窗罗幕舞婵娟。
小鬟折花叩船舷,玉盏写酒酬金钱。朱甍飞动浮云巘,天外管箫来宛转。
断桥人行夕阳路,楼观琉璃影中见。酡颜未分骅骝催,烛入坐客犹徘徊。
岂知阊阖门边住,春尽不见芳菲开。日月纷纷车走坂,少年意气何由挽。
洞庭浪与天地白,尘昏万里东浮眼。黑貂裘敝归几时,相见绿树啼黄鹂。
荣华俯仰忧患随,命驾吾与高人期。

王　珪(1019—1085)

竹

天地得正气,四时无易心。生来本孤节,高处独千寻。
月影龙蛇动,风枝箫籁吟。如何枫与柳,亦拟傍清阴。

送范景仁正议致政归颍昌

十年汉殿辞荣去,颍水今归作故乡。曾赋洞箫真蜀客,能吟夜雨胜何郎。
放怀云外追黄鹄,别梦春深过玉堂。可惜当年挂冠早,华星不及到文昌。

赠侍中李良定公挽词

悲箫忽犯晓楼钟,樽酒应非昔饯同。家贵曾还金钺宠,时清不见玉关功。
佳城蔓草千年闭,后院繁弦一夕空。唯有平阳旧池馆,依然芳树倚东风。

赠太尉吕惠穆公挽词

秦川归骑照山红,不觉悲箫起暮风。天上紫枢深北斗,人间金印独三公。

444

汉庭樽俎奇谋在,陇首旌旐杀气空。见说韦平有家学,莫将文字葬坟中。

王　淮(1126—1189)

高宗皇帝挽词(其二)

历数尧咨舜,羹墙舜见尧。三加徽号册,五日未央朝。
庙祀瞻龙衮,韶音遏凤箫。伏蒲思往事,泪渐浙江潮。

王　霁(?—1126)

和吴公仲庶游海云寺

大帅新谣十五州,残春摸石是邀头。氤氲喜气随民遍,冉冉风光尽日流。
野俗只知观宴赏,主人非独为嬉游。晚回都骑箫鼙引,观稼郊原亦暂留。

王廉清(1125—?)

题玉霄亭

忆昔新亭敞玉霄,使君髯舅意飘飘。春风潋滟黄金盏,明月参差紫玉箫。
歌吹旧踪空草木,风流闲话属渔樵。凭栏无限凄怆意,寂寞寒江落暮潮。

王　迈(1184—1248)

送春有感

东君行趣装,桃李事如梦。蝶懒欲息游,莺老不好弄。
残红正可怜,更禁风雨送。榆荚羞独飞,却恼杨花共。
去年于此时,客食红尘哄。眼看豪侠儿,跃马青丝鞚。
美姝舞娉婷,吹箫来紫凤。开樽六一亭,偃盖飞来洞。
我亦强行吟,诗成和者众。时序易推移,人事少闲空。
翻思年时乐,已如耳边哄。清晓坐孤寺,晴曦照华栋。
沙平嘴带鸥,山远腰横蛛。阅书眼倍明,拈笔手犹冻。
扫地焚甲煎,呼童开腊瓮。汲井得甘泉,瀹茗试新贡。
短章写我怀,谩遣儿曹讽。

二月朔日得诗二十六韵

二月方书朔,新晴景物饶。今春添一闰,是月始元朝。

一枕初回梦,千官想正朝。横鱼金系带,鸣骑玉为镳。
归第无余事,流风竞贵骄。歌翻羯羊鼓,舞衬凤凰箫。
烂醉东西玉,争妍大小乔。湖山行处乐,日月暗中消。
轩冕吾何羡,巾车隐者招。林泉供啸傲,杖屦足逍遥。
砌笋和泥掘,盆花引水浇。酒炉衣可准,茶灶火频烧。
冷眼蛾投烛,灰心鹿覆蕉。惯分田父席,懒折督邮腰。
翻阅书连架,赓酬诗满瓢。只知贫亦好,未觉兴无聊。
所恨黄巾炽,能为邻境祅。四郊群啸聚,十室九焚焦。
旧腊月亏蚀,新年地震摇。台占频告异,涂说浒兴妖。
带甲多沦没,抽丁困役徭。备防家买剑,巡逻境鸣刁。
恶少锋尤烈,渠魁首未枭。豺狼行逐逐,鸿雁羽翛翛。
欲诉间阎苦,其如魏阙辽。太平何日见,读报恼孙樵。

王　山(？—？)

吊盈盈三首(其三)

小巷朱桥花又春,洞房何事不归云。二年前过曾携手,今日重来忽见坟。
香魄已飞天上去,凤箫犹似月中闻。纵然却入襄王梦,会向阳台忆使君。

答　盈　盈

东风艳艳桃李松,花园春入屠酥浓。龙脑透缕鲛绡红,鸳鸯十二罗芙蓉。
盈盈初见十五六,眉试青膏鬓垂绿。道字不正娇满怀,学得襄阳大堤曲。
阿母偏怜掌上看,自此风流难管束。莺啄含桃未咽时,便会郎时风动竹。
日高一丈罗窗晚,啼鸟压花新睡短。腻云纤指摆还偏,半被可怜留翠暖。
淡黄衫袖仙衣轻,红玉栏干妆粉浅。酒痕落腮梅忍寒,春羞入眼横波艳。
一缕未消山枕红,斜睇整衣移步懒。才如韩寿潘安亚,掷果窃香心暗嫁。
小花静院酒阑珊,别有私言银烛下。帘声浪皱金泥额,六尺牙床罗帐窄。
钗横啼笑两不分,历尽风期腰一搦。若教飞上九天歌,一声自可倾人国。
娇多必是春工与,有能动人情几许。前年按舞使君筵,睡起忍羞头不举。
凤凰箫冷曲成迟,凝醉桃花过风雨。阿盈阿盈听我语,劝君休向阳台住。
一生纵得楚王怜,宋玉才多谁解赋。洛阳无限青楼女,袖笼红牙金凤缕。

春衫粉面谁家郎,只把黄金买歌舞。就中薄幸五陵儿,一日冷心玉如土。
云零雨落正堪悲,空入他人梦来去。浣花溪上海棠湾,薛涛朱户皆金镮。
韦皋笔逸玳瑁落,张佑盏滑琉璃干。压倒念奴价百倍,兴来奇怪生毫端。
醉眸觑纸聊一扫,落花飞雪声漫漫。梦得见之为改观,乐天更敢寻常看。
花间不肯下翠幕,竟日烜赫罗雕鞍。扫眉涂粉迨七十,老大始顶菖蒲冠。
至今愁人锦江口,秋蛩露草孤坟寒。盈盈大雅真可惜,尔身此后不可得。
满天风月独倚阑,醉岸浓云呼伕墨。久之不见予心忆,高城去天无几尺。
斜阳衡山云半红,远水无风天一碧。望眼空遥沈翠翼,银河易阔天南北。
瘦尽休文带眼移,忍向小楼清泪滴。

王诜(?—?)

奉和子瞻内翰见赠长韵

帝子相从玉斗边,洞箫忽断散非烟。平生未省山水窟,一朝身到心茫然。
长安日远那复见,掘地宁知能及泉。几年漂泊汉江上,东流不舍悲长川。
山重水远景无尽,翠幕金屏开目前。晴云幂幂晓笼岫,碧嶂溶溶春接天。
四时为我供画本,巧自增损嫭与妍。心匠构尽远江意,笔锋耕遍西山田。
苍颜华发何所遣,聊将戏墨忘余年。将军色山自金碧,萧郎翠竹夸婵娟。
风流千载无虎头,于今妙绝推龙眠。岂图俗笔挂高咏,从此得名因谪仙。
爱诗好画本天性,辋口先生疑宿缘。
会当别写一匹烟霞境,更应消得玉堂醉笔挥长篇。

王十朋(1112—1171)

和刘方叔溪上一绝

杖屦徘徊驻碧溪,遥看飞瀑下崔嵬。乘槎欲访吹箫客,烟草茫茫没旧台。

次韵潘先生寒食有感(其一)

花媚韶光柳弄烟,箫声处处卖饧天。谁知子厚怀桑梓,北望长号又一年。

题双峰资深堂(其四)

千峰已见见双峰,瓯越山川在眼中。吾祖吹箫定何所,会须乘鹤访遗风。

游箫峰

蜡屐穿云去,山深喜路通。人家烟色里,古寺水声中。
金溅星犹在,丹成灶已空。吹箫人不见,台下想仙风。

再和(其二)

家在东嘉山水州,玉箫丹灶古仙丘。两年秋月登蓬阁,千里乡心绕谢楼。
作赋端同比窗里,思归长咏大刀头。与君何日脱尘鞅,杖屦逍遥物外游。

王庭珪(1080—1172)

和刘乔卿雪诗

柴门忽启玉为关,疑是新移海上山。野寺僧居银窟里,广寒宫在月明间。
老农击鼓迎丰岁,紫极吹箫近帝寰。腊后东风将解冻,已看峰顶露屏颜。

挽郭氏孺人

择对真佳婿,传家好弟兄。魂飞瑶海岸,风断玉箫声。
举案人何在,埋文谁作铭。潘郎今未老,他日看褒荣。

长沙北禅览古

明湖涨天光,春云如粉碎。吴王宫女罢吹箫,象床玉碗今安在。
桃李初开映绿池,绿池水暖摇花枝。闻道只今池上月,照见吴王繁盛时。
当时粉色艳月彩,今日古坟烟草衰。草衰不见吴宫事,唯有月下孤猿啼。
猿声哀告问不得,又恐清晓催黄鹂。

次前韵酬刘美中

笔势斓斑如虎卧,何止风流盖江左。新诗吟出鸾凤音,晓莺未啼春欲破。
始知李白飘然思,俊语天成安用些。凤箫声不类人间,玉管定非人所作。
可怜洛下书生冷,雷转空肠发清饿。终日长哦学不成,掩鼻皱眉相赞佐。
与公并辔且西游,举扇勿忧尘土涴。

过萧泷庙

泷江欲度虹为桥,泷涛春击蛟鱼跳。泷头有庙非一朝,泷民犹传神姓萧。
殿脚插入白鹭腰,青原舞翠挹岧峣。朱甍日出烟雾消,碧瓦不动磨青瑶。

忽然飞电掣紫霄,天为借怒生奇飙。游龙挥雨洗沉寥,桂花堕落香云飘。
百年古木号鼍能,击鼓变化鸾吹箫。官艘贾舶胆欲焦,庙前泊橹不敢摇。
楚词跪奠设浆椒,泷之灵兮或可招。

王　炎(1138—1218)

送 施 宣 教

翩翩贵公子,和气如春温。倾盖一晤语,肯吐胸中真。
江头雨新霁,浮鹢波鳞鳞。骑凤吹玉箫,归欤觐慈亲。
我老无所营,君方富青春。后会未有期,人来时嗣音。
毛颖二十辈,深衷致殷勤。助君赋子虚,高飞到青云。

临湘县崇惠庙词

仙伯兮逍遥,共骑鹤兮云霄。西弱水兮东瀛洲,超然变化兮不可以留。
农之田兮瘠田,仙弭节兮悯此民而勿去。
白云横兮翠微,石室幽幽兮宜而燕娱。
一窦之泉兮不溢不枯,仙顾而乐兮黄鹄翩其来归。
有龙蛰兮于寒泉,潜而飞兮遥天。
仙吹箫兮击鼓,老农酌醑兮互起舞。
仙驭飞龙兮四郊甘雨,旱不为灾兮年谷屡丰,我民敬恭兮蒙仙之泽无穷。

王　洋(1089—1154)

元夕夜与戎琳殊三老僧对棋琳请作诗赋之

白布衫韝时节新,娇鬟丰口绮罗春。满城菌苔官同乐,午夜箫歌社降神。
继昼寻棋三净侣,闻灯坚坐一闲身。不须强学行春客,儿女多应不要人。

闻何为孙作内集以长言戏之

门前春田澍膏雨,门内春风动歌舞。璩为璋玉男子祥,起作绣鞋女儿舞。
阿翁吹箫儿献旅,粉面娇孙侍家主。一门欢笑足戏乐,盛事流传百年语。
村歌社曲莫插手,定本风流教坊谱。一家有喜百家同,况是相逢沦落中。
犀钱玉果大开说,已愧汤饼沾无功。

次韵酬尹少稷

尹子于为文,跳弄同戏剧。举头发天藏,俯首取地蛰。
谁谓热洛河,可使当刘秩。挥毫射虎豹,引手唾决拾。
驭风千里空,命的一箭疾。吾意召雷霆,已下六丁敕。
置之西昆山,歌乐华胥国。遂令长吟哦,姓名注瑶籍。
置之风露场,不饮亦不食。鸾鹤迎玉箫,云汉配灵匹。
雄辞水翻瓴,壮势虎挟乙。剪裁霜月明,窥探化工密。
少留千首诗,聊示万人敌。不然荐清庙,三叹奉寥阒。
未惊邹海涛,已过髡毂炙。窃料充选拔,数涂当处一。
恐缘奉高堂,薪芼事朝夕。且安颜氏瓢,未纵参军逸。
我意似子才,终难守环壁。

王以宁(?—?)

道中闻九里香花

不见江梅三百日,声断紫箫愁梦长。何许绿裙红帔客,御风来献返魂香。

王易简(?—?)

九锁山十咏(其三)

凤兮尔何来,翙翙鸣高岗。山风度玉箫,竹实丰糇粮。
至今嶙峋石,如作毛羽翔。深溪阻造极,悬磴聊褰裳。
踟蹰不忍下,树杪青天长。

王 羽(?—?)

朝阳岩二首(其一)

石岸盘危磴,烟和晓日浓。长桐应待凤,占水必藏龙。
老树藤多附,层崖路莫从。平矶看浪没,峭壁任苔封。
箫韵生群籁,岚光簇众峰。何时有达士,栖此信疏慵。

王禹偁(954—1001)

酬 杨 遂

杨君江左士,文律何飘飘。人言未冠时,作赋凌洞箫。

甲科中南国,通籍趋东朝。轗轲位不进,陶潜还折腰。
宰邑向蜀道,萑蒲忽兴妖。官小力不支,奔窜避枪刀。
朝廷责守土,黜入县佐僚。昨朝写孤愤,遗我有客谣。
伊予亦左迁,讽之心无憭。人生一世间,否泰安可逃。
姑问道何如,未必论卑高。自古富贵者,撩乱如藜蒿。
德业苟无取,未死名已消。岂期颜子渊,不朽在一瓢。
推此任穷达,其乐方陶陶。达则为鹍鹏,穷则为鹪鹩。
垂天与巢林,识分皆逍遥。

王 质(1135—1189)

上王公明寿四首(其一)

缑氏吹箫远,王家奕叶光。昔多称建业,今独盛安阳。
泰华何曾老,江河各自长。一名重两火,与宋大休祥。

王仲甫(?—?)

留京师思归

黄金零落大刀头,玉箸归期划到秋。红锦寄鱼风逆浪,碧箫吹凤月当楼。
伯劳知我经春别,香蜡窥人一夜愁。好去渡江千里梦,满天梅雨是苏州。

王仲修(?—?)

宫词(其一一)

云娇烟懒雨初晴,环碧风轻细浪生。尽日黄鹂不飞去,万年枝上听箫声。

宫词(其三九)

玉箫声里酌玻璃,风腊旂旗卷绛霓。星渚月斜珠露重,银河流水亦东西。

王 镃(?—?)

春 夜 家 宴

烛底裁词按玉箫,翠宫合唱取腔娇。梨花影护春风暖,不用香薰酒自消。

凤 仙

凤箫声断彩鸾来,弄玉仙游竟不回。英气至今留世上,年年化作此花开。

游仙词三十三首(其九)
扃上金书洞府名,沉沉珠树彩云轻。碧桃风卷箫声去,弄玉乘鸾看月明。

游仙词三十三首(其一〇)
醉归紫府月流光,霞色仙衣散异香。闲把玉箫吹一曲,九天风露欲飞霜。

韦 骧(1033—1105)

咏八仙·吹箫
内乐本无声,吹箫且任情。于兹代长啸,自是一般清。

再和(其一)
醉向溪头按洞箫,夜瞻略彴似星桥。清欢未足班荆坐,一任纱笼蜡炬消。

魏了翁(1178—1237)

任重庆挽诗
诸任方衮衮,惜也大任君。曲突人谁信,扣阍天不闻。
胆随豪满干,齿为愤穿龈。莫挽泉台恨,周箫咽涧云。

文天祥(1236—1283)

病愈简刘小村(其一)
秋光沁人骨,意气晓来新。古鼎龙团雪,虚檐麈尾春。
商山弈棋老,赤壁洞箫宾。风月真仓扁,招呼入屋频。

读赤壁赋前后二首(其一)
昔年仙子谪黄州,赤壁矶头汗漫游。今古兴亡真过影,乾坤俯仰一虚舟。
人间忧患何曾少,天上风流更有不。我亦洞箫吹一曲,不知身世是蜉蝣。

文 同(1018—1079)

仙人(其二)
头梳三角髻,余发散垂腰。时伴秦楼女,月明吹紫箫。

往年寄子平
往年记得归在京,日日访子来西城。虽然对坐两寂寞,亦有大笑时相袭。

顾子心力苦未老,犹弄故态如狂生。书窗画壁恣掀倒,脱帽褫带随纵横。
喧呶歌诗齸文字,荡突不管邻人惊。更呼老卒立台下,使抱短箫吹月明。
清欢居此仅数月,夜夜放去常三更。别来七年在乡里,已忝三度移双旌。
今兹惛惛意思倦,加以跕跕疾病婴。每思此乐一绝后,更不逢人如夜行。

文彦博(1006—1097)

留守相公和提举端明作三寿公字韵诗辄继前韵·景仁内翰

春色满伊嵩,春花拆万红。欣逢翰林主,还访玉壶公。
听赏吹箫凤,陪随飞盖鸿。樽前忍轻别,乐事转头空。

闻九成(?—?)

初入洞霄(其一)

拟借寒泉洗此心,幽亭曾屡谒清音。会须枕石伴龙睡,不尔吹箫学凤吟。
蛰地金丹闻往昔,插天琳宇盛当今。灵芝仙草宁无分,为我山中试访寻。

闻人祥正(?—?)

集句(其一〇)

月倚觚棱宿雾收,三千珠翠拥宸游。霓旌影乱箫声远,天子龙舆过玉楼。

翁彦约(1061—1122)

武夷仙机石

辛苦支机耐寂寥,肯同嬴女只吹箫。金梭昨夜成龙去,上与天孙织绛绡。

无名氏(?—?)

题桃源(其三)

远近人家尽见招,小童环立总垂髫。玄冰满碗侵肌爽,绛雪堆盘入口消。
山内不知今晋代,座中犹自问秦朝。夜深时向花前立,遥见双株合凤箫。

吴弘钰(?—?)

石 门 峰

横石架广门,天风自来去。夜半闻洞箫,知是神游处。

吴　浚(?—1277)

春　词

是处箫声破碧云,翠梅依旧锁闲春。东风不负庭前柳,只负年年看柳人。

吴龙翰(1233—1293)

有　所　嗟

乘鸾人去玉箫寒,云敛巫山晓梦残。柳线不堪系离别,自和烟雨搭阑干。

吴　泳(?—?)

拟西北有高楼

高楼何岩嶤,一柱西北隅。横当子午道,峻直参井墟。
曲琼卷飞霞,俨俨仙人居。上通三重阶,下荫十二衢。
傍楼玉箫女,织翠纷华裾。仙人顾之笑,授以青琅书。
溯言欲从之,媒拙而理疏。丹梯目成久,须凭大垂手。

武　衍(?—?)

书　画　扇

双成午夜约飞琼,齐驾红鸾看月明。缥缈碧云归去晓,洞天霜冷玉箫清。

秋　夕　清　泛

弄月吹箫过石湖,冷香摇荡碧芙蕖。贪寻旧日鸥边宿,露湿船头数轴书。

夏　竦(985—1051)

观　夜　醮

万条银烛间灵旗,一片清香匝玉墀。羽帐星辰来不觉,仙坛冠帔立多时。
红桃裛露风初细,白鹤迎云月渐迟。试托东皇问萧史,凤箫应许借人吹。

奉和御制朝谢玉皇大帝致斋夜天书道场观鹤下临

紫皇斋祓感青冥,仙骥徊翔瑞气平。百和真香凝玉羽,九枝芳焰动星精。
远辞金阙衔灵命,俯瞰瑶台效帝祯。矫翼乍侵龙旆影,扬音微杂凤箫声。
应须置祀昭神异,岂止登歌纪圣明。藻卫仰观皆率舞,益知天意合三清。

奉和御制与天下臣庶恭上玉皇大帝天帝圣号

皇皇至德召和平,茂烈馨香已告成。祇报元符营紫馆,钦崇上帝荐鸿名。
夤威洁志通三境,宥密真游降九清。淳耀先期观道秘,休成协吉顺天正。
琼干文彩云幡列,金简荧煌玉字呈。藻卫导迎扬盛则,灵场陟降极精诚。
绵区率吁民胥悦,篆素铺观古未行。广乐乍兼箫籁响,仙风微动佩环声。
扬烟层宙祥辉涌,称庆斋闱瑞气生。道荫符通嘉应集,中宸繁贶永充盈。

萧 照(?—?)

游范萝山

萝翠松青护宝幢,烟波万里送飞艭。真人旧有吹箫事,俱傍明霞照晚江。

谢 翱(1249—1295)

商 人 妇

抱儿来拜月,去日尔初生。已自满三岁,无人问五行。
孤灯寒杵石,残梦远钟声。夜夜邻家女,吹箫到二更。

仙华山招隐①

轩后悲苍剑,神娥下玉箫。攀髯初失梦,遗蜕尚凌歊。
碧堕升棺影,青分产柱苗。山精依鹿竹,天雨湿鸡翘。
有约成孤愤,无人久重要。豢龙因姓氏,使鹤语轩韶。
冉冉将终老,冥冥不可招。无书寄青雀,有恨在中条。

谢枋得(1226—1289)

崇真院绝粒偶书付儿熙之定之并呈张苍峰刘洞斋华甫

西汉有臣龚胜卒,闭口不食十四日。我今半月忍渴饥,求死不死更无术。
精神常与天往来,不知饮食为何物。若非功行积未成,便是业债偿未毕。
太清群仙宴会多,凤箫龙笛鸣瑶瑟。岂无道兄相提携,骑龙直上寥天一。

---

① 方凤《仙华招隐》内容与此诗大致相同,仅个别字词有异,不再重复收录。

谢岳甫(？—？)

大涤洞天留题(其三)

入山细问山中事,绀宇琼居八百年。五洞潜通谁缩地,一峰突起解擎天。
眼前去马来牛债,梦里骖鸾跨鹄缘。却羡黄冠无一事,卧听箫吹落云边。

熊 克(？—？)

葛 仙 山

秋风吹我衣,秋水洗我心。乘风直上葛仙顶,仙家楼阁烟霞深。
蓬莱何曾弱水隔,兜率有天才咫尺。等闲拍手倚阑干,惊起蛟龙移窟泽。
试剑石老苍苔封,洗药池在丹砂红。老仙骑鹤去未还,投崖何处寻遗踪。
霏霏蒙蒙天欲霜,神州万里何茫茫。昆明水浅劫灰冷,几见东海成田桑。
洞箫吹断月满堂,梦中恍惚侍玉皇。觉来两袖携天香,是非忧乐俱两忘。
骖骐麟,翳凤凰,得与尔,高翱翔。仙翁一笑白云上,赠我长房青竹杖。
明朝去向葛溪滨,莫遣风雷惊世人。

徐 积(1028—1103)

题扇·离妇扇

年来不把紫箫吹,玉指掺掺弄素辉。一自征人渡辽去,唯有清风动妾衣。

朝 回 仙

匆匆朝罢九重天,便按蓬莱御紫烟。趁得蟠桃花下宴,鼓箫诸部约三千。

急 仙

但把真声吹鼓箫,凤来凤去不须招。浮槎河上无徒涉,种玉田中莫揠苗。

鸾

吹箫台上曾歌舞,留住秦云伴秦女。近来长趁紫宸朝,麟凤肩随龙接武。

谢存中送四花并酒

有人自折四般花,手中四色成云霞。瑶瓶贮酒白如沙,呼童急送野人家。
一般花是水林檎,白处偷红红不匀。笑脸易残留恨色,浅妆难就带啼痕。
无夫少妇善居寡,以礼自防容不冶。君看盈盈闪色桃,酒红睡起未全消。

意待倾城又倾国,花中偷得两般色。深色桃花将奈何,猩猩血染春衫罗。
欲成鸾凤吹箫急,借涂铅粉施朱多。却是梨花白为胜,四色花中容最正。
若与梅花相并时,花叶花柯较粗硬。为花倾出瑶瓶酒,香泉急溜虮蜉走。
两手各擎花一枝,深闪桃花将与谁。主人醉起欲骑马,自插乌纱带取归。

双树海棠(其二)

此花出在海州东,千涛万浪围山峰。不知谁是栽花翁,花根屈曲蟠双虹。
英英斗繁葩葩丰,晨霞夕霞滴不供。欸有神物射蛟龙,团团血溅摇春风。
超然花格非凡容,吴姬半弹钗头红。谁人移下海中山,神仙姊妹来人间。
人间无玉可消斑,歌姬舞态都且闲。当时血泪乱瑶关,金槃洗面痕犹殷。
吹箫郎去先骑鸾,妆未成时情已阑。汉皋台下娇蹒跚,曾解明珠瑶佩环。
无媒不嫁矜殊颜,自共美人香往还。霓衣同步绀云车,麻姑面上藏丹砂。
绿鬓已坠金钗斜,酒红不著罗衫遮。且教半笑含春华,但恐分飞成乱霞。
宜哉天下为名花,连根都种名卿家。温温容态孰可加,有如女德贞无邪。
共君醉倒插乌纱,从他群儿笑哑哑。

李太白杂言

噫嘻欷奇哉,自开辟以来,不知几千万余年。至于开元间,忽生李诗仙。
是时五星中,一星不在天。不知何物为形容,何物为心胸。
何物为五脏,何物为喉咙,开口动舌生云风。
当时大醉骑游龙,开口向天吞玉虹。
玉虹不死蟠胸中,然后吐出光焰万丈凌虚空。
盖自有诗人以来,我未尝见大泽深山。
雪霜冰霰,晨霞夕霏。万化千变,雷轰电掣。
花葩玉洁,青天白云,秋江晓月。有如此之人,有如此之诗。
屈生何悴,宋玉何悲。贾生何戚,相如何疲。
人生胡用自缧绁,当须荦荦不可羁。乃知公是真英物,万叠秋山耸清骨。
当时杜甫亦能诗,恰如老骥追霜鹘。戴乌纱,著宫锦,不是高歌即酣饮。
饮时独对月明中,醉来还抱清风寝。嗟君逸气何飘飘,枉教谪下青云霄。
大抵人生有用有不用,岂可戚戚反效儿女曹。

采蟠桃于海上,寻紫芝于山腰。吞汉武之金茎沉瀣,吹弄玉之秦楼凤箫。

和李道源清风谣

漫翁说尽清风好,犹能顾我邀吟藁。吟时欲倚白云飞,到时恐在红尘表。
有如列子御风行,百骸齐奋双瞳瞭。借问清风何处来,玉水之心玉山秒。
曾经昆阆拂瑶花,亦度潇湘过蓬岛。借问清风何处居,深寄碧芦藏绿筱。
芭蕉径舞凤衣寒,薜荔墙翻龙甲老。遗英堕箨无处寻,一径十年未曾扫。
但恐春深花木稀,定知秋后冰霜早。快心何羡楚王台,披襟适得麻姑爪。
中山酒客饮辄醒,八斗司徒醉不倒。箫声易咽笛声哀,客思难平物容愀。
君看檐前避暑巢,不是岩乌即沙鸟。万谷藏冰山气来,千涛喷雪江声绕。
借问此闲清奈何,况是中宵月华皎。鸡鸣漏尽眠不成,披衣起看冰壶晓。
便乘枯木饮明河,仍御双凫入冥杳。藤床角簟无所施,练布蒲葵价弥小。
有客俄如梦觉时,窃笑梦中何扰扰。中心无累清则明,蔽者常稀欲者少。
儿啼女笑坐不忘,兽斗禽嬉悟俱了。毁誉一过遗如空,富贵浮云视弥藐。
古人凛凛良可思,世俗纷纷何足道。尝闻外物可娱中,所以诗人取萱草。
谁何乘兴为此行,坐摆尘埃出污潦。贾生可与忘悲忧,楚屈犹将醒怀抱。
区区何用作离骚,弄琴听我清风操。

琼　花　歌

春皇自厌花多红,欲得花颜如玉容。春皇青女深相得,先教敛与秋霜色。
乃有雪月供光,星榆献白,觚量银汉琉璃湿。
人间美玉捣作灰,荆山昆山鬼神泣。天上有人名玉女,投壶之外能为素。
姑射神人解种花,先须此物为根芽。天罅地窍掬精粹,蝉身骊颔偷光华。
其时正是天地交,二气上下阴阳调。此花孕育得其正,其间邪气无纤毫。
所以其色为正色,出乎其类拔乎萃。一如君子有诸内,粹然其色见于外。
三月将尽四月前,百花开尽春萧然。扬州日暖花开未,春香不动花房闭。
仙掌秋高玉露浓,蛟人泣下珠玑碎。黄鹂本是花中客,啼尽好声求不得。
春皇费尽养花心,春风使尽开花力。春归莺去花始开,谁人放出深闺来。
唐家天子太平时,太真浴罢华清池。红裳绣袂厌君眼,更作地仙披羽衣。
麻姑睡起蓬莱岛,风吹玉面秋天晓。洛川女子能长生,水中肌骨成瑶琼。

褒姒不见诸侯兵,尽日不笑如无情。宋玉移家安在哉,东邻不画胭脂腮。
卓文君去成都速,锦衣金翠慵装束。吹箫客貌果何如,见说其人名弄玉。
若比此花俱不足,淫妖怪艳文之累。一如妇人有贤德,不为邪色辞正色。
孀居之女能自持,终身唯著大练衣。又如正色立朝者,不以柔媚为奸欺。
以此论之乃可重,人之不正将胡为。论德乃是花之杰,论色乃是花之绝。
洛阳花名古云好,看花须向扬州道。
君不见去年花下吹黑风,霹雳闪电搜玉龙。
此时半夜花光中,不觉屈曲蟠长虹。又不闻天上琳琅树,种在烟霞最深处。
白云枝叶白玉英,此花莫是琳琅精。此花爱圆不爱缺,一树花开似明月。
襄王半夜指为云,谢女黄昏吟作雪。杏花俗艳梨花粗,柳花细碎梅花疏。
桃花不正其容冶,牡丹不谨其体舒。如此之类无足奇,此花之外更有谁。
世非红紫不入眼,此花何用求人知。诗人自与花相期,长告年年乞一枝。

徐　瑞(1255—1325)

余自入山距出山五十五日竹屋青灯山阴杖屦忘其痴不了事矣随所赋录之得二十首·听箫

呜呜传素恨,渺渺起新愁。台空凤已去,楚山千顷秋。

徐　铉(917—992)

柳枝辞十二首(其九)

此去仙源不是遥,垂杨深处有朱桥。共君同过朱桥去,密映垂杨听洞箫。

柳枝词十首(其八)

新春花柳竞芳姿,偏爱垂杨拂地枝。天子遍教词客赋,宫中要唱洞箫词。

早春左省寓直

旭景鸾台上,微云象阙间。时清政事少,日永直官闲。
远籁飞箫管,零冰响佩环。终军年二十,默坐叩玄关。

严　嘉(?—?)

游　洞　霄

帝子吹箫上瑶阙,灵妃跨凤音尘绝。行云山水迹依然,留伴九峰秋夜月。

阆苑宫前见玉真,许传消息到金庭。琼姿一去丹霞□,紫桂蟠桃几度春。
十二栏干天一握,教人望断猴山鹤。蜀客归槎杳未来,银汉纵香泉□□。
岩前邂逅童颜子,许我刀圭大患痊。

彦　修(?—?)

夜宿武夷宫

巢松老鹤鸣丹井,笼月梅花摇素影。竹敲白露幔亭寒,吟弄紫箫山月冷。
山月箫声清且幽,幔亭不见昔人游。我来欲此腾云雾,笑指三山十二楼。

晏　殊(991—1055)

禁　苑

风回玉宇箫声远,日下琼林佩影闲。待得年光遍天下,始教春色到人间。

杨冠卿(1138—?)

赤玉箫

玉箫早入凉王墓,弓剑衣冠只同处。千年邂逅出人间,颜色声音幸如故。
云门曲谱不分明,赵瑟齐竽各自名。传看乐府无人识,此箫收声甘弃掷。

杨　杰(?—?)

景灵宫

仙宗司玉历,帝系出璇霄。功业超千载,威灵会六朝。
圣孙严子事,神武耀文昭。游渭衣冠在,违颜咫尺遥。
奉安先上衮,守卫肃中貂。重屋华天篆,棂星屏俗嚣。
麾幢迎宝辇,象魏起祥飙。霞醴充流瓒,芝房陋爇萧。
降升瞻穆穆,磬欷听寥寥。复道悲追汉,灵旗想伐辽。
荐新随四孟,观德序三昭。养慕谐虞氏,声明格有苗。
庭分五行舞,乐奏九成箫。将相旌遗烈,松筠鉴后凋。
肖岩非特说,画阁岂惟乔。寰海名王聚,江湖王气销。
基图传久大,宫阙壮嶕峣。皇泽弥雾霈,群生荷益饶。
侍祠叨旅进,赓颂仰材翘。孝治光青史,琼瑶合琭雕。

杨 怡(？—？)

成都运司园亭十首·玉溪堂

虚堂已深窈,那复要营室。使君寂无事,闭阁卧终日。
临池狎清泚,养竹听箫瑟。不为省春耕,轺车肯轻出。

叶 适(1150—1223)

橘枝词三首记永嘉风土(其三)

鹤袖貂鞋巾闪鸦,吹箫打鼓趁年华。行春以东崢水北,不妨欢乐早还家。

题孙季蕃诗

子美太白常住世,佳人栩栩梦魂通。泻落天河浇汝舌,移来不周荡汝胸。
千家锦机一手织,万古战场两峰直。孰南孰雅唤莫前,虚箫浪管吹寒烟。

王木叔秘监挽词

美人昔来芙蓉傍,山为发灵水吐芒。美人今归在何处,箫哀鼓悲葬前冈。
我欲从之似云出,友风子雨游四方。梦魂无凭不可挽,坐揽衰涕终摧藏。

送郭黄中

雁山削玉上青云,仙侣常游遣俗纷。飞鸟可无能少驻,洞箫何幸复亲闻。
看承下户恩尤重,宾礼高贤意自欣。忽忆门西贫士宅,蛰雷绕甑黍初馈。

虎长老修双峰

九州大麓标山经,早与天地同垂名。雁荡初传晚唐世,掩抑众岳夸神灵。
岂非龙伯所播迁,海水枯竭久乃成。穷锼石怪呈万巧,宛取物似罗千形。
阴湫阳岭何恍惚,紫光碧焰长磨硎。夜随王乔玉箫发,晓答矩那金磬清。
闻者未到意已倾,往往梦想驱风霆。胡僧犹嫌憩寂寞,便房曲槛频招迎。
强扶坠阁接云汉,却补坏壁回丹青。来车去马谩孔总,亭主自住谁为情。

于 革(？—？)

清都观

石坛雨洗月华新,白帢青藤曳履行。老桧不知仙驭远,屋头犹带玉箫声。

俞德邻(1232—1293)

仙人岩即事

夕阳隔溪明薜萝,数峰溪畔青嵯峨。层霄仿佛相荡摩,溪流汹涌通银河。
金支翠旗飐山阿,风传雾乐锵銮鉌。云封岩窦生灵禾,仙灵蜕久留仙艖。
弈枰丹灶斫月柯,洼尊土缶石臼磨。苔剜藓刻千岁过,护以鬼物烦执诃。
溪南溪北夔罔多,鲤魟鳣鲉蛟鼍鼉。雷声吭磕涷雨霶,仙筇九节扶下坡。
红妆半醉谁娇娥,容颜二八细马驮。下马避雨吴歈歌,兰麝馥郁飘绮罗。
灵箫学道蠲烦疴,湘浦解佩声瑳瑳。双成饮罢鸣云和,蓝桥一醉朱颜酡。
扶桑旸谷同碧涡,玄书宝文传岂讹。浮生百岁如飞梭,当欢不欢奈老何。

俞 丰(?—?)

凤 山

老树萧萧吹古风,满阶落叶鸣寒蛩。插天殿阁云不锁,挺柱石笋擎太空。
凤去台空秋寂寂,瑶草离离自青碧。玉箫吹彻渺遗音,十二阑干空月色。

虞 俦(?—?)

和王诚之元夕即席之作

葭琯飞灰趁早朝,便看梅柳占春娇。金花彩胜方连昼,璧月华灯又彻宵。
罗绮丛中森画戟,旌旗影里间星轺。满城游妓归时节,犹认云间紫玉箫。

喻良能(1120—?)

莆阳道中

闽粤溪山处处经,长松夹道奏箫笙。只应行客忘劳役,千里清阴管送迎。

挽李靖少傅夫人(其一)

九月秋光急,山川苦雾迷。卜邙新隧启,度巩短箫齐。
宝剑知终合,灵蟾已陨西。松门来会葬,车马几千蹄。

天 台 歌

涉海神仙夸蓬莱,登陆胜地称天台。天台枕海连四明,万峰千岭相萦回。

赤城绣出绮霞色,瀑布界破瑶山青。神仙居处寸步有,游人白日迷杳冥。
剡溪昔年有二客,五月此山同采摘。只知采采不盈筐,不觉行行失归陌。
龟肠蝉腹忽鸣饥,倾壶进食欲令谁。山桃一颗垂林畔,共食欻然肌骨换。
下山得水涧石中,以手饮之还濯盥。又见芜菁出山腰,一杯圆转中流漂。
二人相顾却相谓,此地去人应不遥。过溪水深四尺许,又度一山逢二女。
韶颜艳色世所无,南国东邻何足数。笑唤刘晨阮肇名,相识浑如旧有情。
问郎若个来何晚,遂即殷勤相奉迎。入户幔帷殊不恶,错落珍珠与璎珞。
只将左右几青衣,也胜人间夸绰约。逡巡进脯饭胡麻,琼杯片片斟流霞。
不知仙客来何处,各把宫桃庆女家。歌吹嘈嘈张内乐,颜色有欢情有乐。
金鸦飞入向虞渊,客散虚堂掩帘箔。夜深各拥一仙娥,泛泛鸳鸯在绿波。
和鸣乍自秦箫起,行雨初从楚梦过。瞥然一留因半载,天气常如三月在。
百鸟哀鸣不可闻,感此茫茫愁似海。俗缘未断身未轻,思归日有求归声。
更招女伴作离乐,共写深衷无限诚。曲终一出山中洞,万里云烟空目送。
归来不见去时人,寂寞惊魂若春梦。子孙虽在不相知,欲寻旧路已多歧。
棋迷柯岭难重见,花失桃源空自悲。风流云散令人惜,至今犹唱阮郎归。

喻汝砺(?—1143)

草堂诗(其四)

远屿曲洲纵复横,沙边繁鸟弄箫笙。一轩檐冷松阴合,十里林香药草生。
路转断楂逢石坐,风移深竹见僧行。晚来冲抱更清旷,时有幽人带月耕。

元积中(?—?)

题桐柏观

九峰巍绝乱云屯,石室琼台旧址存。山险密盘之字径,洞深高辟丙方门。
碧桃花烂春溪暖,紫玉箫沉月榭昏。未觉壶中光景晚,人间归去见来孙。

岳　珂(1183—?)

宫词一百首(其六二)

池上繁红沁曙霞,喧天箫吹教坊家。龙舟近晚传回辇,催进姚黄一朵花。

约客春波督参刘郎中方赴高紫微之集道间相值不容留戏赠二首（其二）

锦帐星郎油壁车，紫微花下醉流霞。箫鸾东引瞻凤驭，池凤西游赋日华。
蓼岸半红秋渐老，柳堤仍绿约犹赊。一尊更趁莱衣彩，河汉还乘八月槎。

曾　丰（1142—？）

寿林中书（其一）

岩岩风采百工师，龙马精神海鹤姿。宫女犹传洞箫赋，都人今作衮衣诗。
幸逢尧舜登贤日，正是皋夔相国时。圣主仁知宣室事，甘棠何止郡人思。

曾　巩（1019—1083）

将之浙江延祖子山师柔会别饮散独宿空亭遂书怀别

蜀客向何处，欲观浙江潮。舣舟吴门栅，况会故人招。
置酒吴亭上，无人吹紫箫。浩观万物变，飒尔生凉飙。
遂恐时节晚，芳兰从此凋。功名竟安在，富贵空寥寥。
鸿鹄举千里，鸾凤翔九霄。胡为蓬蒿下，日夜悲鹪鹩。
车马夕已还，行人亦飘飘。浩然沧海志，寂寞守空宵。

曾　几（1085—1166）

凤　凰　台①

箫声无复到层台，画栋空余燕雀来。我是凤凰池上客，等闲汀鹭莫相猜。

张　方（？—？）

泊　舟　别　故

瓣香杓杜老先生，文艺林中许乞盟。扫叶岩幽酌泉窦，可能续赋洞箫声。

张方平（1007—1091）

耳　鸣

一阳初独啸，两耳遂双鸣。寒谷疏钟远，霜空众籁清。

---

① 曾肇《凤凰台》内容与此诗相同，不再重复收录。

千铃行险倦,万鼓战酣声。瀑落山头峻,涛翻海面平。
风樯开大浪,晓角动严城。陇首悲凉意,苏门旷逸情。
风箫云外过,龙笛月中横。细转缫车急,微遥扤橹轻。
衰残伤老态,驰徇厌时荣。处世希蒙叟,观身愧净名。
神明思内守,豪荡悔平生。素问方家本,巢源导引精。
早年曾有客,奇术可还婴。何日开金鼎,灵丹见八琼。

得请南台偶书

紫阳洞中客,水晶宫里人。一念堕尘世,资本犹天真。
擢质出流俗,抗志凌苍旻。逸从逍遥游,浩与恬漠亲。
风箫不受调,溪鸟非所驯。敢希古作者,尚从诸逸民。
犬马皆有养,况我无天伦。俯首遂干禄,老先称过秦。
流遁亡旧守,趋锵陪荐绅。骄气与矜色,湛没四十春。
市合先缩手,战酣早收身。桑榆近颓暮,丘壑惭荒榛。
福兮祸所伏,名者实之宾。虽嗟负前志,大观亦同均。

张　舫(?—?)

次韵和于巽祗谒真祠

仙翁旧隐寄岩扃,千里蒙休合荐诚。菽粟有余民暇逸,雨旸无爽气和平。
箫笙缓缓陈觞豆,耆艾纷纷逐旆旌。灵迹欲知垂不朽,使君妙制刻初成。

张　纲(1083—1166)

友人哭内作诗次韵

奉倩伤情爱所钟,佳人难再岂天穷。登台曾是吹箫侣,对影今为舞镜雄。
虚案故应愁午饭,小窗谁与伴春风。夜深它帐遥闻语,莫怨朝来无是公。

坚所生母李氏安人挽词五首(其四)

七帙开逾半,孤芳散若飘。可怜频举案,那复记吹箫。
翠幌浮埃积,熏炉旧炷消。如何寄怀抱,细雨夜萧萧。

张公庠(？—？)

宫词(其八五)

掖庭初选即知名,新学吹箫数曲成。天上仙姝元不识,人间安得咏倾城。

宫词(其八九)

碧瓦鸳鸯势欲飞,禁门深静日迟迟。玉箫吹遍新传谱,坐看黄鹂数换枝。

张九成(1092—1159)

咏梅(其一)

策马寻梅过小桥,江边驿路正迢迢。灵均清劲余骚雅,夷甫风姿堕寂寥。
半吐暗惊云插月,横枝忽见雪封条。徘徊未忍轻归去,楼上何人调玉箫。

前日偕长文赴大庾饭坐中见黄菊盛开故有前作新诗既三复矣最后乃云黄菊尚未之见间有一二株白菊耳且有闲傍短篱寻嫩蕊忽惊孤蝶绕幽篱之句黄花岂得无语辄发一笑

曾向华筵折数枝,不知心正阿谁思。却怜弄玉吹箫伴,忘了小桥同醉时。
和泪盈盈凄晓露,含情脉脉怨东篱。孙郎风味年来减,且对西风罚满卮。

张槃(？—？)

秦　　淮①

往在秦淮问六朝,江楼只有女吹箫。昭阳太极无行路,岁岁鹅黄上柳条。

张耒(1054—1114)

宿文殊院呈孙子和二绝(其二)

朱楼帘卷见天涯,倦客倚栏何所思。新月无情明复落,清箫有恨歇还吹。

登梦野亭怀旧

曾上高台望翠微,重来悲叹客难期。章华苍莽寻无处,云梦逶迤寒更迟。
墨客多情曾痛饮,玉箫何处弄妍词。请君点检当时事,只应朱颜非旧时。

---

① 周文璞《跋钟山赋二首(其二)》内容与此诗相同,不再重复收录。

壬午正月望夜赴临汝宿襄城古驿县有古寺家人辈夜往焚香襄城古邑也可以眺二室地爽垲退之所谓颍水嵩山豁眼明者癸未元夕谪居齐安携家游定惠妙圆承天下大云东禅盖出雨夜有感示秬秸

江城收灯寒寂历,里巷闭门不复出。蓬茅数屋逐臣庐,门前樵牛卧斜日。
老人拥褐炉前睡,眼冷不眠思往事。去年襄城古驿亭,野县风埃寻古寺。
周楚川原气象存,岘山紫逻秀连云。地留宝鼎周京贵,山拱泥金神岳尊。
齐安江上渔樵市,谁料今年身到此。大江绕郭风涛翻,城中冈垄无平地。
青红剪彩挂影灯,渔夫樵妇来相仍。短箫急鼓集儿女,丛祠夜半鸿鹚惊。
浮生梦境何足计,呼童且闭柴门睡。百年江上谁得知,竿木随身聊一戏。

惠　　别

洞箫奏兮瑶瑟御,日不足兮继以夜。吾宁独此湛乐兮,嘉予美之宜修。
披浮云出明月兮,挥众星不与谋。既成言以命予兮,顾永予之光明。
岂独谓不然兮,托东风以惠声。嗟言独何容易兮,有倾身者鬼神。
中怀著而必见兮,卷兰舌而交信。予虽不执子明烛兮,光辉其舍予。
两相审者不媒兮,予既获子于鼻息。舒子声以歌兮,凤凰将闻而振羽。
结子佩而起舞兮,星斗视子而上下。
独翩翩其不可留兮,君之居可知而不可得。
春水涣涣兮,予独饮君河之曲。鸟鸣群飞兮,其下芳草。
柳舒舒其可揽结兮,桃李始就其膏沐。
行者怀兮别者思,酌君酒兮寿君以不衰。
抚君舟之悠然兮,将浩渺以浮航。三江震泽兮,舟师告急而一息。
引日星之煌煌兮,吾独望子于南极。想子其下兮,鼓圣涛而鞭蛟龙。
使宓妃不敢巧笑兮,皇英敛衽而来从。南风之来兮,入予裾悦余心。
独条畅而清婉兮,曰是为故人之风。

登　　高

怀不展兮居无聊,默谇语兮浩长谣。
写我心兮登彼高,陟万仞兮扪九霄。

命清风兮披浮云,瞰四荒兮视天垠。
大海荡潏兮潜龙鲲,吐吞日月兮制明昏。
酝酿元气兮函星辰,羽载四海兮芥浮坤。
四岳列峙兮嵩中蹲,牵连脉络兮子复孙。
草蔓木布兮升降如朋,障南蔽北兮东散西分。
如掌列块兮盘罗豆樽,黄流中贯兮发源昆仑。
东骛大海兮紫如缭绅,南方炎炎兮火之所宅。
朱鸟屹峙兮丹膺绛翮,骞飞以翔兮辉煌烂赫。
从拥万羽兮纷罗羽翼,煌煌尊严兮有斗在北。
升降玉都兮运量帝侧,呼吸阴阳兮秉持祸福。
真仙逍遥兮澹不可挹,西有王母兮戴胜穴居,寿历万古兮忘终泯初。
超辽恍惚兮独与道俱,骖友日月兮群灵走趋。
既又左而东顾兮观大明之始生,震沸九渊兮丽天升精。
披攘群阴兮重幽昭明,有神司驭兮朱裳绛缨。
呼造物以致问兮吾将考乎太初,彼天地其孰始兮日与月其代除。
四荒漫其何极兮人胡为而中居,火何为而南宅兮水孰使其在北。
安知东之主生兮西配刑而主杀,斗建寅而气分兮畴为四时之消息。
世徒知其已然兮遂推类而立说,彼厥初其谁造兮孰布施而殊别。
抑其不得不然兮或者私智之所设,将忽然而自尔兮遂已成而不可绝。
造物为余究察兮曰此曷可以言陈而意悉,彼混沌之一气兮吾不知谁合而为一。
忽洞达而两分兮夫亦安知其谁辟,爰升清而降浊兮水赴阴而火阳。
东升气而敷生兮西或成而害戕,强名之曰自然兮曷足以究其必至。
谓不得不然者愈疏兮尚安取于私智,庄周诞而妄推兮夏革愚而臆对。
世号予曰造物兮予亦曷有所主尸,苟待予而后造兮彼造予者复谁。
姑置之而勿校兮任万物之自成,游小智于太初兮何异夏虫之语冰。
旷任之而勿疑兮万里会而一平,夫何造物者开予兮神飘飘而不居。
我将赴而远游兮招神圣以为徒,腾九螭之奔轮兮追飞电而揽奔风。
周万里于一息兮堂西极而有九区,叩玉阙之九关兮觐上帝于绛都。
酌瑶尊之芳酒兮招赤松而友彭祖,既锡我以难老兮黜嗜欲而袭灵虚。

爰侑我以秘药兮合千箫而吹万竽,乐吾心之洋洋兮舒五体之与与。
降复还于我室兮聊弥日而一娱。

张良臣(？—？)

玉台体(其一)

一寸春霏拂绮寮,蕙花江上雪初销。伤心燕子重来地,无复人吹紫玉箫。

张商英(1043—1121)

挽老苏先生

近来天下文章格,尽是之人咳唾余。方喜丘园空繐帐,何期箫吹咽辁车。
一生自抱萧张术,万古空传杨孟书。大志未酬身已没,为君双泪湿衣裾。

张　枢(1292—1348)

宫词十首(其三)

月笼梅影夜深时,白玉排箫索独吹。传得官家暗宣赐,黄金约臂翠花枝。

张孝祥(1132—1170)

咏梅次韵二首(其一)

楼上箫声欲断魂,仙官分与一枝春。旋摧妆额添新样,细捻香须数玉尘。
月下精神宜淡贮,雪边肌体更清匀。老来花事无消息,只有君诗当写真。

张　载(1020—1078)

古乐府·短歌行

　　灵旗指,不庭方,大风泱泱天外扬。短箫歌,歌恺康。
　　明廷万年,继明重光。曾孙稼,如茨梁。嘉与万邦,纯嘏有常。

张　埴(？—？)

岁晚樊口解舟

武昌夏口之山川,天寒不见吹箫船。短篷推枕酒半醒,斑斑雨里茸茸烟。
沙头白鸟闭目立,上下掠火交乌鸢。修蛇赴壑了弗顾,苟且一白春风前。
我亦长吟上汉水,夜来参到梅花禅。一枝似铁忍寒冷,一枝如玉生温妍。
老人无以饯岁事,只掉此舌为辰筵。江湖落魄又五年。

赵必愿(？—？)

秋 高 亭

秋空何太高,秋风何太清。秋露何太皎,秋月何太明。
秋山有素期,秋水莫间盟。力此久病身,试上高高亭。
上欲驾扶摇,下欲跳清泠。手持紫玉箫,跨鹏或骑鲸。
时吹复时止,霄壤随纵横。回首天上人,见我呼友生。
我言你能许我三百六旬无一日之不秋,则我亦许你从此为逍遥之朋。

赵崇鈖(？—？)

简 云 卧

忆君心事如流水,流向江头作暮潮。想得潮平沙有雪,自铿铁版和吹箫。

东 溪 夜 泊

雪满汀洲风满林,霁光空澈夜深深。推篷恰受梅花月,自喷横箫调楚吟。

赵 鼎(1085—1147)

扬州竹西亭(其二)

锦缆牙樯一梦愁,行人空击木兰舟。玉箫吹断青楼锁,二十四桥风月秋。

赵 佶(1082—1135)

宫词(其一二)

秦娥从小学宫韶,窃爱仙音韵逸飘。应慕凤台吹紫玉,夜阑时按白牙箫。

宫词(其一五)

洞箫声歇酒初阑,星斗凝辉宇宙宽。唯有真仙为侣伴,夜深同倚玉阑干。

诗 一 首

十二楼藏玉蝶中,凤凰双宿碧梧桐。流霞浅酌留君醉,今夜吹箫第几重。

赵汝谈(？—1237)

次曾景建和谢康乐华子冈诗韵

君言华子冈,遗迹在兹山。阴雾虎啸谷,熙旸乌浴泉。

划疑易区界,遐集古圣贤。丹井砂荡潏,玉林桂葱阡。
或时吹箫子,来往俟飞烟。徼谢靡不验,叩玄发奇筌。
先畴乐斯隐,荒始规后传。小子夙慕遁,驰心结绳前。
仙路邈难期,矫首涕潺湲。谒予愿有术,投翰三喟然。

赵 顼(1048—1085)

赐秦国大长公主挽词三首(其二)

晓发城西道,灵车望更遥。春风空鲁馆,明月断秦箫。
尘入罗衣暗,香随玉篆销。芳魂飞北渚,那复可为招。

真德秀(1178—1235)

挹 仙 亭

汉宫苇籥儿呱呱,济南梓柱阴扶疏。富平家人正愉乐,安昌帝师工献谀。
子真东南一尉耳,黄绶凄凉百僚底。手持短疏叩天阍,义激丹衷泪横眦。
翩然一朝径拂衣,爱君无路空依依。人传九江已仙去,吴门再见是邪非。
神仙茫茫那可测,上帝从来赏忠直。天上果有骖鸾人,合领群真朝北极。
自从举手谢世间,千年白鹤何时还。玉箫声断杉桧冷,只余丹灶留空山。
谷口之孙古肤使,亭翼青冥挹仙袂。耿耿应怀贯日忠,飘飘岂羡凌云气。
我来快读华星篇,清彻毛骨风泠然。何当结茅最高顶,一榻容我分云烟。

郑刚中(1088—1154)

安之叔盗后为素求诗以此寄之

青黄固非瞽者事,五色亦解盲人目。皆知鬼瞰高人家,争欲相夸造华屋。
吾门今已似参元,更喜吹箫有名叔。枢蓬牖瓮编此居,憎视纷华如桎梏。
凝尘满席一炉香,不以色界为可欲。自非纯白不受垢,脱洗安能异流俗。
我方草草排数椽,随分鹪鹩一枝足。檐前但许风月到,门外不妨松竹绿。
其他世幻何足云,自古贤人在岩谷。

郑思肖(1241—1318)

秦女吹箫图

弄玉飘飘仙女姿,凤凰低舞久相期。箫中应有别一曲,飞出青天影外吹。

秋　歌

凉风卷地吹秋来,秋之为气何清哉。紫箫露华浴万宇,暑神欲驻难裵回。
今年舍我去者二百二十有五日,今日之后谁使来日来相催。
琥珀满卮,发越清奇。万物脆而易化,五官灵而多知。
一世之间几千万人,一人之心几千万变,碎裂神气纷云为。
液槁矣而告急,气翻然而相辞。适之变化,不知其谁。
气母一丸,空虚跳跃。金浮木沉,老怪消铄。
我之变化,亦不知谁。苍苍茫茫万万古,玄瞳炯欻夜不瞥。
醉中唤秋与秋语,秋辞凄脆咽不吐。忽欲骑鲸汗漫游,海藏飞出白玉鼓。

醉乡十二首(其一二)

穷冬骄寒冻地裂,北望朔方常下雪。五台积古雪不消,鸟兽毛氄结冻血。
江南昔有酒如渑,蔗浆麟脯相凭陵。朝廷有道四海清,既醉凫鹥歌太平。
九土夜市彻天明,楼红陌紫喧箫笙。豪气一饮一千钟,唤得国里春风生。
千金少年百花眼,左右捧拥上天行。战鼓声多瓦欲飞,从此百姓无宁时。
龙遭鳝舞鼠变虎,恣意反覆弄风雨。如今寂寞不救饱,髑髅眼睛生秋草。
空欲拍弄百斛船,莫羡酿来曝背眠。何如我入壶中游,喝云开破天外天。
翠锦帏幕车渠土,八面雪白净无烟。水王双阙琼膏填,使得五行颠倒颠。
坎离媾春中央宫,俯现摩醯王王仙。手执乾坤万化柄,斟酌混沌壳中髓。
咽得半掬碧色云,凤根无明百杂碎。万绿俱空恬无为,四股馥郁红玻璃。
自然氤氲太和身,融融泄泄先天春。形化为气轻于雾,飞御慈盼福下土。
金相朵朵鲜绿云,花氅彩衢跨空住。八十一天开玉殿,天天互透长生路。
憃涌醴泉雨甘露,孕牛产麟鳏蛟舞。九苞凤凰对舞鸣,钧天清夏云璈音。
敕取龙猛大士药,尽点大地变黄金。嫦娥搦弄团圆雪,抛向下界悬作月。
银光倒泼白泠明,笑吻霏雾飘香冰。戏掷火丸煎海干,珊瑚万树红斑斑。
抱出懒雨活龙帝,拔髯痒鼻激喷嚏。鼻气环空挂白虹,垂脚东贯大荒东。
八八翠衫蓬莱儿,舞撒宝花双迤逦。千丈白眉老神翁,前导万从开天倪。
径出盘古顶外行,劫风浩浩空掀轰。呵暖为春吸为冬,浊世甲子刹那中。
数数老松化石了,篯铿小厮半刻夭。我之大醉八万四千岁,小醉三千六百日。

世上几回汉与唐,苦于争战悲猇狋。万国黔首行饭囊,鬼貌蓝色心茫荒。
狭步蹙蹩膻埃里,蜉蝣拜天祈寿长。气浊謦欬不清响,啾啁碎声群争攘。
生来不识快活国,纷华外胜夺心王。昼夜火烧菩提树,背井索水吃且僵。
哨地荒年苦命活,籧篨戚施疮痍伤。贫者逼迫富者狂,一洼血气六贼戕。
眼望天上金银落,垒琼架屋铁筑墙。莫知仁义为何物,冷笑诗书今不香。
沉酗私欲反为醒,嫌说青山白云人。群昏鼾齁摇不觉,强语以道必生嗔。
忽笑大笑休休休,回视若辈愁如仇。挥手长揖永相谢,千劫万劫逍遥游。

郑　獬(1022—1072)

李都尉芙蓉堂

堂上芙蓉花最饶,开时不见玉栏桥。来从洛浦见罗袜,生在楚宫俱细腰。
何处仙人来跨凤,夜深明月好吹箫。剩收秋蕊为佳酿,醉入飞云解画桡。

寄题明州太守钱君倚众乐亭

使君何所乐,乐在南湖滨。有亭若孤鲸,覆以青玉鳞。
四面拥荷花,花气摇红云。使君来游携芳樽,两边佳客坐翠茵。
鄞江鲜鱼甲如银,玉盘千里紫丝莼。金壶行酒双美人,小履轻裙不动尘。
壮年行乐须及辰,高谈大笑留青春。游人来看使君游,芙蓉为楫木兰舟。
横箫短笛悲晚景,画帘绣幕翻中流。贪欢寻胜意不尽,相招却渡白蘋洲。
日落使君扶醉归,游人散后水烟霏。紫鳞跳复戏,白鸟落还飞。
岂独乐斯民,鱼鸟亦忘机。使君今作螭头臣,游人依旧岁时新。
空余华榜照湖水,更作佳篇夸北人。

周必大(1126—1204)

又

九陛天高辇下雕,千官云集履鸣潮。霜迎爱日融城湿,香带祥风合殿飘。
周宴恩浓鱼在藻,舜廷化洽凤仪箫。清台夜夜占南极,常有华星炳绛霄。

周　弼(1194—?)

咏史二首(其一)

一曲呼凰下九霄,石台春静海山遥。周秦战血纵横尽,犹卧白云吹洞箫。

胥　门

芦苇萧萧生晚潮，伍员何地更吹箫。夕阳自逐寒鸦去，万片宫花共寂寥。

周　邠（1036—？）

箫　台　山

簇簇峰峦遍四围，神仙旧隐叹今非。溪中不见金沙出，山外空惊白鹤飞。
石上瀑泉清照眼，竹间岚气冷侵衣。玉箫声断人何处，千古烟云锁翠微。

周端臣（？—？）

古断肠曲三十首（其九）

一筛凉雨歇亭皋，菡萏无香可得消。玉簟怯秋眠未稳，阿谁楼上夜吹箫。

周麟之（1118—1164）

参政大资毗陵张公挽诗十首（其一〇）

忆昔春官试，唯公季子俱。别来成永诀，返哭恸诸孤。
忍预吹箫列，空怀解剑趋。新阡闷长夜，雪涕堕平芜。

周　密（1232—1298）

元夕被雨病中有感（其二）

邻箫街鼓远相闻，犹忆天街五夜春。二十年间游冶事，青灯闲照白头人。

为杨大芳悼亡

帐中蝶化真成梦，镜里鸾孤柱断肠。吹彻玉箫人不见，世间难觅返魂香。

挽吴承务二首（其二）

道义真堪贵，弓旌不受招。五全洪范福，四见太平朝。
问绝趋庭对，愁闻祖道箫。哀荣无一憾，丰碣在山椒。

拟长吉十二月乐辞·三月

大堤韦曲芳菲菲，曲尘粉絮迷东西。榆烟梨月烘夜白，春国染花成五色。
饧箫社鼓欢拍拍，五侯七贵争芳夕。乌丝细织留春语，怨血千枝吟杜主。
翠楼歌冷粉魂愁，一夜东风落芗雨。

神山行题澄江仙刻

空光不流八纮净,巇辟神鳌开海镜。蓬莱八万四千门,琲琲珠房照仙影。
琪花扑天天地香,天吴清海海不扬。鸟飞不度水沉羽,隔花安得窥渔郎。
白霓仙人按仙曲,七十二鬌吟冷玉。鹅箫小品未成声,几度秋蜗换蛮触。
帘花宫叶春不同,江妃一一金芙蓉。刘郎骨朽梦不到,五云空廓吟饥龙。
灵霞漾红春苒苒,犀彩玉光摇宝焰。元君正坐郁萧台,笑指神州烟九点。

周文璞(？—？)

行歌四首(其三)

春霏霏兮秋靡靡,叹息赏音人已死。堪嗟玉雪缀空条,可奈芳蕤逐流水。
融怡艳冶恨欲销,世间风雨何寂寥。有谁肯为吹葬箫,往和蟋蟀谐鸱鸮。

初 营 凤 山

香草参差种,幽花逐旋移。既添醒酒石,须著放生池。
春在年年好,山来处处奇。吹箫吾不解,长啸却相宜。

梅　　谷

香焰云头玉雪身,缓行微咏岸乌巾。始从谷里看修竹,却向水滨逢丽人。
客子去时方得月,岭猿啼后便无春。凤凰欲下箫声紧,狼籍瀛洲万斛尘。

梅 梁 歌

文命殿角东北左,上有梅梁铁交锁。传闻旧时枝叶生,木质鳞身无不可。
有时匹练离朱栱,归带湿萍光欲动。低头下吸菲岭泉,奋鬐直入阳明洞。
旁观但怪香火浓,顷刻即令风雨送。
尔不见饥乌啄鼓来馈食,走入嵩高化为石。
禨祥祸福傥或是,阴阳幻变谁能测。玉笥观挂白玉梁,含元追下流血柱。
异事苟逢博物问,后来那得详其故。卷丹云,凝素雾,玉箫九成奠雕俎。
登歌升降只仰俯,呜呼梅梁匆飞去。

周行己(1067—1125)

书王仲元都巡城上小亭

王子吹箫处,孤城城上台。回回众山入,隐隐一川来。

花草三春合,轩窗四面开。得官兼吏隐,端复谢尘埃。

周紫芝(1082—?)

胡夫人出尘庵诗四首(其四)

瑶池人摘几番桃,月下犹吹弄玉箫。为病书符何日了,云軿看即下丹霄。

次韵郭元寿泊舟琵琶亭下夜闻吹箫

舟在琵琶旧日亭,玉箫更弄月微明。溢江故事新歌曲,便是香山此夜情。

次韵何丈即席

春风无力柳嫣然,花欲争春作意妍。坐上诗成云态度,樽前人斗玉婵娟。
凤箫初暖参差竹,檀板还催大小弦。恶客正应妨作乐,主人浑似孟公贤。

赠别木南稀

月下吹箫王子晋,醉中骑马贺知章。无家只卖文为活,有酒聊凭醉作乡。
夜雨对床惊客枕,秋风无泪把离觞。阆州此去如天上,说着城南只断肠。

壬午秋日观桥刈获五首(其五)

祠宫昔所筑,古屋栖真灵。谁知员峤徙,亦叹曲池平。
我即废址北,结茅寄幽情。高秋肃万籁,仿佛闻箫笙。
夜梦着琼冠,结佩朝玉京。谈笑悟至理,俯仰了八纮。
安能事香火,餐霞学长生。明朝日复出,抱耒还躬耕。

时宰生日乐章七首·乐贤臣章第一

亳后出,莘野兴。一德懋,三台明。
岁在午,月嘉平。鼓坎坎,玉箫鸣。
醉厌厌,椒醑馨。阅万古,所未闻。
肖说像,传尧文。盘诰出,德爵尊。
依日月,庆风云。等箕翼,奉羲轩。
愿公寿兮锡公龄。

送王天民归双泉

旧闻双泉居,缥渺在寥廓。仙人上丛霄,遗甓结飞阁。

广庭三百步,一木可四角。刀圭分苍虬,鳞鬣自皴错。
至今风雨枝,疑有孤栖鹤。王郎吹玉箫,飞凫下双屦。
时乘三峰云,来绕月城脚。人生多乖离,未践绣水约。
知心念独君,时来慰牢落。我欲从之游,何当解羁缚。

谢元不伐寄灵岩七诗用梅圣俞韵

灵岩胜绝天下稀,开凿乃自太古出。山名初岂有显晦,胜处要须诗黼黻。
自从梅老登列仙,尤物谁怜久埋没。具茨笔力扛九鼎,坐遣清诗入山骨。
据龟食蛤谁与游,绛节云车到仙窟。云间招手疑有无,月下吹箫真仿佛。
飞云杳霭风吹香,翠润空蒙雨垂湿。谁从洞口看金书,想对神清时独立。
我家灵岩山脚底,识面何由恍如失。虽无幽梦到三山,尚有明珠容什袭。

朱　存(？—？)

金陵览古·凤凰台

竹影桐阴满旧山,凤凰多载不飞还。登台只有吹箫者,争得和鸣堕世间。

朱淑真(？—？)

湖　上　小　集

门前春水碧于天,坐上诗人逸似仙。白璧一双无玷缺,吹箫归去又无缘。

无寐二首(其一)

吹彻云箫夜未赊,梨花带月映窗纱。休将往事思量遍,潋滟新愁乱似麻。

朱　松(1097—1143)

致政宣教魏公挽诗二首(其二)

交盖岁云晚,向人怀自倾。争棋消永昼,酌茗话平生。
转手便陈迹,抚书增故情。无由从执绋,空想葬箫声。

朱　熹(1130—1200)

二十七日过毛山铺壁间题诗者皆言有毛女洞在山绝顶问之驿吏云狐魅所为耳因作此诗

人言毛女住青冥,散发吹箫夜夜声。却是邮童解端的,向侬说是野狐精。

读道书作六首(其五)

郁罗耸空上,青冥风露凄。聊乘白玉鸾,上与九霄期。
激烈玉箫声,夭矫餐霞姿。一回流星盼,千载空相思。

挽董安人二首(其二)

令尹古循吏,郡君今胜流。平生余事业,晚岁极熏修。
繐帐真成梦,灵辰竟不留。遗风被箫挽,未觉九泉幽。

朱　翌(1097—1167)

送吏部张尚书帅成都一百韵

一代亨衢上,明公逸步超。河东书具作,圮下老相邀。
海阔云垂翼,天清斗压杓。三人前鼎甲,千佛仰孤飙。
弟子师尊董,诸儒称述萧。西昆收俊乂,东壁绝尘嚣。
别乘将离汴,轻舟径指苕。湖山纵清美,家国尚飘摇。
恸哭天倾柱,归情户见蜩。奉祠投里闬,招隐向山椒。
并海屯千卫,披榛拱百僚。回銮须故国,负靮且今朝。
光列哀乌位,星驰封马轺。贤裾来接武,阴沴自潜消。
香案依丹陛,螭坳立紫霄。飞鸿九天去,归鹤一声嘹。
主上思图旧,王人促见招。起居还左史,议论鄙南朝。
大吕声扬远,元圭质匪雕。掖垣裁诏密,禁路赐缨镖。
灭浇图兴夏,巡方首从姚。自南瞻析木,直北望玄枵。
玉海千寻浪,江南五色鹞。矫如出尘隼,凛若在秋雕。
去国还追信,刓章岂易尧。光华司马甲,整顿路车镳。
国事烦参决,廷询得具条。乘时笑干没,许国敢轻佻。
河洛干戈满,陵原草木焦。青春深仗节,久雨更乘橇。
取道先辕楚,扬旌转望萧。一抔藏万世,九庙正三昭。
遂使仪如汉,将令乐奏韶。路迷彪过迹,涧涸夜生潮。
去日春仍浅,归期暑正熇。君王喜不寐,天下首方翘。
疏奏忠无隐,臣生苦不聊。戴天那忍共,得地岂宜骄。
内治今当亟,高名不敢要。铨衡真有托,启事复何辽。

箫

道直咸推汲,谋深岂计晁。定非挥扇羽,宁要插蝉貂。
褒贬书方举,奸谀骨合销。怀开真坦坦,燕处自夭夭。
当宁西南顾,常怀参井迢。遍询医国效,立遣愈民痟。
文武资兼禀,诗书气不恌。众皆可郤縠,一以委张昭。
除目凌晨下,行装即日撩。被携犹刺刺,涉远乃翛翛。
帆影三江水,车声万里桥。丈人峰律屼,神女峡岩峣。
石室画暗淡,草堂人寂寥。山围玉垒峻,水减石犀遥。
石表笋双立,铜青柏未凋。锦江喧士女,药市混仙樵。
劫堕乾坤坏,流横海岳漂。惟兹井络外,依旧角弓弨。
自昔三刀梦,多传五袴谣。威余严仆射,功说李文饶。
文定棠尤美,乖崖福可徼。事今难悉数,公亦岂其苗。
秦地新通栈,瞿塘稳泛桡。虎貔环外阃,耨耜得深穮。
正可供壶奕,随宜列鼓箫。蒲鞭束高阁,竹马戏垂髫。
好阅相如赋,终闲李广刁。奎文天象转,延阁士林标。
此去庭无愬,行闻众选陶。付之枢极运,咸仰泰阶霄。
贱子无三径,平生有一瓢。老将书蠹槁,时作草虫嘐。
大笑玉三刖,不求银十腰。古今同阒宙,南北信吹藻。
已类蜂粘网,真成鹿覆蕉。屡经多盗境,几至独身跳。
何处地堪避,知谁战敢挑。月明三匝鹊,巢比一枝鹩。
钓濑长烹鲤,穷山饱听鸮。临书池尽黑,就局博嫌幺。
臂有七贤把,丹亡九转烧。唯堪贯薜荔,未肯揉芳藭。
卖药难争价,为农等寓侨。稍能羞野葛,初未识江珧。
已罢寻蛮駏,欣闻退猲獢。谁怜人为米,敢有意迁乔。
过我深披藋,追凉薄曳绡。狐裘怜晏子,缟带与公侨。
挽引烦推毂,陶甄为置窑。清时容潦倒,策府著刍荛。
忆昨西湖上,随公羽盖飘。青山迎晋屐,绿水泛湖船。
上相尊仍美,将军勇正骁。道争棋屡覆,壶响箭呈枭。
茶乳晴尤发,香云净更翻。晚花栖嫩菊,近岸俯游鲦。
四望天连水,群簪玉及瑶。政亲连榻坐,倏见锡戈雕。

良月霜枫冷,佳晴雪霰销。留公已无策,鼎食望加调。

邹登龙(?—?)

巫 山 高

巫山巃嵷巫峡曲,一十二峰浅凝绿。老猿化石悬巅崖,矗矗陵云扫坛竹。
九灵少女列仙从,佩玉鸣銮乘彩凤。飞魂走魄归瑶宫,紫箫吹断荆王梦。

邹　浩(1060—1111)

入湖南界(其一〇)

短箫长笛鼓冬冬,簇纸为船棹晚风。送了鬼神无一事,大家赢得醉颜红。

祖无择(1010—1086)

游 韶 石

纯音何寂寞,秀色自崔嵬。岩草遗箫在,溪禽学凤来。
余希探禹穴,人似畏轩台。登眺秋风里,烦襟尽日开。

左　纬(?—?)

次韵朱承事题丹邱

白云城郭照通衢,未怕云烟属五湖。万叠暮山屏自展,一江春水练初铺。
输他夫子供吟笔,没个闲人与画图。子晋玉箫声已断,不知笙鹤更来无。

寻 委 羽 洞

委羽不知何处是,倩人扶上木兰桡。欲寻去路花梢密,争认行云酒浪摇。
流水忽随山脚转,洞天疑把杖头挑。逡巡不觉东风晚,殆有仙人弄玉箫。

芦 管

刘克庄(1187—1269)

老将一首[①]

昨解兵符归故里,耳听边事几番新。偶逢戏下来犹识,欲说辽阳记不真。
儿觅宝刀偏爱惜,奴吹芦管辄悲辛。夜寒忽作关山梦,万一君王起旧人。

沈　括(1031—1095)

金　山

楼台两岸水相连,江北江南镜里天。芦管玉箫齐送夜,一声飞断月如烟。

释道潜(1044—?)

维杨秋日西郊(其四)

枯榆偃蹇若苍龙,影占荒郊半亩宫。下有牧羊双稚子,卧吹芦管对西风。

释慧空(1096—1158)

颂古(其三)

楚王城畔水东流,淮海维扬是九州。芦管一声春梦破,斜阳还在树梢头。

释慧性(1162—1237)

偈颂一百零一首(其四六)

郊原雨过,春日熙熙。桃红李白,发最上机。
哑却口,落尽眉。就中一曲江南好,芦管迎风撩乱吹。

[①] 彭耜《将帅》内容与此诗大致相同,仅个别字词有异,不再重复收录。

释普信(?—?)

颂古九首(其九)

渔翁潇洒任东西,芦管横吹韵不齐。夜静月明鱼不食,扁舟卧入武陵溪。

释咸杰(1118—1186)

颂古十一首(其三)

出得何如未出时,瞎驴成队丧全机。而今四海平如砥,芦管迎风撩乱吹。

释永颐(?—?)

惜梅赠别

芦管含愁苦怨春,况兼风雨送行频。数株零落寒云畔,难拣香枝寄远人。

苏 轼(1037—1101)

次韵曾仲锡元日见寄

萧索东风两鬓华,年年幡胜剪宫花。愁闻塞曲吹芦管,喜见春盘得蓼芽。
吾国旧供云泽米,君家新致雪坑茶。燕南异事真堪纪,三寸黄甘擘永嘉。

笛

蔡　襄（1012—1067）

暮春登南门

丽谯高倚晚天霞,满目平皋尽物华。千曲胡笳催鼓答,三重湘酎倩旗夸。
连江急雨送归燕,拂地轻风移落花。强倚栏干还自问,此情何处是边涯。

司徒侍中宋宣献公挽词五首（其三）

怀道初名世,乘时遂致君。平分百年算,中据两台文。
行翣连寒树,凝笳上晚云。路人那得识,挥涕指幽坟。

曹　勋（1098—1174）

除 夜 吟

冬冬夜漏严军鼓,鼓声入云云欲舞。寒风戛戾顽无声,野色埋光暗尘土。
梅花随腊散胡笳,胡笳晓色明春圃。春风直莫媚新声,声断梅花还作主。

关 山 月

关山月,关山月。分影送征人,寒光射矛戟。
胡笳声断塞鸿惊,征人泪下思乡国。

入 塞 曲

黑水迢迢黑山暮,马鸣萧萧夜争度。胡笳四起黄云愁,角声呜咽何悠悠。
陇山行断不回首,一番回首添白头。

梅 花 落

殖虽无远近,开独占三冬。怨入胡笳切,香凝素脸秋。
有子调金鼎,遗根益县封。佳人初睡起,留取照芳容。

游仙谣

羽盖承流景,飙轮泛紫霞。前旌绛霄队,驻节王母家。
真童发清谣,云表翔哀笳。楼台上清汉,服彩明朱华。
万春若朝菌,欢乐庸可涯。瑶席未终宴,零落蟠桃花。

寄张达道先生

永怀凝神公,履正群仙夸。流目厌尘土,轩冕卑泥沙。
羽盖承倒景,飙轮泛晨霞。前旌络霄队,驻节王母家。
真童发清谣,云表翔哀笳。楼居映朝日,服采明珠华。
万春等朝菌,欢事讵可涯。瑶席未终宴,零落蟠桃花。
想同董奉君,更寻上汉槎。

上云乐

真王严仗卫,清道表前旌。翠辇浮龙藻,霜戈丽虎兵。
哀笳鸣广路,警跸过曾城。后乘超王屋,前驱上玉京。
诸天观鼓节,列圣肃仪刑。朝谒虚皇罢,麾幢下始青。
搜兵宁紫户,阅籍按黄庭。十洲皆承事,九宇仰裁成。
暇豫迎春宴,还宫召百灵。绿室陈歌舞,阳台焕日星。
玉酒浮樽满,天花覆坐馨。空谣洞真唱,遐览悲劫龄。
俯盼红尘子,起灭轻浮萍。

柴　望(1212—1280)

中秋待月用弟察推元彪韵

待月南楼月不明,百年虚负此宵情。浮阴乱向空中起,圆影偏从塞外清。
江国潇潇凄露气,山城处处动笳声。何人独抱琵琶坐,泪滴冰弦暗恨生。

晁补之(1053—1110)

跋遮曲

君不见鲁中群儿歌跋遮,跋遮跋遮何语耶。
吴歈越吟初不省,恐自塞北传胡笳,跋遮胡为乐中华。

试歌河涨水渐车,河中耕泥春种麻。
麻生三岁不开花,腰菱两角黑如鸦。渔父笑且语,谁能跋遮舞。
君不见前年大旱河草黄,草中鱼子化飞蝗。
又不见往年大雨雨决渠,渠中朽瓜生老鱼。
蝗飞食场谷,击鼓烦趁扑。
我家家具如笋束,今年梁山挠浊淤,儿无锄麻姑来渔。
荷锄往卖锄,买网空市无。丁丁斫船斫屋栌,艇子如星唤施罛。
夜唱跋遮曲,群鸣起白凫。

晁冲之(1073—1126)

挽蔡晋如

南部清笳咽,东门素旐飞。如何一老汉,不及二疏归。
宇宙那复见,死生从此违。吾年未四十,已叹故人稀。

晁公遡(1116—?)

晴　野

草色熏晴野,溪痕上白沙。鸣鸠行哺子,晚树续开花。
多事真堪厌,浮生每自嗟。坐来归兴动,城郭欲吹笳。

细　雨

细雨真宜麦,轻阴似养花。人烟随土断,村径逐溪斜。
大道能方轨,春泥欲溅车。归来洗靴袴,城郭未吹笳。

单　于　行

单于连年压吴壁,道路当时多阻隔。长安宫殿麋鹿游,目见铜驼在荆棘。
一龙渡江已升天,妖氛夜冲牛斗躔。胡儿临江饮胡马,仓皇捐弃珊瑚鞭。
蒲萄宫中日复日,长庚食月单于泣。边马心思塞草秋,吹笳泪落旒裘湿。
岂知反覆十五年,灵光再见犹岿然。落南遗民喜相语,日欲归理桑麻田。
平生思归今得归,未归凄怆独先悲。阖庐伤指越未报,灌孟陷敌夫空回。
念昔结缨在何所,遥想荒郊迷陇亩。他时抱剑哭野中,深目而髯当语汝。

晁说之(1059—1129)

九　　日

日日无堪只叹嗟,谁教九日事豪华。寂寥难落方山帽,烂漫先开野菊花。
闻道鸦鸾趋镐燕,忍将鸿雁听边笳。古来感慨今朝甚,苦雨凄风助我赊。

陈　棣(?—?)

挽张世英母夫人

异乡萍梗寄生涯,朝露俄惊叹落花。蒿里歌传风正惨,萱堂香冷月空斜。
魂归故国三千里,地卜高原一万家。明日送车应击毂,不堪阁泪听边笳。

陈　襄(1017—1080)

使还咸熙馆道中作

土旷人稀使驿赊,山中殊不类中华。白沙有路鸳鸯泊,芳草无情妯娌花。
毡馆夜灯眠汉节,石梁秋吹动胡笳。归来揽照看颜色,斗觉霜毛两鬓加。

陈　著(1214—1297)

闻西兵复至又为逃隐计二首(其二)

军屯多似撒星沙,夜月犹闻奏月笳。尚有空囊随杜甫,幸无复壁累王涯。
草根木实逃生饭,石室泥龛到处家。天下苍生是谁误,当年悔不坏庭麻。

七十见梅有感

万木都由冬折磨,孤根却做老生涯。寒心欲吐知谁主,瘦骨相依有自家。
只许江南鸿雁见,肯交春后蝶蜂哗。风吹不断西湖梦,一曲从他月落笳。

陈子全(?—?)

军中寄内

一望潇湘遍露迷,胡笳吹月夜凄凄。回天无力心难死,矢日同仇志应齐。
但使首阳存汉地,不教阴塞牧羌羝。声名一堕谁能赎,珍重雌雄剑化霓。

谌　祜(1213—1298)

句(其八六)

归棹舞凤鸥不下,愁笳吹月雁斜行。

句(其一〇五)

胡笳明月夜,汉节秋风前。此士已骨朽,此名至今传。

戴 栩(?—?)

赵开府仪国公挽词(其二)

西湖曾伴玉堂仙,我亦陪登李郭船。便有荐书如旧识,剩怀此意忽重泉。
西风引旐笳吹咽,东国疏封宝册鲜。如此哀荣将底恨,泪因知己自潸然。

邓 林(?—?)

关 山 月

关山夜月明,分彩照胡兵。将军拥节起,长城受降城。
焚烽望别垒,欲验盈虚趺。塞笳将夜鹊,战气今如此。
重关掩莫烟,云阵上祁连。思妇高楼上,遥心万里县。

董嗣杲(?—?)

过富池水军寨统辖姚子雄公廨略栖迟且有约同上杭京

春云冷压渡头槎,春色晴翻浦际沙。并浴鸂鶒依水柳,成围蝴蝶舞江花。
富池军额无全籍,治邑农功有几家。指日并驰天路去,莫挥客泪苦悲笳。

范成大(1126—1193)

画工李友直为余作冰天桂海二图冰天画使北虏渡黄河时桂海画游佛子岩道中也戏题

许国无功浪著鞭,天教饱识汉山川。酒边蛮舞花低帽,梦里胡笳雪没鞯。
收拾桑榆身老矣,追随萍梗意茫然。明朝重上归田奏,更放岷江万里船。

范纯仁(1027—1101)

和阎灏中秋赏月四首(其一)

中秋气清肃,况复在边庭。月吐孤轮迥,天开六幕青。
辉盈疑白昼,明极掩常星。此夕乡关思,胡笳莫细听。

和阎灏重阳见赠二首(其一)

秋怀多感怯清笳,判向西风醉帽斜。塞上星霜人易老,幕中谈笑客偏嘉。

金英浮酒稠于蚁,丹叶妆林远似花。身健几逢佳节在,登临尤更惜年华。

酬程定塞提刑

衰疲敢惮守边州,老去光阴似水流。塞马春深无苜蓿,田家雪足望麳麰。清笳只解添乡思,白酒聊堪解客愁。独喜平刑贤使者,能将德庆绍箕裘。

范端臣（1126？—1178？）

挽龙图待制徐良能墓

少日蜚声竦白袍,暮年策足上青霄。功名略已追前辈,事业真堪托后凋。谏草半焚烟寂寂,琐窗一梦夜寥寥。古塘原上谁行路,只有哀笳引葬箫。

范 镇（1008—1089）

诗四首（其三）

鸣笳悲咽愁须绝,猎骑盘旋画不成。待与故人闲说此,几时归得到天京。

范仲淹（989—1052）

依韵答梁坚运判见寄

蔽野旌旗色,满山笳吹声。功名早晚就,裴度亦书生。

方 回（1227—1307）

次韵邓善之书怀七首（其四）

我听髯张作,清于月夜笳。曹思先七子,杜老到三巴。有力能推拉,无疵可汰沙。文潜遗论在,霜露老兼葭。

冯时行（？—1163）

关 山 月

胡笳吹断朔风起,霜结层冰断辽水。杀气横空月上迟,草色萧瑟边风悲。万里征夫齐怅望,操兵初入沙场广。将军樊哙勇敢儿,肉食万里班超相。天兵乘障驱貔貅,宝剑欲断单于头。轻生百战百胜罢,塞原积骨谁能收。至今唯有关山月,乐府声中愁不绝。

488

葛起耕(?—?)

秋　　夜

城笳吹下暮云边,萤照书帷夜未眠。游子不堪征袖薄,西风懒诵捣衣篇。

顾　禧(?—?)

不　寐

英雄不世出,竖子自成名。谁谀美新笔,曾怜覆楚兵。
轻霜零病叶,急雁过寒城。入夜愁无似,悲笳处处声。

偶　作

日暮悲笳起,孤衾入梦寒。沙飞桐鹊隐,草蔓石鲸残。
龙战知何极,乌栖转未安。幽燕多老将,壮气满桑干。

郭祥正(1035—1113)

和杨公济钱塘西湖百题·西水亭

湖添秋气净,鸟伴夕阳沉。呜咽城笳起,犹忘归去心。

城　上

危步欲何适,城头独杖藜。水归沧海后,云散暮天时。
秋色长空淡,笳声迥野悲。泥沙埋熟稻,一穗亦无遗。

遣　怀

节物惊心事,抟金菊放花。潜鱼防饵钓,高雁避城笳。
南浦秋风冷,西江夕照斜。异乡消息断,林外更闻鸦。

送宝觉大师怀义还湖南

云收岳麓静,月渡湘水明。独鹤唳空谷,哀笳奏重城。
巾屦尘坌远,怀抱冰霜清。云何别彼土,忽作中州行。
中州七八载,浪得丹青名。归心故岁发,白鬓新年生。
客帆欣所托,何时经洞庭。逸笔写秋色,烟岚吹素屏。
殷勤远相寄,万里鸿冥冥。

韩 淲（1159—1224）

一 曲

一曲寒城外,青山四五家。庭空鸣败叶,楼迥起清笳。
市远兴逾逸,人来话亦佳。夜深残月澹,还有未栖鸦。

韩 琦（1008—1075）

过 隋 城

信马隋城下,行春访旧传。楼台在何处,瓦砾半耕田。
远籁悲笳咽,余花坠屦圆。只留荒侈迹,千古监青编。

韩 维（1017—1098）

奉答原甫登契丹岭见寄

中原昔失御,幽冀不复华。我朝示仁抚,金币岁屡加。
君恩谨宣道,使才慎推差。翰林承命行,驱驾绝漠沙。
晨登寒山岭,回望万里家。劲风搜貂裘,严冰断马挝。
乡心感归雁,塞泪零悲笳。慷慨属国节,迢递博望槎。
幸古有此贤,庶足开颦嗟。晴阳展归旗,喜气日以嘉。
入门解征衫,金樽滟流霞。哀弦间清唱,娇鬟蔚如鸦。
一慰行役劳,期君柳初芽。

何梦桂（1229—?）

挽何此园

南窗一枕梦槐安,咽鼓悲笳生暮寒。寿极星移堕芒角,诗仙身蜕失丸丹。
扶藜记与渔樵话,种菊留教孙子看。归去休休言不尽,残阳木末乱鸦盘。

洪 刍（?—?）

高宗皇帝挽词（其一○）

仙仗葳蕤去,行行浙水东。稽山元禹穴,吴岫见尧宫。
帐殿凄寒露,笳城起暝风。霓旌不可望,应在彩毫中。

洪 适(1117—1184)

次韵保州闻角(其二)
胡音嘈囋不须听,整顿征衫待启明。已把哀笳变清角,可伤任昧杂韶英。

章通判挽诗二首(其二)
富州春再见,风月款平分。翠竹曾留我,红梅独对君。
遗书成挂剑,挥涕屡沾巾。千里佳城闭,哀笳不得闻。

归府致语口号
凝笳叠鼓压天南,从此邦人作美谈。北里声名皆擢秀,东州歌舞总怀惭。
轻裘坐啸青油幕,积甲高齐碧玉簪。闻道家家卖钗钏,武夫归去亦醺酣。

洪咨夔(1176—1236)

入 山
筱舆轧幽径,乔松矫疏花。好鸟媚嘉荫,圆吭咽清笳。
膏畦走秧马,茅檐嘶茧车。谁知天下乐,尽属山人家。
桥横涧水断,寺古林屋斜。铭架镇法鼓,诗碑记煎茶。
尊者俨如故,天奎失龙蛇。划然小窗开,五蕊撑谽谺。
斗酒软两脚,捷步穷烟霞。

度剑有日高永康以诗送行次韵
紫岩护川陕,号令贼胆寒。客有屏山刘,万甲胸中蟠。
石湖牧参井,遨头黄金鞍。亦有山阴陆,春风迸诗肝。
主翁西清老,羽扇元戎坛。莫府若而人,眼底缺未完。
顾予书生耳,外强苦中干。从军十年事,未有半策干。
征笳芦叶脆,戍角梅花残。凄凉鄜城月,想像李与韩。
独鹤发深省,连鸡激长叹。中原气犹怆,眉作醉里攒。
君诗远寄似,语出秀可餐。论事极痛快,得之梦魂安。
御蜀知有法,水曲鸣和鸾。

侯 寘(？—1259)

长 安

又是故山好,谁教轻别家。带来衣典尽,所拟事全差。
诗债随时解,房金累月赊。客怀元自苦,不涉听吹笳。

胡处晦(？—？)

上 元 行

上元愁云在九重,哀笳落日吹腥风。六龙驻跸在草莽,羣胡歌舞蒲萄宫。
抽钗脱钏到编户,竭泽枯鱼充宝赂。圣主忧民民更忧,骄子媟天天不怒。
向来艰难传大宝,父老谈言似仁庙。元年二月城下盟,未睹名臣继嘉祐。
哀痛今年尘再蒙,冠剑夹道趋辞公。神龙今在九渊卧,安得屡困蛟蛇中。
朝廷中兴无柱石,薄物细故昭帝力。毛遂不得处囊中,远惭赵氏厮养卒。
今日君王归不得,倾城回首歌悲啼。会有山呼间动地,万家香雾烧天衣。
胡儿胡儿莫耽乐,君不见夕月常亏东北角。

胡 宿(995—1067)

挽温成皇后词(其二)

氛祲生层掖,神华返上清。礼成金玺重,仙去玉衣轻。
楚挽悲芳甸,凝笳怨碧城。宸心怀辅佐,仪典极哀荣。

挽庄惠皇太后词(其二)

晓引禁城西,凝笳怨不归。月消三让魄,劫尽六铢衣。
巩树寒无色,嵩云惨欲霏。濯龙门外路,车马更依依。

太尉文肃郑公挽词三首(其三)

将钺徽联重,公槐贲典加。哀荣班襚衮,亏痛轸投瓜。
朝露沾崇旆,秋风咽迥笳。英灵不可问,宰树有栖鸦。

胡 寅(1098—1156)

题浯溪

戎马胡为践神京,翠华东巡朝太清。扶桑大明涌少海,虎符百万屯云兴。

皇威意无穷发北,老傅坐筹自巾帼。谋臣猛将俄解体,吹入胡笳一萧瑟。
塞南莽莽多穹庐,塞雁年年不系书。回首朔云清泪满,伤心玉坐碧苔虚。
中兴圣主宣光类,群材合沓风云会。会稽甲楯今几时,於铄王师尚时晦。
最喜邺侯开肃宗,不谓晨昏急近功。竟使大唐宏业坠,丰碑有愧昭无穷。
徙倚碑前三太息,江水东流岂终极。颂声谐激不为难,君王早访平戎策。

黄大临(?—?)

留　　别

桄榔笋白映玉箸,椰子酒清宜具觞。市井衣裘半夷夏,阴晴朝暮变炎凉。
莫推月色共千里,不寄江南书一行。无赖笳声上云汉,晓来偏绕九回肠。

黄公度(1109—1156)

秋　城　晚　望

断续悲笳起丽谯,冥冥晚色四山椒。隔江人散虚分米,十里津喧蚕趁潮。
夕照含山心悄怆,西风动地鬓飘萧。低头自笑微官缚,东望沧溟归路遥。

挽乐全宋丈二首(其二)

叹息高人逝,仪形绘事传。耆年余八十,遗行满三千。
朱绂沾新命,苍松郁故阡。春风笳吹咽,桃李亦凄然。

黄庭坚(1045—1105)

为慧林冲禅师烧香颂三首(其二)

多年破衲不胜针,一曲胡笳无古今。往日闻韶独忘味,守株人在月西沈。

王文恭公挽词二首(其二)

宥密深黄阁,光辉极上台。藏舟移夜壑,华屋落泉台。
雨绋谁为挽,寒笳故作哀。伤心具瞻地,无复衮衣来。

黄颍州挽词三首(其三)

公与汝阳守,人间孝友稀。脊令鸣夜雨,常棣倚春晖。
粉省双飞入,泉台相与归。哀笳宛丘道,衰涕不胜挥。

宋夫人挽词

往岁涂宫暗碧纱,倾城出祖路人嗟。松楠峰下迁华寝,雪月光中咽晓筇。
有子今为二千石,同州才数两三家。儿孙满地厥衣举,不见归时桃李华。

代　书

阿熊去我时,秋暑削甘瓜。离别日月除,莲房倒箭靫。
得书报平安,肥字如栖鸦。汝才跃炉金,自必为镆铘。
穷年抱新书,挽条咀春葩。弄笔不能休,屈宋欲作笳。
屈指推日星,许身上云霞。安知九天关,虎豹守夜叉。
祝田操豚蹄,持狭所欲奢。文章六经来,汗漫十牛车。
譬如观沧海,细大极龙虾。古人以圣学,未肯废百家。
旧山木十围,斋堂绿阴遮。红稻香盂饭,黄鸡厌食鲑。
摩挲垂腴腹,颇复读书耶。念汝齿壮矣,无妇助烹茶。
父兄亦怜汝,须儿牧犬豭。且伐千章木,赠行当马棰。
赢粮果后时,定随八月槎。觉民在林中,丁丁闻兔罝。
奉身甚和友,干父办咄嗟。台源吟松籁,先生岸巾纱。
留客醉风月,盘箸供柔嘉。仍工朱丝弦,洗心拂奇邪。
孤臣发楚调,倾国怨胡笳。把笔学周鼓,字形锥画沙。
诗书乃宿好,不为蓬生麻。元明祖师禅,妙手发琵琶。
已无富贵心,鼓吹一池蛙。天民服农圃,颇复秋敛赊。
下田督未耘,入岭按新畲。悉力输王赋,至今困生涯。
知命叔山徒,炉香严佛花。惟思苾刍园,脱冠着袈裟。
起家望两季,佩金踢朝靴。嘉鱼在南国,宗庙荐鲲鲨。
我为万夫长,朝论不齿牙。刺头簿领中,虿虱废搔爬。
世累已缠缚,官箴易疵瑕。何时烟雨里,驱羊入金华。
遣奴迫王事,不暇学惊蛇。

李处权(？—1155)

简　潮　公

茗碗纹楸昼不哗,心如出水妙莲华。喜君活计唯三事,遇我人情似一家。

夜久竹声闻雨过,晓来山色看云遮。此身去国已千里,回首中原犹暮笳。

李　纲(1083—1140)

与邑官会凝翠阁

屹然高阁虚且通,溪山增秀来薰风。皆云闽境似此少,岂但为最沙阳中。
栋楹显敞制度巧,饰以黝白非青红。七峰倒景蘸层碧,十里平津流向东。
连山松桧郁葱蒨,一溪烟雨寒冥蒙。沈沈月彩照清夜,漠漠云影摇苍穹。
眼光到处色皆翠,凝结至今劳化工。几年落寞顾昈地,拈出始知观览雄。
开筵置酒共临赏,正暑景物生秋容。画船笳吹助清咽,津岸击鼓声逢逢。
世间万事非偶尔,成此一段传无穷。我归三子子归我,毕竟假合谁之功。
人生会合自可乐,且须吸尽玻璃钟。他时追忆如梦寐,一笑胜游回首空。

李　光(1078—1159)

二子继韵复赋二首(其二)

城上胡笳枕上闻,却愁羌笛起孤村。冰容不入丹青手,玉骨那忧瘴雾昏。

李弥逊(1089—1153)

大　宁　寺

　　三山覆苍鼎,一涧走青蛇。檀峦众好树,密护如来家。
　　当年契禅人,虎御穿云霞。真踪久不昧,殿阁峨金沙。
　　我来风雨秋,脚踏缤纷华。松窗历高下,石磴缘欹斜。
　　境静心自远,山穷兴徒赊。归辔不可留,哀猿响清笳。

李　新(1062—?)

出　　塞

城头落日黄云起,断草飞蓬满千里。红尘一骑踏高回,半夜驱兵渡辽水。
马蹄行尽关山月,燕然山下沙如雪。负戈泪落暗吞声,烟陇悲笳共幽咽。
我皇有四海,何用穷元冥。边人纵戮尽,亦是吾生灵。
先王修德怀四夷,梯航重译归无为。不使城南征夫怨,三春折尽绿杨枝。

九支池二首(其二)

际天州县出要荒,始觉承平日月长。一望宛无戎甲马,四围皆是汉封疆。

清筇沓沓翻新曲,寒月低低下乳墙。说与远人知德意,九重深处是成康。

李曾伯(1198—1268)

夜分和郑小山韵(其一)

弓剑相随几历年,鬓毛斑剥饱风烟。可怜芦叶胡笳地,又过菊花新酒天。
耳听骅骝还紫逻,梦随白鹭过青田。家僮久问谋归未,想笑吾顽不可镌。

连文凤(1240—?)

暮秋杂兴(其四)

西风离别泪,点点落清笳。曲变犹庄舄,琴亡自瓠巴。
余生空岁月,倦迹久尘沙。顾影知何似,苍苍白露葭。

廖行之(1137—1189)

岁晚寄罗舜举

岁晚旅怀恶,云平东望赊。故人空眼底,别恨忆江涯。
尺素形声画,萍踪涸齿牙。襟期定何许,归梦恼胡笳。

和益阳赵宰六首(其四)

世治不忘兵,公深爱国情。雄张新汉壁,势压旧吴城。
夜月鸣笳肃,秋风列燧平。农耕浑自适,是处亩从横。

挽刘监庙

去岁与君别,高谈气如虹。酒酣出三诗,遗我意何穷。
归途度黄花,偶遇衡人东。问君无恙否,报言近已终。
闻之骇且疑,期君后凋松。分携数月耳,鸡年何遽逢。
还家仅弛担,走哭悲填胸。夫君乡评高,孝友古人同。
一第晚乃得,权门肯投踪。暂出不少留,翩翩若冥鸿。
力学老不倦,进得新有功。惜哉干国资,已矣浮云空。
最怜亲白发,行路为惨容。赖是有子贤,接踵翔蟾宫。
朝来哀笳发,湘江雨蒙蒙。月岭挂寒斗,霜林号凄风。
斯人重难见,夜台情得通。

林　昉(?—?)

秋　　戍

军头夜点名,新戍起秋程。月色黄弓甲,风沙黑渭城。
断笳清泪满,落叶此生轻。努力供王事,归来享太平。

林季仲(1090—?)

悼潘君秀才

投笔辞场屋,携钱送酒家。身名俱梦幻,醒醉是生涯。
沙晚号寒雁,林高惨暮鸦。嗟予方哭弟,清泪堕悲笳。

林景熙(1242—1310)

溪　　行

风高余暑尽,独策兴悠然。野色延幽步,秋声入暮年。
日斜禽影乱,水落树根悬。回首故人远,城笳吹夕烟。

重 过 虎 林

漠漠江湖梦,萧萧禾黍秋。清笳吹落日,白发过西州。
池涸神龙逝,山空老凤愁。惟余关外水,寂寞自东流。

答金华王玉成

诗吞楚泽渺无边,不用神丹骨已仙。九万里程惊落羽,三千年事抚遗编。
铜盘老泪胡笳里,金粟荒愁杜宇前。惟有双溪溪上月,清光照客尚依然。

林希逸(1193—1271)

安 丰 作

塞北悲笳起,淮南古木疏。风高疑唳鹤,水落见叉鱼。
俗仅传丹鼎,人谁问枕书。因吟招隐赋,久客自嗟嘘。

赵虚斋挽诗(其一)

两朝人物号耆英,九折崎岖亦饱经。几度拂衣心似石,重来曳履发如星。
争名可是因文字,转臂堪嗟失典刑。何处藏山犹有史,悲笳幽咽若为听。

李斛峰尚书挽诗(其三)

中朝更几局,鸣世独铮铮。奏疏如山稿,哀笳何处声。
虽孤岩石望,何损斛峰名。应有遗书富,何时见集行。

朔斋中书刘礼侍挽诗(其二)

再造功成始趣还,又从薇省去长安。登车屡作澄清使,持橐还须文字官。
子美八哀俄入此,贺公二命只书棺。不知庾亮埋何处,遥想悲笳泪雨潸。

刘夫人挽诗(其二)

独力持家老,真如烈丈夫。斋明供蕴藻,服饰厌金珠。
甲子只余六,鸾雌叹久孤。悲笳讲山路,寒日澹霜芜。

林甲父挽诗

我有宗传未付衣,喜渠岁晚共吾伊。云胡丹旐鸣笳去,不见青衿问易时。
生灵运前何太速,为文介后重堪悲。犀斜宰木今谁主,饮泪看君乳下儿。

黄倅内子挽诗

岸帻生同誉,翻经老耐嫠。能贤儿似侃,爱客母如珪。
有弟铭崔姊,何人传鲍妻。霜风吹旐去,笳咽筱塘西。

适轩黄革叟挽诗(其二)

闽谱虽华远,君于派得黄。铭宜买石待,诗岂入瓢藏。
忆昔题吟稿,伤今赋一章。香峦序葬处,遥想暮笳长。

林亦之(1136—1185)

林伯谟挽词

幽情千木外,巧思百花前。好事如吾子,伤心叹耆年。
桃蹊亲意悦,薤曲里人怜。半夜悲笳起,凉天野月悬。

邑大夫范丈宠示广陵余事泠然诵之历历惨恻如在目中辄赋短篇纪所闻也

尝阅淮南图,萧萧草屋少人居。及读广陵集,恻恻我心欲垂泣。
吁嗟恋乡国,生死不肯去。边笳才一动,杀几先此土。

可怜此土人，父子无白头。不死于饥即死战，性命只在道旁沟。
更闻维扬有鬼市，铜钱须臾变为纸。都缘白日杀人多，所以冤魂有如是。
君侯壮思凌云空，青衫匹马戎幕中。当时辕门眼所见，长歌短歌泪如线。
少陵岖崎夔峡路，一切悲愁托诗句。至今太史不足凭，惟有此诗为可据。
绍兴辛巳淮楚功，纷纷予夺或异同。他年石渠访遗事，为说东阳有蔚宗。

刘 攽（1023—1089）

长门曲（其一）

凝笳来凤辇，玉宇开深殿。君恩春风回，那向秋时怨。

再见士卒戍桂阳

驿书频插羽，汉士远征蛮。四月天将暑，三苗旧阻艰。
悲笳背城邑，苦雾湿关山。后夜东南望，妖氛翼轸间。

次韵和张舍人北使归

饮冰重见古人心，绝幕仍当暮雪深。朝出穹庐随拜日，夜鸣刁斗候横参。
胡儿射雁争娱客，羌女听笳却走林。闻说虏情亲博望，一言珍重万黄金。

寄韩庆州

万骑将军西护羌，边尘无复近麾幢。烽传列障来遮敌，雪拥层城接受降。
日暮悲笳还自叠，天寒羁雁少成双。檄书不得从军乐，觍弩空令候小邦。

柿 红

柿红梨紫漫山熟，冷雨萧萧落乔木。东田收谷亩数斛，筑场敛积高如屋。
柴车斑斑黄犊健，丁男肩磵儿指秃。烹猪漉酒乐社神，急鼓悲笳断仍续。
田家此乐何所忧，闾里至老还相收。道傍滞穗如山邱，何处老翁宁有求。

观 猎

立冬杀气凝，清霜会晨朝。涤涤原野空，烈烈荆棘烧。
鹰饥肯为用，马寒意逾骄。旌旗带林莽，笳吹含风飘。
突围狡兽怒，得隽壮士嚣。老狐屈变诈，文雉输英翘。
讨伐顺天时，未许穷奸妖。翩翩马上儿，弓箭各在腰。
意矜百战雄，巧斗更相招。控弦落明月，飞镝来九霄。

虽虐终无伤,为乐固已饶。晚临清汝滨,寒水如落潮。
挥壶酌美酒,醉归遗皂貂。

又十二韵

绝境可遗老,清心仍去邪。楼头喧燕雀,川面动龙蛇。
碧瓦浮烟素,朱甍丽日赮。倚风时坐啸,乘月更吹笳。
庭槲交倾盖,池房杂舞𦿗。凉秋乘爽垲,吉岁验污邪。
厨酿全欺鲁,儿歌习陋巴。林珍饷桃李,溪饭列鱼虾。
胜赏须神会,浮名只盗夸。谁能贪课最,本自学禅迦。
羁旅枝栖鹊,田园舍负蜗。萧条看白鬓,早晚得丹砂。

和黄节推陪王守泛舟

清池堪百亩,珍木多十围。灌泉昔未盈,移树今更肥。
境豁自心匠,宴游及韶辉。居然坐高斋,不减临郊扉。
青旗贳冻酒,春服成单衣。游人半童叟,好鸟偕鸣飞。
彤襜照银章,宾从相因依。置舲面高轩,密坐罗芳菲。
清笳急鸣鼓,红妆耀迟晖。澄潭止可鉴,画楫相与挥。
曳裾载笔简,自顾才也微。之子倾盖贤,赏心谅云稀。
长歌善必赓,旧令繁勿违。徒令夕阳暵,不醉终无归。

刘才邵(1086—1157)

次韵赵伯达梅花三绝句(其二)

莫奏悲笳向日昏,花飞不是减芳春。多情更作回风舞,体弱悬知不陷茵。

刘 敞(1019—1068)

朝谒武信殿三首(其三)

天下安危寄老臣,幄中谈笑静胡尘。丹青未备云台象,笳管犹悲道路人。

月夜二首(其二)

凉月含秋色,江天复雨晴。风雪异明灭,河汉亦凄清。
惊鹊时翻树,悲笳远过城。不眠看列宿,磊落背人倾。

酒后登清风亭

清笳转不极,碧水望偏多。酘酒春先醉,晴阳晚更和。
起提如意舞,自击唾壶歌。芳树知多少,春游奈汝何。

梅

泽国春还早,山梅腊竞花。缤纷迷雪意,浩荡逼年华。
驿使红尘远,江风短日斜。芳菲恐易失,愁思乱悲笳。

逢范景仁李审言二谏议

怪来原隰满光华,不意相逢天一涯。久别班荆情未易,少留倾盖日空斜。
山连木叶千峰雪,地逼龙城万里沙。深愧壮心轻远适,自嫌憔悴听悲笳。

麃子岭帐馆寄隐直

离肠易感岁华催,更席龙沙望紫台。持节不眠宵自永,听笳无事泪空摧。
扁舟何处山阴雪,驿使他年岭上梅。欲寄一书愁已乱,天边应候客星回。

秋 晚 西 楼

微霜欲堕木叶脱,积潦已收天宇清。皎皎日华映林莽,潇潇风色闭柴荆。
正怜戎马秋防塞,何处悲笳暮绕城。回首浮云满西北,七哀还见古人情。

汾州有唐大历中崇徽公主嫁回鹘时手迹在石壁上李山甫作七言诗并刻之子华永叔内翰皆继其韵亦同赋

锦车西去水东流,汉节何年送解忧。独上青山自惆怅,强歌黄鹄少淹留。
遗踪不逐哀笳断,丽句空增北渚愁。君念平城三十万,谋臣奇计已堪羞。

刘辰翁(1232—1297)

寿周耐轩府尹

去日江南梅未花,归来芳草涨天涯。驰驱斥堠八千里,梦寐青原十万家。
白叟倚门清燕寝,黄童骑马学胡笳。八陵尽是燕京路,想为孤楸讯暮鸦。

刘克庄(1187—1269)

沧浪馆夜归二首(其一)

万匹沙场似电奔,轰天笳吹簇辕门。而今出借东家马,烟雨孤行小麦村。

三月二十五日饮方校书园十绝(其四)

西舍鸣筇索赋诗,东家拽石请书碑。眼中除却壶山外,多是新知少旧知。

九叠(其八)

门户重重绣幕遮,十分国艳属侯家。谁知蔡琰燕山北,愁听胡笳对雪花。

魏太武庙

荒凉瓜步市,尚有佛狸祠。俚俗传来久,行人信复疑。
乱鸦争祭处,万马饮江时。意气今安在,城笳暮更悲。

冶城

断镞遗枪不可求,西风古意满原头。孙刘数子如春梦,王谢千年有旧游。
高塔不知何代作,暮笳似说昔人愁。神州只在阑干北,度度来时怕上楼。

哭丰宅之吏部二首(其一)

江表依公稍自强,讣闻朝野共凄凉。蠹移北府兵皆散,笳返西州宅已荒。
旧戍交锋淮水赤,新坟埋剑越山苍。此身虚作田横客,血泪无因滴垄旁。

挽林推官内方孺人

身畔无钗泽,何由葬礼奢。明时选人妇,先帝近臣家。
白首持巾帨,青灯缉苎麻。寺西同窆处,风日怆寒笳。

挽陈潮州伯霆

当年舍选最居优,上到青云亦白头。律赋数篇天下诵,遗书几卷馆中留。
入游太乙曾临地,出牧昌黎所典州。耆旧凋零今欲尽,伤心笳吹掩新丘。

哭李公晦二首(其二)

洲边三亩宅,有竹有梅花。岂不堪名世,何如勿起家。
身才著朱绶,州谩出丹砂。渺渺重湖外,悲风咽暮笳。

寒食清明二首(其一)

寂寂柴门村落里,也教插柳记年华。禁烟不到粤人国,上冢亦携庞老家。
汉寝唐陵无麦饭,山蹊野径有梨花。一尊径藉青苔卧,莫管城头奏暮笳。

工部弟哀诗二首(其二)

去岁书来欲解麈,数行遗墨半倾欹。斑衣不遂娱亲志,白发因吟哭子诗。
让枣犹如前日事,摘瓜空抱暮年悲。情知衰泪无堪滴,原上寒笳苦死吹。

挽郑永福

竹间梧畔故应佳,非但才高诗亦葩。世胄蚤通枢相谱,里人知是大魁家。
谁言陶令才为米,不遣潘郎再种花。□□云深华表远,北风无赖送哀笳。

挽惠安林丞

策名迫榆景,谢病去松厅。博取儒先说,尤深道德经。
族通艾轩谱,葬得竹溪铭。愁绝蝶陵路,哀笳不忍听。

观调发四首(其四)

胡马止能战平地,安知东南有长技。大江无时起风涛,下濑楼船如屋高。
丕坚二子曾夺魄,曰彼有人此勍敌。当时百万鸟兽奔,况尔小丑真游魂。
妇语藁砧闲语罢,鼓行勿信傍人吓。明年汉淮春水生,凯旋笳吹来相迎。

苏李泣别图

风云惨凄,草树枯死。笳鸣马嘶,弦惊鹘起。
熟看境色非人间,祁连山下想如此。手持尊酒别故人,此生再面真无因。
胡儿汉儿俱动色,路傍观者为悲辛。归来暗洒茂陵泪,子孟少叔方用事。
白头属国冷如冰,空使穹庐叹忠义。茫茫事往赖画存,每愁岁久缣素昏。
即今画亦落人手,古意凄凉谁复论。

三月十四日陪帅卿出游一首

未出尧山云,既出云徐开。君侯与天通,造化力可回。
驾言访岩扉,群彦森然陪。旗钺映川原,笳吹喧蒿莱。
扫石坐夷旷,扪葛窥崔嵬。訾洲久芜没,草树皆新培。
范张数君子,遗刻苍藓埋。方羊不忍去,返照明千崖。
沙禽就栖宿,彩鹢犹溯洄。眷焉宇宙间,此乐何常哉。
邺都会应刘,梁园命邹枚。主公富贵人,襟抱尤雄猜。
当年篇翰存,往往邻俳谐。英英大都督,羔雁招遗才。

云烟生妙笔,冰雪悬灵台。况复是夕霁,素魄海上来。
一碧九万里,空洞无纤埃。临风惜饮量,孤负黄金罍。
座中尽文豪,授简冥徘徊。吾诗固拙速,聊为石生媒。

刘 弇(1048—1102)

莆田杂诗二十首(其一四)

远寺梢清梵,孤城咽晚筘。稻畦眠堮渌,榕径愕悬蛇。
尊俎辉琮璧,诗书蛰镆铘。家家余岁计,吉贝与蒸纱。

刘子翚(1101—1147)

金陵怀古

荒城莽莽蔽荆榛,虎踞龙蟠迹已陈。赤壁战争江照晚,青楼歌舞鸟鸣春。
十年王气雄图尽,一叠寒笳客恨新。折屐风流犹可想,只今高卧岂无人。

怀 远

楼北楼南烟岫遮,水光秋色澹无涯。风惊枯苇连汀雨,霜著寒枫满树花。
故人悠悠绝双鲤,别恨耿耿闻悲笳。索居怀抱向谁写,古调一吟青鬓华。

荔子歌

炎精孕秀多灵植,荔子佳名闻自昔。绛囊剖雪出雕盘,寻常百果无颜色。
闽天六月雨初晴,星火荧煌曜川泽。歘如彩凤戏翱翔,烂若彤云堆翕赩。
中郎裁品三十二,陈紫方红冠流匹。盐蒸蜜渍尚绝伦,啄鲜空羡南飞翼。
我闻二和全盛时,贡输不减开元日。涪州距雍已云远,况此奔驰来海侧。
绣衣中使动辎车,黄纸封林遍阡陌。浮航走辙空四郡,妙品人间无复得。
似闻供御只纤毫,往往尽入公侯宅。骊山废苑狐兔静,艮岳新宫鼙鼓急。
繁华今古共凄凉,绕树行吟悲野客。西风刮地战尘昏,一听胡笳双泪滴。

楼 钥(1137—1213)

长女淯归夫家寄以小诗

胡笳未了遽成归,妇职如何敢失期。弹到佳声重入塞,伯喈未免念文姬。

余给事挽词(其二)

桂籍兄联弟,兰阶子克家。上恩嘉踵武,京秩为增华。

朝著蒙倾盖,纶闱睹判花。遽成千古别,南望想悲笳。

顾养直挽词(其一)

万顷东湖下,曾门起大家。子孙昌世业,文字作生涯。
堂后萱犹树,庭中桂欲华。惜哉时不待,谁忍送悲笳。

安恭皇后挽词(其四)

图史怀规鉴,篇章妙剪裁。承欢方秘殿,委化已泉台。
幽壤湖滨秀,清笳日暮哀。未央当月望,不见翟车来。

陆　游(1125—1210)

和范待制秋日书怀二首游自七月病起蔬食止酒故诗中及之(其一)

闲窗贝叶对旁行,不觉城笳报夕阳。嗜酒步兵犹未达,拂衣司谏亦成忙。
室无摩诘持花女,囊有婆娑等价香。欲与众生共安隐,秋来梦不到鲈乡。

初 到 荆 州

万里泛仙槎,归来鬓未华。萧萧沙市雨,淡淡渚宫花。
断岸添新涨,高城咽晚笳。船窗一樽酒,半醉落乌纱。

送 客 城 西

倦客凭鞍半醉醒,秋光满眼叹颓龄。日斜野渡放船小,风急渔村摊网腥。
客思不堪闻断雁,诗情强半在邮亭。归来更恨城笳咽,烟火昏昏独掩屏。

马　　　上

客游多感慨,老病少欢欣。去去穿村市,翻翻吹帽裙。
天低落平野,雁远入寒云。渐觉江城近,秋笳马上闻。

城 西 晚 眺

袅袅城笳咽,荧荧渔火青。霜凋两岸柳,水浸一天星。
静看船归浦,遥闻雁落汀。倚阑幽兴极,不敢恨飘零。

郡斋偶书三首(其三)

江堕清笳月,霜严画戟门。滩声寒更壮,山气旦常昏。
摇落悲徂岁,羁游忆故园。无劳空窃食,何以报君恩。

大阅后一日作假

小院钩帘扫落花,公余萧散似山家。下岩紫壁临章草,正焙苍龙试贡茶。
塞上远游心尚壮,车中深闭发先华。老来日月真堪惜,愁听高城咽暮笳。

晓出东城

听彻清笳听晓钟,据鞍漏鼓尚冬冬。西楼落日径三尺,北岭乱云生半峰。
苍磴幽寻过古寺,绿畴小驻劳春农。烟村已远犹回首,恐有鹓雏与伏龙。

晚过邻曲

阳狂跌宕送年华,信步来寻野老家。浅濑水清逢立鹭,横林叶尽数栖鸦。
书生一饱依耕耒,壮士孤愁入戍笳。王绩但思酣美酝,葛洪不复问丹砂。

泛舟至鲁墟

南荡东陂弄夕霏,葛巾鹤氅试秋衣。纤纤新月迎船出,两两珍禽背水飞。
病思渐苏开酒戒,宦情已绝谢尘鞿。郊居是处堪乘兴,不怕城笳苦唤归。

纵笔三首(其三)

天道何时定,人生固有涯。壮年行出塞,晚岁病还家。
积愤凭谁豁,孤忠只自嗟。今朝茅屋底,隐约听霜笳。

五月七日夜梦中作二首(其二)

霜露薄貂裘,连年塞上留。芦笳青冢月,铁马玉关秋。
振臂忘身惫,凭天报国仇。诸公方衮衮,好运幄中筹。

舟中咏落景余清晖轻桡弄溪渚之句盖孟浩然耶溪泛舟诗也因以其句为韵赋诗十首(其八)

古祠照沧波,老木闳云洞。轻舟不摇楫,正用一风送。
汲井漱甘液,扫榻寓幽梦。所恨山未深,城笳听三弄。

水　村

家住烟波似画图,残年不复叹头颅。深深竹坞见萤度,翳翳菰丛闻鸟呼。
十里笳声上云汉,一空星影落陂湖。天公著我非无地,却悔从来错怪渠。

夜坐求酒已尽喟然有赋

澹月微霜夜漏徂,披裘不睡附寒炉。清笳袅袅已三弄,残火荧荧才一铢。
报国无期心欲折,读书自力眼将枯。曲生作态年来甚,不受闲人折简呼。

书　　怀

老死已无日,功名犹自期。清笳太行路,何日出王师。

新酿熟小饮二首(其一)

玉船潋潋酌鹅黄,菊欲残时抵死香。似与幽人为醉地,清笳声里一天霜。

雨后过近村

赋罢渊明归去来,纻衣桐帽一时裁。岁华新笋初成竹,天气停云未断梅。
江路醉归常崴峨,僧窗闲过即徘徊。老人剩有凋年感,寄语城笳莫苦催。

七月二日夜赋

鄙人志趣在渔樵,四十年来负圣朝。本耻弹冠良易挂,未尝刻印敢烦销。
盈盈微月生江渚,袅袅清笳下郡谯。衰病逢秋真一洗,井床桐叶已先飘。

新　　秋

秋气入清笳,旗亭酒可赊。长歌穿小市,短帽插幽花。
溪女留新蟹,园公饷晚瓜。谁知闲老子,解作醉生涯。

十一月四日夜半枕上口占

小室惜惜夜向分,幽人残睡带残醺。檐间雨滴愁偏觉,枕畔橙香梦亦闻。
惊雁数声投野泽,悲笳三叠上霜云。年来万事俱抛尽,自笑诗中尚策勋。

病 愈 偶 书

枯蓬万里寄飘风,晚落江头号放翁。冉冉流年秋镜里,悠悠残梦晓笳中。
扫除药裹病良已,弃置酒杯愁自空。闲处固应容老子,卧看年少起新丰。

开东园路北至山脚因治路傍隙地杂植花草六首(其三)

忆自南昌返故乡,移家来就镜湖凉。鹤雏养得冲霄汉,松树看成任栋梁。
手版永抛贫亦乐,肩舆时上老何妨。平郊东望江城近,隐隐清笳送夕阳。

喜　晴

葛衣初著喜新晴，寂寂虚堂一榻横。乍坼孤花藏叶罅，晚归双燕拂帘旌。
舞空不断游丝直，掠地还飞落絮轻。剩欲倚阑寻好句，清笳已复动高城。

志　学

圣门志学岂能差，山立方当斥百家。早忝授经闻博约，晚羞同俗陷浮华。
风劘槁面寒无褐，雷转饥肠饭有沙。漫道衰慵贪睡美，五更和梦听城笳。

湖　上

石帆山下旧苔矶，回首平生念念非。秋早明河低接地，夜深白露冷侵衣。
风生古戍笳争发，月过横塘鹊独飞。却看宦途倾夺地，恍然败将脱重围。

舟中夜赋

千里风尘季子裘，五湖烟浪志和舟。灯残复吐恼孤梦，雨落还收生旅愁。
城上霜笳入霄汉，烟中渔火耿汀洲。牧之未极诗人趣，但谓能轻万户侯。

夜　兴

鬓毛饱受雪霜侵，一褐萧条寄故林。檐雨滴回羁枕梦，城笳唤起塞垣心。
平生耻露囊中颖，垂老甘同爨下琴。灯烬欲残看瘦影，不妨袖手坐愔愔。

枕　上

夜雨一再作，灯前独咏诗。影看孤鹤瘦，吟答断蛩悲。
幽梦悠然觉，清笳何足吹。残年犹几日，已矣愧明时。

再次前韵

少壮即今安在哉，轻舟访旧莫轻回。儿童拥岸迎舟入，妇女窥篱喜客来。
多难只成双鬓改，流年更著暮笳催。放怀鱼鸟平生事，少住茅檐尽此杯。

夏末野兴二首（其二）

漠漠川云阖复开，天公试手挽秋回。参差小市林边出，缥缈疏钟雨外来。
土垎饭香供晚饷，布帘字大卖新醅。归舟自逐轻鸥去，不用城笳抵死催。

夜中独步庭下

山月明如昼，江风冷借秋。衰迟亦可叹，幽独自成愁。
斗柄垂江渚，笳声下戍楼。我惟诗思在，从此亦宜休。

早春出游

地炉久厌拨寒灰,一笑真成病眼开。不恨城笳催日落,且欣巷柳报春回。
蹇驴破帽人人看,南陌东阡处处来。闻道禹祠游渐盛,也谋随例一持杯。

九月二十五日鸡鸣前起待旦

堪笑枯肠渐畏茶,夜阑坐起听城笳。炉温自拨深培火,灯暗犹垂半结花。
断梦不妨寻枕上,孤愁还似客天涯。扫尘拾得残诗稿,满纸风鸦字半斜。

初冬二首(其二)

落叶窗前已作堆,地炉微火拨残灰。梦中无祟败蔬圃,饭后有歌夸芋魁。
袅袅清笳催日晚,萧萧新雁带寒来。更宽十日可闲出,会挈一壶寻早梅。

冬　　暖

今年岁暮无风雪,尘土肺肝生客热。经旬止酒卧空斋,吴蟹秦酥不容设。
日忧疾疫被齐民,更畏螟蝗残宿麦。浓霜薄霰不可得,太息何时见三白。
老夫壮气横九州,坐想提兵西海头。万骑吹笳行雪野,玉花乱点黑貂裘。

鼓楼铺醉歌

书生迫饥寒,一饱轻三巴。三巴未云已,北首趋褒斜。
匆匆出门去,裘马不复华。短帽障赤日,烈风吹黄沙。
俶装先晨鸡,投鞭后昏鸦。壮哉利阆间,崖谷何谽谺。
地荒多牧卒,往往闻芦笳。我行春未动,原野今无花。
稚子入旅梦,挽须劝还家。起坐不能寐,愁肠如转车。
四方丈夫事,行矣勿咨嗟。

初到荣州

乱山缺处城楼呀,双旗萧萧晚吹笳。烟深绿桂临绝壑,霜落残濑鸣寒沙。
废台已无隐士啸,遗垒上有高人家。铃斋下榻约僧话,松阴枕石放吏衙。
杯羹最珍慈竹笋,瓶水自养山姜花。地炉堆兽炽石炭,瓦鼎号蚓煎秋茶。
少年远游无百里,一饥能使行天涯。岂惟惯见蓬婆雪,直恐遂泛星河槎。
故巢肯作儿女恋,异境会向乡闾夸。一杯径醉帻自坠,灯下发影看鬖髿。

题徐渊子环碧亭亭有茶山曾先生诗

茶山丈人厌嚣哗,幅巾每访博士家。小亭谈笑不知暮,往往城上闻吹箚。
兴来杰作粲珠璧,岁久妙墨亡龙蛇。郎君弟子多白发,回头日月如奔车。
徐卿赤城古仙子,十年四海推才华。览观陈迹喜不寐,旋补罅漏支倾斜。
曲池还浸古来月,丛莽忽见当时花。重题旧句照高栋,力振风雅排淫哇。
席间纻袍已散鹄,堂上讲鼓初停挝。速宜力置竹叶酒,不用更瀹桃花茶。

冬夜作短歌

饥鼠窥残灯,寒犬踏枯叶。小室拥燎炉,清箚下危堞。
老人素多疾,举动常畏怯。衣裘视寒燠,日夜自调燮。
食必按本草,下箸未尝辄。体安疾自去,药石无此捷。
敢学李轻车,霸亭夜游猎。况如马新息,万里听鸢跕。
欲求神气住,先戒事物接。宁为子光喑,不效啬夫喋。
明晨一杯粥,趺坐横白氎。无鱼何足道,为尔歌长铗。

蒸暑思梁州述怀

宣和之末予始生,遭乱不及游司并。从军梁州亦少慰,土脉深厚泉流清。
季秋岭谷浩积雪,二月草木初抽萌。夏中高凉最可喜,不省举手驱蚊虻。
藏冰一出卖满市,玉璞堆积寒峥嵘。柳阴夜卧千驷马,沙上露宿连营兵。
胡箚吹堕漾水月,烽燧传到山南城。最思出甲戍秦陇,戈戟彻夜相摩声。
两年剑南走尘土,肺热烦促无时平。荒池昏夜蛙阁阁,食案白日蝇营营。
何时王师自天下,雷雨颎洞收搀抢。老生衰病畏暑湿,思卜鄠杜开柴荆。

吕本中(1084—1145)

清隐及欧园赏梅(其二)

枯丛冻柎两交加,中有仙人萼绿华。会挽一枝供越使,莫令三弄发胡箚。

吕　陶(1028—1104)

韩子定嘉雪应祈二首(其二)

天道孰云远,未尝毫厘差。鉴此金石心,报之琼瑰花。
旱氛涤已去,丰岁来何涯。高能累岌业,卑亦蒙污窊。

密布气晃荡,急飘势奔拏。掘地得宝马,集庭瞻白鸦。
岁功助发泄,民口腾欢哗。高原有瑶尘,绝漠无黄沙。
山夫喜执来,戍卒愁闻笳。铁甲彼固凝,石田吾将畬。
雰雰既沾足,陈根其动芽。霏霏幸反,归路曾忘遐。
待诏一何寒,映书谁肯嗟。鸣弓壮暮猎,冻鼓咽朝衙。
羡君诗笔雄,退之昔名家。染翰动成集,卷轴可载车。
矧此古琴操,应和无以加。雅郑本末殊,中正蒙多哇。

再和初春微雪

治有春阳感,和无月律差。浓云方聚鹤,冻柳亦飘花。
瑞应来如响,群情喜溢涯。纵观天势淡,俄失地形窊。
素月交晖耀,狂风助击拏。一斑迷隐豹,三尺晦祥鸦。
塞上威尤凛,军中语敢哗。汉兵同被练,朔地讶吹沙。
冷焰侵残燧,寒声入旧笳。飞纮安用裂,种玉岂须畬。
清洁山川景,微茫草木芽。垦田因泽及,望岁已心遐。
共荷沾濡力,应忘旱歉嗟。诗豪夜传卷,贺客晓趋衙。
渗漉元侯德,生成赤子家。指期三日耜,拭目万箱车。
况赖深仁恤,会蠲重赋加。愿赓称颂句,岂肯匿咬哇。

罗公升(?—?)

从军留别天逸

一闲五千日,功德高于山。如何天不借,驱向金革间。
妖血醒人饥,马足愁险艰。今宵觞咏处,已带风雪颜。
皇穹未厌乱,肯放两脚间。东海邈山河,庐峰定天关。
即往不可留,我去何当还。后夜梦君时,哀笳鬓成班。

春 晓 道 中

笳鸣雨声歇,据鞍迎晓风。桃花逞颜色,窈窕一川红。
经年用越地,杀气浮太空。颇宜化工手,不到荆棘丛。
莺声忽起予,梦落柳影中。缅怀习池赏,不减燕然功。
横槊岂无人,赋诗定谁工。

罗　愿(1136—1184)

送辛殿撰自江西提刑移京西漕

峨峨郁孤台,下有十万家。喧呼隘城阙,恋此明使车。
忆公初来时,狂狡啸以哗。主将失节度,玉音为咨嗟。
一朝出明郎,绣衣对高牙。持斧自天下,荒山走矛叉。
光腾将星魄,枉矢失惊蛇。氛雾果尽廓,十州再桑麻。
恩令撰中秘,天笔有褒嘉。辛氏世多贤,一姓古所夸。
太史善箴阙,伊川知辞华。谁欤立军门,杖节来要遮。
亦有救折槛,叩头当殿衙。英风杂文武,公独可肩差。
佩玦善断割,挥毫绝纷葩。时时有纵舍,惠利亦已遐。
京西故畿甸,傍塞闻悲笳。明时资馈饷,岂减汉褒斜。
勿云易使耳,重地探荆巴。三节萃一握,眷心良有加。
古来居此人,爱国肯雄夸。羊祜保至信,陶公戒其奢。
安边有成略,此道未全赊。公今有才气,功名安可涯。
愿低湖海豪,磨砻益无瑕。凌烟果何晚,犹有发如鸦。

毛　珝(?—?)

登黄岗清淮门

风吹芦叶江头路,江水江天共秋暮。边淮寒早客行稀,只有征鸿向南去。
征鸿自去书不来,远衣未寄凭谁催。孤城惨咽暮笳起,城下荒榛接淮水。

梅尧臣(1002—1060)

送刁景纯学士使北

尝闻朔北寒尤甚,已见黄河可过车。驿骑骎骎持汉节,边风惨惨听胡笳。
朝供酪粥冰生碗,夜卧毡庐月照沙。侍女新传教坊曲,归来偷赏上林花。

王侍讲原叔挽词三首(其三)

丹旐秋风急,清笳晓月寒。明衣裹草露,素土挽桐棺。
行哭宾徒盛,观仪里巷殚。空余旧编在,千载莫能刊。

送吕冲之司谏使北

虏人多窃朝廷礼,译者交传应对辞。羊酪调羹尊汉使,毡堂举酒见阏氏。
曚曚白日穿云出,㳽㳽黄沙作雾吹。知去燕京几千里,胡笳乱动月明时。

送刘司勋奉使

授命出绝域,北至单于庭。驼鸣沙碛遥,马倦朔雪零。
幽州古道上,胡笳应夜听。尝闻昔时语,南看北辰星。
使回傥可记,乃得验天形。

九月见梅花

江南风土暖,九月见梅花。远客思边草,孤根暗碛沙。
何曾逢寄驿,空自听吹笳。今日樽前胜,其如秋鬓华。

李尚书挽词二首(其一)

相门三世贵,家法百年同。天子赐恩礼,史臣书祖风。
笳声空苦雾,陇穴启寒蓬。自古焉能免,于兹是始终。

赠仆射侍中刘相公挽词三首(其一)

处外诸侯重,居朝圣主知。妖逢庚子日,梦异武丁时。
归榇关山远,凝笳道路悲。欲传千古迹,佐世本无为。

季父知并州

捧诏出明光,飞轩陟太行。玉墀分近侍,虎绶给新章。
笳吹喧行陌,旌旗卷夜霜。雁归汾水绿,城压代云黄。
土屋春风峭,毡裘牧骑狂。关山宁久驻,剩宴柳溪傍。

送谢舍人奉使北朝

汉使下西清,胡人拥道迎。寒笳随宿堡,卫甲出孤城。
犯雪貂裘重,冲风锦绶轻。山川辞国远,车骑踏沙行。
授馆毡为幄,供庖酪和羹。戎王拜天赐,虏帅伏名卿。
紫塞千烽静,黄云万里平。甘泉归奏日,重见凤池荣。

宝元圣德诗

斋诚羽卫陈,庚戌推蓂荚。灵宫容物备,清庙威仪摄。

迟明导玉舆,出宿戒清堞。冥蒙云雾低,泱漭乾坤接。
时雪凝九霄,金筇竞三叠。来宾万国会,受职百神协。
中夜即坛墠,浓阴驳鳞鬣。及尔圭币升,焕然星斗晔。
华钟帝乐张,法从天衢蹑。端门清旭上,肆宥欢声浃。
宝图增大号,元历开皇劫。吉甫独何人,咏歌扬圣业。

依韵和原甫昭君辞

武帝常勒兵,北登单于台。始欲以威服,竟亦惭怀来。
徒令出塞师,万里求龙媒。未弭后世患,玉颜困黄埃。
丹青不足恨,谋虑少徘徊。月如汉宫见,心向胡地摧。
在昔李少卿,听筇动悲哀。壮士尚如此,蛾眉安得开。
情语既不通,岂止肠九回。初冬诚难保,死不如草莱。

依韵和李君锡学士北使见寄

行色见车马,为之具壶觞。暂辞甘泉宫,远奉左贤王。
蒙茸春裘薄,匼匝金络光。唯知君命重,不数沙路长。
鲁酒虽入唇,胡筇易回肠。归来立螭头,言动书不忘。

倪应渊(?—?)

古　扬　州

雉堞平来堑拥沙,绿芜阙处见人家。山河旧影藏秋月,关塞新声起暮笳。
玉蕊已为亭下草,蒺藜不是眼中花。当年凤舸经行地,枯柳无枝寄宿鸦。

欧阳修(1007—1072)

送同年史褒之武功尉

久作游边客,常悲入塞筇。今兹一尉远,犹困折腰嗟。
白马关中道,青天栈外家。过秦应吊古,惟有故山斜。

寄题梅龙图滑州溪园

闻说溪园景渐佳,遥知清兴已无涯。饮阑归骑多乘月,雪后寻春自探花。
百啭黄鹂消永日,双飞白鸟避鸣笳。平生喜接君酬唱,不得樽前咏落霞。

唐崇徽公主手痕和韩内翰

故乡飞鸟尚啁啾,何况悲笳出塞愁。青冢埋魂知不返,翠崖遗迹为谁留。
玉颜自古为身累,肉食何人与国谋。行路至今空叹息,岩花涧草自春秋。

寄渭州王仲仪龙图

羡君三作临边守,惯听胡笳不惨然。弓劲秋风鸣白角,帐寒春雪压青毡。
威行四境烽烟断,响入千山号令传。翠幕红灯照罗绮,心情何似十年前。

晏元献公挽辞三首(其三)

富贵优游五十年,始终明哲何身全。一时闻望朝廷重,余事文章海外传。
旧馆池台闲水石,悲笳风日惨山川。解官制服门生礼,惭负君恩隔九泉。

彭　淼(？—？)

题汪水云诗卷

万里归来旧布衣,笳声不断转桐丝。十年秋入肩吾鬓,四海人传云叟诗。
窖里雪毡魂些短,江南月砌梦归迟。白头惆怅相逢晚,况是人间落叶时。

彭秋宇(？—？)

西　风

边笳凄惨动江城,朔雁南飞几阵横。云气昏昏秋万里,旄头炯炯夜三更。
向来海上凫毛出,何日关中马角生。天地无情豪杰尽,西风颠倒若为情。

彭汝砺(1042—1095)

宿　金　钩

绝域三千里,穷村五七家。云深无去雁,日暮有栖鸦。
雾拥云垂野,霜连月在沙。夜长无复寐,寂寞听寒笳。

钱惟演(962—1034)

句(其二三)

置酒军中乐,闻笳塞上情。

强 至(1022—1076)

寄 纯 甫

相从浦阳官,三十月盈缺。出必并辔游,居常对案啜。
予褊子能恕,子短予还讦。久而见交心,中不容间舌。
乃于穷秋时,忽作远道别。别肠如乱丝,一寸知几结。
别语如悲筘,一声凡数咽。咽极继以号,旁顾亦惨切。
匹马独来归,山城雨初歇。

次韵元恕苦寒之什

繁云凝不散,朔吹动无涯。林秃霜摧叶,河胶冻裂沙。
饥禽啄石发,强鼠堕檐牙。应有四方客,倍怀千里家。
老松坚自若,病竹折相叉。喜拥重衾麝,愁闻绝塞笳。
谋温藉狐腋,辟冷泥榴花。岂待穷冬雪,方为气象夸。

秦 观(1049—1100)

对淮南诏狱二首(其二)

淮海行摇落,文书亦罢休。风霜欺独宿,灯火伴冥搜。
笳动朱楼晓,参横粉堞秋。更拚飞镜破,应得大刀头。

丘 葵(1244—1333)

尘 世

尘世无暇日,偷闲到晓亭。桥阴界水绿,烧迹断山青。
石瘦牛磨角,檐空雀坠翎。暮笳风外响,愁坐若为听。

沈 括(1031—1095)

延州柳湖(其三)

日暖闲园草半薰,不堪春兴蝶纷纷。山烟梦松成微雨,关月帘纤出断云。
三弄倚楼喧晚操,六花分队驻新军。终年不见江淮信,吟向胡笳永夜闻。

沈 辽(1032—1085)

奉送安行弟赴博罗守

博罗四十雪上须,前年将兵出高奴。直取金汤乩名帐,卷旗夜过乌波涂。

黠羌仓惶不暇战，即时破荡禽作俘。橐驰牛马以万计，白米青盐归我储。
朝廷下令趣军赏，丹砂书檄黄金书。博罗解甲入帅府，归功老成为后图。
汉兵百万若貔虎，弓剑劲利无全胡。不知黠羌欲送死，夭乐给事先六躯。
群帅无功坐待命，天子神圣贷不诛。博罗奋髯笑呼卢，黄绶却参朝士裾。
逾年都城困尘土，乞得一麾南海隅。江外山川旧游好，击鼓鸣笳联舳舻。
秋风翻浪白如雪，美酒满船谁要酤。齐山老翁谢世故，不知门外贤与愚。
相见欣然拂棋局，不妨游戏为欢娱。灊山金丹久已就，仙夫道友来相呼。
博罗俯首窃自笑，薄命若尔何为乎。图形不止凌烟阁，迅步扶我青云衢。
岂如小邦苟廪禄，画诺足以嬉朝晡。嗣宗已卜匡山宅，双林工篐青溪鱼。
子归当在十载外，老境共寄江南墟。

沈与求（1086—1137）

秋怀二首（其二）

林梢吐寒月，清绝不胜任。蛮榻凭谁共，胡笳只自吟。
探帘风似翦，切户斗如斟。何处行舟动，澄波自委金。

次韵郑维心腊月十六日有作（其一）

国难更频岁，边尘动四溟。豺狼饱吞噬，天地失清宁。
黄屋无安所，霜笳不忍听。使臣归路阻，恸绝鬓星星。

邵子非谓予有天台之行见贻以诗次其韵

巉巉老气郁青霞，过我依然醉帽斜。为说惊魂招楚些，忍闻悲曲动胡笳。
扁舟犯雪来何许，健笔凌云语益嘉。莫笑海山风引去，要寻源上问桃花。

史　浩（1106—1194）

显仁皇太后挽辞（其二）

霜晓东朝路，鸣笳素葆翻。龙辁蒇禹穴，鱼钥闵尧门。
助奠风云合，缠哀海岳昏。唯余慈俭宝，垂裕九重尊。

高宗圣神武文宪孝皇帝挽辞（其四）

北内笳声咽，幡幢蔽九关。龙辁蒇禹穴，马鬣等秦山。
会奠风云惨，垂浃雨露潜。伤心未央殿，时节玉卮间。

释道潜(1044—?)

同吴兴尉钱济明南溪泛舟

枇杷弄实梅欲黄,海气冥冥错昏昼。僧坊亭午隘可鄙,画舸从君逐溪溜。
斗欣纷翳眼前失,但觉波光翻縠绉。蘋花洗雨白雪香,荷柄吹风青玉瘦。
回看行人走南北,蠢蠢岸傍如蚁斗。一竿落日丽樵明,绕郭云山相倚构。
崒崒青壁映彤霞,转盼忽惊开锦绣。好将杰句为余写,天乞君才多颖茂。
锦囊玉刻厌传玩,燕尾蚕头吾未究。轻桡欲动寨淹留,城上哀笳凄已奏。

释德洪(1071—1128)

复 和 答 之

君不见功名欲致砚磨铁,桑公人间驹汗血。
五季干戈争夺中,低摧几不保臣节。
又不见相如赋工合骚雅,九重偶有赏音者。
及见但为上林令,断国反在淄川下。
长笑两事俱外物,自怜不是封侯骨。独爱华亭百袖师,小艇横蓑一竿竹。
久住湘江谙水脉,揭蓬惯看湘西月。闻道公眠画戟丛,相寻长恨城闉隔。
去年卜居城北地,客心每有悲笳碎。惭愧诗筒走老兵,病眼那容见新制。
老来情绪那忍说,凤瘴乘之觉疲苶。此生梦幻姑置之,半掩残经香篆灭。
湘中清境享已饫,湘山多情慰心素。年来更欲学睦州,古寺闭门工织屦。

释法薰(1171—1245)

秀长老请赞

飞来峰下,龙床角畔。用没意志一著,师僧遭他惑乱。
胡笳忽转阳春调,也有知音来合伴。描邈将来,未得一半。
直饶即今此话大行,已是彼此两不著便。

释居简(1164—1246)

啸 云

胡笳未奏边云悄,长啸一声山月小。狂虏归思悲夜老,身未到家心已到。
山云不似塞云腥,云中倚阑时一声。悠然清闻四十里,何独重围空万骑。

蔡山在江阴北湖西相传是蔡邕伯喈墓

身与东都孰重轻,至今犹擅蔡山名。四围深壍方方禁,千古英词凛凛生。
汉鼎已归曹马手,胡笳犹播管弦声。传家更有柯亭竹,曾作岐阳老凤鸣。

释文珦(1210—?)

关 山 月

月从东海出,冷照玉门关。征人家万里,梦向月中还。
金闺亦有梦,却行玉关道。道路不相知,思深各衰老。
胡笳乱吹哀怨多,奈此关山明月何。终宵迸泪如金波。

释希昼(?—?)

寄 怀 古

见说雕阴僻,人烟半杂羌。秋深边日短,风劲晓笳长。
树势分孤垒,河流出远荒。遥知林下客,吟苦夜禅忘。

释宇昭(?—?)

塞上赠王太尉

嫖姚立大勋,万里绝妖氛。马放降来地,雕闲战后云。
月侵孤垒没,烧彻远芜分。不惯为边客,宵笳懒欲闻。

释元肇(1189—?)

大 阅

吴宫旧有名,阅武事非轻。金鼓从天落,戈鍪照雪明。
令严云鸟绝,机发鬼神惊。士气贾余勇,归笳奏太平。

释智愚(1185—1269)

黑 白 笞

世事乱如麻,情人未到家。连延深院雨,滴碎后庭花。
旧话几时别,音书未有涯。暝烟将四合,何处起胡笳。

释子淳(？—1119)

颂古一〇一首(其一〇)

偶尔垂言借问伊,知音争使落今时。胡筎不犯宫商曲,玉笛横时劫外吹。

司马光(1019—1086)

赠太子太傅康靖李公挽歌词二首(其二)

卤簿去悠悠,西郊乱叶秋。旐翻寒日薄,箛咽断云愁。
吊客门飞鹤,佳城山卧牛。灵车今不返,洧水日东流。

宋　祁(998—1061)

庄懿皇太后哀挽应制二首(其二)

遗馈行将彻,哀箛咽不前。风惊长乐树,月苦鲋隅天。
恤典袆章备,神涂騕驾联。故衾脂泽具,留待上陵年。

送杨子奇赴辟潭渊

老避嘲师昼不眠,喜闻书辟冠初筳。车陪魏馆鸣箛路,食对何侯下箸钱。
使驿马归催露檄,学帷鳣堕晦余编。知君此举伸知己,宁似他人有一天。

九日置酒

秋晚佳辰重物华,高台复帐驻鸣箛。邀欢任落风前帽,促饮争吹酒上花。
溪态澄明初毕雨,日痕清澹不成霞。白头太守真愚甚,满插茱萸望辟邪。

元处宗安化簿

军府沈千奏,边城佐一同。乡书黄耳远,客爨炱廖空。
怨曙羌箛月,嘶寒代马风。未应期会急,平日废谈丛。

腊后晚望

寒日系难定,鸣箛弄已休。冻崖初辨马,昏谷自量牛。
汉树临关密,荒泉入塞流。登高能赋未,风物古尧州。

秋日射堂寓目呈应之

射圃云埘枕庾园,危亭虚白敞南轩。霜柯橘嫩金衣薄,风沼荷倾钿扇翻。
谢枕吟魂迷带草,嵇襟真虑属堂萱。岸巾昼日聊相对,坐听凝箛出缭垣。

哀故文节公(其二)

顺采思忠荩,宣谋叹巧劳。愁遗无一老,投吊剩三号。
撤奠哀筇引,追荣敛衮褒。欲知凭厚庆,弟觉得传刀。

宋　无(1260—?)

甘露寺放舶至瓜洲风作

天造西来险,山回北固形。断崖缠赤日,孤柱擘苍溟。
此地何能限,长江或有灵。然犀夜照浪,饮马晓吞星。
铁锁沈寥廓,楼船没杳冥。乾坤一衣带,吴楚两邮亭。
击楫人人倦,吹筇处处听。海门沙自白,瓜步草犹青。
梦堕浮家乐,魂遭捩柂醒。计程秋猎地,问舍暮渔汀。
倏忽波涛变,匆忙网罟停。疾飙移蜃室,暗雨卷龙庭。
赑屃鼍鼍壮,谽谺树石腥。危樯连逼仄,高岸失玲珑。
世事无深测,生涯独未宁。愁烦复消释,题咏纪曾经。

宋　庠(996—1066)

初 春 夙 兴

戍城官柝应营筇,愁枕无眠感曙鸦。料峭风头犹助冻,苍凉天角欲成霞。
离离弈局残星坠,脉脉刀环片月斜。尚喜初年轻病骨,半簪蓬影况苍华。

送集贤盛谏议出牧维扬

江海多年滞轼熊,书林谏溜得儒宗。宽条一札仙泥熟,慈宴千觞湛露浓。
迎舸蔽川交画鹢,队筇横浦细吟龙。轻扬俗改方图旧,两马行催诏传封。

送总阁学士守秦亭二首(其一)

几日章街认锦鞯,平明颁节抚秦汧。严庐侍从宣劳久,郄府诗书得帅贤。
毂骑千蹄嘶陇月,城筇三叠破羌烟。宾簪自古从军乐,别梦空随使幕莲。

赠太傅中书令张文节公挽词三首(其三)

平日开黄阁,兹辰奠素旗。留侯尝辟谷,岩说遂骑箕。
天迥哀筇咽,林长导翣迟。行人此堕泪,何必岘亭碑。

早春北亭见城隅荒寂

荒城楼堞少,野色遍高低。蔓草无名绿,幽禽取意啼。
天形冈树北,日脚岭云西。不觉凝笳动,春风引夕鼙。

立　　春

底处春来早,依依傍日华。年光随宝胜,阳律犯鸣笳。
冰沼应潜坼,风枝已自斜。江南无驿骑,何计赏梅花。

孟津岁晚十首(其三)

隐轸分河壤,峥嵘念岁华。关云沈巩树,楼月啸羌笳。
要路谁云骋,浮生会有涯。高哉羡门子,横海挹朝霞。

孟津岁晚十首(其九)

昔日山林愿,今兹轩冕游。只惊年苒苒,安议政优优。
小雪烟横野,残笳月背楼。河边杨树老,不是桂淹留。

迟 明 出 都

晓出西郊道,回瞻北阙天。城头云敛盖,关外月低弦。
委佩辞朝绂,鸣笳逐使旃。老臣三去国,凭轼泪潺湲。

和中丞晏尚书观上御青城案警场

崔嵬缯阙倚云梯,三叠鸣笳引夕鼙。使范雄严天意悦,瑞氛斜日紫垣西。

寄题滑台龙图梅君新作西溪

遥羡西溪境,鸣笳从赏频。蒲莲应得地,鱼鸟更留人。
树密藏川雨,堤长截路尘。清移严濑月,欢陋习家春。
按曲吴歙伎,酬篇禊帖宾。太平三辅乐,须信属才臣。

汉将三首(其二)

频年随校尉,晚节事轻车。瞻烽数奔命,辞第讵为家。
轻赍绝瀚海,间道袭昆邪。双鞬朝负羽,三鼙夜鸣笳。
金痍先雨觉,蓬鬓后霜华。如何差六级,遽使抱长嗟。

哭公实学士

高子北方士,才为国之华。灵襟绝尘藻,丽藻纷春葩。

虽云服缰锁,高意笼青霞。子昔久蒙润,逢辰亨乃嘉。
联飞奉台阁,相顾引龟纳。鲍叔不予怯,楚臣宁汝瑕。
诏书频出沐,归辔屡回车。时过蒋生径,或诣子云家。
柏将松并悦,人与室非遐。自谓百年分,风期何所嗟。
君命良不淑,浮生兹有涯。沈疴犯霜露,幽谶发龙蛇。
美志一朝尽,余哀千古赊。招魂知是否,生肘讵真耶。
涂斤失郢匠,膝席夭长沙。青黄饰沟木,藩褥坠风花。
世事一以谬,何言定隆窊。都门执讴绋,原路引哀笳。
夕云旌外惨,春日冢头斜。自此掩瑶轸,其谁知伯牙。

苏　轼(1037—1101)

是日至下马碛憩于北山僧舍有阁曰怀贤南直斜谷西临五丈原诸葛孔明所从出师也

南望斜谷口,三山如犬牙。西观五丈原,郁屈如长蛇。
有怀诸葛公,万骑出汉巴。吏士寂如水,萧萧闻马挝。
公才与曹丕,岂止十倍加。顾瞻三辅间,势若风卷沙。
一朝长星坠,竟使蜀妇髽。山僧岂知此,一室老烟霞。
往事逐云散,故山依渭斜。客来空吊古,清泪落悲笳。

三月二十日多叶杏盛开

零露泫月蕊,温风散晴葩。春工了不睡,连夜开此花。
芳心谁剪刻,天质自清华。恼客香有无,弄妆影横斜。
中山古战国,杀气浮高牙。丛台余袨服,易水雄悲笳。
自从此花开,玉肌洗尘沙。坐令游侠窟,化作温柔家。
我老念江海,不饮空咨嗟。刘郎归何日,红桃烁残霞。
明年花开时,举酒望三巴。

苏舜钦(1008—1049)

己卯冬大寒有感

延川未撤警,夕烽照冰雪。穷边苦寒地,兵气相躔结。

主将初临戎,猛思风前发。朝笳吹余哀,叠鼓暮不绝。
淹留未见敌,愁端密如发。予闻古烈士,自誓立壮节。
丸泥封函关,长缨系南越。本为朝廷羞,宁计身命活。
功名非与期,册书岂磨灭。然由在遇专,丑类易翦伐。
训士无他才,赏罚在果决。近闻边方奏,中覆多沈没。
罪者既稽诛,功者不见阅。虽使颇牧生,勇智当坐竭。
或云庙堂上,与彼势相戛。恐其立异勋,欻然自超拔。
不知百万师,寒刮肤革裂。关中闲诛敛,农产半匮竭。
我欲叫上帝,愿帝下明罚。早令黠虏亡,无为生民孽。

游南内九龙宫

昔帝龙骧后,因池大此宫。箫笳叠终日,旌仗展无穷。
绘塑神灵集,飞潜爪角雄。阴轩常隐雾,暗堵亦含风。
巨盗来移国,天王遽避戎。苍黄狩巴蜀,倏忽陷河潼。
阁殿回看远,尘氛久见蒙。归来故基在,不与往时同。
叠瓦烟间碧,新蕖露下红。波春荡初月,沙晚发悲鸿。
世变今无复,人愁杳莫终。树穿瑶甃裂,碑碎玉楼空。
九曲皆遗石,诸王只断蓬。兴亡何足问,一一夕阳中。

苏 颂（1020—1101）

中书令程文简挽辞三首（其一）

邦国藩宣老,阶符陟降贤。朝方尊旧德,天不畀遐年。
勋载奉常诔,神栖京兆阡。悲笳声未断,垄日下虞渊。

翰林侍读学士尚书右丞李公挽辞三首（其三）

岁晚镮辕道,神归嵩少原。百年封域广,三品葬仪尊。
笳吹迎风急,帷裳蔽日昏。洛人应堕泪,几世见铭幡。

苏 辙（1039—1112）

和孔教授武仲济南四咏·北渚亭

西湖已过百花汀,未厌相携上古城。云放连山瞻岳麓,雪消平野看春耕。

临风举酒千钟尽,步月吹筘十里声。犹恨雨中人不到,风云飘荡恐神惊。

孙　觌(1081—1169)

族婶强氏挽词

少日声名推大阮,一时门地数南强。家肥自称河鲂贵,庙荐犹闻涧藻香。
羽化忽惊双鹤去,巢空不复九雏将。归魂无用哀筘送,仿佛吹箫在帝乡。

孙　锐(1199—1277)

从　军　行

　　边筘动地吹,铁衣寒未卸。壮士冢累累,骨香千载下。

孙应时(1154—1206)

海陵岁暮(其二)

　　猎骑呼鹰地,胡筘落雁边。梅花非故里,草色近新年。
　　莫苦登楼望,聊须斞酒眠。江南多贵将,歌舞怅垂毡。

唐　异(?—?)

塞　上　作

　　防秋人不到,万里绝妖氛。马牧降来地,雕闲战后云。
　　月依孤垒没,烧逐远荒分。未省为边客,宵筘懒欲闻。

汪炎昶(1261—1338)

登　楼

木末孤蝉鸣不休,客子正倦还登楼。断虹阁尽芳草雨,孤雁点破南云秋。
城头筘声撼落叶,渡口霞影摇轻舟。浮生扰扰事无限,搔首坐看斜阳收。

汪元量(1241—1317)

湖州歌九十八首(其三五)

更阑炙烛绣檐遮,卸却金钿与翠花。心似乱丝眠不得,江楼中夜咽悲筘。

东　平　官　舍

晓鞭驿马入东州,瘦骨棱嶒怯素秋。天地不仁人去国,江山如待客登楼。
市沽鲁酒难为醉,座咽胡筘易得愁。日暮凭阑穷目力,一行征雁塞边头。

汪　藻(1079—1154)

隆祐皇太后挽词三首(其三)

德盛周文母,仪尊誉正妃。山河隳地载,星宿掩轩晖。
此日哀笳曲,他年大练衣。越冈宁久驻,会有灞陵归。

王安石(1021—1086)

送真州吴处厚使君

江上斋船驻彩桡,鸣笳应满绿杨桥。久为汉吏知文法,当使淮人服教条。
拱木延陵瞻故国,丛祠瓜步认前朝。登临莫负山川好,终欲东归听楚谣。

元献晏公挽辞三首(其一)

文章晋康乐,经术汉公孙。旧秩疑丞贵,前功保傅尊。
传呼犹在耳,会哭已填门。萧瑟城南路,鸣笳上九原。

王俦(？—？)

余襄公祠

寂寞孤城野水滨,乱余犹见几家存。女墙落日埋秋草,官树啼乌集暮云。
百战徒闻存国步,孤忠谁复吊英魂。夜来遗庙荒庭月,长逐悲笳不忍闻。

王珪(1019—1085)

夜　　意

沈寥爽澈游氛收,淡河如扫凝不流。影过远水雁侵月,目断故乡人倚楼。
黄叶半林霜送晓,悲笳一曲风横秋。江南几载未归客,灯寂帐寒心正愁。

王庭珪(1080—1172)

挽曾氏安人

令仪早出闺中秀,少日来归丞相家。能以功名勉夫子,忍看旌旗起悲笳。
锦囊篆字金装出,玉佩鸣裾帔有霞。赠典有加儿亦贵,诰黄新墨字如鸦。

挽刘宗望

何年来卧北山霞,犹指海边团练家。手把方书妙耕种,门高闾巷独清华。
两儿驹齿日千里,万卷牙签架五车。风动松篁起萧瑟,不堪回首听悲笳。

王　炎（1138—1218）

关　山　月

阴山萧萧木叶黄,胡儿马健弓力强。铁衣万骑向北去,仰看鸿雁皆南翔。
身在边头家万里,呜咽悲笳壮心死。功成归取汉爵侯,战败没为边地鬼。
团团霜月悬中天,闺中少妇私自怜。捐躯许国丈夫事,莫恨不如霜月圆。

饮马长城窟

　　春风塞草青,胡儿区脱静。秋风塞草黄,胡骑角弓劲。
　　秦人驱丁夫,筑城备强胡。城成有亏日,胡来无已时。
　　哀笳中夜起,战马竖双耳。苍茫沙上月,幽咽陇头水。
　　征人悲故乡,闺人守空房。安得霍嫖姚,饮马瀚海旁。

王　洋（1089—1154）

吕尚书挽章（其一）

　　古远儒冠拙,时忙壮士尊。百年难保命,万里未归魂。
　　身后塞翁马,生前廷尉门。悲笳咽遗恨,行矣不须论。

读中兴颂碑

峨峨蜀道艰难路,万里行人走征戍。招摇夜发川谷惊,回首长安满烟雾。
朔方日已催天明,朱辉散射朝霞升。旌旗指顾豺虎静,风雨汛扫烟云清。
臣能奸君子诈父,身有妖雏不知顾。江中鹿死始悲嗟,帐下猪惊犹躁怒。
万年枝上春风回,明明九庙无风埃。扶鞋缀组命书重,崇邑大县华封开。
如何李父干天路,祸未单诛已交恶。子仪不保坟土干,淮阳岂为幽燕惧。
太宗功业三代前,煌煌建立今古传。两宫哀笳十五曲,至今谈者犹潸然。

寄曹嘉父

广陵隋家天子都,背负巨海襟江湖。江分青山湖献白,梁宋千里传膏腴。
朱坊琼园玩月夜,谷林九曲秋阳徂。奇辞巧语不可极,盛事往往开天衢。
我家太傅官三载,文物方值开元初。四并堂前木芍药,小金山下纹车璩。
沸天哀笳律新婉,照水粉面衣襜褕。少年意盛不自屈,直欲赤手擒於菟。
翁云学等不可躐,俾著逢掖勤诗书。泮宫得就弟子列,亲见士子衣诸于。

子时燕颔出头角,众中转目窥陈吴。 孤罴自尔事拱默,嫫姆未免争妍姝。
夤缘傍石见光彩,惊破尘匣开明珠。 同袍传讽梅花句,知子名字须毡毹。
分携两家止隔岁,果见贡篚先乡书。 巍巍广殿厌长策,哗哗盛誉嗑诸儒。
蓬莱海徼通外服,坐戢巨浪张威弧。 超腾意子便得路,亦复坎壈游穷途。
我年二十始冠弁,一门婴祸奔淮隅。 辛勤往来几万里,壮志灭没忘前图。
再游党塾事商较,齿发已壮头须梳。 十年低徊不附奏,闾阎妇子欣揶揄。
年将四十偶占第,朱颜已变无肤腴。 一官从此浪随牒,十生九死群貙貗。
祠官香火即系外,考祥视履伤疲驽。 旧闻子官向西蜀,萍迹飘泊来东吴。
相望复远思会合,安得插羽先阳乌。 偶然妇家有近党,一官宰社依南都。
报言归妹得异士,乃知子食江南鱼。 我时方冬寓穷屋,喜气不觉排寒区。
那知老乃并姻娅,自此日觑参双凫。 人生会合信难料,短书先寄三年余。
今朝得子岁前记,指数旧事谈菑畬。 论情感恨共岁月,谈经造理分贤愚。
孔师已没道堙塞,摇摇千载想盘盂。 百家搜唱互诡怪,决意剪剔随榛芜。
有如出门问长道,败溺压覆无须臾。 子今识路又鼓勇,直到定处无纷如。
蓬莱季父已荒谢,扬州旧士多沦胥。 即今我年五十六,四易寒暑君前驱。
儿虽已婚女未嫁,气何与子相乘除。 寒窗何日共樽酒,一取耳热同歌呼。

王禹偁(954—1001)

战 城 南

边城草树春无花,秦骸汉骨埋黄沙。 阵云凝著不肯散,胡雏夜夜空吹筛。
我闻秦筑万里城,叠尸垒土愁云平。 又闻汉发五道兵,祁连泽北夸横行。
破除玺绶因胡亥,始知祸起萧墙内。 耗蠹中原过太半,黄金买酎诸侯叛。
直饶侵到木叶山,争似垂衣施庙算。 大漠由来生丑虏,见日设拜尊中土。
自古控御全在仁,何必穷兵兼黩武。 战城南,年来春草何纤纤。
穷荒近日恩信沾,寒岩冻岫青如蓝。 方知中国有圣人,塞垣自尔除妖氛。
河湟父老何忻忻,受降城外重耕耘。

王之望(?—1170)

挽季通判

六艺潜心老益尊,此邦耆旧众推贤。 高文早出诸儒右,清节宜书独行篇。

白首可怜才半刺,朱衣犹得贵重泉。佳城一阕成千古,寂寞哀笳惨暮烟。

王志道(?—?)

和高簿送梅(其四)

屈曲溪桥路两丫,淡烟如隔小椴纱。南枝已入诗人手,三弄从教咽暮笳。

和高簿送梅(其五)

远望青山两髻丫,水纹风细绉如纱。不知游冶谁家子,也卷黄芦学塞笳。

韦　骧(1033—1105)

大行皇帝挽辞二首(其二)

检玉将封岱,遗弓已上仙。新陵崇永裕,旧节罢同天。
哀仗愁云外,悲笳惨月边。攀髯臣子恨,万泪欲成川。

又借前韵为攀别之作

紫诏催还二月天,清台颁历涉三年。高文昔冠群儒首,异政今为两蜀传。
此日旌旄度危栈,何时舟楫济长川。笳铙渐远劳瞻望,犹想飞花傍祖筵。

送孔彦常待制赴宣城

宣城从古号名城,新拜除书拥旆旌。剡奏屡传求外补,偃藩暂得遂高情。
虎符南国先声重,鹢首秋江去意清。最好笳铙将压境,敬亭山色远相迎。

文天祥(1236—1283)

京城第二十

当宁陷玉座,两宫弃紫微。北城悲笳发,失涕万人挥。

赣州第六十七

崆峒杀气黑,洒血暗郊坰。哀笳晓幽咽,石壁断空青。

北行第九十五

游子无根株,世梗悲路涩。关山雪边看,愁思胡笳夕。

文　同(1018—1079)

正肃吴公挽诗(其二)

晁董文章重,夔龙德业尊。简编成故事,穿壤与长存。
风旐飘寒陌,霜笳咽晚原。谁人碑有道,应不愧斯言。

文彦博(1006—1097)

塞下曲(其二)

朔漠凝寒久,穷荒气候赊。冻云藏虎谷,残雪满龙沙。
地回胡风急,天高汉月斜。何人动乡思,垄上听金笳。

吴百生(?—?)

乌 夜 啼

夜夜乌来啼未央,明月出户空飞霜。吹笳征夫不就寝,宫筵列烛声满堂。

吴涧所(?—?)

过 盘 山

盘回六七里,天色冷飕飕。石壁无平地,山云隔远洲。
清笳悲送日,老卒病眠秋。行望酒家出,青山映碧流。

吴 敏(1089—1132)

句(其四)

醉中掷笔金銮殿,睡起鸣笳铁瓮城。

吴 潜(1195—1262)

和史司直韵五首(其四)

空中万鹤舞盘旋,飞向西天祇树园。一幅缯绡包宇宙,连城珪璧委郊原。
冰笳莫弄两三曲,铁甲犹联百万屯。痛痒不知惟党二,至今浪有姓名存。

吴则礼(?—1121)

太和道中和颐字韵

茏葱峭蒨朝日微,时出奇诡解我颐。已听胡笳有韵曲,更行摩诘无声诗。

题钟隐简寂观图

饱知阿隐有妙处,未负从来丘壑谋。径呼管城办能事,长江贴贴仍晚秋。
白头故作西河梦,独遣老眼酬南州。边笳牧马岂不好,平安火过消人忧。

游昆罗山寺二首(其一)

木落关河淡,天高更雁翔。凝笳乱流水,归马得斜阳。
尊罍当白露,旗旆卷清商。山径作许好,寒花浑欲黄。

劝耕神堂快活林

凝笳作悲壮,细马载婵娟。可是杏花晚,只教杨柳眠。
酒盏汉旄底,清歌春雁边。不须催部曲,聊欲酹寒泉。

呈　曾　侯

滹沱流水抱城斜,旌节重来鬓欲华。春雨一溪藏钓艇,秋风十里对荷花。
铜符旧总山西将,铁骑还吹塞北笳。鱼蟹初肥稻粱熟,他时归向楚人夸。

送　公　桓　行

汾河水落雁南飞,一马萧萧木脱时。苍鬓宁堪异乡别,幽人况有故园悲。
山头日没边笳断,陇底驼鸣塞草衰。千里黄云太行路,自怜北望独相思。

三　堂　书　怀

青春已复作许妙,蜀锦轻覆千林殷。愧无好语赠秦岭,犹想柁楼萦戍山。
少日清尊兼白堕,暮年华发与苍颜。自怜饱作三堂梦,不在边笳牧马闲。

银　城　道　中

畴昔一丘安在哉,马鸣笳响有奇怀。嬛嬛试遣雁催发,濯濯已凭春唤回。
独怜短檠横未已,端恨长江扳不来。看取东风姹然笑,北湖老眼为渠开。

送子仁兄赴定武倅

杳杳东风吹雁行,淡烟疏柳暗河梁。边笳忽起暮天远,塞雁不鸣春草长。
野馆梦回花似霰,戍楼诗就月如霜。应怜投老尚漂泊,白鸟青山堪断肠。

忆昨呈元老

忆昨参戎幕,交情子独真。共为关塞客,各负水云身。
迹远金闺籍,衣沾玉垒尘。雕鞍暮横槊,锦幄晓行春。
隐几军书断,登楼陇月新。鸣笳孤障底,落雁古河滨。
鲁酒寒醅薄,燕姬翠黛频。沙场供写睇,戍角解伤神。

白首投南国，青冥望北辰。山林方自屏，鸡黍复相亲。
道旧嗟游楚，论文伟过秦。高标识麟凤，壮节见松筠。
陋巷无车辙，扁舟有钓纶。悲秋把黄菊，取醉堕乌巾。
藜藿良易足，图书端不贫。一廛如可借，烦为辟荆榛。

送曾公善赴定武

关河落落孤鸿飞，燕然山南霜草齐。边笳戍角自悲壮，千里不闻边马嘶。
刁斗夜急虎帐静，皎皎陇月临牙旗。辕门柳色压毳幕，铁甲十万真熊罴。
少年公子身许国，请佐帷幄辞龙墀。屯云渐对白玉弭，密雪欲犯黄金羁。
晚风萧萧近易水，想见怀古当倾曦。连城笙镛断羽檄，往往横槊多新诗。
双轮稍蹉隔前坂，转盼各在天一涯。吴钩锦带岂足赠，寄声但有长相思。

项安世（1129—1208）

挽汤丞相夫人二首（其二）

贱子无天幸，平生望六珈。偶然同断梗，已复叹悲笳。
泪落升堂日，神驰送客车。空惭名义重，桂省近年家。

答陈江州和少游梅花韵见寄

叶似枯疏元不槁，枝似横斜元不倒。几年花卉受渠欺，无限诗人被渠恼。
冰霜冷淡妒人香，桃李衰迟嗔我早。露中梳洗怕添妆，雪里埋藏畏称好。
陇头村外忽相见，万紫千红遭一扫。却因计早遂成迟，桃杏开时吾已老。
楼头片片逐鸣笳，檐额纷纷堕芳草。赖凭金弹贮微酸，长为天公转芒昊。

萧 崱（？—？）

芦

江客因贫识荻芽，一清麐退杂鱼虾。烧来味挟蚝边雨，掘得身离雁外沙。
春馔且供行釜菜，秋妆莫管钓舡花。食根思到萧骚叶，痛感边声咽戍笳。

谢枋得（1226—1289）

荆棘中杏花

墙东荒蹊抱村斜，荆棘狼籍盘根芽。何年丹杏此留种，小红溅溅争春华。

野人惯见谩不省,独有诗客来咨嗟。天真不到铅粉笔,富艳自是宫闱花。
曲池芳径非宿昔,苍苔浊酒同天涯。京师惜花如惜玉,晓担卖彻东西家。
杏花看红不看白,十日忙杀游春车。谁家园里有此树,郑重已著重帏遮。
阿娇新宠贮金屋,明妃远嫁愁清笳。落花萦帘拂床席,亦有飘泊沾泥沙。
天公无心物自物,得意未用相陵夸。黄昏人归花不语,惟有落月啼栖鸦。

谢　逸(1068—1112)

陪王守游明水(其二)

山拥云鬟扫夕霏,千林浮翠发初晞。雷音震谷朱轮转,霞影摇空彩斾飞。
晓雾拂襟怜冉弱,晚风掀袂爱清微。夕阳楼上吹笳管,归骑遥瞻两塔巍。

同吴迪吉汪信民游西塔寺分韵赋诗以荷花日落酬为韵探得荷花字(其二)

　　林间露警鹤,城头日翻鸦。荷香晓逾清,山色秋更佳。
　　寺有老比丘,视世如虚花。茶香语有味,境静思无邪。
　　夕阳动归兴,天末散余霞。徘徊不忍去,南楼吹晓笳。
　　更约秋夜来,小船卧蒹葭。

徐　钧(?—?)

董祀妻蔡琰

此生已分老沙尘,谁把黄金赎得身。十八拍笳休愤切,须知薄命是佳人。

徐　铉(917—992)

光穆皇后挽歌三首(其一)

　　仙驭期难改,坤仪道自光。閟宫新表德,沙麓旧膺祥。
　　素帟尧门掩,凝笳毕陌长。东风惨陵树,无复见亲桑。

许及之(1141—1209)

挽承事黄公词

胶庠衣钵是青毡,付与儿曹自勉旃。鼎级科名彰父教,著庭勋绩见家传。
千钟合使荣三釜,一品终当贵九泉。留却无穷风木恨,悲笳呜咽晚春天。

533

许景衡(1072—1128)

即事(其一)

关河念念问归舟,秣马翻为楚国游。野性从来迷出处,浊醪端欲慰沉浮。
春风庭院花千片,暝色帘栊月一钩。看尽天边归雁过,悲笳三叠下城楼。

薛季宣(1134—1173)

边事方急有中使至雨中出郊候之

雾雨阁天愁,胡笳闹人耳。不见霍票姚,只见黄尘起。
蒋城何岜峣,横流混淮水。教战哄市人,旋栅荒残垒。
甲道轩修竹,亭观罗弓矢。长城万里坏,衣带江谁恃。
橐鞬道左立,一介来行使。束带迎督邮,渊明尚深耻。

永嘉行

夷甫清谈平子醉,晋俗浮虚丧节义。不闲胡虏哭桑林,九伯五侯无一至。
洛阳宫中胡马嘶,晋家天子行酒卮。驱出如羊晋卿士,妇辱面前争敢知。
胡儿居坐汉官立,不许纷纭但含泣。刃加颈上始觉忧,追悔前时又何及。
胡尘坌起昏中土,人死如麻骼如阜。草莱万里无舍烟,毡帐羊裘自来去。
乌旗雾合胡笳咽,无援边城肠断绝。琅琊匹马竟浮江,弃置存心坚片铁。
天骄一坐昭阳殿,九鼎迁移如转电。禁声不得悲楚囚,白版金陵漫龙变。
数奇督运淳于伯,诛斩无名血流逆。若思不识是何人,却是帅师临祖逖。

严 羽(1192?—1245?)

塞下曲六首(其五)

玉关西去更无春,满眼蓬蒿起塞尘。汉马不归青海月,胡笳愁杀陇头人。

杨 景(?—?)

政和二年三月廿四日鄜延帅府大阅即席呈献帅座贾公凯歌(其二)

奏罢清笳听凯歌,行启细柳拂雕戈。征人尽道从军乐,城上黄云喜气多。

杨 时(1053—1135)

席太君挽辞二首(其一)

贤配无前古,传家有子贤。四灵来荐瑞,一鹗已摩天。
蒿里迷长夜,悲笳惨暮烟。萧萧原上路,犹想驾云軿。

杨万里(1127—1206)

碧落堂晚望

暮笳声里暮云生,白白非烟覆一城。只有青林遮不得,兜罗绵上绿琴横。

杨 亿(974—1020?)

明德皇太后挽歌词五首(其四)

世载河山誓,门无恩泽侯。公桑空茧馆,仙药阻蓬丘。
愍册藏幽壤,哀笳咽素秋。后宫彤管在,千古纪徽猷。

赤 日

赤日亭亭昼正赊,长风万里忆星槎。铜盘琼蕊三危露,素绠寒浆五色瓜。
兰室冷光浮玉簟,柳营清吹逐金笳。翠微泉石终南路,千古离宫倚曙霞。

泪二首(其二)

寒风易水已成悲,亡国何人见黍离。枉是荆王疑美璞,更令杨子怨多歧。
胡笳暮应三挝鼓,楚舞春临百子池。未抵索居愁翠被,圆荷清晓露淋漓。

小园秋夕

鸿都归晚直城赊,墙外连营咽暮笳。玉井梧倾犹待凤,金塘柳密更藏鸦。
心摇云阙传疏漏,目断星津过迥槎。已是秋来移带眼,可堪玄鬓有霜华。

夕 阳

夕籁起汀葭,秋空送目赊。绿芜平度鸟,红树远连霞。
水阔迷归棹,风清咽迥笳。高楼未成下,天际玉钩斜。

诸公于石氏东斋宴郑工部分韵得愁秋浮

楚客登临处,离怀重隐忧。二毛初入鬓,一叶早惊秋。
旅雁他乡思,悲笳绝塞愁。凭何遣羁绪,菊蕊满杯浮。

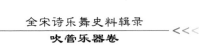

叶梦得(1077—1148)

徽宗皇帝挽歌词五首(其二)

帝业承瓜瓞,天伦映棣华。千年垂接统,四海自为家。
毕郢终何恨,苍梧邈已赊。庙埙惊指顾,行路泣悲笳。

叶 适(1150—1223)

中洲处士折梅花并新语为赠率易鄙句为谢

中洲之中十树梅,蟠枝着地照蒿莱。即非无主凭谁伴,自不冲寒要早开。
午蝶只随游子意,暮笳难写迺夫哀。幽怀寂寂天应笑,插向归帆雪满桅。

俞德邻(1232—1293)

夜 坐

蒲团叠膝诵南华,莲勺灯明细吐花。客有可人期不至,邻无美酒夜难赊。
湿星酿雨愁飞雁,枯木号风怨宿鸦。自笑不眠还不倦,城头呜咽又鸣笳。

无题二首(其一)

杯酒河桥饯去篷,谁知此别竟西东。隙驹冉冉岁华改,楼燕飞飞春事空。
佩冷江皋凄落月,笳吹朔漠动悲风。芳魂寂寞扬州路,后土琼姬恨略同。

姑苏有赠

画楼珠翠列娉婷,辽鹤重来失故城。商女不知宁有恨,徐娘虽老尚多情。
一帘花雨谈幽梦,双桨莼波急去程。却倚阊门重回首,笳声呜咽暮云横。

吴江夜泊

扁舟渺何之,泓泓吴江水。走马见新堤,垂虹失旧址。
战艘列旌旗,随风纷旖旎。须臾暝色至,悲笳数声起。
椎髻黄须儿,臂枪挟弧矢。篙夫趣登舟,掩篷不敢视。
但闻深夜中,刁斗鸣不已。及明问前途,山长川弥弥。
我生苦漂零,十载行万里。焉知及兹晨,忧伤泪如洗。

舟 行

扁舟夹港下,漕渠溢春水。水边两翁仲,阅人亦多矣。

其中郁佳城,寂寞向千祀。冈峦失故态,草木罹新毁。
缅想窀穸初,鸣笳泛清汜。送车数千两,夹道陈箠篧。
岁月迅不留,嗟嗟遽如此。因知人间世,变化倏忽耳。
金箱贮茂陵,籩簠槃石子。贵贱虽不侔,腐坏略相似。
踟蹰复踟蹰,蒙庄信达士。

岳　珂(1183—?)

胡羊二首(其二)

薜毛吹朔雪,细肋卧晴沙。晓牧尾摇扇,春游项引车。
溲流便逐草,酪腻正需茶。日夕归栖处,因风想塞笳。

挽张贡父二章(其一)

龙津南国第,蝉冕左丞家。篆以文章禅,人惟寿隽夸。
秀庭看玉树,喜帖报金花。挥涕东原路,悲风咽晓笳。

曾　丰(1142—?)

豫章舟中夜坐自遣

初月多情出,西山故意遮。更遭风激水,而乱客吹笳。
梦入翩翩蝶,惊闻阁阁蛙。违多谐偶少,物理固然邪。

曾　巩(1019—1083)

慈圣光献皇太后挽词二首(其二)

山河德履孚潜显,江汉仁风被迩遐。已辅乾坤成化育,终符日月继光华。
和熹未瘝还威柄,明德犹疏抑外家。欲次徽音难仿佛,空余流恨入哀笳。

遣　兴

青灯斗鼠窥寒砚,落月啼乌送迥笳。江汉置身贫作客,溪山合眼梦还家。
百忧忽忽丹心破,万事悠悠两鬓华。谁与健帆先度鸟,更无留滞向天涯。

张方平(1007—1091)

采真堂赠郭诚思

香车晓驾九花虬,笳管声中到十洲。太一元君传密命,许君长住八琼楼。

张 纲(1083—1166)

郑国太挽词四首(其三)

兰桂秋风一夜催,衮衣何处望南陔。堂垂斗帐销香篆,鉴掩飞鸾下玉台。
汉使从天虚卤簿,胡笳和月助悲哀。东门咫尺佳城在,双鹤飞空日几回。

张彦度挽诗二首(其一)

京兆吾宗不乏人,煌煌朱绂照簪绅。棠阴讼简弦歌乐,莲幕才高画诺新。
北海但知樽有酒,莱芜谁念甑生尘。哀笳忽送秋风急,忍看遗躅万古陈。

张九成(1092—1159)

辛未闰四月即事(其四)

平时罕启门,爱此月色佳。倚杖看未厌,戍楼已鸣笳。
须臾星斗稀,河汉亦横斜。余生知几何,短发今已华。
且尽此杯酒,未用辄兴嗟。乾坤真转磨,羲娥互奔车。

张 扩(？—？)

挽懿节皇后词五首(其五)

万里归辒辌,仙游迹已遐。猗兰成断梦,素柰陨空花。
隧卜稽山下,輀移浙水涯。晚风缠落水,悲咽和哀笳。

送韩存中侍郎赴随州

昔时公卿门,一饭日三吐。末流士自弃,此道久如土。
韩公昌黎裔,乐善从其祖。低头拜东野,举颈望杜甫。
今年河阳归,坐稳得处所。开关逢俗人,却走唾腐鼠。
禅房大如掌,仅著范苏吕。小人江湖散,赋性甚愚鲁。
青衫插手板,舌卷纸上语。曾从诸公游,过听谬见许。
尝闻公姓名,桓桓貔与虎。乞身虽及早,朝论久未与。
昨日恩诏下,还分一麾去。风霜侵行李,笳角严晓鼓。
汉东诸侯国,文物略近古。下车访诸生,往往得何武。
莫空樽前酒,岂乏户外屦。应还二三子,雪拥一环堵。
诗成欲相寄,黄鹄短翎羽。阿连傥可借,千里亦跬步。

再次韵简子温

予诗久愧溪藤滑,佩服君诗生磬折。君诗盘错见梅诗,似借梅花作根节。
梅花元非世间种,雪里开花白于雪。平生和靖最知音,谁是鸾胶续弦绝。
苦吟似君良有以,我复何为怒当辙。定知孤艳诉不平,晓来哀筇喷窗裂。
明朝百花岂不好,得鱼纵珍非丙穴。春风晚赐桃杏宠,琥珀调膏误成缬。
寒英谢去亦机警,且禀严冬令如铁。

张　耒(1054—1114)

秋　晚

日转秋庭树影斜,风来粉蝶胜悲笳。只应宋玉秋来梦,常在墙东阿子家。

寒　蛩

寒蛩振翼声骚骚,夜深月影在蓬蒿。老人虽眠睫不交,愁窗人寂灯无膏。
荒城鸣金睥睨高,北斗下挹江南涛。悲笳三奏老鸡号,晨光出山开沆寥。

初　夏

南风吹笋成修竹,园林一番新阴绿。足愁多病少欢娱,感时念远伤幽独。
遥山林外知何处,倦客楼头空极目。悲笳三叠闭江城,娟娟新月啼乌宿。

十一月七日五首(其一)

寒更催欲尽,曙色转鸡吭。鸣雁背晓斗,清笳吟宿霜。
空山岁华晚,故园归梦长。晨起临清镜,悲嗟发已苍。

冬怀三首(其一)

悲笳奏已罢,落月在西壁。卧闻中林鸟,先晓鸣喷喷。
尔求亦易供,固合事安息。夜归陵旦起,何尔更劳役。
乾坤扰万物,不使轻有获。无求良独难,何以休吾力。

岁暮闲韵四首(其一)

岁暮柯山客,端居不出门。风烟限僻壤,闾井若荒村。
江鸟占寒暑,楼笳报晓昏。风枝吹断蔓,霜叶拥陈根。
慷慨看星剑,烦愁泥酒樽。孤烟吹日晏,寸炭语宵分。

未肯伤麟泣，还须视舌存。可能天理错，难与俗人论。
魑魅徒为尔，枭鸾竟异群。江湖休浩渺，心拱北辰尊。

张　嵲（1096—1148）

范觉民挽词四首（其二）

旧阴交盖处，草草遂离群。何意终天别，居然此地分。
丰盈宜上寿，鼎盛忽西曛。遥想天台路，悲笳惨暮云。

张　祁（？—？）

庐　州　诗

平湖阻城南，长淮带城西。壮哉金斗势，吴人筑合肥。
曹瞒狼顾地，苻秦又颠挤。六飞驻吴会，重兵盾边陲。
绍兴丁巳岁，书生绾戎机。郦琼劫众叛，度河从伪齐。
苍黄驱迫际，白刃加扶持。在职诸君子，临难节不亏。
尚书徇国事，既以身死之。骂贼语悲壮，捂喉声喔咿。
呜呼赵使君，忠血溅路歧。乔张实大将，横尸枕阶基。
至今遗部曲，言之皆涕洟。法当为请谥，史策垂清规。
法当为立庙，血食安淮圻。奈何后之人，邈然弗吾思。
居官潭潭府，神不庇茅茨。冤气与精魄，皇皇何所依。
所以州州内，鬼物多怪奇。月明廷庑下，仿佛若有窥。
謦欬闻动息，衣冠俪容仪。士民日凋瘵，岳牧婴祸罹。
一纪八除帅，五丧三哭妻。张侯及内子，遍体生疮痍。
爬搔疼彻骨，脱衣痛粘皮。狂氓据听事，夫人凭指挥。
玉勒要乌马，云鬟追小姬。同殂顷刻许，异事今古稀。
磊落陈阁学，文章李紫微。筑城志不遂，起废止于斯。
杜侯在官日，夜寝鬼来笞。拔剑起驱逐，反顾出户帏。
曰杜二汝福，即有鼓盆悲。德章罢郡去，厌厌若行尸。
还家席未暖，凶问忽四驰。安道移嘉禾，病骨何尪羸。
于时秋暑炽，絮帽裹颔颐。余龄亦何有，干在神已瞠。
师说达吏治，通材长拊绥。东来期月政，简静民甚宜。

传闻盖棺日，邑里皆号啼。
营卒仆公宇，厩驷裹敝帷。
昔有邺中守，迥讳姓尉迟。
及唐开元日，刺史多艰危。
仁矣张嘉祐，下车知端倪。
兄弟列三戟，金吾有光辉。
自此守无患，史书信可推。
出奔复为乱，羊肆死猖披。
其后立良止，祭祀在宗枝。
族大所冯厚，子产岂吾欺。
或能为病祟，祈祷烹伏雌。
凛凛有生气，为神复何疑。
片瓦不覆顶，敢望题与榱。
既往不足咎，来者犹可追。
经营数楹屋，丰俭随公私。
尚书名位重，正寝或可施。
清贤列两庑，后先分等衰。
张陈李鲍韩，势必相追随。
尊罍陈俨雅，剑佩光陆离。
青词奏上帝，册祝告神知。
兹焉卜新宅，再拜迎将归。
穹旻亦异色，道路皆惨凄。
使君享安稳，高堂乐融怡。
遂纡紫泥诏，入侍白玉墀。
坎坎夜伐鼓，欣欣朝荐牺。
中兴天子圣，群公方倚毗。
典章粲文治，昭然日月垂。
四聪无壅塞，百揆钦畴咨。
露章画中旨，施行敢稽迟。

近者吴徽阁，鱼轩发灵辒。
行路闻若骇，举家惊欲痴。
后周死国难，英忠未立祠。
居官屡谪死，未至先歔欷。
庙貌严祀典，满考迁京畿。
吴竞继为政，神则加冕衣。
伯有执郑政，汰侈荒于嬉。
强魂作淫厉，杀人如取携。
罪戮彼自取，祸福尚能移。
寒温五种疟，蹩踕一足夔。
况我义烈士，品秩非贱卑。
勺水不酹地，敢望壶与簋。
邦君寄民社，此责将任谁。
傥依包孝肃，或依皇地祇。
丹青罗像设，香火奉岁时。
吕姬徇夫葬，义妇严中闱。
当时同难士，物色不可遗。
德章病而去，去取更临时。
匠事落成日，醮祭蠲州治。
若曰物异趣，人鬼安同栖。
悲笳响萧瑟，风驭行差池。
巍峨文武庙，千载无倾欹。
岂弟布惠政，吉祥介繁禧。
斯民获后福，年谷得禳祈。
人神所依赖，时平物不疵。
明德格幽显，和风被华夷。
臣工靡不报，秩祀当缉熙。
咨尔淮西吏，不请奚俟为。
太常定庙额，金榜华标题。

特书旌死节,大字刻丰碑。碑阴有坚石,镌我庐州诗。

张孝祥(1132—1170)

丙戌七夕入衡阳境独游岸傍小寺

七年暑中行,道路万里赊。今夕已七夕,我犹在天涯。
系船苍石根,人影散晚沙。上岸是修竹,仄径如行蛇。
茅屋四五间,往昔佛所家。经禅劫火尽,旧观初萌芽。
墙叠古瓦盆,僧披破袈裟。喜闻拄杖声,扫地自点茶。
何以为我娱,冰雪汲井花。一洗十日渴,分凉到童髽。
盈盈牛女期,不着雨洗车。疏星银汉动,新月玉钩斜。
更呼老奚官,卷芦作鸣笳。莫惊潭中龙,聊起栖树鸦。

张　蕴(?—?)

维扬即事(其四)

月明城上响边笳,一枕三更梦到家。不耐楚氛真僻性,赋诗酎酒与琼花。

赵处澹(?—?)

厌　雨

拟欲占晴待暮鸦,不禁愁思满蒹葭。片云飞渡风和雨,斜日低穿水浸沙。
薏苡石边收钓笠,芙蓉篱外响芦笳。最怜冉冉秋将半,未得先乘问月槎。

赵　葵(1186—1266)

荒城(其一)

万里黄云冻不飞,碛烟烽火夜深微。胡儿移帐寒笳绝,云路时闻探马归。

赵汝镌(1172—1246)

昭君曲

御戎岂别无经纶,娄敬作俑言和亲。或结或绝患不已,至呼韩邪朝竟宁。
稽首愿得婿汉氏,秭归有女王昭君。临时失捐画工赂,蛾眉远嫁单于庭。
玉容惨淡落紫塞,粉泪阑干挥黄云。下马穹庐移步涩,弹丝谁要胡儿听。
年年两军苦争战,杀人如麻盈边城。若借此行赎万骨,甘忍吾耻縻一身。

闻笳常使梦魂惊,倚楼惟恐烽火明。
狼子野心何可凭,呜呼狼子野心何可凭。

赵希逢(？—？)

和借景楼

静夜延孤月,清觞酌九霞。歌声传皓齿,悲思类鸣笳。
窃听酤楼管,真成献佛花。无端恼狂客,酒兴满天涯。

郑刚中(1088—1154)

送周务本机宜

霜风吹西湖,与君持行李。瘦马共边笳,寒灯对孤邸。
新凉秋叶惊,归棹君独理。弃我天一方,稳下大江水。
丈夫志四海,吾岂较遐迩。行藏天所为,况自非偶尔。
独忧绵薄资,负重力难起。嘉宾日以远,缓急尚谁倚。
置此勿复论,遇坎各有止。我积汉中谷,君种彭泽米。
努力随小大,同在毓生齿。他年脱冕归,对酒各欢喜。

郑樵(1104—1162)

家园示弟樵(其五)

佻达凭豪族,疏狂自克家。看人呼狗窦,纵我泛渔槎。
凿穴安蜂豸,穿篱避管笳。如能痴胜黠,寒食贺骝骅。

建炎初秋不得北狩消息作

昨夜西风到汉军,塞鸿不敢传殷勤。几山衰草连天见,何处悲笳异地闻。
犬马有心虽许国,草茅无路可酬君。微臣一缕申胥泪,不落秦庭落暮云。

郑思肖(1241—1318)

春日偶成五绝(其三)

郡县荒芜哭暮笳,凭高望不见天涯。如今挥泪洒枯木,南国春回生紫华。

梅 花

寒结痴阴惨物华,莫将憔悴听胡笳。明年无限风花在,夺得春回是此花。

我　　生

我生逢叔世,凡事倍辛勤。汉鼎乱犹在,胡笳愁不闻。
好花嫌朔雪,回雁避南云。无奈浩然气,临风歌古文。

郑　侠(1041—1119)

次韵种道行衙赏莲花

城中势利如聚蛙,聒聒鼓闹穷两衙。忽闻携樽命真赏,如见地涌金莲花。
况兹危亭跨高爽,极目四顾穷天涯。红蕖缭绕几数亩,盛妆翠盖相撑拿。
舆肩不换足已到,咫尺异彼穷幽遐。居之自可换凡骨,不必饮露餐朝霞。
堂堂露衢不户牖,非此非彼无追赊。幸时有酒共酪酊,不尔一啜先春茶。
楸枰小小较胜负,往往笑语成欢哗。归来清风恐飘帽,月影已向西楼斜。
长舒两脚就枕簟,一觉已听清晨笳。

周必大(1126—1204)

宣州蔡子平尚书淑人居氏挽词二首(其二)

鸩缀闻相藻,鸰原忝附葭。至今思并舍,晚岁拟通家。
只道身长健,那知生有涯。挽讴无好语,聊杂垄头笳。

泰州守许寺正挽词二首(其二)

身袭黄门庆,腰悬紫绶龟。未登知命岁,遽逼盖棺期。
风咽哀笳恨,云凝断垄悲。只应潘岳泪,重忆悼亡时。

周　密(1232—1298)

挽陈体忠二首(其一)

方惊成鹏赋,忽怆绝麟经。才反能为累,天乎不与龄。
高堂慈母泪,幽志长公铭。西望哀笳发,潸然涕泗零。

周　南(1159—1213)

随太守送神归而有感

泌水洋洋可乐饥,强寻囊粟止儿啼。自怜蠹简为儒误,也逐鸣笳到佛祠。
文字不堪供吏役,姓名渐喜少人知。一麾未办归耕计,坐看槐堂绿荫移。

周文璞(?—?)

题 胡 女 骑

燕山雪花一尺飞,胡人胡女夜打围。海东青过流沙西,黄头郎主独自归。
创残狐兔悬毡车,疲惫鹰犬闻笳悲。
君不见自从石晋纳书款,白沟河滑作边面。

周紫芝(1082—?)

刘德秀县丞凡五和前篇仆亦五次其韵(其四)

念昔居上国,春荠卖作斤。那得千金囊,可买百濯薰。
一为道院主,坐空朱墨文。清笳咽悲壮,浓篆横披纷。
幽意可略喜,老倦复小勤。诗如水得风,自然偶成纹。
香亦旋变灭,颇类无心云。丞哉两松篇,时出水麝芬。
镂冰纳蔬肠,争洗三韭荤。敏手不可敌,胜妙昔未闻。
岂不胜儿女,呢呢相怨恩。人生如此少,炉烟且氤氲。

朱 熹(1130—1200)

挽梁文靖公二首(其二)

踈宠无前比,腾章又凤心。极知求士切,端为爱君深。
卤簿寒笳远,尘埃断藁侵。空令杀公掾,衰涕满寒襟。

朱 翌(1097—1167)

南园用端中韵

有韩太尉淮阴家,十年种木今开花。松阴渐可张翠葆,桃蹊久已蒸红霞。
早来雨过著芒屩,曲沼镜平清见沙。道人从我似支遁,公子立名非务华。
剧谈坐致千岁日,默诵初无一字差。主人负重守且将,一手撚箭腰黄蛇。
因来小集休沐地,何时共听归来笳。饥肠欲饫桃榔粉,香身要采毗陵茄。
凉风僸僸引佳月,归兴忽起从栖鸦。谁怜老我夜不寐,儿曹见祝无多茶。

羌管（羌笛）

晁冲之（1073—1126）

次韵朱少章芦桥柳桥二首（其二）

洞庭生白波，陇首起黄云。渔舟雾里见，羌笛月中闻。

晁说之（1059—1129）

直罗县三绝句（其三）

羌管戎歌亦斗新，长官家势洛阳人。相逢且觅山花好，莫话铜驼金谷春。

陈 杰（？—？）

岁晏大风

羌管横吹万点梅，汉葭微透半铢灰。从知急景凋年驶，更着惊飙截道催。
掠野已空征鸟厉，叫云欲曙泽鸿哀。布衾小作须臾忍，多少无眠待暖回。

风 沙

清野风沙觉更长，谪仙此日尚能狂。一株残柳专春事，两箔颓篱共夕阳。
过鹢去空江浪白，归鸿没尽塞云黄。酒醒何处吹羌笛，未省吴儿有石肠。

送万平野余秋山被荐北行

朔云垂天野四平，羌笛叫月山秋清。金台此日燕万里，绵蕞当年鲁两生。
衢路屏营诗少味，江关萧瑟赋多情。西风瞥眼鲈鱼鲙，一夜相思闻雁声。

陈 著（1214—1297）

代弟茝咏梅画十景·宜月

斜斜瘦影两三枝，只许寒窗人自知。犹恨嫦娥收不尽，却归羌管曲中吹。

范成大(1126—1193)

石湖芍药盛开向北使归过维扬时买根栽此因记旧事二首(其一)

竹西歌吹荻花秋,遗老垂涕送远游。羌笛夜阑吹出塞,当年如此梦扬州。

起岩又送立春日再得雪诗亦次韵

十分佳景媚冬残,好事天心不复悭。已遣梅花斜竹外,更飘瑞叶向人间。
渔蓑晚色都堪画,羌笛春光亦度关。想得东风来处路,白银宫阙锁三山。

范纯仁(1027—1101)

蕃 舞

低昂坐作疾如风,羌管夷歌唱和同。应为降胡能蹈抃,不妨全活向军中。

方一夔(?—?)

秋 晚 杂 兴

暂凭高处豁双明,独上谯楼倚晚晴。烟岫齐纳千万叠,落梅羌管两三声。
秋风世路客凄楚,流水年光独老成。吟兴未如归兴切,萧萧落叶满山城。

避暑夜坐(其一)

一跌风波困败鳞,年来是事不如人。醉吹羌管惊栖鸟,闲倚胡床阁病身。
安得旃檀除热恼,自将纨扇障风尘。新凉渐近渺云水,分席鸥群占白蘋。

顾 逢(?—?)

鸳 鸯 梅

似厌沙头睡,来栖陇树中。一花飞夜雨,双子倚东风。
冰雪芳心共,池塘旧梦同。只愁羌笛响,惊散晓林空。

郭祥正(1035—1113)

和倪敦复观梅三首(其一)

闻说观梅借烛光,今宵为我更开觞。月来枝上冰生艳,风过梢头玉有香。
羌笛几声传旧曲,菱花一夜照繁妆。坐中老杜凌何逊,索酒题诗思欲狂。

和倪敦复观梅三首(其二)

江月江梅斗冷光,就梅临月举瑶觞。素娥未许风摇影,青帝宁容蝶采香。
迢递一声羌笛怨,轻盈千点玉人妆。出尘标格情多少,东阁曾令杜甫狂。

韩　淲(1159—1224)

绝　句

一年春好处,东望是皇州。柳色梅花外,数声羌笛浮。

胡仲弓(?—?)

杨仲仁为梅返魂有诗因次其韵(其二)

谢娥羌管徒浪说,东君造化何容私。更得孤根有所托,终有结果调羹时。

落梅(其一)

花本无情却有情,谁将开落拟浮生。盈虚自是天机事,错认楼前羌笛声。

黄庭坚(1045—1105)

次韵和魏主簿

梅蕊触人意,绕枝三四旋。玄冥与之笑,青帝不争权。
帘晚寿阳醉,云深姑射眠。愁蛾英半落,娇靥菡初圆。
短簿吹羌笛,诸郎宴洞天。官栖仇览棘,才拍翰林肩。
风力能冰酒,霜威欲折绵。锦衾寒有恨,花信远难传。
饮罢钟催晓,诗成律换年。余香勤管领,莫厌屡中贤。

黄文雷(?—?)

近报(其一)

入春风雨恶情怀,谈柄谁资近报来。比岁时闻通国信,新年又说建行台。
难言铁冶飞灰烬,易见铜驼出草莱。羌管夜吹梅落尽,倚墙缭乱野花开。

寇　准(962—1023)

忆岐下旧游

二年岐下假诸侯,事简民安选胜游。花寺水村时驻马,暮天秋雪独登楼。
静眠铃阁闻羌笛,闲酌松醪引越瓯。别后几回空有恨,叶飞蝉噪动离愁。

李含章(?—?)

河 北 行

为儒还解著征衣,远戍沙连白草齐。雁阵不冲羌笛怨,狼烟微认塞云低。
荞花露湿堆空垡,蓼水泓澄截古堤。渐近界河分内外,野禽嘞戛路东西。

李 新(1062—?)

龙 笛

长天云扫碧龙鳞,黄鹤楼前白玉轮。秋意正随羌笛怨,夜深愁杀倚栏人。

李正民(1073—1151)

和舒伯源梅花韵(其一)

极目凄迷杳霭间,群芳敛迹自知难。半穿篱落涂黄浅,静对溪流照影寒。
月地云阶偏适意,雪车冰柱苦相干。莫随羌笛风前舞,却怕青青逼齿酸。

刘 攽(1023—1089)

凝翠堂(其一)

檐前老竹生无数,座上清风处处来。俗客不知看好鸟,红尘无复污苍苔。
儿童戏扫黄金影,茗饮时倾碧玉杯。会待秋霜坚草木,简书羌管倩人裁。

刘 敞(1019—1068)

和圣俞逢卖梅花五首(其三)

东阡北陌竞春游,弄雪翻云为少留。落去能无怨羌笛,折来端是乱乡愁。

雪后病愈至射堂作

病失千峰雪,晴开万影新。雁飞天欲暖,风起野无尘。
弱柳悲羌笛,辛夷思楚人。攀条复顾影,颇似去年春。

刘辰翁(1232—1297)

冬景·梅蕊惊眼

又是梅新蕊,寒凋季子裘。抚时惊岁晚,满眼使人愁。
江路春如许,阑干泪不收。别君从灞水,举目在扬州。
月已成孤影,花应怪白头。数声羌笛弄,忍见坠珠楼。

陆 游(1125—1210)

郊 行

凄风吹雨过江城,缓策羸骖并水行。古路初惊秋叶堕,荒郊已放候虫鸣。
壮心耿耿人谁识,往事悠悠恨未平。斜日半竿羌笛怨,西陵寂寞又潮生。

罗与之(?—?)

中秋步月(其二)

幽人披襟来,步此一庭月。如渡滹沱冰,似泛山阴雪。
谁将羌管急,间彼邻杵切。冉冉秋思生,令人欲愁绝。

梅尧臣(1002—1060)

送王克宪奉职之彭泽

折柳赠子行,况闻彭泽去。将过五株下,可与青青助。
渭城人唱罢,羌管愁吹处。江上定多闲,疏阴就箕踞。

梅 花

似畏群芳妒,先春发故林。曾无莺蝶恋,空被雪霜侵。
不道东风远,应悲上苑深。南枝已零落,羌笛寄余音。

欧阳修(1007—1072)

寄秦州田元均

由来边将用儒臣,坐以威名抚汉军。万马不嘶听号令,诸蕃无事著耕耘。
梦回夜帐闻羌笛,诗就高楼对陇云。莫忘镇阳遗爱在,北潭桃李正氤氲。

彭汝砺(1042—1095)

雪夜饮分题得雪字

颠风夜号花木折,平明阶前三尺雪。谁家羌笛落早梅,中夜南楼对明月。
苦寒侵人毛发缩,厌厌夜饮肠内热。公才奔放欲万里,应恨低徊受羁绁。
一巢安稳身自在,生涯却羡鹍鸠拙。人生所值俱所乐,万事悠悠无可说。
偶有名酒须尽醉,醉辄题诗如靖节。
君不见万卒征南凯未旋,戎衣虽厚冷如铁。

邵 雍(1011—1077)

春游五首(其一)

五岭梅花迎腊开,三川正月赏寒梅。相去万里先一月,始知春色从南来。
何人妙曲传羌笛,尽日清香落酒杯。料得天涯未归客,也应临此重徘徊。

释宝昙(1129—1197)

墨 梅

此花黑瘦固应尔,用尽陇月溪云心。邻家羌笛莫生事,春在洞房深更深。

释大观(?—?)

颂古十七首(其一六)

叶脱风高天地秋,长江衮衮只东流。行人不折离亭柳,羌笛空吹落日愁。

释道潜(1044—?)

沈道原养浩堂

尘劳万计日纷纷,未碍堂中养浩心。花草暗香来屋角,溪山爽气入衣襟。
樽中白酒无时有,箧里清诗不废吟。夜夜邻家助幽致,数声羌管弄微音。

释德洪(1071—1128)

东流阻风

秋叶丛边风索索,迎宾亭下水弥弥。蓼花深处老渔父,更把床头羌笛吹。

释德最(?—?)

罗霄洞

江南三月春无边,溪竹十里花争妍。儿童且莫吹羌管,我欲临流枕石眠。

释慧光(?—?)

偈

不用求真,何须息见,倒骑牛兮入佛殿。羌笛一声天地空,不知谁识瞿昙面。

释居简(1164—1246)

偈颂一百三十三首(其八八)

三应三呼,不辞入草。罚钱出院,正要话行。

软顽侍者,孟浪克宾。数声羌笛离亭晚,君向潇湘我向秦。

释善珍(1194—1277)

题 画 梅

羌笛谁将花外吹,十年心事暗香知。夜寒瘦影侵衣袖,月满阑干独倚时。

释绍嵩(?—?)

列岫亭书事

极浦遥山合翠微,周回秀色自清机。长江淡淡吞天去,白鸟翩翩接翅飞。
履齿苔痕犹故迹,露沙霜树映斜晖。牧童何处吹羌笛,吓得巢禽不敢归。

咏梅五十首呈史尚书(其三二)

湖边春色十分深,恨满枝枝被雨淋。羌笛一声何处曲,等闲惊起故园心。

释绍昙(?—1297)

偈颂一百零二首(其九五)

诸庄旱涝不为忧,只恐难调水牸牛。拽脱鼻绳憨睡稳,数声羌笛野田秋。
绝无形影,谁放谁收。通身白了通身黑,游戏风烟百草头。

释文珦(1210—?)

时当末伏暑气愈隆老者殊不能堪而旧业荒残清凉石室无由归隐因赋是诗

踽踽复睘睘,谁知远客情。衰龄余六甲,酷暑畏三庚。
旧业今何有,秋衣亦未成。东邻弄羌管,休作断肠声。

释智愚(1185—1269)

颂古一百首(其七四)

生平未审何言句,得似羚羊挂角时。拊击自然皆率舞,不须羌管隔云吹。

释子淳(？—1119)

渔父词五首(其五)

钓尽江湖晓色分,数声羌笛韵凌云。波浩渺,雾氤氲,鼓棹回舟望海垠。

宋　构(？—？)

关　山　月

关山月,关山月,千里寒光射冰雪。一声羌管裂青云,陇上行人肠断绝。
肠断绝兮将奈何,为君把酒问常娥。冰轮桂魄圆时少,应似人间离别多。

王　铚(？—？)

明师见和梅诗再用韵兼奉送还福唐

斫轮妙手声名歇,谁信出门犹合辙。后来世外有高禅,凛凛兰摧并玉折。
久将生死付八还,不数图书号三绝。诗来乃与梅争妍,獭髓补痕红未灭。
那知一夜卷东风,开尽寒枝千点雪。汉宫婕妤体自香,月里飞仙长玉洁。
白头对镜忆年少,每到花开重离别。爱花取醉惜夜阑,眷恋盈盈花上月。
人归吹恨落关山,恨极欲吹羌管裂。何况东溪漫草寒,学世犹嗤颜谢拙。
还惊诗律张吾军,尘战愧非求嚼铁。归舟满载万珠玑,莫显神龙藏贝阙。
明朝诗逐暮潮还,余意凭师笔端说。

梅花(其二)

古称秀色若堪餐,冷艳幽香画更难。草木尽枯风正恶,雪霜初霁月偏寒。
须知净几明窗见,不似苍山迥野看。羌笛一声悲落尽,伤心何待百花残。

文彦博(1006—1097)

秋　夜　闻　笛

秋宵万籁沉,羌笛似龙吟。向秀忽思旧,马融方好音。
细声寒入牖,残韵半和砧。莫奏梅花曲,旅人情更深。

熊　禾(1247—1312)

涌翠亭梅花

来者为新去为陈,阴阳如代各还春。花开花谢亦常理,对花不必尤花神。

平生性嗜不在花,两年颇与梅相亲。何人种梅绕此屋,一见使我心清冷。
老树槎牙溪侧径,枯枝倒挂池边亭。花开主人不复赏,我来却作花主人。
此花不必相香色,凛凛大节何峥嵘。北海雪深臣皓首,霜寒中野儿悲吟。
荷蓧老人留植杖,沧浪孺子来濯缨。神人妃子固有态,此花不是儿女情。
托根山谷居岁晚,自分不及芳春辰。春前腊后挺高洁,留与桃李争妍新。
春寒桃李犹未开,莫随羌管轻飘零。先生自是绝俗士,西湖东阁当齐名。
巡檐索笑兴不浅,金樽檀板随红尘。斯言近戏君勿讶,南山松柏终年青。

探　　梅

我归及初夏,正值梅黄时。曾得二三友,共赋梅仁诗。
当时梅树下,捋实攀条枝。顾此廊庙物,弃之或涂泥。
岂不盘实供,酸涩终见遗。古来遇不遇,物理亦可推。
凉风八九月,叶尽条枝痿。精华虽内腴,知者良亦希。
而况腔壳中,认此一性微。古今咏梅者,此趣谁得知。
仁者天地心,生生无穷期。维此生之性,物物皆有之。
安得似此梅,独秉纯阳姿。一枝一太极,静动常相随。
却于坤复间,微微见端倪。凝阴不翕固,阳德无繇施。
所以探梅人,用意常在兹。清霜十月旦,吟边发新题。
梅亦顾我笑,笑我世俗为。无华亦无实,此境正自奇。
半年不我问,觌面当何辞。见花始知树,识趣毋乃卑。
我今对梅语,此道何足疑。自守固尔分,求知岂其宜。
伯夷合饿死,箕子当明夷。啮雪海上郎,履霜野中儿。
今我故来意,岂伊常情窥。入冬雨霜多,玄冥张其威。
婉娈荆棘间,正恐不自持。探梅愿梅早,我独愿梅迟。
腊前与冬后,生意真如丝。微阳不爱护,迤续今其谁。
忆昔少年日,看花来京师。买舟西湖上,曾造孤山涯。
孤山不可往,葛岭高巍巍。豺枭正嗥舞,龙鹎何处飞。
不待岁月换,已觉人民非。逋仙唤不起,岁晏亦径归。
归来三十年,清梦常依依。春事有代换,梅心无改移。
春光年年有,我发自早衰。但与梅久要,处处不暂离。

所至必种梅,殷勤废培滋。培滋不见盛,雪压还霜欺。
气候固多乖,人事亦如违。行行去寻芳,三年海南陲。
雪霜不到地,生意当融怡。旧来种梅处,更自荒弗治。
甚者斧为薪,令人重怀悲。拂衣归去来,天风吹人衣。
舍南有古树,久矣阅岁期。至刚肯受磷,至洁宁为缁。
廊庙未觉高,山林岂云卑。但得余蒂在,一任羌管吹。
明年烟雨中,青子还累累。更看萌蘖生,生性常不亏。
新根连旧根,不断生生机。生机日以长,清阴渐成蹊。
从此种千树,春暗花垂垂。东风一解冻,万卉纷芳菲。

咏盆梅

一声羌笛晚风斜,再问花期便觉赊。茵幌泥沙可随分,莫将春意殢残花。

徐　俯(1074—1140)

庭中梅花正开用旧韵贻端伯

羌笛何劳塞北吹,江南何处不寒梅。千秋寂寂无人看,独树亭亭对客开。
偏为咨嗟惟尔念,是谁移种待君来。纵留一曲安能唱,恰似朝歌墨子回。

严　仁(?—?)

塞下曲

漠漠孤城落照间,黄榆白苇满关山。千枝羌笛连云起,知是胡儿牧马还。

严　羽(1192?—1245?)

送友人之楚州

黯黯离筵夕照收,江城羌笛起边愁。念君此去三千里,何处关山是楚州。

杨公远(1227—?)

偶得李竹屋居士摘和靖先生梅诗四联演成八韵句工而韵险似难继和愧不自揣僭敢续貂珠玉在傍觉我形秽(其五)

池水倒窥疏影动,任渠羌管吹三弄。碧波清浅净无痕,老干槎牙坚耐冻。
花放羞同桃李场,香来偏恼诗人梦。当年曾醉老师雄,翠羽双双疑作凤。

次姚舍人（其一）

披起绵衣换葛裘，不禁时序去悠悠。吴江枫老萧萧下，紫塞鸿归点点秋。
几幅蛮笺诗状景，一声羌笛客凭楼。羁怀正此无聊奈，细雨檐花分外愁。

次韵塞下曲

貂裘毡帽紫骅骝，挟弹弯弧架铁矛。飞放归来天欲暮，数声羌笛起高楼。

俞德邻（1232—1293）

春日山行

山北山南日几回，半山山舍更传杯。一声羌笛山云裂，二月山花有落梅。

虞俦（？—？）

回程泗州道中

淮北燕南昔混同，相望却恨马牛风。往来未省谁为伴，言语从来自不通。
百岁遗民愁绪外，数声羌笛梦魂中。径须争渡长淮去，三月烟尘一洗空。

张道洽（1205—1268）

梅花二十首（其六）

政尔寒阴惨淡时，忽逢孤艳映疏篱。金紫气味无人识，玉雪襟怀只自知。
竹屋纸窗清不俗，茶瓯禅榻两相宜。花边不敢高声语，羌管凄凉更忍吹。

梅花二十首（其一〇）

天然标格阆风乡，薄薄铅华淡淡妆。月地向谁孤弄影，雪天蓦地忽闻香。
征鞍处处频回首，羌管声声欲断肠。天上玉妃新谪堕，游蜂不敢近花傍。

张侃（1189—？）

对梅效杨诚斋体

前年看梅清溪边，万花依枝占芳妍。去年看梅金台下，一枝傍竹秀而野。
今年梅花胜旧年，急呼曲生来座前。折花饮酒到夜半，羌管休吹且频看。
旁人笑我心太痴，花开花落由天时。如何苦作十日计，悭风妒雨谁得知。
我虽不言见已惯，倚著茅帘听过雁。明年梅开在清溪，不妨访梅西山西。

梅时往来郊外十绝(其五)

不作等闲桃李色,一声羌笛怨惊尘。偶思今岁开花晚,要醉风前烂熳春。

张　耒(1054—1114)

寿阳楼下泊舟有感

寿阳楼下清淮水,帆去帆来何日休。浮世十年多少事,风烟依旧别离愁。
楼头夜静行人绝,楼下影斜淮月秋。不道孤吟不能寐,一声羌笛怨谁舟。

张　荣(？—？)

早梅(其一)

扶筇挂月过前溪,问讯江南第一枝。驿使不来羌管歇,等闲开落只春知。

张至龙(？—？)

梅花十咏·半谢

旋随琼霙飞,绕我茆屋角。结子意渐浓,岂为羌管落。

章谦亨(？—？)

西湖观梅三首(其二)

不费东君力,常先草木荣。魏徵元妩媚,夷甫太鲜明。
有色谁同洁,无香可比清。飘零惟不恶,羌笛任渠横。

赵时韶(？—？)

山园小梅得疏影横斜水清浅暗香浮动月黄昏十四诗(其三)

山前抹出连云树,窗外拖来带月枝。数点塞鸿相伴好,一声羌笛不须吹。

仲　并(？—？)

送张持国省干归山阴三首(其二)

稠众相从地,无言意已倾。余方厌藜藿,子肯扣柴荆。
短棹起归暮,长亭如别情。回头听羌管,拍拍唤愁生。

朱　熹（1130—1200）

昨夕不知有雪而晨起四望远峰皆已变色再用元韵作两绝句（其二）

千林无叶一川平，万壑琼瑶照夜明。未觉残梅飘落尽，只愁羌管不成声。

丁丑冬在温陵陪敦宗李丈与一二道人同和东坡惠州梅花诗皆一再往反昨日见梅追省前事忽忽五年旧诗不复可记忆再和一篇呈诸友兄一笑同赋

江梅欲破江南村，无人解与招芳魂。朔云为断蜂蝶信，冻雨一洗烟尘昏。
天怜绝艳世无匹，故遣寂寞依山园。自欣羌笛娱夜永，未要邹律回春温。
连娟窥水堕残月，旳砾泣露晞晨暾。海山清游记玉面，衰病此日空柴门。
相逢不敢话畴昔，能赋岂必皆成言。雕镌肝肾竟何益，况复制酒哦空樽。

觱篥

刘克庄(1187—1269)

三 醉 图

一尖一髡一逢掖,鼎足剧饮豪无敌。前杯未釂注后杯,髡腹虽大盛不得。
就中觱篥胆尤粗,奋臂乃欲倒葫芦。瞿聃有此两高弟,彼儒以是丘之徒。
老夫少年亦酣畅,衰病著身屏盆盎。颇能和会三家书,安敢追陪百觚量。

释 深(？—？)

偈颂六首(其五)

一九二九,相逢不出手。三九二十七,篱头吹觱篥。
翻忆小释迦,双手抱屈膝。知不知,实不实,摩诃般若波罗蜜。

宋 庠(996—1066)

河 阳 寒 食

关辅陪京外,年华禁火中。柳矜河上绿,花献酒边红。
野市秋千月,春楼觱篥风。三州六钻燧,安得不衰翁。

吴 泳(？—？)

和季永弟赋袁尊固海棠

觱篥声中气序过,溪头燕子又归窠。清涵夜色花无睡,翠洗晨妆脸半酡。
红尊尚怀乡国旧,锦心空抱客愁多。饮酣乐极翻成感,泪湿胭脂雪满坡。

周必大(1126—1204)

许陆务观馆中海棠未与而诗来次韵

莫嗔芳意太矜持,曾得三郎觱篥吹。今日若无工部句,殷勤犹惜最残枝。

角

艾可叔(？—？)

金陵晚眺

星移物换千年事,虎踞龙蟠万雉城。归巷乌衣秋缥缈,点州白鹭雪分明。
江分南北天为限,淮接东西地最平。目断青峰是何处,单于吹角莫云横。

白玉蟾(1194—？)

送郭进之

避暑白云乡,茶甘齿颊香。海城悲暮角,烟树淡斜阳。

山 居

月落鸡吹角,夜长鹅报更。山中无历日,日出即天明。

夜坐忆刘玉渊(其二)

夜已三更忽坐忘,吟魂醉魄政悠扬。孤鸿见召听寒角,残月相辞过粉墙。

有 所 思

苍官无禄花有封,花王开国胙春风。不念苍官秦大夫,竹君亦嗤梅兄聋。
夜寒愁吟正无思,青灯唤人补残睡。梦为蝴蝶宿花回,画角吹香蒸素被。

蔡戡(1141—？)

南昌大阅

自昔洪都地望雄,剑光直与斗牛通。角声悲壮秋风里,旗影横斜晚照中。
帘幕万家观小队,弓刀千骑拥元戎。此身虽老心犹壮,自笑凭鞍矍铄翁。

不　寐

独卧虚斋百念衰,枕边犹有数枝梅。青灯看尽愁肠断,画角吹残旅梦回。
发为忧时浑欲雪,心存报国未全灰。功名蹭蹬身先老,那更骎骎急景催。

蔡　柟(？—1170)

登稽古阁晚眺

　　檐外川原迥,烟中草树微。山城暮吹角,客子泪沾衣。
　　岁月经身老,行藏与愿违。归禽带落日,渺渺背人飞。

蔡　襄(1012—1067)

秋日登郡楼二首(其二)

　　落叶随飞鸟,疏砧答暮蝉。悠悠戍楼角,凄切万家传。

楚州闻晚角有怀

钦天门外警场开,画角千枝叠鼓催。今日淮边孤垒畔,晚风时送数声来。

送杨殿丞通判睦州

苍崖中断一溪来,迤逦人家向水开。尽日烟云迎旆去,满泷铙吹引船回。
虚斋昼梦鸣禽下,别坞春游画角催。莫怪杜郎题处少,更留佳致待清才。

广　陵

广陵归客叹飞蓬,怀古伤离向此中。前世翻波那复问,十年弹指已成空。
楼头画角催残日,城上寒鸦噪晚风。井径萧条人不见,又随潮信度江东。

曹　勋(1098—1174)

秋　夜　长

秋夜长,秋夜长,风高月落飞清霜。征鸿萧萧度湘水,草木露冷兼葭黄。
铁衣老将尚横槊,胡儿甲马争腾骧。闺中思妇烬银烛,耿耿念远伤肺肠。
壮士悲歌扣商角,通夕无寐空凄凉。况是愁人怨遥夜,安得日出升扶桑。

日　出　引

　　云冥冥,风凄凄。绮疏未白鸡已啼,角声才断辟朱扉。
　　辟朱扉,款朝日。君王剑佩朝诸侯,赫赫明明光万国。

柴　望(1212—1280)

蕲州别友

客中逢客上夷陵,辗转凄凉睡不成。无酒送君之远道,有谁吹角向江城。
白发乱生人渐老,青灯相对雨无情。诘朝共发蕲州路,知到江山更几程。

柴元彪(？—？)

及第留吴门访史君黄松冈

西江草木转精神,山谷松冈一样清。东海拾遗来汲黯,道州谏议得阳城。
棠开春雨花千里,角动姑苏月五更。笑指齐云天已近,金銮又听玉珂声。

晁补之(1053—1110)

次韵李成季感事

吾庐无余地,文字散堆案。虽微清溪鹤,著画亦幽玩。
高人来何疏,午榻动成鼾。梦闻足音喜,不待摇枕唤。
居贫少烟火,馈食尚须旰。出门兀何之,跟跄从款段。
吾人古遗隐,凫足闵同患。负日持献君,狐白不肯换。
商歌叩牛角,长夜安得旦。飕飗满屋风,黄叶散投幔。
楚屈若灵龟,出处思过半。所从聊自知,何用詹尹算。
不如天随生,头帻终日岸。况君击庄缶,一念肠九转。
人方卧大室,子独号其畔。寒山来助哭,咄尔勿嗟惋。

晁冲之(1073—1126)

和十二兄五首(其三)

崎岖谪仙人,豪放一寓酒。平生韩荆州,未识意已厚。
幕府强辟召,此例未见有。书币入吾庐,鞍马望陇首。
出处计已熟,不复讯交友。南山别何时,气尚若酣酗。
筹策屈大才,谈笑诛小丑。戍角断落梅,羌笛起折柳。
将军意未快,战士骨已朽。请公入参谋,可用和戎不。

晁端友（1029—1075）

马处厚席上探得早梅

岭梅何处早，雪里看芳菲。北陆寒犹在，南枝春已归。
晓妆初见妒，残角未成飞。引我江头梦，清香忆满衣。

晁说之（1059—1129）

海陵闻角

秋风入角蹙山城，更觉淮南秋思清。惯听边威雷鼓里，梅花争发斗峥嵘。

枕　　上

人间百感未能休，欲语无情谩九州。楼上角声山上月，共人割据一端愁。

闻　　角

边城百感漫兴嗟，客底令人警岁华。多谢何郎有新句，谁闻夜夜小梅花。

陈必复（？—？）

奉酬陈介庵明府桐江见寄

寒侵征袖客先知，晓角吹霜下客衣。归兴只缘松菊晚，宦情肯为稻粱肥。
山村日落人收市，海浦风生浪打围。怊怅诗成无便寄，夜深暗遣梦魂归。

夜发江城

移舟别浦待潮生，客子匆匆又夜行。云趁远帆离岛岸，风传疏角过江城。
忧时谏草嗟无用，爱客灯花喜有情。愁甚不堪亲友别，小窗张酒到天明。

陈棣（？—？）

次韵梅花四首（其一）

得得寻梅已觉迟，凭栏空赋惜花诗。流传远信人千里，漏泄春工雪一枝。
照水丰容妃子浴，傍山瘦影伯夷饥。最怜清绝牵情处，月落参横画角悲。

陈东（1086—1127）

秋夜独坐有感一章奉呈师说令尹奉议光明主簿虞章

依依客馆夜燃膏，子夜羁愁无处逃。闲炷炉香听夜雨，快斟杯酒读离骚。

休惊时节云何速,独吊古人殊不遭。一阵晓寒催画角,朝来爽气碧山高。

陈　辅(?—?)

登 北 固 山

古城龙顶直,孤角雁行稀。海月天悬镜,江云地作衣。
楚封山或是,秦凿事还非。千古英雄恨,渔人一笑微。

陈傅良(1137—1203)

村居二首(其一)

业已将身落耦耕,时于观物悟浮生。择栖未定鸟离立,避碍已通鱼并行。
野老窥巢占太岁,牧儿敲角报残更。绝胜倚市看邮置,客至还无菜甲羹。

陈　杰(?—?)

出 郭 晚 回

昧谷含凉景,环涂进晚程。角声呼月出,鞭影御风行。
云树故多思,暗泉偏有情。临关不得下,回首愧尘缨。

和陈郎中时举清夜不寐

四檐残溜杂风铃,长夜遥空候启明。绿鬓望郎犹不寐,白头遗老得无情。
几时画角吹愁彻,何处黄粱做梦成。一笑诗来扶杖起,满湖烟霁晓寒轻。

陈　起(?—?)

呜　　呜

呜呜画角悲,又复掩柴扉。夜月云千里,春城水四围。
连宵灯报喜,几日鸟啼归。飞尽东郊絮,谁怜尚夹衣。

陈　深(1260—1344)

晓望吴城有感

呜呜寒角动城头,吹起千年故国愁。才见专诸操匕首,旋闻西子载扁舟。
霜寒古寺钟声早,月落南园树影秋。一笑浮华易盈歇,白云长在水东流。

陈 铧(1180—1261)

游武夷作(其二)

来为群元扣右扉,香生琼宇碧油围。前驺所过风俱静,幽鸟不惊云与飞。
清啸一山旋暮角,和蒸九曲未秋衣。胜游英概真奇遇,卷入豪端放棹归。

陈与义(1090—1138)

村　　景

黄昏吹角闻呼鬼,清晓持竿看牧鹅。蚕上楼时桑叶少,水鸣车处稻苗多。

陈　渊(？—1145)

信州禅月院晚眺

一觉华胥日又曛,晚来愁绪乱纷纷。角声对起重城近,吹动灵山万叠云。

陈　藻(1151—1225)

秋　　雨

梅花五鼓城头角,吹向愁人枕前落。一声心胆碎无余,三声两声那更作。
天明起坐壁为邻,檐外垂垂秋雨脚。
雨脚强,鬓毛弱,若为一滴白几茎,纵使赤松犹老却。

陈　造(1133—1203)

鄂州守风二首(其一)

惊风清旦卷黄沙,薄暮萤云尚炮车。今夜石城楼上角,不妨重听小梅花。

陈　植(？—？)

胥　　门

长堤柳线弄春柔,姑苏台下马如流。春波溶漾绿泼油,官船挝鼓百花洲。
旌旗黝黪城上楼,烟中雉堞高山邱,呜呜清角行人愁。

陈　著(1214—1297)

夜坐书怀

竹窗镫火足相陪,惟怕梅花画角催。我欲敛眠寻好梦,照人隙月更徘徊。

程公许（1182—？）

连日得关表捷报闻敌骑无复留境上者志喜成诗

十里旌幢转晓风，行营日报捷书同。悠悠何补青油画，栩栩惊回画角雄。
壮士有怀时拔剑，仁人无策弛张弓。天机翕辟一翻手，看取桃林骑火红。

送宪使江寺簿赴召

沃野三千里，春风十六城。顾忧宁易释，遣送定非轻。
忆昔光华赋，随轩老稚迎。根株探吏蠹，疴痒察人情。
汉网宁疏漏，周原数按行。堰渠丰穤稴，犴户绝笞榜。
六诏寂无警，三农容杂耕。与民为父母，敛惠到孤茕。
江汉今犹昔，人才世载英。颓流无砥柱，公道莽榛荆。
能使薰莸别，端由藻鉴明。纲条虽整肃，襟度乃恢宏。
行路无思犯，濡丝已载赓。前旌应渴见，方底趣终更。
岂有坳堂水，能容碧海鲸。仃翔幽谷羽，入啭上林莺。
闻道宗风燉，推高月旦评。荣非同象笏，爱亦异金篝。
博士尤娇节，端公更直声。流芳镌琬琰，仍世盛簪缨。
早并胶庠彦，同为馆下生。诗书勤澡濯，声誉响铿鍧。
棘路仙班近，麻坛守绂荣。徒劳将使指，未足展修名。
王事犹多难，朝阳待一鸣。吾君元盛德，庙算岂佳兵。
鹬蚌牢相守，貔貅滞远征。秋砧霜满户，晓角月连营。
纵幸齐疆复，难轻海上盟。所忧新鬼大，何日泰阶平。
世论难撑拄，天时会扩清。狼心宁易厌，鲂尾恐加赪。
椎剥无余算，丝何忍取赢。急须元气护，可使内忧并。
否极当逢泰，屯余合遇亨。丝纶九天下，羽翼一朝成。
已卜皇图永，宁忧敌势勍。公归瞻负扆，朝罢谒阿衡。
勿吝谋猷告，频将底里倾。致身须豹尾，平步即鹏程。
有客青衫陋，逢人白眼瞠。愧无长袖舞，愁对短灯檠。
天悯龙钟极，身遭鉴赏精。盐车华锦绣，土鼓发韺韺。
披豁叨深眷，暌违耿素诚。谁云鸳序远，忍欠鲤鱼烹。

愿效鹰鹯击,生憎虎豹狞。送公腾召驾,撩我动心旌。
湔祓惭褒衮,凄凉乏报琼。松筠青不落,看取岁峥嵘。

程师孟(1009—1086)

句(其一〇)

高城落日龙吟角,远水浮烟蜃吐楼。

程炎子(?—?)

次郡太守刘朔斋秋晚谒谢朓亭小饮三首(其三)

掀髯一笑倚危阑,面面青山不厌看。霜染丹枫秋色绚,日烘紫菊露痕干。
鹊炉火慢熏龙脑,蟹眼汤新瀹凤团。回簇绛纱城郭晚,老梅吹角雁拖寒。

吹角老兵(?—?)

题谯楼

画角吹来岁月深,谯楼无古亦无今。不如归我龙山去,松柏青青何处寻。

戴昺(?—?)

有永嘉薛君自号云屋来池阳以诗见贻用韵答之

清晨闻剥啄,喜得薛能诗。风月一囊锦,江湖两鬓丝。
寒城吹角夜,孤馆拥衾时。谁会吟心苦,梅花是旧知。

戴复古(1167—?)

乌盐角行

凤箫鼍鼓龙须笛,夜宴华堂醉春色。艳歌妙舞荡人心,但有欢娱别无益。
何如村落卷桐吹,能使时人知稼穑。村南村北声相续,青郊雨后耕黄犊。
一声催得大麦黄,一声唤得新秧绿。人言此角只儿戏,孰识古人吹角意。
田家作劳多怨咨,故假声音召和气。吹此角,起东作。
吹此角,田家乐。此角上与邹子之律同宫商,合钟吕。
形甚朴,声甚古,一吹寒谷生禾黍。

江上夜坐怀严仪卿李友山

江清天影动,楼近角声雄。杨柳枝枝月,芭蕉叶叶风。

佳人难再得,良夜与谁同。别后知何处,吟诗句句工。

田 园 吟

自古田园活计长,醉敲牛角取宫商。催耕啼后新秧绿,锻磨鸣时大麦黄。
桐树着花茶户富,梅林无实秋田荒。狂夫本是农家子,抛却一犁游四方。

邓 深(？—？)

晚坐散花之室

官居无处寄幽栖,洞户深沉坐最宜。静拨炉薰挹香气,间论画壁数花枝。
虫鸣颇似雁来后,果熟还如莺老时。吹彻角声巫峡晚,片云催雨更催诗。

邓 肃(1091—1132)

次韵茂实之才

谪官谁道不知春,出郭犹能一醉熏。银笔争题追鲍谢,席门琢句拟机云。
东垣敢念百朋锡,南亩当从千耦耘。剩乞新诗殊不恶,恐因叩角彻天闻。

和谢吏部铁字韵三十四首·游山三首(其三)

门前如市不入耳,忘言隐几心如水。纷华时逐长安儿,清爽何似毛锥子。
我虽事业未如人,天公不等吾弗嚏。独步高山寻兀室,默坐烧香已悟真。
世事缤纷俱谢绝,叩角自歌愚且拙。谁暇投书追贾谊,更忧铜弊杂铅铁。

丁执礼(？—1080)

送程给事知越州

晓辞龙尾下青冥,持节东南一镇并。共治蚤分天万寄,暮来今颂里民声。
吟高郢雪谁能拟,韵敌壶冰凛更清。遥想棠阴多暇日,江风吹角绕蓬瀛。

董嗣杲(？—？)

琵 琶 亭

艰难罹歉岁,寂寞向他州。分绝青云上,家遥沧海头。
空江荡寒月,枯苇积荒洲。不奈谯城角,呜呜吹乱愁。

乌栖曲

绿阴凉透城头树,月明正照乌栖处。黄昏角起吹晴云,乌欲啼愁愁夜分。夜分湖波幻绝境,境绝月漾玻璃冷。栖乌忽过别枝栖,何人采莲移舴艋。

浔阳馆边泛小舟夷犹沙浦中遇翟违大舟过

沽来官亭酒,艳流胜琥珀。高歌大江上,聊以信所适。
借舟喜逢君,春沙涵润泽。傍沙得鲜鮰,过似河鲀白。
斫鲙搜姜椒,食枯鄙骰核。浮阳下峰迅,晚风撼渔碛。
深洲卸帆处,闻角易丧魄。津吏量水痕,两夜长三尺。

晓出西门问程庐山因怀云翁

谯楼罢传角,将启东方明。我欲披野衣,西出溢江城。
整屦休迟回,径作匡庐行。是时凉云阁,茅屋鸡互鸣。
萧萧篱落破,已递机杼声。沿回且多趣,仰睇山峥嵘。
湛露著草木,秋色何光荣。云树漏初曦,小立伤前程。
岩翁乐高寨,因知跋涉情。盘兹翠阁深,自照泉影清。
听猿步荒寂,乳窦百怪呈。屏障互隐见,松竹相回萦。
兼怀知己多,此际莫合并。萝阴匝道周,野卉难辨名。
聊从兰若留,危阑压飞甍。丘垄入怅望,牛羊践榛荆。
人生如浮沤,失壮良可惊。及时不济胜,老去怀不平。
了然看山眼,山意争邀迎。穷崖由此探,大笑长江横。

董　颖(?—?)

贺曾修撰帅江陵(其二)

荆州刺史苏州似,可但超然五字诗。试问清香凝寝处,何如夜雨对床时。
风流云散心方折,月落参横角更悲。堂下为公理修竹,琳琅他日照幽姿。

范成大(1126—1193)

冬至晚起枕上有怀晋陵杨使君(其二)

多稼亭边有所思,冬来捻却几行髭。

也应坐拥黄䌷被,断角孤鸿总要诗。

秋　蝉[①]

断角斜阳触处愁,长亭搔首晚悠悠。世间最有蝉堪恨,送尽行人送尽秋。

睡　觉

漏箭声中断角哀,界窗犹有月徘徊。心兵休为一蚊动,句法却从孤雁来。
漱罢玉池甘似醴,梦余金鼓辩如雷。夜长展转添许事,推枕萧然一笑咍。

范纯仁(1027—1101)

酬 王 定 国

守魇犹得长诸侯,全晋提封二十州。画角悠扬高戍晚,黄榆摇落故关秋。
防边战士多乡思,并塞胡儿学汉讴。早晚罢兵容请老,邀君同醉溁湖头。

方　回(1227—1307)

八月二十四日宾旸华父同登秀亭二首(其一)

垂垂三径晚香开,二妙端能为我来。老瓦尚堪沽浊酒,破鞋何惜上高台。
十年心事霜髯短,万□秋声画角哀。海内诗人有公等,悬崖待与劚苍苔。

十月三日秀亭二首(其二)

乱峰古垒一荒台,自笑衰翁去复来。石怪更宜添薜荔,树枯犹许寄莓苔。
四天无壁供诗眼,万古皆空付酒杯。惆怅远惭羊叔子,秋阴欲暮角声哀。

二十七日又大雪凡半月

茂林枯树总模糊,半月檐声乍有无。天鼓北风神转王,地穷南海瘴全苏。
战鼙戍角夜烽火,旅棹征鞍朝道途。辛苦一生亦奇绝,暮年犹许画寒炉。

怪梦十首(其九)

万变观时事,谁其肉食谋。乾坤一儒腐,今古两眉愁。
白首生何益,青春逝不留。孤灯夜夜坐,晓角动军楼。

[①] 陆游《秋日闻蝉》内容与此诗相同,不再重复收录。

重游凤凰台

重扶瘦影上荒台,万里秋阴凝不开。天地未休貔虎战,江山敢望凤凰来。
是非易判元嘉事,今古难逢太白才。尊酒阑珊诗思乱,夕阳吹角不胜哀。

秀亭秋怀十五首(其一○)

乐莫乐登高,亦复悲莫悲。乐兮携佳人,樽酒相追随。
惨惨古戍暮,烟寒秋角吹。悲从此中起,孤游偶臻兹。
城南百尺楼,前是未有之。城外两三冢,新葬复是谁。
往者已足鉴,百世悬可知。

方蒙仲(1214—1261)

和刘后村梅花百咏(其七三)

懒入寿宫供贵主,难凭庚驿寄时贤。不如吹入霜天角,尚为君王戍北边。

方一夔(?—?)

秋晚杂兴十二首(其八)

谁作百年客,聊随三宿僧。诗皆传妙品,禅未悟中乘。
晓枕空鸣角,秋窗夜剔灯。欣欣会心处,走墨剡溪藤。

游南山天宁寺

客里尘趼未着鞭,短篷送我访幽禅。横空云冒临江寺,夹岸山随下濑船。
谩借一筇追胜概,暂分半日洗尘缘。城头梅角声孤起,掉首空归又晚天。

送客出城

逐逐区中未了缘,此生飘泊是年年。片时枕上思归梦,万里江头送别船。
寒角吹残低戍火,暮鸦冲断远村烟。我行在处成诗话,点化尘凡即是仙。

夜坐月下

残云点点四飞扬,万里离人共此光。谁铸水银悬绛阙,独留姹女捣玄霜。
窟中蟾兔双灰劫,影底山河几战场。欲驻颓晖无意计,何人楼角韵伊凉。

方　岳(1199—1262)

闻　　角
残角吹霜月欲斜,天寒无奈客思家。不知野竹沧江上,开到梅梢第几花。

赠谈命苏秦
一蓑牛背饱看山,扣角前冈烟雨寒。客自纵横三尺觜,与吾烟雨不相干。

泊　歙　浦
此路难为别,丹枫似去年。人行秋色里,雁落客愁边。
霜月欷寒渚,江声惊夜船。孤城吹角处,独立渺风烟。

寄曹云台(其一)
尚记梅花否,相看只有君。肯辜清夜梦,去管华山云。
帆到知何日,诗今瘦几分。惟应问安处,晓角月中闻。

次韵魏监丞鹿鸣诗
舍盖中堂肯治齐,山川人物凤师师。拔鲸牙一添宾贡,歌鹿鸣三乐圣时。
郡有龚黄金玉汝,君为尧舜蓼萧斯。老农扣角风烟外,但播中和乐职诗。

金 陵 怀 古
过江诸老尽风流,煞有佳娱竟未酬。杯滑酿成千古恨,角寒吹老一城秋。
蟹初上籪诗仍隽,燕已还家客自愁。渔父不知兴废事,月明多在荻花洲。

次韵吴殿撰多景楼见寄
多情王粲怕登楼,谁遣人间汗漫游。莼菜梦回千里月,蓣花老却一江秋。
人如沙燕年年别,骚到湘累字字愁。正尔相观衣带水,角声孤起暮云稠。

月　　墅
老我初营茅盖头,墅成林壑恰中秋。诗人例合三间月,余子从教百尺楼。
已剧荒畦秧早韭,旋呼老瓦压新篘。客来问字烦传语,扣角前冈政饭牛。

偶阅夷坚志见梁郑公有九月梅花诗因复次韵
秋容正待满林雪,春色因何到草堂。地脉顿回消息早,天葩不作等闲香。
丹枫欲老已如许,黄菊同时未敢芳。不等岁寒催鼎实,角声自与月平章。

得 家 信

云冻窗棂香未残,月欹沙渚角声干。相思千里梦初断,又是五更霜正寒。
客路不知花代谢,家书只报竹平安。诗情却与山如旧,但做吾乡一等看。

次韵汪少卿雪晴

夜寒吹角落孤城,吹得诗成天未明。雪沍宾鸿催岁事,霜晴乌鸟作春声。
一床书老客中梦,二顷田微郭外耕。但得年丰歌袴饮,茅斋犹有旧瓷觥。

约刘良叔观苔梅(其三)

自洗铜壶倚碧栏,丁宁莫遣俗人看。春柔转觉沈郎瘦,雨重那知范叔寒。
东阁酒深诗兴浩,南枝月冷角声酸。孤山逋老曾题品,到得吾曹著语难。

赵丞饷酒蟹獐巴

公子无肠秋满壳,山吏无魂饱霜荐。寒浦醉骨糟丘台,鸣髇数肋凌烟阁。
故人斜封三印红,秋江已在吾目中。角声唤起边城梦,雪岸打围芦荻风。

山中(其一)

寂莫空山久掩扉,残书谁与解重围。推恧时作橐驼坐,恍惚化为蝴蝶飞。
春事已归双雪鬓,生涯尽在一荷衣。夜寒扣角悲声壮,但得牛肥道亦肥。

次韵楚客

戍角吹将短鬓华,此情付与酒生涯。两淮无事山如画,九日明朝菊未花。
有客敲门缘问事,无田负郭却思家。雁来不带江南信,带得新愁落晚沙。

扣 角

东家打麦声彭魄,西家缲丝雪能白。中间草屋眠者谁,不农不桑把书册。
书中宇宙三千年,凡几变灭成飞烟。不知读此竟何用,蓬藋挂径荒春田。
东家麦饭香扑扑,西家卖丝籴新谷。先生带经驾黄犊,扣角前坡烟水绿。

次韵十二神体(其二)

鼠穴不能容窭数,牛角自歌深夜雨。虎头肉食飞者谁,兔窟跌居狡何补。
龙籍亦保终当还,蛇杯生疑空自苦。马曹误我盍归田,羊羹祸人宁学圃。
猴拳蕨嫩鲜可烹,鸡毛菜香醉言舞。狗尾时时遣续貂,豕白献惭吾不取。

574

阅视赏射

边角悲鸣霜扑地,将校宁甘泼寒戏。熊旗引队柳营晓,大羽插腰生意气。
虎皮半卷并铁刀,臂韝蜀锦团雕袍。士不敢喘那敢骄,肃听号令惟所操。
撚弦唾手试弓刀,例物角花金碗的。左军右军分两翼,簇簇飞星点红砾。
一麾白羽人肩摩,三军欢踊声鸣鼍。教头喝赐谁最多,铁丝箭者无以过。
大风飞云歌汉歌,安得一箭开关河。汉家君王自神武,边头将臣如卧虎。
觉吾目中无此房,待射金牌大郎主。石崖天齐勒碑颂,那知援笔无燕许。

书楼考甫梅花百咏因徐直孺寄考甫

以诗鸣者累百辈,谁与梅花可相配。只传冰影月香诗,直到如今美无对。
疏篱把住横斜枝,了不肯受春风知。自非冰肠雪洗髓,向渠正尔难为辞。
恨君不识林和靖,雪沍西湖老孤咏。恨我不识楼考甫,角声吹残霜月苦。
儿曹但赏琼瑶句,持与梅花相尔汝。夜深不道琐窗寒,浥尽花香花有语。

次韵酬章教授

江山渺愁予,岁月如羽疾。适烹雨前茶,已擘霜后橘。
夜窗秋气悲,栩栩梦圭荜。荒唐失饭牛,迂阔坐扪虱。
书生夫何愚,因子请具述。端平元二间,旧学赍良弼。
聘贤驿流庚,驭吏鱼去乙。人言万化新,太平适今日。
起与锄耒辞,欲补万分一。宁知事大谬,青衫乃吾桎。
五月谒吏铨,禁营干宥密。六月道南徐,宵掠无宁室。
七月绝涛江,秦渺乱师律。戍楼角声哀,夕烽酣战卒。
兵精昼经天,肉食者遑恤。临风一长叹,归计吾已必。
胡为痴儿事,屡奏齐王瑟。愿言猛士心,化作班侯笔。

次韵范侍郎寄赵校正

呜呼小雅废,边角摇军声。采芹旧青衿,亦须事力征。
朱幰挟武将,白眼轻儒生。区区众浊间,嗟子难为清。
向来意何如,岂惟以文鸣。乃今事大谬,老气犹峥嵘。
论事抉石猊,摛辞吸川鲸。久抱一束书,空山卧月明。
窃忧蠢彼胡,鳞介腥神京。幸存三寸舌,宁守二尺檠。

有愚欲献璞，无意望报琼。云何山阴兴，莫写塞下情。
竹床撼夜析，茅屋荒秋城。回首闾阖门，何啻九万程。
愿言大白低，滁山足春耕。堂皇坐醉翁，开阁延群英。

次韵汪卿

霜洗梅花春满握，夜寒吹老城头角。琐窗砚作离骚香，吐句不教花莫落。
裁量要是修月手，我欲追随惭笔阁。平生万事不挂口，爱诗苦未厌溪壑。
有人肯筑风骚坛，敢不束甲三距跃。当时只料孤凤凰，不与鸡群同抱啄。
拔旗赵壁决此胜，金鼓俄惊自天落。一嗔纵得马辟易，已觉楚歌声四薄。
夜光明月以暗投，心甚爱之颜有怍。公诗端似大国晋，玉帛诸侯赖联络。
倘令吴楚主夏盟，获麟正恐春秋作。歙州虽小水如练，沤鸟亦知文字乐。
此盟定自不可寒，把住梅花更商确。夜窗或许时过从，莫问圣清与贤浊。

戏呈君用

秋崖初无负郭二顷田，向来耕舍寒炊烟。
负薪行歌遭妇骂，往往倒崖底之枯松，煮崖边之飞泉。
龟肠怒吼卖牛具，龙骨倒挂行蜗涎。
乃以农自目，其然岂其然。胥山之穷固亦无一钱，较之于我犹差贤。
白头把笔耕六籍，芸人芸已皆逢年。
可曾腰斧响空谷，但闻种之以弘农陶，耨之以绛人玄。
先生之号则不可，北山久欲移文镌。吾尝观诸朝，左右分两铨。
若使后夔降典夷作乐，各违所长非所便。
我今手招白云与渠语，两易其任盟当坚。
君农我樵万山绿，依旧司存雨露边。
亦不必承明之庐九入，亦不必岁中之官九迁。
共披烟蓑拜新号，疏驳不到松风前。
烂柯扣角醉眠熟，佳话留与山中传。

牛庵睡起

自束生刍起饭牛，隔林扣角更深幽。半分不得诗书力，一饭常存畎亩忧。
老去有肠堪贮酒，生来无骨可封侯。开荒崖下田无几，种秫宁须与妇谋。

方　翥(1111—1175)

冬夜忆谦之

忽忆夫君阻笑言,出门南望欲飞翻。孤诚隔水初浸夜,画角因风自入村。
短句有时随意得,古心近日与谁论。未除习气君应哂,月冷梅香易断魂。

冯伯规(?—?)

游　北　岩

遥指蒙茸云木堆,入门小刹傍岩偎。放怀邱壑兴未尽,隔岸角声招我回。

□后圃成三绝句(其二)

摇落枝头□半空,纷纷群崔喧寒丛。四山□合如封锁,霜角凭晴声更雄。

登云间阁①

昔年严大夫,偶来怨迁谪。我本麋鹿姿,得此已自适。
乘闲陟上方,遍寻唐人石。岂期当三伏,一天云四幕。
快哉风时来,万籁相呼吸。雨余禾麻润,是山皆喜色。
一杯倾晚饮,绿瓜间朱实。是非不到耳,休厌山城寂。
树影抹横烟,角声暗落日。长江去不返,况此百年客。
企首老玉仙,白发何由摘。

冯时行(?—1163)

登西楼二首(其一)

林际虹霓挂晚晴,西楼无事翠烟横。荷花半落水风远,桂子欲飘山月明。
黄卷久忘尘世事,白云犹动故园情。无端最是城头角,频作凄凉塞上声。

傅　察(1090—1126)

清微亭分韵得空字

缥缈千层外,紫纡一径通。飞甍明落日,巨栋挂斜虹。
赏眺资公退,招邀得调同。九天开浩荡,万象入牢笼。

---

① 赵希潘《题云间阁》内容与此诗相同,不再重复收录。

水色连晴碧,云容借晚空。清乘庾公兴,快挹楚王风。
弁侧金罍倒,楼昏画角终。明朝车马客,陡觉厌尘红。

葛立方(？—1164)

九效·君臣

虎啸兮风生,龙举兮云从。弹角兮应角,鼓宫兮应宫。
有熊兮重华,风后兮皋繇。世卓兮眇眇,矩䂓兮可寻。
申椒兮杜蘅,揭车兮留夷。捋芽兮撷条,芳菲菲兮满堂。
梓人兮善工,赤舄兮重昌。

葛 密(？—？)

冬夜宿演教院

槭槭严风夕,烟含蕙炷清。灯和花里艳,雨作雪时声。
旅梦回残角,吟怀绕废城。寂然群动息,吾亦世纷平。

葛起耕(？—？)

次刘野泉韵

自笑生随雁影浮,几经楚尾与吴头。塞楼角送关山月,湘驿砧敲岳麓秋。
岁月森轮如走坂,功名求剑记行舟。即今安得如渑酒,与汝同浇万古愁。

葛绍体(？—？)

惜春二首(其二)

桐角声中春欲归,一番桃李又空枝。杨花好与春将息,莫被东风容易吹。

葛胜仲(1072—1144)

雪中有怀旧游次友人韵

昔泛秦淮一舸飞,角声吹动塞云悲。如今独听寒窗雪,忆杀梅花旧日诗。

次韵德升颐轩诗五首(其二)

辘轳声到读书帷,草解招凉暑气迟。净扫竹轩人不到,戍楼哀角又空吹。

次韵工部兄除夕见寄三首(其二)

霜毛垂领病摧颓,岁晚流年四秩催。一自贬官瞻日远,两经除夕叹星回。

梅吹画角余寒尽,柏欲飞觞暖律来。岁莫日斜还隐几,心同白傅守寒灰。

葛天民(？—？)

梅　　花

寄远含芳别陇头,胡沙漠漠去无休。谁招青冢千年魄,散作黄昏万斛愁。
画角霜清肠屡断,花光墨淡影空留。年年最忆前村夜,一段孤明雪亦羞。

蜀道篇送别府尹吴龙图

长吟李白蜀道难,蜀道之难难于上青天。
长蛇并猛虎,杀人吮血毒气何腥膻。
锦城虽乐不可到,侧身西望泣涕空涟涟。
其辞辛酸语势险,有如曲折顿挫万丈之洪泉。
世人不识宝玉璞,每欲酬价齐刀铅。
求之往古疑未有,惜哉不经孔子之手加镌镌。
公今易节帅蜀国,为公重吟蜀道篇。
旌旗翻空度剑阁,甲光照雪参林颠。
云鳌连推谷声碎,画角慢引斜阳悬。
竹马争迎旧令尹,指公长髯皓素非往年。
蜀道何坦然,和气拂拂回星躔。
长蛇深潜猛虎伏,但爱雄飞呼雌响亮调朱弦。
时乎乐哉,公之往也。九重深拱尧舜圣,庙堂论道丘轲贤。
抚绥斯民赖良守,平平政化公能宣。
来宾兴学有源本,何必早夜开华筵。
尝闻家家卖钗钏,只待看舞青春前。
此风不革久愈薄,稔岁往往成凶年。
噫吁嘻,今我无匹马,安得从公游,尽书政绩表中州。
献之明堂付太史,陛下请损西顾忧。

郭祥正(1035—1113)

无　　客

病久人情厌,经旬客不来。帘因风力卷,门待月华开。

柳上新蝉咽,城头暮角哀。劳生随物化,孰免葬蒿莱。

赠孙郎中

江潮夜涨北风恶,双橹喜逢溪岸泊。桂阳史君贤故人,借问殷勤吏来数。
浮桥倾危暗难渡,静枕不眠听晓角。平明自笑仆乘无,破帽赤髯行蹞踔。
袖持漫刺前起居,屡叹穷愁手频握。婴儿连死瘦妻卧,病骨尚遭逸喙喙。
壮志消尽同寒灰,生事无涯委藜藿。男儿有命何足论,斗酒贳衣评旧学。
爱君新篇溢千楮,突兀寒宵见南岳。龙蛇千丈老松杉,霹雳一声挥电雹。
岂宜偃蹇处郎曹,固合逶迤步台阁。天子聪明继尧舜,庙堂论道皆伊霍。
拔茅连茹收时才,尺寸高卑应不错。君驰亨路鹗横秋,我困污泥龟缩壳。

韩淲(1159—1224)

胡教授留饮

出山闲度过桥风,留我持觞两颊红。座对腊梅花著蕊,南窗斜日角声中。

过新安月夜步浮丘亭分韵赋诗得弄字

平生风月怀,醉语或惊众。休倾袁绍杯,且卧毕卓瓮。
使君良不凡,客子恍如梦。对影将奈何,晓角梅花弄。

二十七日同郑一尹一上高泉夜醉而作

生死本一致,贤愚同一科。高泉寺前水,春风静流波。
曳杖揖残僧,奈此世谛何。栖贤堂外祠,莫待叩角歌。

北窗夜卧纳凉

暮烟和角带疏钟,修竹轩窗一枕风。月淡天高云弄影,纱幮如水半曛中。
夜深便觉凉无暑,庭户惟闻草虫语。参横斗转已三更,露气袭人欲轻举。

寄敖器之

绝代敖夫子,春来定若何。新丰逆旅市,叩角饭牛歌。
汉相延东阁,成周在泰和。汇征调玉烛,小用亦金坡。

月夜间自东楼溪游甚适寄吴推赵将

满船载得高溪月,吹落东楼万里风。岸上未收灯火处,城头初动角声中。
抚怀定自闲相觅,抵掌还知醉亦同。三百年来无此作,谪仙飞过水晶宫。

梅(其五)

繁花高树最宜晴,细雨横枝亦奈阴。色薄半开都有态,香浓初谢转伤情。
水边却恨无多子,山嘴尤怜太瘦生。驿使折来春信早,单于吹罢角声清。

看 梅

小园春早喜梅开,烟敛风回月色来。香细静知宜竹树,影孤清与散莓苔。
幽幽山嘴疏钟韵,耿耿楼头画角哀。自笑年年被花恼,十分情味为衔杯。

寄 昌 甫

章丘死矣章泉老,经月何为不寄诗。世事易教闲里过,古心难以众人知。
莫因开径思来往,只合深居叹别离。矗矗灵山终不变,芜城吹角暮云垂。

戏 赠 成 季

寻常尽月无人问,邂逅今朝有客留。酒到醉深才得味,诗因吟好却生愁。
夕阳倒射乱云合,浅水未干飘叶浮。挥手薰风只如此,角声孤起在城楼。

和江文通拟休上人诗韵

日夕北风起,叩角何悲哉。所思不可见,只有飞雪来。
林声方凄冽,溪光正徘徊。短衣挽莫前,匣镜那忍开。
空对翠屏晚,寒云绕南台。茶灶煴宿火,禅龛拂新埃。
江东忆李白,今古同此怀。

次 韵

不须酒畔狂吟里,梦破寒亭自惊起。一梢孤月带霜华,灵山漫澈冰溪水。
尘劳空度几星霜,画手犹能眼界香。午夜城头吹画角,绿毛幺凤堕其旁。
不怕花前不我知,只愁花后少人思。如今纸上闲言语,未抵依稀落墨时。

韩 驹(1080—1135)

次韵钱逊叔侍郎见简(其二)

排闷径须沽酒饮,贮愁端为作诗慵。连声倦听城头角,落点惊飞塞上烽。
闻道久闲金騕褭,有时高卧绣芙蓉。年来自说无尤物,已结维摩按两重。

韩 琦(1008—1075)

观 稼 回

雨过观田出近坰,敝庐还喜及柴荆。云平多稼彻天尽,黛拂远山随马行。
寂寞秋风催晚角,徘徊先陇奈重城。乡人莫羡前驱弩,吾意何如负郭耕。

拜 西 坟

楼角声喧促晓更,致虔茔域出西坰。春山带雨和云重,麦陇如梳破雪青。
乡树溟蒙天水墨,村农淳野古畦丁。阴迷俄景催归驭,暂向东风俗眼醒。

闻 角

古堞连云暝霭收,呜呜清调起边楼。雍琴垂泪虚情恨,羌笛残梅未胜愁。
数曲伴风吹戍垒,几番侵梦入宾邮。听来便觉春心破,素发生多不待秋。

韩 维(1017—1098)

润 州

雄风摇碧绿,画角吊黄昏。一带分江记,双峰点海门。

江亭晚眺①

日下崦嵫外,秋生泒砀间。清江无限好,白马不胜闲。
雨过云收族,天空月上弯。归鞍侵调角,回首六朝山。

韩元吉(1118—?)

归 耕 堂

退之手板愧丞相,渊明束带羞督邮。纷纷雀鼠待一饱,岂若植杖耘西畴。
刘郎大耳最叵信,刚道田园不可求。摩挲髀肉事鞍马,坚卧百尺营高楼。
安知南阳扶耒手,谈笑为君分九州。我来龟溪二三载,此策未办诚淹留。
喜君负郭有馀地,百金卖剑归换牛。树头布谷晓相应,筑室坐占林塘幽。
诗成使我佳兴动,叩角便作商声讴。他年釜甑得长满,区区肯顾监河侯。

---

① 王安石《江亭晚眺》内容与此诗大致相同,仅个别字词有异,不再重复收录。

何麟瑞(？—？)

画角辞

莫吹角，吹得梅花片片落。朝吹暮吹吹不了，盘古不知坐成老。
　　童男童女求蓬山，何如此器束之高阁间。
　　金盘擎露仙人掌，何如敕断此声勿用响。
不知今日复明日，两鬓常常黑如漆。莫吹角，天寒岁晚情更恶。

贺　铸(1052—1125)

中秋日怀寄潘邠老赋

西戍角声清且哀，东城鼓动殷然雷。雨阑伏槛月可待，风横舣舟君不来。
得酒未容欢独伯，把书端与睡为媒。雪堂敛谷急还舍，更约头陀黄菊开。

怀寄周元翁十首(其一)

　　周郎假沔官，我偶来沔居。得闲定相过，谈笑沈疴袪。
　　俄闻戍楼角，晓引吹咿呜。自君居溢城，恍恍一梦余。
　　复求若辈人，陶灶搜璠玙。诚为天下士，岂特江汉无。

题汉阳招真亭

大别山颠清沔尾，飞亭岩峣带云起。清狂使君初燕喜，拍手招呼黄鹤子。
玄津炼出太阳酥，手葺胎发蒙头颅。每夸久落北酆籍，岂意赍恨归黄垆。
越客登临兴何有，愁不能言病妨酒。残阳云梦窅然深，尚欲开襟吞八九。
羽驾飘飘安在哉，使君余迹已尘埃。但见庾令楼横烟树杪，角声催月渡江来。

晚出江城闻角

古壕沮洳荷叶枯，罾铄秃鹜行且渔。山衔日脚水关掩，孤楼引角吹单于。
胡马嘶风兴非浅，壮图旧迹随尘卷。秋尽湖边雁不来，流落方悲去人远。
十月之交五夜长，河横斗直天苍凉。苏门故里斗杓下，岂无伯仲勤相望。
君不见剡蓬为矢弧弦桑，男儿落地志四方。
履履无根著家巷，道梁适楚犹吾乡。
鸱鸮不逾济，橘渡淮为枳。吾心况物未应然，随牒官身聊尔耳。

洪　适(1117—1184)

次韵保州闻角(其一)
觉来屈指数修程,历遍中原长短亭。谁向城头晓鸣角,胡音嘈囋不须听。

洪咨夔(1176—1236)

答家朝南(其二)
角声凄惋笛声干,独立黄昏不奈寒。未省半山梅在否,东风归路忆长干。

梦中和人梅诗山矾韵(其一)
溪路槎牙木叶干,角声吹动五更寒。疏疏梅蕊疏疏雪,一段生绡不用矾。

胡　宏(1105—1161)

梅花呈孙奇父诸公
万里春回过短墙,孤标亦似殿年芳。萧疏月下天然瘦,澹宕风前自在香。
寒色重时花正发,暖烟才禁实先尝。越人不向梁台路,画角一声堪断肠。

胡　宿(995—1067)

送太守晏大夫
画角城头向晚悲,邓侯归斾已临歧。西郊祖帐倾簪绂,南国离声动管丝。
千里去思歌邵父,三年遗爱泣吴儿。甘棠寂寞江边路,正是清阴蔽芾时。

和 人 山 居
翠柏荫山庄,岩扃四序凉。歌攀牛角远,啸引凤音长。
夕膳烹葵熟,春杯切桂香。列侯生计在,千户橘含霜。

登 润 州 城
城壁起山根,楼梯易黯魂。雄风摇碧浸,画角吊黄昏。
一带分江纪,双峰点海门。东方瞻宰树,秋色暝前村。

宛 陵 秋 晚
谁道江南好物华,江南今日抵天涯。秋风只解吹桐叶,暮雨还来打菊花。
寒水答砧偏响亮,迥楼飘角更呕哑。举头试作长安望,惆怅青山绕郭斜。

寄题雄州宴射亭

北压三关气象雄,主人仍是紫髯翁。樽前乐按摩诃曲,塞外威生广莫风。
龙向城头吟画角,雁从天末避雕弓。休论万里封侯事,静胜今为第一功。

寄龙图李谏议

虎符兼绾铁林兵,安辑南方十二城。昏晓星文通翼轸,阴晴云气接巫衡。
江飘画角蛟龙思,风猎旄干鸟隼鸣。谁伴使君红烛宴,漆堂深夜促银筝。

边 思

劲气初折胶,奔书闻插羽。寒金刁斗鸣,夕火兜零举。
霜威画角雄,月思清笳苦。骠骑出麃兵,轻车前确虏。
一鼓系名王,三捷献英主。天山挂雕弓,玉塞休强弩。
龙额近封侯,华堂盛歌舞。

胡 寅(1098—1156)

思归八绝(其八)

画角声中欸乃歌,野人应未许云和。扣船我欲赓余唱,更沐西风雨一蓑。

和唐寿隆上元五首(其五)①

几年踪迹远中台,梦想传柑宴罕开。懒拥牙旗穿市去,纵看玉李堕天来。
从教独照青藜炬,莫使轻吹画角梅。也有江风浮彩纆,坐令形势卷东莱。

华 岳(?—1221)

枕 上 吟

画角梅花吸晓寒,数声清彻碧云端。谁知有客愁无寐,一掬乡心不奈酸。

矮斋杂咏月·夜吟

一声残角送黄昏,独倚阑干空断魂。竹影扫阶尘不动,自挨明月闭柴门。

华 镇(1051—?)

历阳试院闻角

英雄颠沛亦风流,长啸寒生画角愁。今日江城朝暮引,空教鸥鹭起沙头。

---

① 家铉翁《和唐寿隆上元三首(其三)》内容与此诗相同,不再重复收录。

咏古十六首(其一六)

兰芷生幽薄,浥露搴华姿。芙蓉隔秋江,扁舟满江湄。
丈夫抱材用,但愿君王知。宁生击牛角,载歌南山词。
词终脱裋褐,缨佩暮萎蕤。人事非有定,斯言或难持。
翩翩李将军,鸣弦压由基。余威震戎虏,谈笑静边陲。
桃李曾无言,嘉声满黄扉。心知堪万户,乃谓生匪时。
烽火照甘泉,未能包虎皮。目视汉飞将,弃弃轻如遗。
颇牧已黄土,忉忉勤缅思。如何中林士,坐视青云期。

黄　裳(1043—1129)

和人闻角(其一)

胡笳羌笛此声同,一曲梅花万感浓。吹转满城蝴蝶梦,利名心动五更钟。

和人闻角(其二)

一声寒角四更终,吹下云间细细风。孤馆几多人展转,半窗明月与谁同。

黄大受(？—？)

梅

自见梅开后,相看不暂离。只因愁落去,不忍看繁时。
佳实羹堪味,遗音角可期。牡丹专富贵,春尽却空枝。

黄　庚(？—？)

和李蓝溪梅花韵(其一)

孤山别后有谁怜,踏雪看花又一年。几度相思空夜月,角声吹恨不成眠。

题李蓝溪梅花吟卷

孤芳不与众芳同,肯媚东君事冶容。寒苦一生苏武雪,清高千古伯夷风。
琼瑶照树偏宜晚,铁石盘根却耐冬。几度看花立霜晓,断肠都在角声中。

月夜登楼

玉宇澄清暮霭收,吟边怕倚仲宣楼。寒蟾千里夜如昼,新雁一声天欲秋。
湖海谁青豪杰眼,风霜易白少年头。更残忽听荒城角,吹老梅花总是愁。

闻　角

谯角咿呜到枕边,边情似向曲中传。梅花三弄月将晚,榆塞一声霜满天。
织锦佳人应有恨,枕戈老将想无眠。争如二月春风市,卖酒楼头听管弦。

寄月山少监

一片襟怀海样宽,眉头肯为别离攒。臂鹰惯识从君乐,汗马宁辞行路难。
角带边声关月冷,雁传乡信塞云寒。归来未许东山卧,见说苍生望谢安。

闻　角

谁送寒声入梦中,遥知人在戍楼东。明朝梅岭花飞雪,未必都因昨夜风。

黄公度(1109—1156)

陪孙使君宴归路口占呈应求宋永二兄

五马风流在,升平笑乐空。时难寸心异,岁晚一樽同。
画角寒云外,篮舆暮雨中。归来狎儿女,残烛耿纱笼。

奉别王宰先之

画角城头绕怨音,秋风握手别杯深。三年故国相从地,万里青云欲别心。
醉罢林霜催菊老,梦回江月转棠阴。预愁晓色离亭外,衰草撩人思不禁。

黄崎翁(？—？)

句(其二)

身闲不入红尘市,梦好频惊画角声。

黄景昌(1261—1336)

春日田园杂兴

野色摇春麦正肥,烟村闲寂往还稀。未多桑叶蚕初浴,更小茅茨燕亦飞。
行市绿蛆花泼眼,卧依黄犊草侵衣。数声桐角归来晚,杨柳移阴月半扉。

黄　庶(1019—1058)

次韵和真长四季牧童(其三)

角穿黄穗手横笛,不省人间有鬓华。落日西风归去路,枯桑黄叶两三家。

赋闻角

角本金鼓俦,独主昏晓色。日收云气黄,月斜霜露白。
征夫朝夕闻,泪落甲铠黑。时平腐橐鞬,白首眼不识。
严城重启闭,不废角人职。老农鼓腹听,安识天子德。

黄庭坚(1045—1105)

和外舅夙兴三首(其二)

风烈僧鱼响,霜严郡角悲。短童疲洒扫,落叶故纷披。
水冻食鲑少,瓮寒浮蚁迟。朝阳乌鸟乐,安稳托禅枝。

孔平仲(1044—1102)

寄王达夫高密令

高城已吹角,月暗星河落。与子语不休,青灯同寂寞。
平明车马去匆匆,一饭相邀不得同。交情世契两皆厚,东望白云千万重。

冬夜

冬夜一何永,幽房寂无侣。青灯弄微风,败叶鸣疏雨。
凄凉角声动,悲散穿云去。展转卧书帷,羁愁欲谁语。

夏日甘寝

回风动木叶,细雨湿蛛丝。心下无闲事,人间有此时。
微凉纱半卷,幽梦角徐吹。此兴惟吾解,儿曹莫使知。

冬夕即席作

烛滴胡桃泪,香蟠春蚓灰。酒花随暖聚,酥蕊带寒开。
自有清歌送,惟闻画角催。隔帘疑晓色,雪压数枝梅。

冬晓

城上犹吹角,官厅已罢更。粗疏知我性,懒惰亦人情。
入被严霜冷,横窗半月明。翻身更甘寝,鸡唱第三声。

戏为难韵同官和之

稚柳将成线,残梅尚有柎。破春寒料峭,送晚角喑呜。

地僻闲宾榻,泥深隔酒垆。此时愁寂寞,幽闷寄操觚。

寄常父二首(其二)

不得家书又几朝,思亲梦断不堪招。欲归每恨川途远,久客空惊岁月消。
雪意尚浓云黯淡,角声吹绝晚萧条。相看惟有兄相近,回首时能慰寂寥。

郡　　集

旋彻银杯泛海螺,故人相遇乐如何。东西合作双双舞,工拙分为一一歌。
吹角共惊冬昼短,添炉更觉晚寒多。不须苦炼登州语,大抵东音唯与阿。

寇　准(962—1023)

句(其二)

苍芷溪烟晻霭山,翛然城角起天端。

塞　　上

春风千里动,榆塞雪方休。晚角数声起,交河冰未流。
征人临迥碛,归雁别沧洲。我欲思投笔,期封定远侯。

黎廷瑞(1250—1308)

新城宴集夜归

猎猎天风吹酒醒,茅茨篱落尚灯明。梅花屋背无人见,残角疏钟雪一城。

探　　梅

山中岁晚甘恬澹,花史时时闻校勘。天街未省薇药贵,尘世颇嫌桃李滥。
南枝相见眼独明,东风久要交非暂。长意孤山访突兀,径度平湖浮碧绀。
暗香疏影夜蒙蒙,半树横枝春淡淡。琥珀浓倾酒拍船,珠玑乱唾诗成担。
画角吹寒凄别语,青衣天晚生孤憾。

李　复(1052—?)

观山郊阅武(其二)

榆落山连垒,川平水带城。张兵图野旷,吹角怨秋清。
移帐高云动,开镡碧海惊。归风回胜气,西北扫欃枪。

依韵和秦倅陈无逸观梅

渭水冰消意始回,肌肤玉雪本仙材。江南气暖常先见,陇坻山寒不易开。
二月莫伤春色晚,一枝岂待岭边来。风光切莫轻流转,未放悲云画角哀。

李 纲(1083—1140)

题 弄 水 亭

萧条秋浦景如秋,谁信猿声使客愁。烟树森森连远峤,水田漠漠集飞鸥。
高楼吹角增离恨,古驿停骖忆旧游。亦欲题诗江祖石,谪仙遗迹最风流。

泊晋康横翠亭爱其山水秀丽斐然有作二首(其二)

环抱大江流,层峦翠霭浮。神明扶王气,文物冠南州。
来值炎蒸日,去翻风雨秋。登高望不极,暮角起城楼。

再 赋 一 首

十年不踏江南村,想象梅花劳梦魂。岂惟捧心笑西子,只恐举步迷东昏。
繁英恍讶群玉府,堕蕊悄愁金谷园。冰肌自饮晨露白,粉质不浴骊汤温。
我行闽岭喜入眼,皓彩照耀咸池暾。烟凝云惨更愁绝,积雪欲堆袁安门。
天香国艳世无匹,何用苦死教能言。吹残楼角真可惜,莫厌秉烛临芳樽。

李 龏(1194—?)

倚 楼

客意入灯篝,无诗过一秋。角声吹雨断,人在截云楼。

梅花集句(其三三)

自是春愁正断魂,半缘修道半缘君。
孤城吹角猿相应,遥结芳心向碧云。

梅花集句(其六三)

西曹深处见春来,半欲离披半欲开。个里愁人肠自断,暮楼寒角更相催。

梅花集句(其九三)

小雪疏烟杂瑞光,月窗花院梦悠扬。落星楼上吹残角,不是愁人也断肠。

梅花集句(其一八七)

风起塞云断,飞花入户香。孤城吹角罢,一镜有愁霜。

梅花集句(其二一一)

鸟喧金谷树,惟此出尘埃。古戍鸣寒角,池塘暗不开。

松 边 晚 思

小立听松声,身如海际行。认巢飞鸟尽,脱雨素蟾生。
角动州城远,灯深古巷明。一春和病过,犹未得心清。

秋晓闻鹤唳

角断钟残月尚明,谁家霜鹤唳蘋汀。空檐竹上滴寒露,野水城边沉晓星。
清带离情穿碧户,远将秋思入苍冥。往年礼谒茅司命,曾记升元顶上听。

李　觏(1009—1059)

晓　　角

肠断城头画角声,灯青月黑酒微醒。浓香梦里谁曾管,只有离人夜夜听。

晚　闻　角

倾耳斜阳里,无聊拭泪频。平生惯闻处,今日自愁人。
夜近歇不久,风来听得真。胡笳更何物,只此已伤神。

李　光(1078—1159)

元发惠鸣鸡(其一)

尘榻昏昏睡未醒,床头膊胚老鸡声。年来学道多晨起,免听城头画角清。

记 梦 一 首

梦魂忽到姜山寺,竹径松门夜不关。堂上千灯还闪闪,池中一水自潺潺。
十年迥悟空心法,万里归寻葬骨山。欹枕觉来城角动,床头残月尚弯环。

李　洪(1129—1183)

次韵德孚咏梅

徙倚名园锁绿苔,亭亭冰艳为谁开。乍疑奔月常娥去,忽见寻梅僧孺来。

浅笑故应窥水镜,片飞看复落深杯。王孙家有雪儿唱,莫待霜天晓角催。

李　兼(?—?)

回次采石

千帆东下势连樯,控带河山自一方。塞角凄风营戍远,野花湿雨墓田荒。
落霞孤鹜江干阔,去马来牛岁月长。老我声名无一遂,征衫蓝缕鬓苍苍。

李九龄(?—?)

夜与张舒话别

愁听南楼角又吹,晓鸡啼后更分离。如何销得凄凉思,更劝灯前酒一卮。

李流谦(1123—1176)

客中二绝(其二)

角声定自与谁语,月色不应无为明。已作杨花著泥久,无多心事惹愁生。

游水东院(其一)

暝角传风远,昏帆到浦迟。草犹矜晚翠,麦正及春饥。
客雁无留意,残云有去思。浊醪不禁醉,聊借晚风吹。

泊采石二首(其一)

何时便有此山川,真宰悬知恐偶然。唳鹤惊风前日事,落洑斜照晚来天。
毁犀无用撩幽怪,洗盏先应酹谪仙。暝角吹残吾欲老,五陵佳气隔疏烟。

李弥逊(1089—1153)

次韵贲远归田(其一)

归去田园好,春随人意和。竹根晴日卧,牛角晚风歌。
漂梗空三径,虚舟信一波。故人怜寂寞,千里问如何。

秋月回文

霜盘玉隐倒团金,迥水秋天碧夜侵。光掩半扉寒夜永,影分疏竹翠轩深。
长空远岫归云卷,古木高风浥露沉。凉袂客愁应梦楚,长城晓角夜悲吟。

暇日约诸友生饭于石泉以讲居贫之策枢密富丈欣然肯顾宾至者七人次方德顺和贫士韵人赋一章（其三）

宁生但叩角，马卿亦能琴。托物写孤愤，举世谁知音。
敲门唤良友，舍木森十寻。茶瓯荐甘荠，索酒那得斟。
非无膏粱子，此药圣所钦。谁知半刺史，而有尊尧心。

李　彭（？—？）

过蕲州故居

系马金沙树，衡茅俨暝途。沾襟问邻老，携手忆於菟。
意逐前云远，情随归路迂。霜风吹晓角，梦听小单于。

南至日离同安舟中寄阿弓

去年阑冬亦戒涂，北风吹雪邡城隅。八字山头驾高浪，曙角更听吹单于。
今年南至又行役，萧寺佛香僧饮俱。身在潇湘黄蒳舫，眼看惠崇归雁图。
缅怀吾家之季子，细酌明窗愁欲无。诗肠定遭酒媒蘖，语作晓霜催槁梧。
漫将长句代作草，河冻难求双鲤鱼。归期不落蜡宾后，行李困来频寄书。

余与刘壮舆先大父屯田父秘丞为契家壮舆又与予厚不数年皆下世今过其故居

刘郎平昔居，门巷草芊芊。念我眼中人，骨惊泪潺湲。
中允实高蹈，倦游自丁年。问舍得匡庐，卜宅如涧瀍。
悬车著屋山，骑牛弄寒泉。秘书极精锐，笔下走百川。
口戈击奸佞，直声寰宇喧。诸郎排候雁，一一落云天。
独余漫郎叟，高名星斗联。辟书日夜催，援毫录群仙。
几负衮明责，挂冠遂言旋。中河忽坠月，半岳遽摧巅。
孤嫠俱幽愤，一仆无复痊。传家惟蔡琰，择婿得鲍宣。
驱车官殊方，衡宇颓荒阡。坏壁蜗篆满，小窗蛛网悬。
翠霭远山暝，苍苔修竹连。往时所憩树，相与听鸣蝉。
忽逢持斧翁，葆鬓青行缠。采薪收斜日，伐竹破疏烟。
沉痛迫中肠，裴回不能前。高明鬼得瞰，岂弟神所捐。

微吟复凄断,暮角西风传。

李 石(1108—1181)

同王夔州探梅

莫因红紫媚楼台,洁白光中处处栽。香骨未应春雪妒,素心偏向暖风开。
清樽妙赏今谁健,晓角年光不用催。别后西归玉堂约,诗筒只有月边来。

次牟朝佐见赠韵

郡斋冷秋菰,饭客比僧供。如何齑盐厨,便谓酒肉梦。
此间百战场,肥瘠较轻重。霜花气未暖,冰澌砚含冻。
窗梅眩书灯,厌听晓角弄。乡心竞节物,椒盘已可颂。
一堂元祐师,翠竹忍留凤。取材有成约,浮海谁与从。
翻然著鞭先,逸足未易鞚。他日仇池书,为记小有洞。

同韩子东赏牡丹

呜呜晓角春风送,日日官身随鸟动。但知敲榜负佳辰,纵有芳菲难入梦。
起寻北郭新雨后,愁见西山含雪冻。茅茨虽暖岂宜花,笑我此行真凿空。
向来洛下定真谱,只许姚花充物贡。只今老病陪少年,驽骑何能追骏鞚。
便将花祴问天女,欲返田园寻二仲。此花含笑我不言,且插一枝风帽重。

李 维(961—1031)

句(其五)

秋声和暮角,膏雨逐行轩。

李 新(1062—?)

古 塞

曾经古塞间,万里控长关。卧日边鼙旧,嘶风战马闲。
戍楼喧暮角,羌笛怨空山。应贺升平久,车书混八蛮。

登城望江边

山外浮云云外城,江边羌角水中声。九分雪发功名晚,一寸冰衔去就轻。
山与绣屏天刻画,兽编土宇地欹倾。早扶藜杖关头去,要向中州看太平。

594

铁山祠成二首(其一)
千岭分岗一岭西,一峰骧首万峰低。仰看木杪楼台小,犹听云端甲马嘶。
暮角回风吹落叶,晓暾笼树转寒霓。要知血食无穷处,阴壑藏雷水绕溪。

龙兴客旅效子美寓居同谷七歌(其五)
萧萧角声叠叠鼓,招提旷荡无环堵。编蓬悬席不遮拦,西面透风东面雨。
官归庇身无一瓦,反更罹此百忧苦。呜呼五歌兮歌思多,不曰有命其如何。

李曾伯(1198—1268)

又和答云岩(其一)
翠箔香销晓梦回,惊残楼角动寒梅。夜来颇觉风霜薄,问讯南枝开未开。

月峡城楼偶作
云幂前溪洞,烟荒隔岸城。秋旗杂山色,晓角带江声。
驻骑须边静,维舟待峡平。掀髯聊徙倚,一雁楚天横。

李昭玘(?—1126)

南 峰 闲 步
足健会真赏,眼明逃世纷。风烟入诗画,杖屦逐僧云。
水阔天疑尽,峰寒日易曛。羁人正愁思,城角不堪闻。

李正民(1073—1151)

和舒伯源梅花韵(其二)
群芳谁与斗时宜,淡拂铅华不著肌。爱静悄无蜂蝶影,耐寒孤映雪霜时。
珑璁喜见银蟾满,零落愁听画角吹。几许妍词传不尽,只夸半树与横枝。

李之仪(1048—1127)

壬辰春试终场王德循置酒登月阁邀丁希韩甚欢夜分方罢
宝炷芬敷散瑞烟,月移花影上栏杆。角声又报梅花弄,只恐归时夜更寒。

罢官后稍谢宾客十绝(其二)
独展离骚吊逐臣,尚存残角报重闉。时节自新人易老,未应闲处似他人。

路西田舍示虞孙小诗二十四首（其一九）

荷钱贴水蚕如蚁，稻似针芒甚未丹。牛角叩残歌转急，请看平地有波澜。

李　廌（1059—1109）

闻　角　叹

晚角吟，声正悲。嗟尔行道迟迟兮中心有违，女心忧伤之人未归。
临岐满揾泪，轻埃变污泥，壮夫安尔为。日月挂两臆，厉声长嗟咨。
噫吁嚱！季世无良臣，御戎无上策。辅桀盗货财，稽功数俘馘。
安知阋国步，且要高官职。勇如汉将军，诡道作无益。
角本胡地乐，相闻地辽邈。汉家岂无大吕与黄钟，岂无鼛鼓与钲镯。
且欲震军声，安用胡地角。胡不严，秋关弓。
莫使胡人来，莫使琵琶之声过河朔。

梁　栋（1243—1305）

登镇海楼闻角声赋

听彻哀吟独倚楼，碧天无际思悠悠。谁知尽是中原恨，吹到东南第一州。

林　逋（968—1028）

梅花（其一）

吟怀长恨负芳时，为见梅花辄入诗。雪后园林才半树，水边篱落忽横枝。
人怜红艳多应俗，天与清香似有私。堪笑胡雏亦风味，解将声调角中吹。

林景熙（1242—1310）

寄　林　编　修

大雅凋零尚此翁，醉乡一笑寄无功。衣冠洛社浮云散，弓剑桥山落照空。
东鲁有书藏古壁，西湖无树挽春风。巾车莫过青华北，城角吹愁送暮鸿。

用韵寄陈振先同舍

心事凄凉寄雁声，石田苔满未妨耕。西风戍角催年换，残夜江楼见日生。
煮茗敲冰贫有味，看花隔雾老无情。湖山犹忆笙歌底，笑领春香绿满觥。

桐　　角

田家无律吕,声寄始华桐。碧卷春风老,清吹野水空。
客心寒食后,牛背夕阳中。不惹梅花恨,年年送落红。

立春郊行次唐玉潜

道人清事饭溪蔬,无酒闲愁已破除。五夜雪声梅角底,一春烟景竹筇初。
园林芳信醒愁蝶,田野丰年入梦鱼。冰下流泉清老耳,东风先已到郊居。

秋日言怀次韵

禹穴风烟老尚游,青门回首忆瓜畴。海槎片影星河曙,城角一声天地秋。
临水忽惊余鬓落,看云还悟此生浮。杖藜拟访神仙宅,中有长眉不挂愁。

林　宪(?—?)

兜率寺作(其二)

月色到江上,角声过山来。山城半绿树,佳处仍楼台。
古屋翠微顶,疏檐宜晚开。隐几月入座,山长潮信回。

林　泳(?—?)

扬州杂诗(其二)

角声吹月上城头,薄酒千杯不疗愁。要觅当年杜书记,栀灯数朵竹西楼。

刘　攽(1023—1089)

晨　　起

断角续鸣钟,惜时春已空。晓星犹伴月,早雨不禁风。
眠食须颐老,衣冠强自公。庭阴全绿色,无复见残红。

刘才邵(1086—1157)

次韵送卢汝舟

秋鸿社燕若为情,歧路东西亦可惊。入夜朔风摇画角,满空星斗罩高城。
吴江浪阔兼天涌,楚塞山长尽日横。记取别筵看剑处,怕听庭树晓鸡声。

刘 敞(1019—1068)

延州沈待制挽词

诗书谋国体,谈笑却边尘。已矣今成昔,归来悲故人。
余忠焚谏草,遗恨画麒麟。禁角闻鼙鼓,能无忆虎臣。

送范贯之

范叔贫如此,谁当与敝袍。哀歌困牛角,异味笑乡豪。
相得空长铗,徒归欲二毛。多惭访夷节,无以慰滔滔。

四望楼二首(其二)

展步乘幽兴,登临当远游。凉轩不用扇,高树自知秋。
月出潮声涌,云生岳色浮。旅怀虽易失,无奈角声愁。

暮 角

落日孤城闭,高风暮角愁。边声乱归马,物色向新秋。
尚有单于怨,仍传出塞忧。时平翻感激,不语看层楼。

刘辰翁(1232—1297)

春景·新年贺太平(其一)

乱向残年定,东风息战尘。太平如可待,相见贺从新。
自笑屠苏我,谁吹画角秦。几人天宝旧,重赏后元春。
卖钏犹堪醉,簪花不恨贫。渊明今甲子,犹是晋时人。

秋景·远客坐长夜

身是秋风客,游梁更赋梁。此时家在远,独坐夜偏长。
岁月黑貂晚,江湖白雁霜。乌皮人兀兀,蟾影海茫茫。
扣角余三叹,闻鸡悄四荒。炉烟秋伏枕,谁念待班行。

刘 过(1154—1206)

上刘和州(其一)

戟外梅花角有声,使君心与月华明。郡当采石今冲要,船在乌江罢战争。
酒贱人家歌袴饮,地宽客子带刀耕。太平官府无公事,见说香凝燕寝兵。

刘　榘(？—？)

羊　角　由

羊角仙人在何许,江南杳霭苍烟暮。空余拳石在人间,至今指作神仙处。
当年馆宇幻玲珑,只今阻绝那能逢。市上无非神仙辈,人心自隔蓬莱宫。
我来访古思绵邈,月满谯楼夜吹角。神仙咫尺不可知,帝乡汗漫何可期。

刘克庄(1187—1269)

牢　落

牢落吾何恨,先贤未免穷。宁为田舍子,不作国师公。
萤影穿窗隙,蛩声出壁中。残书殊有味,读到角吹终。

和季弟韵二十首(其一五)

小隐山林大隐廛,市尘吹不到书边。知他孟喜传谁易,仅一侯芭受我玄。
古有饭牛仍扣角,世无骑鹤又腰钱。溪光门外清如镜,莫遣胡公浣菊泉。

又三首(其二)

莫惜倾囊更典衣,繁华尤诧送神时。不惟宝髻修容出,亦有银钗跣足嬉。
但见春城催画角,何曾夜市拥牙旗。遨头清俭君毋怪,畴昔书囊在殿帷。

又和八首(其五)

参透黄陈向上关,肯将风月乞杨蟠。君才不忝图书府,吾老安能笔砚间。
有鄙拙歌叩牛角,无清平调动龙颜。暮年多被蒲轮赚,岂独申公罢遣还。

刘　淑(？—？)

题虎丘次蒲章二公韵

衮席频虚未赐环,游心暂寄水云间。霓旌初下姑苏苑,蜡屐先寻虎踞山。
高兴不辞溪路险,幽情更羡野僧闲。留连景物慵回首,画舫寒侵暮角还。

刘　弇(1048—1102)

海山楼晚望

登高怀远思依依,目断沧洲旧钓矶。城上两三声画角,天涯千万里斜晖。
烟抽绿草随洲转,风递轻烟贴水飞。到此自然堪下泪,不须啼鸟劝如归。

刘 筠(971—1031)

句(其三)

角迥含秋气,桥长断洛尘。

句(其二一)①

鹤伴鸣琴公事晚,乌惊调角戍城秋。

刘 挚(1030—1097)

次韵圣和秋夜对月

绿桂西风老,金波玉气明。清霜酣夜色,群籁息秋声。
毛骨无遗照,关河共远情。十年吟塞曲,画角厌悲鸣。

岸次见梅花不果折

武昌江口见江梅,紫萼瑶芳取次开。穷腊雪寒新霁后,满枝春色为谁来。
坐嗟陇首无人寄,莫使城楼有角哀。犹喜东风慰岑寂,暗香时许度蒿莱。

城 北

寒门秋色阵云飞,雉堞烟青画角悲。河坼波涛含赵魏,星分毕昴半华夷。
太原狨犹当征日,瀚海单于欲战时。六十万兵闲饱死,谁怜山后八州儿。

刘 著(?—?)

再和彦高

否泰由来在岁星,谁听叩角作商声。一朝汉魏成今古,百口燕秦隔死生。
雉堞仅能逃病妇,雁书犹记作团兄。雪云埋尽辽西路,有酒如淮奈此情。

刘子寰(?—?)

杜 若

钦州五月土如炊,满山杜若芳菲菲。素英绿叶纷可喜,劲烈不避炎歊威。
采之盈掬荐蔬食,臧获失笑庖人讥。

---

① 钱惟演《句(其三三)》内容与此诗相同,不再重复收录。

君不见屈平夕餐赋秋菊,魂兮无南盍来归。
又不见坡公服食得枲耳,扣角自叹从前非。
伊予假禄二千石,穷比二子犹庶几。
餐花嚼蕊有真乐,一饱何必谋甘肥。尚余升合渍生蜜,从他薏苡生珠玑。

刘子翚(1101—1147)

次韵张守梅诗

破雪梅初动,南枝更北枝。傍墙应折尽,背日较开迟。
晓角惊残梦,春愁占两眉。狂风将落蕊,故入画楼吹。

送惠州史君范智闻

喜听清谈满座倾,不堪行色动双旌。长亭把酒分携易,暮角催人太瘦生。
地远守臣知妙选,时危壮士耻南征。罗浮说与潮阳近,盍拟离骚吊二英。

试　弓

结束拟从戎,秋堂试宝弓。角寒开拒手,弦劲响流空。
巧习穿杨技,神夸饮羽功。挽强吾有待,狐兔莫争雄。

北　风

雁起平沙晚角哀,北风回首恨难裁。淮山已隔胡尘断,汴水犹穿故苑来。
紫色蛙声真偃强,翠华龙衮暂徘徊。庙堂此日无遗策,可是忧时独草莱。

次韵蔡学士梅诗

梅梢破白香清切,清雨含春不成雪。瑶池仿佛万妃游,缟裙练帨何鲜洁。
凌晨灿烂忽惊眼,客中又过嘉平月。年年见梅非昔地,海角寻芳更愁绝。
多情欲伴晓云飞,有恨只教啼鸟说。兵厨况是酒如渑,东阁喜听谈吐屑。
飘零使我欢意尽,山诚暮角声呜咽。庭边一树春最晚,照影遥怜水方折。
暂忙不到今几时,南北枝头开又歇。新辞婉媚发春妍,未害广平心似铁。

柳拱辰(？—？)

暮春游火星岩同尹瞻联句

千里熙醇政,灵岩喜访寻。登临云拥座,穿径笋成林。

乐逐天风远,尘随宿雾沈。绮罗红作队,冠盖绿交阴。
下顾关河小,寒知洞壑深。松枯存旧节,花老见初心。
旌棨岚光润,樽罍野气侵。朋游敦雅契,吏隐共知音。
□愧翁归拙,难攀子厚吟。城楼传晚角,绮陌骑骎骎。

楼　钥(1137—1213)

晚自拟滁亭转烟雨楼听角

两寺疏钟夹岸闻,荒烟无数乱前村。山衔落日云生彩,溪溜孤舟水不痕。
虫羽凄凄鸣绿暗,星晖隐隐照黄昏。欲归重到层楼上,更为梅花一断魂。

烟雨楼夜坐

暮霭横空黯未收,晚来凉动满怀秋。澹云影里千山月,残角声中百尺楼。
参坐共为文字饮,高谈不见古今愁。夜阑半醉意方适,径欲乘风汗漫游。

陆　游(1125—1210)

癸丑七月二十七夜梦游华岳庙二首(其一)

驿树秋风急,关城暮角悲。平生忠愤意,来拜华山祠。

冬夜闻角声二首(其一)

袅袅清笳入雪云,白头老守卧中军。自怜到死怀遗恨,不向居延塞外闻。

冬夜闻角声二首(其二)

忆在梁州夜雪深,落梅声里玉关心。山城老去功名忤,卧对寒灯泪满襟。

再赋荔枝楼

只道文书拨不开,未妨高处独徘徊。山横瓦屋披云出,水自羊牱裂地来。
暝入帘阴吹细雨,凉生楼角转轻雷。痴顽也拟忘乡国,不奈城头暮角哀。

醉中作四首(其四)

画角三终夜未阑,醉凭飞阁喜天宽。月明满地江风急,吹落幽人紫绮冠。

建安遣兴六首(其一)

建安酒薄客愁浓,除却哦诗事事慵。不许今年头不白,城楼残角寺楼钟。

倦　眼
看书涩似上羊肠,得睡甘如饮蜜房。起坐藤床搔短发,数声画角报斜阳。

寓蓬莱馆二首(其二)
古驿萧萧独倚阑,角声催晚雨催寒。残年遇合应无日,犹说新丰强自宽。

沈园二首(其一)
城上斜阳画角哀,沈园非复旧池台。伤心桥下春波绿,曾是惊鸿照影来。

龟堂杂兴十首(其八)
蒲团安坐地炉温,无位真人出面门。世上不知何岁月,断钟残角送黄昏。

舟　中　作
会稽城上角呜呜,日落烟村暝欲无。千载虚名笑张翰,一官元不直莼鲈。

闻　角
河白如银天淡青,角声中有玉关情。早知送老桑麻野,悔失安西万里行。

秋日杂咏八首(其八)
十里秋风画角哀,夕阳光景亦佳哉。正疑白鹭归何晚,一片雪从天际来。

秋日山居·晏起
年年睡债苦相关,好梦长随苦角残。作意归来偿宿负,透窗遮莫已三竿。

闻　猿
瘦尽腰围不为诗,良辰流落自成衰。也知客里偏多感,谁料天涯有许悲。汉塞角残人不寐,渭城歌罢客将离。故应未抵闻猿恨,况是巫山庙里时。

晚晴闻角有感
暑雨初收白帝城,小荷新竹夕阳明。十年尘土青衫色,万里江山画角声。零落亲朋劳远梦,凄凉乡社负归耕。议郎博士多新奏,谁致当时鲁二生。

夏夜起坐南亭达晓不复寐
风露青冥近九秋,脱巾扶杖冷飕飗。曲阑影外巴山月,画角声中楚塞愁。巢燕并栖高栋稳,潜鱼时跃小池幽。悠然坐待江城晓,红日将升碧雾浮。

林亭书事二首(其二)

期会文书日日忙,偷门聊得卧方床。花藏密叶多时在,风度疏帘特地凉。
野艇空怀菱蔓滑,冰盆谁弄藕丝长。角声唤起东归梦,十里平湖一草堂。

一病四十日天气遂寒感怀有赋

幽人病起鬓毛残,硖口楼台九月寒。暮角又催孤梦断,早霜初染一林丹。
乡间乖隔知谁健,怀抱凄凉用底宽。曲米春香虽可醉,瀼西新橘尚余酸。

三 泉 驿 舍

残钟断角度黄昏,小驿孤灯早闭门。霜气峭深摧草木,风声浩荡卷郊原。
故山有约频回首,末路无归易断魂。短鬓萧萧不禁白,强排幽恨近清樽。

初 离 兴 元

梦里何曾有去来,高城无奈角声哀。连林秋叶吹初尽,满路寒泥蹋欲开。
笠泽决归犹小憩,锦城未到莫轻回。炊菰斫脍明年事,却忆斯游亦壮哉。

望云楼晚兴

小阁东南独咏诗,此生终与世差池。夕阳明处苍烟合,栖燕归时画角悲。
人与江山均是梦,心非风月尚谁知。旧交几岁音尘隔,三抚阑干有所思。

晚登望云二首(其二)

晚来烟雨暗江干,烽火遥传画角残。看镜功名空自许,上楼怀抱若为宽。
青枫摇落新秋令,白发凄凉旧史官。饱见少年轻宿士,可怜随处强追欢。

夜 雨 感 怀

老来每惜岁峥嵘,几为巴歌判宿酲。白帝草生时入梦,锦官花重更关情。
帘疏夜雨侵灯晕,枕冷秋风遞角声。定许何时理归棹,酒狂犹解赋芜城。

八月二十二日嘉州大阅

陌上弓刀拥寓公,水边旌旆卷秋风。书生又试戎衣窄,山郡新添画角雄。
早事枢庭虚画策,晚游幕府愧无功。草间鼠辈何劳磔,要挽天河洗洛嵩。

何元立示九日诗卧病累日乃能次韵

何郎戏写菊花秋,落笔纵横岂易酬。豪士乃能为老伴,寓公那得称遨头。
早衰不耐危亭冷,独卧空惊画角愁。病起尚思寻宿约,一樽从子醉东楼。

西　　园

半掩朱门藓径斜,翠屏绣谷忽谽谺。高高下下天成景,密密疏疏自在花。
江近夕阳迎宿鹭,林昏残角促归鸦。吾舟已系津南岸,唤客犹能一笑哗。

晚步湖上

云薄漏春晖,湖空弄夕霏。沾泥花半落,掠水燕交飞。
小倦聊扶策,新晴旋减衣。幽寻殊未已,画角唤人归。

戏咏西州风土

衍沃绵千里,融和被四时。蚕丛角歌吹,石室盛书诗。
绿树藏渔市,清江绕佛祠。吾行更堪乐,载酒上蟆颐。

暮归马上作

石笋街头日落时,铜壶阁上角声悲。不辞与世终难合,惟恨无人粗见知。
宝马俊游春浩荡,江楼豪饮夜淋漓。醉来剩欲吟梁父,千古隆中可与期。

自合江亭涉江至赵园

政为梅花忆两京,海棠又满锦官城。鸦藏高柳阴初密,马涉清江水未生。
风掠春衫惊小冷,酒潮玉颊见微赪。残年飘泊无时了,肠断楼头画角声。

马上偶成

城南城北紫游缰,尽日闲行看似忙。刺水离离葛叶短,连村漠漠豆花香。
夕阳有信催残角,春草无情上缭墙。我亦人间倦游者,长吟聊复怆兴亡。

晚过五门

五门路,四月乳鸦啼绿树。闲游但喜日初长,薄暑始知春已去。
楼头风高舞双旗,画角声中日还暮。马蹄特特无断时,老尽行人路如故。

晚　　兴

老病愁趋画戟门,天教高卧浣花村。山林独往杂屠钓,世界皆空谁怨恩。
千卷蠹书忘岁月,一尊浊酒信乾坤。兴来倚杖清江上,断角疏钟正敛昏。

夜　　饮

引剑酣歌亦壮哉,要君共覆手中杯。秋鸿阵密横江去,暮角声酣战雨来。
莫恨皇天无老眼,请看白骨有青苔。中年倍觉流光速,行矣西郊又见梅。

曳　策

慈竹萧森拱废台，醉归曳策一徘徊。纷纷落日牛羊下，黯黯长空霰雪来。
三峡猿催清泪落，两京梅傍战尘开。客怀已是凄凉甚，更听城头画角哀。

遥　夜

遥夜雨声急，憎憎窗户幽。开编尧舜在，得句鬼神愁。
同俗愚儒罪，容身壮士羞。灯残不成睡，晓角动南楼。

绿净亭晚兴

绿净亭边物色奇，放翁睡起曳笻枝。新凉已似雁来后，微雨却如梅熟时。
绿竹成阴藏细栈，朱阑倒影入清池。登临独恨非吾土，不为城头画角悲。

夜闻秋风感怀

西风一夜号庭树，起揽戎衣泪溅襟。残角声催关月堕，断鸿影隔塞云深。
数篇零落从军作，一寸凄凉报国心。莫倚壮图思富贵，英豪何限死山林。

秋兴二首（其一）

白发萧萧欲满头，归来三见故山秋。醉凭高阁乾坤大，病入中年日月遒。
百战铁衣空许国，五更画角只生愁。明朝烟雨桐江岸，且占丹枫系钓舟。

初冬出扁门归湖上

桑柘枝空叶作堆，斜阳更著角声催。云归玉笥茫茫去，水下兰亭曲曲来。
稻垄受犁寒欲遍，渔船入市晚争回。貂裘破弊霜风冷，愁对青灯拨瓮醅。

晚出偏门

一段新愁带宿醒，半欹乌帽策驴行。村墟香动梅初破，裘褐寒轻雪未成。
渡口人争红日晚，沙边雁带碧烟横。悠然又觅长堤路，肠断城楼画角声。

记　梦

东吴春暮寒犹重，睡美不闻城角动。身虽衰惰怕出门，江山尚入幽窗梦。
梦到青羊看修竹，道人告我丹将熟。试求一黍换肝肠，它日重来驾黄鹄。

忆　梅

护惜常愁满树开，况无一片在苍苔。眼高懒为凡花醉，肠断惊闻暮角哀。
写向素绡时拂拭，移来幽圃自栽培。论心竟是明年事，输与酴醿在酒杯。

饮伯山家因留宿
小醉悠然不作醒,断云飞尽却成晴。月生檐外见帘影,风下城头闻角声。
岸帻莎庭便发冷,酌泉桐井觉魂清。鸡号忽报明星上,梦破虚皇白玉京。

夜坐二首(其一)
曲几蒲团夜过分,颓然半脱鹿皮巾。惊鸿避弋鸣烟渚,断角凌风上雪云。
仕宦愈知林下贵,穷愁方策酒中勋。扁舟东去何时办,昔向金丹幸有闻。

倚栏
闲岸纱巾小倚栏,吴中三月尚春寒。蜂脾蜜满花初过,燕觜泥新雨未干。
老厌簿书思屏迹,病逢节物强追欢。一樽又动流年感,城上斜阳画角残。

严州大阅
铁骑森森帕首红,角声旗影夕阳中。虽惭江左繁雄郡,且看人间矍铄翁。
清渭十年真昨梦,玉关万里又秋风。凭鞍撩动功名意,未恨猿惊蕙帐空。

地僻
地僻天教养散材,流年况着鬓毛催。青山自绕孤城去,画角常随晚照来。
几净双钩摹古帖,瓮香小啜试新醅。乘槎不是英缠远,无奈先生兴尽回。

东斋夜兴
山城残角伴疏钟,拥褐颓然一病翁。纸帐灯明蟹龟甲,铜瓶火熟起松风。
雨来尤觉睡味美,酒后不知愁思空。忽忆江湖泊船夜,号鸣避弋闹群鸿。

昼睡
书狱征租自笑忙,暂归聊得憩匡床。屏图夜雨孤舟句,枕带秋风九日香。
一卷蠹书栖倦手,数声残角报斜阳。清泉浴罢西窗静,更觉茶瓯气味长。

幽居五首(其一)
穷老苦畏事,雅意在丘壑。结茆镜湖上,卒岁安寂寞。
有门常懒开,壁间挂双屩。犹恨未远人,静夜闻城角。

冬夕二首(其一)
犬吠惊飘叶,禽喧换宿枝。堕空霜肃肃,垂地斗离离。
野叟读书罢,高城吹角悲。功名浑错料,老病却如期。

霜天杂兴三首(其一)

枫叶全丹槲叶黄,江城残角伴斜阳。琴书自足闲中乐,天地能容醉后狂。
老死山林初不憾,梦游河渭独难忘。谷城黄石今安在,取履犹思效子房。

步至湖上寓小舟还舍五首(其一)

凄凉怀古地,惨澹暮秋天。红树秦驰道,青山禹庙堧。
湖风飘断角,墟日起孤烟。老恨功名晚,无人共著鞭。

晚　　泊

楼上呜呜角,桥边点点灯。聚沙新到雁,趁渡独归僧。
日隐山光暗,天低海气蒸。居人笑老子,醉发乱鬅鬙。

夏夜风雨极凉枕上口占

北窗八尺卧文藤,夜雨生凉洗郁蒸。袅袅清愁萦断角,悠悠孤梦伴残灯。
羸躯垂老嗟焉往,公论犹存似可凭。聊向斯文图不朽,未甘粥饭学山僧。

野堂四首(其一)

野堂萧飒雪侵冠,历尽人间行路难。病马不收烟草暝,孤桐半落井床寒。
长瓶浊酒犹堪醉,败箧残编更细看。此兴不随年共老,未容城角动忧端。

夜　　赋

老人不食觉魂清,恍若身游白玉京。夜静月惊林鹊起,水凉风飐露荷倾。
昏灯一点窥孤梦,画角三终转五更。欲醉海山还懒去,且携羽扇憩青城。

晓　　赋

八月江湖风露秋,时闻脱叶下梧楸。离离斗柄西南指,烂烂天河今古流。
人语正欢过古埭,角声三弄下谯楼。百城已共丰年乐,一老犹怀卒岁忧。

书　　感

壮岁功名妄自期,晚途流落鬓成丝。临风画角晓三弄,酿雪野云寒四垂。
金锁甲思酣战地,皂貂裘记远游时。此心炯炯空添泪,青史它年未必知。

晚　步　舍　东

遇兴穿丛竹,寻香折野梅。暮天寒欲雪,幽径绿生苔。
栖雀争枝噪,归牛并垫来。高城角声动,不尽古今哀。

开岁半月湖村梅开无余偶得五诗以烟湿落梅村为韵(其四)

斗柄忽东指,开尽湖边梅。伟观天下无,四顾雪千堆。
时至当敛退,勿受晓角催。安知桃李辈,于子无嫌猜。

连日往来湖山间颇乐即席有作

晚春光景亦佳哉,野老苍颜一笑开。莫问此生犹几屐,但知相遇且衔杯。
偶携儿女祈蚕去,又逐乡邻赛麦回。不信年华如转毂,城头君听角声哀。

初夏北窗二首(其一)

作墨无声紫玉池,年光又入放翁诗。风和柳岸吹绵后,雨足瓜畦引蔓时。
病酒相如无奈渴,清言叔宝不胜羸。此生岂复功名事,付与城头画角悲。

夜 归

城角传三弄,桑村喜独归。雨多萤满野,径狭露沾衣。
食俭盐醯薄,年衰气力微。青灯对儿女,抚事一歔欷。

五 鼓

梦断华胥夜艾时,绕廊萧散曳筇枝。长空渐见明河落,短调犹残画角吹。
世事又随朝日出,钓船莫负早秋期。南湖五亩新菰熟,此味惟应老子知。

东 园 观 梅

出世仙姝下草堂,高标肯学汉宫妆。数苞冷蕊愁浑破,一寸残枝梦亦香。
问讯不嫌泥溅屦,端相每到月侵廊。高楼吹角成何事,只替诗人说断肠。

冬 暮

晓角昏钟为底忙,岂容老子更禁当。乘除富贵惟身健,补贴光阴有夜长。
临水小轩初见月,满庭残叶不禁霜。巴江尺素合时到,剩著新诗寄断肠。

寓 蓬 莱 馆

道山方梦断,税驾复蓬莱。海上羝应乳,辽东鹤已回。
客惊添鬓雪,自笑久心灰。底事妨人睡,楼头暮角哀。

晚 行 湖 上

饱来扪腹绕村嬉,北陌东阡信所之。女手采余桑郁郁,烟芜生遍冢累累。
高林日暮无莺语,深巷人归有犬随。东走郡城逾十里,好风劳送角声悲。

舟中晓赋

木落霜清水鸟呼,扁舟夜泊古城隅。吹残画角钟初动,低尽寒空斗欲无。
浪迹已同鸥境界,远游方羡雁程途。高樯健席从今始,遍历三湘与五湖。

庭中夜赋

流汗沾衣不自支,庭中散发立多时。乌乌画角凌风起,淡淡银河拂地垂。
浮玉闲游元自乐,浣花小筑亦何疑。东归万里君知否,要了沧洲一段奇。

书感

匹马曾为塞上游,东归几见剡川秋。故城废市古今叹,断角残钟朝暮愁。
尺寸无功真碌碌,耄期未死转悠悠。阿奴尚喜强人意,三日於菟气食牛。

初夏闲居八首(其三)

松棚黯黯接虚堂,扫地烧香旋置床。密叶留花供浅酌,断云障日作微凉。
高城薄暮闻吹角,小市丰年有戏场。白首史官闲尽岁,只将搜句答流光。

记梦

久住人间岂自期,断砧残角助凄悲。征行忽入夜来梦,意气尚如年少时。
绝塞但惊天似水,流年不记鬓成丝。此身死去诗犹在,未必无人粗见知。

晓思

昏昏断梦带余醒,散发披衣坐待明。城角吹残河渐隐,海氛消尽日初生。
老农自得当年乐,痴子方争后世名。莫怪闭门常懒出,即今车盖为谁倾。

晚立

倦凭小竖立柴门,残角疏钟欲断魂。伤雁养翎依荻浦,渡牛浮鼻望烟村。
壮心已觉随年往,孤学何由与俗论。数点雨声催返舍,小窗灯火对壶飧。

东岭

云罅漏斜日,驾言东岭行。鸦翻半天黑,鹭起一川明。
小立照沟水,欲归闻角声。君看浮世事,何处异棋枰。

戊辰立春日二首(其一)

昨夜风摇斗柄回,典衣也复一传杯。故人久作天涯别,新句空从枕上来。
清镜岂堪看鬓色,小园剩欲觅桃栽。颓然却恨贪春睡,不尽城头画角哀。

喜　　晴

正厌鸠呼雨,俄闻鹊噪晴。路开知潦退,书展喜窗明。
日透疏帘影,风传暮角声。儿童竞相报,门有卖朱樱。

初　　晴

暑雨初收体为轻,远山尽出眼偏明。诗凭写兴忘工拙,酒取浇愁任浊清。
绿树有阴休倦步,澄溪无滓濯尘缨。老人本少凋年感,不奈江城暮角声。

冬日排闷二首(其二)

地炉微火伴寒灰,垂野江云暝不开。欲睡手中书自堕,半酣窗外雪初来。
渡头照影闻征雁,篱角吹香得早梅。佛粥春盘俱不远,离离斗柄欲东回。

岁　暮　作

鱼贯长条兔卧盘,往来聊续里闾欢。旧符又拟新年换,残历都无半纸看。
梅影横斜春尚浅,角声悲壮夜将阑。坚顽敢望今如许,戏说期颐强自宽。

暮春龟堂即事四首(其三)

日月无根去若驰,故园又见落花时。杯中绿酒不肯饮,镜里苍颜应自知。
千丈新堤湖水满,五更残漏角声悲。暮年父子难乖隔,淮浦书来苦觉迟。

客　舍　对　梅

野迥林寒一水傍,密如疏蕊正商量。半霜半雪相仍白,无蝶无蜂自在香。
月过晓窗移影瘦,风传残角引声长。还怜客路龙山下,未折一枝先断肠。

闻　　角

小阁柴门近,黄昏画角声。时时逐风散,袅袅伴愁生。
天地清秋暮,关河残月明。湖南贼未破,独立久含情。

南园四首(其一)

晓莺催系柳边舟,老陌东风拂面柔。客里又惊春事晚,梦中重续括苍游。
欢情饮量年年减,古寺名园处处留。却羡少年轻岁月,角声如此不知愁。

莆阳昭武延平送兵渐集戏书

鼓声晨统统,角声莫呜呜。作官了何事,空叹岁月徂。

送兵稍稍集,秣马脂吾车。风霜迫摇落,残暑亦已无。
野渡明丹枫,破驿吹黄榆。聊收作诗料,未用厌征途。

三山杜门作歌五首(其三)

中岁远游逾剑阁,青衫误入征西幕。南沮水边秋射虎,大散关头夜闻角。
画策虽工不见用,悲吒那复从军乐。
呜呼人生难料老更穷,麦野桑村白发翁。

秋 夜 歌

书生白首无处著,病卧空斋夜萧索。茶铛飕飕候汤熟,灯檠藃藃看烬落。
山童唤起已复倒,顾影自笑如孤鹤。人言富贵堕骇机,一生穷愁正不恶。
架上故裘破见肘,床头残酒倾到脚。问君何以麈霜风,悠然卧听山城角。

上巳临川道中

二月六夜春水生,陆子初有临川行。溪深桥断不得渡,城近卧闻吹角声。
三月三日天气新,临川道中愁杀人。纤纤女手桑叶绿,漠漠客舍桐花春。
平生怕路如怕虎,幽居不省游城府。鹤躯苦瘦坐长饥,龟息无声惟默数。
如今自怜还自笑,敛版低心事年少。儒冠未恨终自误,刀笔最惊非素料。
五更欹枕一凄然,梦里扁舟水接天。红蕖绿芰梅山下,白塔朱楼禹庙边。

西 郊 寻 梅①

西郊梅花矜绝艳,走马独来看不厌。似羞流落蒙市尘,宁堕荒寒傍茆店。
翛然自是世外人,过去生中差一念。浅颦常鄙桃李学,独立不容莺蝶觇。
山矾水仙晚角出,大是春秋吴楚僭。余花岂无好颜色,病在一俗无由砭。
朱栏玉砌渠有命,断桥流水君何欠。嗟余相与颇同调,身客剑南家在剡。
凄凉万里归无日,萧飒二毛衰有渐。尚能作意晚相从,烂醉不辞杯潋滟。

入 荣 州 境

一起一伏黄茅冈,崔嵬破丘狐兔藏。炯炯寒日清无光,单单终日行羊肠。
村落聚看如惊獐,亦有银钗伏短墙。黄旗翻翻鼓其镗,画角鸣咽吹斜阳。

---

① 范成大《西郊寻梅》内容与此诗大致相同,仅个别字词有异,不再重复收录。

长筒汲井熬雪霜,辘轳咿哑官道傍。渺然孤城天一方,传者或云古夜郎。
其民简朴士甚良,千里郁为诗书乡。闭阁扫地焚清香,老人处处是道场。

夜观秦蜀地图

往者行省临秦中,我亦急服叨从戎。散关摩云俯贼垒,清渭如带陈军容。
高旌缥缈严玉帐,画角悲壮传霜风。咸阳不劳三日到,幽州正可一炬空。
意气已无鸡鹿塞,单于合入蒲萄宫。灯前此图忽到眼,白首流落悲涂穷。
吾皇英武同世祖,诸将行策云台功。孤臣昧死欲自荐,君门万里无由通。
正令选壮不为用,笔墨尚可输微忠。何当勒铭纪北伐,更拟草奏祈东封。

秋 风 曲

秋风吹雨鸣窗纸,壮士不眠推枕起。床头金尽酒尊空,枥马相看泪如洗。
鸿门霸上百万师,安西北庭九千里。帐前画角声入云,陇上铁衣光照水。
横飞渡辽健如鹘,谈笑不劳投马箠。堂堂羽檄从天下,夜半斫营孱可鄙。
拾萤读书定何益,投笔取封当努力。百斤长刀两石弓,饱将两耳听秋风。

小园竹间得梅一枝

若耶溪边鹤发叟,流落一生端坐口。如今不怕桃李嗔,更因竹君得梅友。
岭头羁旅万里愁,江上凄凉一杯酒。枝横澹月影在地,蕊插乌巾香馥手。
交情岁晚金石坚,孤操凛然真耐久。荒山野水终自得,银烛金壶亦何有。
梦魂不接庄周蝶,心事肯付张绪柳。晚来画角动高城,起舞聊为放翁寿。

无咎兄郡斋燕集有诗末章见及敬次元韵

城楼画角吹晚晴,梅花堕地草欲生。绮盘翠杓春满眼,我胡不乐君将行。
君归吾党共增气,往往怪我衰涕横。我来江干旧交少,见君不啻河之清。
北风共爱地炉暖,西日同赏油窗明。微吟剧醉不知倦,坐阅汉腊逾周正。
君文雄丽擅一世,凛凛武库藏五兵。酸寒如我每自笑,顾辱刻画为虚声。
乃知好士如好色,遇合不必皆倾城。君方与世作水镜,如此过许人将惊。
千金敝帚有定价,周玉郑鼠难强名。失言议罚不可缓,敬白府主浮金觥。
君看失脚落尘土,岂复毫发余诗情。自伤但似路旁堠,雨剥风摧供送迎。

吕本中(1084—1145)

试院中作二首(其一)

客梦断复续,角声寒更长。疏篱拥残月,老木犯新霜。
斗繁身何恨,驰驱汝自忙。稍知诗有味,复恐道相妨。

吕　定(?—?)

登越王台

海上荒台草树平,登临不尽古人情。白云万里怀亲舍,红日中天望帝京。
百粤山川秋历落,山城楼阁晚峥嵘。醉来徙倚栏干曲,听彻西风画角声。

吕　纮(?—?)

题黄犊岭

畴昔闻高隐,红尘隔远林。间乘黄犊出,踏破白云深。
自得忘归乐,应多扣角吟。如今秋草没,几约与僧寻。

吕　陶(1028—1104)

又赋二首(其一)

千里征蛮向不毛,坐筹先胜自三刀。井中蛙力狂虽跃,弓下猿声怯便号。
草白见城羌蝶浅,月明闻角汉天高。将军几日当雄捷,速把功书上赭袍。

吕祖谦(1137—1181)

汉铜弩机歌

甘泉宫中烽火催,武库掣镰殷春雷。山西都尉部千弩,意气欲压天山摧。
朔风惨惨随旗尾,角声满天日色死。眼吞单于方发机,南风不竞羽倒飞。
血视空弯尚思战,边庭无竹可续箭。断弦已作塞上尘,零落铜牙时一见。
土花蚀尽缪篆青,千年遗恨今未平。雕鞍过尽不回首,落身几案依书檠。
藓苔暗淡生古色,中有少卿千斛力。从汉至今无大黄,妇玩儿嬉固其职。
长平箭头豪士怜,赤壁折戟传青篇。古来慷慨共如此,脱略形器求天全。
是机虽缺神凛然,想成风沙射雕天。径欲匹马南山边,何必一臂三十絭。

罗公升(？—？)

辟地(其二)

四海风涛日,谁欤柱急流。山东雄剧孟,蓟北化田畴。
气静天阊晚,星沉戍角秋。如君关气数,宁不重謷忧。

蛾 眉 亭

万里风涛竞击撞,乾坤设险键南邦。五更画角三州梦,两岸青山四面窗。
太白风流空旧月,虞公勋业自长江。倚阑何物堪持玩,万顷长江鹭一双。

马定远(？—？)

郢 州 城 西

秋江白水浪花粗,墟落人归鸟自呼。新月高城三百雉,角声吹彻小单于。

梅尧臣(1002—1060)

郡阁阅书投壶和呈相国晏公

较量人世无穷乐,罗列平生未见书。聊奉投壶祭征房,休言系剑马相如。
画楼晚去闻寒角,缥帙看来落蠹鱼。日获诲言皆旧学,不惭贫贱带经锄。

闻　角

一声催客梦,星斗转西檐。风卷梅花去,愁从柳塞添。
马鸣霜满鬣,龙泣冻生髯。高树朝光动,城头落海蟾。

送李康伯赴武当都监

城下汉江流,沧波照鬓秋。山川包楚塞,风物似荆州。
试听清砧发,何如画角愁。遥知绝戎事,水味有楂头。

寄河阳签判富彦国

籍籍名方远,人知第一流。翻同贵公子,来事外诸侯。
地险长河急,天高画角秋。仲宣应自乐,宁复赋登楼。

环州通判张殿丞

欲向萧关外,穷阴雪暗沙。碛寒鸿雁少,冰合水泉赊。
自有从军乐,应无去国嗟。春风曾不到,吹角寄梅花。

重送周都官

水上朱楼画角鸣,蒙蒙雨里榜舟轻。未逢甫里先生谒,多见吴兴太守迎。
荷叶半黄莲子老,霜苞微绿橘林明。十年不到风烟改,君去将诗与昼评。

十一月十二日赛昭亭神

冷雨凝雪未成雪,潭空鱼寒归石穴。长篙扣穴倩鲤鱼,寄信山头来奠设。
鱼传水鸟飞上山,山木槎槎干吹咽。旋灰起角巫鼓鸣,漆俎铜盘颤牲血。
瑟琶嘈嘈神降言,福汝祐汝无灾孽。西向晬饮东向回,溪心却望山崔嵬。

梅　挚(995—1059)

昭潭十爱(其六)

我爱昭州角,鸣呼右郡衙。万愁萦桂水,一曲阻梅花。
调古湘云叶,声干岭月斜。今愁并古恨,吹起落谁家。

米　芾(1051—1107)

望　海　楼

云间铁瓮近青天,缥缈飞楼百尺连。三峡江声流笔底,六朝帆影落尊前。
几番画角催红日,无事沧洲起白烟。忽忆赏心何处是,春风秋月两茫然。

区仕衡(1217—1276)

黄恺刘黻赵蕃王元野会讲祐国僧舍

城角晓方罢,斋钟时一鸣。良候属春莺,求友来嘤嘤。
吾侪二三子,簪盍怀同声。相期辨初志,视履规安行。
道岂讲解得,学以磨琢精。释氏辨一心,且不薪修名。
齐盟共商求,勉旃在明诚。

欧阳修(1007—1072)

送张如京知安肃军

相逢旧从事,新命忽临戎。界上山河壮,军中彭角雄。
朔风驰骏马,塞雪射惊鸿。试取封侯印,何如笔砚功。

616

和圣俞百花洲二首(其二)

荷深水风阔,雨过清香发。暮角起城头,归桡带明月。

奉使道中作三首(其三)

客梦方在家,角声已催晓。匆匆行人起,共怨角声早。
马蹄终日践水霜,未到思回空断肠。少贪梦里还家乐,早起前山路正长。

送王尚恭隰州幕

去国初游宦,从军苦寂寥。愁云带城起,画角向山飘。
秋劲方驰马,春寒正袭貂。遥知为客恨,应赖酒杯消。

怀嵩楼新开南轩与郡僚小饮

绕郭云烟匝几重,昔人曾此感怀嵩。霜林落后山争出,野菊开时酒正浓。
解带西风飘画角,倚栏斜日照青松。会须乘醉携嘉客,踏雪来看群玉峰。

送渭州王图

汉军十万控山河,玉帐优游暇日多。夷狄从来怀信义,庙堂今不用干戈。
吟余画角吹残月,醉里红灯炫绮罗。此乐直须年少壮,嗟余心志已蹉跎。

晓发齐州道中二首(其一)

东州几日倦征轩,千骑骖驔白草原。雁入寒云惊晓角,鸡鸣苍海浴朝暾。
国恩未报身先老,客思无憀岁已昏。谁得平时为郡乐,自怜痟渴马文园。

奉使道中五言长韵

初旭瑞霞烘,都门祖帐供。亲持使者节,晓出大明宫。
城阙青烟起,楼台白雾中。绣鞯骄跃跃,貂袖紫蒙蒙。
朔野惊飙惨,边城画角雄。过桥分一水,回首羡南鸿。
地里山川隔,天文日月同。儿童能走马,妇女亦腰弓。
度险行愁失,盘高路欲穷。山深闻唤鹿,林黑自生风。
松壑寒逾响,冰溪咽复通。望平愁驿迥,野旷觉天穹。
骏足来山北,轻禽出海东。合围飞走尽,移帐水泉空。
讲信邻方睦,尊贤礼亦隆。斫冰烧酒赤,冻脸缕霜红。
白草经春在,黄沙尽日蒙。新年风渐变,归路雪初融。

祗事须强力，嗟予乃病翁。深惭汉苏武，归国不论功。

潘景夔（？—？）

香 岩 院

晚入招提路，山风冷透裳。寒鸦互分合，霜稻半青黄。
习讼伤浇俗，思闲慰故乡。牧童如有感，扣角唱斜阳。

潘　阆（？—1009）

金山寺留题

金山碧崔嵬，我泛扁舟来。虚阁登还下，长廊去得回。
梵刹绝顶立，僧房八面开。波涛起蛟蜃，洞穴生风雷。
千载有高松，万古无纤埃。葛衣惹秋云，草履黏苍苔。
孤城寒角动，片帆暮钟催。朗吟成此章，欲返犹徘徊。

彭汝砺（1042—1095）

暮 雨

暮雨忽随江上舟，寒风仿佛转清秋。兴随烟月成千首，醉忤莺花长四愁。
不系可怜波上叶，忘机应喜海边鸥。一声画角吹魂梦，散落淮天晓未收。

蒲寿宬（？—？）

西 岩

石路层层碧藓花，矮窗低户足烟霞。愁闻独鹤悲寒角，静阅群蜂凑晚衙。
野菜旋挑奚待糁，石泉新汲自煎茶。炉熏销尽抛书卷，闲倚阑干看日斜。

钱　厚（？—？）

梅 亭

东风吹雨雨吹花，洗却阴沉放月华。俗眼总嫌梅太白，嫦娥勾引莫云遮。
云浓更欲催诗句，风急花飞留不住。使君唤客早评章，趁渠未点苍苔路。
夜阑留月迟春酌，生怕楼头吹画角。更推银蜡上寒梢，冷艳烧春春未觉。
烛光炯炯花冥冥，花前醉倒唤不醒。南枝自与北枝语，今夜诗工眼倍清。

钱惟演(962—1034)

送高学士知越

粉署为郎鬓雪侵,酒酣风驭惜分襟。云迷水馆春旗润,树绕山城暝角深。
下担挂钩传密意,渡江桃叶听遗音。孤莺啼罢芳心歇,倦翼因君忆故林。

强　至(1022—1076)

暮　角

画角惜惜清且哀,古今晓色此中催。可堪绝塞风霜苦,还傍将军玉帐来。

与盛毅同赋暮角行

城头滚滚寒烟起,城里无人冷如水。一声暮角聒地来,声中宛转含余哀。
逡巡流入单于调,耳边似近单于台。坐客未终听,对面泪双进。
那复将军绝塞眠,朔风吹落玉帐边。狼烟未尽不待晓,恨不立起铭燕然。
何人始制角中曲,幽怨到今传不足。吁嗟画角终无情,百年日月销此声。

送蹇磻翁都官赴倅梁门

共昔登龙客,仍今同舍郎。后先趋帅府,南北重离觞。
塞角催秋月,边烽落晓霜。军城看趣召,能久赖王祥。

晓　出

一声残角绕千门,霜气涵空乱宿氛。车马往来无僻地,星河收去有闲云。
余生惨淡身宜佚,人事崎岖足反勤。渐喜太阳浮海面,群鸦鸣噪尚纷纷。

秦　观(1049—1100)

次韵公辟闻角有感

一听胡笳动越吟,声潜地底气逾深。千宫月色单于曲,万里天光魏阙心。
秉烛何人犹把盏,挑灯有女正穿针。早寒时节黄昏后,更逐西风应远砧。

次韵公辟州宅月夜偶成(其一)

新秋过雨月如霜,缓足蓬莱彻上方。翠木玲珑藏宝界,白烟浓淡锁华堂。
书名越艳谁兴发,角动单于自感伤。山似卧龙天似水,却疑身在海中央。

次韵公辟即席呈太虚

与君邻并共烟霞,乘兴时时过我家。更漏一新闻晓角,门阑数级看秋花。
湖山对值全如买,风月相期不用赊。赖有醉毫吟更苦,他年分作句图夸。

和黄法曹忆建溪梅花

海陵参军不枯槁,醉忆梅花愁绝倒。为怜一树傍寒溪,花水多情自相恼。
清泪班班知有恨,恨春相逢苦不早。甘心结子待君来,洗雨梳风为谁好。
谁云广平心似铁,不惜珠玑与挥扫。月没参横画角哀,暗香销尽令人老。
天分四时不相贷,孤芳转盼同衰草。要须健步远移归,乱插繁华向晴昊。

丘 葵(1244—1333)

晓 意

邻窗鸡唱晓,客路马嘶风。夜色钟声外,晨光角韵中。
蟾归曳残白,乌出浴新红。一点清明意,那无保养功。

仇 远(1247—?)

五更(其三)

山寺钟未鸣,城楼角已奏。角声正可听,欹枕续残漏。

断桥闻角

柳外官桥出戍楼,和霜和月按梁州。吹时莫近孤山下,千树梅花不识愁。

朝天门城角

飒飒秋风起白榆,山前吹彻小单于。行人便作边城听,忘却杭州是故都。

钱儒珍家赏桂

客至当饮酒,醉此金粟堆。秋风何时到,丛树参差开。
馨香逆人鼻,蓓蕾藏圣胎。攀枝折其荣,落穗浮酒杯。
后夜有佳月,弄影须徘徊。红袖歌未终,画角毋庸催。

饶 节(1065—1129)

阉人蒲君锡提举参老师悟道唱和四首(其一)

一喏推翻十二峰,三乘四库当时通。自闻百丈下堂句,已破提婆外道宗。

画角晓吹深径雪,寒梅晴放小塘风。孤峰顶上他年事,又是筹盈石室中。

邵　博(？—1158)

春晚登郡楼

久客无欢意,经时只倦游。落花犹解舞,飞絮太侵愁。
日暮闻吹角,春归独倚楼。平生湖海愿,幽兴满扁舟。

邵　雍(1011—1077)

和商守雪霁登楼

百尺危楼小雪晴,晚来闲望逼人清。山横暮霭高还下,水隔疎林淡复明。
天际落霞千万缕,风余残角两三声。此时此景真堪画,只恐丹青笔未精。

凤州郡楼上书所见

杨柳垂青带,风动如飞盖。危楼思不穷,尽日闲相对。
鸟去林自空,云移山不碍。情随双燕还,意与孤鸿会。
晚角时断续,层崖递明晦。残阳挂疎红,远水生微濑。
塞目烟岑密,都城若天外。如何久客心,东望凭栏杀。

和商守宋郎中早梅

山南地似岭南温,腊月梅开已浃辰。耻与百花争俗态,独殊群艳占先春。
角中飘去凄于骨,笛里吹来妙入神。秀额妆残黏素粉,画梁歌暖起轻尘。
宰君惜艳献州牧,太守分香及野人。手把数枝重叠嗅,忍教芳酒不濡唇。

芳草长吟

芳草更休生,芳樽更不倾。草如生不已,樽岂便能停。
雨后闲池阁,春深小院庭。是时帘半卷,此际酒初醒。
密密嫩方布,茸茸绿已成。送回残照淡,引起晓寒轻。
静衬花村薄,闲装竹坞清。溪边微水浸,原上未春耕。
莫遣香车辗,休教细马行。籍余无限意,望久不胜情。
台迥眉初敛,楼危眼乍明。低低暮云碧,隐隐远山青。
翠接鸳鸯浦,萋连杨柳汀。江潭夜帆落,海渚晚舟横。
戍垒角一弄,牧童笛数声。沙头双鹭下,渡口乱鸿惊。

蓊郁出征地,芊绵奉使程。远拔来往路,遍绕短长亭。
苒苒秦皇墓,离离汉帝城。荒凉故铜雀,破碎旧金陵。
雾镶前朝事,烟昏后世名。枯犹藏狡兔,腐亦化流萤。
纵划奚由尽,才烧又却荣。徒能蔽京观,仍愿且升平。

盛世忠(?—?)

塞 上 闻 角

刁斗城头夜月寒,一声呜咽到江干。梅花吹落浑闲事,白首征人泪暗弹。

施　枢(?—?)

闻　　鹤

谁家嘹唳九皋声,客梦初回晓帐清。华表不知仙路远,刚随寒角转残更。

史　浩(1106—1194)

待权明州延提刑致语口号

山水东鄞本自佳,使星临照愈光华。甘棠美荫逾千里,画角仁声度万家。
正喜泉香浮竹叶,更看杯影浸梅花。最闻便有芝封到,莫惜连宵晕脸霞。

史弥宁(?—?)

春　　宵

角声和月透窗纱,惊起啼晴半树鸦。搅乱先生眠不得,一庭春露湿梨花。

释道潜(1044—?)

下 湖 晚 归

屈曲莎堤引兴长,肯辞芒屦踏秋霜。归来已奏孤城角,撩乱梅花落女墙。

夜泊淮上复寄逢原

黄沙白草满淮垠,逆旅萧条思不禁。风约乱云归陇首,角催明月出波心。
槎头涌处潮初上,斗柄移时梦未沈。遥想故人投宿地,画船应在碧榆林。

次韵顺上人登寿宁阁

昔过广陵日,兹楼亦盘桓。飞甍切星斗,鸿鹄争危栏。

恍若随扶摇,九万直上抟。下视古帝基,萧条空漭漫。
当时竞豪华,人物镂绮纨。孰谓千载后,故宫半耕残。
城西旧辇道,缭绕犹屈盘。咫尺见萤苑,枯桑生昼寒。
阎闾岂复隘,狐兔穴已宽。楚楚但乔木,萋萋无寸山。
苟非壮士怀,往往不忍看。青旗催画角,回首送飞翰。

释道枢（？—1176）

颂古三十九首（其三七）

谁将画角吹江城,一曲梅花隔岸听。宿酒乍醒金鸭冷,海棠枝上月犹明。

释德洪（1071—1128）

宋迪作八境绝妙人谓之无声句演上人戏余曰道人能作有声画乎因为之各赋一首·洞庭秋月

橘香浦浦青黄出,维舟日暮柴荆侧。涌波好月如佳人,矜夸似弄婵娟色。
夜深河汉正无云,风高掠水白纷纷。五更何处吹画角,披衣起看低金盆。

释惠崇（？—1017）

句（其一八）

锁城山月上,吹角海鸥惊。

句（其五六）

寒灯催腊尽,晓角唤春归。

句（其八〇）

朱旗凌雪卷,画角入云吹。

释简长（？—？）

送僧游五台山

五峰横绝汉,寒翠倚苍冥。积雪无烦暑,高杉碍落星。
碛雪檐外见,边角坐中听。师到栖禅夜,龙湫独灌瓶。

释居简(1164—1246)

智迁昼牛

力敌难教死斗心,墨轻毫淡柳阴阴。莫将抵触迁奇思,只写洪川扣角吟。

送顾哦松柬祁门尉(其一)

角转城头晓,风回麦脚斜。清明都冷落,阴翳趱韶华。
饭了长亭黍,来分野寺茶。到家三月暮,恰好送莺花。

释了惠(1198—1262)

偈颂七十一首(其四二)

拄杖自拄杖,山僧自山僧。庭空积深雪,池冷起冰棱。
楼上未吹新岁角,窗前且点旧年灯。

释清了(1088—1151)

偈颂二十九首(其二四)

旨外明宗,玄中辨的。古帆不挂,洞水逆流。
黄芦渡口奏阳春,偃月城头吹画角。岂止异苗繁茂,须知别有圆音。
更休烂炒浮沤,便请乘时撒手。

释善珍(1194—1277)

江 南

江南春水荻芽青,江北春风鱼上冰。花发正催寒食节,雁归应过永昌陵。
骑奴玉辔闲调马,公子锦鞲行臂鹰。曾宿扬州建隆寺,五更吹角鼓腾腾。

释绍嵩(?—?)

庆元道中

临溪柳带正依依,落絮因风特地飞。岛上断云垂极浦,城头初角送残晖。
闲过绮陌寻高寺,漫绕清流欲浣衣。重到张公泊船处,家家扶得醉人归。

春夜书怀

海内艰难各饱更,鬓毛宁与化工争。春宵思极兰灯暗,晓角初吹客梦惊。

壮思不逢韩吏部,绝交益愧孔方兄。到头诗卷须藏却,薄饭粗缯老此生。

释绍昙(？—1297)

偈颂一百零二首(其七六)

拽杖出烟霞,红尘去路赊。淡金垂柳线,寒玉点梅花。
触目分群象,当机裂万差。岂不见太原孚上座,楼头吹画角,丧尽泼生涯。
活与深深掘窖埋。

听乌槛角有感送衍上人归乡

黄牛背上乌槛角,声声吹作村田乐。低入重渊高入云,拟别宫商都是错。
断烟明灭柘岗西,这呜咿唤那呜咿。天地豁空群动息,野花惊秀不萌枝。
古今酬唱知何限,记得完全忘一半。木人巧弄没弦琴,石女细呈笆柏板。
年来节奏总输君,听彻无声自返闻。一曲还乡人错听,聚头唤作梅花引。

释师观(1143—1217)

偈颂七十六首(其二六)

年去年来年年事,日来日往日日新。木人抚掌呵呵笑,一段风光画不成。
见便见,莫沈吟。楼上已吹新岁角,堂前犹点旧年灯。

释斯植(？—？)

夜坐有感

角送重城月,微风入夜凉。身轻长是寄,吟苦未应忘。
坐久灯成烬,愁多鬓欲霜。百年还老去,谁可继余芳。

送人谒所知

西风忽别离,满袖百篇诗。取已尚如此,问人应可知。
山寒城角远,地阔海帆迟。料想回车日,相看是岁期。

释嗣宗(？—1153)

颂古二十六首(其一二)

一路雄兵犯界河,烟尘塞路绝人过。安邦赖有张良在,画角城头唱楚歌。

释文珦(1210—?)

即景

青山陇麦与人齐,莓子花开谢豹啼。牛背牧儿心最乐,缓吹桐角过前溪。

边思(其一)

十年辛苦戍边城,朔漠漫漫万里平。厌听胡儿吹晓角,声声都是断肠声。

远游

林憩无完室,舟行避恶滩。异乡为客久,浮俗定交难。
草引春愁长,霜侵晓梦残。忽闻城角动,归思若为安。

咏梅(其二)

万木凋零尽,知经几度霜。独余冰玉质,薰得梦魂香。
影入清泉瘦,声传画角长。每因春烂熳,惆怅失孤芳。

寄游边友人

念君为远役,日日为君愁。直道无知己,身贫难自由。
角吹关月晓,辇动碛霜秋。想亦怀归切,慈亲雪满头。

释咸静(?—?)

十二时(其一一)

黄昏戌,角韵钟声遏迩一。要会闻复翳根除,补陀岩上寻弥勒。

释行海(1224—?)

闲倚

闲倚江楼听角声,春风两岸野花明。渔人占得烟波阔,日日扁舟自太平。

回龙桥上晚望

回龙桥上忆龙回,营角呜咽怨落梅。旦暮北风吹雁急,谁从沙漠寄书来。

南明道中

酒旗犹写天台红,小白花繁绿刺丛。蜂蝶不来春意静,日斜桐角奏东风。

丁未昏(其二)

极目东南王气浮,雨余春色满皇州。看花不饮翻如醉,听角无心亦自愁。
吴越是非残客梦,山川今古白人头。殷勤更向楼中望,只有孤云得自由。

释印肃(1115—1169)

金刚随机无尽颂·一相无相分第九(其七)

牧童真可乐,摘草吹画角。撒手抚牛身,鼻孔难摸索。

金刚随机无尽颂·法身非相分第二十六(其八)

特地一场愁,角声吹画楼。不因勉道者,泊合一生休。

释元肇(1189—?)

谢史春坊远招

支林烟雨旧池台,麾节将春今几回。湖上梅花方做梦,楼头画角又相催。

释正觉(1091—1157)

四宾主·主中宾

御楼吹角六街明,金马将军出禁城。阃外化权良有准,不伤风物致升平。

释智愚(1185—1269)

古　　梅

千年苔树不成春,谁信幽香似玉魂。霁雪满林无月晒,点灯吹角做黄昏。

释智圆(976—1022)

上钱唐太守薛大谏

分符江郡远,贵列七人间。文古淳风在,时清谏笔闲。
楼高喧暮角,厅冷镱秋山。圣代期调鼎,轩车即诏还。

释子文(?—?)

偈

不昧不落作么会,会得依前堕野狐。一夜凉风生画角,满船明月泛江湖。

舒岳祥(1219—1298)

十村绝句(其二)

深谷元无邹子律,牧童携角上牛吹。一声吹下柴门近,先报渠娘煮菜糜。

司马光(1019—1086)

塞上(其四)

剑客苍鹰队,将军白虎牙。分兵逻圁水,纵骑猎鸣沙。
浪有书藏袖,难凭信达家。不堪闻晓角,吹尽落梅花。

秋　夜

城上调秋角,烟间发暝钟。风枝摇宿鸟,霜草覆寒蛩。
久负观书乐,端愁束带恭。暂因群吏散,还得遂幽慵。

宋伯仁(1199—?)

闻　角

晓角经秋每厌听,那堪和月在边城。从来只说梅花引,未识梅花曲外声。

宋　祁(998—1061)

和晏相公青城

连天华帟竦南端,画角吟龙叠鼓喧。按曲已休雕辇入,五营斜日亚旗竿。

冬日城楼驻望

城上危栏徙倚频,由来荆楚岁时新。寒塘酒帜能留客,晴坞梅花解笑人。
客雁参差仍向渚,贪鱼拨剌不容缗。凭高更尽三吹角,坐见霞霏厌半轮。

城西晚眺

北榭风轻爽醉襟,天涯摇落对登临。一篙寒浪船移浦,千尾残阳鸟赴林。
倦客亭皋时远笛,早寒墟里渐疏砧。凭栏不觉休边角,暝气苍茫失半岑。

冬　眺

城外斜光角已催,城头倦客首空回。星霜牢落凋年往,天地苍茫暝色来。
千尾昏鸦愁迥戍,几蹄征马思穷埃。使君兴罢惟无绪,不是登高能赋才。

博州骆太保

关榆秋舞折胶风,坐啸边陴忆九重。宴榭绿醑春沸蚁,连营清角暮吟龙。
幕中镂管闲陈檄,塞下兜零罢汉烽。计日民谣喧魏阙,褒功仙札武泥封。

梦野亭在景陵集仙王君为郡日所创

州堞巉屼迥势回,一翚斜甍四轩开。晴光猎草雄风度,晓气浮江赤日来。
望极长天闲倚杵,醉残严角暝休梅。须知故楚多余感,剩费登高作赋才。

巡视河防置酒晚归作二首(其一)

古戍连沙曲,层阿属岸隈。天长倦鸟没,山晚跛羜回。
斜日低官树,轻寒犯客杯。还城闻暮角,三叠落江梅。

宋　庠(996—1066)

送窦员外失职掌廪于沙苑牧监

平台飞雪欲成花,有客西征感鬓华。内史江莼空入梦,下邽罗雀此还家。
鸿声不断关云黑,角弄初休陇月斜。骊牧未妨称吏隐,田园自有故侯瓜。

三月晦日夜坐有感

城头吹角乱昏鸦,坐敞空楼感岁华。遥电不知何处雨,狂风还送一年花。
洛桥禊席随流水,箕岭仙巢倚暮霞。出处半生虽未决,归心常傍故侯瓜。

晚望京邑

暮垒初休角,孤谯半掩门。鸿声骋寥沉,鸦意恋黄昏。
远岫排头碧,春河彻底浑。关东三百里,依约是天阍。

苏　轼(1037—1101)

次韵致远

长笑右军称草圣,不如东野以诗鸣。乐天自爱吟淮月,怀祖无劳听角声。

淮上早发

澹月倾云晓角哀,小风吹水碧鳞开。此生定向江湖老,默数淮中十往来。

次韵秦少章和钱蒙仲

碧畦黄陇稻如京,岁美人和易得情。鉴里移舟天外思,地中鸣角古来声。

山围故国城空在,潮打西陵意未平。二子有如双白鹭,隔江相照雪衣明。

新渡寺送任仲微

春阴欲落雪,野气方升云。我游清颖尾,想见翠被君。
古来聚散地,与子复言分。倦游安税驾,瘦田失归耘。
独宿古寺中,荒鸡乱鸣群。送子以晓角,幽幽醒时闻。

乔太博见和复次韵答之

百年三万日,老病常居半。其间互忧乐,歌笑杂悲叹。
颠倒不自知,直为神所玩。须臾便堪笑,万事风雨散。
自从识此理,久谢少年伴。逝将游无何,岂暇读城旦。
非才更多病,二事可并案。愧烦贤使者,弭节整纷乱。
乔侯瑚琏质,清庙尝荐盥。奋髯百吏走,坐变齐俗缓。
未遭甘鹔退,并进耻鱼贯。每闻议论余,凛凛激贪懦。
莫邪当自跃,岂复烦炉炭。便庆朝秣越,未暮刷燕馆。
胡为守故丘,眷恋桑榆暖。为君叩牛角,一咏南山粲。

苏　颂(1020—1101)

和宿鹿儿馆

边城射猎取麋麚,夭麇仁心所不为。鸣角秋山少闲日,标名邮馆客慵窥。

和签判郡圃早梅

绿萼丹跗炫素光,东园先见一枝芳。凌晨霜点铅胡粉,满槛风飘水麝香。
味入和羹来傅野,声随边角动渔阳。山亭最好通宵赏,微雪相辉映月廊。

苏　辙(1039—1112)

次韵子瞻有美堂夜归

饮阑钟虡欲移轩,香雾犹残金博山。明月飞来松岭外,游人散落马蹄间。
城严画鼓初传角,路暗山花自落鬟。清境暂时都不见,夜深人尽始来还。

陪子瞻游百步洪

城东泗水平如席,城头远山涵落日。轻舟鸣橹自生风,渺渺江湖动颜色。

中洲过尽石纵横,南去清波头尽白。岸边怪石如牛马,衔尾触舻谁敢下。
没人出没须臾间,却立沙头手足干。客舟一叶久未上,吴牛回首良间关。
风波荡潏未可触,归来何事尝艰难。楼中吹角莫烟起,出城骑火催君还。

雨中游小云居

卖酒高安市,早岁逢五秋。常怀简书畏,未暇云居游。
十载还上都,再谪仍此州。废斥免羁束,登临散幽忧。
乡党二三子,结束同一舟。雨余江涨高,林薄烦撑钩。
积阴荐雷作,两山乱云浮。雨点落飞镞,江光溅轻沤。
笑语曾未毕,风云遽谁收。舟人指松桧,古刹依林丘。
老僧昔还住,晚饭迎淹留。食菜吾自饱,馈肉烦贤侯。
严城追吹角,归棹随轻鸥。联翩阅村坞,灯火明谯楼。
肩舆践积甃,涂潦分潜沟。居处方自适,未知厌拘囚。

苏 籀 (1091—?)

观阇梨庵高树梅花盛发一首

臞儒花祴戒,畴昔井眉箴。危绿擅丘壑,攒丛芗弁簪。
殷勤莳芳墩,浪莽纵疏森。迥映晴空馥,乘凌阴霮任。
狂俦萦栩蝶,尤物富芳心。玉蕊真人驭,铃斋水部吟。
烧灯助斜月,吹角伴横参。树下幽禅观,琼蕤政糁襟。

孙 觌 (1081—1169)

题临川孝义寺壁二首(其二)

孤城吹角五更风,笑语团圞一梦中。战格连云家万里,书凭黄犬若为通。

题致思庵二首(其二)

宿雨连村暗,春流隔陇分。樯乌吟外见,城角定中闻。
石鼎涵苍润,铜炉涌翠芬。明朝南北路,相望两孤云。

周抚干挽词二首(其二)

谁续先贤传,犹推月旦评。命儒通德里,听法梵王城。
除地黄金布,帷裳绛帐横。何人追旧事,扣角话三生。

和刘守林宗喜晴二首（其二）

涤地愁霏欲变鱼，毗耶问疾有文殊。拟将十万回天去，且罄丹衷伏地输。
忽听风声传画角，徐看日影上流苏。曲穷不用号瞽瞍，咕嗫瘦词笑小儒。

孙应求（？—？）

恭次家大人初抵季弟海陵官舍之韵（其三）

舟渡金山过广陵，湾头略可计淮程。回瞻建业祥烟绕，北望长安落日明。
野旷春农虚地力，霜清晓角动边声。中原仇耻非难复，子弟皆思死父兄。

孙应时（1154—1206）

阻风泊归舟游净众寺

日落风更起，江头船不行。凄凉大夫宅，萧瑟故王城。
一醉重楼晚，千秋万古情。愁边动寒角，夜久意难平。

陶　弼（1015—1078）

潮　月　亭

角声吹送小单于，薄雾稀星乍有无。坐看月从潮上出，水晶盘里夜明珠。

田　锡（940—1004）

代书呈苏易简学士希宠和见寄以便题之于郡斋也

金殿尝闻金口言，词臣官职是神仙。三年偶忝西垣职，致身似得文章力。
感激思酬圣主恩，危言所以难缄默。出入金门与玉堂，屡因狂直拜封章。
御戎救旱无上策，言词不足动君王。改官出职归郎署，粉围正秩惭叨据。
仍命淮阳颁诏条，元正不得与趋朝。中书舍人捧宝策，加美徽称尊帝尧。
大明殿里上寿酒，翰林学士先群寮。独有淮阳知郡吏，为典郡符蒙借紫。
阁门引谢正衔辞，撰日忽忽办行李。都门柳色早春天，繁台寺中排祖筵。
离杯满劝不惜醉，醉别上马魂黯然。客心易感须如是，回思故国三千里。
子云相如俱蜀人，我今五十君青春。春秋鼎盛正清贵，我年渐似下坡轮。
下车犹未逾期月，官舍初经禁烟节。残阳乍听吹角声，台榭梨花簇香雪。
独酌不欢何所为，孤怀无绪怀已知。十八学士相念否，应笑骨凡格且卑。

地仙敢言谪仙宦,海槎却有上天时。陈州去京地不远,莫惜音书来慰勉。
若得工夫可作歌,歌中言语不厌多。毕三情旨颇似我,向二宋四及李大。
请与副阁王舍人,呈似此歌希唱和。

汪炎昶(1261—1338)

沧洲白鹭图五首(其一)

画角声中意欲迷,酒阑客思晚凄凄。恍然生我红尘外,满眼沧洲白鹭栖。

汪元量(1241—1317)

湖州歌九十八首(其三一)

万骑横江泣鼓鼙,千枝画角一行吹。淮南今夜好明月,船上美人空泪垂。

湖州歌九十八首(其八九)

万里羁孤夜忆家,边城吹角更吹笳。须臾敕使传言语,今日天庭赏雪花。

通 州 道 中

一片秋云妒太虚,穷荒漠漠走群狐。西瓜黄处藤如织,北枣红时树若屠。
雪塞捣砧人戍远,霜营吹角客愁孤。几回兀坐穹庐下,赖有葡萄酒熟初。

眉州借景亭

巍亭借景引壶觞,元祐诗人翰墨香。苍峡雷霆龙意气,碧崖烟雨豹文章。
隔邻修竹娟娟静,夹道枯桑冉冉黄。水泛帘栊檐影倒,风吹城堞角声长。
巴童结束歌仍俊,蜀女腰肢舞亦狂。千古相望翁季在,眉山草木有辉光。

汪 藻(1079—1154)

舟行遣兴五首(其三)

高城吹角罢,别浦载灯归。岁晚客犹去,水寒潮亦稀。
一身将影孑,万事转头非。莫倚危樯望,清霜易满衣。

王 柏(1197—1274)

伯兄新楼十首(其八)

月满阑干风满衿,浪因景物动清吟。钟惊老鹤翻金刹,角引栖鸦投暮林。

王 操(？—？)

塞 上

无定河边路,风高雪洒春。沙平宽似海,雕远立如人。
绝域居中土,多年息战尘。边城吹暮角,久客自悲辛。

并州道中

从军无住计,近腊塞门行。风劈面疑裂,冻粘髭有声。
太阳过午暗,暮雪照入明。马上闻吹角,依依认汉城。

王公炜(？—？)

梅花(其二)

雪后梅花独步天,半开犹自未全然。倚岩大瘦魂销梦,照水无尘骨蜕仙。
贮向金瓶生怕俗,绝饶翠袖敢争妍。夜深霜角吹残月,错梦梨花耿独眠。

王 珪(1019—1085)

夏夜宿江亭有怀

夜冲江浦始停舟,天际萧骚急雨收。枕上月华清到晓,簟间风意冷如秋。
一溪碧水怀归意,九陌红尘倦旅游。待得星稀城角断,旧醒消尽起新愁。

信字卷子

春闱只恐有遗材,据案重将信字开。白石谩应歌宁角,黄金枉是起燕台。
侵更竞看仓惶笔,薄晚谁衔氍毹杯。文字须从勤苦得,莫沾双泪向尘埃。

王平子(？—？)

题雪猎图

烽火一息三千年,汉家将军画凌烟。胡儿不识征战事,龙沙万里今桑田。
丽谯声里梅花角,云暗雪深风色恶。长嘶一骑骢蝉联,狼帽毡裘寒矍铄。
鞲鹰走犬登平冈,狂狐瞥眼魂飞扬。贯雕落雁真戏剧,高鸟略尽良弓藏。
凤鸣居士双眼碧,少年读书勇无敌。但知横行翰墨场,岂料一禽终不获。
向来百非今已无,笔端有口聊自娱。故将胸中磊落事,写作人间雪猎图。

王十朋(1112—1171)

闻 角 声

角声已作送行声,更向萧萧雨后听。明日出郊闻更远,回头忍见二山青。

王 炎(1138—1218)

和廖守岳阳楼韵三首(其二)

蛟螭旗尾拥楼头,偃仰胡床护一州。水阔三江成汇泽,风高六月有清秋。
长吟不减白蘋句,坐啸能分黄屋忧。凭槛可穷千里目,角声鸣轧楚帆收。

冬 雪 行

拥衾展转夜不眠,细数更筹知苦寒。角声未动纸窗白,儿曹报我雪满檐。
玉妃剪水出天巧,飞花万点争清妍。朱门贵人对之笑,初见一白来丰年。
金罍玉爵杂蔬笋,饮罢敲冰煮新茗。绣帏中有红麒麟,轻暖胜春尚嫌冷。
穷巷小家真可怜,典衣籴米无炊烟。江头津吏日来报,往往上流无米船。
县官要籴十万斛,天上符移星火速。去年秋旱粟陈腐,今年秋熟米如玉。
且愿扶桑枝上红,日毂东来却滕六。今年冬雪民已臞,明年春雪民更饥。
九关有路虎豹守,欲语不敢空长吁。

王之道(1093—1169)

春日有感示魏定父

聚散时来不自由,相逢相别欲何尤。韦皋况有三年约,陶谷端非一日谋。
残角为谁惊晓梦,远山多事惹春愁。故园又作骊驹赋,尚幸持觞为劝留。

韦 骧(1033—1105)

再和(其二)

暮角清声杂凤箫,一时冠带似圜桥。谪仙诗句春泉涌,万斛量愁顷刻消。

秋 怀

西风潇洒作轻寒,黄叶楼中强解颜。画角几声催晚照,乱云何处是家山。
宦途有立宁辞贱,局事无多岂厌闲。浊酒一杯休万虑,长林烟暝暮鸦还。

和春阴倦游

铃阁兴何幽,公庭讼不留。未能清昼寝,偶作夹城游。
竹色仍烟翠,梅香趁水流。持杯听暮角,一任起楼头。

弄　水　亭

清溪翠巘两相宜,雄构峥嵘压贵池。弄水得名应有谓,登山留咏想同时。
角声北起秋云动,桥影西横晚照迟。佳趣古今看不尽,前人遗美后人思。

雁　屏

羽翩本云程,丹青入小屏。长年离远塞,尽日啄寒汀。
暮角无惊势,春风悄去翎。几回疑系帛,旅枕梦初醒。

和李世美见寄兼送推官宰彭泽

北风传晓角,宿雾锁寒城。秣马登途早,将雏振羽轻。
一经承祖训,百里徼官成。多谢龙门秀,贻诗壮去程。

和世美以前韵惠诗

东亭清集幸相娱,暮角声休尚柅车。冷淡莲光灯夕后,微茫桂魄雨天余。
交谈自喜高情合,投老还嗟乐事疏。况是离怀起朝夕,好凭樽酒豫驱除。

腊月十八日乙卯立春丁卯会饮开元呈信道中丞

潇洒江城雪后天,访寻幽境就开筵。数声晚角催残照,三日新春入旧年。
鼎坐探题频击钵,杯行度曲有危弦。莫论俯仰成陈迹,顷刻清欢亦可怜。

复以前韵示别

泛鹢兹辰去,前驺几日回。离觞醑浮蚁,暮角听吹梅。
雪峤初消玉,涛江远震雷。应多解颐句,归觐锦囊开。

和待梅花从一字至十字句

梅,迟回。
雪已消,花未开。
傍山林馆,近水亭台。
相期白玉蕊,数费碧云才。

况有冰霜对偶,且无蜂蝶嫌猜。
含蓄清香知自负,包藏幽艳俟谁来。
岭头信兮使骑未至,楼间怨兮角声已哀。
提壶秉笔兮酬咏其侧,花神有知兮得不留心哉。

秋日即事呈同僚

潇洒临霜夕,清居守决曹。严城吹角罢,隔垄听猿号。
警卒持更切,呼囚报钥牢。讼庭澄一水,尘事戢千毛。
檐闃蚊雷绝,池虚蛙吹逃。逍遥静襟虑,抖擞敝祇裯。
树木凋零尽,星辰气焰豪。月微棕影薄,风急雁声高。
忆昔随群学,当时髦二髦。读书图皦皦,感古动忉忉。
意趣青云近,辉光白玉韬。百钱宁问卜,一钓冀连鳌。
直谅谋相与,回邪欲尽麌。自期非干蛊,幸遇岂屯膏。
翻愧雕文陋,难逢异数褒。葳蕤从末宦,涬溟著青袍。
敛翅鹰栖臂,垂头骥伏槽。安能枉寻尺,犹得饱藜蒿。
但恃心如砥,那矜目察毫。穷通任甄冶,险恶远波涛。
养浩虽潜孟,折腰诚愧陶。常哈强蛇足,敢叹抑牛刀。
衮衮途泥里,悠悠日月慆。居然成俗态,何足谓贤劳。
贫贱非无赖,清平况凤遭。边隅虚障候,弓矢载鞬櫜。
途易家音数,官闲坐食叨。人皆讥野僻,我独固持操。
寂寞几尘甑,包并或餔糟。趋时聊勉勉,乐道每嚣嚣。
肺腑兹尤慰,朋从义不謟。相逢甚优渥,得兴且游遨。
胜赏当随地,秋郊况附壕。山嵘正堪展,溪曲尚容舠。
莫计空清俸,须令贯浊醪。菊香分嚼蕊,蟹美共持螯。
谈席争挥麈,诗坛让拥旄。纵横新义论,嗣绝旧风骚。
气锐千戈立,辞抽万茧缲。功名休挂齿,志业本夔皋。

魏了翁(1178—1237)

燕新利路李运使致语口号

怪底梅花破腊前,只因春色到湖边。虹飞云锦看华辔,脍缕莼丝秩珽筵。

今日房园供解后，明朝汉省接馨妍。一觞遮莫霜天晓，梅角声中更少延。

魏　野（960—1020）

登原州城呈张蕡从事

异乡何处最牵愁，独上边城城上楼。日暮北来唯有雁，地寒西去更无州。数声塞角高还咽，一派泾河冻不流。君作贫官我为客，此中离恨共难收。

和三门窦程寺丞见赠

禹门分署似仙居，谁羡同年在直庐。闲制曲教鸦角唱，醉吟诗遣凤毛书。蒙过村巷惊玄豹，命踏厅阶上白驴。莫讶此篇酬更晚，只缘思涩岂情疏。

翁　宏（？—？）

句（其一）

风高弓力大，霜重角声干。

吴　芾（1104—1183）

又登碧云亭感怀三十首（其一八）

晚上危亭为少留，亭前暝色已供愁。更听画角声悲壮，愈使愁人厌远游。

梅花下闻角声

兀坐江城厌寂寥，喜逢春色上梅梢。寄言画角休吹遍，留与铃斋作淡交。

九日感怀

淡云笼日秋容薄，渐渐西风度帘幕。篱边黄菊自重阳，天外幽人正离索。登高那可望长安，记得当年醉丰乐。十千美酒一百分，脱帽狂歌恣欢谑。风流坐上尽英豪，醉倒不知红日落。谁知陈迹转头空，漠漠烟尘暗京洛。又是秋高塞马肥，万国城头悲战角。对花强饮欲忘怀，万感并生还作恶。河水之浊有日清，世乱当复见太平。只应人老鬓毛疏，愧他年少插茱萸。

吴　陵（？—？）

盱眙郡楼

风物凄凉天地秋，凭高不尽古今愁。关河北望三千里，淮泗东来第一州。日暮边声传画角，早寒霜气袭重裘。干戈汹汹何时静，王粲长吟独倚楼。

吴龙翰(1233—1293)

晓发姑孰城

鹃啼惊梦敧春枕,花落迎风打晓窗。携杖搀先出城去,角声吹月堕寒江。

吴　潜(1195—1262)

十用喜雨韵三首(其二)

喜极夫何恨不禁,五更霜角夜声沈。滴残塞北征夫泪,点碎江南游子心。久客情怀愁似织,休官时候梦非簪。宝陀老子相怜否,苦海应援绠万寻。

吴惟信(?—?)

梅花(其二)

客枕谁惊蝶梦阑,角声吹动五更寒。断桥流水无人处,淡月疏星只自看。勾引闲情何日了,形容幽韵入诗难。冷香深恐轻狼藉,叮嘱林神护石栏。

吴则礼(?—1121)

晓　角

晓角催行鼓,儒生也据鞍。辕门天汉入,幕屋塞云蟠。驰山一骑落,拔帜万人观。湖海鸥群老,空余子夏冠。

武　衍(?—?)

闻角呈宗谕方蕙岩

晓角吹愁客梦寒,一声声落曲屏闲。吴儿可杀无风味,老却梅花只当闲。

项安世(1129—1208)

五更至城下

身闲最怕俗间忙,夜短仍妨睡思长。戍柝传更催曲枕,领舆将梦踏黄塘。湿云裹月江天白,小雨蒸春草树香。却到城门听画角,倚空楼堞正苍苍。

元夕刘知录招饮

曾吹藜杖到蓬莱,亲见银潢铁镥开。析木津头排列宿,鳌山脚下走轻雷。荒城夜雪欺行李,画角晨霜送落梅。邻舍相呼同酒盏,也教人道上元来。

萧立之(1203—?)

和黄立轩梅诗十首(其七)

谁折一枝千里信,江南曾寄与人夸。如今不奈城头角,僝僽花神也撒花。

谢　翱(1249—1295)

八　咏　楼

江山此愁绝,寒角梦中吹。飞鸟过帆影,游尘空戟枝。
水交明月动,槎浂故州移。已薄齐梁士,犹吟沈约诗。

谢　逸(1068—1112)

用汪信民韵送叔野迎妇山阳

凉月凄风透客衣,离亭无奈角声悲。解围未设王家障,举案先齐孟氏眉。
青眼难兄嗟久别,白头寿母梦相思。胸中若有功名念,莫待钟鸣漏尽时。

辛弃疾(1140—1207)

咏　雪

书窗夜生白,城角晓增悲。未奏蔡州捷,且歌梁苑诗。
餐毡怀雁使,无酒羡羔儿。农事勤忧国,明年喜可知。

徐　积(1028—1103)

送娄六秀才

趋时之悔真良说,枉己之徒信厚颜。学者渊源当似海,丈夫持守要如山。
挺然特起麟孤角,鄙矣谁窥豹一斑。为子临行双泣下,白头人倚夕阳关。

送程守(其一)

楚人相唤守河梁,鸣角楼前驻画樯。未肯放船来北渚,且教载酒去东堂。
倾城和气传芳草,沿路清风配绿杨。见说新班名玉笋,赤墀登对待冯唐。

送张君河朔之行

尝闻此道春来迟,山中积雪埋狐狸。黄河三月冰正合,朔风凛凛吹人衣。
吁嗟客路正寒苦,数千里外将何为。答云此去非徒尔,有如羽翼投高枝。

主人之贤闻天下,出门舍此将安之。嗟予赠此复何说,少年养取胸中奇。
古人之学不可废,丈夫之操不可移。江淮之上亲且老,临行须约将归时。
边城吹角客心乱,此时应望东南飞。

徐　玑(1162—1214)

中川别舍弟

中川人语别,南国夜何其。江迥风来急,山低月落迟。
缆从前浦远,角在古城吹。五亩耕锄地,何当手共治。

徐集孙(？—？)

秋　风　悲

秋风悲,秋风悲,秋风悲兮落叶飞。豪家不识秋风悲,杯酒暖热儿女嬉。
秋风悲,秋风悲,秋风悲兮陇穗萎。田舍不识秋风悲,腰镰收刈鸡豚肥。
秋风悲,秋风悲,秋风悲兮塞角吹。
戍人不识秋风悲,只愿封侯不顾死,枣红十载忘归期。
秋风悲,秋风悲,秋风最可悲兮。江流滔滔,禾黍离离,为此悲者其知谁。

徐　瑞(1255—1325)

丙戌除夜泊舟东湖用白石归苕溪韵书怀(其四)

津亭空树集饥鸦,望断孤云是我家。暮角吹寒风渐落,自呼斗酒对梅花。

城　上　谣

北风吹沙湖水黄,离离衰草覆女墙。曼缨紫鬃马上郎,腰间短剑明秋霜。
城西砧杵登登处,夫君已戍交河去。角声渐起鼓声住,乱鸦啼断斜阳树。

余敬可示汪子明诸君大雪诗卷次韵

当年聚星堂上雪,醉翁一时盛宾客。赋诗下令自作古,寸铁不持渠战白。
坡翁晚出继风流,号令尤严笔尤特。两翁高蹈二百年,对雪兴怀足悲悦。
痴云漠漠落未已,忍听穷阎嗟困踣。寒江短艇钓空蒙,孤城暮角传鸣咽。
猎徒原上肆鹰犬,幽士坐窗唯一默。豪门夜醻不知旦,妆楼晓镜惊明豁。
眼前种种总堪诗,欧苏故事成阔绝。刬闻云君出新语,字如瘦竹行攲仄。

临湖道人口业在,宛然簏仲赓埙伯。何如松下观幻质,仰天大笑累堕帻。
吾家儿女况能贫,海图争把波涛拆。

徐 照(?—1211)

宿翁灵舒幽居期赵紫芝不至

江城过一雨,秋气入宵浓。蛩响移砧石,萤光出瓦松。
月迟将近晓,角尽即闻钟。又起行庭际,思君恨几重。

永州寄翁灵舒

古郡百蛮边,苍梧九点烟。去家疑万里,归计在明年。
风顺眠听角,楼高望见船。筠州当半道,长得秀诗篇。

同徐文渊登永州高山寺

画图旧识高山寺,今在高山寺里行。千古崄峰长自直,一春潇水未曾清。
孤城吹角寒猿应,破屋寻碑野鼠惊。天遣二人来远地,要将新景就诗名。

许及之(1141—1209)

次韵周畏知用南轩闻说城东梅十里句为韵六言七首(其四)

梦蝶驱除枕上,惊鸿约略墙东。石裂岩前积雪,角咽城头晓风。

次韵王宣甫催梅

犯寒时访岁寒姿,经闰何缘却后期。珍重故人勤问讯,剪裁新意作催诗。
一阳潜与飞灰动,九奏深凭画角吹。莫遣诗筒成断绝,日来频为起愁思。

薛季宣(1134—1173)

春阴三首(其二)

逼社窨阴雨,园花就凋零。翩翩蝶翅重,好鸟无一鸣。
山头雾露白,檐前砌苔青。旁瞻隔远到,内与愁思并。
县小文书省,甋茵匝莎庭。举头叹世事,坐有百感生。
芳林堕玉蕊,垂杨结珠缨。伤春复已半,忽忽难为情。
竭来发书簪,悼往心自冥。袖手一凝伫,意逐飞鸢行。
中原政紊乱,悲角扬哀声。有酒不解饮,何以解我醒。

梦 仙 谣

长城役罢骊山起,秦人断念还居里。一呼或化为侯王,避之却是神仙子。
汉家宫殿生荆棘,桃源千树长春色。花香破鼻桃离离,只在人间人不知。
梦中有客曾一到,屋舍衣裳殊草草。狗彘鸡豚还治生,若度流年不知老。
南华矶壁连天起,人家庭户多流水。红碧夭桃百种花,不似凡间锦和绮。
仙人容貌闲且都,居处虽贫乐有余。老子桃红入双脸,皤然只有银为须。
仙家女儿多茜衣,桃花宜面叶宜眉。离宫茅舍略相似,别有谯丽璇为题。
仙君名氏犹属秦,许由往往陪游人。老人石上问行客,传今几世秦之君。
为言天下方南北,人鹿千龄经几得。嗟说来时桃始华,桃子而今未成核。
祖龙往日亲曾见,六合连兵事攻战。北城紫塞南陆梁,倾资未足供输挽。
诚知黔首无聊生,侧目有诛正视刑。剖心不独商王受,当时论杀诸儒生。
我本何辜一何幸,避役离乡共亡命。石髓药苗聊解饥,经年陡觉侪仙圣。
讯今丞相胡为者,振古如今同土苴。惊起城头角调哀,顿觉令人小天下。
秦政求仙徒尔为,避秦役夫能至之。还知道可无心得,学道有心无乃痴。

严 粲(？—？)

二 水 闻 角

少日乡间不解愁,闲听画角起谯楼。西风依旧阑干月,独自潇湘万里秋。

岳麓寺(其一)

几层攀石磴,高寺白云边。台旧怀人古,泉幽想鹤仙。
远帆湘浦树,暮角楚城烟。长是登临处,沧洲意惘然。

严 羽(1192？—1245？)

塞下曲六首(其三)

古戍秋生画角哀,思归泣尽望乡台。胡天日落寒风起,但见黄沙万里来。

出 塞 行

将军救朔边,都护上祁连。六郡飞传檄,三河聚控弦。
连营当太白,吹角动胡天。何日匈奴灭,中原得晏然。

643

阳 枋(1187—1267)

丙辰病起示儿

采薪背夏见书云,世我相遗思转清。识个凝阴消又长,喜些真火熄还生。
百年好梦黄粱短,一片闲心白鹤轻。独拥寒衾长不寐,听吹梅角动江城。

杨公远(1227—?)

借虚翁涌金门城望五诗韵以写幽居之兴(其四)

细撚吟髭谩赋诗,骚人那敢与争驰。倾杯对月风清夜,倚杖观山云敛时。
世事安危浑莫问,人生得失底须悲。何当琢就梅花句,付与高楼画角吹。

杨 蟠(?—?)

镇 江

云间铁瓮近青天,缥缈飞甍百尺连。几番画角催红日,无事沧洲起白烟。

杨 齐(?—?)

寒 食 野 外

寒食人家事踏青,偶躯羸马出郊坰。禽声唤雨娇相语,天色和春困不醒。
芳草碧来丝作毯,好花红处锦为屏。回头画角江城晚,人倚秋千月半庭。

杨 时(1053—1135)

蕲 州 早 起

城头雷动角声哀,似共行人怨落梅。欲报晨炊粱未熟,唤回残梦眼惊开。
霜清暗觉貂裘冷,月淡空令邑犬猜。倚杖起看风正惨,紫薇缭绕俯三台。

次韵何吉老游金銮寺

荣名嗟何为,病木自生瘿。彭殇一梦觉,乌用论久顷。
寄身渊明庐,翛然在人境。卫生鄙樊雉,放浪任流梗。
相忘到形影,世累不须屏。锉针聊自营,宁复事干请。
负暄有余燠,蓬鬓乱垂颈。客来坐无毡,谁顾广文冷。
忽闻过吾门,冠屦不暇整。邀我招提游,并辔相与骋。

僧关叩禅寂,未语心已领。并游皆韩徒,辞刃淬锋颖。
多闻富如坻,吾方拾遗秉。顾惭管窥陋,未睹豹文炳。
谬追俊游后,如渴得甘井。愿从借金篦,为割眼中眚。
鼻端垩漫久,妙质愧非郢。赓酬困诗律,恐坐杜陵瘖。
相携上层岗,出户畏深阱。每虞参也鲁,跬步辄三省。
迟回月初上,云间挂金饼。昏鸦鸣相呼,更觉林逾静。
湖光湛星汉,渺渺天水永。归蹊暗尘土,回首失清景。
角声下谯门,归步怯修岭。晚市人迹稀,青灯耿疏影。

杨万里(1127—1206)

霜夜无睡闻画角孤雁二首(其一)

画角声从枕底鸣,愁霜怨月不堪听。拥紬起坐何人伴,只有残灯半晕青。

霜夜无睡闻画角孤雁二首(其二)

梅边玉琯月边横,吹落银河与晓星。城里万家都睡著,孤鸿叫我起来听。

不寐四首(其一)

老来只愿酒难醒,酒力才醒梦便惊。露滴新寒欺病骨,宦游如梦记平生。
深山五鼓鸡吹角,落月一窗鹅打更。等待晓光雕好句,晓光未白句先成。

碧落堂暮景辘轳体

碧落堂中夕眺余,一声哀角裂晴虚。满城烟霭忽然合,隔水人家恰似无。
坐看荷山沉半脊,急归道院了残书。意行花底寻灯处,失脚偏嗔小史扶。

醉吟二首(其一)

十载人间乐与忧,几曾半点到心头。梧桐叶上秋无价,蟋蟀声中月亦愁。
暮角晓钟何日了,苍颜华发此生休。吟颠醉蹶知无益,利走名奔有命不。

杨　亿(974—1020?)

陈太博知建州

梦笔山连化剑津,两乡人看锦衣新。北堂潴濑三牲膳,南陌骖驔五马尘。
画角声残铃阁暮,露牙香细茗园春。瓯闽自昔多居士,谁是贤侯席上珍。

黄从事随军

买符来赴调,负羽去从军。五夜闻边角,三时看阵云。
樽前还料敌,楯上更摛文。手笔人多许,须铭窦宪勋。

次韵和并州钱大夫夕次丰州道中见寄

汉将从天下,胡兵值月残。孤烟戍楼迥,密雪战袍干。
向暮三吹角,临风一据鞍。边城赖经略,重取地图看。

郡斋西亭夜坐

凉飔初拂衽,皓魄正当轩。宿鸟林间定,流萤草际翻。
苍茫迷野色,嘲哳辩方言。角罢重城掩,渔归别浦喧。
断蛩吟坏壁,寒杵出遥村。树影成帷密,滩声激箭奔。
夜长风露冷,川迥水烟昏。对景都无寐,冥心契混元。

姚 勉(1216—1262)

和通判直阁立春闻莺(其二)

画角声中晓唤春,依城柳眼又精神。试呼腊蚁梅边酌,恰喜朝莺雪底新。
幽谷暖融空翠湿,上林香动软红尘。燕楼暗想翻新曲,恼破朱樱一点唇。

姚 镛(1191—?)

寄赵东野时以帅檄抚定赣叛(其二)

清晨闲上郁孤台,鼓咽谯楼角更哀。病叶满山难独扫,狂花一树为谁开。
泉枯石井狮空吼,雨暗荒池凤不来。欲向江东问仙老,海风吹浪驾舟回。

叶 适(1150—1223)

余顷为中塘梅林诗他日来游复作

侧闻中塘好,曾赋劝游篇。凌江入柱浦,聊复信所传。
化工何作强,耿耿不自怜。山山高相映,坞坞曲相穿。
林光百道合,花气十村连。风迎乱骎骎,日送交婵媛。
天回徂阴后,地转升阳前。初如别逃秦,疏附耻独贤。
又疑未兴周,掩拥欣俱全。惜哉见之晚,重寻畏凋年。

一省三叹息,十步九折旋。诗家诧梅事,槁干陋肥鲜。
常于寒角晓,爱彼明冰悬。疏枝涩冷艳,小窗露孤妍。
吟悲炙留嗛,句喜珠离渊。忽兹过众甫,欲彀羞断弦。
无以寄美人,千室炊暮烟。明朝指行处,雾雨空迷田。

叶 茵(1199?—?)

忆 弟

支藤来海峤,骨肉海西边。对月成千里,举头同一天。
更沈寒戍角,歌急晚潮船。孤雁商予意,声声落枕前。

舟行次韵二首(其一)

相逢隐者流,同是五湖舟。为老铭三住,因闲话四休。
黄沙明野渡,画角咽谯楼。已践登山约,煎茶更少留。

易士达(?—?)

竺涧梅

疏枝冷蕊本清幽,不傍山林傍碧流。莫遣城头吹画角,恐惊花片动情愁。

梅花吟

孤山和靖真奇士,绕屋种梅清彻底。暗香和月透寒窗,压尽几多红与紫。
挨排花品果为魁,南枝向暖首先开。当时疏影横斜句,几度吟从笔底来。
劝君莫奏城头角,吹得梢头花片落。

尹 瞻(?—?)

火星岩联句

千里熙醇政,灵岩嘉访寻。登亭云拥坐,穿径笋成林。
乐逐天风远,尘随宿雾沉。绮罗红作锦,冠盖绿交阴。
下顾关河小,寒知洞壑深。松枯存旧节,花老见初心。
旌荣岚光润,樽罍野气侵。自愧翁归拙,难攀子厚吟。
城楼传暮角,南陌骑骎骎。

尤 袤(1127—1194)

落 梅

清溪西畔小桥东,落月纷纷水映红。五夜客愁花片里,一年春事角声中。
歌残玉树人何在,舞破山香曲未终。却忆孤山醉归路,马蹄香雪衬东风。

游 似(？—？)

黄 鹤 楼

长江巨浪拍天浮,城郭相望万景收。汉水北吞云梦入,蜀江西带洞庭流。
角声交送千家月,帆影中分两岸秋。黄鹤楼高人不见,却随鹦鹉过汀洲。

余观复(？—？)

梅 花 引

耨银云,锄璧月,栽得寒花寄愁绝。阳和一点来天根,春满江南谁漏泄。
珊瑚作树玉为肤,沉水熏香檀吐屑。
野桥横,寒涧洁,斜梢舞破屋角烟,老树压残墙角雪。
风流不肯王谢俦,孤高尚笑夷齐劣。萧然与俗最无缘,此话难明向谁说。
绝爱西湖君,暗香浮动月黄昏。亦爱东坡老,竹外一枝斜更好。
二仙去矣花寂寥,着语压花花不倒。谁能淡笔传其真,谁能楚语招其魂。
参横月落兴未了,三叫花神闻不闻。花影摇摇情默默,冷透吟脾醒醉魄。
问渠桃李岂知春,西抹东涂受春役。自然香,无色色。
谯楼角动霜初飞,萧寺钟鸣天欲白。披衣绕遍树头行,判断人间风月国。

俞德邻(1232—1293)

闻 角

角声呜咽梅花老,远客夜长风草草。起倾冻酒浇愁胸,愁思转多杯恨小。
人生石火斯须期,月转楼西角又吹。哈台一枕华胥梦,明日看山笏拄颐。

次韵朱子厚九月十一日见寄三首(其一)

三载干戈隔胜游,江山依旧郁相缪。蛮吟砌壁莓苔古,雁落汀沙草木秋。
画角飘江犹北固,白云飞岫认东瓯。凭高望远心如醉,风岸乌巾雪满头。

虞 俦(？—？)

和姜总管感秋七首(其六)

窗暗灯花结,帘疏露气浮。晚来城上角,吹断一天秋。

余秋初离庭闱冬至犹未得归夜读宛丘先生秋日忆家诗辄次韵以述旅怀

屈指西风阅岁华,半年行役苦思家。彩衣归去亲闱好,画角吹残客梦赊。
病里中秋慵见月,醉中九日强簪花。朅来又过书云候,节物催人一可嗟。

和吴守赋秋阅之什

秋郊小队暂徘徊,谁信儒门出将才。千骑控弦吴月满,一声鸣角楚天开。
赋诗已是夸横槊,看剑何妨更引杯。收取中原报明主,凌烟事业正相催。

袁说友(1140—1204)

和程泰之阁学咏雪十二题·闻雪

洒窗犹作故人来,声到楼头画角猜。闻罢更须凭目力,个中时欲认真梅。

岳 珂(1183—？)

闲居六咏·夜坐

一窗凉浸月,四壁息闻雷。铜漏水仍滴,金炉香未灰。
徘徊听蛩远,熠耀逐萤来。看剑挑灯久,谯城角引梅。

曾 黯(？—？)

枕上闻角声有感

学剑年来又不成,羁穷谁与共功名。殊乡岁岁秋风客,孤垒朝朝晓角声。
富贵安能同哙伍,文章不愿以诗鸣。鹿门幸有幽人约,饭豆羹藜过此生。

曾 丰(1142—？)

十一月六日雨至次月一日始霁

数自初旬至末旬,雨犹未了雪相寻。千山草木收元气,万里乾坤入太阴。
城郭谯楼吹冻角,郊原驿舍捣寒砧。静听年少心须折,幸我已无年少心。

曾　巩（1019—1083）

雪后同徐秘丞皇甫节推孔教授北园晚步

沙草正黄濒海意，江梅还白故园情。循除远水春前急，绕郭空山雪后明。林影易斜寒日短，角声吹去暮云平。最惭佳客忘形契，肯伴衰翁著屐行。

曾由基（？—？）

赵岁寒昆季三人拉李学谕余同游南湖次岁寒韵

紫麒麟楦岂身荣，腹有诗书气便清。野酌雅宜招胜士，贵游大半是宗英。主翁旧有登堂约，古树今知夹道迎。剩欲索梅同一笑，却随画角弄初更。

曾　肇（1047—1107）

句（其七）

紫蒂黄苞破腊寒，清香旋逐角声残。

出门寄家

出门日日念归期，恐过归期未得归。画角数声来别浦，孤帆一点背斜晖。行逢山树秋前落，坐见江云水上飞。尽是南人好风景，客心惊此却依依。

海陵春雨日

公事无多使客稀，雨时衙退吏人归。沉烟一炷春阴重，画角三声晚照微。桑雉未驯惭报政，海鸥相近信忘机。只将宴坐收心念，懒向人间问是非。

张　佖（？—？）

边　上

戍楼吹角起征鸿，猎猎寒旌背晚风。千里暮烟愁不尽，一川秋草恨无穷。山河惨澹关城闭，人物萧条市井空。只此旅魂招未得，更堪回首夕阳中。

张道洽（1205—1268）

梅花二十首（其一一）

才有梅花便自奇，清香分付入新诗。闲持杯酒临风处，独倚栏干待月时。试向园林千万树，何如篱落两三枝。霜天角里空哀怨，丘壑风流总不知。

张　纲(1083—1166)

次韵彦达折梅

信步寻梅约,欣逢亚雪枝。春藏红萼小,寒蕊暗香迟。
画角传新曲,妆台敛翠眉。广平心不动,唯许笔端知。

张继常(？—？)

题镇戎军厅壁

夜闻碛外铃声苦,晓听城头画角哀。不是感恩心似铁,谁人肯向此间来。

张　榘(？—？)

送宾书记自扬归吴门

一叶黄芦渡渺茫,误随野鹤上维扬。角声吹断梅花梦,依旧枫湾半叶霜。

次韵金陵赵民曹水阁即事

尚想溪亭跨鸭头,市嚣到晓不曾休。角声吹断老梅月,桥影压翻寒苇秋。
三语固知非昔比,十年不到使人愁。老来著脚茆峰下,相望何殊风马牛。

和澄斋刘制干过芜湖渭阳宅有感韵

兴言陟岯驻征舻,丘水依然亦故乡。萱草梦寒诗思远,梅花月冷角声长。
暂辞小隐从三聘,况值清时已一阳。朝籍渐通恩数洽,会看梧槚发幽光。

张　侃(1189—？)

梅

江梅有远韵,不与世浮沈。诵我壁间句,知渠岁晚心。
疏花生古意,暖艳啅幽禽。此处知谁解,霜天启角音。

张　扩(？—？)

舟行江阴道中

雨后侵篙一尺浑,败蒲衰柳乱填门。梦闻断角送余向,起看新潮到旧痕。
处处鱼盐成市井,家家罾筲长儿孙。更传下诏宽民力,斗米三钱何足论。

张 耒(1054—1114)

吹 角
断霞归鸟隔山钟,日过西山转海空。长恨南城催晓急,五更吹角怨秋风。

远 思
袅袅霜风吹碧梧,孤城残角奏单于。山川浩荡愁千里,楼阁黄昏月一梳。

感秋三绝(其二)
楚天未白转星河,楼角先吹出塞歌。长愧侵床五更月,殷勤无计谢姮娥。

残春三绝(其二)
阑干倚遍更消魂,春到淮南得几分。袅袅柳枝烟雨湿,画楼残角送黄昏。

寓寺八首(其七)
错落星河没半空,江城悲角五更风。幽人梦断西窗雨,背壁笼灯到晓红。

泊楚州锁外六首(其二)
便风吹舫去无情,漫遣槎牙铁锁横。未叹客行鸥鸟远,五更吹角是高城。

二绝句(其一)
幽窗老客寒无睡,长听城楼晓角悲。万里沧溟初浴日,暗鸡先向草间知。

绝句二首(其一)
风掉浮烟匝地回,雨将浓翠扑山来。晚凉楼角三吹罢,夕照江天万里开。

舟中晓思
树色未啼鸟,桨声初度航。客灯青映壁,城角冷吹霜。
飘泊年来甚,羁游情易伤。年丰清颍尾,吾计亦差良。

大雪苦寒五更无睡枕上成两篇(其一)
大雪人迹绝,衡门闭不知。寒城悲角迥,幽谷晓鸡迟。
岁月去如失,穷通默自知。但知饱寝饭,天道两无私。

夜 霜
夜霜偏警军城角,晚日如催林寺钟。蹭蹬此身甘已老,推迁世事本无穷。
邯郸梦里忘将癕,蛮触军中尚战雄。我有一言开达者,到头可倚是天公。

立秋后便凉诗示秬等

暑别齐纨知有日,秋生蕲竹果如期。月明半夜似相觅,角怨五更知为谁。
风露满天河转后,江山千里雁来时。短檠莫倦亲灯火,又见槐花黄满枝。

晓　　意

城头清角已三奏,树间眠鸠方一鸣。风霜凄紧雁南向,星河横斜天左倾。
待旦枕戈无怨敌,将朝盛服非公卿。不如衲被蒙头睡,直至东窗海日生。

听客话澶渊事

忆昔胡来动河朔,渡河饮马吹胡角。澶渊城下冰载车,边风萧萧千里余。
城上黄旂坐真主,夜遣六丁张猛弩。雷惊电发一矢飞,横射胡酋贯车柱。
犬羊无踪大漠空,归来封禅告成功。自是乾坤扶圣主,可能功业尽莱公。

送刘季孙守隰州

君家将军本缝掖,叱咤西摧贺兰石。一时成败何足论,要使英名垂竹帛。
到君奇骨尚虎头,白须千骑守边州。插架万签供记览,探囊五字擅风流。
大河之东士精勇,日饮不妨飞猎鞚。五更吹角建牙旗,万马合围行酒瓮。
朝裘风劲黑貂暖,夜帏雪满青毡重。乐哉闭口莫言兵,虽有颇牧谁能用。

张　　嵲(1096—1148)

至梅堂次韵

牛衣不暖梦初回,声切严城角弄梅。旋理敝裘骖蹇足,披霜得个为公来。

兴州看月上

城下沧波去不停,城头吹角作边声。去年此夜深闺月,今向兴州山上明。

达州月夜

　薄暮行人息,角声吹已残。城空群犬吠,明月照关山。
　四望何所见,烟苍树团团。但闻流水声,不见飞鸟还。
　故园天一角,时危路间关。避地方云始,整驾何当旋。
　故人同此夕,若为怀抱宽。

会览亭三首(其三)

角声呜咽下城头,水国风烟欲暮愁。远日苦遭层嶂隔,归心欲逐大江流。

渔村积火临沙岸,贾客连樯集市楼。千里家山一回首,林梢新月又如钩。

张绍文(?—?)

云溪叔父赐饮大梅花下以疏影横斜暗香浮动分韵得动字

清沟泂寒波,怪石乱扶拥。轻风卷浓云,天际孤月涌。
主人宴亲宾,会合意弥重。列炬照寒梅,繁星粲修陇。
清香逼诗魂,吟兴欲飞动。酩酊归去来,严城角三弄。

张　栻(1133—1180)

次韵周畏知问讯城东梅坞七首(其三)

春意新回庭树,角声莫起江城。更著水仙为伴,真成难弟难兄。

仲春有怀(其一)

青山四面拥江城,暮角声中淡月明。自倚阑干生白发,无心行乐趁春晴。

落　梅

清溪南畔小桥东,落月纷纷水映红。五夜客愁花片里,一年春事角声中。
歌残玉树人何在,舞破香衫曲未终。却忆孤山醉归路,马蹄残雪衬春风。

张舜民(?—?)

秋晚三首(其二)

官事私忧总不论,每于楼上到黄昏。江城日暮须吹角,野寺僧归自掩门。
秋晚山川多草木,年丰场圃足鸡豚。人生几有渊明乐,稚子迎门酒满樽。

城上乌

城上乌,山头月,几点残星灭不灭,营中角声鸣咽咽。
战马嘶,征人发,堂上双亲垂白发,闺中少妇年二八。
爷牵衣,儿抱膝,东邻西邻哭声一,道上行客肠断绝。

张孝祥(1132—1170)

幽　兴

海涵大阴日西坠,画角一声城欲闭。柴门关上濯足眠,万事不如高枕睡。
睡乡广大能我容,兀兀腾腾兴莫穷。推枕起瞻河汉晓,月明庭竹响清风。

张玉娘(1250—1276)

塞 下 曲

寒入关榆霜满天,铁衣马上枕戈眠。愁生画角乡心破,月度深闺旧梦牵。愁绝惊闻边骑报,匈奴已牧陇西还。

从 军 行

　　二十遴骁勇,从军事北荒。流星飞玉弹,宝剑落秋霜。
　　画角吹杨柳,金山险马当。长驱空朔漠,驰捷报明王。

张元干(1091—1161)

次江子我闻角韵

夫差故国紫寒水,铁马南来忽振缨。城上昏鸦争接翅,舟中逐客谨逃名。胡笳怨处风微起,浊酒醒时梦易惊。飘泊似闻山寺近,真成夜半听钟声。

张 镃(1153—?)

园中梅有开者寄呈当涂叔祖

春到林梅得重权,首冬疏萼已争先。移栽尚记陪深罜,静看因思觅近篇。佐世勋庸金鼎味,贪闲怀抱竹篱烟。临风欲寄横斜去,梦绕江城暮角边。

章 惇(1035—1105)

和蒲宗孟游虎丘因书钱塘旧游

传闻城角舣行舟,自拥笙歌选胜游。偶为寒江阻潮汐,再容清赏属林丘。燕回吴苑风和雪,梦断钱塘月满楼。尽把苏杭好烟景,醉吟将去诧东州。

章 甫(?—?)

书祖显墨梅枕屏

我曾醉卧勇庵床,酒渴依然梦吸江。晚角吹回灯尚在,眼花错认月横窗。

谩 成

　　时事何年定,吾生半时休。僧居才解夏,边垒又防秋。
　　远水朝沧海,斜阳傍小楼。西风吹画角,归思满扁舟。

赵 抃(1008—1084)

泊巴陵闻晓角

五更钟后斗沈杓,画角三番塞角调。青草湖平无俗籁,岳阳楼迥有寒飙。
酒肠唤醒维舟静,梦眼惊回去国遥。我爱清余起倾耳,欲吟情思已飘飘。

次韵楼头闻角

龙蛰穷冬万否开,蛮吟清晓在蓬莱。五更枕上惊残梦,一曲楼头动小梅。
入牖凉飔声咽绝,满庭斜日思徘徊。新年合我七十一,柯岭不如归去来。

次韵霍交中春游乐俗亭

自怜拙政无他状,强继前贤乐远民。轩豁四檐芳草岸,夷犹千棹绿波春。
岷山霁色尘氛敛,锦里风光气候新。暮角未吹人未散,醉歌欢舞共纷纶。

和前人有怀二首(其一)

一日塞帏令必从,自惭前秕属衰翁。声回地底清霜角,讼自庭中冷鲋筒。
旧契世同知管鲍,新文人服似轲雄。公闲数有琼瑶赠,又使乡闾笃士风。

入赣闻晓角有作

江南历尽佳山水,独赣潺潺三百里。移舟夜泊惶恐滩,画角乌乌晓风起。
栖鸥宿鹭四散飞,梦魂惊入渔樵耳。三通迤逦东方明,又是篙工造行矣。
横波利石千万层,板绳缚累如山登。夷途终致险且升,自顾忠信平生凭。

赵处澹(？—？)

清 明 雨 中

竹绕清渠长嫩蒲,数声村角晚吹梧。山家最怕清明雨,打落残花一片无。

赵 鼎(1085—1147)

无 题

胶胶身世竟何穷,急电飞花过眼空。惟有离愁推不去,五更孤枕角声中。

泊白鹭洲时辛道宗兵溃犯金陵境上金陵守不得入(其二)

城头传令插军麾,城外行人泪满衣。处处悲风吹战角,沙洲白鹭莫惊飞。

赵鼎臣（？—？）
任邱道中值雪赠权邑宰曹弋取道曹河间同僚也（其一）
骅骝终日在道路，鹦鹉一生遭网罗。诸公但欲选才耳，明府其如多事何。
釜中烹鱼莫仓卒，车下叩角徒悲歌。寄书请问皇华使，今日谁堪政事科。

不　寐
秋光已向鬓毛催，寒色仍从枕簟来。天外角声风引去，日边归梦雨惊回。
愁能醉客非关酒，老欲随人不待媒。拟放此身无著处，闲时只合且衔杯。

寄高阳宰张即功
方丈仙山客，高阳辩士乡。圣朝新命吏，茂宰近为郎。
烽火三关戍，尘埃百战场。幽燕通聘问，蕃汉杂耕桑。
政简人安堵，刑清舍掩棠。万家鱼蟹贱，十里芰荷香。
置酒时多暇，裁诗夜未央。水摇天影乱，风送角声长。
骤见秋云白，相思塞草黄。无忘寄消息，看取雁南翔。

赵庚夫（1173—1219）
真州听角
画角听时恨最深，戍楼偏在女墙阴。声寒恐有新霜落，意远未随红日沉。
凉月一天孤雁影，秋风万里狂夫心。连宵只解搜诗意，哀怨何曾动羽林。

赵　葵（1186—1266）
芍　药
芍药殿春春几许，帘幕风轻飞絮舞。昨宵酒醉玉楼春，一声画角吹残雨。

赵孟坚（1200—？）
寄汤帐干
锁窗寂寞守灯荧，熟数陈踪迹杳冥。已自无心云淡淡，不应逐计鼠营营。
发生最普惟春力，幽隐旁昭是月明。试品梅花霜下角，动人深浅似秦筝。

赵　企（？—1118）

题兜率寺

一到巾山眼界宽，招提直在翠微间。黄鹂过处金穿柳，白鹭飞时雪点山。
渔艇两三随月上，海帆八九趁潮还。归时听得梅花角，落日西城未掩关。

赵汝𬭤（1172—1246）

秋　夜

秋到情怀恶，美人天一方。夜深窗转月，梦断角吹霜。

倚　栏

倚栏有恨无人说，暮角吹梅寒声咽。急风卷雨过雁惊，吐下芦花一枝雪。

赵善括（？—？）

和龚同叔春日即事五首（其一）

苦雨不肯霁，花愁都落红。老农欣岁兆，游子恨途穷。
寒尚衣难褪，春侵酒易中。城头喧角弄，轻度一帘风。

赵师秀（1170—1219）

月夜怀徐照

月色一庭深，迢遥千里心。湘江连底见，秋客与谁吟。
寒入吹城角，光凝宿竹禽。亦知同不寝，难得梦相寻。

多景楼晚望

落日栏干与雁平，往来疑有旧英灵。潮生海口微茫白，麦秀淮南迤逦青。
远贾泊舟趋地利，老僧指瓮说州形。残风忽送吹营角，声引边愁不可听。

赵希逢（？—？）

和枕上吟

梦回客枕觉衾寒，展转忧思不一端。呜咽数声传晓角，便教铁石也心酸。

和新市杂咏（其一）

落日看看宿暮鸦，谯楼画角动梅花。今宵酒兴知何处，隐隐歌声不一家。

赵　湘(959—993)

闻　晓　角

一声初起晓光浮,吟笛啼猿亦暗羞。清动月华犹满树,冷呼山色欲归栖。时萦别馆侵灯过,偶带凉飔入梦流。谁会酒醒倾耳听,近来沙塞不吹秋。

赵友直(？—？)

牧

相呼相唤出烟堤,冒雨前村膝没泥。万斛愁怀人不解,呜呜桐角倚牛吹。

真山民(？—？)

岁　朝

画角声中旧岁除,新年喜气满屠苏。阳和忽转冰霜后,元气更如天地初。晚色催诗归草梦,春光随笔上桃符。闭门贺客相过少,静对梅花自看书。

郑刚中(1088—1154)

移司道中四绝(其一)

危梯破雪入河池,今日还辕岁一期。道是得归元未是,却移边角利州吹。

时官多以封州俸薄井邑萧条居处湫隘为叹观如闻而赋之

相逢都说在天涯,禄似蝇头舍似蜗。画角楼前皆郭外,虚棚竹上是人家。草深正恐鹿为虎,日暮渐迷鸥与鸦。老子岂知差别相,高眠饱看荔枝花。

晚凉小酌

城头暮角送阑暑,倚槛顷之风满襟。去鸟渐迷山落日,鸣蝉忽静木垂阴。弄云初月光犹淡,出水新荷绿未深。萧散晚凉君解否,一杯寻见古人心。

家旁有庙其巫每岁旦必鸣角作法以觙其神邻里闻角声则知其将晓矣

村巫吹角天将晓,里巷拜年争欲早。我惊节物懒下床,眼看屠苏心惝怳。未能免俗出门去,礼数乖烦无所考。春风堂堂不顾人,自向池塘绿春草。谁知此发不坚牢,一回如此一回老。

郑 奎(?—?)

君 山

岁晚征颜叹飘泊,日暮江城吹画角。倚栏无地吊兴亡,松风落子惊飞雹。
云凝苍梧愁不收,英雄泪洒泾渭流。眼前不着沙洲碍,望到中原天尽头。

郑清之(1176—1251)

再 和 静 乐

夫君论事回天力,斯文如贡厥筐织。天葩瑞时来帝傍,天香染衣未渠息。
因携天上白琅玕,散作天花天女识。冰清谁似乃翁誉,玉麈孩视宁馨色。
月中疏影射银汉,雪里樛枝护磐石。望林笑策盖世勋,万户侯封为公得。
吹彻楼头画角春,十行朝拜睿思墨。

郑 侠(1041—1119)

次韵赵资道秋夜闻角

萧索秋城五鼓前,月临残梦正团圆。彤楼一曲梅花落,玉枕谁家绣带连。
歌酒梁园人散后,弓刀秦戍雁南天。一般凄咽西风下,转展空床夜不眠。

郑 獬(1022—1072)

题 杭 郡 阁

雨影横残虹,秋容映阴日。寒江带暮流,晓角穿云出。
峰藏翠如织,宿鸟去无迹。封书寄所怀,聊托金门翼。

仲 并(?—?)

和耿时举梅雪二首(其二)

点酥娇面试初芳,琢句真须琢玉郎。聊与一枝论雅素,未须千叶间轻黄。
斜簪鬓畔随人好,满覆樽前借客香。谁引角声人未寝,落梅声里看晨妆。

周　弼(1194—?)

庾　楼

欲望江山夜转真,胡床曾此对嘉宾。伤心皓月长流水,回首清风不见人。
花落雉楼横角暮,草生鸥渚破船春。归程岂暇频登览,分付羁愁与白蘋。

送人之汉上

木落千山怨别离,自知难驻马行蹄。上书季子穷归洛,献赋荀卿老向齐。
驿店破旗秋雨细,戍楼残角夕阳低。袖藏秘策君门远,应望中原泣鼓鼙。

送人之京口

竞携书剑去纷纷,谁解登临对日曛。北道荆蘷一江下,南朝徐兖二州分。
高楼角晓鸣秋雨,远戍烽寒起暮云。莫把寻常望瓜步,恐惊边雁不堪闻。

周端臣(?—?)

次韵友人悼宠落梅

条脱空嗟萼绿华,俗尘难久驻仙车。数声画角单于塞,一曲山香阿母家。
堕砌尚疑妆后粉,点衣犹认唾时花。别来埋没春风面,几度虚窗叹月斜。

周　南(1159—1213)

太平州陈大监挽章(其二)

人称扁画更传诗,飞到青冥却自迟。今代人门能有几,伤心年寿遽如斯。
百年乔木虬枝在,千里棠阴晓角悲。日暮佳城春草碧,生刍遥奠野人卮。

周　莘(?—?)

野泊对月有感①

可怜江月乱中明,应识逋逃病客情。斗柄阑干洞庭野,角声凄断岳阳城。
酒添客泪愁仍溅,浪卷归心暗自惊。欲问行朝近消息,眼中群盗尚纵横。

---

① 周尹潜《野泊对月有感》内容与此诗大致相同,仅个别字词有异,不再重复收录。

周文璞(？—？)

寄 友 人

流落他乡铩羽翰,半年宁复记悲欢。夜传楼鼓思城角,朝见江船念客鞍。
不恨形骸老闾里,遂令唇舌满长安。寄声好在文章友,目送春云自倚栏。

周紫芝(1082—？)

须 江 雨 中

须江楼上倚秋风,草树荒凉故垒空。吹尽角声人不见,画桥和雨系艨艟。

清樾晚雨效韩偓三绝(其二)

白鹭一双飞暮霭,乱鸦无数立官楼。角声吹尽栏犹倚,雨落黄昏人白头。

二十三日雨霁再陪徐使君登秋浦楼

细雨愁云特地晴,重来水秀复山明。江风吹面沧波动,岚气侵衣翠润生。
南浦落帆催画角,丽谯残照满双旌。未知九日齐山会,樽酒何人与共倾。

上元燕宾客致语口号

使君才气本无双,暂拥州麾殿大邦。千骑出城闻画角,万灯衔壁看银红。
夜天星满光浮汉,秋水花红锦照江。莫向华堂辞一醉,君正怀旧忆奇庞。

观潮示元龙

越山莽苍吴山高,海门屹立通江涛。江头久客归未得,来趁吴儿看晚潮。
潮头初来一线白,雪浪翻空忽千尺。地中鸣角何处来,水上六花人不识。
惊涛倒射须臾空,千艘已落空蒙中。锦帆半臂浪花里,越商巴贾争长雄。
江湖险绝长如此,风静潮平亦何事。人间万法有乘除,却遣风波在平地。

元忠作胡人下程图[①]

单于猎罢卧锦红,解鞍休骑荒碛中。苍驹骁骆六十匹,隐谷映坡分尾鬃。
九驼五牛羊颇倍,沙草晚牧生寒风。贵贱小大只五百,执作意态皆不同。

---

① 梅尧臣《元忠示胡人下程图》内容与此诗大致相同,仅个别字词有异,不再重复收录。

二鹰在臂二鹰架,骏犬当对能争功。毡庐鼎列帐幕拥,鼓角未吹惊塞鸿。
上山高高置烽燧,毛囊贮获闲刀弓。水泉在侧抱其上,长河杳杳流无穷。
素纨六幅笔何巧,胡环尽妙谁能通。今日都城有别识,别识共许刘元忠。

朱　虑(？—1130)

浏阳闻变作

烽烟看四起,投袂自提兵。哀角临风壮,愁云压阵横。
张拳呼杀贼,洒血向孤城。耿耿丹心在,谁能计死生。

朱　樨(？—？)

平　　津

西风扶病上江楼,老眼凄迷一色秋。帆影戛云追断雁,角声吹月舞潜虬。
栽培白业初无路,点检青山始欲愁。左海此中才咫尺,何年烟雨解扁舟。

用东坡武昌寒溪韵三篇(其三)

故园山水真奇哉,三径兰菊当年栽。自嗟流浪不知返,江城晓角愁吹梅。
诗书邀我忽半世,车毂前却连崔嵬。试寻夷路到圣处,马力已竭烦舆台。
去天尺五吐杰句,孔丘盗跖俱尘埃。坐疑蓬岛寻丈尔,扁舟径入浮云堆。
肩摩稊向挽焦贺,欲倒瀛海为尊罍。梦中失脚在何许,千里闽越天南隈。
只身形影自相吊,俯仰马鬣迷青苔。兰阶凋谢知叶落,荆树惨淡无花开。
向来愚公不自度,一手欲以太华摧。那知天目山顶露,儿啼下视云间雷。
华亭黄耳竟安在,辽东白鹤还飞来。终寻三十六峰去,要假聂许平余哀。

朱继芳(？—？)

和颜长官百咏·边庭(其二)

角声吹裂肺肝愁,说与将军莫逗留。男子生当侯万里,死判马革海西头。

朱淑真(？—？)

除　　夜

休叹流光去,看看春欲回。椒盘卷红烛,柏酒溢金杯。
残腊余更尽,新年晓角催。争先何物早,唯有后园梅。

朱 熹(1130—1200)

和刘叔通怀游子蒙之韵

扣角听君悲复悲,壮心未已欲何之。交游半落丘山外,离别偏伤老大时。
尚喜渊潜容贾谊,不须日饮教袁丝。病余我更无憀赖,勉为同怀一赋诗。

延平水南天庆观夜作

石楼云卧对江城,城角吟霜永夜清。料得南枝正愁绝,不堪闻此断肠声。

朱 翌(1097—1167)

七月十四夜月分韵得明字

澹澹烟覆渚,呜呜角收声。白毫万丈光,下注千山倾。
良夜三五时,玉楼十二城。皇天老眼开,碧湛双瞳睛。
窥我读书窗,徘徊到天明。风从树头来,挟我入太清。
飞萤转蒿丛,熠耀徒营营。露气下庭宇,秀爽凌冠缨。
以兹无尽景,对此不平鸣。不如使云遮,寂历忘吾情。

左 纬(?—?)

闻　角

频催白日尽,为尔一歔欷。壮士军中老,流人岭外归。
秋生边树暗,月在陇沙微。灯火孤城闭,萧萧黄叶飞。

埙

陈 造(1133—1203)

送李监岳二首(其二)

寥寥黄陈后,诗律日就卑。京江一灯续,天乃不慭遗。
念君从之游,十年埙应篪。尽渠磋磨巧,况君粹美资。
夺标快一得,不计弟子师。向来诵新作,格力欲并驰。
扃户玩明月,寒饿用一岐。及今办一饱,无取空名垂。

次韵许节推喜雨(其二)

旧雨新雨不后期,丰年当复歌周诗。手调玉烛属廊庙,归功假手敢固辞。
妇子赴工听晓鼓,山歌和应挥汗雨。麦黄蚕老十分熟,坐衙日日闻此语。
偕君薄宦群山中,与我忧喜大抵同。畏垒谬诧庚桑楚,醉乡盍访王无功。
向来小旱烦忧恤,喜雨新来慰衰疾。焉得妙思作强对,如埙如篪吕应律。
行藏老矣不问天,一饱肯受儿辈怜。炉熏频炷窗频托,公余还我文字乐。

喜雪篇

玄冥职寒事,尸职今几时。穷秋试雪似早计,冬令欲尽嗫莫施。
风声不怒日车近,客裘未绵河未澌。吴门十万家,心口同一疑。
天公行四序,暑寒各有宜。岁云暮矣未见雪,嗣岁何以销疹疵。
或云太湖龙,避静扃神扉。把弄明月坐贝阙,世间休戚吾何知。
瑶台十二层,列坐万玉妃。屑琼蕲水亦戏事,仙界运指想不龟。
徒劳望切切,终竟来迟迟。芹宫冰氏翁,见与俗异岐。
亦知仙人不作省事过,龙公肯如游惰儿。顾此千里间,司命付吏师。

拊摩穷日力,日究仍夜思。向来裸露各温燠,一衾一絮公手之。
赵衰之日周比屋,更以晴日相融怡。黄童白叟歌且舞,和声协气埙应篪。
群仙飘然下,龙亦赴指麾。先之汛洒五日雨,一雪不待公有祈。
花作坻垅絮作阵,雪为剪刻风为筛。岂直冬温要弹压,抑令宿麦蒙沾滋。
去年岂无雪,雪神春不归。赈施不预计,熟视民饥羸。
他邦亦此雪,灾祥果是非。苦乐咫尺殊,满听民嗟咨。
孰知此雪瑞此土,邦之人兮建德之游春台嬉。
坡仙昔颍尾,喜雪忧民罢。赋薪遗粟亦户到,盛事未远谁可追。
即今欲雪未雪已著念,挽回春意能先期。
拟揭苏台之仙惠慈术,请继颍仙千古垂。惜无师旷琴,幼眇弦吾诗。

杜濬之(?—?)

示故人

在家同匏系,游子似篝飞。昔分参与商,今作埙与篪。
感子意气殊,顾我齿发非。茅屋正萧萧,野花亦离离。
无酒水可饮,无饭黍可炊。杲杲看朝阳,连连弄夕晖。
男儿重交好,雪霜以为期。

方　回(1227—1307)

复次前韵四首呈二袁君并王君申禄(其二)

卧雪名家彦,诸孙耳又云。永怀玉笋立,肯放紫荆分。
埙奏仍篪奏,贤醺复圣醺。高才能下问,所谓孔文文。

洪咨夔(1176—1236)

答及甫和(其二)

云汉应地纪,尾艮首起坤。直坤导岷江,略艮赴海门。
我家海之角,我行江之源。秋月几改弦,落涨频移痕。
金山手可挈,牛渚气欲吞。追前趣倍道,殿后虞策奔。
主宾会面适,儿女问事繁。舡灯半悲喜,村醪杂清浑。
王阳正怀亲,石洪未报恩。飙帆鹏翼饱,浪柂鹰尾翻。

姑熟人物远，秋浦风景存。彭郎饫牲酒，小姑艳幢幡。
两矶峭植柱，万壑哗吹埙。浔阳荡波光，赤壁盘云根。
莫追白傅梦，空招老坡魂。黄鹤矗河汉，南楼俯川原。
刘郎别浦横，孙媛荒台蹲。雄心漫衷甲，馁魄谁荐膰。
吊古君雅志，怀人儿新婚。等为身名谋，难以世俗论。
沌口出百盘，水府迷三元。沙市俗更凋，渚宫名徒尊。
楼舰却长鲸，艨舟进伏鼋。夷陵晓未霜，秭归冬犹温。
玉虚想奇崛，莲碚辞嚣喧。楚些风骨变，巴歌舌腭反。
屈平坐落寞，昭君苦悲酸。悬知凤铩翮，不如鹤乘轩。
巫峰又郁起，赤甲方横骞。直登黄牛堡，极目秦关昏。

孔平仲（1044—1102）

离合转韵寄常父

舒州寄官舍，舍在潜峰下。密迩豫章城，山川无十程。
音书常络绎，日日通消息。况复多唱酬，兄埙弟篪笛。
秋风鸣竹林，火退避新金。怅望南来雁，长年空此心。

李廌（1059—1109）

送霍子侔还都

真人造区夏，民瘼傒以苏。戎衣振不格，力举覆地盂。
桓桓神武威，自信人未孚。当年群啸聚，剑立犹称孤。
天旋地机转，旷谷吹埙竽。曈曈东方日，扬光扶桑隅。
文明烛无疆，煌煌中天衢。曾孙太平君，稽古追唐虞。
求贤用吉士，隐沦来真儒。股肱协帝躬，腹心怀良图。
庶事正絜矩，嘉言规典谟。欲将醍醐酪，沾濯疡垢肤。
又虑天下事，学古太殊涂。众说折圣经，丹青久将渝。
世称渊华者，春秋华实敷。考之笃诚谌，荧熠皆穿窬。
况复口耳学，摘埴冥索途。终身不知道，死矣如蟪蛄。
无心时雨化，蠋遬狂狷迂。法言立定论，章章如璠瑜。
专经务笃实，使士知所趋。欲皆抱道义，如孔丘之徒。

士各重良贵,岂若乘风凫。亦有倔强辈,索足行深涂。
如经风过耳,不羡七尺躯。斯人虽云存,众昧不容诛。
振振文风声,得与帝载俱。先生住毗陵,才望振国都。
时方尚雕虫,如紫色夺朱。独专性命学,已与众欲殊。
穷年志专一,立节如仲舒。几年困礼闱,舆议久已需。
锦衾烂绨帷,羁绊縻於莵。满衣京洛尘,马病仆亦痡。
前年肜庭下,射策关雕弧。如何扛鼎力,不胜举匹雏。
官卑府参军,知命安呜呼。青云有伯乐,俯识千里驹。
锋断吹毛羽,气节凌辘轳。究之性天遗,溟海不可斟。
遂言黼座前,此材诚楠楰。方今构大厦,不可同朽株。
嘉言沃宸衷,顿首帝曰俞。汝其姑试之,育士师东吴。
东州士气懦,劲草惟蓬蒌。循循教不倦,启发亲持扶。
义方达远迩,来学皆奔驱。瑞凤止美竹,飞翔鸣高梧。
贤哉师道尊,丘轲居鲁邾。巍巍数仞墙,深邃不可逾。
宗庙百官富,不见空踥跔。三年就傅训,弦诵惟歌欤。
或谓我自然,孰知如蒲卢。济济榛梏茂,皇州忽云徂。
士民惜其去,夹毂争挽辀。老叟遮道留,实篚携浆壶。
谓言感恩惠,成我妻与孥。去矣不忍还,望尘犹欢呼。
尝闻有美玉,不琢邻碔砆。美质逢利器,欲切惟锟鋘。
子时才力薄,治邑民欢娱。季路在大国,止可治转输。
古有孟公绰,知宏才有余。优于赵魏老,不可为大夫。
皇皇鲁圣人,道困将乘桴。才单敢兼人,道蹇罹罿罦。
先生天与才,贯溟包五湖。昔否今已亨,天扉有携揄。
行行近清秘,召见延英庐。一言悟明主,钦哉帝云吁。
朕方在颍邸,乡誉时已忱。何其数年间,下国犹仞仞。
朕意在教育,如芑生新畬。往惟教东邦,朝野多美誉。
往矣勤勿怠,洁白相连茹。或然何其嘉,宿愤得以摅。
上苟膺宠光,不日升朝裾。待诏金銮殿,著书文石渠。
不见颍阴叟,拖绅腰金鱼。河湟少年将,五载登台枢。

刘克庄(1187—1269)

惠州弟哀诗二首(其二)

同产居惭余最长,二尊尤向汝钟情。斑衣犹记循陔乐,白发皆从陟岵生。
一老吹埙无复和,十年废乐未能平。伤心溪墅成陈迹,谁听松风看月明。

题宋谦父诗卷

佳山祠畔结茅茨,犹记吹埙更和篪。苏氏旧称小坡赋,秦家晚重少章诗。
交游一老今华发,畴昔诸昆最白眉。子不可来吾欲去,壁间尘榻拂何时。

刘子翚(1101—1147)

同才仲入山有怀奇仲

客至那容懒,牵筇入翠萝。山光知雨过,野色见秋多。
妙语时相夺,微吟只自哦。吹埙来独晚,此日恨如何。

欧阳修(1007—1072)

获麟赠姚辟先辈

世已无孔子,获麟意谁知。我尝为之说,闻者未免非。
而子独曰然,有如埙应篪。惟麟不为瑞,其意乃可推。
春秋二百年,文约义甚夷。一从圣人没,学者自为师。
峥嵘众家说,平地生崄巇。相沿益迁怪,各斗出新奇。
尔来千余岁,举世不知迷。焯哉圣人经,照耀万世疑。
自从蒙众说,日月遭蔽亏。常患无气力,扫除浮云披。
还其自然光,万物皆见之。子昔已好古,此经手常持。
超然出众见,不为俗牵卑。近又脱赋格,飞黄摆衔羁。
圣门开大道,夷路肆腾嬉。便可剿众说,旁通塞多歧。
正途趋简易,慎勿事岖崎。著述须待老,积勤宜少时。
苟思垂后世,大禹尚胼胝。顾我今老矣,两瞳蚀昏眵。
大书难久视,心在力已衰。因思少自弃,今纵悔可追。
戒我以勉子,临文但呼嘻。

彭汝砺(1042—1095)

送叶宪(其一)

棠棣荣何盛,皇华节更尊。雨深鸿雁泽,春满脊令原。
载锡康侯马,重吹伯氏埙。从来公恺悌,狱讼看平反。

释居简(1164—1246)

万竹陈兄伯仲相过

伯埙曾奏雅,仲氏又同参。眼白难为俗,衫青定出蓝。
缀虫灯剪娄,谈麈鼎分三。寂寞空山曙,无从驻两骖。

宋 祁(998—1061)

奉和长兄岁晏抒怀

天暮雪云繁,相将客兔园。老从星发见,岁伴日车翻。
别叶晴犹舞,征鸿暝更轩。事君才寸禄,知我是空言。
竞进家争璧,同声伯有埙。重吟探怀句,更代一狐温。

宋 庠(996—1066)

吴侍郎生朝

朝端旧记生贤日,使节临门恩有秩。诏书感会形温辞,宴品丰华动私室。
降崧孕昴诚不诬,史简诗弦互褒述。贤人挹道随污隆,忽向西台就安逸。
门弧纪旦还复周,瑞霰连天芳岁遹。埙音篪曲会中坐,兰丛玉树来西州。
称觞献寿私庭里,别得人生行乐意。贰官礼乐春闱卿,托迹逍遥漆园吏。
病尹论交情最深,因声附祝成孤吟。愿将明哲保身智,遗我摧颓知止心。

送上元勾簿吴昌卿

长安冬鼓喧,里舍隙尘晓。有客驻歌骊,归途指江徼。
晨庖爨苏冷,穷巷乡舆少。乃肯顾我庐,欢言复悲啸。
悲啸诚易知,夫君韵经奇。才高洛阳贾,赋动楚湘累。
平昔应贤诏,览德扬英蕤。孚尹倾宝肆,沛艾络仙羁。
献书北阙下,对策东堂垂。逢吉旦兼暮,谐音埙且篪。

天官选初筮,黄绶聊藏器。三釜乐及亲,尺檄甘为吏。
迩来预冬集,再调郁奇意。群公亟为言,力命乃相戾。
奏牍辄报闻,官书责勤莅。簿领百里佐,风烟六朝地。
销魂南浦行,拄颊西山气。君子永来誉,胜襟无累欷。
行矣勿载哗,乡枌方省家。春桡碎溪月,晓帆弄江霞。
长洲纷藉草,故树杂生花。予心若为处,岁晏伫疏麻。

苏　辙(1039—1112)

次韵子瞻闻不赴商幕三首(其三)

埙动篪鸣只自知,忧轻责少幸官卑。声名谩作耳中瑱,科第空收颔底髭。
西鄙猖狂犹将将,中朝闲暇自师师。近成新论无人语,仰羡飞鸿两翅差。

次韵姚孝孙判官见还岐梁唱和诗集

伯氏文章岂敢知,岐梁偶有往还诗。自怜兄力能兼弟,谁肯埙终不听篪。
西虢春游池百顷,南溪秋入竹千枝。恨君曾是关中吏,属和追陪失此时。

王　洋(1089—1154)

次蘋字韵即事

飘零何处是通津,陆有飞蓬水有蘋。赋禀但随升斗禄,姓名常后百千人。
趋炎未肯施先足,耐冷何须便曲身。只有鸣埙恐难继,此心端欲避芳尘。

吴龙翰(1233—1293)

读家集

吾家友堂翁,砚影双鬓寒。刻志钻书史,篝灯照夜阑。
学术三代上,文章两汉间。胸次秋沆瀁,词吐玉琅玕。
冤哉命压头,那复博一官。二埙策科第,亦不到金銮。
友堂纷遗稿,几成汲冢残。江东兵燹余,白璧喜重完。
会当乞鸿笔,清名期不刊。

项安世(1129—1208)

次韵潘都干喜杨中库归督其和诗

鸣莺三叹友声诗,底事闻埙未应篪。嗟我金兰多寡彼,贲然风月喜来思。

将军老去犹横槊,壮士前行莫退绥。只恐监军门下客,未容戎幕举三麾。

许月卿(1216—1285)

与 陈 宰

到处逢人说大苏,一门兄弟古今无。吹埙林五黟山马,鼓瑟陈双婺水凫。
定分有殊自鹏鷃,闲情无限尽龙猪。归来坐倚蓬窗下,少挹春风过里闾。

阳 枋(1187—1267)

贺田都统再帅夔(其二)

桃李三生黄口儿,春回桑梓放埙吹。燕依旧主今还再,兔守空株懒未移。
暂对少陵堂下瀼,远怀靖节菊边篱。好风借与一帆饱,归趁江空水落时。

张 栻(1133—1180)

次韵陈寺丞建除体

建议了亡补,归来谢驰驱。除荒城南丘,有田十亩余。
满城车马喧,得此逃空虚。平湖永昼静,泉声杂埙竽。
定自非偶然,供我耳目娱。执热者谁子,来浣尘土裾。
破颜为我笑,共看云卷舒。危机起于中,胡越生同车。
成功妙克己,八荒元一区。收心试参此,得失竟焉如。
开缄得君诗,嗜好如我迂。闭门君未可,出处本非疏。

赵 抃(1008—1084)

和三兄得书喜授掌庚

区区宦况远南州,长得归鸿与寄愁。已胜折腰嗟五斗,岂辞衔尾运千舟。
冰含白玉期无累,路迫青云愧可求。家有旧埙流韵远,勉将文藻赞宸猷。

赵汝腾(?—1261)

饯赵文思崇鐩归上饶

英英吾宗,神骏之姿。笔有天巧,自铸伟词。
抱负不凡,植立甚奇。爰初筮仕,即不诡随。
笑世滔滔,相与磷缁。过予告别,凛然自期。

耻逐京尘,愿易丛祠。莱衣奉亲,乐道忘饥。
予惟上饶,渊源未衰。玉山文献,考亭所推。
章涧二泉,名论清规。迩来后生,古为似之。
仁亲友兄,径坂是师。子归取友,伯埙仲篪。
咫尺柯山,考德订疑。他日成就,麟祥凤仪。

篪

韩 维（1017—1098）

玉汝弟创治新居作诗见诒次韵为答

止足嘉言每念兹，不应华发叹归迟。非关启第夸三战，直为营巢欠一枝。
盛放清风来北户，细分鸣溜入西池。十年契阔多遗恨，今日欣同仲氏篪。

洪咨夔（1176—1236）

圣节日望拜黄牛祠前退读众碑感而有作

蜀在八极间，卦位西南坤。万里溯天险，三峡为坤门。
巨灵擘太华，飞出黄河源。余刃落巴山，巉绝雷斧痕。
众崖束长江，水石相吐吞。轰豗九鳌战，汹涌万马奔。
高低建瓴峻，上下竹节繁。操舟失毫厘，虀粉千丈浑。
滩名鼎无义，造物疑少恩。黄牛压其湄，坐睍惊涛幡。
入门两石马，耳缺蹄噞存。行人纷乞灵，熏燎迷旂旜。
摩挲几丰碑，飒沓篪应埙。醉翁事已怪，无尽语不根。
黄能羽渊魄，苍牛离堆魂。逞奇角异说，终莫探厥原。
或指峡名揭，或取山形蹲。狼头与鹿角，胡不登脤膰。
五行土胜水，似识丁壬婚。尔牛何来思，此义欠讨论。
黄裳正坤色，为牛亦坤元。坤维阖其户，职之庙貌尊。
叱咤遁蛟蜃，麾呵走鼍鼋。驶湍危就夷，怒石厉即温。
神以顺治险，抑以静制喧。万命脱嗡谽，神手司平反。
长年送迎神，性瘠漓酒酸。归舡诧灵赐，意气殊轩轩。

心安画鹢稳,目送征鸿骞。哦诗纪行役,霜风耿黄昏。

唐何循吏庙

阿姊云鬟融翠翘,主翁缟发明金貂。军功告身博一粲,嬖奴铜绶华臀腰。
有民有社桔柏渚,腥风怪电腾炎熛。望青采木起生庙,奴主分席城狐骄。
延年国钊怙女宠,无此土木丹青妖。居人侧目路人指,把炬睥睨桓宫焦。
维唐益昌有循吏,身代挽缞宽科徭。婆娑棠芾满江浒,不与霜后菰蒲凋。
邦人扣县合词请,撤彼衬此安群嚣。青袍角带俨如在,云车风马手可招。
前荣后寝曼且硕,庭容百骑鸣箫韶。龟蛇琢铺阆烟燎,卫卒拔剑垂彤弨。
去思香火几百祀,丛庐风雨寒萧萧。眼前突兀忽见此,天实假手金屋娇。
吁嗟势来不足恃,秋云变灭春冰消。桐乡烝尝麟阁画,未省随手遭人祧。
君不见江原清献楠,新繁卫公柏,苍干合抱干云霄。
万牛拽倒斫庙柱,售谀荐佞喘猲獢。只今还有楮钱肯向荒庭烧。

廖行之 (1137—1189)

为老人寿苏盐

司寇家声远,开元相业尊。亚燕推手笔,刺暴赋箎埙。
无逸隋图在,居延汉节存。二天公覆盖,六印气雄浑。
美玉蓝田裔,洪河积石源。人材钟盛世,侯伯萃高门。
龙集天津尾,杓携井络坤。策加三卦候,冀改四朝昏。
兆梦熊罴喜,仪庭鹓鹭骞。嵩高真气宇,佛祖是心原。
标准仪中外,才猷剸剧烦。枢庭陪国论,江介辅侯藩。
忠力宣僚采,勋庸简帝阍。皇华分使节,风采动轺轩。
煮摘三湘富,澄清九郡恩。融融流叶气,蔼蔼载谣言。
望洽青毡旧,荣须锡马蕃。金瓯披姓字,芝诏下天垣。
卿月当联棘,王庭合簉鵷。蓬壶开寿域,斗柄挹芳樽。
蟠实来仙木,松膏出老根。祝公千岁寿,带砺见调元。

刘 敞(1019—1068)

同贡甫贺钱子飞兄弟

盛德淳熙耀,丰规振后昆。降心徕俊杰,前席问黎元。
嘉会真千载,休声聚一门。象贤俱秀出,济美并鸿鶱。
性复朱绳直,书曾玉露繁。十年森气象,江海豁词源。
心伏惊诸老,名闻动至尊。深严亲赐策,渊默静临轩。
明白朝廷制,丹青教化原。屡闻呼万岁,争诵累千言。
宜有非常遇,谁嫌不次恩。官仪推粉署,地望逼星垣。
令闻人人得,风流善善存。春华照棠树,高韵溢篪埙。
义辱交游接,欢心抃笑烦。空惭一枝小,当谢北溟鲲。

苏 颂(1020—1101)

次韵签判张太博移竹

梁苑有修竹,移来正得时。新开一斋馆,分植两轩墀。
璀碎青金影,纤圆碧玉枝。物应人共美,性与地兼宜。
渐喜声成韵,毋伤色暂衰。宁因恶土变,自与好风期。
窗囧常相对,阑干不用施。看怜朝露爽,坐觉昼阴迟。
拟富非侯等,亲邻见凤姿。燕杯留几席,画笔置藩篱。
护长防将折,删枯欲更滋。破忧谈将解,化恐误仙骑。
节耸蛟螭骨,苞翻虎豹皮。竿长终劲挺,根困任离披。
肯顾柯亭赏,休思渭水持。吟余毫亦健,灌罢器频欹。
戴谱须书此,淇园未羡之。七贤尝伴侣,六逸重犹夷。
缅继斯人躅,如吹仲氏篪。萧然发清思,赖尔作良知。

再和倒韵

新植苍筤竹,欣欣若感知。日阴纷展盖,风韵巧吹篪。
幸对人潇洒,兼依地坦夷。二年官此者,一日可忘之。
抱节疏仍密,交柯挺复欹。蓁生相友善,特立甚矜持。

长处苔微破，看来露亦披。凤姿聊侧翅，蛇变但存皮。
莫作恂兵伐，留为介杖骑。雪霜饶欲冒，雨露已先滋。
初见犹齐架，俄惊渐出篱。中虚缘物性，外劲是天姿。
比亩虽云少，成林亦未迟。庙丘当见采，栘羽岂劳施。
鹊尾冠须制，鹓雏食可期。拂云思柏悦，盈畹笑兰衰。
任土前书贵，名园此地宜。纵难听嶰管，肯学唱巴枝。
既许亲斋几，宁辞局瞽墀。更烦勤爱护，有用在他时。

次韵签判梁寺丞阻水见寄

京府偕趋幕，弥年接坐隅。驽骀攀骥足，鱼目混骊珠。
风谊敦贪薄，吹嘘变朽枯。交亲齐鲁卫，政事拟阿蒲。
契合宁容间，情通不鄙无。邀欢困萍蚁，较味剩莼鲈。
气盛吞云梦，文雄猎具区。报投均缟纻，应和念篪竽。
巢阁行观凤，为仵荐狐。世家传鹊瑞，职业在鸿都。
耸壑方腾干，乘风好纵舻。一飞尝得志，平步即夷涂。
见比亲琼树，清如隐玉壶。终当拾青紫，讵止学盘盂。
少别如旬日，相望似五湖。荒郊逢辙涸，激水待云肤。
窟穴增蛇鼠，腥臊恶蚋蛄。尊思孔北海，釜叹范莱芜。
始见生冀魄，俄惊绕树乌。初犹甘杞菊，久渐厌粱苽。
昼咏依依柳，宵看历历榆。晨兴常过午，朝膳每通晡。
闲逸输吾子，驰驱属鄙夫。无因随李郭，长日想田苏。
沙涨舟犹胶，河流轨不濡。行邮才咫尺，命驾只须臾。
坐俟聆金玉，来应笑碱砆。多惭昏钝枣，难慕湛精醐。
安得生双翼，徒然处橛株。重吟赠我句，足以豁蒙愚。

暇日游逍遥台睹南华塑像独置一榻旁无侍卫前无香火对之欷然起怀古之思因抒长句一千四百字题于台上

忆昔初读南华篇，但爱闳辨如川源。沉酣渐得见真理，驰骛造化游胚浑。
潜心四纪不知倦，闲日讲解时寻温。其言无端极放肆，大抵顺物尤连狓。

六经高深如韫椟，百氏蔽偏迷蹢闟。
竺乾权实信广大，妙用不出我藩垣。
反覆孝慈去愿誉，胎育仁义除诈谖。
寓言本为大方设，吊诡难与常人论。
遂矜放旷为任达，由此道真流亡反。
大钧斡旋本何有，相禅以种纷无垠。
死生之辨在旦夜，梦觉之异分形魂。
卵胎无以易生种，风化自尔成虫蝝。
芒乎万致始同体，明以一指弥滋繁。
真宰难以朕迹见，灵台莫由形器援。
六凿相攘有利害，两溢类妄成斗喧。
天机所动体各适，足行岂异唾者喷。
物之傥来莫御止，心所希跂俄屯暋。
全生难恃社之栎，移是不定腊者豚。
因知祸福相倚伏，故于得失无蹇遵。
道非处服无不在，人以德性为之原。
九年大妙得之野，参寥疑始传诸孙。
明此南乡唐尧帝，明此处下素王尊。
修躬明污躬则殆，饰智矜愚智弥惛。
退不为宾颍阳乐，荡而伤性煦水踆。
弃世终亦馁薇蕨，行吟徒自悲兰荪。
将明是非崇世论，何异狐白资绁袢。
尚贤贵德下滋伪，信赏明罚民尤冤。
列子待风乃轻举，岂若御辩常掀掀。
内通耳目外心智，旁挟日月超乾坤。
恍乎忘言喙鸣合，窅尔自静鲵桓潘。
形形不形睨初始，物物不物邻羲轩。
呼我牛马谁毁誉，梦为鱼鸟还潜翻。

伯阳语道最渊邃，中士尚或疑亡存。
伟兹三篇粹精奥，推本一化开幽偅。
情类相亲自才德，蹑跂不立存朴惇。
祖尚玄虚灭理学，乖背宗旨由后昆。
自非通识造闳远，安能超悟还淳元。
载其形声直喑醷，感彼气类相嬗媛。
神奇臭腐互美恶，蜩甲蛇蜕奚代迍。
出入于机泯无际，始卒若环焉可扪。
异则肝胆为楚越，同则萧竹犹枅圈。
何者非彼何者是，孰为亲爱孰为怨。
至细不必陋蛮触，倪大恶用惊鹏鲲。
外物既重内固拙，瓦注则巧金乃殙。
有疾无用亢豚免，其迹已陈刍狗燔。
逢真令尹魄栩栩，恍丑全人胝肩肩。
惟能胆阅以生白，是乃孰糵而厌飧。
有情有信非可致，一满一虚常不腾。
豨韦以之挈天地，堪坏以之袭昆仑。
众人逐物但役役，一曲自守常暖暖。
单豹治里外逢害，张毅修禭中成瘟。
二子高节去孤竹，三闾独清浮湘沅。
彼为礼义矫末俗，犹以佩玉趋橐鞬。
礼义治则忠信薄，是非著则名实翻。
宋荣犹然在讥世，其于毁誉方汶汶。
至人达观齐物我，直往上古惟愚芚。
安时处顺任天倪，抱德炀和遗世喧。
养生之主悟文惠，治气其勇过孟贲。
得计弃智任鱼蚁，劳形怵心嗟虎猿。
其穷不屑涸辙鲋，其高乃况南方鹓。

方其息死乐枯髑,亦既恬生慕孤豚。尝闻藏言乃笑杖,既见偃室聊歌盆。
畏龙不羡宋人乘,睹鹊自感雕陵樊。广莫将植拥肿木,江湖可浮瓠落樽。
不将不迎随物化,一龙一蛇更蛰蜿。以道泛观未切著,得时而行或曲卷。
皇王上下惟变适,周鲁舟车殊运奔。顾指不为天下化,排进靡使人心偾。
人于应问见影响,物被生杀通凄暖。赏罚九变得其序,泽流万世非吾恩。
相鏖乃合儒与墨,小辨岂数衍与髡。河伯不逢海若语,岂知至道无穷门。
云将未得鸿蒙问,乌睹生物复其根。神而化之不蠱立,未之尽者能诲谆。
长波所荡满今古,异代相应犹箎埙。喟予所禀实樗散,作器自愧非玙璠。
逢辰偶得仕通籍,徼幸当与游西昆。材力未足胜螽股,取舍徒思择熊蹯。
行年六十粗知化,藏经十二无能翻。平时有志在寥廓,遇事无意从缯昏。
撄而后宁亘岁月,老之将至忘寒暄。盱盱未免囿于物,扰扰不异风中幡。
昨从京辇绁丹笔,复得淮壤乘朱轓。偶逢乐岁少休息,历览士俗因周爰。
提封乃是昔仁里,访古时复登平邍。城中蝶巷接蓬头,郊外鱼台连漆园。
悠然清风隔千载,独有遗象当高墦。山川世异改城郭,岁时人罕羞蘋蘩。
先生县解出无有,后世景仰空擎拳。大布麤履生弗饰,岂蕲朽壤衣如璊。
乌鸢蝼蚁死不避,安用丘墟祀有膰。虚堂虽异生存处,操趣犹令贪薄敦。
我怀方外想音采,坐视券内驱冥烦。曳涂窃企濮水钓,投犠更思东海蹲。
子葵虽未得其道,意而固愿游其藩。圣人之书议者扁,妙斫之质良在慢。
空遗糟魄宁咀味,纵有履迹焉投跟。何当一发鸡瓮覆,因而更焚驹项辕。
天光内照宇自泰,人益不累中无闷。云谁嗣响可晤语,至理竟亦归无言。

王　炎(1138—1218)

用元韵答詹望之

随牒久浮食,弛担来卜居。鹪鹩一枝足,不羡飞天池。
盥濯朱墨手,拂蠹理故书。识字非子云,下帷惭仲舒。
窃喜宦情薄,未解归思纡。对境有喧寂,即理无成亏。
动以静为根,轮梶常相须。捷径易倾覆,夷途固透迟。
巷南有廛隐,白玉不受缁。熟视眉睫间,容色常穆如。

伯仲吹篪埙,北堂奉期颐。时亦踏街尘,意马不外驰。
见我床头易,信我殊不痴。喜言虽溢美,老眼眩色丝。
相期到妙处,不止奚囊诗。

王禹偁(954—1001)

一品孙郑昱

卜葬得假告,南出安上门。鞭马六十里,暮投中书村。
村翁馆我宿,茅屋欲黄昏。有客忽投刺,自称一品孙。
气貌不凡俗,因为开酒樽。坐久问家谍,其族大且繁。
池州有清节,滥觞登洪源。太傅擅鸿笔,入相又出藩。
其家本开封,改号一何尊。至昱始六代,布衣老丘樊。
跨驴入府县,驱犊耕郊原。家庙固已毁,国史空具存。
盛德百世著,功必格乾坤。高太已不祀,羡纲何可论。
况复起章句,乘时宠便蕃。子孙虽替陵,尚得守田园。
我爱三代时,法度有深根。卿大夫称家,世世奉蘋蘩。
四民有定分,宦路无驰奔。自从杂伯道,倾夺日喧喧。
脱耒秉金钺,吮笔乘朱轩。朝荣又暮辱,容易如掌翻。
古道不可复,颓波益以浑。何况度木者,倒置轮与辕。
我亦起白屋,两朝直紫垣。荫子有官常,赏延弟与昆。
尽待食人禄,将何报君恩。农桑国之本,孝义古所敦。
吾族不力穑,终岁饱且温。虽非享富贵,亦以蠹黎元。
唐贤尚消歇,我辈奚足言。呼儿讽此诗,播在篪与埙。

王之道(1093—1169)

送彦立兄游太学以恩袍草色为韵(其一)

鼠腊要非玉,篪声偶先埙。穷通一生事,早晚焉足论。
行行欲何之,阔步登金门。有意韩淮阴,报仇如报恩。

大梁食李有感呈彦时兄

葵花已过荷花繁,南风入户清而温。担头有李初入眼,令人引脰怀家园。

三年为客在两处,李熟未果登清樽。翻思整冠诚可乐,何苦钻核辄不存。
急宜买冰致凝凛,全胜汲井供潺湲。小床方簟嚼春雪,一实自可轻玙璠。
扁舟行逐东南奔,回首稻粱江上村。相欢孰若弟与昆,古来唱和须篪埙。

许及之(1141—1209)

次韵转庵读中兴碑

千秋金镜唐元龟,苞桑镜见龟灼知。女主为祸已云惨,天宝之乱尤危疑。
九龄早悟绸缪诗,其奈哥奴基梦丝。外人何得与家事,旋闻潜纳河洲雎。
席夸禄儿李裴和,助桀为虐几乘危。趣之使乱果为谁,张巡庙哭只涕垂。
高将军固非远虑,掉头肯和金刀篪。四镇休罪高仙芝,张垍早揩平章辞。
望贤宫中例忍饥,金刀胡饼方效奇。事有至难已言之,贼心包藏久窃窥。
春秋知我盍罪我,监国引嫌孰维持。颜笔劲节霜筠似,元文秋月华星如。
幸有诸郎传素业,勉旃犹足振前闻。

员兴宗(?—1170)

永 嘉 水

郑侯兴言水于温,厥灾茫昧数莫源。于时顽秋后中元,淫虹曳曳妖晕喷。
夜星不呈墨微垣,郁律撼怒排天根。摆磨杂岳涛飞轩,豁惊瞥悚势荡浑。
凶飓扫宽震虚垠,瀁倾湀裂轴转坤。膈膊万马来声喧,众鼓骇骇闉篪埙。
溁漫沏送无回沄,阴庶威蠢空飞骞。婴鲐漂沛趋冥门,带不不属褵巾裈。
啾呦直上声天冤,元驱鬼绁俱奔奔。肉不拥掩张髀臀,母识子死翁号孙。
凌耶厉耶千山髡,而况下数鸡鼠豚。汀淖飞溅疑翻盆,岸津水溽沸雕猿。
目材耳井其能存,我知其端义可援。无乃水伯真少恩,翘翘抉抉凶凌屯。
手擘三山巨灵翻,大沤幕岛丛旗帉。天吴不仁闪双溪,主张龙孽龟鱼鼋。
牙眼怖鳄翼厉鲲,呤呀摆掉齿腭反。禹手不胼息两跟,四载难乘驻厥轓。
汉家循河昔垫昏,侧身以蔽太守尊。浙东之东孰于藩,赤子鱼头浸莫言。
帝阶修修辟重闻,嫔妠欺天树幽怨。沉家十万忍不论,谁欤广骚些其魂。
幸哉皇明煦朝暾,罗金走帛恩丘园。我咨温人为周爱,河魁之应颠昆仑。
嗟嗟奚自理不烦,常盘喜鲜口吐吞。剺元剔鬣命蜿蜿,毫发不备唏空飧。

以是眩客诏后昆,帝敕海若浇愁痕。自今起仁略炮燔,纵彼川泳鳞鳍掀。物不暴殄帝所敦,永嘉于于福以蕃。
呜呼愈也惟戒焚,我则解摘哀穷樊,其亦灭愧心可扪。

岳　珂(1183—?)

上高赵宰同叔遗以诚斋集开卷偶见答徐宋臣监丞书云来帖告诉门生排根尝闻前辈谓受人之恩而不忘者为子必孝为臣必忠盖推是心而信其人也又闻惟以怨报德者为不可测盖以有人之形者必有人之情也故卢杞之于颜公敏中之于文饶之于永叔邢恕之于君实孰测其报恩一至此极哉昔孟尝君有一客孟尝遇之甚厚而客每毁孟尝或问其故客曰人皆誉君而我独毁人必以我为小人而以君为长者此吾所以报君也前五子者其意将无出于此欤至如逢蒙杀羿之事孟子不责蒙而责羿然则先生之与门生其责果谁在哉或掩卷有感因笔纪意复紬绎身履者以补其阙凡四十韵

古人忠与孝,不在工报恩。如水日夜东,岂必同一源。
堂堂颜鲁公,舐血来平原。鬼质不知何,几作绝吭魂。
大中白丞相,昔蹑卫国门。幻作万羊梦,投畀朱崖村。
奇谤及师友,誓言动君尊。匪但死不瞑,大是生无根。
我尝究初终,要亦无足论。或以里言掇,或趣主意奔。
或从谈笑生,或即利欲昏。初亦未有心,末乃成至冤。
青简玷齿颊,至今犹哼哼。傥无魏阙恋,谁使舌莫扪。
森淅起奉册,片顷那容存。床笫本无从,何物能轾轩。
脂垢亦易辨,谁解浇玙璠。如彼孟尝客,亦已悔而反。
正比萧相系,慰拊聊春温。五人皆有为,评订何必繁。
之子独嗟事,画牢讯书爰。反覆蹈生死,呵嘘变寒暄。
秋毫无所取,可验牍背翻。自言复自渝,洗垢亦不痕。
堂帖写元奏,别白如珉琨。渠知褫掔柱,端由吠声喧。

天定能胜人,白日开戴盆。只于揭纸间,了了穷所元。
不特玷尽磨,那复恨可吞。但观斯人心,虽踵五子跟。
居然蚤虱微,而比蛇与蚓。抑观诚斋书,理到词不烦。
有形斯有情,相比如籧篨。而于五子中,乃复加诈谖。
旋观逢与羿,端在友弗抡。毁玉自出柙,扣金能反辕。
割席怀共耕,知几当赐膰。醋舌漫尔为,揩眵愧吾惛。
正须起九京,相与浇一尊。江湖两相忘,再拜师至言。

赵 蕃(1143—1229)

有怀二首(其二)

忆我官白下,梅蕊破腊前。维时初识君,共呼江南船。
我作七字句,君答如倒弦。自兹三年游,如籧复如篨。
中间虽契阔,会合踵不旋。东阁坐明洁,意钓行方便。
快阁诵长句,观山酌幽泉。别来岁云暮,书札迥莫传。
客授比安否,曾氏称好贤。况乃我畏友,于君宁间言。
生涯富黄卷,代宝余青毡。酒色湛若空,弟兄皆璧连。
吾事岂不济,宁当论岁年。日者大雨雪,我行政金渊。
朝跻遍田野,夜梦惟江天。梅花且复开,雪屋鸣溜悬。
思君不可见,使返徒悁悁。

周必大(1126—1204)

龙泉项汝弼字唐卿卢溪书院

往闻澹庵评乡贤,有朋曰项如籧篨。是非褒贬乃枝叶,孝友忠信为本根。
姓名不愿唱上第,诏旨特许旌高门。化行同邑得模楷,经授犹子留渊源。
轻财重义续前烈,筑屋贮书贻后昆。谁能渐磨入我室,毋但涉猎游其藩。
泉江况乃多侍从,远亲二郭近则孙。学成衮衮上台省,健翮万里看腾骞。

邹 浩(1060—1111)

怀至明弟

青衫虽已被天恩,蹩躠难趋犹杜门。分手于今十个月,寄书何事一无言。
但勤药饵宽吾母,休费心神接乃昆。我罪湔除归有路,彩衣相与应籧篨。

匏

晁补之（1053—1110）

复用前韵答唐公唐公有一日纸贵传都城之句且讼其不知我也并呈鲁直成季明略

诸公辩壮悬河口,唾落纷纷珠百斗。井陉酣战我已悭,赤帜忽立无由还。
唐公断后不容北,腹背未殊秦宛间。明光侯印悬天上,下有死夫缘重赏。
书生懦志安足惊,饥死索米长安城。献君赐帛等优笑,覆酱未知传纸荣。
泮宫先生诚国士,可是同年予二子。杂吟未减听匏竹,能使穷愁发孤喜。
君不见新声欲至旧声难,十指劳君千万弹。
平生不遇感知己,过此身外谁能攀。它年常侍幸见访,不因豆落悲南山。

范仲淹（989—1052）

观 猎

鹰犬一何骄,霜明远近郊。鸾皇不触网,狐兔自充庖。
熠熠流鸣镝,纷纷过绿髾。雄飞侵汉下,杀气与云交。
翦棘争探穴,摧林竞覆巢。惟开三面者,盛德播弦匏。

冯时行（？—1163）

李彦泽紫云洞

玉帝侍臣紫云翁,帝嗔谪居跨鳌峰。年龄瞬息反帝所,空有衣冠藏山中。
山中草木俱不同,紫云霏微气郁葱。风清月白岩穴空,翁犹被发乘虬龙。
来从南箕驱长风,人间奔趋争追踪。依稀可望不可从,披寻遗编三复重。
舜庭丝匏间笙钟,呜呼翁兮终莫从,姑从遗编愈盲聋。

葛胜仲(1072—1144)

嘲茶山

吴兴紫笋,实产顾渚。唐昔底贡,阚山芽吐。
隼旟出临,虎岩亲驻。邻邦刺史,金匏相遇。
木瓜堂前,穿云浥露。烹蒸包发,及春未暮。
天子称珍,分甘当路。今则不然,名毁势去。
金沙弗湘,玉食弗御。敷荣穷山,牢落谁顾。
如女失宠,空闺自娱。请以千金,买长门赋。

黄公度(1109—1156)

赠希孝

金玉虽满堂,一去谁能守。石交千秋期,程婴报杵臼。
丝随丹青染,变态非复旧。竹杖寒苍苍,草木黄落后。
匏从曲沃来,管是汶阳有。土性本高明,天材更浑厚。
革之成国器,实假匠伯手。木平非斧斤,是事公信否。

刘攽(1023—1089)

次韵穆父送仲至使北

结束大使车,张旛理轻策。八荒已信浮,万里无直责。
由来昆弟欢,庸非一日积。冠带引弓民,长城限疆场。
边人安昼眠,老不逢斗格。将帅剽甲兵,褒衣垂袚襫。
金缯出王府,百万载书籍。候馆如鱼鳞,相望交国客。
外门名家驹,长大俨且硕。诵诗三百篇,岂减崔亭伯。
斯焉思无邪,群书矧探赜。指掌幽冀州,左右皆阡陌。
皇华一何远,区脱为我役。前驱弩在彀,郊候抹红额。
天声畅无外,不必关塞斥。但看书同文,依然具点画。
夷羞珍湩酪,胡舞喧匏革。猎围得狐兔,割鲜亦奚择。
儒生自古贵,忠信行蛮貊。虽令博望侯,何敢轻逢掖。

刘　挚(1030—1097)

次韵炳之河亭

风拂蓝溪舞翠绡,庚郎池树旋诛茅。春苹初见香生叶,夏果重来子满梢。
渌酒不空期霰雪,清谈为乐敌弦匏。尘埃久负江湖志,徙倚朱栏只自嘲。

陆　游(1125—1210)

园中把酒示邻曲二首(其二)

煮豆烹蔬当果殽,固应杯酌尽陶匏。池塘潋潋荷浮叶,门巷阴阴笋放梢。
三亩荒园存故业,一编蠹简得深交。弊庐经雨穿将遍,欲向村东自割茅。

强　至(1022—1076)

雷君自陕及门谒与书偕聊成短篇以答来贶

一官偶来泗,举动畏谤嘲。万事不挂齿,终日口欲胶。
所学未信时,尤欲密敛包。贤者或我顾,未免谈屡交。
雷侯将家子,而至自陕郊。踵门贶予书,享馈烦弦匏。
始见气颇劲,既语理不殽。爱子欲子荐,言毕徒啁啁。
托荫须高林,而乃依寸茅。盍行游巨公,一言变鱼蛟。

宋　祁(998—1061)

寄献许昌晏相公

右辅风烟接上都,功成番爱驻州旟。炉经万物为铜后,田是诸侯假璧余。
合宴金匏催大白,当年宾从照红蕖。向来病守成惆怅,不预怀铅奉相车。

孙　觌(1081—1169)

章席祖巢云阁

翳翳林影交,小阁俯江郊。千崖障锦绣,万壑鸣弦匏。
翛然一枝筇,寄此三重茅。久知风可御,更取云为巢。
抱石舒翠缕,绣色才可睹。霏霏擘春絮,欻见白鹤舞。
凝眸一瞬间,忽展垂天羽。起从潭中龙,去作山下雨。

韦　骧（1033—1105）

陈公武中散生日

身作名卿早挂冠，饮冰清节久坚完。门弧远想当年庆，寿盏宜深此日欢。簪绂诜诜侍佳宴，弦匏苒苒战轻寒。葭莩敢以诗为献，唯祝公如卫武安。

余谦一（？—？）

温陵吴氏瓠斋（其四）

提壶足供杯勺，吹匏可入弦歌。一瓢濩落无用，无奈夫君拙何。

张方平（1007—1091）

上享郊庙·享庙

瑞雪清晨集，丹墀发策初。德音闻彻盖，玉色望升车。
羽卫排闾阖，晴光溢紫虚。琳宫陈玉币，疏屏宿旌旟。
祼献多仪备，弦匏九变徐。太宫无盛举，掌次省先除。
灵鉴纷昭格，天心不自舒。孝慈更答告，万福此攸储。

张　耆（？—1048）

余自天禧元祀解宥密之职首治是邦越期月而移莅他郡于今八载复领藩政再践殊馆仰庙貌□如昔感威灵而长在强抽鄙思以纪岁华

雄屏口分寄，珍祠倏再临。翚飞丛宇峻，龙濩泬渊深。
蘋藻罗清荐，金匏合雅音。风旌翻凤霓，晨炷燎榆沉。
麝墨披新刻，尘签认旧吟。乐游情未足，残照下西岑。

邹　浩（1060—1111）

端午郊园

叔度久不见，我心如乱茅。良辰适端午，万事聊一抛。
策马指圭窦，同焉有神交。森森千亩竹，正尔清乐郊。
相与造其下，香泉荐嘉肴。高谈落美玉，逸气腾长蛟。

径就真乐处，古音奏陶匏。日车驻晴空，木杪疑焚巢。
何必蒲葵风，翛然涤惛怓。兹游信物外，孰与娱云嶅。
无端消息来，主人随钲铙。会须更卜日，城府方胶胶。

祖无择(1010—1085)

寄千乘刘殿丞求字人编

千乘刘夫子，高名继谪仙。从居庇身邑，已著字人编。
才入钟嵘品，文期郑氏笺。何当求副本，长愿播匏弦。

筹

戴 栩(？—？)

送陈叔方闽县丞

两年湘岸听筹声,又向闽峰住冷厅。可是初阶带朝籍,已闻独荐起斋铃。秋边梧叶无风下,旱后苗根一雨青。客路方新世路熟,莫将彩笔斗英灵。

尺八

释德洪(1071—1128)

谒蔡州颜鲁公祠堂

开元天宝政多暇,孽臣奸骄浊清化。
渔阳番将易汉官,在廷之臣无谏者。
叛书夜到华清宫,狩吕骨惊天子讶。
闹传平原城壁坚,穴鼻可以牿牛马。
吾知守职事主耳,行藏初不较用舍。
我行上蔡黄犬门,惊风急雪吹平野。
圣朝亦旌异代忠,轩然眉须入图画。
至今握拳透爪地,想见怒词犹慢骂。
此诗我欲扫东壁,入字端宜擘窠写。
尺八横吹入醉乡,国柄倒持与人把。
吴绫蜀锦光照眼,更觉霓裳韵和雅。
二十四城陷同日,长嗟乃尔忠臣寡。
譬如滟滪屹中流,江势远来波倒射。
公时风姿入睿想,贯日精诚震天下。
娇鸦暮集村不嚣,古祠窈窕连桑柘。
和如戏洮卢杞题,俨若梦令希烈怕。
声光自与日月争,事之成败其天也。
便觉云收六合阴,春随喜色生晴野。

后 记

甲辰年的盛夏,随着《全宋诗乐舞史料辑录与研究》之"研究卷"的定稿,六卷本的《全宋诗乐舞史料辑录与研究》编撰工作也接近尾声。掩卷回首,针对全宋诗的系列学术研究工作弹指已过八年,由衷感慨人生如白驹过隙,光阴似流水。

2016年在指导研究生王珂选择毕业论文题目时,不经意间关注到了全宋诗,但考虑到全宋诗的体量,就退而求其次,让其选择《宋诗钞》作为研究范畴,重点聚焦《宋诗钞》中的乐舞史料研究,这也由此拉开了我和学生们持续研究全宋诗中乐舞史料的序幕。

2019年我又决定让研究生韩莉薇继续扩大对宋诗乐舞史料的研究,将北京大学出版社出版的72册《全宋诗》作为研究对象,试图从宏观维度勾勒其所蕴含的乐舞史料特点。这对于一名硕士研究生来说是一个巨大的挑战。《全宋诗》是由北京大学古文献研究所牵头,傅璇琮、倪其心、孙钦善、陈新、许逸民任主编,集众多学者之力、历经八年之功系统整理出版的宋诗研究的里程碑式成果。其共辑录两宋9000余名诗人的24万余首诗作,涵盖了两宋300余年间有迹可循的几乎所有诗作,近4000万字,在数量上远超《全唐诗》,更是《全宋词》的数倍。之所以做这样冒险式的选择,是基于前期我带领学生做《宋诗钞》乐舞史料整理时形成的勇气和责任感。因为,这浩瀚的宋诗蕴含了极为丰富的乐舞史料,这是研究宋代及其前代音乐历史的重要材料。可以说,一首首宋诗,就是一个个生动的宋人乐舞生活场景片段、一段段宋人对乐舞认知的情感表达。这是极具学术魅力的领域,值得去系统研究和长期探索。

所以,从2019年起,我开始带领研究生有计划地对《全宋诗》中的乐舞诗进行系统整理、辑录,但当时并没有想到《全宋诗》中的乐舞诗会有如此巨大的体量。经过3年的努力,我们基本上把其中的乐舞诗辑录出来,初步发现《全宋诗》中有乐舞诗留存的诗人共2000余名,乐舞诗约2万首,内容包括乐器、乐舞、乐人、乐曲、乐律、乐事等多个方面,总字数300余万字。

2022年,苏州大学出版社编辑孙腊梅得知我在做此项工作,推荐我申报2023年度的国家出版基金。我根据现有的史料辑录情况,将我们的整理成果设定为六卷本,即《全宋诗乐舞史料辑录·弹拨乐器卷》《全宋诗乐舞史料辑录·吹管乐器卷》《全宋诗乐舞史料辑录·打击乐器卷》《全宋诗乐舞史料辑录·乐曲、乐器组合卷》《全宋诗乐舞史料辑录·乐舞、乐人、乐事、乐律卷》《全宋诗乐舞史料研究》。

国家出版基金的申报成功,肯定了我和我的团队近几年在这一领域的付出,给了我极大的信心和鼓励,同时也让我们压力倍增。因为这让我想起了同样在有限时间内撰写、出版《中国音乐经济史》的艰难历程。但一想到那些大量的、鲜为学术界所知和使用的全宋诗乐舞史料,一想到在整理过程中时刻如身临其境般走入宋代文人的乐舞生活世界,一切压力也就消失了。

编撰六卷本的《全宋诗乐舞史料辑录与研究》是一项相对庞大、复杂的学术工作,需要团队协作。因此,前五卷的编撰团队由我和韩莉薇、郑捷、钟文君、王梓均、王珂五位同学组成。研究卷的第一章、第二章、第四章、第六章、第七章、第九章、第十章由我和韩莉薇同学合作完成;第三章由我和郑捷同学合作完成;第五章由我和钟文君同学合作完

后　记

成；第八章由我和王梓均、韩莉薇同学合作完成。

　　因此，这一系列成果是我和我的研究生们一起学习全宋诗的阶段性成果，尽管我们在主观上做了最大的努力，但限于学识，在研究过程中，我和我的团队也存在诸多困惑，有很多不足。如太大的诗文体量，让我们常常感到心有余而力不足，甚至是眼花缭乱；在文献学、文学史、古代汉语和校勘学等方面的不足，导致我们在辑录和编撰过程中，可能会存在错收、漏收的现象，存在对个别诗文解读偏颇的现象。原计划要对乐律诗、诗人们的朋友圈、不同阶层群体的音乐生活进行更为细微的分析，但限于篇幅总量和时间就只能暂时忍痛割爱，适度压缩。以上诸种遗憾，只能寄希望于未来弥补！所以，衷心希望学界同仁多多指正，我们将持续努力，不断完善。

　　当然，五卷本的全宋诗乐舞史料辑录和一卷本的理论研究并非全宋诗乐舞史料研究工作的终结，实际上这仅仅是一个开始，是借诗文史料回到历史场景中去探寻宋代音乐史的一个起点。

　　最后，非常感谢参与这套丛书编撰的研究生们，尤其是我的博士生韩莉薇同学，她为此套丛书的顺利出版付出了非常大的努力。还要感谢苏州大学出版社的编辑孙腊梅女士，也正因为她不懈的敦促和坚持，才有了今天的成果，才有了我们学术团队的进步。

韩启超
2024 年 9 月 10 日